럭키스트 걸 얼라이브

럭키스트 걸 얼라이브

Luckiest Girl Alive

제시카 놀 장편소설

김지현 옮김

놀

세상의 모든 티파니 파넬리에게
이 책을 바칩니다.
알아요. 나도 잘 알아요.

차례

1장

나는 칼을 손에 들고 찬찬히 살폈다.

"슌 제품입니다. 우스토프에 비하면 정말 가볍죠?"

뾰족한 칼날 끝으로 손가락을 꾹 찔러봤다. 손잡이는 내수성 있는 재질이라고 들었는데도 내가 잡은 부분은 이미 축축했다.

"고객님 정도 키에 잘 어울리는 디자인이고요." 나는 고개를 들어 영업사원을 쳐다보면서 '말랐다'는 말에 굶주려 있는 키 작은 여자에게 딱 어울리는 말을 들을 준비를 했다. "아담하세요." 영업사원은 내게 칭찬이라도 한 양 미소를 지었다. 하지만 진짜로 나를 무장해제시키는 찬사는 '늘씬하다', '우아하다', '품위 있다' 같은 말이다.

또 다른 손이 불쑥 시야에 들어왔다. 내 피부보다 더 밝아 새하얀 그 손은 칼 손잡이를 잡아채려 했다. "나도 좀 볼까?" 나는 다시 한번 얼굴을 들어 손의 주인을 쳐다보았다. 나의 약혼자다. 짜증 나는 호칭이다. 하지만 이다음에 쓰게 될 호칭이 더 짜증 난다. 바로 남편이다. 남편이라는 단어만 들으면 코르셋이 한껏 조여와 오장육부가 으스러지고 조난 신호까지 선명하게 들리는 것 같다. 극심한 공포가 몰려와 꾸역꾸역 목구멍 안쪽으로 삼켰다. 이 칼을 놓지 않으면 어떻게 되지? 잘 벼려진 니켈과 강철 합금 칼날을(슆 제품으로 정했다. 마음에 들었다) 이대로 소리 없이 이 사람 배에 푹 꽂아 넣어볼까? 그럼 저 영업사원은 품위 있게 "어머나!" 정도의 말을 하겠지? 비명은 저 뒤에서 코흘리개 아이를 데리고 있는 아이 엄마의 몫이 되겠다. 누가 봐도 저 엄마는 지금 지루함과 호들갑으로 단단히 무장했다는 걸 알 수 있다. 칼부림 사건을 들은 기자들이 떼로 몰려오면 그 앞에 서서 신나게 울먹이며 경위를 이야기하겠지. 나는 영업사원에게 칼을 되돌려주었다. 조금이라도 지체했다간 힘이 들어간 채로 달려들거나, 항상 최고 경계 태세인 내 근육들이 자동으로 움직여버릴 것만 같았다.

✦✦✦✦✦

"신난다." 루크가 말했다. 우리는 막 가구점에서 나와 15번가로 들어서고 있었다. 우리가 가는 길에는 얼음같이 차가운 에어컨 냉기의 흔적이 남았다. "자기는 어때?"

"난 그 레드와인 잔이 마음에 들더라." 진심 어린 말로 보이기 위해서 루크의 손가락 사이로 내 손가락을 밀어 넣었다. '세트'라니, 정말 못 봐주겠다. 하지만 결국 여섯 개의 빵 접시와 네 개의 샐러드 접시, 여덟 개의 정찬 접시를 갖추게 되겠지. 나야 도자기를 종류별로 채워놓을 마음이 전혀 들지 않겠지만. 그 그릇들은 주방 테이블 위에 샐쭉하게 자리만 차지할 테고, 루크는 늘 치워버리면 어떠냐고 말하겠지.

그러면 나는 딱 잘라 쏘아붙인다. "아직은 아니야." 그러다가 결혼하고 한참 세월이 지난 어느 날, 갑자기 광기에 가까운 영감에 사로잡힌 채로 지하철 4호선을 5호선으로 갈아타고 시내로 나가서 전투형 마사 스튜어트처럼 아까 그 매장 안으로 쳐들어가는 거다. 결국 수년 전에 구매했던 루브르 패턴 접시는 모두 단종되었다는 말만 듣겠지만. "우리 피자 먹을까?"

루크는 웃으면서 내 옆구리를 꼬집었다. "먹는 건 다 어디로 가나?"

루크 손아귀에 잡힌 내 손이 딱딱하게 굳었다. "운동하느라 다 써버리나 봐. 배고파서 죽겠어." 거짓말이었다. 점심으로 먹었던 두툼한 루빈 샌드위치는 청첩장처럼 속이 분홍색으로 잔뜩 채워져 있었다. 덕분에 아직도 속이 울렁거렸다.

"'팻시 피자' 어때?" 나는 방금 떠올린 것처럼 말하려고 애를 썼다. 하지만 사실 내내 품어온 판타지다. 피자 한쪽을 집어 올린다. 하얀 치즈가 쭉 늘어난다. 늘어진 치즈를 뭉텅 잘라내는 대신 손가락으로 쭉 집어 당긴다. 다른 사람 몫의 피자 조각에서 치즈 덩어리가 더 딸려 온다. 짜릿하고 진한 쾌감을 주는 이 상상은 지난 목요일부터 머릿속에서 무한 반복으로 상영되고 있었다. 혼인신고를 일요일에 하기로 정한 날이었다. 드디어. ("사람들이 자꾸 물어보네, 티프." "알았어, 엄마. 하려고 했어." "결혼식이 다섯 달밖에 안 남았잖니!")

"난 배고프지 않은데." 루크는 어깨를 쭉 올렸다. "하지만 자기가 그렇게 원한다면야 뭐." 너그럽기도 하지!

우리는 손을 잡고 렉싱턴 애비뉴를 가로질러 가다가 탄탄한 다리에 흰색 5부 슬랙스를 입고 워킹화를 신은 여자들 무리를 피해서 걸음을 옮겨야 했다. 같은 빅토리아 시크릿이라도 미네소타 매장에는 없지만 5번가 매장에 비치된 것이라면 뭐든지 주워 담는 그런 부류의 여자들

말이다. 롱 아일랜드 소녀 부대 앞도 막아서면 안 됐다. 그녀들이 신은 글래디에이터 샌들의 가죽끈은 나무를 타고 올라가는 덩굴처럼 벌꿀색 종아리를 감아 올라가고 있었다. 그 아가씨들은 루크를 눈여겨보았다. 그리고 나를 보았다. 의구심을 갖지 않을 것이다. J. F. 케네디 주니어의 짝인 캐럴린 베셋 케네디처럼 상대하기 벅찬 상대가 되기 위해서 쉼 없이 노력해 왔던 나다. 우리는 왼편으로 꺾어서 60번가로 접어들었다가 다시 오른편으로 꺾어 걸었다. 겨우 오후 5시였다. 3번가를 가로질러 식당에 도착하자 세팅된 테이블이 쓸쓸하고 외롭게 있었다. 유쾌한 뉴요커들은 아직도 브런치를 먹고 있다. 나도 예전에는 그런 족속 중 한 명이었다.

"밖에 앉으시겠어요?" 여자 지배인이 물었다. 우리는 고개를 끄덕였다. 지배인은 빈 테이블에서 메뉴판 두 개를 집어 들고 따라오라는 몸짓을 했다.

"몬테풀치아노 한 잔 주시겠어요?" 지배인은 어이없다는 듯 눈썹을 추켜세웠다. 무슨 생각을 하고 있을지 상상이 됐다. '주문은 제가 아니라 웨이터에게 하셔야?' 하지만 나는 상냥한 미소를 지어 보이기만 했다. '아니지. 내가 얼마나 착한 사람인데. 그쪽이야말로 지금 불합리하게 굴고 있어. 부끄러운 줄 아셔야지.'

지배인은 루크 쪽을 보며 한숨을 내쉬었다. "손님은요?"

"물만 주세요." 지배인이 자리를 떴다. "이렇게 더운 날 밖에서 레드와인을 마시다니, 이해할 수가 없네."

나는 어깨를 으쓱여 보였다. "화이트와인은 피자랑 어울리지 않잖아." 화이트와인은 내가 좀 가볍고 예쁘다는 생각이 드는 밤을 위해서 아껴둔다. 메뉴판에서 파스타 목록을 무시할 수 있을 때나 마실 수 있는 술이다. 전에 《위민스 매거진》에 관련 요령을 기사로 쓴 적이 있다. "연구 결과에 따르면 무얼 시킬지 결정한 다음에 메뉴판을 덮어버리는 물리적인 행위가 자신이 선택한 메뉴를 더 만족스럽게 만든다고 한다. 그러니 가자미구이 요리를 선택한 다음에 메뉴판을 과감하게 덮어라. 펜네 알라 보드카 파스타와 눈으로 섹스하는 걸 방지할 수 있다." 편집장 롤로는 '눈으로 섹스'라는 표현에 밑줄을 긋고 메모했었다. "아주 재밌네." 젠장, 나는 가자미구이가 정말 싫다.

"자, 이제 또 뭐가 남았지?" 루크는 의자에 기대어 몸을 뒤로 젖히고 뒤통수를 두 손으로 받쳤다. 윗몸일으키기라도 할 것 같은 자세였다. 방금 내뱉은 말이 싸우자는 뜻이 될 수 있다는 걸 전혀 모르는 무심한 태도였다. 내 갈색 눈동자에 독기가 차오르는 게 느껴졌지만 서둘러 떨쳐버렸다.

"많이 남았지." 나는 손가락을 꼽았다. "결혼식에 필요한 종이 소품은 하나도 안 챙겼잖아. 청첩장, 메뉴판, 식순지, 하객 자리 배치 카드까지 다. 그리고 헤어랑 메이크업 업체도 찾아봐야지, 넬이랑 들러리들이 입을 드레스도 알아봐야 하지, 여행사도 다시 가봐야. 두바이는 정말 안 가고 싶은데. 어, 알아." 나는 두 손을 들어서 루크의 말을 막았다. "계속 몰디브에서만 시간을 보낼 순 없어서 그렇지. 해변에서 빈둥거리는 일 말고는 딱히 할 것도 없고. 런던이나 파리로 가서 며칠 보내는 건 어때?"

루크는 표정에 열의를 담아 고개를 끄덕였다. 루크는 1년 내내 코에 주근깨를 달고 살지만, 특히 5월 중순이 되면 그 주근깨는 관자놀이까지 퍼져서 추수감사절 때까지 굳건히 자리를 지킨다. 이번이 루크와 함께하는 네 번째 여름이다. 매년 건강을 챙긴답시고 달리기며 서핑, 골프, 카이트 보딩까지 야외 활동을 하다 보니 루크의 코에 맺힌 황금빛 주근깨는 빠른 속도로 증식한다. 한동안은 나도 그의 성화에 못 이겨 엔돌핀이 확확 도는 가운데 매순간을 충실히 사는 운동인의 삶에 전념했었다. 숙취조차도 이 건전한 활력을 이길 수 없었다. 그전에는 토요일이면 자명종을 오후 1시에 맞춰놓았는데……. 루크는 그런 내가 사랑스럽다고 했었지. "이렇게 작은 몸에 잠이 그렇게나 많이 필요해?" 오후에 일어난 나를 꼭 끌어안고서 그가 했던 말이다. 나보고 '작다'고 하는 건 정말 싫다. 도대체 '말랐다'는 말을 들으려면 무슨 짓을 해야 하는 걸까?

나는 결국 이실직고하고야 말았다. 내 수면량이 지나치게 많은 게 아니라 흔히들 자는 시간에 나는 잠들지 못할 뿐이라고. 다른 사람들과 같은 시각에 순순히 무의식 상태로 접어드는 나를 상상할 수 없다. 내가 겨우 잠들 수 있는 때는(주중에 살아남기 위해서 이 악물고 쉬는 것 말고 정말로 잠들 때) 햇빛이 프리덤 타워에 부딪혀 파열되기 시작할 때다. 그러면 나는 빛을 피해서 침대 반대편으로 몸을 옮기고 루크가 주방에서 어슬렁거리는 소리, 달걀흰자로 오믈렛 만드는 소리, 옆집에서 지난번에 누가 쓰레기를 내다 버렸는지를 두고 싸우는 소리를 듣는다. 일상이란 얼마나 따분하고 시시한지! 귓가에 들리는 단조로움이 삶을 두려워할 필요가 없다고 알려줄 때, 난 비로소 잠이 든다.

"그럼 매일 하루에 하나씩 해치우는 걸 목표로 삼아야겠네." 루크가 이야기를 끝맺어 버렸다. "루크, 나는 매일 세 개씩 처리하고 있어." 지워버리려 했던 퉁명스러움이 말투에 묻어나왔다. 사실은 나도 이렇게 말할 자격이 없다. 매일 세 개씩 '꼭' 처리해야만 했지만, 나는 컴퓨터 앞에 무력하게 앉아서 다짐했던 대로 하루에 세 개씩 해치우지 못한 나 자신을 책망하기만 했다. 하지만 이런 일이 하루에 세 개씩 처리하는 일보다 더 스트레스 받고 시간을 잡아먹는 것도 맞다. 그러므로 나는 화낼 권리가 있다.

사실 잘 처리하고 있는 일이 하나 있기는 있다. "청첩장 하나 때문에 지금 내가 얼마나 많은 연락을 주고받는지 알아?" 이건 진짜다. 나는 결혼식 소품 담당자를 괴롭히는 중이다. 호리호리한 아시아계 여성의 신경과민성 기질이 짜증스럽기는 해도, 내 질문 세례로 괴로울 테니 미안한 마음이 든다. "청첩장만 활판인쇄로 찍고, 답장할 엽서는 평범하게 디지털인쇄로 하면 너무 티 날까요? 내용물 말고 봉투에 나가는 주소만 캘리그래피 작가에게 의뢰하면 겉으로만 힘줬다고 사람들이 알아볼까요?" 내가 어떤 사람인지 알 수 있을 만한 결정을 내리는 일은 여간 무서운 게 아니다. 뉴욕에서 지낸 지도 벌써 6년. 자연스럽게 부를 드러내는 방법을 배우는 집중 코스 기간이나 다름 없다. 이제야 겨우 도회적인 세련미를 갖추게 되었다. 첫 학기, 대학 캠퍼스에서 숭배받던 그 잭 로저스 샌들은 "우리 인문대가 언제나 우주의 중심이야!" 하고 외친다는 걸 배웠다. 나는 새로운 중심을 발견했고, 골드, 실버, 화이트가 어우러진 내 샌들을 쓰레기통으로 보내버렸다. 코치의 미니 바게트 백(지긋지긋하다) 역시도 운명을 같이했다. 그런 다음에는 클라인펠드 웨딩드레스 숍의 현실을 깨닫게 되었다. 겉보기에는 역사와 전통을 자랑하는 뉴욕의 매력적인 가게로 보이지만, 그 실상은 '브리지'와 '터널'만 득시글거리는 싸구려 웨딩드레스 양산소였다(브리지와 터널이 다리나 터널을 지나 뉴욕으로 흘러들어 온 외지인이란 말인 것도 알게 되었다). 나는 대신에 미트패킹 지역에 있는 한 작은 부티크를 선택했다. 마르체사, 림 아크라, 캐롤리나 헤레라가 세심하게 큐레이팅 되어 있는 곳이었다. 어두컴컴하고 사람들로 붐비는 클럽은? 우람한 경호원이 빨간 차단봉으로 지키는 정문을 지나 티에스토의 음악이 쿵쿵 울려 퍼지는 그곳? 프라이드 있는 뉴요커는 금요일 밤을 그런 곳에서 보내지 않는다. 대신에 우리는 16달러짜리 꽃상추 한 접시를 보드카로 넘기면서, 얼핏 보면 값싸 보이지만 자그마치 495달러나 하는 랙앤본 부티 부츠를 신고 이스트빌리지에 있는 허름한 바에 있다.

지금에 이르기까지 6년이 걸렸다. 금융계에서 일하는 약혼자가 있고, 로칸데 베르데 레스토랑의 안주인과는 이름을 부르는 사이가 되었다. 또 최신 끌로에 라인을 손목에 휘감고 있다(셀린느까지는 못하고 있다. 하지만 최소한 그 끔찍한 루이비통을 세계 8대 불가사의라도 되는 양 자랑스레 내보이며 돌아다니지 않을 정도는 된다). 이 모든 기교와 요령을 연마하는 데 시간은 충분했다. 하지만 결혼식 준비는 다르다. 빠른 시간 안에 모든 것을 배워야 한다. 11월 약혼. 자료 파악 한 달. 식장으로 당연하게 생각했던 레스토랑 겸 농장인 블루 힐의 예약이 다 찼다는 사실을 알게 된다. 결국 장소 사용료로만 2만 달러를 청구하는 오래된 은행 건물이 최고라고 생각을 고쳐먹는다. 그 후 두 달 동안 각종 결혼 잡지와 블로그를 꼼꼼히 조사하고, 《위민스 매거진》을 발행하는 우리 회사의 게이 동료에게 상담했더니 어깨가 드러나는 웨딩드레스는 개나 소나 다 입는다는 사실을 알게 된다. 이제 앞으로 석 달 동안 모든 걸 처리해야 한다. 포트폴리오에 입술을 샐쭉 내민 신부 모습이 하나도 없는 포토그래퍼(생각보다 없다)와 들러리처럼 보이지 않게 하는 들러리 드레스를 찾아야 한다. 또 제철이 아니어도 예쁘게 핀 아네모네를 확보해 줄 플로리스트도 찾아야 한다. 모란은 안 된다. 아마추어처럼 모란이라니! 하나라도 삐끗하다간 내 정체를 모두에게 들킬지도 모른다. 피부는 고상하게 태웠지만 사실은 소금과 후추를 한꺼번에 건네주는 법도 모르는 저질 이탈리아계 미국인이라는 사실을 절대로 간파당해선 안 된다. 난 스물여덟 살쯤 되면 더는 내 존재를 증명하기 위해 애쓰지 않아도 살아갈 수 있을 거라고 생각했는데, 오히려 인생은 나이를 더 먹을수록 유혈이 낭자한 싸움이 되어가고 있다.

"그리고 루크, 캘리그래퍼에게 전달할 청첩장 주소 목록도 아직 안 줬는데." 덕분에 예민한 청첩장 담당자를 고문할 시간이 더 생겨서 내심 안도하고 있었지만, 그렇다고 손 놓고 있을 순 없었다.

"지금 정리하고 있어." 루크가 한숨을 쉬었다.

"이번 주까지 줘야 우리가 원하는 날짜에 맞춰서 발송할 수 있어. 달라고 한 지 벌써 한 달이 넘었잖아."

"바빴어!"

"난 놀았고?"

말다툼이다. 흥분해서 그릇을 집어 던지는 싸움보다 훨씬 더 불쾌한 게 말다툼이지 않나? 적어도 몸싸움의 마무리는 그릇 파편으로 등에 루브르 패턴을 새기면서 주방 바닥에서 하는 섹스다. 하지만 여자가 성마른 어조로 변기 물을 안 내렸다고 알려주는 소리에 옷을 찢어버리고 섹스로 무마하겠다는 충동을 느끼는 남자는 없다.

나는 두 주먹을 말아 쥐었다가 힘차게 쫙 폈다. 손가락을 최대한 넓게 벌리면 스파이더맨이 거미줄을 내뿜듯 내 분노도 다 방출될 수 있을 것 같았다. '그냥 내가 말하자.' "미안해." 나는 세상에서 가장 불쌍하게 한숨을 푹 내쉬는 부록까지 덧붙였다. "너무 피곤해서 그랬어."

보이지 않는 손이 루크의 얼굴을 쓱 훑고 지나면서 나에 대한 짜증을 싹 씻어냈다. "의사한테 가보면 어때? 졸피뎀이라도 복용해 봐."

나는 고개를 끄덕이면서 그 제안을 고려하는 척해 보였다. 하지만 아무리 좋아 보이는 수면제라도 일시적인 데다 부작용도 있다. 내게 정말 필요한 건 루크와 만나기 시작한 첫 2년으로 돌아가는 일이다. 그 짧은 유예 기간에 나는 루크의 팔다리를 칭칭 감고 누워서는 스러져가는 밤을 뒤쫓아갈 필요를 전혀 느끼지 못하며 살았다. 가끔 자다 깨서 루크를 보면 그가 자는 와중에도 양쪽 입꼬리를 올리고 있는 걸

볼 수 있었다. 루크의 온화함은 살충제 스프레이 같았다. 낸터킷에 있는 루크 부모님의 별장에서 썼던 그 강력한 살충제 말이다. 나쁜 일이 반드시 일어나리라는 두려움은 루크와 함께 있기만 해도 모두 사라졌다. 하지만 언젠가부터, 아니, 솔직히 말하면 약혼식을 올렸던 8개월 전부터 다시 불면증에 시달리게 되었다. 토요일 아침이면 브루클린브리지로 조깅하러 가자고 깨우는 루크를 밀어내기 시작했다. 지난 3년 동안 매주 토요일마다 함께했던 일이지만 더는 할 수 없었다. 루크는 사랑에 빠진 처량한 강아지 같은 타입은 아니라서 내가 퇴행했다는 걸 알고 있다. 하지만 놀랍게도 이 일을 계기로 루크는 내게 더 헌신한다. 마치 나를 다시 예전으로 되돌려야만 하는 과제를 부여받았다고 생각하는 것 같다.

루크가 나를 좋아하는 이유가 정말 궁금했던 때가 있었다. 물론 아예 모르지는 않았다. 난 당돌하고 용감한 그런 주인공 타입은 아니라서 내 매력이나 아름다움을 모르는 척하지 않는다. 난 예쁘다. 노력하고 애써서 이룬 부분도 있지만 기본 바탕도 된다. 그리고 루크보다 네 살 어리다. 두 배로 어렸다면 더 좋았겠지만 일단 어리긴 어리다. 또 나는 침대에서 '묘하게' 구는 걸 좋아한다. 어떤 걸 묘하다고 하는지는 서로 아주 다르지만(루크에게 묘한 짓은 후배위나 머리카락을 잡아당기는 정도지만, 내게는 성기에 전기 충격을 주면서 공 모양 재갈을 입에 물고 비명을 참는 것이다). 루크 기준에서 보면 우리는 별나면서도 만족스러운 성생활을 영위하고 있다.

그렇다. 사실 루크가 나의 어떤 면을 좋아하는지는 충분히 자각하고 있다. 시내 술집에 가면 타고난 금발을 자랑하는 상냥한 케이트 부류의 여자들이 넘쳐나지 않나. 루크를 보면 대번에 납작 엎드려서 하나로 높게 묶은 머리채를 흔들어댈 게 뻔할 여자들이. 그들은 내가 살았던 집처럼 앞쪽만 번드르르하고 뒤쪽은 싸구려 외장재로 조잡하게 마무리한 집이 아니라 붉은 벽돌에 하얀색 셔터가 달린 집에서 자랐을 것이다. 하지만 그렇게 살아온 사람들은 내가 루크에게 주는 아슬아슬함을 줄 수 없다. 나는 녹슬고 박테리아가 들끓는 칼날이다. 미식축구팀 쿼터백으로서 스타처럼 화려하게 살아온 루크 인생의 급소를 얼마든지 찌르고 갈기갈기 찢어버릴 수 있다고 위협하는 존재다. 루크는 나의 이런 위협과 아슬아슬함을 좋아하고, 위험한 사람일 수 있다는 가능성을 마음에 들어 한다. 그렇다고 내가 정말로 뭘 하는지 보고 싶어 하지는 않는다. 내가 얼마나 추악한 구멍을 낼 수 있는지는 모른 체하려 한다. 루크와 만나는 내내 나는 문제의 핵심은 회피한 채 피상적인 관계를 유지하면서 스트레스를 얼마나 감당할 수 있는지 가늠했다. 얼마나 너무해야 너무하다고 말하는지, 어디까지 해야 피를 볼 일이 없을지 살피고 살펴왔다. 그리고 이제는 다 진력이 나기 시작했다.

친절하기 그지없는 지배인이 와인 잔을 내 앞에 거칠게 내려놓았다. 다분히 의도가 담긴 행동이었다. 루비빛 액체가 찰랑거리다 넘쳐서 잔 아래 웅덩이를 만들어낸 모습이 마치 총을 맞아 피를 흘리는 모습 같았다.

"여기 있습니다." 여자는 새된 목소리로 쩍쩍거리듯 말했다. 나 보라고 지금 저렇게 고약하게 웃는 것 좀 봐. 하지만 나랑 한판 뜨기에는 어림도 없지. 그렇게 막이 올랐다. 조명 주시고요. 짜잔! "어머, 세상에!" 나는 놀란 듯한 소리를 냈다. 그리고 손가락 하나로 내 앞니 사이를 톡톡 두드려 보이며 말했다. "시금치 왕건이 끼었어요. 여기."

지배인은 황급히 손을 들어 올려 입을 가렸다. 목부터 얼굴까지 벌겋게 달아올랐다. "감사합니다." 여자는 웅얼거리듯 인사하고 슬금슬금 멀어졌다.

루크의 어리둥절한 눈동자는 나른한 저녁 햇살에 푸른 구슬처럼 빛났다. "저 사람 이에 뭐 낀 거 없던데."

나는 천천히 테이블 위로 상체를 숙여서 잔에 입을 대고 와인을 후루룩 소리 내어 마셨다. 오늘 입은 흰색 청바지에 와인을 흘릴 생각은 없다. 아무렴, 성격 고약하고 부유한 백인 여자와 그 여자의 흰색 청바지에 수작 부릴 생각은 절대 하면 안 되지. "사실 아무것도 없었어. 그냥 엿 좀 먹으라고. 그건 그렇고……."

루크의 웃음은 쇼를 마친 후 듣는 기립 박수였다. 루크는 감명받은 표정으로 고개를 내저었다. "나 참, 자기는 맘만 먹으면 얼마든지 지독해진다니까."

◆◆◆◆◆

"플로리스트는 결혼식 다음 날 뒷정리 작업에 시간당으로 요금을 청구할 거야. 처음부터 계약서에 고정된 금액으로 명시하도록 해." 월요일 아침이다. 빌어먹을 만큼 당연하게도 나는 엘리노어 터커먼(결혼 전 성은 포달스키였다)과 함께 엘리베이터를 타야만 했다. 우리 회사 잡지 《위민스 매거진》의 선임 편집자인 그녀는 근무 시간 동안 나의 재능을 흡혈귀처럼 빨아먹다가 시간이 남으면 결혼이며 예식에 관련된 모든 것에 대한 권위자 역할을 해야 한다고 생각하는 사람이다. 엘리노어는 작년에 결혼했으면서 9·11 테러나 스티브 잡스의 죽음에 어울릴 법한 엄숙한 경외심으로 결혼식 타령을 계속하고 있다. 아무래도 차세대 국보급 인재를 임신하고 출산하기 전까지는 이 이야기가 끝나지 않을 것 같다.

"정말 그런다고요?" 나는 겁먹은 사람이나 낼 법한 작은 신음으로 말을 끝맺었다. 일단 엘리노어는 특집 기사를 책임지는 편집팀장으로 내 사수인데다 나보다 네 살 더 나이가 많다. 뭐든지 이 사람 마음에 들어야만 한다. 딱히 어려운 일은 아니지만. 사실 이런 여자들은 한결같다. 놀란 사슴처럼 눈을 크게 뜨고 쳐다보면서 그들의 지혜를 전수해달라고 애걸하는 것만으로도 충분하다.

엘리노어는 엄숙하고, 근엄하며, 진지한 표정으로 고개를 끄덕였다. "내 계약서 사본을 이메일로 보내줄게. 어떻게 해야 할지 알 수 있을 거야." '우리가 얼마나 돈을 많이 썼는지도 알 수 있을 거야.' 엘리노어가 빼먹은 말이야말로 핵심 중의 핵심이다.

나는 감사의 말을 쏟아냈다. "그렇게 해주시면 정말 큰 도움이 되겠어요, 엘리노어." 최근에 미백 시술을 받은 이를 한껏 드러내는 것도 잊지 않았다. 엘리베이터의 띵 소리와 함께 자유를 되찾았다.

"좋은 아침이에요, 미스 파넬리." 클리퍼드가 간드러지게 눈을 깜빡이며 말했다. 엘리노어에게는 인사를 건네지 않았다. 클리퍼드는 21년 동안 《위민스 매거진》의 안내 데스크를 지켜온 리셉셔니스트로서 매일 그를 스쳐 지나가는 사람들 대다수를 말도 안 되는 이유로 미워했다. 엘리노어의 죄는 끔찍한 사람이라는 것과 쿠키를 제시간에 가져다주지 않았다는 것이었다. 클리퍼드는 항상 전화를 지키고 있어야 하니, 엘리노어에게 메일로 선반에 있는 쿠키가 있다는 사실을 알리면서 커피 한 잔과 함께 가져다 달라고 부탁했었다. 물론 커피에는 우유를 적당히 섞어서 황토색이 나게 해야 했다. 하지만 회의 중이었던 엘리노어가 바로 메일을 볼 순 없었고, 마침내 그 부탁을 확인했을 때는 이미 쿠키가 바닥 난 뒤였다. 황토색이 나는 소중한 커피라도 가져다주었지만 클리퍼드는 콧방귀만 뀌며 외면했고 그 이후로 엘리노어에게 다섯 단어 이상의 말을 건네지 않았다. "그 뚱뚱한 암소 같은 여자가 마지막 남은 쿠키를 먹어치우고 나한테는 일부러 안 준 거야."'그 사건' 이후 클리퍼드가 분개하며 내게 한 말이다. 엘리노어는 심한 거식증을 앓고 있어서 그랬을 리가 없지만. 그래도 우리는 배꼽이 빠지도록 크게 웃어댔었다.

"좋은 아침이에요, 클리퍼드." 나는 살짝 손을 흔들었다. 약혼반지가 형광등 아래서 반짝였다.

"어머, 저 치마 좀 봐." 클리퍼드는 휘파람을 불었다. 그의 두 눈은 어제 탄수화물 참사를 겪고 내 몸을 욱여넣은 44사이즈 가죽 튜브 스커트에 대한 찬성을 표하고 있었다. 나를 향한 칭찬이기도 했지만 동시에 엘리노어한테 들으라고 한 소리이기도 했다. 클리퍼드는 자신의 심기를 거스르지만 않으면 얼마든지 좋은 사람이 될 수 있다며 과시하기를 좋아했다.

"고마워요." 나는 엘리노어를 위해 문을 열었다.

"재수 없는 게이 같으니." 엘리노어는 문 안으로 들어서면서 나지막하게 말했다. 하지만 클리퍼드가 들을 수 있을 정도였다. 엘리노어는 나를 쳐다보면서 마땅히 내가 해야 할 일을 하기를 기다리고 있었다. 이 사인을 무시하면 선을 긋는 것처럼 보일 것이다. 그렇다고 크게 웃어대면서 동조하자니 클리퍼드에 대한 배신이다.

나는 두 손을 번쩍 들어 보이면서 매끄럽게 거짓말을 했다. "저는 두 분 모두 좋아한답니다."

문이 닫히고 더는 클리퍼드가 우리 말을 들을 수 없게 되자, 나는 엘리노어에게 아래층에 잠시 내려가서 채용 상담을 하고 오겠다고 말했다. 그러면서 갔다 오는 길에 가판대에서 잡지나 간식을 가져다줄지 물었다.

"카인드 에너지바 하나랑《GQ》최신호가 있거든 좀 가져다줘." 엘리노어가 대답했다. 그놈의 에너지바는 온종일 깨지락거리겠지. 오전 간식으로 견과 하나를 떼어 먹고, 점심으로는 말린 크랜베리 한 알을 먹겠지. 하지만 엘리노어가 나를 보고 감사의 미소를 지었다. 목적 달성이다. 그거면 됐다.

◆◆◆◆◆

동료 대부분은 '커피 한잔 어떠세요?'라는 식의 제목이 달린 예의 바른 20대의 이메일 같은 건 무의식적으로 삭제해 버린다. 잔뜩 겁먹었으면서도 한심할 정도로 자신감이 과잉된 그런 아가들은 다들 MTV 리얼리티 「더 힐즈」의 로런 콘래드를 보며 자라서 '어른이 되면 잡지사에서 일하고 싶어!' 하고 생각한다. 그런데 내가 패션과는 전혀 상관이 없다는 걸 알면 늘 실망하곤 한다("뷰티 쪽도 아니에요?" 엄마의 입생로랑 가방을 무릎 위에서 갓난아기처럼 껴안고 있던 한 아가씨는 입술을 내밀고 뿌루퉁하게 말했다). 나는 그런 학생들을 놀리고 조롱하는 일을 즐긴다. "이 일을 하면서 유일하게 받는 공짜 혜택은 출간 석 달 전에 인쇄 교정본을 먼저 본다는 것뿐이에요. 요즘에는 뭘 읽나요?" 학생의 얼굴에서 핏기가 싹 가신다.

《위민스 매거진》은 유구한 역사를 자랑하는 저명한 잡지로 교양과 저속한 이야기를 잘 섞어내고 있다. 진지한 저널리즘을 중간중간 담아내면서 적당히 명망 있는 서적의 인용구를 싣기도 하고, 간신히 유리천장을 깨트린 소수의 여성 임원을 소개하거나 뜨거운 쟁점이 되는 소위 '여성 이슈'를 다룬다. 피임과 임신 중단 등의 문제를 '여성 이슈'라고 연성화하는 것에 대해 롤로 편집장은 짜증을 낸다. "남자들도 떡칠 때마다 아이를 원하지 않는 건 마찬가지야." 이 말인즉슨, 백만 명의 19세 여성이 매달 《위민스 매거진》을 구매하는 이유가 따로 있다는 뜻. 나의 바이라인이 달리는 기사는 오바마 전 대통령의 컨설턴트였던 밸러리 재럿과의 인터뷰가 아니라 「그의 바게트에 버터를 바르는 99가지 방법」이 되는 경우가 훨씬 더 많다. 우리의 시크한 무성애자 편집장은 평소엔 위협적인 존재감을 과시하지만, 이런 나에게 혐오와 경외심을 동시에 품고 있는 것 같다. 나는 그런 면을 즐긴다. 덕분에 내 일이 늘 위태롭게 느껴지는데, 오히려 그렇기에 아주 중요하다고 생각되기 때문이다.

입사 초기, 난 섹스 칼럼니스트 부류로 치부되었다. 아마 내 겉모습 때문이었겠지(가슴을 작아 보이게 하는 방법도 터득했지만 아무래도 어딘지 모르게 피어오르는 음탕한 기운은 어쩔 수가 없다). 그러다가 결국에는 이 일에 묶여버리는 신세가 되고 말았다. 내가 정말로 이 일을 잘하기 때문이었다. 섹스에 관한 글을 쓰는 건 절대 쉽지 않다. 그렇다고 종합교양 월간지 《애틀랜틱》을 정기구독하신다는 우리 편집자분들께서 황송하옵게도 기꺼이 해주실 일은 절대 아니다. 이곳 사람들은 모두 섹스에 대해 아무것도 모른다는 걸 드러내려고 기를 쓰고 노력한다. 클리토리스가 어디 있는지 아는 것과 진지한 저널리즘을 구현하는 일이 상호 배타적이라는 듯 군다. "BDSM이 뭐야?" 롤로가 내게 물었던 질문이다. 내가 서브와 돔의 차이를 설명하는 동안 롤로는 신이 나서 감탄사를 내뱉었지만, 그녀도 답을 뻔히 알고 있었다. 그래도 나는 장단을 맞춰준다. 롤로도 매달 가판대에서 잡지가 날개 돋친 듯 팔리는 요인이 풀뿌리 여성 유권자 조직 '에밀리리스트'의 설립자를 소개하는 기사 때문이 아니라는 것을 잘 알고 있다. 롤로에게는 매출이 잘 나오는 기사가 필요했다. 매출이야말로 유리한 자원이다. 현재 《뉴욕타임스》 편집자의 계약이 만료되면 그 자리를 롤로가 찬탈할 거라는 소문이 작년부터 돌고 있다. "재미있으면서도 지적으로 섹스에 관한 글을 쓸 수 있는 사람은 자기가 유일하잖아." 전에 롤로가 내게 했던 말이다. "조금만 더 견뎌봐. 내년에는 오럴 섹스에 관한 글 쓸 일 없게 해줄게. 내가 약속해."

나는 이 작은 희망을 늘 마음에 품고 다녔다. 내 손가락에 들러붙어 반짝이는 기생충처럼 소중히 여긴 지 몇 달이 되었다. 그런데 루크가 집에 와서 런던 지점으로 전근을 갈 수도 있다고 알려왔다. 그렇게 되면 그의 상여금은 의미심장한 정도로 상승하게 된단다. 물론 지금도 매우 의미심장하게 훌륭한 상여금을 받는다. 오해는 마시라. 나도 런던에 살고 싶다. 언젠가 그렇게 된다면 좋겠다. 하지만 다른 사람 때문에 그렇게 하고 싶지는 않다. 엄청난 충격이 커튼처럼 드리운 내 얼굴을 보고 루크는 당황했었다.

"자기는 작가잖아." 그는 내게 상기시켰다. "글은 어디서든 쓸 수 있어. 그 직업의 장점이지."

나는 주방을 빙글빙글 돌면서 자기변호를 펼쳤다. "난 프리랜서 작가가 되고 싶지 않아, 루크. 외국에서는 작업 의뢰를 구걸하게 될 텐데. 나는 여기서 편집장이 되고 싶어." 나는 바로 지금 우리가 있는 땅을 손으로 가리켜 보였다. "《뉴욕타임스》 말이야." 나는 두 손을 모아 잡는 시늉을 해 보이면서 거의 다 잡은 거나 다름없는 소중한 기회라는 것을 강조했다.

"아니." 루크는 양손으로 내 손목을 꽉 붙잡아서 옆으로 내려놓았다. "자기는 일로 끝장을 보고 싶어 하지. 나도 알아. 섹스와 관련된 주제가 아니더라도 글을 잘 쓸 수 있다고 모두에게 증명하고 싶고. 하지만 현실적으로 생각해 봐. 이직에 성공해도 1년 정도 일하고 나면 다음 해에는 아이를 갖자고 보채게 될 걸. 그리고 아이를 낳은 후에는 복귀하고 싶지 않을 수도 있어. 이성적으로 생각해 보자. 내가…… 아니 우리가……." 저런, '우리'를 소환했다. "지금 잠깐 아쉽다고 이런 기회를 과연 놓쳐야 할까?"

난 루크가 어떻게 생각하는지 안다. 아이에 대한 주제만 나오면 내가 전형적인 케이트 부류와는 다르게 받아들인다나. 물론 나도 내 결혼식에 결혼반지와 풍성한 드레스가 있으면 좋겠고, 하객들은 가장 격식을 차린 옷차림으로 참석하길 바란다. 5번가에서 영업하는 부유한 여성 피부과 전문의도 알고 있어서 원한다면 어떤 주사든 맞을 수도 있다. 또 나는 종종 루크를 끌고 ABC 카펫 앤 홈 매장에 가서 터키석 빛깔의 전등 세트와 모로칸 스타일의 빈티지 수제 러그를 살펴보곤 한다. "현관에 놓으면 정말 멋지겠다. 그치?" 하면서 은근히 떠보면 루크는 가격표를 뒤집어 보고는 심장마비가 온 척을 하곤 했다. 내 생각에 루크는 내가 아이를 갖자며 바가지를 긁으리라 내심 기대하고 있는 듯하다. 친구들의 아내들은 다 그렇게 했기 때문이었다. 그는 맥주를 마시면서 마음에도 없는 불평을 늘어놓을 것이다. "월경 주기에 따라 다 계획을 세워놓더라니까." 그럼 친구들은 그 괴로운 심정 다 안다며 마음에도 없는 한숨을 함께 쉬어주겠지. '나도 다 겪었어, 친구야.' 하지만 마음 깊은 곳에서는 그런 일을 강요해 주는 사람이 있다는 사실에 기뻐하고 있다. 왜냐하면 자신들이 원하기 때문이다. 아마 아들을 원하겠지만, 첫 번째 라운드에서 상속자를 얻지 못한다고 해도 다음 기회는 언제나 존재하니 성별은 크게 상관없다. 남자들은 절대로 이 사실을 인정하지 않는다. 루크 같은 남자는 더더욱 그렇다. 시계를 톡톡 손가락으로 치면서 "째깍째깍, 시간 없어"라고 재촉하기? 그가 할 수 있는 일이 절대 아니다.

하지만 문제는 내가 그를 밀어붙일 생각이 없다는 데 있다. 아이들은 나를 기진맥진하게 만든다.

임신이라니, 게다가 출산이라니! 생각만 해도 아찔하다. 공황 상태와는 또 다르게 빙글빙글 돌아가는 느낌이 든다. 현기증이다. 14년 전에 발현되었던 그 증상이다. 난데없이 타게 된 회전목마가 윙윙거리며 정신없이 돌아가다가 플러그가 홱 뽑히는 느낌을 상상해 보라. 시간이 흐르면 천천히 속도가 줄어서 멈추겠지만, 심장은 갈수록 드문드문 뛰어서 생명의 끝자락으로 미끄러져 들어간다. 병원 예약은 얼마나 많이 해야 하며, 의료진들은 내 몸을 얼마나 만져댈까. '저 남자 의사는 왜 손가락을 계속 저기에 두고 있는 거지? 지금 느끼고 있는 건가? 저건 암 덩어리인가?' 빙글빙글 돌아가는 느낌이 영원히 끝나지 않을 수도 있다. 나는 극심한 건강 염려증 환자여서 제아무리 친절한 의사라도 땍땍거리게 만드는 재주가 있다. 전에 한 번 운명의 화살을 피해 목숨을 구했으니, 이제 죽음은 시간문제일 뿐이다. 언제 죽어도 이상하지 않은 게 내 운명이다. 다 그럴 만한 이유가 있어서 노이로제 증상이 생겼다고 사람들에게 설명해서 이해시키고 싶다. 루크에게 이 현기증 증상이며 임신이 어렵겠다고 생각하게 된 까닭을 설명하려 시도한 적이 있었다. 너무 걱정하면 어쩌지? 하지만 루크는 껄껄 웃으면서 자신의 코를 내 목에 비비고는 아양이라도 떠는 듯 낮고 부드러운 목소리로 기분 좋게 말했다. "아기에 대해서 그렇게나 걱정한다니. 아니는 정말 귀여워." 나는 가만히 미소를 되돌려주었다. 그래. 이럴 줄 알았어. 귀엽다니 됐다.

나는 한숨을 푹 내쉬며 로비층 버튼을 누르고 엘리베이터 문이 열리기를 기다렸다. 내 동료들은 섹스 칼럼을 대할 때와 마찬가지로 요령 없는 학생들과 만날 생각이 없다. 콧방귀를 뀌면서 거들떠보지도 않는다. 하지만 내게는 순수한 오락이다. 인터뷰에 나선 여학생은 학교에서 가장 예쁘다는 소리를 듣고, 옷도 잘 입을 게 분명하다. 프리미엄 청바지도 종류별로 다 갖추어 놓았겠지. 그래서 명품 대신 디자이너 브랜드의 바지를 엉덩이에 걸쳐 입고 머리를 높게 올려서 느슨하게 묶은 내 모습을 보면 얼굴색이 급격하게 어두워진다. 가관이다. 아무리 봐도 절대로 질리지 않는 광경이다. 보통은 자신이 입고 있는 고상한 A라인 드레스 허리춤을 잡아당긴다. 갑자기 아줌마 옷처럼 느껴지겠지. 또 지나치게 반듯이 펴놓은 자신의 머리카락을 쓰다듬는다. 완전히 헛짚은 연출이라고 생각하는 것이다. 10년 전이였다면 이런 여학생이 나를 괴롭혔을 수 있다. 하지만 이제는 아침에 일어나자마자 나온 모습으로도 그런 학생들을 권력을 이용해 마음대로 휘두를 수 있게 되었다.

오늘 아침에 만나기로 한 학생은 특히 관심이 갔다. 스펜서 호킨스(죽음을 불사하고서라도 갖고 싶은 고상한 이름이다)라는 이 학생은 내 모교인 브래들리스쿨을 거쳐서 최근에 트리니티대학을 졸업했다고 했다(전형적인 브래들리 코스다). 학생은 '역경에 맞선 나의 강인함'을 '존경'한다고 말했다. 그 잘난 인권 운동가 로자 파크스 같은 인물로 나를 생각한다는 거다. 내 취약점을 정확히 간파했다고 말할 수 있겠다. 바보짓인 줄 알면서도 나는 홀라당 넘어갔다.

엘리베이터에서 내리자마자 대번에 알아볼 수 있었다. 학생은 헐렁한 가죽 바지(인조가죽이라면 아주 괜찮은 바지다)에 완벽하게 어울리는 새하얀 버튼다운 셔츠를 입고, 앞코가 뾰족한 은색 하이힐을 신었다. 샤넬 핸드백이 아래팔에 매달려 달랑거리고 있었다. 술 톤의 얼굴이 아니었다면 못 본척하고 그대로 뒤로 돌아서 자리를 떴을 것이다. 기 싸움을 벌여야 할 만한 사람은 상대하고 싶지 않다.

"파넬리 선배님?" 학생은 날 확인했다. 흠, 해리슨이라는 성을 쓸 때까지 기다렸다가 만날 걸 그랬다.

"안녕하세요." 나는 학생의 손을 잡고 열심히 흔들어서 핸드백 체인이 요란하게 달그락거리도록 했다. "커피는 둘 중에서 골라봐요. 일리커피는 가판대에 있고, 카페테리아에는 스타벅스가 있는데."

"선배님 좋으실 대로요." 훌륭한 답변이다.

"난 스벅은 싫더라." 나는 학생을 쳐다보며 콧잔등에 주름을 잡아 보이고, 뒤로 빙그르르 돌아섰다. 등 뒤에서 정신없이 딸깍거리는 소리가 들려왔다.

"좋은 아침, 로레타!" 내가 가장 진실해지는 순간이다. 가판대 점원에게 말을 건네는 지금 말이다. 로레타는 온몸에 심각한 화상을 입어서(어쩌다 그렇게 되었는지 아무도 모른다) 퀴퀴한 악취를 강하게 풍긴다. 작년에 처음 출근했을 땐 사람들이 불만이 많았다. 가판대는 좁기도 하고 음식도 파니까 '입맛 떨어지기' 딱이라고. 물론 회사에서는 숭고한 뜻으로 채용했겠지만, 건물 지하에 있는 마사지센터 같은 곳에서 일한다면 더 낫지 않을까? 엘리노어가 이와 관련해서 동료에게 투덜대는 걸 들은 적도 있었다. 하지만 로레타가 오고 나서부터 커피는 늘 신선했고, 우유는 물론이고 두유까지 항상 가득 차 있었다. 게다가 최신호 잡지들은 예술적으로 전시되어 있다. 로레타는 손이 닿는 대로 읽어치우는 사람이었다. 또 에어컨 비용을 아껴서 여행 경비로 저금하고 있다. 한번은 잡지에 실린 아름다운 모델을 가리키면서 내게 말하기도 했었다. "자기 사진인 줄 알았어!" 성대까지 화상을 입었는지 목소리가 잔뜩 잠겨 있었다. 로레타는 사진을 내 코앞까지 디밀었다. "보자마자 생각했다니까. 내 친구라고." 그 말에 내 목도 꽉 잠겨버리고 말았다. 눈에 차오르는 눈물을 가까스로 참아냈었다.

나는 학생들을 만날 때마다 이 가판대로 같이 온다. "학보사 기자였나요?" 한 손으로 턱을 받치고 상대의 이야기를 부추겨본다. 학교 마스코트 의상에 숨어 있는 동성애 혐오 코드를 다룬 폭로 기사에 대해서 더 자세히 이야기를 해보라고 권하기도 한다. 하지만 이미 로레타를 어떻게 대하는지에 따라 어떤 도움을 얼마나 줄지 결정해 놓은 상태다.

"좋은 아침!" 로레타는 나를 보고 환하게 웃었다. 아침 11시, 가판대는 조용하다. 로레타는 격월간 심리학 잡지 《사이콜로지 투데이》를 읽고 있었다. 읽고 있던 잡지가 아래로 내려가자 분홍색, 갈색, 회색 조각보로 기워놓은 듯한 로레타의 얼굴이 드러났다. 로레타는 한숨을 내쉬었다. "비는 정말 싫지만 차라리 일주일 내내 내리면 좋겠어. 그러면 주말에는 화창할 테니까."

"어휴, 무슨 말인지 알아." 로레타는 날씨 이야기를 정말 좋아했다. 로레타의 고향인 도미니카 공화국에 비가 내리면 모든 사람이 거리로 나가서 춤을 추는데, 여기는 그렇지 않다고 말한 적이 있었다. 뉴욕에 내리는 비는 언짢고 기분 나쁘다. "로레타, 여기는 스펜서라고 해." 나는 방금 사냥해 온 먹잇감을 손짓했다. 스펜서는 이미 코를 씰룩대고 있었다. 그 정도는 크게 나쁘게 볼 일이 아니다. 비극적인 악취에 직면했을 때 몸이 반응하는 건 어쩔 수 없다. 내가 모를 수 없지. "스펜서, 여기는 로레타예요."

로레타와 스펜서는 사교적인 인사를 주고받았다. 이런 아가씨들은 늘 공손하고 예의를 지킨다. 그렇지 않은 적은 한 번도 없을 것이다. 하지만 그 행동거지 어딘가에서 안간힘을 쓰는 구석이 보이게 마련이다. 그런 면을 보면 힌트를 얻을 수 있다. 몇몇은 단둘이 되자마자 자신의 형편없음을 감추려는 시도조차 하지 않는다. "세상에나, 그거 저 여자한테 나는 냄새예요?" 한 손으로는 새어 나오는 웃음소리를 틀어막고, 다른 쪽 어깨로는 내 어깨를 툭 치면서 작당 모의라도 하는 식으로 말하던 학생도 있었다. 마치 우리 둘이 같이 간 빅토리아 시크릿 매장에서 티팬티 한 무더기를 슬쩍 훔친 친구라도 된 듯이 굴었다.

"커피는 저기, 차는 저기. 마시고 싶은 걸로 골라요." 내가 잘 포개져 있던 커피 컵 하나를 집어 들고 검은 물줄기를 주입하는 동안 스펜서는 내 뒤에 서서 고민하고 있었다.

"페퍼민트 차가 아주 좋아요." 로레타가 말했다. 현명한 친구다.

"그런가요?" 스펜서가 되물었다.

"네." 로레타는 말했다. "산뜻하고 개운해요."

스펜서는 퀼팅 디자인의 샤넬 클래식 백을 어깨 위로 추켜 올리며 말했다. "사실 차를 즐기는 편은 아닌데요. 날이 진짜 더우니까 권해주신 것도 좋아 보여요."

오호, 이거 봐라. 드디어 그 대단한 브래들리가 마침내 설립 목적에 부합하게 된 모양이다. "브래들리스쿨은 우수한 교육을 시행하면서도 모든 학생이 동정심과 창의성, 존중심을 키워나가도록 돕는 데 전념하고 있다."

나는 음료값을 냈다. 스펜서가 내겠다고 했지만 나는 언제나처럼 기어이 고집을 부렸다. 사실 머릿속에는 카드 승인이 거절되는 영상이 반복 재생되고 있었다. 고작 5달러 23센트를 결제하지 못한다면? 이렇게 성공해서 맵시 있는 차림새를 뽐내는 성공한 28세 여성의 번드르르한 쇼는 와장창 망하는 거다. 내가 쓰는 카드 청구서는 웃기게도 루크한테 넘어가지만, 그렇다고 카드 사용을 그만둘 만큼 웃기지는 않다. 내 연봉은 7만 달러다. 캔자스시티에 살고 있다면 빌어먹을 패리스 힐튼처럼 살 수 있는 돈이다. 그리고 루크 덕분에 돈이 모자라서 문제가 될 일은 앞으로 절대 없을 것이다. 그래도 '승인 거절'이라는 말에 대한 어린 시절의 공포는 가시지 않는다. 엄마는 계산원 앞에서 더 듬더듬 변명을 늘어놓고, 가늘게 떨리는 두 손으로 카드를 돌려받은 다음 이미 한도가 초과한 카드들로 빵빵한 지갑에 다시 찔러 넣었다.

스펜서가 차를 한 모금 마셨다. "맛있네요." 그 말에 로레타가 눈을 반짝였다. "내 말이 맞죠?"

우리는 텅 빈 카페테리아에서 테이블 하나를 차지하고 앉았다. 비를 품은 회색빛 햇살이 머리 위 천창을 통해서 내려왔다. 스펜서의 태닝한 이마에 그림자 세 줄이 또렷하게 보였다. 아주 미세한 선이어서 머리카락 같기도 했다.

"오늘 이렇게 만나주셔서 정말 감사해요." 스펜서가 입을 뗐다.

"당연한걸요." 나는 커피를 홀짝였다. "이쪽 분야의 진입 장벽이 얼마나 높은지 잘 알고 있어요."

스펜서는 격렬하게 고개를 끄덕였다. "정말 어려워요. 제 친구들은 모두 금융 쪽이어서 졸업하기 전부터 일자리 제안을 계속 받았거든요." 스펜서는 티백에 달린 끈을 만지작거렸다. "저는 4월부터 이쪽에 있었는데, 지금은 다른 일도 시도해야 하나 걱정되기 시작했어요. 일단 취직을 하려고요. 점점 난처해지고 있거든요." 스펜서는 소리 내어 웃었다. "일단 다른 일을 하면서 이쪽으로 이사 온 다음에 계속 곁눈질해야 할 것 같아요." 스펜서는 질문을 담은 시선을 던졌다. "그게 현명할까요? 이력서에 다른 분야 경력이 생기면 출판 잡지 분야의 일을 진지하게 생각하지 않는다는 인상을 줄까 걱정이에요. 그렇다고 아무 일도 하지 않으면 구직 기간이 너무 길어져서 실제로 업무 경험이 하나도 없다는 우려를 사게 될까 봐 불안하고요." 스펜서는 가상의 딜레마에 낙담하며 크게 한숨을 내쉬었다. "어떻게 생각하세요?"

아직 이 동네에 살고 있지 않다는 이야기를 듣고 놀라지 않을 수 없었다. 91번가 1번로에 있는 아파트에서 살면서 집세와 공과금은 아빠가 다 해결해 주는 삶을 살고 있지 않다니! "인턴은 어디서 했어요?" 내가 물었다.

스펜서는 양처럼 소심해져서는 자신의 무릎으로 시선을 떨구었다. "안 했어요. 그러니까 인턴을 하기는 했는데요, 저작권 에이전시에서요. 저는 작가가 되고 싶어요. 우주비행사가 되고 싶다는 말처럼 멍청한 야심으로 보이시겠지만……. 어떻게 해야 작가가 될 수 있는지 아무것도 몰랐는데, 교수님이 상업적인 면으로 접근해서 출판 산업 분야의 감각을 익혀보라고 제안해 주셨어요. 사실 저는 잡지에 대해서 잘 몰랐어요. 물론 잡지는 좋아해요.《위민스 매거진》을 정말 좋아한답니다. 어렸을 적에 엄마 어깨너머로 몰래 훔쳐보곤 했거든요." 이 정도는 흔한 사연이다. 믿어도 좋은 말인지 아니면 그저 하는 말인지는 알 수가 없지만. "하지만 실제로 누군가가 그 글을 쓰고 있다고는 전혀 생각 못 하고 있었어요. 그런데 이 분야를 조사하기 시작하면서 지금 하고 계신 그 일이 바로 저의 운명이구나 했거든요." 말을 마친 스펜서는 숨을 가쁘게 몰아쉬었다. 열정이 넘치는 아가씨로군. 나로서는 기쁜 일이다. 이런 학생들 대부분은 옷을 만지작거리고 셀럽들과 어울리다가 뉴욕에서 가장 핫한 클럽인 붐붐룸의 게스트 명단에 언제나 이름이 올라가 있어서 거리낌 없이 출입하기를 원한다. 일단 그런 특전을 누릴 수 있는 것은 사실이다. 하지만 기사 끝에 '아니 파넬리'라고 인쇄된 바이라인에 비하면 다 부차적인 일이다. 되돌려받은 원고에 붙어서 온 '정말 재미있네' 또는 '자기 의견 피력을 완벽하게 해냈네' 같은 쪽지가 최고다. 쪽지를 집에 가져가면 루크는 A를 받은 과제물처럼 냉장고에 잘 붙여놓았다.

"알고 있겠지만, 편집자가 되면 글은 덜 쓰고 편집은 더 많이 하게 된답니다." 면담 자리에서 한 편집자가 내게 해주었던 말이다. 글은 덜 쓰고 편집을 더 하고 싶은 사람이 어디에 있단 말인가? 나는 크게 낙담했었다. 하지만 6년 동안 이 분야에 몸담고 있다 보니 지금은 무슨 말이었는지 완벽하게 이해하고 있다. 《위민스 매거진》에서는 제대로 된 보도를 할 기회는 제한적이고, 남자친구에게 꺼내기 어려운 말을 할 때는 건너편보다 바로 옆에 앉는 편이 좋다고 충고할 기회만 많다. "전문가에 의하면 남자들은 정면, 말 그대로 바로 앞에서 도전받는 듯한 느낌을 받지 않을 때 더 수용적인 태도를 보인다." 하지만 내가 어디서 일한다고 밝혔을 때 사람들이 바로 알아보고 환한 눈빛을 보이면 좀 뿌듯하다. 지금 내게 필요한 것이기도 하다.

"하지만 선배님의 바이라인은 늘 보이던데요." 스펜서가 말했다.

"내 이름이 보이지 않는 날이 오면 그때는 내가 이곳을 좌지우지하고 있다고 생각하면 될 거예요."

스펜서는 다소곳이 찻잔을 두 손으로 감싸 쥐었다. "처음 발행인에 올라온 선배님 이름을 보았을 때는 선배님이 정말 맞는지 확신할 수가 없었어요. 이름 때문에요. 「투데이 쇼」에 출연하신 모습을 보고 나서야 알았죠. 이름을 바꾸시고 외모도 달라지셨지만요. 예전에 예쁘지 않으셨다는 뜻은 아니에요." 이 이야기를 하는 스펜서의 얼굴에 진한 홍조가 피어나기 시작했다. "바로 알아봤어요."

나는 아무런 말도 하지 않았다. 상대가 질문을 던질 차례였다.

"그때 그 일 때문에 그렇게 하셨나요?" 스펜서가 목소리를 낮추고 물었다.

이 질문을 접하면 늘 하는 장황한 설명이 있다. "그렇기도 해요. 대학 은사님이 이렇게 하면 사람들이 나에 대해서 간접적으로 얻어들은 것이 아니라 내 장점으로 판단하게 될 거라고 제안해 주셨거든요." 그런 다음에는 늘 대수롭지 않다는 듯 어깨를 으쓱여 보인 후에 말한다. "사실 대부분 내 이름을 기억하고 있지 않아요. 브래들리라는 학교 이름만 기억하죠." 하지만 진실은 다르다. 나는 전학 첫날부터 내 이름에 문제가 있다는 것을 깨닫기 시작했었다. '촌시'니 '그리어'니 하는 고상한 이름이 사방에 포진해 있었고, 단순하면서 우아한 케이트들은 더 많았다. 티파니 파넬리처럼 성씨가 모음으로 끝나는 사람은 단 한 명도 없었다. 내 이름은 추수감사절에 불쑥 나타나서 값비싼 위스키를 다 마셔버리는 시골 촌뜨기 친척처럼 튀는 이름이었다. 브래들리에 가지 않았다면 절대로 이렇게 생각하지 않았을 것이다. 하긴, 브래들리에 진학하지 않고 펜실베이니아에서 계속 살았다면, 지금쯤 나는 리스한 BMW를 몰고 유치원 앞에 서서 프렌치네일을 한 손가락으로 운전대를 두드리고 있었겠지. 브래들리는 나를 사회 시스템에서 벗어나게 해주었지만, 마약에 중독된 양어머니처럼 날 왜곡된 방식으로 학대했다. 지원서에 적힌 내 이름을 본 대학 입학사정관들은 눈썹을 추켜세웠을 게 분명하다. 자리에서 벌떡 일어나서 비서를 소리쳐 불렀을 수도 있다. "수, 여기 이 학생이 그 티파니 파넬리가 맞을까." 여기까지 말하다가 불현듯 입을 다물었을 테지. 내가 브래들리 출신이라는 증거가 그 대답이 될 테니까.

　나는 감히 운을 과신하지 않고 아이비리그에는 지원하지 않았다. 하지만 비슷한 수준의 대학 대다수는 나를 기꺼이 받아들이고자 했으며, 내가 쓴 에세이에 눈물을 흘렸다고 말했다. 당연하다. 울지 않고는 못 배겼을걸. 비록 시작된 지 얼마 지나지 않았지만 이토록 잔인한 인생에서도 배운 것이 많다며 온갖 미사여구로 과장되게 썼으니까. 그리하여 내 이름과 내 이름을 싫어하도록 가르쳐준 학교 덕에 나는 웨슬리언대학에 입학했고, 그곳에서 둘도 없는 나의 절친 넬을 만났다.

내가 만난 와스프* 중 가장 아름다운 넬은 가시 돋친 말로 나를 제외한 모두를 찔러대는 사람이다. 그리고 내 이름에서 '티프' 부분을 빼고 '아니'로 하라고 제안해 준 장본인도 사실 어떤 현명한 교수가 아니라 바로 넬이다. 흔히 생각하는 '애니'라는 이름은 나처럼 염세적인 사람에게는 너무 평범하고 단조롭다나. 딱히 과거를 숨기려고 이름을 바꾸지는 않았다. 단지 나라는 사람에게 어울린다고 아무도 생각하지 못한 바로 그 존재, '아니 해리슨'이 되기 위해서 이름을 바꾸었을 뿐이다.

스펜서는 친밀감이 고양된 이 순간을 놓치지 않고 테이블 가까이 의자를 휙 움직였다. "저는 사람들이 어느 고등학교 나왔냐고 물어볼 때가 제일 싫어요."

하지만 이런 정서에는 동의할 수 없었다. 전에는 어느 고등학교를 나왔느냐는 질문에 기쁘게 대답하기도 했다. 내가 얼마만큼 멀리 왔는지를 증명할 기회로 삼을 수 있어서 좋았다. 그래서 어깨를 으쓱이고 무감한 얼굴로, 우리는 모교가 같다는 이유만으로 친구가 될 가능성은 없다고 분명히 알렸다. "난 개의치 않아요. 현재의 내가 있게 해준 일부분이라는 마음에서요."

순간 스펜서는 자신이 지나치게 몸을 앞으로 기울였다는 사실을 깨달았다. 우리 둘이 서로 눈을 마주칠 수 없는 지점이었다. 감히 이렇게 가까이서 나와 눈을 마주하리라고 생각하다니, 선을 넘어도 한참 넘었다. 스펜서는 몸을 뒤로 젖혀 의자에 기대어 앉으면서 내 공간을 돌려주었다. "물론 선배님 입장이라면 저와는 다르시겠지만요."

"그 다큐 촬영에도 참여하고 있어요." 나는 스펜서가 묻지도 않은 질문에 대답했다. 내가 얼마나 개의치 않고 있는지를 알게 해주고 싶

•　　　WASP. 앵글로 색슨계 백인 개신교도인 미국 주류층

어서였다.

　스펜서는 천천히 고개를 끄덕였다. "그것도 여쭙고 싶었어요. 당연히 촬영팀에서 선배님을 섭외하고 싶었겠죠."

　나는 손목에 찬 태그호이어 시계를 확인했다. 루크가 까르띠에를 사주기로 약속했었다. "무급으로라도 인턴은 꼭 경험해 보라는 말을 해주고 싶네요."

　"그럼 집세는 어떻게 하죠?" 스펜서가 물었다.

　나는 그녀가 앉은 의자 등받이에 걸려 있는 샤넬 백을 쳐다보았다. 다시 보니 풀리기 시작한 솔기가 몇 군데 보였다. 대대로 물려오는 재산이 신탁에라도 묶여 있는 모양이다. 웨인에 괜찮은 크기의 집이 있는 훌륭한 가문이지만, 지하철에서 구걸하는 걸인에게 줄 푼돈은 없는 사람들이리라.

　"밤에 서빙을 하거나 바텐더로 일하면 어때요? 아니면 매일 통근을 해도 되고."

　"필라델피아에서 여기까지요?" 자신이 어디에서 통근하게 될지를 알려주려고 되묻는 게 절대 아니다. 그런 통근을 제안하다니 정신 나갔냐고 반문하는 것 같았다. 짜증이 나서 속이 부글부글 끓었다.

　"우리 회사에는 워싱턴 DC에서 통근하는 인턴도 있어요." 나는 말했다. 천천히 커피 한 모금을 마신 뒤 스펜서 쪽으로 고개를 기울였다. "기차로 두 시간이면 오잖아요?"

　"그러게요." 스펜서는 자신 없는 얼굴로 말했다. 순순히 꼬리를 내리다니 실망스러웠다. 여기까지는 일이 꽤 잘 풀렸다고 볼 수 있다.

　스펜서가 실수를 만회할 기회를 주려고 나는 손을 뻗어서 목에 두른 우아한 황금 체인 목걸이를 정돈했다. 지금껏 가장 중요한 부분을 언급하지 않았다니 믿을 수가 없었다.

"약혼하셨어요?" 내 손에 걸린 자부심과 기쁨을 보자 스펜서는 두 눈을 만화 캐릭터처럼 크게 떴다. 반짝거리는 다이아몬드 두 개가 굵은 에메랄드를 아름답게 호위하는 모양의 백금 반지를 본 것이다. 이 반지는 루크의 할머니에게 물려받았다. 앗, 실수. 그의 엄마에게 물려받은 것이다. 루크는 내게 이 반지를 주면서 다이아몬드를 다시 세팅하라고 제안했었다. "엄마가 자주 다니는 보석상 말로는 요즘 사람들은 다 새로 세팅하러 온다고 하더라. 더 모던할 것 같아."

하지만 바로 그 이유로 나는 반지를 새로 세팅하지 않았다. 사랑하는 예비 시어머니가 하던 그대로의 반지를 갖고 싶었다. 차분한 절제미와 화려한 장식미를 동시에 지닌 반지는 분명한 메시지를 전하고 있었다. 이것은 가보다. 우리는 그냥 돈이 많은 사람이 아니다. 물려받은 돈이 많은 사람이다.

나는 손가락을 뻗어 새삼스럽게 문제의 장신구를 쳐다보았다. "어휴, 맞아요. 나이 먹었다고 인증하는 거예요."

"지금까지 봤던 반지 중에 가장 아름다워요." 스펜서는 단언했다. "언제 결혼하세요?"

"10월 16일에요!" 나는 스펜서를 보며 방긋 웃었다. 엘리노어가 여기 있었다면 이렇게 얼굴을 붉히는 예비 신부 짓거리를 보고는 고개를 비딱하게 기울이며 '귀엽네?' 하고 미소 지었을 것이다. 그러고는 10월을 우기라고 보기는 어렵지만 날씨를 종잡을 수 없는 시기라고 꼭 짚어주겠지. 잠깐, 정말 비가 내리면 어떻게 할지 대비책은 마련해 놓았던가? 엘리노어라면 실제로 사용하지 않아도 만일을 위해 천막을 예비해 두는 비용만으로 1만 달러는 지불했겠다. 엘리노어는 그런 식의 자잘한 이런저런 정보를 차고 넘치게 알고 있다.

나는 의자를 뒤로 밀었다. "이만 일하러 돌아가야겠어요."

스펜서는 즉시 의자에서 일어나서 한 손을 앞으로 쑥 내밀었다. "정말 감사합니다, 티파니 선배님. 아, 아니지." 스펜서는 입을 손으로 가리고 게이샤처럼 소리 죽여 웃으며 온몸을 흔들었다. "아니 선배님. 죄송해요."

가끔 내가 태엽 인형 같다는 생각이 들 때가 있다. 등 뒤에 달린 황금색 태엽을 감아서, 인사든 웃음이든 사회적으로 용인되는 그런 반응을 보이는 인형 말이다. 나는 스펜서에게 작별의 미소를 만들어서 보여주었다. 만약 이번에 촬영하는 다큐멘터리가 방송되어 내 얼굴에 솔직하게 드러난 아픔을 그녀도 보게 된다면, 내가 누구고 무슨 일을 했는지 모두 알게 된다면, 다시는 내 이름을 잘못 부르는 실수를 할 수 없을 것이다.

2장

8학년에서 9학년으로 넘어가는 여름 내내, 메인라인이 얼마나 고급 주택가인지 엄마가 토해내는 열변을 들어야 했다. 엄마는 그 동네가 '끕'이 다르다면서, 그쪽 고등학교에 다니면 세상의 다른 절반이 어떻게 사는지 제대로 경험해 볼 수 있다고 했다. 끕이 다르다니. 처음 들어보는 표현이었지만 엄마의 목소리에 담긴 찐득하고 걸쭉한 느낌으로 추측할 수 있었다. 이제 도저히 뭘 살 여력이 없는 엄마에게 백화점 직원이 캐시미어 스카프를 사도록 설득하면서, 목 안쪽부터 긁어서 아양을 떨던 그 말투와 같았다. "그렇게 걸치시니까 부티 나 보이세요." '부티'라는 말은 마법의 단어였다. 하지만 아빠는 집에 들어온 엄마를 보고 그 말에 동의하지 않았고, 스카프를 자기 얼굴에 대고 문질러볼 뿐이었다.

나는 유치원 때부터 가톨릭 재단에서 운영하는 여학교에 다녔고,

약 24킬로미터나 떨어져 있는 메인라인의 상류층과는 전혀 연이 닿지 않는 마을에서 살았다. 그렇다고 슬럼가에서 자랐다는 뜻은 아니다. 나의 주변 환경은 소름 끼칠 정도로 중산층이었다. 천박한 이웃들이 스스로 상류층이라고 착각하고 있기는 했지만 말이다. 당시에는 돈에 연륜이 있다는 것도 몰랐고, 오래되고 낡은 물건이 늘 우월하다는 것도 전혀 몰랐다. 그때 나는 부유함이란 반짝거리는 붉은색의 BMW(리스로 구매)와 방 다섯 개짜리 양산형 주택(300퍼센트 모기지 대출로 마련)이라고 생각했었다. 그렇다고 우리에게 방이 다섯 개나 있는 졸렬한 대저택 모조품에서 편안히 살 여유가 있지도 않았다.

내가 제대로 된 교육을 받기 시작한 날은 2001년 9월 2일 아침이었다. 펜실베이니아주 브린마에 위치한 브래들리스쿨 신입생으로 처음 등교한 날이었다. 마리화나 덕분이었다(우리 아빠처럼 은어를 쓰고 싶다면 '풀'이라고 말해도 좋다). 그 덕에 아베크롬비앤피치 매장에서 산 오렌지색 카고바지에 땀이 밴 손바닥을 문질러 닦으며 브래들리의 인문학관으로 사용되는 낡은 건물 입구에 올 수 있게 되었다. 그때 마약에 손대지 않았다면 어땠을까? 여름 내내 마운트세인트테레사학교 안뜰에서 따끔거리는 파란색 교복 치마 아래로 하와이안 트로픽 오일에 범벅이 된 허벅지를 황갈색으로 태닝하고 다녔겠지. 페이스북 계정들이 흔히 전시하는 전형적인 삶을 살았을지도 모른다. 애틀랜틱 시티로 밀월여행을 갔다고, 따분하게 교회에서 결혼식을 올렸다고, 철저한 계획 끝에 기다리던 2세가 태어났다고 차곡차곡 자기 사진첩에 업로드하는 그런 삶.

하지만 실제로는 무슨 일이 일어났던가. 나는 친구들과 함께 8학년이 되었을 때 마리화나를 해봐야 한다고 결의를 모았었다. 우리 넷은 내 절친 리아의 방 창문으로 빠져나가 지붕으로 기어 올라갔다. 그곳에서 우리는 본벨 립밤을 번들번들하게 바른 입술로 마리화나를 나눠 피웠다. 얼마 지나지 않아 나는 팔다리부터 발톱까지 온몸의 감각을 강렬하게 인식하게 되었다. 소름 끼치도록 예리한 느낌에 나는 과호흡을 하며 울기 시작했다.

"뭔가 잘못됐어." 나는 숨을 헐떡이다가 웃는 일을 반복하면서 리아에게 말했다. 리아는 나를 진정시키려 했지만 결국 미친 듯한 웃음 발작에 굴복하고 말았다.

리아 엄마가 와서 난리 난 우리를 살폈고, 그 밤중에 우리 엄마에게 전화를 걸어서 과장되게 속삭였다. "애들이 뭔가 했어요."

나는 5학년이 된 이후부터 매릴린 먼로와 같은 몸매를 갖게 되었기 때문에 다른 학부모들은 망설임 없이 내가 가톨릭 여학교 내 마약 밀매 조직의 배후라고 믿었다. 나는 한눈에도 골칫거리로 보이는 아이였다. 일주일 만에 나는 같은 반 아이들 마흔 명의 여왕벌에서 짓뭉개지지 않기 위해 애를 써야 하는 파리 신세로 전락하게 되었다. 콧구멍에 프렌치프라이를 쑤셔 넣었다가 꺼내 먹는 조롱을 당했던 여자아이조차도 나와 같이 앉아 점심을 먹는 타락은 원하지 않았다.

소문은 돌고 돌아 교무실에 이르렀다. 엄마와 아빠는 교장 선생님의 호출을 받았다. 존이라는 이름의 도깨비 같은 교장 수녀님은 대안 학교에서 학업을 이어나갈 것을 제안했다. 엄마는 집으로 가는 차 안에서 내내 화를 내다가, 마침내 필라델피아 서쪽의 상류층 주택가 메인라인에 있는 사립학교에 보내야겠다는 결론을 내렸다. 특권층을 위한 학교이기에 아이비리그 대학 진학에도 유리하고, 진짜 부자에게 시집 보내는 데도 더 유리할 것이었다. "보란 듯이 해내는 거야." 엄마는 의기양양한 목소리로 선언했다. 엄마는 운전대가 존 수녀님의 목이라도 되는 양 두 손으로 움켜쥐고 있었다. 나는 한 박자 정도 쉬었다가 용기를 내서 물었다. "메인라인에는 남자애들 있어?"

그 주 후반에 엄마는 오전 일찍 마운트세인트테레사로 와서 나를 데려갔고, 45분간 운전해서 브래들리스쿨로 갔다. 종교와는 상관 없는 그 남녀공학 사립학교는 녹음이 우거지고 담쟁이가 무성한 메인라인 주택가의 중심부에 있었다. 입학처장은 1900년대 초엽에 『호밀밭의 파수꾼』의 저자, 제롬 데이비드 샐린저의 첫 번째 아내가 브래들리에 입학했다는 말을 특별히 두 번이나 강조했다. 당시에는 여학생들만 받는 기숙학교였단다. 나는 이 웃긴 이야기를 잘 기억해 두었다가 미래의 고용주와 시부모님 면접 현장에서 이야깃거리로 삼았다. "네, 저 브래들리 나왔어요. 그거 아세요? 제롬 데이비드 샐린저의 첫 번째 아내도 브래들리에 다녔답니다." 본인이 밉살스럽다는 걸 잘 알고 있는 한에서는 얼마든지 밉살스럽게 굴어도 괜찮다. 적어도 나는 그렇게 합리화했다.

학교를 둘러본 후에는 입학시험을 치러야 했다. 카페테리아에서 한참 떨어진 별관에는 휑뎅그렁한 공식 식당이 있었다. 나는 커다란 식탁의 상석에 앉았다. 문틀 위에 걸린 청동 접시는 여기가 '브레너 볼킨 룸'이라고 선언하고 있었다. 영어를 쓰는 세상에서 건물에 브레너라는 이름을 붙이다니 통 이해할 수 없었다.

시험 내용은 가물가물한데, 어떤 사물을 직접적으로 지칭하지 않고 그에 대해 묘사하라는 작문 문제가 있던 기억이 난다. 나는 우리 고양이를 묘사한 뒤, 뒷 베란다 밖으로 뛰어내렸다가 갈기갈기 찢긴 채 피투성이로 사망했다고 썼다. 제롬 데이비드 샐린저에 대한 브래들리의 극심한 호감을 보니 고뇌하는 작가를 무척 좋아한다는 생각이 들었다. 내 생각은 옳았다. 몇 주 후, 나는 학자금 지원이 승인되어 브래들리의 2005년 졸업생으로 입학 허가를 받았다는 통보를 받았다.

"우리 아가, 긴장되니?" 엄마가 물었다.

"아니." 나는 창밖을 보면서 거짓말을 했다. 엄마가 메인라인에 대해서 그렇게 호들갑을 떨었던 이유를 이해할 수 없었다. 열네 살 내 눈에는 그곳에 있는 집이나 리아가 살던 흉물스럽게 커다란 분홍색 스타코 마감 건물이나 진배없어 보였다. 값비싼 것과 과시하지 않는 것 사이에서 미묘하게 균형 잡는 감식안이라고 할 만한 능력이 그 당시의 나에게 있었을 리가 없다.

"우리 딸은 잘할 거야." 엄마는 내 한쪽 무릎을 꼭 잡고는 내게 미소 지어 보였다. 엄마 입술에 붙어 있던 각질이 햇빛을 받아 새하얗게 보였다.

4열 횡대로 줄지어 가는 여자아이들이 우리가 탄 BMW 옆을 행진하듯 지나갔다. 여윈 어깨에 백팩을 단단히 메고 걸어갈 때마다 하나로 묶은 머리가 스파르타 병사들의 투구에 달린 금색 깃털 장식처럼 까닥거렸다.

"엄마, 당연하지." 나는 눈을 치켜떠 보였다. 엄마를 위해서라기보다는 나 자신을 위한 행동이었다. 이러다 눈물이 터질 것만 같았다. 하마터면 엄마 품에 몸을 던지고 닭살이 돋을 때까지 엄마의 길고 뾰족한 손톱으로 내 팔을 어루만져 달라고 할 뻔했다. 어렸을 적 나는 엄마가 소파에 앉아 있을 때마다 가서 안기고는 팔을 간지럽혀달라고 애원하기도 했었다.

"늦겠다!" 엄마는 내 뺨에 입술을 꾹 눌러 뽀뽀해 주었다. 끈적한 립글로스 자국이 남았다. 그 대답으로 나는 엄마한테 새로운 학교에 처음 등교하는 10대 딸내미 특유의 뚱한 인사를 건넸다. 그날 아침, 학교 정문에서 서른다섯 걸음 정도 떨어진 곳에서 나는 신입생 역할의 예행연습을 하고 있을 뿐이었다.

첫 시간은 담임의 조회였다. 나는 세상 제일가는 얼간이처럼 신나 있었다. 마운트세인트테레사에서는 과목에 따라 선생님이 달라지는 법도 없었고, 수업 종이 치는 일도 없었다. 한 학년에 마흔 명의 학생이 있었는데, 두 반으로 나뉘어 수학, 사회, 과학, 종교, 영어를 똑같은 선생님 한 명에게 똑같은 교실에서 1년 내내 배웠다. 운이 좋으면 수녀가 아닌 선생님을 만나기도 했다(물론 나는 지지리도 운이 나빴지만). 41분마다 종이 울리면 다음 교실로 이동해서 새로운 선생님과 새로운 학생들과 함께 공부하는 학교에 다니다니. 「베이사이드 얄개들」 같은 청춘 시트콤에 게스트로 등장하는 스타가 된 것 같았다.

하지만 첫날 오전에 가장 재미있었던 건 영어 시간이었다. 이전 학교에선 개설조차 되지 않았던 영어 우등반에서 수업을 듣게 된 것이다. 우리 고양이의 비극적인 죽음을 묘사한 150단어 분량의 훌륭한 작문 덕이다. 학교 매점에서 사두었던 밝은 초록색 펜으로 어서 필기하고 싶어서 조바심이 났다. 마운트세인트테레사에서는 어린아이처럼 연필로만 필기할 수 있었지만 브래들리에서는 무얼로 필기하든 신경 쓰는 사람이 없었다. 성적만 잘 나온다면야 필기를 하든 말든 상관이 없었다. 브래들리의 상징색은 초록색과 흰색이었다. 그래서 나는 애교심을 보여주기 위한 목적으로 농구부 유니폼과 같은 색의 펜을 샀다.

영어 우등반은 소수 정예 반이어서 열두 명의 학생이 각각 책상에 앉는 대신 기다란 탁자 세 개에 나누어 앉았다. 한쪽이 서로 붙여진 탁자는 괄호 모양을 이루고 있었다. 담당 교사인 라슨 선생님은 엄마가 '기골이 장대하다'고 부를 만한 부류였다. 하지만 여분의 살 9킬로그램 덕분에 얼굴은 둥글고 친절해 보였다. 가늘게 뜬 눈과 살짝 휘어진 윗입술 덕분에 전날 밤 미적지근한 맥주를 마시며 나누었던 실없는 농담을 기억하고 있는 사람처럼 보이기도 했다. 색 바랜 파스텔 컬러의 버튼다운 셔츠와 치렁거리는 밝은 갈색 머리를 보니 여기 같은 사립학교를 졸업한 지 얼마 지나지 않았다고 확신하게 되었다. 나의 14년 된 아랫도리가 동의했다. 다른 모든 14년 된 아랫도리들도 같이 동의했다.

수업 시간에 라슨 선생님은 대체로 앉아 있었다. 두 다리를 앞으로 쭉 뻗고 한 손은 머리 뒤로 돌려 받친 채로 질문을 던지곤 했다. "홀든이 호밀밭의 파수꾼과 동일시되는 이유가 뭐라고 생각하지?"

그날 라슨 선생님은 돌아가면서 여름방학에 했던 멋진 일 하나씩을 이야기하게 시켰다. 라슨 선생님이 나를 위해서 이런 활동을 준비했으리라 확신했다. 브래들리의 '종신수'들은 중학교 시절부터 쭉 이곳을 같이 다녔으니 여름 내내 어울려서 보냈을 것이다. 하지만 새로 온 학생이 뭘 했는지 아무도 모른다. 현실은 친구 한 명 없는 루저처럼 땀이나 흘리면서 집 뒤 베란다에서 등을 태우고, 주방 창문 너머로 텔레비전 드라마나 봤지만……. 여기 아이들이 그런 현실을 알 필요는 없다. 내 차례가 되었을 때 나는 모두에게 8월 23일에 펄 잼의 콘서트에 갔었다고 말했다. 실제로 그런 일은 없었지만 아예 말도 안 되는 이야기는 아니었다. 리아의 엄마는 마리화나 소동이 있기 전에 우리 둘을 위해서 공연 티켓을 예매해 주셨다. 내가 리아에게 나쁜 영향을 미치고 있다는 오랜 의심이 확신으로 바뀌기 전까지는 정말로 공연에 갈 예정이었다. 하지만 리아와 여기서 새로 만난 사람들 사이에는 바다만큼의 거리가 있다. 또 나는 새로운 친구들에게 좋은 인상을 줘야 했다. 그래서 거짓말을 했고 또 그럴듯하게 보였다. 여름방학에 했던 나의 멋진 일에 몇몇 아이들은 동의하듯 고개를 끄덕였고 심지어 태너라는 이름의 남자아이 입에서는 "멋지다"라는 말이 튀어나왔다. 그해 여름 난 태닝을 했는데, 사람 이름이 태너일 수 있다니.

활동이 끝나고 라슨 선생님은 여름방학 독서 과제였던 『호밀밭의 파수꾼』에 대해서 이야기해 보라고 했다. 나는 허리를 꼿꼿이 펴고 앉았다. 베란다에서 이틀 동안 급하게 그 책을 다 읽었다. 엄지손가락에 침을 묻혀가면서 책장을 넘기는 바람에 반달 모양의 자국이 페이지마다 남았다. 엄마는 나에게 그 책 어떻냐고 물어봤다. 웃기는 책이라고 대답하자 엄마는 고개를 옆으로 기울이고는 나를 쳐다보며 말했다. "티프, 주인공은 심각한 신경쇠약을 겪고 있어." 전혀 생각지도 못했던 사실을 들은 나는 너무 놀라서 책을 다시 읽었다. 이렇게 중요한 사실을 놓치다니……. 한동안 나에게는 문학적 소양이 없는 걸까 걱정했었다. 하지만 마운트세인트테레사에서는 문법 수업만 하고 문학 수업은 어떻게든 하지 않으려 했었던 걸 떠올렸다(문법에는 섹스와 범죄가 적으니까). 그러니 나의 소견이 다른 아이만큼 날카롭지 못한 것은 내 탓이 아니다. 시간이 지나면 나도 해낼 수 있을 것이다.

화이트보드와 가장 가까운 자리에 앉아 있던 남자아이가 끙 하고 앓는 소리를 냈다. 아서라는 아이였다. 그 아이가 여름방학에 했던 가장 멋진 일은 《뉴욕타임스》 본사 견학이었다. 다른 아이들의 반응으로 미루어 짐작하건대 펄 잼의 콘서트보다 멋지지 않은 것 같았지만, 키멜 센터에서 봤다는 「오페라의 유령」 뮤지컬만큼 나쁘지는 않은 듯했다. 내 생각에도 브로드웨이에서 본 게 아니라면 「오페라의 유령」 뮤지컬은 그리 대단할 게 없어 보였다.

"그 정도로 좋았단 말이지?" 라슨 선생님은 놀리는 듯 말했고, 반 아이들은 킥킥거리고 웃었다.

아서는 136킬로그램에 육박하는 체구에 여드름이 괄호처럼 얼굴 가장자리에 붙어 있었다. 머리는 지독한 지성이어서 손으로 쓸어넘기기만 해도 헤어라인에서 정수리까지 그 모양 그대로 기름진 호를 그리며 고정되었다. "홀든의 자의식 과잉이 좀 덜했다면 어땠을까요? 여기서 그는 모든 사람을 위선자라고 부르고 있지만 가장 심한 위선자는 자기 자신이었어요."

"재미있는 점을 이야기해 줬구나." 라슨 선생님은 이야기를 더 끌어내려 말했다. "홀든은 신뢰할 만한 화자인가?"

대답이 나오기 전에 수업 종이 울렸다. 라슨 선생님은 종소리를 이기려는 듯 큰 목소리로 다음 시간까지 『희박한 공기 속으로』의 처음 두 챕터를 읽어오라고 했다. 이번 주에 토론할 책이었다. 아이들은 공책과 필기구를 가방에 쓸어 담고 스티브 매든 샌들을 신은 발과 보송보송한 솜털이 뒤덮인 다리로 우르르 뛰쳐나갔다. 어떻게들 그렇게 빨리 밖으로 나갔는지 이해하지 못했다. 그때 처음으로 깨달았다. 나는 느리구나. 그 이후로도 내내 그 사실을 뼈저리게 느끼면서 살았다. 다른 사람이라면 애쓰지 않고 수월하게 할 일이 나에게는 그렇지 않던 것이다.

라슨 선생님과 단둘이 남았다는 사실을 깨달은 나는 커버걸 화장품을 바른 얼굴을 붉혔다. 아침에 엄마가 화장이 필요할 거라고 했고, 나도 다른 여자아이들이 당연히 화장하고 오리라고 생각했었다. 하지만 다들 맨얼굴이었다.

"세인트테레사에서 온 학생이구나. 맞지?" 라슨 선생님은 허리를 숙여서 책상 위에 놓인 서류 몇 장을 뒤적였다.

"마운트세인트테레사입니다." 나는 마침내 가방의 지퍼를 닫을 수 있었다.

라슨 선생님은 책상에서 시선을 떼고 고개를 들었다. 선생님 입술의 주름이 깊어졌다. "그래. 서평 과제가 훌륭하더구나. 매우 면밀하고 빈틈없었어."

나중에 침대에 누워서 이 순간을 되새기고 또 되새겨 볼 게 분명했지만, 지금 당장은 빨리 그곳을 벗어나고 싶었다. 이럴 때는 어떻게 말해야 적절한지 몰랐다. 내 얼굴은 아마도 와인을 과음한 아일랜드 이모처럼 보였을 것이다. 그 이모는 내 머리를 쓰다듬으면서 자기에게도 나 같은 딸이 있었으면 정말 좋았겠다고 말하곤 했다. "감사합니다."

라슨 선생님이 미소를 짓자 눈이 사라져 버렸다. "함께 공부하게 돼서 기쁘다."

"어, 네. 내일 뵐게요!" 나는 손을 흔들다가 중간에 마음을 바꿔먹었다. 아마도 투렛 증후군을 앓고 있는 사람처럼 보였을 것이다. 투렛 증후군은 아파서 결석한 날에 보았던 「샐리 제시 라파엘 토크쇼」에서 알게 된 단어였다.

라슨 선생님은 살짝 손을 흔들어 답인사를 해줬다.

교실 밖에서 몇 걸음 걸어나가자 부서진 책상 하나가 있었다. 자신의 책가방을 그 위에 두고 주변을 살피던 아서는 내가 다가가자 고개를 들었다.

"안녕." 그가 말했다.

"안녕."

"내 안경이." 설명을 대신한 말이었다.

"아." 나는 가방끈 아래로 두 손을 밀어 넣고는 꼭 잡았다.

"지금 점심 먹어?" 그가 물었다.

나는 고개를 끄덕였다. 하지만 점심시간은 도서관에서 보낼 계획이었다. 점심을 샀는데 전혀 모르는 사람들 사이에서 두리번거리다가 나와 친해지고 싶어 하지 않는 사람들 사이에 억지로 앉아야만 한다? 상상할 수 있는 최악의 상황이었다. 개학 첫날 아이들끼리 할 이야기가 얼마나 많은가. 각종 수다와 뒷말을 나눌 소중한 시간을 희생해서 새로 온 학생에게 소속감을 느끼게 해주려는 사람은 없다는 걸 잘 안다. 나라도 무관심했을걸. 시간이 지나면 익숙해지겠지. 이마에 푸른 혈관이 살짝 비치는 빨간 고수머리 여자아이는 반에서 가장 높은 아이큐를 자랑하면서 일찌감치 하버드 진학을 결정할 수도 있고, 2005년 졸업예정자 중에서 가장 먼저 입학 승인을 받아낼지도 모른다(한 학년 일흔한 명의 학생 중에서 아홉 명 정도가 하버드에 입학한다. 《메인라인 매거진》에서 아무 이유 없이 브래들리를 '명문' 대학 진학 준비 학교로 지정한 것이 아니다). 저쪽에 있는 작은 키에 다부진 체격과 복근을 자랑하는 축구 선수는 지난여름에 절친의 집 지하실에서 절친이 쳐다보는 동안 린지 비즈 헤인스에게 오럴 섹스를 받았을지도 모른다. 결국에는 이 얼굴들과 이들의 정체를 모두 알게 될 것이고, 나 역시 다른 모든 이에게 알려지게 되리라. 내가 누구와 함께 앉았고 어디에 전념했는지를 설명하는 구전 설화가 생길 것이다. 하지만 그때가 되기 전까지는 도서관에서 스페인어 과제를 남들보다 먼저 해내는 것으로 나의 위엄과 자존감을 지키는 편이 더 나았다.

"같이 가줄게." 아서가 제안했다.

아서는 불룩한 백팩을 한쪽 어깨에 걸쳐 메고 앞장서서 걸었다. 계단을 따라 내려가는데 새하얗게 부어오른 그의 종아리가 서로 스쳐댔다. 몸이 자기를 배신하는 게 어떤 건지 나는 잘 안다. 나는 겨우 열네 살이었지만 이미 신입생 시절에 찐 살을 빼야 하는 대학생처럼 보였다. 그래도 10대 남자애들은 멍청하기 짝이 없어서 내 팔다리가 비교적 가늘고, 가슴이 브이넥 티셔츠 차림의 포르노 배우처럼 도드라진다는 이유로 내가 완벽한 몸을 가지고 있다고 생각했다. 하지만 내 옷 아래는 유전적으로 물려받은 살덩어리가 있다. 졸업 무도회 드레스를 입겠다고 한바탕 거식증 소동을 벌였어도 문제를 해결할 수 없을 지경이었다. 내 배는 지방질로 주름져 있고 배꼽은 일자 모양이다. 그해 여름에는 탱키니가 유행했는데, 내 평생 그때만큼 유행하는 옷의 덕을 본 적이 없다.

"너, 다른 여자애들처럼 라슨 선생님에게 빠졌어?" 아서는 씨익 웃으면서 쓰고 있던 안경을 번들거리는 코 위로 밀어 올렸다.

"여기 오기 전에 다니던 학교에선 선생님이 모두 수녀님이었거든. 어쩌겠어?"

"가톨릭 학교 학생이었구나." 아서는 엄숙하게 말했다. 이 근처에서 나 같은 부류를 만날 일이 없었겠지. "어디였는데?"

"마운트세인트테레사 아카데미라고 알아?" 나는 아서의 반응을 기다렸다. 호의적인 반응을 기대하지는 않았다. 하지만 아서가 아무런 표현을 하지 않자 나는 이렇게 덧붙여 말했다. "맬번에 있어." 맬번은 엄밀히 말하면 메인라인의 초입에 있는 지역이다. 멋지고 화려한 부대 중심부에 있는 장군이나 대령을 보호하기 위한 최하급 부대 같은 곳이었다. 그 경계를 조심조심 걸어 다니는 평민들은 유서 깊은 메인라인 거주민들을 신경 쓰이게 만드는 존재였다. 맬번은 이들이 만든 제국의 일원이 아니었으니까.

아서는 얼굴을 찡그렸다. "맬번? 거긴 멀잖아. 거기서 살아?"

그렇게 구구절절 설명이 시작되었다. 아니, 거기 말고. 나는 체스터스프링스에 살아. 거기가 훨씬 더 멀고 서민들이 득실거리지. 물론 그곳에도 너희 눈에 괜찮아 보일 만한 아름답고 오래된 집들이 있기는 해. 물론 우리 집은 안 그렇지만.

"거기가 얼마나 멀지?" 내가 주워섬긴 그럴듯한 말이 끝나자 아서가 물었다.

"한 30분 정도 걸려." 사실은 45분이 걸린다. 가끔은 50분이 걸릴 때도 있다. 하지만 이 거짓말은 시작에 불과했다.

아서와 나는 카페테리아 입구에 도착했다. 아서는 내게 들어가라고 손짓했다. "먼저 들어가."

◆◆◆◆◆

아직은 누구를 신경 써야 할지 몰랐다. 카페테리아 안이 위협적이라고 느낄 만한 에너지가 들끓고 있었어도 나는 전혀 의식하지 못했다. 그저 누군가에게 손을 흔드는 아서를 쳐다보다가 같이 가자는 말을 듣고 그를 따라갔다.

카페테리아는 본관과 신관이 합류하는 장소였다. 여기저기 모래색 뼈대가 드러났지만 본래는 연한 에스프레소 색상이었을 원목 탁자가 있고, 탁자와 잘 어울리는 진한 갈색 바닥 끝에는 커다란 통로가 있었다. 그 통로를 따라가면 새로 지은 중앙 홀이 모습을 드러냈다. 위로는 유리로 된 채광창이 달려 있었고, 발아래로는 반들거리는 테라조가 깔려 있었다. 바닥에서 천장까지 이어지는 큰 통창 밖으로는 네모난 안뜰이 보였다. 그곳에서 중학생들은 소 떼처럼 풀밭을 돌아다녔다. 다른 아이들은 조리 식품 코너가 있는 본관에서 몰려와서 U자 형태로 된 카페테리아에서 음식을 받고 새로운 아트리움으로 나갔다. 거식증을 앓다 회복 단계에 들어선 아이들은 샐러드 바에서 앙상한 팔로 브로콜리와 무지방 이탈리안 드레싱을 집어 들고 있었다.

나는 아서의 뒤를 따랐다. 아서는 고풍스러운 난로 옆에 놓인 탁자 옆에서 걸음을 멈추었다. 몇 년 동안 사용하지 않은 것처럼 보였지만 그을음 자국으로 보아서는 이전에 이곳에 거주했던 이들은 그 물건의 진가를 알아보았던 것 같다. 아서가 가방을 내려놓은 의자 건너편에는 여자아이 한 명이 앉아 있었다. 그 여자아이의 커다란 갈색 눈동자는 양옆으로 벌어져 귀밑털에 닿아 있다시피 했다. '샤크'라고 불리는 아이였다. 하지만 그 별난 눈은 사실상 그 아이의 가장 멋진 특징이자 미래의 남편이 가장 사랑할 점이다. 샤크는 큼직한 카키색 바지에 흰색 면 스웨터를 입고 있었다. 커다란 가슴 아래쪽에 자글자글 잡힌 주름이 보였다. 그 아이 옆에 앉은 또 다른 여자아이는 두 손으로 턱을 받치고 있었다. 긴 갈색 머리는 어깨 위에서 넘쳐흘러서 팔꿈치 주변의 탁자에 웅덩이를 만들었다. 피부가 너무 하얘서 짧은 치마가 충격적으로 다가왔다. 마치 자신의 하얀 다리를 대놓고 전시하는 것 같았다. 우리 엄마라면 그렇게 희멀건 상태로 밖에 나돌아 다니도록 허락하기는 커녕 나를 질질 끌어다 일광욕 선베드에 눕혔을 텐데. 그래도 그 아이의 흰 피부는 나쁘지 않아 보였다. 옆에 앉은 남자아이는 축구부 유니폼 차림이었다. 착실하게 잘생긴 외모에 맞춰 의무적으로 입어야 하는 옷 같았다. 그 남자아이의 손은 새하얀 여자아이의 등 뒤 4분의 1 아래 지점에 얹혀 있었는데, 거기는 남자친구만이 손댈 수 있는 부위였다.

"어이." 아서가 말했다. "여기는 티파니. 가톨릭 학교에 다녔었대. 잘해줘. 전에 다니던 학교에서 힘들었다더라."

"안녕, 티파니!" 샤크가 명랑한 목소리로 말했다. 샤크는 텅 빈 푸딩 컵의 둥근 부분을 플라스틱 숟가락으로 헤집으며 마지막 남은 초콜릿 시럽을 뜨려고 애쓰는 중이었다.

"안녕."

아서는 샤크를 손으로 가리켜 보였다. "베스." 그 다음에는 창백한 피부의 여자 아이였다. "이쪽은 세라." 그런 다음에는 그 아이의 남자친구였다. "그리고 테디."

'안녕' 합창이 울려 퍼졌다. 나는 한 손을 들어 보이고 다시 한번 인사를 건넸다.

"이리 와." 아서는 내 소맷자락을 잡아당겼다. 나는 가방 끈을 의자 모서리에 걸어 놓고 조리 식품 코너 앞에 늘어선 줄로 다가갔다. 아서는 자기 차례가 되자 로스트 비프와 칠면조, 세 가지 종류의 치즈에 토마토 없이 양상추에 마요네즈를 듬뿍 넣은 엄청나게 큰 샌드위치를 주문했다. 넘쳐나는 마요네즈 덕에 아서가 한 입 베어 물 때마다 질척거리는 소리가 났다. 나는 치즈와 머스터드, 토마토를 얹은 시금치 랩 샌드위치를 달라고 했다(아, 당시에는 랩이 빵보다 칼로리가 조금 적다고 생각했었다). 아서는 포테이토칩 두 봉지를 쟁반에 던져놓았다. 하지만 여자아이 대부분이 포테이토칩을 먹지 않길래 나도 집지 않았다. 나는 랩 샌드위치와 다이어트 과일 음료인 스내플을 가지고 계산대 줄을 기다렸다.

"바지 예쁘네." 칭찬의 말에 뒤를 돌아보았다. 매우 독특하면서도 매력적인 여자아이 한 명이 내 오렌지색 카고바지를 고갯짓으로 가리켰다. 너무 지겨워서 다시는 입지 않으리라 다짐했던 바지였는데 뜻밖의 칭찬을 듣다니. 붉은빛이 감도는 금발은 너무나 균일해서 도무지 천연 머리색으로는 보기 어려웠고, 커다란 갈색 눈에는 어찌 된 영문인지 속눈썹이 하나도 없었다. 뒷마당에 수영장이 있고, 여름방학에 아르바이트하지 않는 여자아이에게 어울리는 피부색을 지닌 아이였다. 핫핑크색의 버튼다운 셔츠와 교복 풍의 플레이드 체크 무늬 치마는 손가락 끝이 허벅지에 닿는 지점보다 훨씬 짧아 보였다. 브래들리 여학생들 사이에서 가장 압도적으로 유행하는 중성적인 프레피룩을 대놓고 거역하는 스타일이었다. 이 여자아이는 이곳을 지배하고 있다는 듯한 분위기를 풍기고 있었다.

"고마워." 나는 활짝 웃었다.

"신입이야?" 여자아이가 물었다. 발신자 부담 전화방 광고 멘트처럼 허스키한 목소리였다.

내가 고개를 끄덕이자 여자아이는 말했다. "힐러리라고 해."

"나는 티파니야."

"야, 힐러리!" 카페테리아에서 가장 잘나가는 테이블 중앙에서 굵은 목소리가 들려왔다. 다리에 털이 숭숭 난(우리 아빠 다리에 있는 것처럼 억세고 진한 색 다리털이 나 있었다) 남자아이들과 '미친년, 병신, 좆같은 새끼' 같은 말로 서로를 비난해도 큰 소리로 웃고 말 잘 들을 여자아이들이 몰려 있었다.

"어, 딘!" 힐러리가 대꾸했다.

"스웨디시피시 젤리 좀 갖다줘." 그 아이가 말했다. 힐러리는 쟁반 없이 짐을 들고 있어서 빈손이 없었다. 다이어트 콜라를 턱 아래 끼웠고 팔꿈치 안쪽으로는 프레첼 봉지가 들려 있었다.

"내가 할게!" 힐러리가 만류했지만 나는 계산대에서 한 손을 들어 보이고는, 재빨리 젤리 봉지 하나를 집어서 나의 랩 샌드위치며 음료수와 함께 계산했다.

"이 은혜 안 잊을게." 힐러리는 새끼손가락에 젤리 봉지를 걸어서 구매한 물건을 전부 들고 갔다.

나는 계산대에서 몇 걸음 천천히 떼어서 아서 쪽으로 움직였다. 힐러리가 내게 호기심을 보이면서 이뤄진 이 뜻밖의 만남으로 얼굴이 상기되었다. 때로는 소녀들만의 시간이 정말 좋아하는 남자친구와의 데이트보다 훨씬 귀하고 소중하기도 한 법이다.

"지금 우리 학교 HO* 중 절반을 만났군."

•   창녀라는 뜻의 whore와 발음이 같아서 은어로 헤픈 여자라는 뜻이 있다.

나는 뒤로 고개를 돌려서 딘의 쟁반에 스웨디시피시 봉지를 던져주는 힐러리의 모습을 힐끗 보았다. 쟁반을 쓰기는 쓰는구나. "노는 애들이란 뜻이야?"

"아니, 힐러리하고 베프인 올리비아의 약어야. 저기가 올리비아." 아서가 고갯짓으로 가리킨 갈색 곱슬머리 여자아이는 털 투성이 다리의 남자애들이 텅 빈 프렌치프라이 상자로 짓는 요새를 감상하면서 소리 내 웃고 있었다. "이름에서 한 글자씩 땄대. 쟤네는 약어가 뭔지도 모를걸." 아서는 그들의 무지에 만족해하며 한숨을 쉬었다. "그래서 더 웃기는 거지."

내가 비록 홀든 콜필드의 신경쇠약을 첫눈에 알아보지는 못했을지언정 약어가 뭔지는 틀림없이 알고 있었다.

"쟤네 정말 걸레야?" 그런 말을 기꺼이 선취하는 여자아이가 있다니 금시초문이었다. 나도 난잡하다는 말을 한 번 들은 적이 있지만, 그건 열두 살 때 가슴이 성인 사이즈가 되면 자연스럽게 듣게 되는 논리적 비약이었다. 그때 나는 엄마 무릎 위에 앉아 한 시간 동안 눈물을 흘렸다.

"본인들이 그러기를 바라고 있어." 개기름으로 번들거리는 아서의 콧잔등에 주름이 졌다. "하지만 막상 자지로 면상을 얻어맞기라도 하면 어떻게 해야 할지 자기들도 모를걸."

◆◆◆◆◆

점심시간 다음은 화학 수업이었다. 제일 싫어하는 과목이지만 HO 두 명이 같이 수업을 듣게 되어서 매우 흥미진진했다. 하지만 그 흥미진진함도 순식간에 사라졌다. 선생님이 화학도 얼마든지 재미있는 과목이 될 수 있다는 걸 증명한답시고 2인 1조로 실험을 하라고 지시했기 때문이었다. 나는 필사적인 심정으로 오른쪽을 보았다. 하지만 근처에 앉은 아이는 의자에 앉은 채로 옆자리 학생에게 같은 조를 하자고 강렬한 신호를 보내고 있었다. 내 왼편도 마찬가지였다. 짝을 이뤄 행복해진 2인조들은 교실 뒤편으로 설렁설렁 걸어갔다. 이런 인구 이동 덕에 같은 처지의 낙오자 한 명의 모습이 도드라졌다. 밝은 갈색 머리에 교실 반대편에서도 알아볼 정도로 선명하게 파란 눈동자를 지닌 남자아이였다. 그 아이는 내게 고개를 까닥해 보이고 눈썹을 치켜떴다. 무언의 파트너 요청이었다. 비록 그게 유일한 선택지였지만 말이다. 나도 고개를 끄덕여 보였다. 우리 둘은 일렬로 늘어선 책상 뒤에 마련된 실험대로 걸어갔다.

"좋아." 살짝 애매하게 나란히 선 우리를 보고 챔버스 선생님이 말했다. "리엄과 티파니는 창가에 있는 마지막 테이블을 사용하렴."

"다른 선택지라도 있는 것처럼 구시네." 리엄은 나지막이 투덜거렸다. 챔버스 선생님은 들을 수 없는 소리였다. "신입들을 잘 보살펴 주셔서 감사해야겠어."

잠깐, 이게 무슨 말이지? 지금 얘가 자기랑 나를 '신입'이라고 한 건가? 힐끗 리엄을 쳐다보았다. "너도 여기 처음이야?"

리엄은 뻔하지 않겠냐는 듯 어깨를 으쓱했다.

"나도야!" 나는 신이 나서 속삭였다. 리엄의 짝이 되다니 믿을 수 없을 만큼 운이 좋았다. 원래 신입끼리는 규정상 서로를 찾아내야 하는 의무가 있는 법이다.

"알아." 리엄이 한쪽 입꼬리를 끌어 올려 희미하게 미소 짓자 오후 햇살이 그의 보조개에 담겼다. 《타이거 비트》 잡지 부록으로 오는 포스터에 실려도 될 모습이었다. "이렇게 예쁜데 마지막까지 남았잖아."

나는 허벅지 사이에 힘을 줬다. 피어나는 열기를 억누르려는 시도였다.

챔버스 선생님은 아무도 흥미를 보이지 않는 안전 규칙에 대해 말하기 시작했다. 급기야 조심하지 않으면 머리와 눈썹을 모두 태워먹은 채 교실을 나서게 될 거라는 말까지 했다. 나는 어깨 너머로 힐러리를 보다가 힐러리 역시 그 눈썹 없는 큰 눈으로 나를 쳐다보고 있었다는 걸 알게 되었다. 챔버스 선생님이 그토록 걱정하는 운명을 이미 맞이한 적이 있는 사람 같았다. 나는 그 짧은 순간에 결정을 내려야 했다. 시선을 피하고 못 본 척할 것이냐, 미소를 지으며 비언어적 대화를 나누어 장차 더 큰 호감을 살 여지를 두느냐. 마운트세인트테레사에서 잠깐이나마 인기를 누리게 한 내 본능이 작동하면서 후자를 선택했다.

기쁘게도 힐러리는 미소를 되돌려주고는 올리비아를 쿡 찔러 귀에 대고 뭔가 속삭였다. 올리비아 역시 미소를 짓고 나에게 신호를 보냈다. "쟤 핫하다." 올리비아가 입 모양으로 말했다. 특히 '핫'이라는 단어에서 입술을 크게 벌렸고 리엄을 향해 슬쩍 고갯짓했다. 나는 재빨리 리엄이 내 쪽을 보는지 안 보는지를 흘긋 확인한 다음에 입 모양으로 대꾸해 주었다. "나도 알아."

맙소사. 수업 종이 울리던 3시 23분에 나는 뿌듯한 마음이 들었다. 새로운 학교 첫날. 잘생긴 썸남이 생겼고, 신입끼리만 허락되는 방식으로 그에 대한 소유권을 주장할 수 있었다. 그리고 학교에서 잘 나가는 HO와 친해졌다. 그 잔소리꾼 존 수녀님에게 꽃무늬 카드를 보내고 싶어졌다. "수녀님, 저는 새로운 학교에서 완전 잘 지내고 있고요, 제 처녀 딱지를 떼어줄 사람도 찾았어요. 너무너무 감사해요!"

3장

"스물다섯, 스물여섯. 턱 올려요! 스물여덟. 두 개 더. 할 수 있어요! 스물아홉, 서른!" 나는 체중을 뒤로 옮기고 발꿈치 위에 엉덩이를 올리고는 두 팔을 앞으로 쭉 뻗었다. '칼로리 연소'라는 이 헛된 약속을 위해서 나는 매달 325달러를 내고 있다. 집에 가자마자 허겁지겁 음식을 입에 쑤셔 넣지만 않아도 더 길고 날씬한 몸매를 만들 수 있을 텐데. 가끔은 코트를 벗기도 전에 주방부터 턴다.

"웨이트 기구는 정리하시고 바에서 카프 레이즈 준비하세요." 그룹 운동 때마다 가장 불안감이 고조되는 순간이다. 웨이트 기구를 잘 둔 뒤 바에서 내가 가장 좋아하는 위치를 차지하는 일을 빠르고도 예의 바르게 해내야 하기 때문이다. 느려터지게 움직이는 사람들을 팔꿈치로 쳐내는 것뿐이지만 만만치가 않다. "난 텔레비전에 나간다고. 그냥 건강해지려고 여기 온 게 아니란 말이야, 이 여자들아!" 돌발적인 부덮침은 감수하기로 했다. 보통은 노래쟁이들을 위해서 비축해 두는데. 왜 그, 살아 있다는 사실만으로도 빌어먹게 행복해서 통통 튀듯 길을 걷고, 귀에는 이어폰을 꽂고, 역겨운 얼굴은 기쁨으로 가득 차서 해로운 모타운 클래식의 가사를 큰 소리로 부르는 사람들 있잖은가. 나도 제법 뻔뻔해져서 그런 노래쟁이들을 지나칠 때마다 나의 커다란 가방을 휘둘러서 일부러 부딪친다. 그리고 등 뒤로 들리는 '이봐요!' 소리를 음미한다. 저 사람들만 그렇게 행복하게 지내도록 놔둘 수는 없지.

하지만 운동 중에는 조금 조심한다. 트레이너가 생각하는 나의 이미지를 바꾸고 싶지 않다. 깊은 인상을 남기기 위해서 공들여 놓았으니까. 허벅지 운동만큼은 가장 난이도 높은 옵션을 선택하는, 조금은 쌀쌀맞지만 다정한 아가씨로 말이다. 다리가 얼마나 격렬하게 떨리든 상관없다.

웨이트 기구를 수납함에 떨구고 돌아서니 다행히도 내가 가장 애정하는 위치에는 아무도 없었다. 나는 수건을 바에 걸어두고 물병을 바닥에 내려놓았다. 그리고 체중을 발가락에 싣고 발뒤꿈치를 바닥에서 들어 올린 후 위아래로 까닥거렸다. 그와 동시에 배를 척추 쪽으로 밀어 넣고 어깨뼈를 딱 붙였다.

트레이너가 말했다. "자세 좋아요, 아니."

한 시간 동안 나는 접어 올리고, 들이마시고, 쥐어짜고, 번쩍 들고, 욱신거리고, 두근거렸다. 마지막 스트레칭을 할 때면 내 사지는 내가 늘 먹고 싶어 환장하는 팟타이 국수 가락 같다. 3킬로미터 거리를 달려서 집으로 돌아가는 건 취소할까 곰곰이 갈등했다. 하지만 헬스장 앞쪽 찬장에 내 매트를 가져다 두려고 몸을 일으켰다가 거울에 비친 내 모습을 흘깃 보았다. 정확히는 탱크톱 뒤에 툭 불거진 군살을 보았다. 취소는 재고하기로 했다.

운동이 끝나고 라커룸에서 말을 붙여오는 사람이 있었다. "아까 정말 잘하시던데요!" 복근 운동을 할 때마다 전화를 걸러 밖으로 나갔던 여자였다.

"네? 뭐라고요?" 물론 그 여자 말은 잘 들렸다.

"복근 운동이요. 그 마지막 자세요. 저는 다리에 힘을 빼고 해봐도 단 한 번도 몸을 지탱하지 못하겠더라고요."

"음, 제게 가장 필요한 부위라서요. 최대한 절 몰아세웠어요." 나는 배를 손으로 두드려 보였다. 스텔라 맥카트니가 디자인한 엑스트라 스몰 사이즈의 아디다스 요가 팬츠 위로 배가 볼록 튀어나와 있었다. 결혼식을 준비하기 시작하면서 내 폭식 습관은 고등학교 시절 수준으로 심해졌다. 지난 몇 년 동안은 그놈의 폭식을 일요일에만 제한적으로 허용하고 지냈었다. 이따금 수요일 밤에도 허용하기도 했다. 주중에는 과도한 운동과 엄격한 식이 제한으로 몸무게를 54킬로그램으로 꾸준히 유지하고 있었다(이대로 키가 177센티미터라면 호리호리한 편이라고 말할 수 있지만, 161센티미터라면 땅딸막한 수준이다). 결혼식도 결혼식이지만 무엇보다 다큐멘터리 촬영을 위해서 47킬로그램까지는 감량해야 한다. 목표 달성을 위해, 그것도 빠른 시일 내에 달성하기 위해서 앞으로 무엇을 해야만 하는지 잘 알고 있다. 하지만 그로 인해 욕구가 더 걷잡을 수 없어진 것 같다. 나는 거식증을 대비해 살을 비축하는 미친 곰이 된 것 같다.

"말도 안 돼요!" 여자는 단언했다. "정말 보기 좋은걸요."

"고마워요." 여자가 뒤로 돌아 사물함을 열자 내 눈길도 그녀의 뒤태로 향했다. 그녀의 길고 가는 몸통을 상쇄하는 넓은 골반과 크고 펑퍼짐한 엉덩이가 보였다. 결정을 못 하겠다. 순순히 아줌마의 운명을 받아들이는 것과 그 운명에 맞서 싸우며 배고픔과 보톡스의 나날을 보내는 것. 둘 중에서 뭐가 더 나쁠까?

◆◆◆◆◆

나는 집까지 묵묵히 갔다. 웨스트사이드 하이웨이를 따라가는데 발이 질질 끌렸다. 3킬로미터를 25분 동안 달렸다. 자동차에 치일 수는 없으니 신호등에서 멈춰야만 했던 시간까지 고려해도 이 정도 속도는 그야말로 애처로운 수준이다.

"안녕, 자기." 루크는 무릎 위에 놓인 아이패드에서 시선을 떼지도 않고 말했다. 루크와 막 만나기 시작했을 무렵에는 그의 '안녕, 자기'라는 말에도 욕망이 일어 그 단어를 움켜잡곤 했다. 인형 뽑기 기계에서 갈고리가 봉제인형을 움켜잡는 느낌이었다. 인형이 잡히는 것 자체가 기적이었다. 누구나 인형 뽑기 기계가 미리 조작되어 있다는 사실을 알고 있지 않나? 고등학교와 대학교 시절, 나는 어깨가 넓은 라크로스 선수가 뒤에서 달려와 한쪽 팔을 내 어깨 위에 두르며 "안녕, 자기"라고 말해주기만을 간절히 바랐다.

"운동은 잘했어?"

"응." 나는 땀에 전 상의를 벗었다. 룰루레몬의 가호가 사라지자 젖은 머리카락이 목 뒤쪽 맨살에 들러붙어 몸이 부르르 떨렸다. 나는 주방 수납장으로 가서 유기농 땅콩버터 병에 숟가락을 푹 찔러 넣었다.

"그 사람들 몇 시에 다시 만난다고 했지?"

나는 곁눈질로 시계를 쳐다보았다. "1시. 출발해야 해."

땅콩버터 딱 한 숟가락과 물 한 잔을 허용한 다음에 샤워하러 갔다. 준비를 마치는 데만 한 시간이 걸렸다. 루크와 저녁 외식을 하러 나가기 전에 준비할 때보다 더 오래 걸렸다. 여기저기 여자들이 많으니까 더 차려입어야 한다. 거리의 관광객들은 물론이고(뉴욕에서는 다 이렇다고 보여줘야 한다), 내 가죽 퀼트 가방에 달린 미우미우 라벨을 봐야만 알랑방귀를 뀌는 점원도 있다. 그리고 오늘 가장 잘 보여야 하는 여자는 내 결혼식의 신부 들러리다. 의예과 학생이던 스물세 살 때 이 여자는 서른 살까지 아이를 낳지 못하면 난자를 얼리겠다고 과감한 선언을 한 바 있다. "고령 임신은 자폐증과 직접적인 연관이 있어." 보드카 소다를 어찌나 열심히 빨아 마셨는지 부글부글 거품이 났다. "30대에 아이를 가진 여자들은 다 너무 이기적이야. 그 나이가 되기 전에 공장 문을 닫지 못한다면 입양해야지." 물론 모니카 '모니' 달튼 본인은 옆구리에 삼겹살이 생기기 전에 아기 공장 문을 반드시 닫겠다고 확언했다. 이 여자는 「섹스 앤 시티」 드라마 최종화 이후로 가공 탄수화물을 먹지 않아서 포토샵으로 만진 듯한 복부를 가지고 있다.

다만 지금으로부터 석 달 후면 모니는 우리 중에서 가장 먼저 스물아홉 살이 된다. 현재 그녀에게는 침대에서 나란히 자다가 아침에 같이 일어나서 생일 축하 섹스를 해줄 남자가 없는 상황이다. 그녀의 공포에선 화학 물질의 냄새가 난다.

게다가 모니는 옷을 차려입은 재미를 가장 크게 느끼게 해주는 상대다. 내 샌들의 섬세한 발목 끈이며 그와 조화를 이루는 나의 에메랄드를 훑어보는 그녀의 시선이 정말 마음에 든다. 모니 역시 바니스 백화점을 애용하지만, 카드값이 부모님에게 청구된다는 점에서 나와 다르다. 일단 스물다섯을 넘은 나이에 그러고 사는 건 쿨하지 못하다. 이 나이에 카드값을 내주어도 되는 사람은 애인이나 자기 자신뿐이다. 분명히 말하는데, 나는 내 쇼핑 비용을 스스로 부담한다(보석만큼은 선물받는다). 하지만 사실 이것도 루크가 없었다면 불가능했을 일이다. 그가 쇼핑 이외의 모든 비용을 부담하고 있기 때문이다.

"멋지네." 루크가 주방으로 가는 내 뒤통수에 키스했다.

"고마워." 나는 입고 있는 흰색 블레이저의 소매를 잡아당겼다. 패션 블로그에서 말하는 대로 예쁘게 못 걷겠다.

"만나서 브런치 먹어?"

"응." 나는 가방에 화장품과 선글라스, 《뉴욕》 잡지를 채워 넣었다. 물론 잡지는 일부러 반절 정도 가방 밖으로 삐죽 튀어나오게 넣어두었다. 내가 《뉴욕》을 읽는다는 걸 모든 사람이 알게 하기 위해서다. 그리고 껌과 우리의 소심한 소품 담당자가 만들어준 청첩장 초안도 넣었다.

"아, 맞다. 이번 주에 말이야. 클라이언트 중에 부부 동반으로 저녁 식사를 꼭 한번 같이 하자는 사람이 있어."

"누군데?" 나는 블레이저의 접은 소매를 풀었다가 다시 접었다.

"이 사람. 앤드루라고, 골드만 다녀."

"넬이 알 수도 있겠네." 나는 소리 없이 활짝 웃었다.

"맙소사." 루크는 볼에 바람을 불어 넣고선 걱정했다. "몰랐으면 좋겠는데." 넬은 루크를 긴장하게 만드는 사람이다.

나는 미소를 지었다. 그리고 루크의 입술에 키스했다. 그의 숨결에서 만든 지 오래된 커피 냄새가 났다. 진저리치지 않으려고 노력했다. 루크를 처음 만난 순간을 떠올리려 노력했다. 진짜 처음 만난 순간은 대학 신입생으로 참석한 파티장이었다. 다른 사람들이 세븐 진을 입고 있을 시절, 나는 카키색 바지의 허리 밴드에 질식당하고 있었다. 루크는 해밀턴대학 졸업반이었지만, 기숙학교 시절부터 절친으로 지내던 친구가 웨슬리언에 왔다. 두 사람은 몇 년 동안 자주 왕래했지만 당시 나는 갓 입학한 신입생이어서, 가을 학기에 열린 그 파티에서 루크를 처음으로 보았다. 당시 루크는 넬을 좋아하고 있었다. 넬이 남자 불알을 으스러뜨릴 정도로(루크의 표현이다) 위협적인 여자가 될 수 있다는 사실을 깨닫기 전이었다. 다행인지 불행인지 넬은 루크의 절친과 만나고 있어서 루크와 넬 사이에는 아무런 일도 일어나지 않았다. 그날 밤 집에 갔을 때 루크의 습관적인 '안녕'이라는 인사말만 듣고 만나는 속이 상했다. 그래서 빈틈없는 전략을 짰다. 내가 원하는 남자는 넬을 원하고 있었다. 그래서 나는 넬을 가까이서 지켜보았다. 넬이 먹는 방식대로 먹기 위해서 접시 위에 담긴 음식의 거의 4분의 3을 남겼다(넬은 가장 강력한 탄수화물도 무심하게 대하도록 만들어주는 파란 알약을 비축해 두고 있었다). 그리고 추수감사절에 집에 갔을 때 넬이 입는 옷을 엄마에게 사달라고 했다. 넬 덕분에 그동안 내가 완전히 잘못하고 있었다는 걸 배웠다. 예쁜 애들은 예쁘게 보이려고 노력하지 않은 것처럼 보여야 한다. 브래들리 시절에는 전혀 몰랐던 치명적인 실수였다. 한때 넬은 아빠의 폴로 셔츠에 끔찍한 어그 부츠와 트레이닝복을 입고 화장도 하지 않은 채 나가곤 했다. 여성들에게 충성을 다하고 있음을 증명하기 위해서였다. 또한 예쁜 애들은 자기 비하적인 유머 감각을 지니고 있어야 한다. 여드름이 곪았다거나 설사를 심하게 했다고도 털어놓아서 다른 여자애들에게 자신이 남자를 낚아채는 깍쟁이 역할에 관심이 없다고 각인시켜야 한다. 여기서 이것이 의도가 있는 술책임을 감지당하면 끝이다. 원하는 남자도 잊어야만 한다. 여자애들이 으르렁거리면 아무리 단단하게 서 있던 것도 시들해질 수 있다.

　1학년 말이 되었을 즈음에 나는 학기 초에 입던 그 바지를 쉽게 입고 벗을 수 있게 되었다. 심지어 단추를 풀지 않고도 가능했다. 그래도 여전히 '마른' 체형은 아니었다. 대학을 졸업하고 나서야 4.5킬로그램을 더 뺐다. 하지만 대학생 기준은 뉴요커 기준에 비하면 그리 엄격한 것도 아니다. 3월의 어느 날, 나는 유혹하듯 따스한 날씨를 만끽하며 추레한 탱크톱 차림으로 강의실에 걸어가고 있었다. 햇빛 세례가 뜨겁다고 생각하던 찰나에 마침 맷 코디가 지나갔다. 아이스하키 선수인 매트는 넬의 허벅지에 성기를 하도 열심히 비벼대서 피부에 붉은 자국을 남긴 걸로 유명했다. 그 흔적은 점점 부풀어서 보라색, 파란색, 초록색을 띤 채로 거의 일주일 동안 남아 있었다. 맷은 가던 걸음을 멈추고 햇살이 내 머리와 눈동자에 부서지는 모습을 바라보다가 경탄하면서 숨을 몰아쉬었다. "와우!"

　하지만 나는 조심해야만 했다. 대학은 새로운 나를 선보일 첫 번째 장소였다. 다시 입방아에 올라서 위태로워질 수는 없다. 넬 말로는 내가 지금껏 만났던 사람 중에 가장 헤프게 굴면서 남자를 애태우는 여자라고 한다. 나는 섹스를 많이 한다. 가슴도 많이 드러낸다. 하지만 그건 다 남자친구가 아닌 경우에만 해당하는 이야기다. 넬 덕분에 배운 방법이었다. 넬은 그 방법을 헤밍웨이 이론이라고 명명했다. 헤밍웨이는 소설의 결말을 썼다가 삭제하곤 했는데, 결말을 삭제하면 이야기가 더 강렬해지기 때문이라고 주장했다. 독자들이 실체가 없는 마지막 페이지의 희미한 흔적을 직관적으로 느낀다고 한다. 넬의 논리에 의하면, 좋아하는 남자애가 생기면 그 즉시 다른 남자를 찾아야 한다나. 미국의 현대 문학 수업마다 나를 뚫어져라 바라보다 들킨 남자 정도가 딱 좋겠다. 그런 애는 머리에 덕지덕지 헤어젤을 바르고, 엉터리 청바지를 입었다. 그 남자에게 미소를 지어 보여서 데이트 요청을 받아낸다. 그리고 그의 기숙사 방에서 약한 위스키를 마신다. 그가 데이브 에거스에 관해 시적인 웅변을 토로하는 동안 배경에는 피닉스의 애처로운 음악이 깔리고, 나는 그가 해오는 키스를 피하거나 그냥 받아들인다. 이렇게 계속하다 보면 내가 정말 좋아하는 남자가 이 사람을 인식하기 시작한다. 즉 다른 남자가 내 주변에서 코를 벌름거리며 돌아다닌다는 사실을 깨닫는 것이다. 낌새를 알아차린 남자의 동공은 물속에서 피를 흡입한 상어처럼 커진다.

졸업한 후에 루크를 다시 우연히 만났다. 뉴욕에서 열린 다른 파티에서였다. 타이밍이 이보다 더 정확히 맞아떨어질 수 없을 정도였다. 당시 내게는 남자친구가 있었기 때문이었다. 세상에, 그 남자의 냄새는 미식축구 경기장을 가득 채우고도 남을 정도로 지독했다. 그는 평이 극과 극으로 나뉘는 메이플라워호 이민 가족의 후예였다. 나는 그를 늘 곁에 두었다. 내가 침대에서 뭘 요청하든지 주저하지 않고 해주는 유일한 남자였기 때문이었다. 따귀를 때려달라는 요청 따위도 다 들어주었다. "원하는 만큼 세지 않으면 알려줘." 그는 이렇게 속삭이고는 손을 크게 돌려서 백핸드로 나를 아주 세게 때렸다. 어찌나 세게 때렸는지 두개골 신경이 요란하게 부서져서 네온 빛을 내다가, 어둠이 내리면서 흐릿해졌다가 비틀어졌다가를 반복했다. 내 눈 위에 검은색 담요를 두른 것 같았다. 그러다 보면 나는 마침내 기괴한 신음과 함께 오르가슴에 이른다. 루크에게 이렇게 해달라고 부탁하면 기겁하겠지. 하지만 나는 선천적인지 아니면 후천적인지 알 수 없는 맹렬한 피학의 욕구를 기꺼이 포기하는 대신 그 대가로 그의 성을 얻기로 했다. '부인'이라는 호칭을 붙이기에 딱 좋은 이름이다. 마침내 루크 '때문에' 사귀던 남자친구와 결별하게 되자 우리에게 갑작스러운 자유가 생겼다. 함께 저녁을 먹으러 나갈 수 있고, 진짜 커플처럼 함께 집에 갈 수 있게 되었다. 그건 사람을 취하게 했다. 격랑을 일으키는 조류처럼 우리를 빠르고 멀리 나아가게 했다. 우리는 1년 후에 동거하기 시작했다. 루크는 내가 웨슬리언에 다녔다는 걸 잘 알고 있다. 우리 학교에 그렇게 많이 놀러 왔는데도 나를 한번도 못 마주쳤다니 정말 재미있다고 종종 이야기하곤 한다.

◆◆◆◆◆

"이건 에밀입니다. 로즈워터 컬러예요." 점원은 드레스를 옷걸이에서 빼내서 자신의 몸 앞에 대고 앞뒤를 보여준 뒤, 스커트를 잡고 엄지와 검지로 천을 집어서 보여주었다. "광택이 좀 돌거든요. 보세요."

나는 흘깃 넬을 바라보았다. 넬은 지금도 여전히 '고개가 돌아가게 만드는 미인(우리 엄마의 표현)'이다. 그 오랜 시간이 지난 후에도 여전하다. 다른 여자들과 달리 결혼이 가져다줄 만족이 필요 없는 사람이다. 넬이 금융권에서 일할 시절, 당시 같은 층에 일하는 여자는 두 명뿐이었다. 남직원들은 바비 인형처럼 예쁜 은행원이 성큼성큼 걸어가는 모습을 조금이라도 보려고 의자를 돌리는 난리를 피웠다. 2년 전 크리스마스 파티에서는 애 딸린 얼뜨기 유부남 동료가 넬을 번쩍 안아 어깨에 메는 바람에 드레스가 뒤집혀서 그녀의 우아한 엉덩이가 노출되고 말았다. 유부남은 그 상태로 원숭이 소리를 내면서 한 바퀴를 돌았고 그곳에 있던 다른 모든 사람은 고함을 지르며 야단법석을 떨었다.

"원숭이 소리를 왜 냈대?" 나는 물었다.

"자기 딴에는 타잔 흉내를 낸 게 아닐까?" 넬은 어깨가 귀에 닿도록 올려 보였다. "똑똑한 사람은 아니었어."

넬은 회사를 상대로 소송해서 미공개 액수의 배상금을 청구했다. 지금은 매일 아침 9시에 일어나 요가와 스피닝 수업을 듣고 누구보다 빠르게 브런치 계산서를 낚아채며 지내고 있다.

넬은 한쪽 입을 깨물면서 말했다. "그런 색 드레스를 내가 입으면 벌거벗고 있는 것처럼 보이겠다."

"우리 태닝 제품도 쓸 거잖아." 모니가 상기했다. 창문으로 흘러들어

온 빛에 모니 뺨에 난 뾰루지가 선명히 보였다. 가공할 만큼 커다란 뾰루지에다가 분홍색 컨실러를 덕지덕지 발라놓은 것까지 다 보였다. 모니는 자신보다 내가 먼저 결혼하는 이 모든 상황에 대해서 스트레스를 굉장히 많이 받고 있었다.

"미드나이트 블루 컬러는 장점을 돋보이게 해주지요." 점원은 과장된 몸짓으로 로즈워터 컬러를 선반에 돌려놓고, 그 옆에 놓인 군청색 드레스를 우리에게 보여주었다. 이런, 점원의 소매에서 까르띠에 러브 브레이슬릿이 스르르 미끄러져 흘러내린다. 타고난 금발 미녀다. 아마 1년에 한두 번 헤어 살롱을 방문해서 금발을 더욱 금발답게 유지하고 있으리라.

"색을 섞기도 하나요?" 내가 물었다.

"자주 그러죠." 점원은 결정타를 날리기 위해 말을 이어갔다. "배우 조지나 블룸버그 아시죠? 몇 주 전에 와서는 친구 해준다고 그렇게 예약하고 갔어요." 점원은 세 번째 옵션을 꺼내 들었다. 흉물스러운 가지색이었다. 그리고 덧붙여 말했다. "제대로만 하면 아주 시크해 보일 거고요. 신부 들러리가 모두 몇 명이라고 하셨죠?"

일곱 명이었다. 모두 웨슬리언대학 동창이었고, 다들 뉴욕에 살았는데 그중 둘은 워싱턴 DC에서 순환 근무 중이다. 루크의 신랑 들러리는 아홉 명이다. 듀크대학을 우등생으로 졸업한 개릿을 제외하고는 모두가 해밀턴대학 동창이다. 그들 모두 뉴욕에 살고 있다. 한번은 루크에게 여기서 친구들하고만 어울리며 지내는 통에 진짜 뉴욕을 경험하지 못한 것 같다고 말한 적이 있었다. 뉴욕은 온갖 괴짜들이 돌아다니고 신화에나 나올 법한 광란의 밤이 우리를 기다리는 곳이지 않나. 루크와 나에게는 굳이 필요 없어서 애써 찾아나서지 않았을 뿐. 루크는 내가 긍정적인 일을 늘 부정적인 일로 바꾸는 재주가 있다며 신기하다고 했다.

넬과 모니는 로즈워터 컬러와 미드나이트 컬러를 입고 같이 있으면 얼마나 시크한지 보여주기 위해서 뒤쪽에 마련된 탈의실로 갔다. 나는 가방을 뒤져서 꺼낸 스마트폰을 턱 높이로 치켜들고 트위터와 인스타그램 피드를 훑어보았다. 우리 잡지사의 뷰티 디렉터가 최근에 「투데이 쇼」의 한 코너에 나가서 시청자들에게 스마트폰 중독의 진짜 해악에 대해서 경고한 적이 있었다. 코너 이름은 '스마트폰 사용 구역의 병적 만연과 목 세로 주름의 조기 발병'으로, 누가 세월에게 뒤통수를 맞고 누가 헬스클럽에서 영혼이 정화될 지경까지 운동을 했는지 알아보는 내용이었다.

스펜서가 나와 만난 후에 내 인스타그램 계정을 팔로우했다. 그녀 계정 속 뿌옇게 필터 씌운 사진에 담긴 인물들은 한 명도 알아볼 수 없었지만, 댓글 하나가 눈에 들어왔다. 필라델피아의 빌라노바대학 교내 스타벅스 옆 후줄근한 펍에서 열리는 「다섯 친구」 이벤트에 참석할 건지 묻는 댓글이었다. 마음 한편에서 그곳에 가면 어떨지 공상을 펼쳤다. 심플한 캐시미어 차림에 왕방울만 한 에메랄드를 손에 붙이고 루크를 옆에 세우고서, 스며들 듯 자연스럽게 지니게 된 과도한 자신감을 공공연하게 뿜어내면서 등장하는 것이다. 내가 끼어보려고 그렇게 애썼던 위치가 이제는 내 발아래에 있다. 메인라인을 떠나지 못하고 여전히 카펫이 깔려 있을 아파트에 사는 그 루저 일동 앞에 보란 듯이 나타나면, 무리 중에서 속삭이는 소리가 퍼지겠지. 그중 절반은 격분하고, 다른 절반은 깊은 감명을 받아서 "누가 왔는지 알아? 배짱도 좋아"라는 말을 각각 다른 의미로 하리라. 시간이 오래 지났어도 내가 자신에게 섹스를 빚졌다고 굳게 믿는 남자애도 있을 수 있다. 행사까진 아직 몇 달이 남았으니, 그때까지 목표 체중을 달성하면 어쩌면 가능한 일일 수도 있다.

인스타그램에서 이메일 창으로 넘어가는데, 넬이 탈의실에서 사뿐히 걸어 나왔다. 로즈워터색 천이 흘러내려 노출된 등에는 피부와 척추만이 보였다.

"와우." 점원이 나직이 말했다. 매출을 올리기 위해서가 아닌 진짜 감탄사였다.

넬은 뭉뚝한 손으로 가슴을 눌렀다. 대학 시절 아침으로 먹던 썬 피자처럼 납작하다. 나는 시선을 돌렸다. 넬은 재미 삼아 손가락을 잘근잘근 씹는다. 그래서 손끝에는 항상 피에 물든 거스러미들이 삐죽삐죽 튀어나와 있다. 넬의 손가락만 봐도 인간의 육체란 어찌나 쉽게 조각 날 수 있는지 떠올리게 된다. 전에 같이 드라마 「로 앤 오더」를 보다가 문득 넬에게 물어보았다. "강간범이 네 아파트에 쳐들어오면 그런 뭉뚝한 손가락으로 어떻게 그 자식 눈을 할퀴고 파낼래?"

"그러면 총을 사두지 뭐." 말을 마치기도 전에 넬의 파란 눈동자에 경고등이 켜졌지만, 이미 뉴런이 전기를 흘려보냈기에 나머지 문장이 입 밖으로 튀어나왔다. "미안." 넬은 어색하게 말했다.

"그럴 필요 없어." 나는 리모컨을 텔레비전에 대고 볼륨을 올렸다. "그 「다섯 친구」 때문에 풍자 정신을 죽일 필요는 없지."

"피부로 만든 옷을 입은 것 같아, 아니." 불평하는 소리처럼 들리겠지만, 넬은 거울에 비춰 보이는 매끄러운 등판을 감상하고 있었다. 드레스의 컬러가 엉덩이 바로 위쪽 피부와 자연스레 뒤섞였다. 미공개 액수의 값을 충분히 하고 있었다. 어디까지가 드레스고 어디까지가 넬인지 구분할 수 없도록 매끈한 뒤태였다.

"너 정말 나를 쟤 옆에 세울 거야?" 모니가 우는 소리를 내면서 탈의실 커튼을 열어젖혔다. 모니는 넬을 자신의 절친으로 삼으려는 시도를 그만두는 법이 없다. 그래도 소용 없다. 넬은 누가 떠받들어 주길 원하지 않는다. 아첨이 필요한 사람이 아니다.

"모니, 그 색 너한테 정말 잘 어울린다." 나는 능청스레 말했다. 넬은 모니의 말을 못 들은 척하고 있었다. 나는 모니의 뿌루퉁한 작은 얼굴 앞에 넬이 공주님 모니가 아니라 일반 서민인 나를 절친으로 선택했다는 사실을 들이밀면서 속을 긁어대는 일을 그만둘 생각이 전혀 없었다.

모니는 호들갑스럽게 말했다. "이러면 브래지어를 입을 수가 없잖아." 러브 브레이슬릿을 두른 점원이 모니 쪽으로 허둥지둥 다가갔다. '축 처진 가슴 때문에 판매할 기회를 놓칠 수는 없어, 내가 있는 한은 절대로!' 그리고 저지 원단으로 만들어진 드레스의 끈을 조정하기 시작했다. "이렇게 모양을 바꿀 수도 있어요. 어떤 체형이든 돋보이지요." 결과는 가슴을 한데 모아서 붕대로 받쳐 놓은 꼴이었다. 모니는 거울에 비춰보면서 드레스 양쪽을 끌어 올렸다. 천 아래 가슴이 출렁거리는 모양새가 수천 미터 아래서 수중 폭탄이라도 터진 것 같았다.

"다른 들러리들에게도 이 옷이 어울릴까?" 모니가 힘주어 말했다. 다른 들러리들은 오늘 시간을 낼 수 없어서 고맙게도 모니와 넬에게 결정을 위임했다. 루크가 데려올 신랑 들러리 중 싱글은 세 명이다. 그 중 개릿은 레이밴 편광 선글라스를 쓰고 말을 건네면서 상대의 등에 손을 대는 남자다. 모니가 찜한 남자이기도 하다. 그 누구도 결혼식 피로연에서 드레스를 차려입고 개릿의 에스코트를 받으려는 모니를 훼방 놓아서는 안 된다.

"나는 이게 좋아." 넬이 선언했다. 그 말 한마디면 되었다. 건성으로 한 말이어도 넬이 좋다면 다 좋다.

"쿨하기는 해." 모니는 동의했지만, 다른 각도에서 몸을 쳐다보면서 얼굴을 찡그렸다.

나는 화면으로 시선을 돌려서 이메일을 확인했다. 목에 세로 주름이 미리 생기든 말든 잊어버리게 만드는 제목이 눈에 띄었다. 까맣게 잊고 있었던 아까 먹은 땅콩버터 한 숟가락이 배 속에서 요동쳤다.

「다섯 친구」 촬영 일정 업데이트

제목 옆에는 붉은 깃발이 다급하게 펄럭이고 있었다.

"젠장." 나는 제목을 터치해서 본문을 열람했다.

"뭐야?" 넬은 무릎 위의 드레스 단을 잡고 짧아지면 어떻게 보일지 살피고 있었다.

나는 끙 하고 앓는 소리를 냈다. "촬영을 9월 초로 옮기고 싶대."

"전에는 언제였는데?"

"9월 말."

"그게 뭐가 문제인데?" 보톡스를 맞지 않았다면 지금 넬의 눈썹은 찡그려져 있었을 것이다(어디까지나 '예방 차원'에서 맞았다나).

"내가 짐승처럼 마구 먹었다는 게 문제지. 9월 4일이 촬영이라고 치면 당장 단식 시작해야 돼."

"아니." 32인치 엉덩이에 손을 얹고 넬이 말했다. "그만해. 지금도 아주 조그맣잖아." 자기가 이 정도로 '조그맣다면' 자살할 거면서.

"뒤캉 다이어트를 해봐." 모니가 끼어들었다. "우리 언니도 결혼식 전에 했었어." 모니는 손가락을 튕겼다. "3주 만에 4킬로그램을 뺐어. 44사이즈였는데도 말이야."

"케이트 미들턴이 했던 다이어트잖아요." 러브 브레이슬릿이 말했다. 우리는 모두 잠시 침묵하며 윌리엄 왕세손 부인만큼은 인정한다는 마음을 표했다. 케이트 미들턴은 결혼식 당일에 엄청나게 굶주린 듯한 모습을 보여주었으므로 격찬하지 않을 수 없었다.

"브런치 먹으러 가자." 나는 한숨을 내쉬었다. 이런 대화를 나누고 나면, 깊은 밤 주방에 혼자 남아 꽉 채워진 냉장고를 몇 시간 동안 범하고 싶단 생각을 하게 된다. 그래서 루크가 회사 고객을 접대하느라 집을 비우는 밤을 정말 좋아한다. 집 근처 가게에서 최고의 탄수화물로만 비닐봉지 두 개를 꽉꽉 채워서 사고, 집으로 가져와서는 마지막 부스러기까지 게걸스럽게 해치운다. 증거물은 루크가 모르게 감쪽같이 쓰레기 배출구에 던져서 처리한다. 배부르게 먹은 후에는 몇 시간 동안 포르노를 본다. 여러 명의 남자가 여자에게 개처럼 짖으라고 소리를 지른다. 그렇지 않으면 섹스를 멈추겠다고 협박한다. 그러는 동안 나는 오르가슴을 느끼고 또 느낀다. 그리 오래 걸리지도 않는다. 그런 다음 나는 침대에 풀썩 쓰러져서 저런 걸 기꺼이 해줄 사람하고는 결혼하고 싶지 않다고 혼잣말을 한다.

◆◆◆◆◆

주문을 마친 후 모니는 화장실을 가려고 자리를 떴다.

"아까 드레스 어떻게 생각해?" 넬은 하얗게 빛나는 머리카락을 풀어헤치며 말했다. 바텐더가 빤히 쳐다보았다.

"로즈워터가 너한테 잘 어울리더라." 나는 말했다. "뭐 유두는 문제가 좀 되겠지."

"너희 시부모는 뭐라고 하려나." 넬은 한 손을 가슴에 얹었다. 너무 꽉 조인 코르셋을 입은 빅토리아 시대 여인이 분개한 몸짓이다. 넬은 내 예비 시댁을 웃기다고 생각한다. 오해를 부를 정도로 지나치게 수

수한 뉴욕 라이의 집이나 낸터킷의 여름 별장, 시아버지의 나비넥타이, 벨벳 머리띠로 단정하게 넘긴 시어머니의 시크한 은빛 단발까지 모든 것이 넬에게 끝없는 즐거움을 선사한다. 사실 시부모님이 그 전형적인 북유럽 게르만계 코로 콧방귀를 뀌어대며 나를 경멸한다 한들 어떻게 대꾸하겠는가. 하지만 예비 시어머니인 해리슨 부인은 늘 딸을 바랐다고 했고, 믿을 수 없게도 나 같은 아이로도 만족해하고 있었다.

"본인 유두도 본 적이 없으실걸." 나는 말했다. "이번 기회에 해부학을 공부하시는 것도 좋겠지, 뭐."

넬은 외알 안경을 왼쪽 눈에 대는 시늉을 하면서 눈을 가늘게 떴다. "그러니까 이게 유륜이라고 불리는 것들인가요?" 지하철에 서 있는 나이 많은 관광객들처럼 와들와들 떨리는 목소리였다. 전형적인 노부인 흉내였지만 해리슨 부인과는 거리가 멀다. 우리가 14달러짜리 블러디메리 칵테일에 고춧가루를 뿌려 마시면서 자신에 대해 지지고 볶아대는 걸 예비 시어머니가 듣는다면 어떤 표정을 지을지 상상이 간다. 전혀 화내지 않을 것이다. 우리 해리슨 부인은 화내는 법이 없다. 대신 그 흐릿한 눈썹이 움찔하고, 넬은 절대 따라 할 수 없는 방식으로 미간의 피부가 접힐 것이다. 그리고 입술 사이로 나지막하게 "오"라는 탄성이 흘러나오리라.

우리 엄마가 처음으로 루크의 본가에 방문했을 때도 극도의 인내심을 발휘한 분이기도 하다. 그때 엄마는 멋지게 장식된 방들을 돌아다니면서 촛대와 토템 장식물을 뒤집어 보고는 어디서 온 물건인지 알아내려 했다("스컬리 앤 스컬리? 뉴욕에 있는 가게니?" "엄마, 좀!"). 무엇보다 중요한 건 예비 시부모님이 우리 결혼식 비용의 60퍼센트를 부담한다는 점이다. 30퍼센트는 루크와 내가 낸다(솔직히 루크가 다 낸다). 그리고 나머지 10퍼센트를 우리 부모님이 부담한다. 부모님에게 그러지 않아도 된다고 말했는데도 소용이 없었다. 수표 잔액이 부족할 게 분명한데도 말이다. 예비 시댁에서 절반이 넘게 보태주는 만큼 그 권한을 충분히 발휘해서 내가 부른 힙스터 밴드를 퇴짜 놓거나 하객을 마음대로 부를 수도 있었다. 머리띠를 한 60대 여성을 더 부르고 망측한 파티 드레스를 입은 스물여덟 살들은 덜 부른다든가. 하지만 해리슨 부인은 매니큐어를 한 번도 바른 적이 없는 양손을 번쩍 들어 올려 보이고 '아니의 결혼식'이니 내 마음대로 하라고 말해줄 뿐이었다. 다큐멘터리 촬영팀이 연락을 해왔을 때도 나는 해리슨 부인에게 먼저 찾아갔었다. 물 없이 각성제라도 삼킨 듯 목구멍 깊은 곳에 두려움이 턱 걸린 것 같았다. 입을 열자 목이 잠겨 더욱 당황스러웠지만 나는 해리슨 부인에게 다큐멘터리 촬영팀이 브래들리에서 일어난 사건을 어떻게 파헤치고 있는지 털어놓았다. 그들은 내게 14년 전 미디어가 오해했던 진짜 이야기, 알려지지 않은 이야기를 생생하게 말해주기를 원하고 있다. 내가 참여하지 않는다면 촬영팀이 멋대로 나를 그려낼 테니 상황이 더 안 좋아질 수 있고, 적어도 내 생각을 직접 밝힐 기회는 될 테니까 참여할 수 있을 때 해야……. "아니." 해리슨 부인은 당황한 표정으로 내 말을 가로막았다. "당연히 해야지. 너에게 매우 중요한 일이지 않니." 맙소사, 나는 정말 형편없는 인간이다.

넬은 내 눈빛이 달라진 걸 알아보고 이야기 방향을 바꿨다. "그럼 미드나이트 블루? 그 색도 이쁘더라."

"나도 좋아." 나는 냅킨을 비틀어서 악랄한 콧수염을 만들었다. 양쪽 끝이 뾰족하고 단단한 그 콧수염은 둥글게 말리면서 사악한 미소로 변했다.

"촬영 날짜 새로 잡혔다고 걱정할 거 없어." 넬이 말했다. 나를 판독하는 솜씨는 예리하기 그지없어서 성가실 정도다. 루크와 정반대다.

◆◆◆◆◆

넬과는 우연히 만났다. 스트리트아트 박람회에 갔다가 순수 예술 사진의 거장을 만난 셈이라고 할까. 아주 값비싸고 귀중한 물건이 쓰레기 같은 물건들과 한데 묶여서 같은 취급을 당하는 걸 보고 깜짝 놀라는 상황이었다. 넬은 버터필드 기숙사의 화장실 벽에 기대어 쓰러져 있었다. 그곳에 살던 라크로스 선수들이 보드카에 취해 흐느적대는 여학생들을 힘들게 옮기곤 해서 우리는 그 기숙사를 버터핑거라고 불렀다. 입을 헤 벌린 채 각종 금지된 각성제 복용으로 백태 끼고 바짝 마른 혀를 내밀고 있었어도 넬이 영화배우 같은 얼굴을 갖고 있다는 점에는 이견의 여지가 없었다.

"저기요." 인공선탠 침대에서 태닝한 넬의 어깨 위에 한 손을 올리고(스물네 살도 늙었다고 생각하는 어린 나이에는 그런 형광 관 안에 잘도 들어간다) 흔들어 깨우면서, 그녀의 두 눈동자가 신입생들에게 발송되는 웨슬리언대학 안내 책자 표지에 실린 하늘처럼 선명한 파란색이라는 걸 알았다.

"내 가방!" 넬은 계속 우는 소리를 냈다. 그녀를 일으켜서 갈비뼈에 팔을 두르고 부축한 뒤, 질질 끌어서 내 방으로 데려가는데도 울부짖는 소리는 멈추지 않았다. 가는 길에 혈중 알콜 농도가 0.01 이상인 신입생을 찾으러 보안 경관이 골프 카트를 타고 어슬렁거리는 바람에, 두 번이나 넬을 풀밭에 내려놓고 그 위에 올라가 있어야 했다.

다음 날 잠에서 깨어 보니 넬이 바닥을 기어 다니며 침대 매트리스 아래를 뒤지고 있었다. 좌절감에 낮게 신음하고 있는 넬에게 나는 방어적인 태도로 말했다. "그쪽 가방을 찾아보려고 노력했어요!"

넬은 고개를 들어 겁에 질려 얼어붙은 얼굴로 나를 쳐다보았다. "누구세요?"

　가방은 찾지 못했다. 하지만 그 가방이 왜 그렇게 중요한지는 알게 되었다. 걸어갈 때마다 가방 안에서 아기 우유병처럼 달그락달그락 소리를 내는 약병 때문이었다. 넬이 밤에 잘 수 있도록, 음식을 먹지 않아도 되도록, 도서관에서 밤새워 공부할 수 있도록 도와주는 알약이었다. 유일하게 우리가 입에 잘 올리지 않는 문제다.

◆◆◆◆◆

　넬은 테이블 너머로 손을 뻗더니 그 못생긴 손가락을 내 손가락 사이로 밀어 넣고 꼭 쥐었다. 맞잡은 손 사이로 작은 이물질 하나가 느껴졌다. 잡아 뺀 넬의 손은 파란색으로 물들어 있었다. 나는 절제력의 정제물을 혀 위에 올리고는 블러디메리를 벌컥벌컥 마셔서 삼킨 뒤 기다렸다. 이번 다큐멘터리 촬영이 과거의 내 오명을 씻어주지 못한다고 해도, 아무도 내 말을 믿어주지 않는다고 해도, 최소한 날 공격하는 수단을 없애버릴 수는 있다. 나더러 혐오스럽고 악랄한 뚱보 걸레 돼지라고 말하지 못하게 될 테다. 알약은 내 혀에 사향 같고 파우더리한 돈 냄새를 남겼다. 나는 사실을 고백하는 일만이 내게 남은 유일한 기회라고 믿기로 했다.

4장

브래들리에 다니기 시작하고 2주밖에 지나지 않았지만, 옷가지를 모두 바꿔야 했다. 아베크롬비앤피치에서 산 오렌지색 카고바지 외에는 다 버렸다. 과시하는 듯 요란스러운 옷이었어도 힐러리의 칭찬을 받는 영광을 입었으니까. 힐러리가 내 방 벽장에 걸린 중산층 패션 컬렉션을 칭찬하는 모습을 머릿속에 그려보았다. 카키색 옷 사이에 사탕물이 든 혀처럼 쑥 삐져나온 오렌지색 천을 힐러리가 알아본다. 그러면 나는 말하겠지. "갖고 싶어? 그럼 너 가져. 진짜로. 정말이야. 이제부터 네 거야!"

엄마는 킹 오브 프러시아 쇼핑몰에 나를 데리고 갔다. 그리고 제이 크루 매장에서 케이블 니트 소재와 트위드 소재 옷더미에 200달러를 썼다. 다음으로 빅토리아 시크릿 매장에 가서 무지개 색깔별로 있는 브라탑 민소매 티셔츠 세트를 집어 들었다. 엄마는 나의 배꼽 둘레에 고집스레 잡히는 '젖살'을 가리려면 모든 옷 아래 그걸 입으면 되겠다고 제안했다. 마지막 쇼핑 장소는 노드스트롬 백화점이었다. 스티브 매든 샌들을 사기 위해서였다. 랩 샌드위치를 먹는 여자애들부터 샐러드를 먹는 여자애들까지 모두 같은 신발을 신고 있었다. 복도까지 나가지 않아도 그 신발이 찰싹거리는 소리가 들려온다. 통굽 바닥이 아이들 발꿈치에 철썩 붙었다가 떨어지는 소리였다. "저놈의 신발을 애들 발바닥에 딱 붙여놓고 싶어요." 어떤 선생님이 이렇게 말하는 소리를 우연히 들었다.

나는 쇼핑의 마무리를 티파니 인피니티 펜던트로 마무리하자고 엄마에게 사정했다. 하지만 엄마는 아빠에게 목이 잘릴 거라고 말했다.

"크리스마스 때는 사줄 수 있을 거야." 엄마는 약 올리듯 말했다. "성적이 좋으면."

또 다른 주요 변화는 내 머리였다. 아빠는 100퍼센트 이탈리아 혈통이지만 엄마에게는 아일랜드 혈통이 섞여 있다. 그래서 힐러리는 내 머리에 밝은 금발 하이라이트를 주면 괜찮을 거라고 결론을 내렸다. 힐러리는 자기가 다니는 미용실 이름을 알려주었다. 엄마는 가장 저렴한 요금을 받는 헤어 스타일리스트에게 최대한 빠른 날짜로 예약을 잡아 주었다. 발라킨위드에서 멀리 떨어져 있어서 필라델피아에 더 가까운 곳이었다. 다시 말해서 우리 집에서 아주 멀었다. 엄마와 나는 무지막지하게 헤매다가 20분 늦게 도착했다. 엄마는 우리가 좀 늦었다고 해서 그 잘난 체하는 접수원이 그 사실을 세 번씩이나 들먹일 일이냐고 투덜댔다. 나는 미용실에서 우리를 돌려보낼까 봐 걱정했지만, BMW에서 내리는 걸 봤으니까 그럴 리 없다고 스스로를 안심시키려 애썼다(BMW는 알아주지 않나?).

다행히 그 스타일리스트는 인정을 베풀어서 우리의 지각을 양해해

주었다. 그리고 내 머리에 노란색, 오렌지색, 흰색 줄무늬를 굵게 염색했다. 모두 마치니 염색한 머리가 내 두피에서 최소 3센티미터씩은 떨어져 있어서 미용실 문을 나가기도 전에 손봐야 할 정도였다. 엄마는 최종 결과물이 못마땅하다며 발끈했다. 엄마의 부끄러운 소란 덕분에 우리는 그 쓰레기 같은 서비스에 대한 비용을 20퍼센트 할인받을 수 있었다. 미용실을 나온 우리는 곧바로 드러그스토어로 차를 몰고 가서 12달러 49센트짜리 밝은 갈색 염색제를 샀다. 돈이 많이 드는 지독한 표백 작업 후 자가 염색을 진행한 결과, 드디어 화려한 황금빛이 완성되었다. 하지만 이 멋진 머리 색은 금방 바래서 엄마의 낡은 황동 촛대와 같은 색이 되었다. 학교에서 내 운명의 흥망성쇠가 순식간에 지나간 것처럼 내 머리 염색도 빠르게 빠졌다. 완벽한 금발을 유지했던 기간과 인기를 누렸던 기간이 딱 맞아떨어졌다. 진짜로.

힐러리와 올리비아는 내게 호감을 느끼고 있었지만, 조심스럽고 신중한 태도를 유지하고 있었다. 그래서 나는 계속 낮은 자세를 유지하고 그 아이들이 말을 걸어올 때만 말을 건넸다. 대개는 복도에서 지나치거나 교실에서 나가는 길에 말을 붙였다. 점심 테이블에도 초대받지 못하고 있으니 주말에 집에 초대받기는 더욱 요원했다. 그래도 나는 과욕을 부리지 않았다. 지금이 평가 기간이라는 걸 이해하고 있기에 얼마든지 인내심을 발휘할 수 있었다.

그동안에는 아서와 그 친구들이 곁에 있어주었다. 같이 어울려 다니기에 전혀 모자람이 없는 아이들이다. 아서는 가십을 좋아한다. 어떻게 하는지는 모르겠지만 아서가 알 도리가 전혀 없어 보이는 교내 굴욕 사건을 늘 가장 먼저 알려준다. 쌀쌀맞은 성격에 얼굴에 썩은 미소를 영구 문신처럼 새겨놓은 듯한 11학년 촌시 고든이 파티에서 술을 너무 많이 마시는 바람에 손가락으로 애무하던 학생회장의 손에 오줌을 지렸다는 소식을 전해준 것도 아서였다. 정작 그 파티에 갔던 테디는 전혀 몰랐다고 했다. 테디는 스포츠를 좋아하는 전형적인 금발 남자아이답게 항상 뺨이 울긋불긋 발갰다. 여름방학 동안 까무잡잡하게 탄 피부는 마드리드에서 지낸 흔적이다. 돈 많은 운동선수 꿈나무를 위해 열린 유명한 테니스 캠프에 참석했다고 했다. 미식축구팀이 없었기 때문에 브래들리 학생들은 축구를 숭배했고, 테니스에는 관심을 주지 않았다. 그래도 내가 보기엔 테디가 조금만 머리를 썼다면 털북숭이 다리들과 같은 테이블에 앉았을 수도 있었겠다 싶었다. 하지만 테디는 현재의 자기 위치에 만족하는 것처럼 보였다. 아서와 테디, 세라, 샤크는 수년 동안 서로 알면서 지낸 사이다. 걱정스러워 보이는 아서의 갑작스러운 체중 증가나("쟤가 늘 저렇게 덩치가 커다랗지는 않았어." 이전에 아서가 두 번째 샌드위치를 가지러 갔을 때 샤크가 내게 속삭여주었다) 그의 얼굴 가장자리에 후광처럼 피어난 여드름조차도 점심시간 같은 식탁에 앉기 어렵게 만들지 않았다. 오히려 좀 다정했다고 해야 할까.

그러다가 샤크가 스포츠팀에 들어가게 되면 체육 수업을 듣지 않아도 된다고 귀띔해 주었다. 랩 샌드위치만 먹거나 샐러드만 먹는 아이들은 아무도 체육 수업을 듣지 않았다. 일주일 중 그 39분은 내가 가장 혐오하는 시간이었다.

"그런데 단점이…… 운동은 해야 돼." 샤크는 운동이 체육 수업보다 더 나쁘다는 데 모두 동의한다는 전제를 두고 있었다. 하지만 내 생각은 달랐다.

나는 마운트세인트테레사에서 필드하키를 했지만, 그렇다고 내가 운동에 소질이 있다고 할 수는 없다. 하지만 동시에 달리기를 싫어하지 않았던 유일한 학생이기도 했다. 1등으로 들어오진 못했지만 나는 지친 기색 없이 계속 달릴 수 있었다(엄마는 내가 자기를 닮아서 폐활량이 좋다고 말했다). 그래서 크로스컨트리를 하기로 했다. 지도 교사가 라슨 선생님이라는 것과 나의 결정 사이에는 아무런 상관관계가 없었다. 정말 하나도 상관없는 일이었다.

달리기로 내 젖살을 모두 덜어 내고 싶다는 조바심이 생겼다. 리엄과의 관계가 발전하고 있는데, 몸무게를 줄이면 분명히 우리 관계에 어떻게든 도움이 될 것이었다. 리엄은 봄 시즌 운동인 라크로스를 했던지라 당장은 들어갈 수 있는 스포츠팀이 없었다. 남자애들끼리 땀흘리며 뜨거운 우정을 나누지 못하니 리엄은 나와 비슷하게 어중간한 위치를 차지하고 있었다. 전에 다니던 학교에서는 아주 멋진 인기남이지 않았을까? 털북숭이 다리들이 모인 테이블처럼 가장 잘나가는 무리에 속해 있었으리라. 여기서도 곧 그 무리에 섭외될 것 같았다. 이미 상어들이 냄새를 맡고 몰려와 같이 놀 친구인지 아니면 놀릴 먹잇감인지 주변을 돌고 있었다.

리엄과 나는 화학 수업을 같이 듣고 있었지만 리엄은 10학년이었다. 여름 동안 피츠버그에서 이곳으로 이사를 왔다는데, 그의 아버지는 찾는 사람이 많은 성형외과 의사였다(아서 말로는 리엄의 아빠는 볼에 보형물을 넣어서 스타트렉에 나오는 '걸 두갓' 같다고 한다). 리엄은 피츠버그에서 공립학교에 다녔다. 그건 내가 봐도 끔찍한 일이었다. 내가 입수한 정보에 의하면 우리 학교 행정실에서는 리엄이 다니던 이전 학교 학점의 상당 부분을 인정하지 않았다고 한다. 학점을 '적용할 수 없다'고 했지만, 사실 학교 행정실 언어로는 '조악한 공립학교 출신이기 때문'이라는 말이다. 리엄은 이전 학교에서 이미 12학년 여학생두 명과 관계를 가졌다고 한다. 그런 이유로 리엄은 HO를 비롯한 여학생들에게 위험한 존재로 주목받았다. 위험하다는 건 좋은 일이었다.

불과 몇 년 전에 「로미오와 줄리엣」 영화에서 레오나르도 디카프리오가 클레어 데인즈를 얻기 위해서 격정을 터트리며 난리를 피우는 모습을 본 바, 우리는 다리 사이로 올라오기 위해서 기꺼이 목숨을 걸 나만의 고뇌하는 남자친구를 기다리고 있었다.

나는 가톨릭 학교 출신이라 혼전 성관계를 꺼려할 것으로 생각하는 사람이 있을 수도 있겠다. 사실이다. 하지만 그런 일로 지옥 불구덩이에 떨어질까 두려워서 관계를 꺼린 것은 아니다. 내게는 격노한 위선자인 수녀와 신부가 어떤 모습이 될 수 있는지를 직접 목격할 기회가 있었다. 친절과 포용을 설교했지만 실제로 그들이 그런 모습을 보여준 적은 단 한 번도 없었다. 중학교 2학년 담임이었던 켈리 수녀가 바지에 오줌을 지린 메건 맥널리에게 하루 종일 말을 붙이지 말라고 반 전체에 통고했던 날을 잊을 수가 없다. 메건은 누렇게 썩은 이 같은 색의 오줌 웅덩이가 생긴 책상에 앉아 있을 뿐이었다. 수치심으로 뜨거워진 눈물이 의기소침한 그녀의 붉은 뺨을 타고 굽이치듯 흘러내렸다.

저렇게 엄청 재수 없게 굴어도 사제복을 입었다는 이유로 확실히 천국에 갈 수 있다면, 신은 내가 배웠던 것보다 훨씬 더 관대하리라는 결론을 내렸다. 몸과 마음이 약간 불결해지는 게 뭐 대수일까?

나의 거리낌은 그보다 기술적인 면과 상관이 있었다. 아플까? 사방에 피를 흘려서 창피한 꼴을 보이지는 않을까? 얼마나 있어야 아프지 않고 기분이 좋아지기 시작할까? 더 중요한 건, 임신이라도 하게 되면 어쩌지? 하는 것이었다. 그리고 부수적으로는 성병에 대한 걱정과 평판이 나빠질 위험성이 있었다. 아서에게 들은 바에 따르면 브래들리 여자애들은 여러 남자와 관계를 한다고 했다. 그걸 창피하게 생각하지도 않는다고 했다. 촌시 고든이 대표적인 사례다. 학생회장의 손에 오줌을 쌌어도 늘 남자가 옆에 있었다. 그래서 가혹한 평가를 받지 않는 것 같았다. 남자친구와 섹스를 하기만 한다면 사회적 분노 역시 피할 수 있는 것처럼 보였다. 나로서는 그편이 더 좋았다. 나는 오르가슴만을 위한 섹스는 원하지 않는다(오르가슴을 느끼는 법은 훨씬 옛날에 나 혼자서 터득했다). 내가 원하는 건 등에 시원한 이불의 감촉을 느끼면서 내 무릎으로 그의 몸을 고이 안고 있을 때 그가 속삭여 주는 상황이다. "정말 원해?" 그러면 나는 고개를 끄덕이고는 겁먹었어도 간절히 원하는 표정을 짓는다. 남자가 밀어붙이면 그 표정은 고통으로 변한다. 그 고통은 내가 얼마나 많은 것을 그에게 주고 있는지를 알려주는 신호다. 내 희생을 보면서 그는 더 나를 원하게 되겠지. 그냥 오르가슴이라면 언제든 느낄 수 있다. 이불 덮고 1분도 걸리지 않는다. 하지만 섹스는 좀 다르다. 나의 고통을 원하는 남자에게는 내 몸 가장 깊은 곳을 자극하는 뭔가가 있다.

◆◆◆◆◆

브래들리에서는 모든 학생이 매년 두 시간짜리 컴퓨터 세미나를 수강해야 한다. 그 조그만 컴퓨터실에 걸어 들어온 리엄은 내 옆자리를 선택했다. 11학년 축구 아이돌 딘 바턴과 페이턴 포웰(둘 다 경기장에서 은근히 신체를 노출해서 인기가 많았다) 옆에도 충분히 자리가 있었는데도.

컴퓨터 선생님은 일련의 복잡한 과정을 거쳐 학교 이메일 주소를 만들도록 안내해 주었다. 죽은 고양이 이름과 '리튬' 중 무엇을 비밀번호로 정할지 고민하고 있는데 리엄이 나를 쿡 찌르고 자신의 모니터 화면을 손짓했다. 나는 눈을 가늘게 뜨고 웹페이지를 보았다. 순결 테스트: 당장 해야 하는 요조숙녀인지 다리를 좀 오므려야 할 헤픈 여자인지 리엄은 입을 내밀어 "프렌치키스를 해본 적이 있습니까?"라는 첫 번째 질문을 가리키고서 나를 쳐다보았다. "어때?"라고 말하는 것 같았다.

나는 눈망울을 사납게 굴렸다. "난 초딩이 아니야."

리엄은 소리 없이 웃었다. 나는 생각했다. '잘했어, 티프.'

그 후 이와 같은 과정이 99번 반복되었다. 리엄이 질문을 가리키고 나를 쳐다보며 답을 기다렸다. 지금껏 몇 명과 잠자리를 했는지 묻는 부분에 이르렀을 때 리엄은 커서를 '1-2명' 위로 옮겼다. 나는 고개를 가로저었다. 리엄은 '3-4명' 선택지로 살짝 커서를 옮겼다. 나는 다시 고개를 가로저었다. 리엄은 씨익 웃으면서 다시 커서를 '5명 이상'으로 옮겼다. 나는 그의 팔을 살짝 때렸다. 딘이 고개를 홱 돌렸다.

"그거는 좀 어떻게 해봐야겠네." 리엄은 나긋하게 말하면서 커서를 웹페이지의 가장 왼편으로 끌고 가더니 분홍색 풍선껌처럼 번쩍거리는 '처녀' 버튼을 클릭했다.

수업이 끝나자 리엄은 재빨리 웹페이지를 종료했지만, 이미 딘과 페이턴이 우리 자리에 와서 멈춰 서 있었다. 딘이 물었다. "몇 점이었어?" 그가 활짝 웃자 안 그래도 못생긴 얼굴이 더 넓적해 보였다. 페이턴은 매력적이었다. 북슬북슬한 금발에 하늘빛 눈동자를 지닌 그는 브래들리의 웬만한 여학생보다 더 예뻤다. 하지만 질문은 딘이 했다. 물론 딘은 키가 크고 몸도 좋다. 하지만 커다란 귀와 납작한 얼굴, 탁한 색의 뻣뻣한 머리 때문에 생물책에 실린 '진보의 행진' 삽화 가운데에 있는 원숭이처럼 보인다.

"낮은 점수야." 리엄은 소리 내어 웃었다. "낮다고."

아무도 내 의견을 물어보려 하지 않았다. 그곳에 내가 버젓이 앉아 있고 내 검사 결과인데도. 하지만 그 와중에도 설명하지 못할 설렘과 짜릿함이 온몸에 퍼졌다. 이들은 어떤 이유에서든 나의 순결 테스트 점수를 중요하게 보고 있다. 나 역시도 신경 쓰고 있다는 뜻이었다.

그날 이후, 리엄은 털북숭이 다리 및 HO 무리와 같이 점심을 먹기 시작했다.

내 초대장은 그보다 몇 주 늦게 도착했다. 거의 10월이 다 될 무렵, 천둥 번개 때문에 모든 스포츠팀이 체육관 안으로 들어가야 했다. 라슨 선생님은 지하실 라커룸에서 농구 코트로 이어지는 계단에 자리잡았다. 농구 코트는 축구팀이 대번에 독차지했다.

"두 계단씩 오르기." 라슨 선생님이 말했다. 선생님은 두꺼운 허벅지를 크게 벌려서 시범을 보였다. 그리고 뒤로 물러나 호루라기를 불었다. 우리는 두 계단씩 계단을 오르기를 하고 또 했다. 목덜미에 말린 머리카락에 땀이 흘렀다.

"두 발로 뜀뛰기." 라슨 선생님은 다리를 딱 붙이고 스카이콩콩처럼 계단을 깡충깡충 뛰어 올라갔다. 계단 꼭대기에 선 선생님은 뒤로 돌아서서 우리를 돌아보았다. 질문이 있느냐고 묻는 표정이었다. 아무도 말을 하지 않자 선생님은 목에 메고 있던 호루라기를 불고 소리쳤다. "출발!"

올라가야 할 계단이 한 층 남았을 때 고개를 들어 보니 딘과 페이턴, 다른 축구팀 아이들 몇 명이 보였다. 벽에 등을 기대고 서서는 이쪽을 위협적으로 바라보고 있었다. 계단을 하나 올라갈 때마다 내 커다란 가슴이 갈비뼈에 부딪쳐서 거친 숨을 내쉴 수밖에 없었다. 뚱뚱한 아이가 앓는 듯한 숨소리가 났다. 이건 사람들이 보는 앞에서 하고 싶은 활동이 아니었다. 하물며 명문 사립학교의 도련님들이 모여 있는데서 할 일은 절대 아니었다.

이 고통은 영원할 것만 같았다. 하지만 "자, 제군들"이라는 소리가 들려왔다. 나는 라슨 선생님이 나머지 계단을 뛰어오르는 모습을 쳐다보았다. 선생님은 층계참까지 올라가서 그 넓은 등으로 딘과 페이턴의 시선을 차단하고는 아이들에게 뭔가 말했다. 내 폐가 시끄럽게 항의하는 바람에 무슨 말인지 들을 수 없었다. 하지만 딘의 말은 알아챘다. "에이, 뭘 그러세요. 라슨 선생님."

"팻!" 라슨 선생님은 축구팀 코치에게 손을 흔들며 크게 소리쳤다. "여기 자네 애들 좀 데려가."

"바턴! 포웰!" 팻 코치 선생님의 목소리가 체육관 건너편에서 폭탄처럼 발사되었다. "당장 엉덩이 떼서 이리 와!"

이제 나는 층계참에서 몇 계단 떨어진 곳에 있었다. 나는 딘의 말을 분명하게 들을 수 있었다. 마치 내 귓가에 대고 말하는 것처럼 들렸다. "거 되게 텃세 부리네."

라슨 선생님의 어깨뼈가 뒤로 딱 붙으며 분노를 표했다. 선생님은 딘에게 바싹 다가가 그의 팔을 움켜잡았다. 딘의 살에 닿은 선생님의 손가락 끝이 하얗게 변하는 게 보일 정도였다.

"왜 이러세요!" 딘은 화를 내면서 몸을 비틀었다.

그때 팻 코치님이 왔다. 코치님은 라슨 선생님의 귀에 대고 입을 격렬하게 움직였다. 그러자 순식간에 소동은 종료되었다. 상황이 급격하게 험악해졌던 것만큼이나 순식간에 종료되었다.

"뭐지?" 나는 마지막 계단에 발이 걸려 넘어져서 정강이를 콘크리트에 세게 부딪쳤다. "아……." 나는 끙끙거렸다.

라슨 선생님은 뒤로 돌아서 지극히 걱정스러운 얼굴로 나를 보았다. 어찌나 걱정하시는지 잠시 내 어딘가가 베어져 피가 나고 있는데 나만 모르고 있나 하고 생각할 정도였다. 나는 다리를 가볍게 두드려

봤다. 하지만 상처나 피가 보이지는 않았다.

"티프, 괜찮니?" 라슨 선생님은 손을 뻗어 내 어깨를 잡았다가 금방 그 손길을 거두어서 자신의 뒤통수를 긁었다.

나는 입술 위에 맺힌 땀을 닦았다. "전 괜찮아요. 왜요?"

라슨 선생님은 고개를 떨구었다. 머리 한가운데에 완벽하게 자리한 가르마가 보였다. "아니다. 그냥." 선생님은 두 손을 허리께에 대고 축구하는 아이들을 바라보았다. 그들은 광을 낸 원목 마루 위에서 공 주변을 미친 듯이 돌아가며 춤을 추듯 움직이고 있었다. "얘들아, 체력 단련실로 이동해서 계속하자."

나중에 알게 되었는데, 딘은 라슨 선생님에게 했던 말 때문에 방과 후에 남아 벌을 받았다고 했다. 다음 날 힐러리는 함께 점심을 먹자고 청해왔다. 이 일련의 사건은 어떻게든 연결되어 있었다. 나는 그 연관성이 무엇인지 알지 못했다. 그 아이들의 식탁에 한 자리를 차지하고 싶어 안달하고 있었기 때문에 다른 것에 신경을 쓸 수가 없었다.

◆◆◆◆◆

아서는 나의 새로운 카페테리아 자리 때문에 극도로 심란해했다.

"팀 스포츠를 하더니 이제는 HO랑 같이 밥을 먹는구나." 영어 수업이 끝난 후 아서는 한탄하듯 말했다. "다음은 뭔데? 딘 바턴하고 사귀기라도 하게?"

나는 토하는 듯한 소리를 냈다. 아서에게 대답하는 소리라기보다는 진심으로 토할 것 같아서 낸 소리였다. "그런 일 절대 없어. 딘은 정말 기괴한 인간이라고."

아서는 나보다 빨리 계단을 올라가는 바람에 호흡 곤란을 겪을 지경이었다. 하지만 먼저 카페테리아에 도착해서 식당 문을 두 손으로 밀쳤다. 문이 벌컥 열리면서 금속 접이식 의자에 부딪혀 새된 소리가 났다. "그럼 내가 그 자식 불알을 잡아 뜯어다가 그걸로 목을 졸라버려도 되겠네." 반동으로 문이 다시 닫히면서 내 어깨를 쳤다. 잠시 아서의 모습이 시야에서 차단되었다. 문을 밀쳐서 다시 열어보니 아서는 그 자리에 그대로 서서 심술맞게 웃고 있었다. "난 거의 모든 사람이 끔찍하게 싫어. 너도 알지?" 아서는 그 말의 여운을 느끼다가 성큼 성큼 걸어서 멀어졌다. 나는 어깨가 아파서 몸을 굽혔다. 하지만 문 앞에 의자를 받치려고 허리를 숙이는 것처럼 굽었다. 역사 담당 해럴드 선생님은 늘 빗장을 잡고 씨름을 하면서 "빌어먹을!" 하고 씩씩거리곤 했기 때문이었다. 빗장을 다 고쳤다고 생각해서 놓으면 문은 반항적인 딱 소리와 함께 굳게 닫히고 말았다. "불이 나면 위험한데 말이야." 선생님은 귀 기울여 듣는 법 없는 주변 학생들에게 경고조로 말하고 의자를 받쳐서 문을 열어 놓았다. 고개를 들어 보니 식당 건너편에서 힐러리가 나를 향해 손을 흔들고 있는 모습이 보였다. "피니! 피니!" 같이 앉은 아이들 모두가 내 이름을 연호하기 시작했다. 얼굴에 기쁨이 피어났다. 나는 새로 생긴 별명을 부르는 소리를 따라 갓 태어난 레밍 새끼처럼 걸어갔다.

◆◆◆◆◆

"9시 반에 데리러 올게." 엄마는 자동차 기어를 주차 상태로 밀어 넣었다. 차는 씨근거리며 체중을 뒷바퀴에 실었다. 엔진 점검 램프에 불이 들어온 지 한 달째다. 정비공은 점검 램프를 끄려면 800달러가 든다고 말했다. 엄마가 어디서 벗겨먹으려고 수작질이냐며 쏘아붙였지만, 정비공은 같은 말을 되풀이했다. "저건 꼭 고치셔야 해요." 엄마는 우리의 BMW만큼 빨갛게 얼굴을 붉혔다.

지금껏 살아오는 동안 난 단 한 번도 혼자 춤추러 간 적이 없었다. 옆에 친구를 매달지 않고 학교 강당에 걸어 들어가는 상상만으로도 속이 울렁거리고 리아가 간절히 그리워진다. 하지만 불과 몇 시간 전 점심시간에 힐러리와 올리비아가 내가 가을 금요일 댄스파티에 갈 생각이냐고 물었다.

"계획은 없는데. 하지만……." 나는 숨을 참고 누군가 내 말의 뒤를 채워주기를 기다렸다. 수천 개의 아이비 덩굴이 벽돌벽을 감싸 안고 있는 웅장한 자기 집으로 오라는 초대를 기다렸다. 그러면 그 집에서 이것저것 옷을 입어보고 마땅치 않아 하다가 급기야 온 바닥에 옷을 흩뿌리는 사태를 맞이하겠지. 분필로 그린 듯한 시체 윤곽선 모양으로 바닥에 온통 극심한 고통으로 비틀린 스웨터를 널부러뜨리는 거다.

"참석해야지. 꼭 와." 힐러리의 말은 경고처럼 들렸다. "나갈까, 리브?" 아이들은 식탁에서 일어섰다. 나 역시 일어났다. 랩 샌드위치 절반이 고스란히 내 앞에 남겨져 있었고, 내 위는 더 많은 음식을 원하며 몸부림치고 있었지만 할 수 없었다.

지금 옷차림 그대로 댄스파티에 갈 수는 없다. 크로스컨트리 훈련을 마치고 집에 가서 옷을 갈아입은 뒤 시간에 맞춰 다시 학교로 돌아오기도 힘들다. 나는 라슨 선생님에게 몸이 좋지 않다고 말했다. 그러자 선생님은 훈련에 오는 대신 집에 가서 푹 쉬라고 너무도 자상하게 말해서 차마 시선을 맞출 수도 없었다. 라슨 선생님에게 거짓말을 하고 싶지는 않았다. 하지만 탱크탑과 청스커트를 입은 내 모습을 괜찮다고 생각해 줄 사람이 엄마뿐이라면 불공평하다. 나에게도 할 수 있는 모든 방법을 동원해서 상황을 바꿀 권리가 있다.

"정말 멋지다, 우리 딸." 엄마가 덧붙였지만 나는 여전히 차 문손잡이를 잡고 있었다. 이대로 주차장을 빠져나가 엄마랑 칠리 식당에 가서 버섯 아티초크 케사디야를 나눠 먹었으면 좋겠다는 생각을 잠깐 했다. 우리는 늘 허니 머스터드 소스를 주문해서 거기에 찍어 먹었다. 그러고 나서 사이드 요리를 가져다 달라고 부탁하면 웨이터는 우리를 이상하게 보았다.

"너무 일찍 왔나 봐." 나는 정말 그렇다고 확신하는 목소리를 꾸며 냈다. 그래야 엄마는 내가 멀쩡한 정신으로 말한다고 생각할 테니까. 지연 작전을 쓰는 걸 들키지 말아야 한다. "한 바퀴 더 돌다가 와야 할 것 같아."

엄마는 손목에 찬 시계를 흔들어 보였다. "7시 45분이야. 15분이면 딱 트렌디하게 늦는 거야."

'지금 가지 않으면 상황이 안 좋아질 수도 있어.' 나도 모르게 손잡이를 덜컥 밀고는, 신고 있던 스티브 매든 샌들 굽으로 차 문을 차서 열었다.

◆◆◆◆◆

강당 안의 세상은 음악방송 TRL에서 흐르는 최신 유행 음악과 핑크, 파랑, 노랑으로 번쩍거리는 조명과 함께 현란하게 돌아가고 있었다. 나는 섞여 들어갈 무리의 정확한 위치를 신속하고도 전략적으로 찾아내야 했다. 혼자 왔다는 사실을 들키기 전에 움직여야 한다.

샤크가 보였다. 무지갯빛 댄스플로어 조명 밖에서 연극반 아이들 몇 명과 어울리고 있었다.

"안녕!" 나는 어깨로 사람들을 밀치며 그 무리로 나아갔다.

"티파니!" 주변의 그늘 속에 있던 샤크는 포식 동물처럼 눈을 가늘게 떴다.

"왔어?" 나는 크게 소리쳤다.

샤크는 댄스를 반대하는 장광설을 늘어놓기 시작했다. ("유사 성행위를 하기 위한 구실에 불과해.") 자기는 혹시나 아서가 마리화나를 구해다 줄까 싶어서 참석했을 뿐이라고 덧붙였다. 나도 샤크처럼 머리 옆에 눈이 달려 있다면 좋았겠다는 생각이 들었다. 그랬다면 내가 어쩔 수 없이 샤크에게 말을 건네고 있을 뿐, 할 수만 있다면 이 대화를 종료하고 싶다는 속셈을 빤히 드러내지 않고도 댄스플로어에 누가 있는지 훑어볼 수 있을 테니까.

"어떻게 춤추는 걸 좋아하지 않을 수가 있어?" 나는 강당 안을 손짓하며 말했다. 모여 있는 사람들을 상세히 살펴볼 수 있는 구실을 마련한 참이었다. 이렇게 확보한 5초 동안 아무리 둘러봐도 힐러리나 올리비아를 볼 수 없었다. 리엄도 없었다. 털북숭이 다리 남자애들마저도 보이지 않았다.

"나도 너처럼 생겼다면 춤을 좋아했을 거야." 샤크의 시선이 나의 아슬아슬한 길이의 청스커트에 머물렀다. 크로스컨트리팀에 합류하고 훈련을 받은 3.5주 동안 살이 3킬로그램 빠졌기 때문에 내 모든 옷은 엉덩이 아래서 화사하게 미소 짓고 있었다.

"아직 뚱뚱해." 나는 눈을 치켜떴지만 내심 신이 났다.

"오호라." 아서의 몸이 무대를 가로막았다. 시선이 차단당하자 화가 벌컥 났다. 아서가 화가 나면 사람을 얼마나 아프게 하는지, 오늘 점심 시간에 아서 때문에 문에 부딪혔던 일도 까맣게 잊어버릴 정도로 화가 났다. "오늘은 우리 모두에게 성령께서 강림하도록 슬로 댄스를 추는 법이라도 알려주러 오셨나?"

나는 날 선 어투로 말했다. "그런 거 없거든. 알면서 그러냐?" 처음에 나는 아서가 마운트세인트테레사와 그곳의 종교적 모순에 대해 흥미를 보여서 좋았다. 우리에게 좋은 이야깃거리였으니까. 하지만 지금은 그런 이야기를 더는 하지 말아주었으면 했다. 하지만 아서는 그만둘 생각이 없어 보였다. 얼핏 보면 악의 없이 놀리는 걸로 보였겠지만, 나는 그게 아서의 방식으로 나의 정체를 폭로하는 짓거리라는 걸 알았다. 모든 사람에게, 그리고 나 자신에게 내가 원래 어떤 사람이며 어디 출신인지를 상기시키는 행동이었다.

"춤을 춰도 되긴 되는 거야?" 아서는 계속했다. 강당의 네온 불빛 속에서 보니 아서는 프루트펀치 그릇에 물방울이 맺혀서 흐르는 것처럼 땀을 흘리고 있었다. 아서는 늘 땀을 흘렸다. "춤은 마귀의 오락이 아닌가?"

나는 아서의 말을 무시하고 몸의 중심을 오른쪽으로 옮겨서 주변을 훔쳐보았다.

"HO는 안 와." 아서가 말했다.

나는 뒤로 휘청했다. 누가 보면 아서가 나를 한 대 친 줄 알 것이다. "네가 그걸 어떻게 알아?"

"루저들이나 이런 데 오는 거니까." 아서는 소리 없이 이를 드러내고 웃었다. 득의만면하게 부푼 두 뺨은 개기름으로 번들거렸다.

나는 파티장 안을 살펴보면서 아서가 틀렸다는 증거를 찾았다. "테디는 여기 있잖아."

"그건 테디 걸 빨아줄 사람이 필요해서야." 아서의 시선을 따라가 보니 테디와 세라가 보였다. 둘은 가정 수업 시간에 바느질해 놓은 것처럼 골반을 붙인 채로 춤을 추고 있었다.

우는 꼴을 아서에게 들키기 싫어서 화장실에 가야겠다고 웅얼거리듯 말했다. 아서가 농담 좀 했다면서 뒤쫓아 왔지만 무시했다. 강당 모퉁이를 돌아가는 내내 기운을 내기 위한 격려의 말을 반복해서 되뇌었다. "올 거야. 꼭 올 거야."

라커룸으로 이어지는 계단참에서 몸이 얼어붙어 버렸다. 화장실에 갔다가 계단을 따라 올라오는 사람이 있었다. 바로 청바지를 입은 라슨 선생님이었다.

"몸은 좀 나아졌니?" 지금껏 라슨 선생님이 청바지를 입은 모습을 본 적이 없었다. 술집에 있는 남자처럼 보였다. 어른의 의도를 가진 남자. 나는 한쪽 다리를 움직여 다른 쪽 다리 위로 꼬았다. 몇 계단 아래선 선생님에게 치마 속이 보일까 염려되었다.

"약간요." 나는 아픈 사람처럼 목소리에 힘을 뺐다. 그래서 선생님은 내 입술이 달싹거리는 모양만 볼 수 있었다.

"왜 이러니, 티파니." 라슨 선생님은 전형적인 어른처럼 꾸짖었다. 나는 10대답게 화가 나서 몸이 굳었다. 이렇게까지 매섭게 나무랄 일인가? "훈련에 빠지면 안 되는 거 알잖아. 무슨 일이야?"

이 순간 생리한다고 거짓말을 하면 선생님이 순순히 물러설 거라는 걸 알았다. 하지만 라슨 선생님과 생리 이야기를 한다는 생각만으로도 토할 것 같았다. "아까는 몸이 안 좋았어요. 하지만 지금은 괜찮아졌어요. 정말이에요."

"그렇다면야 뭐." 라슨 선생님은 미소를 지어 보였다. 진심이 담긴 미소는 아니었다. "기적적으로 몸이 회복되었다니 참 축하한다."

"피니!" 뒤에서 들리는 목소리에 그날 밤의 양상이 달라졌다. 힐러리의 스커트는 너무나 짧아서 체리색 속옷이 언뜻언뜻 보일 정도였다. 힐러리는 내가 피하려고 애썼던 방식으로 옷을 입고 있었다. 하지만 그건 반항이라기보다는 습관에서 나온 차림이어서 역효과 없이 잘 어울렸다.

"이리 와." 핫핑크로 물든 손가락 끝이 까닥까닥 나를 불렀다.

"너희가 교내를 떠나면, 선생님은 부모님께 알려드려야 한다." 라슨 선생님의 목소리가 가까이서 들렸다. 나는 뒤로 돌아서 선생님을 보았다. 그는 바로 한 계단 아래 서 있었다.

"선생님." 나는 눈을 크게 뜨고 선생님을 보았다. "제발 그러지 마세요. 네?"

한동안 끔찍한 노래의 비트만이 들려왔다. 잠시 후 라슨 선생님은 한숨을 쉬면서 나를 보지 못한 것으로 하겠다고 했다.

◆◆◆◆◆

감청색 대형 SUV가 도로변에서 공회전하고 있었다. 링컨 네비게이터였다. 차 문이 벌컥 열리자 딘과 페이턴을 포함한 털북숭이 다리들이 나란히 앉아 있는 모습이 보였다. 올리비아는 리엄의 무릎 위에 의기양양하게 올라앉아 있었다. 질투심이 가슴속에서 터져 나왔다. '차에 자리가 없어서 저런 것뿐이야.'

힐러리는 차에 앉은 다음에 두 손으로 자신의 무릎을 탁 치며 노래하듯 말했다. "내 무릎 위에 앉아." 몸을 웅크리면 우리 둘이서 나란히 앉을 수 있었지만 나는 힐러리의 L자 모양 몸에 맞춰서 몸을 접어서 앉았다. 진 냄새가 진동했다. 힐러리의 다정함이 이해가 되었다.

나는 모두에게 말을 건넸다. "우리 어디 가?"

"우리만의 스팟." 운전대를 잡은 아이가 백미러로 나와 눈을 마주치며 말했다. 12학년인 데이브였다. 팔이 가늘고 체모가 없었다. 이 이탈리아 여자로서는 질투하지 않을 수 없는 부분이었다. 아이들은 뒤에서 도구처럼 이용만 당하는 데이브를 "망치"라고 불렀다. 고등학교에서 자동차는 화폐 대용물이었는데, 데이브에게는 자동차가 있었다.

그 스팟이라는 곳은 인적이 드문 작은 공터일 뿐이었다. 휴면 중인 층층나무가 벽처럼 둘러싸고 있었다. 찰나의 순간에만 피어나는 이 나무의 꽃을 보려면 아직도 아홉 달이나 남았다. 커다란 야생 단풍나무가 다닥다닥 무리 지어 바로 앞에 난 대로를 차단하고 있었다. 뒤편으로는 브린마대학의 기숙사가 있다. 브래들리 아이들은 몇 년 전부터 이곳을 차지하고 싸구려 맥주를 마시면서 오럴 섹스를 하곤 했다.

걸어가는 게 더 빠를 수도 있었다. 스쿼시 코트 뒤에 있는 수풀을 헤치고 조용한 일방통행로를 건너면 5분 안에 도착할 수 있었다. 하지만 데이브는 교정을 한 바퀴 돈 다음에 활기찬 거리에서 주차할 장소를 찾았다. 숲으로 들어가는 엉성한 입구에서 몇 미터 정도 떨어진 곳이었다. 우리는 열을 지어 차에서 내렸다. 킬킬 웃으면서 꾸물꾸물 차에서 내린 우리는 길가에 모여 섰다. 딘이 앞장서 걸으면서 오솔길로 들어서도록 나를 안내했다. 누가 봐도 오간 흔적이 있는 길이어서 필요 없었지만 말이다. 그 오솔길 끝에는 미니어처 가로수길이 있었다. 한쪽 구석에 톱으로 자른 나무 그루터기가 보였다. 나는 그쪽으로 가서 표면을 손으로 톡톡 두드리며 나무가 말라 있는지 확인한 다음에 그곳에 앉았다.

딘은 주머니에서 맥주를 꺼내서 내밀었다. "못 마셔." 내가 말했다.

너무 어두워서 딘의 얼굴은 보이지 않았지만, 윤곽은 흐릿하게 보였다. 의심하는 것 같았다. "못 마신다고?"

"엄마가 한 시간 안에 데리러 온다고 했어." 나는 설명했다. "냄새 날 거야."

"비겁한 변명이네." 딘은 맥주 캔을 따서 내 옆에 앉았다. "우리 부모님은 다음 주말에 집에 안 계셔. 그래서 집에 몇 명 초대하려고."

자동차 전조등의 갈라진 불빛이 우리가 모여 있는 곳을 잠시 비추고 지나갔다. 그 덕에 딘은 내가 미소 짓는 걸 보았다. "멋지네."

"HO한테는 말하지 마." 딘이 조심시켰다.

왜 그래야 하는지 묻고 싶었지만 페이턴이 어슬렁거리며 다가오는 바람에 때를 놓쳤다. "야, 너희. 지금 피너만이 그 호모 새끼 빨아준 곳에 앉아 있는 것 같은데."

딘은 구역질을 했다. "저리 꺼져."

"진짜야. 올리비아가 여기서 걔네를 봤대." 페이턴은 고개를 돌리고 말했다. "리브, 여기서 아서가 벤 헌터를 빨아주는 거 봤었다며."

올리비아의 목소리가 어둠에 실려 왔다. "추잡했어!"

나는 매끄러운 나무 표면을 손가락 하나로 더듬으면서 이렇게 깔끔하게 나무를 잘라내려면 얼마나 날카로운 체인톱을 써야 했을지 생각해 보았다. 궁금한 게 많았다. 하지만 아서가 생각보다 더 아싸라면 우리가 아는 사이라는 것을 알리고 싶지 않았다. 지금 이야기되는 건 심각한 비난거리였다. "벤 헌터가 누구야?" 나는 이 새로운 정보를 소화할 시간을 벌기 위해 물었다.

딘과 페이턴은 마주 보며 소리 내 웃었다. 딘이 팔을 내 한쪽 어깨에 걸쳤다. "있어. 여기 자주 왔던 게이 새끼. 그 호모 자식은 걸핏하면 손목을 긋지."

페이턴은 앞으로 몸을 기울였다. 내 눈은 어둠에 적응해 있었는데 그의 얼굴은 놀라울 정도로 가까이 있었다. "딱하게도 자살에 성공하지는 못했어."

"딱하기는." 딘은 다른 한 손으로 페이턴을 밀쳤다. 페이턴은 비틀거리다가 들고 있던 맥주를 떨어트렸다. 맥주 깡통은 데구루루 굴러가다

옆구리에서 김빠지는 소리를 냈다. 페이턴은 나지막이 욕을 내뱉고서 맥주 깡통의 궤적을 쫓았다.

"무슨 일이 있었는데?" 나는 충격받은 티가 나지 않기를 바라면서 물었다.

"야, 피니." 딘은 나를 잡고 흔들었다. 예기치 못한 일을 당한 나는 혀를 깨물고 말았다. "지금 불쌍하다고 생각하는 거야?"

나는 침을 꿀꺽 삼켰다. 피 맛이 났다. "아니. 누군지도 모르는데."

"뭐, 걔 남친분께선 엄청나게 충격받으셨겠지." 딘은 맥주를 빨아 먹었다. "아서를 조심하라고. 그 새끼 아주 맛이 갔어." 딘의 손가락 끝이 내 어깨 아래에서 달랑거리다가 무심한 듯 내 유두를 스쳤다. "금요일 잊지 마." 비밀이라는 듯 딘의 목소리는 낮고 은밀했다. "그리고 힐러리와 올리비아에게는 말하지 말고."

멍청하기 짝이 없던 나는 그 말대로 했다.

◆◆◆◆◆

딘의 파티 장소까지 타고 간 택시 기사는 나중에 어른이 되어서 만난 택시 기사들과 달리 인내심이 강했다. 지각하게 된 아침이나 야근하다가 8시를 넘겨 퇴근하면서 필요 경비로 청구하려고 잡아탔던 택시들은 나를 낚아채듯 태우고 웨스트사이드 하이웨이를 종횡무진 달렸지만, 그날의 택시 기사는 아무 말 없이 흥미롭다는 표정으로 내가 10달러 지폐 한 장과 1달러 지폐 아홉 장, 25센트 동전 열한 개, 10센트 동전 여섯 개, 5센트 동전 한 개를 자신의 손바닥 위에 쌓아 올리는 것을 지켜보고 있었다. 22달러 40센트. 학교에서 나를 태우고 아드모어에 있는 딘의 집까지 데려다준 대가였다. 내 존엄을 잃어버린 대가로 치른 비용이기도 했다.

나무 뒤로 슬금슬금 도망치는 태양을 보면서 택시에서 내렸다. 운동 가방을 한쪽 어깨에 매고 땀에 젖은 러닝복 차림이었다. 딘은 자기 집에서 샤워하면 된다고 말했다. 누군가 불쑥 들어와서 내 몸이 실제로 어떤지 그 비밀을 알아낼까 봐 겁이 났다. 그래서 딘을 따라 집 안으로 들어간 다음, 게스트룸에 딸린 화장실에서 기록적인 시간 안에 샤워를 마치고 나왔다.

염색한 금발을 빗으로 빗어넘기고 몇 분 동안 헤어드라이어를 쐈었다. 그때는 아직 머리를 어떻게 '만져야' 하는지 모르고 있었다. 그 노하우를 터득하기까지는 몇 년의 시간이 더 필요한 시점이었다. 숱이 많은 곱슬머리라도 둥근 브러쉬와 헤어 스타일러의 말은 순순히 듣는다는 걸 그때 알았다면 좋았을 거다. 다행히도 2000년대 초기에는 머리를 반만 묶어서 위로 틀어 올리는 스타일이 유행했다. 나는 축축한 머리를 올려 묶고 크리니크 컨실러를 턱과 코에 두들긴 뒤, 마스카라를 살짝 바르는 것으로 준비를 마쳤다. 엄마를 졸라 용돈을 받아서 오늘만을 위한 특별한 속옷을 사고, 바지는 가위로 잘랐다. 엄마한테는 달리다가 솔기가 풀려버렸다고 말해놓았다. 노드스트롬 백화점 속옷 매장에서 지금까지 본 속옷 중 가장 섹시해 보이는 것을 샀다. 호피 무늬의 실크 비키니 팬티 세 벌이었다. 집에 와서 입어보니 허리 밴드가 배꼽 위까지 올라갔다. 스팽스 보정 속옷이 나오기 전의 제품이었다. 하지만 나는 어깨를 가볍게 으쓱이고 허리를 돌돌 말아 엉덩이까지 내렸다. 중요한 건 무늬와 옷감이라고 판단했기 때문이었다. 섹시하다는 게 뭔지도 모르면서 10대의 통과의례로 섹스하는 것보다 더 슬픈 일은 없다.

"어이!" 주방에 들어서자 딘이 내게 하이파이브를 했다. 딘이 서 있는 화강암 아일랜드 식탁 주변으로 페이턴을 비롯한 몇몇 남자아이들이 모여 있었다. 대부분 축구팀 소속인 그들은 맥주 컵에 25센트 동전을 던져 넣고 있었다. 나는 그곳의 홍일점이었다.

"피니, 한 번 카메오로 해줘." 딘은 25센트 동전에 키스했다. "너는 나의 행운의 부적이야."

페이턴이 같이 게임을 하던 짝의 귓가에 뭔가를 속삭였다. 둘은 소리 내어 웃었다. 나에 관한 말이란 걸 알 수 있었다. 아마도 성과 관련된 낯뜨거운 말일 것이다. 뭔가 뿌듯한 마음이 들었다.

동전을 어떻게 던져야 하는지 아무 요령도 몰랐지만 그 순간의 가속도만 생각했다. 동전의 내 쪽 가장자리를 아래로 향하게 해서 각을 만든 다음, 끈끈한 대리석 식탁 위로 획 던졌다. 동전은 높이 튀어 올라 빙그르르 돌더니 맥주 잔 안으로 툭 떨어졌다. 거품이 벌컥 일어나 폭발하듯 튀었다.

모여 있던 남자애들이 함성을 질렀고, 딘은 다시 한번 나와 손바닥을 마주쳤다. 이번에는 그의 두툼한 손가락으로 내 손가락을 얽어서 나를 잡아당기더니 꽉 안았다. 축구 연습이 끝나고 샤워 대신 아낌없이 처바른 데오도란트의 톡 쏘는 냄새가 났다.

"개쩔지 않냐?" 딘은 상대 팀에게 소리쳤다. 페이턴은 푸른 눈동자로 나를 바라보았다. 동감을 표하는 그 눈빛에 나는 속에서부터 따스해지는 걸 느꼈다. "정말 잘했어, 티프."

"고마워." 나의 미소가 귓가에 걸렸다. 딘이 맥주 한 잔을 건넸다. 한 모금을 꿀꺽 마셨다. 빈속에 시큼한 거품이 부글거리는 게 느껴졌다. 그때는 끼니를 거르는 습관이 없었다. 하지만 그날 밤에는 너무 들뜬 마음에 어려움 없이 저녁 식사를 포기할 수 있었다.

누군가 내 어깨에 두 손을 얹길래 잠깐 근육이 긴장했다. 리엄이었다. 그가 미소를 지으면서 한쪽 팔로 내 어깨를 감쌌다. 나는 신발을 신고 있지 않아서 그의 겨드랑이에 꼭 들어맞았다. 그에게선 다행히도 던 같은 냄새가 나지 않았다. "너 정말 조그맣구나." 리엄이 말했다.

"아니거든!" 나는 항변했지만 목소리는 잔뜩 들떠 있었다.

리엄은 맥주를 한 모금 마시면서 내 머리 너머에 시선을 고정하고 뭔가를 눈여겨보다가 고개를 숙여서 나를 내려다보았다. "포치에 비어 퐁 게임하기 딱 좋은 테이블이 있어."

"나 비어 퐁 정말 잘하는데." 나는 체중을 리엄 쪽으로 더 옮기면서 말했다. 그의 옆구리는 군살 없는 10대의 근육으로 탄탄했다.

리엄은 맥주 한 모금을 더 마셨다. 이번에는 길게 마셔서 잔을 다 비우고 맥주 캔을 입에서 떼면서 '캬' 하고 소리를 냈다. "비어 퐁 잘하는 여자애는 없어." 리엄은 단언했다. 그리고 유리 미닫이문이 있는 쪽으로 나를 데리고 갔다. 맨발에 닿은 포치의 데크 바닥은 축축하고 미끄러웠다. 하지만 그렇다고 집 안으로 되돌아가서 신발을 찾아 신고 싶지는 않았다. 잠시 자리를 비운 사이에 리엄이 다른 사람과 짝을 지어서 게임을 하게 되는 위험을 무릅쓰기 싫었다.

딘을 비롯한 몇 명이 우리를 따라 밖으로 나왔다. 먼저 팀과 규칙을 정했다. 리엄과 나는 딘과 페이턴을 상대하게 되었다. 여자는 공이 컵 안에서 돌고 있을 때 입으로 불어서 잔 밖으로 내보낼 수 있고, 공이 테이블에 한 번 튀었다가 맥주잔에 들어가면 상대가 두 잔을 마셔서 비워야 한다. 5분 정도 지났을 때까지는 리엄과 내가 이기고 있었다.

하지만 곧 딘과 페이턴이 우리를 따라잡았다. 빨간색 솔로 컵을 입술에 댈 때마다 내 기량은 조금씩 떨어졌다. 결국 페이턴과 딘이 이겼다. 나는 그쯤 마무리하고 리엄과 함께 자리를 뜨게 되리라 생각했다. 하지만 리엄은 전에 살던 곳에서는 마지막 컵까지 다 마시는 것이 홀

룡한 스포츠맨 정신이라고 했다. 내 차례였기 때문에 나는 순순히 남은 맥주를 벌컥벌컥 마셨다.

"끝내주네!" 딘은 두 손을 마주쳤다. 황량한 10월의 밤공기가 그 말을 머금었다가 퍼트렸다. "그렇게 해치우는 여자애는 본 적이 없는데 말이야." 영어 시간에 A를 맞은 것만큼이나 기분이 좋아지는 말이었다. 그로부터 수년 후, 번쩍거리는 벌집 모양 건물에서 책상 하나를 차지하게 되었을 때 느낀 만큼의 자긍심까지 느꼈다. '도대체 그동안 얼마나 얌전 떠는 여자아이들하고만 어울렸던 거야?' 나는 우쭐해서 미소를 지었다. 당연히 내가 생각한 여자아이들은 힐러리와 올리비아였다. 나는 아무 냄새도 나지 않는 리엄의 겨드랑이에 다시 폭 안겼다. 내 몸을 완전히 기대자 리엄이 비틀거렸다.

"살살 하라구." 리엄이 말했지만, 곧 크게 웃었다.

그런 다음에 우리는 집 안으로 들어갔다. 거실 테이블에 책상다리를 하고 앉아서 다시 동전 던지기 게임을 했다. 하지만 이번에는 벌주로 위스키를 마셔야 했다. 뜨거운 액체가 목구멍을 태웠다. 딘이 재미있는 이야기를 했다. 나는 크게 웃다가 뒤로 넘어졌다. 리엄이…… 아, 아니…… 페이턴이 내 옆에 있어서 넘어진 나를 받쳐서 앉게 해주면서 다음 판에는 빠지라고 말했다. 나는 그를 무시하고 리엄을 찾았다. 내가 원하는 건 리엄이었다.

"피니는 멀쩡해. 괜찮아." 딘은 술병을 기울여 다시 한번 술잔을 채웠다.

누군가 페이턴에게 계집애같이 군다고 비난했다. "피니 좀 봐. 그런 식으로 피니를 이용해 먹고 싶지 않아."

바로 그때쯤이었던 것 같다. 내가 잠이 든 게. 다음으로 기억나는 건 내가 게스트룸 바닥에 누워 있고, 그 옆에 운동 가방이 놓여 있는 상황이다. 나는 신음하며 머리를 들었다. 내 다리 사이에 있던 남자아이도 똑같이 했다. 페이턴이었다. 그는 내 허벅지를 쓰다듬고 다시 하던 짓을 계속 이어 나갔다. 그렇게 하면 내가 좋아할 거라 생각한 것 같았다. 나는 아무것도 느낄 수가 없었다.

문가에서 움직임이 있었다. 누군가 머리만 쏙 내밀고 페이턴에게 뭔가를 하고서 어디론가 가라고 재촉했다. 나는 너무 지친 나머지 뭔라도 집어서 몸을 가릴 힘이 없었다.

"아, 갈게!" 페이턴이 버럭 소리를 질렀다. 문이 닫히는 틈새로 웃음소리가 들렸다.

"나 이만 가야 하는데." 나는 내 다리 사이로 보이는 아름다운 얼굴을 바라보았다. 이 비슷한 일이 리엄과 함께 일어났을 때를 대비해서 꼼꼼하게 면도해 놓은 매끈한 내 다리 사이 골짜기에 페이턴의 아름다운 얼굴이 있었다. "제대로 가보자고, 좋지?"

나는 잠들었다.

"아, 아." 나는 아파서 신음하다가 눈을 떴다. 통증의 근원이 어디인지 알 수 없었다. 그리고 리엄이 있었다. 그의 얼굴이 내 얼굴 위에 있었다. 그의 얼굴 역시 고통스러워하며 일그러져 있었다. 상체는 꼼짝하지 않고 있었지만, 그의 둔부는 내 둔부에 밀착되어 있었다. 그리고 압박하며 누르다가 고통스러운 리듬을 타기 시작했다.

다음 순간 나는 게스트룸 화장실 변기에 얼굴을 처박고 엎드려 있었다. 무릎에 닿은 욕실 타일이 차가웠다. 피를 토한 걸까? 변기 안에 왜 피가 있지?

그로부터 몇 달이 지나서야 나는 비로소 자신에게 거짓말하기를 그만두고, 모든 엄마가 딸에게 하는 경고성 이야기의 주인공이 바로 나라는 것을 인정하게 되었다. 모든 것을 인정한 그 순간, 브린마역에 기차가 정차했고 나는 자는 척을 했다. 필라델피아로 가는 R5 노선의 나머지 여정을 마치고 종착지에 도착해서야 학교에 전화를 걸었다. "어쩌죠! 기차에서 잠이 들어서 필라델피아까지 오고 말았어요."

"이런." 교장 선생님의 오랜 비서이자 엄청난 애연가인 던 부인이 쉰 목소리로 말했다. "괜찮니, 얘야?"

"네. 하지만 수업을 2교시까지 빠지게 될 것 같아요." 내가 말했다.

던 부인은 미심쩍어하기보다는 걱정하는 듯한 목소리로 말하는 실수를 저질렀다. 그래서 나는 메인라인을 관통해서 되돌아가는 다음 R5 기차에 올라타는 대신 30번가역 주변을 배회했다. 그러다가 중국식 뷔페를 발견했다. 아침 10시도 되지 않았지만, 그 누구도 손대지 않은 번들거리는 고기와 야채 요리는 너무도 아름다워 보여서 거부할 수가 없었다. 나는 한 접시 가득 음식을 담고는 플라스틱 포크로 듬뿍 찍어서 입에 집어넣었다. 미지의 음식이 입 안에서 터졌다. 짭짤한 맛에 모래 같은 질감을 가진 물질이 왈칵 터져 나오는 바람에 구역질이 올라왔다.

그날 밤 세 번째 판과 네 번째 판에 느꼈던 바로 그 맛이었다. 쾌감에 도취한 남자아이가 내던 신음소리와 동시에 내 혀에 가라앉던 그 걸쭉한 액체에서는 역겨운 쓴맛이 났다.

❖ ❖ ❖ ❖ ❖

깨어보니 아침이었다. 나는 낯선 방에 있는 낯선 침대에 있었다. 햇살이 따뜻하고 반갑게 나를 맞이해 주고 있었다. 지난밤의 비극을 자각하지 못하는 건 나나 태양이나 마찬가지였다.

뒤에서 움직임이 느껴졌다. 뒤돌아서 누구인지 알아보기 전에 나는 그게 리엄이기를 간절히 바랐지만, 그럴 리가 없다는 생각이 드는 건 어쩔 수 없었다. 하지만 하필이면 딘이라니. 딘은 셔츠를 벗고서 군살 없이 탄탄한 상체를 드러내고 있었다. 잠시 그 몸에 토할 것 같다는 생각을 했다.

딘은 신음하면서 마른세수를 했다. "피니, 기분 어때?" 그는 팔꿈치로 몸을 떠받치고 궁금한 듯 나를 올려다보았다. "나는 기분이 아주 엿 같거든."

그제야 내가 여전히 빅토리아 시크릿 탱크톱을 입고 있다는 사실을 깨달았다. 하지만 그게 다였다. 나는 일어나 앉아서 이불을 움켜잡고 턱까지 끌어당기면서 방을 둘러보았다. "저기, 내 바지가 어디 있는지 알아?"

딘은 소리내어 웃었다. 지금껏 들어본 이야기 중 가장 재미있는 이야기라고 생각하는 것 같았다. "아무도 몰라! 너 밤새 안 입고 사방을 돌아다녔잖아."

딘은 그 일을 광란의 파티에서 일어난 무해한 일화처럼 이야기하고 있었다. 어떤 선배가 집에 간다고 했는데 다음 날 아침에 보니 자동차 열쇠를 꽂지도 않고 차 안에 뻗어 있는 걸 모두가 알게 되었다더라, 어떤 축구 선수가 밤늦게 만든 샌드위치에 칠면조 고기 넣는 걸 잊어버려서 모두가 마요네즈 샌드위치를 먹었다더라 하는 일화처럼. 너무 웃겨서 두고두고 회자될 그런 우스갯소리였다. 티파니는 고주망태가 되어서 몇 시간 동안 바지도 안 입고 사방을 돌아다녔다니까!

잠든 사이 내 인생은 극적으로 달라져 버렸는데도, 딘은 파티 후의 대재앙을 함께 맞이한 전우라도 되는 양 나를 쳐다보고 있었다. 솔깃했다. 도저히 인정할 수 없는 현실보다는 딘의 생각을 받아들이는 편이 더 좋을 것 같았다. 그래서 나는 힘없이 웃으면서 그냥 수긍했다.

던은 내게 수건 한 장을 던져주며 나를 게스트룸으로 보냈다. 그곳 옷장 옆 바닥에 놓인 큼직한 내 팬티는 잔뜩 구겨져서 레오파드 무늬 공이 되어 있었다. 나는 팬티를 운동 가방 안에 밀어 넣었다. 팬티에 묻은 피는 그냥 무시하기로 했다.

5장

"이러기야? 정말 아무도 없어?"《위민스 매거진》편집장은 인간 회전 쟁반처럼 사무실 주변을 돌면서 편집자들에게 마카롱을 들이밀고 있었다. 각고의 노력 끝에 영양실조 상태에 이른 편집자들은 한번 먹어보라고 권유하는 편집장의 노력을 무위로 만들었다.

"당류는 끊었어요." 나는 방어적으로 말했다.

페넬로페 '롤로' 빈센트는 쟁반을 책상에 떨구고 의자에 풀썩 내려앉더니 내게 손을 흔들었다. 썩어 들어가는 살 같은 색으로 칠한 손톱이 보였다. "당연히 그래야지. 자기는 결혼하니까."

"좋아요. 제가 해볼게요!" 애리엘 퍼거슨은 보조 편집자다. 매우 상냥하고 천진난만하기 그지없으며 66사이즈를 입는다. 그녀는 갈지자 걸음으로 나와서 걱정스러울 정도로 찐한 핑크색 과자를 손가락으로 집어 올렸다. '어우, 애리엘.' 나는 텔레파시로 말해주고 싶었다. '롤로

는 거식증에 걸린 편집자들에게 먹이고 싶었던 거야.'

롤로는 아연실색한 표정으로 애리엘이 턱을 움직여서 영양가 없는 200칼로리의 열량을 해치우는 모습을 쳐다보았다. 모두가 숨을 죽였다. 애리엘을 대신해서 간접 공포를 체험하며 얼어붙어 버린 것이다. 마카롱을 꿀꺽 삼킨 뒤 애리엘의 얼굴은 환하게 밝아졌다. "정말 맛있어요!"

"그래." 롤로는 말꼬리를 늘이다 마지막 음절에서 혀를 차는 소리를 냈다. "자! 그래서 다들 나를 위해서 뭘 준비했지?" 롤로는 의자에 앉은 채 입생로랑 트리뷰트 샌들의 뾰죽한 굽으로 바닥을 찍고선 한 바퀴 빙그르르 돌았다. 그녀의 두 눈은 엘리노어에게 레이저를 쏘아대고 있었다. "터커먼, 해봐."

엘리노어는 손목을 휙 튕겨 금발 한 다발을 어깨 앞에서 뒤로 넘겼다. "그게, 요전에 아니하고 이야기를 하다가요, 아니 친구가 금융 쪽에서 어떻게 일했었는지를 들었어요. 그 분야에서는 아직도 놀라울 정도로 성폭력이 만연하더라고요." 엘리노어는 내 쪽을 보면서 고개를 끄덕였다. "그렇지, 아니?" 나는 천천히 미소를 지으면서 엘리노어에게 시선을 주었다. 내 반응을 보고 나서 엘리노어는 말을 이어갔다. "그래서 아니와 제가 직장 내 성폭력의 심각성에 대한 인식 제고와 관련 교육 문제까지 이야기를 나누었답니다. 멋지죠. 하지만 아무래도 흑백논리에 갇혀서 너무 진지하게만 다뤘나 봐요. 야한 유머, 특히 여성들이 나서서 하는 야한 유머가 대중문화를 장악하고 있는 이런 시기에 말이죠. 그런 경향이 여자들이 말하는 방식이나 농담까지 번져 있다 보니 여자들이 정확히 무엇을 불편하게 느끼는지 구분하기 힘들어지는 거예요. 직장 생활을 하면서 어디까지가 용인되지 못하고 어디부터가 폭력인지 어떻게 알겠어요? 그래서 그 무엇도 신성시되지 않는

2014년에 성폭력이란 무엇인지를 살펴보는 기사를 쓰고 싶어요."

"좋네." 롤로가 하품을 했다. "헤드라인은?"

"음, 그게 말이죠. 제 생각에는 '2014년, 성폭력이란 무엇인가?'를 생각하고 있는데요."

"그거 말고." 롤로는 벗겨진 네일을 유심히 살펴보고 있었다.

"'성희롱에 관한 재미난 사실'은 어떠세요?"

롤로는 내 쪽으로 고개를 돌리고 웃음을 작게 흘렸다. "기발한 제목이야, 아니."

나는 내 무릎 위에 놓인 태블릿 PC를 흘깃 보았다. 대문자로 "성희롱에 관한 재미난 사실"이라고 적혀 있었다. 그 밑에 지금껏 수집해 온 모든 자료도 훑어보았다. 하버드의 사회학과 교수 두 명의 연구 결과였다. "같은 제목의 멋진 책이 곧 출간될 거예요. 출간에 맞춰서 기사를 낼 수도 있고요. 하버드의 사회학과 교수 두 명이 쓴 글이에요. 특히 대중문화가 우리 일터에 미친 영향력이 우리 생각보다 훨씬 크다는 것에 대해서 자세히 기술하고 있어요." 그 책의 교정본은 내 책상에 놓여 있었다. 롤로에게 이 아이템을 피칭하기 전에 읽어보려고 출판사에 요청해서 받아두었다.

"훌륭하네." 롤로는 고개를 끄덕였다. "그 책도 잊지 말고 엘리노어에게 전달하고. 필요한 건 모두 도와주도록 해." '모두'라는 말을 할 때 롤로의 이마에 도드라진 정맥이 성난 심장처럼 맥박 쳤다. 궁금했다. 롤로는 알고 있나? 엘리노어가 재능이라고는 하나도 없는, 명명백백한 멍청이라는 사실을? 엘리노어는 웨스트 버지니아의 작고 별 볼 일 없는 마을 출신이다. 하지만 뉴욕으로 온 후로 얼마나 대단한 곳들을 거쳐왔는지. 집요한 사람이다. 그 점은 인정하지 않을 수 없다. 사실 우리는 공통점이 많아서 잘 지내지 못할 이유가 전혀 없다. 하지만 시간이 흐르고 난 뒤 이해하게 되었다. 우리는 서로를 향해 싸워왔던 것이다. 온갖 역경을 딛고 현재에 이르렀고, 우리 둘 모두에게 충분한 공간이 없을까 봐 두려워서 여유가 없었다.

"자, 그럼 이제." 롤로는 의자 팔걸이를 두드렸다. "우리 해리슨 부인은 뭘 가지고 오셨나?"

나는 자세를 고쳐 앉고 예비용 아이템을 꺼냈다. 재미있는 여담처럼 소개하지만, 진지한 피칭으로 롤로에게 감동을 안겨준다면 인상적인 기사가 될 주제였다. 엘리노어는 이런 회의에 참석하기 전에 늘 나를 부른다. 전체적인 구상안을 보면서 스마트한 기사와 불유쾌한 기사를 적절히 분배하기 위해서다. 하지만 그러면서 엘리노어는 내가 기획한 기사 중 가장 기치가 넘치는 아이디어만 쏙 빼내서 오늘처럼 설익은 채로 피칭한다. 내가 잘 만들어보려던 아이템을 낚아채서 미국 기계엔지니어학회 따위에서나 상 받을 소재로 만들어버리는 것이다. "미국운동협회에서 최근에 몇 가지 활동에 대한 열량 소모분을 재조정했습니다." 나는 말을 시작했다. "거기에 섹스도 포함되었는데요. 섹스할 때 소모되는 열량이 12년 전에 산정했던 수치보다 두 배 정도 더 소모된다고 발표했습니다. 작가를 섭외해서 '섹스 운동' 같은 걸 하게 하면 어떨까요. 스마트밴드나 심장 박동 측정기를 착용하게 해서 실제 소모된 열량도 측정하고요."

"훌륭하네." 롤로는 편집팀장에게 고개를 돌렸다. "10월호에서 '음담패설'을 밀어내고 그 자리에 '섹스 운동'을 넣을 수 있을까?" 대답도 듣지 않은 채 롤로는 디지털 편집자에게 고함쳤다. "그 제목을 온라인판에 올리고 당장 테스트해 봐." 롤로는 턱짓으로 나를 가리키며 말했다. "참 잘했어."

엘리노어는 내 책상까지 나를 따라왔다. 죄를 뉘우치는 작은 각다 귀 같았다. 아니다. 엘리노어는 멀대같이 키가 커서 각다귀가 될 수는 없다. 내 피 맛을 보고서 더 먹고 싶어 안달을 내는 모기와 더 비슷하 다. "자기 친구 이야기를 회의에서 꺼냈다고 언짢게 생각하지 않았으 면 해. 개인적인 이야기인 걸 알고 있었는데 말이야."

책상 위 스마트폰에 빨간 불이 들어왔다. 음성 사서함에 메시지가 있다는 표시였다. 나는 바지를 한껏 끌어 올린 다음 자리에 앉았다. 지 난 7일 동안 뒤캉 다이어트를 꾸준히 해왔더니 앉을 때마다 바지와 스커트의 허리 밴드가 배 쪽에서 잔주름이 잡히면서 오므라지기 시작 했다. 투르 드 프랑스에서 잠 못 이루던 추억과 배 속의 끊임없는 고 통으로 잠들 수 없을 때면 옷장에서 바지 한 무더기를 집어다가 내 몸 에 대고 화장실 거울에 비춰보았는데, 그럴 때마다 정말 큰 위로가 됐 다. 44사이즈 바지를 아무런 고통 없이 입을 수 있다니 정말 놀랍기만 했다. 이 사소하지만 확실한 성취 덕분에 침대로 기어 들어가면 잠에 취한 루크가 무거운 팔을 내 26인치 허리 위로 척 걸치며 내뿜는 한밤 중의 더운 입 냄새마저도 참아낼 수 있었다. 데이트할 때도 입 냄새가 이렇게 심했었나? 그랬을 리가 없다. 저렇게 지독한 입 냄새를 풍기는 사람을 사랑했을 리가 없다. 뭔가 문제가 생긴 것이다. 편도에 문제가 있는지도 모르겠다. 아침에 루크에게 말해줘야겠다. 고칠 수 있겠지. 모든 문제에는 해결책이 있게 마련이니까.

나는 엘리노어에게 달콤하게 속삭였다. "물론 괜찮죠."

엘리노어는 내 책상 가장자리에 걸터앉았다. 흰색 와이드팬츠를 입 고 있었다. "그 바지 정말 마음에 들어"라고 롤로가 회의하러 들어오면서 말했었다. 그런데 지금 나는 엘리노어가 젠체할 때 어떤 얼굴인지를 알게 되는 불운을 맞이하고 있다. "어쩌면 그 친구가 자신의 경험을 이야기하고 싶어 하지 않을까?"

"그럴 수도 있겠네요." 나는 말했다. 내 책상 위에 뚜껑이 열린 초록색 볼펜이 굴러다니고 있었다. 나는 볼펜을 팔꿈치로 조금씩 밀어서 잉크가 묻어 있는 끄트머리가 엘리노어의 바짓단을 가볍게 스쳐 지나가게 했다. 그리고 엘리노어의 시선을 마주하고는 매우 순종적인 태도로 오후에 친구에게 물어보겠노라고 약속했다.

엘리노어는 내 책상을 손가락 관절로 톡톡 두드렸다. 그녀의 입꼬리가 처진 목살을 파고들었다. 저건 미소가 아니다. 회유를 위한 능글맞은 웃음이다. "자기 이름을 추가 보도 바이라인에 이름을 넣어도 될 거야. 그러면 정말 좋겠다." 추가 보도 바이라인에는 통상적으로 인턴의 이름을 올린다. 피임과 혈전에 관한 내 기사가 작년 미국잡지편집인협회 수상 후보에 올랐던 적이 있는데, 엘리노어는 그것 때문에 내가 너무 얄미운 모양이다. 엘리노어는 엉덩이를 책상에서 치웠다. 나는 예술적 솜씨를 발휘한 내 작품을 감상했다. 흰 바지에 마구 휘갈겨진 선은 엘리노어의 허벅지 바깥쪽으로 보이는 초록색의 하지 정맥류와 닮았다.

"그렇겠네요. 저한테 좋은 일이 되겠어요." 나는 수긍했다. 마침내 내 미소에 진심이 담겼다. 엘리노어는 입 모양으로 '고마워'라고 말한 뒤 기도하듯 두 손을 모으며 내 친절에 정말 감사하는 모양새를 취하고는 사라져 갔다.

나는 스마트폰을 집어 들고 득의만만한 미소를 지으며 내 음성 사서함 번호를 두들겼다. 루크가 남긴 메시지였다. 스마트폰을 잠시 내려놨다가 다시 들어서 루크에게 전화했다.

"어, 자기야."

스피커 너머로 울리는 루크의 목소리를 사랑한다. 무척 바쁜 와중에 다른 사람들 몰래 빠져나와서 내게 은밀하게 뭔가를 말하려는 듯한 목소리다. 약혼은 내가 졸라서 한 일이었다. 밉살스러울 정도로 내가 졸랐었다. HBO 방송국의 프로듀서가 거의 일 년 전쯤에 이메일로 「다섯 친구」라는 가제의 다큐멘터리에 참여하지 않겠느냐고 물어왔었다. 나는 '다섯 친구'의 친구가 아니었지만, 내 입장을 이야기할 설욕의 기회였다. 군침이 돌았다. 대신 하려면 제대로 해야 했다. '다 가진 자'의 항목을 모두 충족시키지 못한 채로 카메라를 보고 우스꽝스러운 표정을 지을 수는 없었다. 근사한 직업, 강한 인상을 남기는 주소지, 굶주린 몸. 게다가 모두의 이상형이면서 돈도 많은 약혼자까지. 루크와의 약혼은 나의 성공을 부동의 사실로 만들어줄 것이다. 루크 해리슨 5세와 결혼한다면 아무도 나를 건드리지 못하게 된다. 카메라 앞에서 이야기를 꺼내는 모습을 얼마나 많이 상상했는지 모른다. 에메랄드 반지가 돋보이도록 한 손을 얼굴에 대고 앙증맞은 눈물 한 방울을 훔쳐낸다면 얼마나 신날까?

루크와 나는 3년을 사귀고 약혼했다. 나는 루크를 사랑했고 약혼할 때가 무르익었기 때문이었다. 그래서 저녁을 먹으면서 루크에게 진지하게 그 말을 했다. "내년에 보너스를 받을 때까지 기다렸으면 좋겠는데." 루크가 말했다. 하지만 그는 굴복했고, 내 작은 손가락에 어머니의 반지를 끼워주었다. 그 후에야 나는 기꺼운 마음으로 다큐멘터리 촬영에 동의했다. 손가락에 반지를 끼기 전까지는 진짜로 '성공'한 게 아니라는 낡은 사고방식에 빠져서는 안 된다는 것쯤은 잘 알고 있다. 강한 여성이 되어야 한다는 내용 따위가 들어 있는 자기계발서도 읽었다. 지금보다 더 당당하고 독립적인 여성이 되어야 한다지만 나는 그런 여성이 아니다. 어쩌라고? 내가 그렇게 못한다니까.

"오늘 저녁 식사를 우리 클라이언트랑 같이하면 어떨까?" 루크가 물었다. 사실 루크는 일주일 내내 그 자리를 마련하려고 애를 써왔다. 뒤캉 다이어트의 '공격기'를 마치기까지 이틀이나 남았다. 그 후에는 몇 가지 엄선된 채소만 허용된다. 행여나 브로콜리 먹을 생각도 마라, 이 뚱보야.

나는 수화기를 쥔 손에 힘을 주었다. "며칠 있다가 하면 안 돼?"

수화기 너머로 들리는 소리라고는 루크가 일하는 증권 거래소 동료의 고함뿐이었다.

우리가 처음 사귀기 시작했을 때 루크가 우리 엄마를 만나게 되는 걸 겁냈었다. 엄마는 콧구멍을 씰룩거릴 것이다. '진짜'의 냄새를 감지했기 때문이다. 그리고는 루크의 연봉을 물어보겠지. 그걸로 끝이다. 그 질문에 루크는 정신을 차릴 것이다. 중성적인 이름과 수수한 액수의 신탁을 보유한 진짜 금발 여자를 만나 사랑에 빠지기 전까지, 나는 그저 술집에서 만나 몇 번 섹스할 상대에 불과한 여자라는 걸 깨닫는 거지.

하지만 우리 부모님과 함께 저녁 식사를 마치고 루크의 아파트로 돌아왔을 때, 정말 놀라자빠지게도 루크는 두 팔로 나를 꼭 끌어안고 침대 위에 눕힌 다음 키스를 퍼부으며 말했다. "자기를 구원해 낸 사람이 바로 나라니. 정말 믿을 수가 없다." 마치 내가 귀족 혈통을 지니고도 쓰레기통을 뒤지는 사람들 속에서 줄을 서서 쓰레기 냄새를 지우려고 애를 쓰는 사람이라고 생각하는 것 같았다.

"아니야." 나는 말했다. "오늘 밤 괜찮아." 어쩌면 브로콜리가 도움이 될지도 모를 일이다.

◆◆◆◆◆

저녁 약속 전에 패션 부서에 들렀다. 입고 있는 옷이 충분히 흉측하지 못했다. 최신 유행을 따르는 흉측한 옷일수록 잡지 편집자의 위협적인 아우라를 더 강력하게 뿜어낼 수 있다.

"이거 어때?" 나는 헐렁한 헬무트 랭의 드레스와 가죽 재킷을 꺼내 들었다.

"지금이 2009년도야?" 에번이 대번에 면박을 줬다. 우리 잡지사에도 당연히 성미가 까다로운 게이 패션 편집자가 있다.

나는 툴툴거렸다. "그럼 골라줘 봐."

에번은 옷걸이를 손가락으로 두드리면서 훑었다. 피아노 건반이라도 되는 양 옷걸이를 톡톡 치다가 마침내 미쏘니의 스트라이프 탑과 폴카 닷 쇼츠에 정착했다. 에번은 앙상한 어깨 너머로 내 가슴을 삐뚜름하게 쳐다보았다. "안 되겠다."

"참나, 됐거든?" 나는 액세서리 테이블에 기대서 꽃무늬가 인쇄된 셔츠 드레스를 고갯짓으로 가리켰다. 등이 깊이 파여 있었다. "저건?"

에번은 평가하는 시선으로 옷을 보다가 손가락을 입에 대고서 "흠" 소리를 냈다. "데렉은 일자형 몸매에 맞춰 재단을 하는 편인데."

"데렉?"

에번은 눈동자를 치켜떴다. "데렉 램."

나는 눈을 부라리며 에번을 쏘아보고 나서 그 드레스를 옷걸이에서 낚아챘다. "3킬로그램 뺐단 말이야. 감당할 수 있어."

드레스의 가슴 쪽이 살짝 벌어졌다. 에번은 단추를 풀어서 V컷을 만들고 기다란 펜던트를 머리 위로 넘겨 나를 유심히 살펴봤다. "나쁘지 않네. 무슨 다이어트 한다고 했지?"

116

"뒤캉."

"케이트 미들턴이 했던 다이어트 아니야?"

나는 거울을 보면서 아이라이너를 그려 넣었다. "가장 극단적인 다이어트라서 하는 거야. 최악의 다이어트라는 생각이 들지 않으면 효과가 없거든."

◆◆◆◆◆

"드디어 왔네." 루크가 맞아주었다. 안도와 초조함이 교차하는 얼굴이었다. 정각에 맞춰 도착해도 루크는 지각으로 받아들인다. 그의 전투적인 시간 엄수는 정말 짜증스럽다. 그래서 나는 적극적인 저항의 의미로 일부러 몇 분씩 늦었다.

나는 보란 듯이 스마트폰으로 시간을 확인했다. "8시라고 하지 않았어?"

"그랬지." 루크의 키스. 무관심이거나 회유 중 하나다. "근사하네."

"지금은 8시 4분이야."

"일행이 다 와야지 자리에 앉게 해주잖아." 루크는 내 드러난 등에 손바닥을 대고는 지그시 누르면서 안쪽으로 나를 안내했다. 방금 괜찮았나? 우리 짜릿한 사이 맞지?

"맙소사, 그러는 거 정말 싫어." 내가 말했다.

루크는 이를 드러내고 싱긋 웃었다. "알아."

나는 접수대 옆에 서 있는 커플을 어렴풋이 의식하고 있었다. 두 사람은 소개받는 순간을 기다리고 있는 듯 보였다. 루크의 클라이언트와 그의 아내였다. 헬스장에서 키운 것으로 보이는 여자의 근육은 대단치 않았고, 90달러짜리 드라이로 머리카락 한 오라기도 얼굴에 붙어 있지 않게 만들어놓았다. 나는 늘 아내 쪽을 먼저 눈여겨본다. 내 상대를 정확히 파악하고 싶기 때문이다. 여자는 전형적인 케이트 부류들이 입는 차림이었다. 화이트 진, 누드 컬러 웨지 샌들. 그리고 실키한 슬리브리스 탑이다. 핫핑크 컬러로 고르느라 몇 분 동안 심사숙고했을 게 분명하다. 태닝을 충분히 했다면 같은 슬리브리스 탑이라도 네이비 컬러로 괜찮다고 생각했겠지. 네이비는 실패하는 법이 없으니까. 그리고 어깨 위로 꼬냑 컬러의 프라다 숄더백을 걸쳤다. 슈즈와 한 치의 어긋남도 없이 같은 색이었다. 나이를 드러내는 완벽한 조합이었다. 세로 주름이 잡히기 시작한 목의 피부까지 볼 것도 없었다. 적어도 나보다 열 살은 많을 거란 결론을 내린 나는 마음을 놓았다. 서른 살이 넘으면 어떻게 살아갈지 나는 도무지 상상도 못 하겠다.

"휘트니예요." 여자는 내게 손을 내밀었다. 그날 오후에 네일을 손질한 손으로 내 손을 잡고 맥없이 아주 살짝 흔들었다. 전업주부가 되는 일을 세상에서 가장 중요하게 생각하고 있다는 걸 알아달라는 것 같았다.

"만나뵙게 되어 반갑습니다." 나는 대꾸했다. 예비 시아버님을 처음 만났을 때 "만나뵙게 되어 반갑습니다"라고 인사하시는 걸 들은 이후로 쭉 따라 하고 있다. 해리슨 씨의 인사말을 듣고 나는 겁이 덜컥 났었다. 수년 동안 내가 건넨 '만나서 반가워요'라는 외설적인 인사말을 듣고 얼마나 많은 사람들이 허위의식에 기반한 나의 양육 배경을 눈치챘을까. 훌륭한, 그러니까 금수저 집안에서 태어난 복 많은 인간이 받는 가정교육은 따라 하기가 거의 불가능하다. '척'하는 사람들의 정체는 늘 드러나기 마련. 그것도 아주 볼만한 창피를 당하는 게 일반적이다. 이만하면 중산층의 구덩이에서 기어 나왔다고 생각할 때마다 뭔가 잘못했다는 걸 깨닫게 된다. 내 종족의 사람들이 나를 다시 끌어당긴다. '누구를 속여먹으려고. 어림도 없지.' 굴 요리만 해도 그렇다. 소금에 절인 가래를 정말 좋아하는 척 먹기만 하면 된다고 생각하겠지만, 후루룩 소리를 내면서 들이마신 다음에는 껍데기의 겉면이 아래를 향하게 내려놓아야 한다는 것도 알고 있나? 그런 사소한 일이 모든 걸 알려주는 법이다. 위험은 늘 디테일 안에 도사리고 있다.

"그리고 여기는 앤드루." 루크가 말했다.

나는 앤드루의 거대한 앞발 안에 손을 밀어 넣었다. 하지만 나의 미소는 마침내 마주한 얼굴에 정지되고 말았다. "안녕하세요?" 내가 말하자 앤드루 역시 고개를 옆으로 기울이고 묘한 표정으로 나를 쳐다보았다. "아니?"

"안내하겠습니다." 종업원이 잰걸음으로 우리를 안내했다. 우리 넷은 자석에 이끌리듯 종업원 뒤를 따랐다. 나는 앤드루의 뒤에서 걸으며 그의 뒤통수를 관찰했다. 은발이 드문드문 보였다(벌써?). 놀란 마음은 어느새 그가 내가 생각하는 그 사람이 맞길 바라는 마음으로 바뀌어 할리퀸 로맨스를 바라게 되었다.

벽에 붙은 의자에 누가 앉을지를 두고 실랑이를 하느라 잠깐 체증이 일어났다. 루크는 '여자' 둘이 몸이 작으니 안쪽에 앉으면 어떠냐고 말했다(휘트니는 소리 내어 웃었다. "저건 칭찬인 것 같네요, 아니."). 뉴욕답게 이 가게의 식탁은 인형의 집에나 들어갈 크기였다. 이래서 결국에는 모두가 이곳을 뜬다. 아기들이 돌아다니고, 위태위태한 쇼핑백과 땀 흘리듯 물을 흘리는 스노우 부츠가 걸리적거린다. 듀안 리드 드러그스토어에서 산 싸구려 크리스마스 장식품이 든 상자들이 로비에 쌓여 있다. 그런 꼴을 겪다가 블루밍데일스 백화점 쇼핑백 손잡이에 발이 걸려 넘어지고 나면 이곳을 탈출해서 웨스트체스터나 코네티컷까지 엉금엉금 기어가는 교통 체증 속에 끼는 일을 시작하고야 만다. 내가 이 말을 하면 루크는 휘파람을 불며 "진정해"라고 말하지만, 정말이지 싹 다 꺼져주면 속이 시원할 것 같다. 몬스터 부인들은 도리안과 브린클리 같은 바에서 잠복해서 남편감을 기다리다가, 리스 계약이 만료되면 그들을 구슬려서 교외 지역으로 이사를 간다. 그러고 얼마 지나지 않아 피임을 시작한다. 나도 한때 도리안에 매복해 봤다. 하지만 나는 여기 있고 싶다. 이 터무니없이 비싸면서 비좁은 식당과 무례한 별종이 득실거리는 지하철, 《위민스 매거진》을 품고 있는 모양 좋은 고층 건물, 욕망은 줄이고 물질을 더 추구하라고 사람을 호도하는 야망 가득한 편집자들이 있기 때문이다. "남친 물건을 스크런치로 감싸서 해주라는 글을 보고 차라리 그걸로 내 목을 졸라서 콱 죽어버리겠다는 생각을 안 할 것 같아?" 전에 롤로가 이렇게 포효한 적이 있었다. 9월 호 지면 구성안 회의에 오럴 섹스 아이디어를 가지고 온 편집자가 단 한 명도 없었기 때문이었다. "팔리는 건 이런 거라고." 생각해 보니 뉴욕의 모든 것이 인형의 집 크기는 아니다. 성과를 거두려는 고군분투는 어마어마하다. 물론 남편 사냥꾼들이 얼씬거리지 않는다는 전제가 필요하다. 하지만 이것이야말로 내가 가장 사랑하는 뉴욕의 모습이다. 내 자리를 차지하기 위해서 싸워야 하는 곳이다. 그래서 나는 싸웠다. 내 자리를 지키기 위해서라면 그 누구라도 해치울 것이다.

결국 나는 앤드루 맞은편에 앉고, 루크는 휘트니의 맞은편에 앉게 되었다. 자리가 바뀐 것 같다는 말이 있었지만, 루크가 막으면서 늘 내 맞은편에 앉아서 밥을 먹으니 사양하겠다는 진부한 농담을 하며 마무리했다. 의자 등받이에 최대한 엉덩이를 밀어붙이고 앉았는데도 앤드루의 자몽만 한 무릎이 계속 내 무릎을 스쳤다. 모두 쓸데없는 수다와 형편없는 농담을 집어치우고 조용히 해주면 좋겠다. 그러면 눈을 가늘게 뜨고 앤드루를 쳐다보다가 "맞죠?"라고 물어볼 수 있을 텐데.

"미안합니다." 앤드루가 말했다. 처음에는 그가 내 공간을 침범해 들어온 걸 사과하는 줄로만 알았다. "그런데 매우 낯이 익네요." 앤드루는 나를 빤히 쳐다보았다. 그리고 입술을 살짝 벌리고 나의 위장술을 조목조목 분석했다. 광대뼈(이제는 선명하게 도드라져 보인다!)와 그 위 벌꿀색 하이라이트는 칠흑같이 검은 내 머리를 보완해 줘서 금발 염색의 유혹에 굴하지 않도록 해주었다. "어머, 자기야." 헤어 스타일리스트 루빈은 내가 처음에 찾아갔을 때 혀를 쯧쯧 차면서 손가락 끝으로 노란색 지푸라기 같은 머리카락 한 움큼을 집고서 바퀴벌레라도 되는 양 인상을 쓰고 쳐다보았었지.

루크는 냅킨을 풀어 헤치던 동작을 멈추고 앤드루 쪽을 응시했다.

그런 순간이 있다. 뭔가 인생을 바꿀 정도로 중요한 일이 벌어지려 한다는 걸 이해하게 되는 아주 드문 경우 말이다. 지금껏 딱 두 번 그런 경험을 했었다. 두 번째는 루크가 청혼했을 때였다. 지금은 세 번째일까? "미친 소리 같겠지만……." 나는 헛기침으로 목소리를 골랐다. "혹시…… 라슨 선생님이세요?"

"선생님이라면?" 휘트니가 낮은 소리로 말하다가 곧 잔뜩 들뜬 비명을 꺅 내질렀다. 모든 상황을 이해하게 되었다는 표시였다. "우리 남편의 제자였어요?"

브래들리를 떠난 뒤에 그 치렁거리던 머리카락을 잘라낸 모양이었다. 거기에 레고 부품 뽑아내듯 금융업계 사람처럼 찡그린 얼굴을 뽑아낸 다음, 포토샵으로 주름살을 지우고 턱선을 살려낸 다음에 다시 꽂아 넣으면 영락없는 라슨 선생님이었다. 일반적으로 사람 입을 가리고 눈매를 보면 웃고 있는지 아닌지 알 수 있다. 하지만 라슨 선생님의 눈은 유난히 활기차고 호탕하게 웃은 후 그 모양 그대로 주름이 잡혀서 고정된 것 같은 모양이었다.

"세상 정말 좁네요." 라슨 선생님은 놀란 얼굴로 껄껄 웃었다. 목젖이 춤을 추듯 사정없이 꿀렁거렸다. "지금은 아니라는 이름을 쓰고 있나 봐요?"

나는 루크를 흘깃 보았다. 따로 밥을 먹는 편이 좋았겠다. 아니면 다른 이야기를 하든지. 라슨 선생님이 기뻐하는 만큼 루크의 표정은 점점 안 좋아지고 있었다. "티파니라는 이름의 철자를 매번 설명해야 하는 게 너무 지겨워서요."

"정말 말도 안 돼요." 휘트니는 우리 셋을 훑어보면서 말했다. 그러다가 루크를 보고 뭔가 깨달은 것 같았다. "그러면 브래들리 학생이었겠네요." 그리고 멈칫하는가 싶더니 불현듯 떠오른 생각을 말로 내뱉었다. "아, 그 티파니 학생."

우리는 서로의 눈을 마주 보지 못하게 되었다. 마침 종업원이 왔다. 자신의 등장에 안도하는 분위기에도 아랑곳없이 수돗물 서빙이 괜찮은지 물었다. 당연하지. 뉴욕의 수돗물은 늘 괜찮다.

"정말 재미있지 않아요? 세상에서 가장 깨끗한 음용수가 뉴욕에 있다니." 휘트니가 말했다. 어색해진 대화를 이끄는 노련한 안주인 역할을 하고 있었다. "이렇게 더러운 도시인데 말이죠?"

우리는 모두 동의했다. 정말 재미있다고.

"그럼 무슨?" 갑자기 루크가 물었다. 아무도 답하지 않자 루크는 거듭 물었다. "무슨 과목을 가르치셨어요?"

라슨 선생님은 팔꿈치를 식탁에 올리고 체중을 실었다. "영어 우등반을 맡았었죠. 대학을 졸업한 직후에 2년 정도 학교에 있었습니다. 여름에도 일해야 한다니 상상하기도 힘들어서요. 기억하지, 휘트?"

두 사람은 음모라도 꾸미는 양 둘만의 웃음을 공유했다. "당연히 기억하지." 휘트니는 냅킨을 흔들어 펴면서 말했다. "그 시스템에서 빠져

나오길 얼마나 바랐는지 몰라." 휘트니를 나무랄 수 없다. 나 역시도 교사하고는 절대로 사귀지 않을 테니까.

앤드루가 나를 쳐다보았다. "아니는 최고의 학생이었어요."

나는 무릎 위 냅킨의 주름을 열심히 펴면서 낮게 중얼거리듯 말했다. "그렇게 말씀해 주시지 않아도 되는데요." 내가 그에게 얼마나 큰 실망을 안겨주었는지는 우리 둘 다 잘 알고 있는 사실이었다.

"지금은 《위민스 매거진》의 최고 편집자로 손꼽힌답니다." 루크는 딸을 자랑하는 아버지처럼 말했다. 웃기시네. 평소에는 내 '커리어'를 아이 낳기 전에 시간 때우는 귀여운 소일거리쯤으로 생각하면서 여기선 아닌 척을 해? 루크는 식탁 너머로 손을 내밀어서 내 손을 덮었다. "아니는 정말 큰일을 해냈어요." 루크식의 경고 사격이었다. 루크는 사람들이 브래들리를 입에 올리는 걸 좋아하지 않았다. 전에는 나를 보호하기 위해서 그런다고 생각해서 감동했는데, 이제는 안다. 루크는 그저 모든 사람이 그 일을 잊어버리기를 바랄 뿐이다. 루크는 지금도 내가 다큐멘터리 촬영에 참가하는 걸 원하지 않는다. 물론 왜 그런지 이유는 설명하지 못했다. 아니, 어쩌면 설명할 수 있지만 내 기분을 상하게 하고 싶지 않아서 말하지 않고 있을 수도 있다. 그러나 나는 그가 무슨 생각을 하고 있는지 잘 안다. '망신을 자초하고 있잖아.' 그가 하고 싶은 말이리라. 하지만 해리슨 가문에서 가장 훌륭하게 생각하는 덕목은 묵묵히 참는 극기다.

"흠." 휘트니는 발레 슈즈처럼 분홍빛이 나는 손톱 하나를 아랫입술에 대고 톡톡 두들겼다. "《위민스 매거진》? 들어본 적 있는 것 같아요." 내가 어디서 일하는지 알게 된 남편 사냥꾼이 늘 하는 말이다. 그리고 이건 칭찬이 아니다.

"그렇게까지 해냈다니, 몰랐구나." 라슨 선생님이 말했다. "굉장하네." 라슨 선생님은 최고로 멋진 미소를 내게 보냈다.

휘트니가 아는 척을 시작했다. "읽은 지가 너무 오래돼서 잊고 있었어요. 앤드루를 만나기 전에는 성경책처럼 읽었는데. 그거 소위 말하는 여자들의 성경 맞죠?" 휘트니의 웃음은 얌전했다. "나중에 우리 딸 방에서 그 잡지를 발견하게 되면 압수할 거예요. 우리 엄마도 그러셨거든요." 루크는 예의 바르게 웃었지만, 라슨 선생님은 웃지 않았다.

나는 자녀가 화제로 떠오르면 사용하는 미소를 얼굴에 장착했다. "아이가 지금 몇 살인데요?"

"다섯 살이에요." 휘트니가 말했다. "이름은 엘스페스라고 해요. 아들도 있답니다. 부스라고 해요. 돌이 다 되어가죠." 휘트니는 앤드루를 지긋한 눈으로 바라보았다. "아빠 판박이예요."

맙소사. "멋진 이름이네요." 나는 휘트니에게 말했다.

루크의 옆으로 소믈리에가 다가와서 자기를 소개했다. 그러고 보니 우리 중 아무도 메뉴를 궁금해하지 않았다. 루크는 화이트와인을 마시면 어떻겠느냐고 모두에게 물었다. 휘트니는 이런 더위에는 다른 건 생각할 수도 없다고 말했다. "여기 소비뇽 블랑으로 하시죠." 루크는 메뉴판에서 80달러 가격대 와인 하나를 손으로 가리켰다.

"어머, 소비뇽 블랑 정말 좋아해요." 휘트니가 말했다.

뒤캉 다이어트를 하면 와인을 마실 수 없다. 하지만 이런 부류의 여자와 어울리려면 마셔야 한다. 속에서 엔돌핀이 솟구쳐 오르게 만들어 줄 첫 잔이 있어야 그럴듯하게 그녀의 세상에 관심 있는 척할 수 있다. 아이들 피아노 레슨 이야기나 출산 선물로 받은 반클리프 주얼리 이야기를 참아낼 수 있게 된다. 라슨 선생님이 이런 여자에게 무릎을 꿇었다니 믿기지 않았다. 일평생 가장 큰 야망이 슈퍼마켓을 누비는 일일 뿐인 이런 여자에게? 종업원이 와인 병을 들고 다가왔을 때 나는 감사한 마음으로 기꺼이 잔을 들어 와인을 받았다.

"마침내 만난 사랑스러운 사모님을 위하여." 루크가 잔을 들어 올렸다. '사랑스럽다'니. 정말 구역질 난다. 전에는 이런 저녁 식사 자리를 정말 좋아했었다. 아내라는 사람들의 인정을 받기 위해 노력하는 일을 즐겼었다. 그들의 얼굴에 긍정적인 표정이 떠오를 때는 정말 큰 성취감을 느꼈었다. 하지만 지금은 그냥 따분하기만 하다. 따분하고 지루하고 지겹다. 뭐하러 이렇게 나 자신을 죽여야 하나? 이런 일로 무슨 자아실현을 할 수 있나? 27달러짜리 로스트 치킨 요리를 먹고 집에 가서 다정하게 섹스해 줄 약혼자로 충분한 걸까?

"이쪽 사모님도." 앤드루는 자신의 잔을 내 잔에 부딪쳐왔다.

"아, 아직은 아니에요." 나는 미소지었다.

"애니, 그런데요……." 휘트니는 내가 질색하는 일을 하고 있었다. '아니'라고 발음하는 대신 '애니'라고 부르는 것 말이다. "루크가 결혼식을 낸터킷섬에서 할 거라고 하던데요. 왜 거기서 해요?"

그 장소 고유의 특전 때문이지요, 휘트니. 낸터킷섬은 모든 계층과 지역을 초월한 장소다. 사우스다코타에 가서 우울증에 걸린 잘난 전업주부에게 메인라인에서 유년기를 보냈다고 말해도 깊은 인상을 남길 수가 없다. 어떤 의미인지 모르기 때문이다. 하지만 낸터킷섬에서 여름을 보냈다고 말하면 상대가 어떤 사람인지 대번에 알아차린다. 뭐 그런 이유에서랍니다, 휘트니.

"루크의 가족 별장이 거기 있어서요." 나는 말했다.

루크는 고개를 끄덕여 보였다. "어릴 적부터 다녔던 곳이에요."

"어머, 정말 아름답고 멋진 결혼식이 되겠네요." 휘트니는 내 쪽으로 3센티미터 정도 몸을 기울였다. 굶주린 자의 숨결이 느껴졌다. 허허롭고 퀴퀴한 입김은 한동안 그 입술 사이를 통과한 것이 아무것도 없다는 걸 알려줬다. 휘트니는 앤드루에게 물었다. "우리 몇 년 전에 낸터킷에서 열린 결혼식에 참석한 적이 있지 않았나?"

"마라사의 포도원이었어." 앤드루는 정정해 주었다. 그의 한쪽 무릎이 다시 한번 내 무릎을 스쳤다. 와인은 감기약처럼 내 목을 코팅하고 있었다. 라슨 선생님은 나이 든 편이 더 멋지다는 생각이 들었다. 물어보고 싶은 게 백만 개는 되는 것 같았다. 루크와 휘트니가 동석해서 우리 둘의 시간을 빼앗고 있다는 사실이 화가 났다. "낸터킷이 고향인가요?" 앤드루가 루크에게 물었다.

휘트니가 소리 내 웃었다. "앤드루, 낸터킷이 고향인 사람이 세상에 어디 있겠어?" 낸터킷에 사는 10만 명의 주민들은 동의하지 않을 주장이었지만 휘트니의 말은 우리 같은 사람들은 낸터킷을 고향으로 두지 않는다는 의미였다. 이런 여자들이 나도 자신과 같은 부류로 생각해 주면 짜릿했었다. 내 가면이 매우 그럴듯했다는 방증이니까. 그런데 이제는 저렇게 넘겨짚는 소리를 들으면 화가 난다. 언제부터였지? 약혼반지를 받고 난 뒤부터다. 뉴욕 트라이베카로 주소를 옮기고, 우리 앵글로색슨계 개신교도 기사님이 내게 한쪽 무릎을 꿇고 난 뒤부터였다. 그 모든 것을 프렌치 네일을 한 손 안에 넣으려고 정신없이 애쓰지 않아도 되니, 한 걸음 뒤로 물러나 상황을 재평가하게 되었다. 나에게는 상류층 같은 구석이 하나도 없다. 이런 나라도 좋다며 진심으로 만족해할 사람은 있을 수 없다는 것을 나조차도 잘 알고 있다. 그 사이에 내가 끼어 있다는 건 그들이 사실 영혼마저 피폐해진 상태로 배회하며 그저 모른 척하는 상류층이라는 뜻이거나, 혹은 알고 보면 정말 나 정도로도 충분한 별것 없는 인간들이라는 것. 둘 중 하나다. 그런 사람들이 지금 상황을 이대로 기꺼이 유지하겠다면 마지막엔 아주 볼만하겠지. 2012년에는 루크와 그의 가족, 그의 모든 친구들, 그

친구들의 아내까지 몽땅 밋 롬니에게 투표했다. 그의 빌어먹을 임신 중단 반대 정책은 강간과 근친상간으로 삶이 위태로워진 피해자가 안전하게 임신 중단을 선택하지 못하게 하는 정책이었다. 가족계획협회마저도 문을 닫게 만들 수 있었다.

"아, 그런 일은 절대 일어나지 않아." 루크는 껄껄 웃으면서 말했다.

"설령 그런 일이 벌어지지 않는다고 해도." 내가 말했다. "그런 입장을 견지하는 사람에게 어떻게 표를 줄 수가 있어?"

"그런 건 상관없기 때문이야, 아니." 루크는 한숨을 쉬었다. 한때 루크는 나의 무력한 페미니스트적 분노를 귀엽다고 했었다. "자기한테도 아무런 영향을 미치지 않을 거고, 나에게도 아무런 영향이 없을 거야. 우리하고 무슨 상관이 있겠어? 오바마야말로 상관있지. 우리가 최고 과세 구간에 있으니 세금을 더 거둬가잖아."

"나한테는 상관있어."

"자기는 피임하는데 왜!" 루크는 고함치듯 말했다. "낙태할 일이 뭐가 있어?"

"루크, 가족계획협회가 없었다면 지금 나한테 열세 살짜리 아이가 있을 수도 있어."

"그만하자." 루크는 선언하듯 말하고 벽에 붙은 스위치를 거칠게 내렸다. 그리고 침실로 성큼성큼 걸어가서 등 뒤로 문을 쿵 닫았다. 혼자 어두운 주방에 남은 나는 소리 내어 울었다.

루크에게 문제의 그날 밤의 이야기를 털어놓았었다. 그가 내게 홀딱 반해서 열중해 있을 때였다. 자신의 치부를 드러낼 수 있는 유일한 시기다. 사람이 사람에게 완전히 미쳐 있으면 불명예도 사랑스러워진다. 끔찍했던 일을 하나하나 말할 때마다 루크의 눈은 점점 커졌지만, 어찌 된 일인지 점점 더 멍해지는 것 같기도 했다. 너무 과해서 제대로 이해하기 어려우니 나머지는 나중에 생각해야겠다는 사람처럼 보였었다. 만약 지금 루크에게 그날 밤에 내게 무슨 일이 있었는지 묻는다면 제대로 대답하는 대신 이렇게 말하겠지. "맙소사, 아니. 난 몰라. 기분 나쁜 일이었잖아, 그치? 자기한테 좋지 않은 일이 있었다는 정도는 알아. 하지만 그렇다고 매일 그 사실을 내게 떠올려 줄 필요는 없어."

그래도 루크는 입에 올리지 않아야 할 정도로 좋지 않은 일이라는 것쯤은 분명히 알고 있다. 그래서 처음 다큐멘터리 이야기가 나왔을 때도 그 부분이 쟁점이 되었다. "그날 밤 이야기를 하려는 건 아니잖아. 그렇지?" '그날 밤'이라. 제유법을 훌륭하게도 활용하신다. 사실 카메라 앞에서 페이턴, 리엄, 딘, 특히 딘이 뻔뻔하게 내게 저질렀던 만행을 다 이야기하는 걸 생각해 본 적이 없지는 않았다. 하지만 문제가 하나 있었다. 그때는 에메랄드 반지가 내 수중에 들어오지 않은 상태였다. 촬영을 시작할 때는 내 손가락에 그 반짝거리는 초록색 자랑거리가 끼워져 있기를 바랐다. 그래서 테킬라를 원샷하고 라임을 덥석 베어 문 것처럼 입술을 오므리고 말했다. "당연히 아니지."

"저는 라이에서 자랐습니다." 루크가 말했다.

휘트니는 와인 한 모금을 급히 꿀꺽 삼켰다. "저는 브롱스빌 출신이에요!" 휘트니는 냅킨으로 입가를 토닥였다. "어느 고등학교에 다녔어요?"

앤드루가 웃었다. "여보, 당신이 루크랑 같은 시기에 고등학교를 다녔을 리는 없을 거야."

휘트니는 짐짓 화난 척하며 냅킨을 앤드루에게 던졌다. "그건 모르는 일이지."

루크도 웃었다. "사실 저는 기숙학교에 다녔어요."

"아, 그래요." 휘트니는 바람 빠진 풍선이 되었다. "괜한 소리를 했네요." 휘트니는 메뉴판을 집어 들었다. 그러자 마치 하품을 한 것처럼 다른 사람들도 똑같이 움직이게 되었다.

"그래, 여기는 뭘 잘하죠?" 앤드루가 물었다. 촛불이 그의 안경에 비추어 굴절되는 바람에 그 질문의 상대가 나인지 루크인지 알 수가 없었다.

"모두 다 잘합니다." 루크가 말하는 동시에 내가 말했다. "로스트 치킨을 정말 잘해요."

휘트니는 콧잔등을 찌푸렸다. "요즘은 레스토랑에서 치킨 요리를 못 시키겠어요. 비소 덩어리라잖아요." 전업주부인 데다 「닥터 오즈 쇼」의 팬이라니. 설상가상이네. 내가 너무 좋아하는 타입이다!

"비소라니요?" 나는 한 손을 가슴에 얹고 걱정 가득한 표정을 지어 보였다. 계속 이야기해 보라는 암시였다. 예전에 넬의 추천을 받아서 읽은 《손자병법》에 나온 방법이다. 그중에서 가장 마음에 드는 전략은 열등함을 가장해서 적이 오만해지도록 부추기는 것이었다.

"그렇다니까요!" 잘 모른다는 티를 내자 휘트니는 매우 놀라는 것처럼 보였다. "농부들이 비소를 닭에게 먹였대요." 휘트니는 넌더리를 내면서 입술을 오므렸다. "그러면 빨리 큰다나요."

"끔찍하네요." 나는 기가 막힌 척을 했다. 이미 이전에 똑같은 주제를 다룬 '진짜' 논문을 읽었었다. 팩트 구분도 안 되는 채로 「투데이 쇼」가 퍼뜨린 정보가 아니라. 그리고 이 식당에서는 그 빌어먹을 퍼듀사의 냉동 닭가슴살 따위로 요리하지 않는다. "그렇다면 저도 로스트 치킨은 주문하지 않겠어요."

"어머, 나 좀 형편없는 사람인 것 같아!" 휘트니가 소리 내 웃었다. "방금 만났는데 벌써 저녁 식사 자리를 망쳐버렸네요." 그리고 손바닥으로 자신의 이마를 탁 때렸다. "그만 말해야겠어요. 하지만 종일 한 살짜리 아기랑 지내다 보면 어엿한 성인과 같이 있는 순간에 수다에 수다를 떨게 된답니다."

"하지만 아이들에게는 엄마랑 같이 있는 시간이 정말 좋을 거예요." 나는 미소 지었다. 그런 날이 내게도 어서 왔으면 좋겠다는 의미로 보이기를 바랐다. 하지만 저 여자는 헬스장에서 하루 세 시간은 족히 운동하지 않으면 만들 수 없는 몸매를 가지고 있다. 절대로 혼자서는 엄두를 낼 수 없는 몸매다. 그렇다고 도미니카공화국 출신의 보모에 대해 묻자니 신의 가호가 필요한 일이 될 것이다. 저런 여자들은 《위민스 매거진》은 얼마든지 헐뜯어도 양육은 '진짜 일'이니 신성하다고 생각한다. 그러니 그 신성한 '진짜 일'을 할 생각이 전혀 없다고 의심을 살 일은 피하는 게 상책이다.

"아이들이랑 매일 함께할 수 있어서 얼마나 다행인지 몰라요." 휘트니의 입술이 와인으로 번들거렸다. 휘트니는 입술을 맞대고 비빈 다음 한쪽 손에 턱을 괴었다. "어릴 때 어머니가 일을 하셨나요?"

"아니요." 하지만 일을 했어야만 하는 처지였지요, 휘트니. 전업주부에 대한 환상을 버리고 가계에 보탬이 돼야 했었는데 그러지 않았으니. 그랬다고 해서 엄마가 더 행복해졌을 거라고 장담할 수는 없다. 하지만 그때 우리는 행복에 대해서 생각하는 것조차 사치인 생활을 하고 있었다. 거의 파산 상태였다. 엄마는 백화점에서 쇼핑할 비용을 대려고 두 달에 한 번씩 새로운 신용카드를 만들었다. 그러는 사이에 우리가 사는 양산형 주택의 조잡한 석고보드 벽은 흰곰팡이의 차지가 되어가고 있었다. 곰팡이를 제거할 '여유'가 없었기 때문이었다. 하지만 휘트니, 그쪽의 말이 맞아요. 엄마가 매일 나와 함께할 수 있어서 다행이었어요.

"우리 엄마도 마찬가지였어요." 휘트니가 말했다. "그게 큰 차이를 만들죠."

나는 미소를 유지했다. 달리기 마지막 구간 같았다. 지금 멈춰서 걷게 되면 다시는 달릴 수 없다. "정말 큰 차이가 있죠."

휘트니는 의기양양하게 머리를 뒤로 넘겼다. 내가 단단히 마음에 든 모양이다. 그녀의 어깨가 내 어깨에 닿았다. 들뜬 목소리가 나지막하게 들려왔다. "그 이야기 좀 해봐요. 아니. 다큐멘터리에 나가나요?"

루크는 한쪽 팔을 의자 뒤로 떨어뜨리고 은제 식기를 만지작거렸다. 나는 낮은 천장에서 은백색 불빛이 춤추는 걸 지켜보았다.

"말하면 안 돼요."

"오, 그 말은 참여한다는 거로군요." 휘트니는 내 팔을 찰싹 때렸다. "앤드루한테도 말하지 말라고 했거든요. 맞지, 앤드루?"

늘 반복해서 꾸는 꿈이 있다. 뭔가 나쁜 일이 벌어져서 911에 전화를 해야 하는데 손가락이 마음대로 움직이지 않는다. 번호를 눌러야 하는 손가락은 자꾸 미끄러진다(이럴 때는 꼭 버튼이 달린 구형 유선전화기를 쓴다). 꿈이란 걸 깨달으면 매번 생각한다. '또 꿈을 꾸고 있는 거야. 하지만 이번에는 방법을 찾아보자. 자, 서두르지 말고 천천히 해. 천천히 하면 할 수 있어. 9번을 찾아. 눌러. 1번을 찾아. 눌러.' 시급히 해야 할 일을 해내지 못하는 극도의 괴로움 속에서 인내심을 발휘해야만 하는 상황인 것이다. 당장 나는 라슨 선생님이 왜 그 다큐멘터리에 참여하는지 알아야 했다. 언제? 어디서? 무슨 말을 하려고? 내이야기를 할까? 나를 변호해 주려나? "선생님도 참여하시는지는 전혀 몰랐네요." 내가 말했다. "뭘 해달라고 하던가요? 관찰자 같은 입장에서 참여하시는 건가요?"

라슨 선생님의 입꼬리가 아래로 한층 내려갔다. "알잖니. 말하면 안 된다는 거."

모두가 크게 웃었다. 나도 억지로 합류했다. 더 밀어붙여 보기 위해서 입을 벌렸지만, 라슨 선생님이 먼저 말을 꺼냈다. "그 이야기는 나중에 커피라도 마시면서 하자."

"좋아요!" 휘트니가 맞장구를 쳤다. 어찌나 진심으로 신나 하는지 내가 신날 틈이 없었다. 자기 남편이 자기보다 열 살이나 어린 다른 여자랑 커피를 마시겠다는 말을 저렇게 좋아하는 여자라면 바위처럼 단단한 결혼 생활을 영위하고 있다고 봐야 한다.

"그렇게 해." 루크가 거들었다. 차라리 아무 말도 하지 않는 편이 더 좋았을 거다. 휘트니의 말 뒤에 꺼낸 그의 공개적인 지지 발언의 가식성이 더 도드라져 보였기 때문이다.

◆◆◆◆◆

휘트니는 밖으로 나가다가 발을 헛디뎠다. 걸음을 멈추고 선 휘트니는 키득거리면서 그동안 외출을 많이 하지 않았다고 말했다. 와인이 모두 머리로 간 모양이었다.

라슨 선생님은 디저트가 나온 후에 우버를 불러두어, 식사를 다 마쳤을 때 이미 검은색 SUV가 도로 경계석 앞에서 두 사람을 기다리고 있었다. 스카즈데일에 있는 그들의 시트콤 무대 같은 집으로 되돌아갈 만반의 준비가 되었다. 휘트니는 내 뺨에 키스하고는 허공에 대고 노래했다. "두 사람을 만나서 정말 좋았어요. 진짜요. 세상이 참 좁죠." 앤드루는 루크와 악수하고 어깨를 두들겼다. 그런 다음에 루크가 뒤로 한 걸음 물러나서 내가 끼어들어 작별 인사를 할 공간을 내주었다. 나는 까치발을 딛고 서서 앤드루의 뺨에 내 뺨을 맞대고 키스하는 흉내를 냈다. 앤드루는 두 손을 내 등 뒤에 대고 지그시 누르다가 맨살을 느끼고 감전이라도 당한 양 황급히 손을 거두었다.

루크와 나는 부부의 차가 차량 대열에 합류하는 걸 지켜보았다. 나는 루크가 두 팔로 나를 감싸 안고 그의 턴불앤아서 셔츠 앞섶에 기댈 수 있게 해주기를 간절히 바랐다. 그렇게 해주면 내가 바들바들 떨고 있다는 걸 알았을 것이다.

하지만 그 대신에 돌아온 건 루크의 말이었다. "정말 묘한 상황이었지?" 나는 아무 일도 없는 것처럼 미소로 동의를 표했지만, 그 순간 중심에서 벗어나 균형을 잃었다. 그리고 예전으로 돌아갈 방법이 없다는 걸 깨달았다.

6장

딘의 파티 다음 날 아침, 나는 리엄과 다른 10학년 축구 선수 두 명과 함께 그의 레인지로버에 기어올랐다. 딘은 면허가 정지된 상태였지만(글로브박스 안에는 주차 위반 딱지 한 무더기가 있었다) 그렇다고 동네에서 타이어 긁히는 소리를 내면서 요란스레 돌아다니는 걸 그만둘 위인은 아니었다. DMX의 랩이 크게 울리면서 조깅하는 사람에게 당장 꺼지지 않으면 저녁에 달리러 나왔다가 살육당할 거라고 경고하고 있었다. 배 속에서 구역질이 끓어오를 때쯤 리엄이 차에 올라탔다. 그는 노골적으로 내 바로 옆의 빈자리를 무시하고 앞에 앉은 딘의 옆자리로 갔다. 아침을 먹으러 집을 떠나기 전에 주방에서 말을 걸어보았는데 잘 풀리지 않았었다.

"어쩌다 딘의 방에 있게 되었는지 영문을 모르겠어. 뭔가 미안하다는 말을 해야할 것 같아. 나는 딘하고 그렇게 지내고 싶다는 생각을 한 적이 없어서…….”

“피니.” 리엄은 소리 내 웃으면서 나를 보았다. 딘이 멋대로 친한 척 수작 부리려고 지어낸 애칭이었다. “무슨 소리야. 딘하고도 어울려도 돼. 나는 상관없어.”

그때 딘이 리엄을 불렀다. 리엄은 내 곁을 스치고 지나갔다. 그 순간 혼자 있게 되어서 다행이라고 생각했다. 마음을 가라앉힐 수 있었으니까. 꾸역꾸역 의지로 눈물을 참아내니 목구멍에서 짠맛이 났다. 그날 이후로 죽도록 고통스러운 나날을 보내며 불에 덴 듯 쓰라린 감정에 사로잡혀 지냈다. 마침내 그런 감정을 다 정리하게 되자 훨씬 더 나쁜 무언가가 마음에 남았다. 그 앙금은 지금까지도 마음 깊이 가라앉아서 기쁨이나 확신에 찬 순간에 불쑥 튀어나온다. 나를 강간한 범죄자에게 사과하고 그의 비웃음을 샀던 그때가. ‘행복하니? 뿌듯할 틈이 있니?’ 어김없이 그 기억이 나를 괴롭힌다. ‘나 참, 기억 안 나?’ 그러면 정신이 번쩍 들고 내가 얼마나 형편없는 사람인지 새삼 깨닫는 것이다.

미네랄스 식당에 도착했을 때, 리엄은 내가 아닌 딘의 옆자리에 앉아서 다시 한번 자기 생각을 분명하게 전달했다. 그로부터 45분 동안 나는 모든 남자아이의 말에 힘없이 웃었다. 그리고 공처럼 보이게 딱 붙어 있는 팬케이크 두 장을 먹어치웠다. 토하지 않기 위해서 내 작은 몸 안으로 꿀꺽꿀꺽 집어삼켰다. 몇 시간이 흐른 것 같았다. 밥값을 치렀다. 드디어 부모님에게 전화를 걸어도 괜찮은 상황이 되자 나는 활기 넘치는 목소리로 올리비아와 힐러리와 함께 웨인에서 간단하게 아침을 먹었는데 이곳으로 데리러 와줄 수 있는지 물었다. 그런 다음 나는 미네랄스 식당과 칠리 식당 사이 도로의 경계석 위에 앉아서 머리를 무릎 사이에 집어넣었다. 다리 사이에서 뭔가 시큼한 냄새가 났다.

바로 그때부터 편집증 증상이 시작되었다. 에이즈에 걸렸을까? 임신했을까? 물이 필요한 느낌에도 시달리게 됐다. 실제로 목이 말라서가 아니었다. 식당에서 물 한 병을 다 마셔서 갈증을 가라앉히려고 해보았지만 몸이 보내는 신호가 아니었다.

몇 년이 지나도 여전히 똑같은 갈증에 시달리고 있다. 물 몇 리터를 들이마셔도 방광이 커지는 만큼 불안도 같이 커졌다. 아무리 생수병을 바닥내도 편안해지지 못했다. 이 문제를 정신과 의사에게 문의한 적도 있었다. 매달 게재되는 강간 피해 기사를 일부러 자원해서 썼다("길에서 만난 남자가 장바구니를 집까지 들어다 준다고 했다가 나를 덮쳤어요!"). 그리고 궁금했거나 걱정되는 문제를 마치 기사와 관계있는 것처럼 슬쩍 끼운 다음 문의해서 나를 위한 치료 시간으로 삼았다. 그때 의사는 갈증은 기초적인 생물학적 본능이라는 점을 지적했다. "실제로 목이 마르지 않는데도 갈증을 느낀다면, 그건 중요한 욕구가 채워지지 않았다는 것을 시사하죠."

40분이 지난 후 엄마의 차가 천천히 미넬라스 식당의 간판 앞으로 다가왔다. 나는 차가 주차장을 한 바퀴 돌고 내 옆에 멈추어 서는 걸 기다리고 있었다. 마침내 차 문을 열자 셀린 디옹의 CD가 애처로운 소리를 내고 있었고, 엄마가 바르는 바닐라 로션의 역겨운 향이 났다. 나는 조수석에 몸을 구겨 넣어 앉았다. 적어도 여기는 안전하다. 엄마의 음악과 화장품 취향이 짜증 나는 해도 익숙한 곳에 오니 편안해졌다.

"올리비아네 엄마도 여기 계시니?" 엄마가 물었다. 나는 엄마를 쳐다봤다. 엄마는 풀 메이크업을 한 채였다. 사교 활동을 할 만반의 준비가 되어 있었다.

"아니." 나는 문을 쿵 소리 나게 닫았다.

엄마는 아랫입술을 쭉 내밀었다. "가신 지 얼마나 됐는데?"

나는 안전벨트를 맸다. "기억 안 나."

"기억이 안 난다니, 그게 무슨……."

"그냥 가!" 내 목소리에 담긴 뜨거운 분노에 엄마만큼이나 나도 놀랐다. 나는 한 손으로 입을 막고 침묵의 흐느낌을 입 안으로 힘겹게 삼켰다.

엄마는 후진 기어를 밀어 넣었다. "너 외출 금지야, 티파니." 엄마는 주차장을 벗어나는 동안 입을 꼭 다물어서 가늘고 단단한 선을 만들었다. 언제 봐도 겁이 나는 모습이었다. 지금 나도 루크와 싸울 때 꼭 그런 모습을 한다. 아마도 나 역시도 꽤 무서워 보일 테다.

"외출 금지?" 나는 빈정거리며 웃었다.

"그런 버릇없는 태도 더는 못 참아주겠다. 너 정말 고마운 줄도 모르는구나. 이 학교에 보내느라 얼마나 많은 돈을 쓰는지 알아?" 엄마는 말을 끝내면서 한 손으로 운전대를 소리 나게 쳤다. 나는 낄낄 웃기 시작했다. 엄마는 내 쪽으로 머리를 휙 돌렸다. "너 술 마셨니?" 엄마는 급하게 우회전을 해서 텅 빈 주차장 안으로 들어가더니 급하게 브레이크를 밟았다. 심한 급정지 덕에 안전벨트가 내 배를 압박했고 나는 그대로 속을 게워내서 손으로 받아내야 했다. "차 안에는 안 돼!" 엄마는 새된 비명을 지르며 내 쪽으로 몸을 기울여서 차 문과 나를 나란히 밀어냈다. 나는 사무용품 매장 주차장에서 배 속을 모두 비워냈다. 맥주, 위스키 그리고 딘의 찝찔한 정액까지. 빨리 다 게워내고 싶은 마음뿐이었다.

◆◆◆◆

월요일 아침이 되었을 때 내 위에는 위산 외에는 아무것도 남아 있지 않게 되었다. 위산은 그 늦은 밤의 깜짝 위스키처럼 나의 장기를 태웠다. 새벽 3시에 잠에서 깼다. 성난 부모가 10대 자녀 방의 잠긴 문을 두드리는 것처럼 심장이 쿵쿵 뛰어서 깰 수밖에 없었다. 한심하게도 마음 한구석으로는 그날 내가 저질렀던 일이 파티에서 흔해빠지게 볼 수 있는 웃긴 짓으로 치부될 수도 있지 않을까 하는 바람을 품고 있었다. 마크는 마요네즈 샌드위치를 먹었고, 티파니는 축구팀이랑 놀았다는데! 하지만 그때조차도 나는 그런 게 통하리라고 믿을 정도로 순진하지 않았다.

미묘한 상황이었다. 내가 등장했다고 무리가 쫙 갈라지면서 나를 피하는 일도 없고, 내 셔츠 깃에 주홍 글씨를 꽂는 사람도 없었다. 올리비아는 나를 보았으면서도 보지 않은 척했고, 몇몇 선배 언니들은 키득거리며 나를 지나가다가 충분히 멀어지고 나면 크게 웃기 시작했다. 누가 봐도 내 이야기를 하고 있었다.

교실에 들어서자 샤크가 책상 가장자리를 움켜잡고 둥근 엉덩이를 휙 움직여서 의자에서 일어났다. 그리고 내가 자리에 앉기 전에 나를 두 팔로 꺼안았다. 교실 안에 있던 아이들은 듣지 않는 척, 하던 대화를 계속하는 척했다. 샤크가 말했다. "티프, 너 괜찮아?"

"괜찮지 그럼!" 미소를 짓는데 얼굴에 바짝 마른 진흙이 얹어져 있는 듯한 느낌이 들었다.

샤크는 내 한쪽 어깨를 쥐어짜듯 꼭 잡고 말했다. "뭐라도 말하고 싶으면 나한테 와."

"알았어." 나는 눈을 치켜떴다.

일단 자리에 앉아서 선생님의 모든 말씀을 공책에 충실히 받아 적을 때까지는 괜찮았다. 문제는 수업 종이 울리고 모두가 불빛에 쏘인

빈대들처럼 흩어질 때였다. 공황 발작이 기지개를 켜고 크게 하품하며 선잠에서 깨어났다. 그때 나는 복도를 배회하고 있었다. 적진에 선 부상병의 눈 사이에 빨간 레이저가 내리꽂힌 것 같은 상황이었다. 상처 입은 채로 천천히 움직이며 나를 조준한 총알이 비껴 가기만을 바라는 것 외에는 달리 대응할 수가 없었다.

그 와중에 라슨 선생님의 교실은 몸을 숨길 수 있는 참호 같았다. 아서는 최근에 내게 짜증을 냈지만 정상 참작이 가능한 지금의 상황을 고려하면 나를 동정하고 있을 것이다. 꼭 그래주었으면 좋겠다.

자리에 앉자 아서가 내게 고개를 끄덕여 보였다. 숙연한 몸짓이었다. '조만간 네가 무슨 짓을 했는지에 대해서 이야기하겠다'는 의미였다. 어쩐 일인지 닥쳐올 점심시간보다 더 신경이 곤두섰다. 지난 몇 주 동안은 HO들과 같이 점심을 먹었었지만, 지금은 뭐가 더 나쁜지 결론을 내릴 수 없었다. 카페테리아에 얼굴을 내밀고 그 아이들이 앉은 식탁에 떡하니 앉았다가 거부당할 것인가. 아니면 꽁무니를 빼고 도서관으로 도망갈 것인가. 후자는 그 무리에서 축출되는 일을 확정 짓는 결과를 낳을 것이다. 비록 가능성이 희박하더라도 내가 배짱이 있다는 걸 증명하면 용서받을 수도 있는 일이다. 어쩌면 환영받을 수도 있다.

하지만 아서가 이번 일을 나쁘게 보고 있다면, 이건 내 생각보다 훨씬 더 안 좋은 일인 거다.

수업 종이 새된 비명을 질렀다. 나는 느릿느릿 짐을 챙겼다. 아서는 내 곁에 멈추어 섰다. 하지만 그가 무슨 말을 하기도 전에 라슨 선생님이 먼저 말을 건넸다. "티프? 잠시 좀 볼까?"

"이따가 얘기해도 되지?" 나는 아서에게 물었다.

아서는 다시 한번 고개를 끄덕였다. "훈련 끝내고 와." 중학교 미술 선생님인 아서의 엄마와 아서는 스쿼시 코트와 맞닿은 집에서 살고 있었다. 금방이라도 무너질 듯 낡은 빅토리아 시대 건물로, 1950년대에는 여자 교장 선생님이 살았다고 했다.

나도 고개를 끄덕였다. 하지만 그렇게 할 수 없다는 걸 알고 있었다. 외출을 금지당했다는 걸 말하고 싶었지만 시간이 없었다.

학생들이 점심을 먹으려고 카페테리아로 야단법석을 떨며 몰려가자, 고요해진 어문학관은 늦은 오전의 잠에 빠져 들었다. 라슨 선생님은 책상 가장자리에 기대어 서서 한쪽 다리를 다른 쪽 다리 위로 포갰다. 카키색 바지의 밑단이 휙 올라가서 솜털이 보송보송하고 그을린 발목이 드러났다.

"티파니." 선생님이 말했다. "네 기분을 상하게 하고 싶지는 않지만, 오늘 아침에 이야기를 좀 들었다."

나는 가만히 기다렸다. 본능적으로 선생님이 무얼 알고 있는지를 파악하기 전까지는 말을 하지 않아야 한다는 걸 알고 있었다.

"난 네 편이야." 선생님은 약속했다. "다친 데가 있다면 사람들에게 알릴 필요가 있단다. 물론 그 사람이 꼭 나일 필요는 없어. 하지만 누군가에게 말해야 해. 어른에게."

나는 책상 아래에 손바닥을 대고 비볐다. 안도감이 피어올랐다. 디스커버리 채널의 광고처럼 빠른 속도로 꽃잎이 펼쳐지면서 다채롭게 꽃봉오리가 활짝 피어나는 것 같았다. 선생님은 부모님께 전화 걸겠다고 하지 않으셨다. 학교가 끼어들게 하지도 않으셨다. 선생님은 10대 아이가 바라는 최고의 선물을 주셨다. 바로 자율이었다.

나는 단어를 조심스럽게 골라 말했다. "생각을 좀 해봐도 될까요?"

복도에서 스페인어 담당 세뇨라 무르테즈 선생님이 소리치고 있었다. "그래, 다이어트 소다로! 닥터 페퍼가 없으면 펩시로!"

라슨 선생님은 무르테즈 선생님이 문을 쾅 소리 나게 닫을 때까지 기다렸다. "오늘 양호 선생님에게 가봤니?"

"양호 선생님을 만날 필요는 없어요." 나는 웅얼거리듯 말했다. 너무 창피해서 내 계획에 대해 말할 수가 없었다. 매일 타는 R5 기차는 브린마로 오는 도중 가족계획협회를 지난다. 학교가 끝나고 그곳에 가면 다 괜찮아질 것이다.

"양호 선생님께 하는 말은 모두 비밀에 부쳐질 거야." 라슨 선생님은 손가락 하나를 들어 자신의 가슴을 찔렀다. "내게 말하는 것도 모두 비밀에 부쳐질 거야."

"말씀드릴 게 없어요." 나는 반항적인 태도를 주입해서 말하려고 안간힘을 썼다. 물론 암울한 상황에서 고통받고 있는 실제 나의 분노도 담았다.

라슨 선생님은 한숨을 쉬었다. "티파니, 양호 선생님은 네가 임신하지 않도록 해주실 거야. 도움을 받아."

이건 마치 아빠가 빨래할 거라고 내 방에 들어와서 구석에 쌓아놓은 더러운 옷 꾸러미에 손을 뻗었을 때와 같은 상황이었다. 나는 침대에 누워서 《제인》을 읽고 있다가 아빠의 만행을 보고는 발딱 일어나 앉아서 소리쳤었다. "안 돼!"

하지만 너무 늦었다. 아빠는 월경혈이 적갈색으로 물든 내 속옷을 집어 들고는 돈다발을 들고 있다가 들킨 은행강도처럼 꼼짝도 못 하고 서서 더듬거렸다. "어, 그러니까…… 엄, 엄마를 불러올게." 굳이 엄마를 불러올 일은 또 뭔지. 아빠는 단 한 번도 딸을 원하지 않았다. 아예 아이를 원한 적이 없었던 것 같다. 하지만 그래도 아들이라면 어떻게든 키울 수 있었으리라. 아빠는 엄마와 만난 지 다섯 달 만에 결혼했고, 그로부터 몇 주 후에 엄마는 임신했다. "네 아빠는 엄청나게 화를 냈어." 예전에 이모가 이야기해 줬었다. 이모의 입술은 멜롯 와인 때문에 보라색으로 물들어 있었다. "하지만 전통을 중시하는 이탈리아 사람인 데다가 명예로운 일을 하지 않으면 자기 어머니가 정신병원에 처넣을 테니까." 산부인과에서 아들일 것 같다는 말을 들었을 때 아빠는 눈에 띄게 기분이 좋아보였다고 한다. 안토니. 엄마와 아빠가 원했던 아들의 이름이었다. 실제로 내가 태어났을 때 아빠의 표정은 상상하기도 싫다. 그때 의사는 웃으면서 이렇게 말했다고 한다. "이런!"

"제가 알아서 할게요. 걱정하지 마세요." 나는 라슨 선생님에게 말하고 의자에서 일어나서 책가방을 한쪽 어깨에 둘러멨다.

라슨 선생님은 나를 쳐다보지 않고 말했다. "티파니, 너는 내 제자 중에서 가장 재능 있는 아이야. 전도유망한 학생인걸. 그 밝은 미래를 위태롭게 하는 걸 보고 싶지 않구나."

"이만 가도 될까요?" 나는 한쪽 엉덩이에 체중을 싣고 삐딱하게 섰고, 라슨 선생님은 애석해하면서 고개를 끄덕였다.

◆◆◆◆◆

HO와 털북숭이 다리들은 늘 사용하던 식탁에 포개어 앉아 있었다. 그 식탁은 모든 아이들이 앉을 수 있을 정도로 크지 않았다. 몇몇 열외자들은 인접한 식탁에 앉은 다음 그 식탁 쪽으로 의자를 돌려 앉는다. 그래야 자신이 속하지 않은 무리가 나누는 대화를 낱낱이 다 알아들을 수 있기 때문이었다.

"피니!" 정말 다행스럽게도 딘이 한 손을 번쩍 들어 올려서 하이파이브를 해주었다. "어디 갔었어?" 그 두 마디는 두려움을 쫓아쳤지만 하나의 두려움은 남았다. 리엄은 저만치 멀리 떨어져 있는 올리비아의 곁에 앉아 있었다. 점심시간의 태양이 올리비아의 번들거리는 코에 부덮혀 환하게 빛났고, 맥주 같은 갈색 고수머리를 도드라지게 했다. 몇 년 후였다면 그녀가 아름답다는 걸 알아볼 수 있었을 것이다. 화장 대신 노세범 파우더와 헤어 트리트먼트만 살짝 사용하고, 사냥개처럼 날씬한 팔다리에 헐렁한 핏의 헬무트 랭 스타일의 옷이 찰떡같이 어울리는 사람. 생각해 보면 절대로 올리비아 옆에 서고 싶지 않다.

"안녕, 애들아." 나는 식탁의 상석에 섰다. 등에 멘 가방의 끈을 꽉 움켜잡고 있었다. 가방이 아니라 구명조끼 같았다. 그걸 놓치면 물에 떠내려갈 것만 같았다.

올리비아는 나를 무시했다. 하지만 힐러리는 한쪽 입꼬리를 천천히 올리고 속눈썹 없는 눈으로 웃으면서 나를 쳐다보았다. 딘이 단서로 붙인 말을 수긍했을 때 이런 상황을 예상하기는 했다. HO를 배신하는 건 현명한 선택이 아닐 수 있겠지만 딘은 강력한 권력을 갖고 있었다. 딘과 다른 남자애들하고 친하게 지내면 올리비아와 힐러리가 속으로 나를 미워하든 말든 상관이 없었다. 그 둘은 마음을 숨길 것이다. 그게 중요했다.

딘은 왼쪽으로 살짝 옮겨 앉고서 자기 바로 옆으로 드러난 틈을 손으로 톡톡 두들겼다. 나는 그곳에 앉았다. 허벅지가 딘의 허벅지에 눌렸다. 나는 울컥 올라오는 위산을 꿀꺽 삼키면서 내 옆에 붙어 있는 다리가 리엄의 다리였다면 좋겠다고 생각했다.

딘은 몸을 기울여서 후렌치후라이 냄새가 나는 숨결을 내뿜으며 귓가에 속삭였다. "그래, 기분은 좀 어때, 피니?"

"좋아." 다리 사이로 땀이 얇은 막처럼 들어찼다. 리엄이 이 모습을 보지 않기를 원했다. 내가 셋 중에서 딘을 선택했다고 생각하지 않으면 했다.

"연습 끝나고는 뭘 할 거야?" 딘이 물었다.

"곧바로 집에 갈 거야." 내가 말했다. "외출 금지거든."

"외출 금지?" 딘은 거의 고함치듯 말했다. "뭐야, 열두 살이야?"

나는 얼굴을 붉혔고 모두는 크게 웃었다. "그러니까. 진짜 짜증나."

"설마 상관없겠⋯⋯." 딘이 말꼬리를 흐렸다.

"성적이 떨어져서 그래."

"휴." 딘은 이마를 훔쳤다. "그러니까 내 말은, 너를 좋아하지만, 우리 부모님이 그 파티에 대해 알게 되면 너를 그만큼 좋아하지 못할 것 같아서." 딘은 일부러 크게 웃었다.

수업 종이 울렸다. 모두 자리에서 일어났다. 기름 낀 종이 접시와 사탕 포장지가 식탁 위에 남겨졌다. 치우는 건 관리인의 몫이었다. 올리비아는 곧장 나가서 학교 안뜰로 향했다. 그 누구보다도 먼저 대수학2 교실에 도착하기 위해서 지름길로 가려는 것일 테다. 올리비아는 예민한 우등생이었다. 학생 대부분이 낙제점을 받은 화학 시험에서 B+를 받고 눈물을 흘렸다. 올리비아는 내가 서둘러서 리엄의 뒤를 쫓는 걸 눈여겨보지 않았다.

"잠깐만." 내 머리는 정확히 리엄의 어깨높이에 있었다. 반면 딘은 키가 너무 크고, 덩치도 크다. 묶어두지 않으면 사람의 사지를 갈기갈기 찢어버릴 것 같은 서커스단의 고릴라 같았다.

리엄은 나를 쳐다보면서 웃었다.

"왜?"

나는 거북한 얼굴로 웃음을 되돌렸다.

리엄은 한쪽 팔로 내 어깨를 감싸 안았다. 아주 잠깐 안도하는 마음이 들었다. 어쩌면 그가 냉담한 태도를 보이지 않았을 수도 있다. 어쩌면 그 모든 건 내 머릿속에서 만들어낸 것일지도 모른다.

"너 미친 사람 같다."

카페테리아는 텅 비어 있었다. 나는 문 앞에 멈춰 서서 리엄을 붙들어 맸다. "뭐 하나 물어봐도 돼?"

리엄을 고개를 뒤로 젖히고 끙 하고 앓는 소리를 냈다. "뭔데?"라고 묻는 그 말투는 엄마가 더러운 방을 언제 치울 거냐고 물었을 때 답할 법한 것이었다.

나는 목소리를 낮추어서 음모라도 꾸미는 양 속삭였다. 이건 우리 둘 모두의 문제였다. "너 콘돔 썼어?"

"지금 그게 걱정이야?" 리엄의 반짝이는 눈동자가 완전히 한 바퀴를 돌았다. 마치 복화술사가 그를 잡고 가차 없이 흔든 것 같았다. 그의 눈꺼풀이 푸른 눈동자를 가리고 있는 동안은 생각만큼 잘생겨 보이지 않았다. 그 눈의 뭔가가 그를 특별하게 만들었다. 리엄의 눈동자 색을 따서 크레용을 만들어도 좋을 것 같았다.

"걱정해야 되나?"

리엄은 두 손을 내 어깨 위에 얹고 그의 얼굴을 내 얼굴 앞에 가까이 들이댔다. 이마가 거의 스칠 지경이었다. "티프, 네가 임신할 확률은 23퍼센트에 불과해."

아무렇게나 둘러댄 그 수치는 몇 년이나 뇌리에 박혀서 지워지지 않았다.《위민스 매거진》의 팩트 체크 담당자는《뉴욕타임스》의 기사에서 인용한 통계도 함부로 받아들이지 않는다. "반드시 원전 출처를 제공해야 합니다." 전 직원 대상 이메일로 적어도 한 달에 한 번씩 상기해 주는 내용이었다. 하지만 나는 기꺼이 그 수치를 받아들이기로 했다. 리엄이 그렇다고 하면 그런 것으로 하고 싶었다. 하지만 나중에 알게 된 사실이지만, 그 녀석은 게스트룸 바닥에 배꼽에서 허벅지까지 드러내놓고 누워 있는 나를 발견하고는(페이턴은 건성으로나마 바지를 끌어 올려서 입혀주려고 했었다) 침대로 끌고 갔다. 그리고 힘들게 다

른 옷가지를 벗기는 수고를 할 생각도 없이 죽은 듯 누워있는 내게서
바지만 벗겨버리고 덤벼든 놈이었다. 행위 중에 내가 깨어나서 신음했
기 때문에 내가 괜찮다고 동의한 것으로 생각했다는 것이다. 내 가슴
도 한 번 안 본 자식한테 처녀 딱지를 떼인 것이다.

"그래." 나는 어색하게 발을 이리저리 움직였다. "가족계획협회에 가
야겠다고 생각하고 있었거든. 사후피임약을 얻으려고."

"하지만." 리엄은 백치미 넘치게 헤벌쭉 웃었다. "지금은 다음 날 아
침이 아니잖아."

"72시간 동안은 효력이 있대." 주말 내내 지하실에 있는 컴퓨터로
검색해서 알아낸 사실이었다. 그리고 검색 내역을 삭제하는 방법 역시
검색해서 알아냈다.

리엄은 내 머리 위 벽에 걸린 시계로 시간을 확인했다. "우리가 섹
스한 건 자정쯤이야." 그가 두 눈을 감았다. 입술을 움직이면서 산수를
했다. "그러니까 아직도 가능하네."

"맞아. 학교 끝나면 약을 타러 갈 거야. 세인트데이비스에 가족계획
협회가 있어." 나는 숨을 참고 리엄의 반응을 기다렸다. 리엄은 놀라운
말을 했다. "거기까지 갈 차량편을 알아볼게."

◆ ◆ ◆ ◆ ◆

리엄은 브래들리 전용 기사로 유명한 데이브가 모는 차를 마련해
놓았다. 그냥 기차를 타고 가면 예순네 시간 전에 내 인생의 굴욕적인
전환점이 있었음을 아는 사람이 한 명 느는 걸 피할 수 있었을 텐데.
내게는 아직 여덟 시간이 남아 있었다.

나무들이 막 잎사귀를 떨구기 시작하고 있었다. 마른 나뭇가지 사

이로 아서의 집이 얼핏 보였다. 차는 과속방지턱을 넘어서면서 딸꾹거리다가 몽고메리 애비뉴 쪽으로 우회전했다. 이제는 아서가 간절하지 않았다. 조수석에 앉아서 나를 흘끔거리며 쳐다보는 리엄과 함께 있기 때문이었다. 그는 한 번도 아니고 두 번씩이나 어떠냐고 물어봐 주었다. 제정신이 아니었던 나는 마음 한구석으로는 너무 늦어서 다음 달에 월경을 하지 않게 되어도 좋겠다고 생각하고 있었다. 그러면 우리 둘을 묶어줄 상황이 조금은 더 길게 유지될 수 있을 것이다. 이 상황이 끝나면 리엄과도 끝이 난다는 걸 알고 있었다.

우리는 랭커스터 애비뉴로 이동했다. 그곳에서부터는 길을 따라서 가기만 하면 된다. 데이브는 우회전해서 주차장으로 들어갔다. 하지만 주차하지 않고 클리닉 입구에 차를 세우더니 문을 열어주었다.

"근처 돌고 있을게." 내가 뒷자리에서 기어 나오고 있을 때 데이브가 말했다.

"아니." 리엄은 초조한 얼굴로 인도에 올라서서 내 곁에 섰다. "그냥 기다려."

"싫어." 데이브는 기어를 옮겼다. "미친 사람들이 여길 폭파하려고 늘 노리고 있다고."

리엄은 차 문을 소리 나게 닫았다. 의도했던 것보다 세게 닫혔을 뿐이라고 나는 생각했다.

대기실은 거의 비어 있는 거나 다름없었다. 여자들 몇 명이 짝을 이뤄서 벽을 따라 놓인 의자에 앉아 있었다. 리엄은 먼저 앉아 있던 여자들에게서 가장 멀리 떨어진 자리를 찾아 앉았다. 손바닥을 연신 카키색 팬츠에 닦으면서 못마땅한 얼굴로 주변을 두리번거렸다.

나는 접수원에게 다가가서 유리 칸막이에 난 구멍에 대고 이야기를 했다. "안녕하세요. 예약하지는 않았는데요. 그래도 진료를 받을 수 있을까요?"

여자는 구멍으로 클립보드 하나를 내밀었다. "여기 빈칸을 채우세요. 방문 이유도 표시하시고요."

나는 오래된 맥도날드 컵에 담긴 펜 하나를 집어 들고 리엄 옆으로 가서 앉았다. 리엄은 내 어깨너머로 서류를 훔쳐보았다.

"뭐래?"

"여기 온 이유를 적기만 하면 된대."

나는 서류의 빈칸을 채우기 시작했다. 이름, 나이, 생년월일, 성별, 주소를 적고 서명을 했다. '오늘 방문 사유'라고 적힌 옆에 있는 빈칸에는 '사후피임약'이라고 휘갈겨 썼다.

비상 연락처를 적는 부분에서 리엄을 쳐다보았다.

리엄은 어깨를 으쓱여 보였다. "그래야지." 리엄은 내 무릎에 놓여 있던 클립보드를 집어서 자기 무릎 위에 올려놓았다. '환자와의 관계' 란에는 '친구'라고 적었다.

나는 자리에서 일어나서 클립보드를 접수대의 여자에게 가져다주었다. 눈물 막이 씌워져서 시야가 잔뜩 흐려져 있었다. '친구'라는 말이 칼이 되어 배에 꽂혔다. 언젠가 내 약혼자의 콩팥을 베어내는 상상을 하게 된 그 종잇장만큼 얇은 칼날처럼 예리하게 느껴졌다.

15분이 지나자 하얀 문이 열리고 내 이름이 불렸다. 리엄은 사시처럼 눈을 모아서 바보 같은 표정을 짓고는 엄지를 들어 보였다. 파상풍 주사를 맞게 된 어린 여자아이의 주의를 다른 데로 쏠리게 하려는 사람 같았다. 나는 간신히 용감한 미소를 지어 보일 수 있었다.

간호사를 따라서 진료실로 들어가서 안에 있는 탁자로 돌진했다. 다시 10분이 지났다. 문이 열리고 여자 한 명이 들어왔다. 잘 손질된 짧은 금발의 여자였다. 청진기가 목에 느슨하게 걸려 있었다. 여자는 나를 보고 인상을 썼다. "티파니?"

나는 고개를 끄덕였다. 의사는 내 파일을 진료대 위에 놓고 가만히 쳐다보았다. 그녀는 눈동자를 왔다갔다 옮기면서 내 정보를 살폈다.

"언제 했지?"

"금요일이요."

의사는 나를 똑바로 쳐다보았다. "금요일 언제?"

"자정쯤이요." 그렇다고 들었다.

의사는 고개를 끄덕이고 어깨에 걸고 있던 청진기를 들어서 내 가슴에 대고 눌렀다. 의사는 진찰하면서 사후피임약에 관해서 설명했다. "이 약은 임신을 중단하는 약이 아니란다." 그녀는 두 번이나 그 사실을 상기시켰다. "이미 정자가 난자에 착상되었다면 아무 소용도 없을 거야."

"그랬을 거라고 생각하세요?" 나는 물었다. 의사가 심장 소리를 듣는다고 생각하니 더 크게 쿵쾅거리는 것 같았다.

"그걸 알 방법은 없단다." 의사는 미안해하는 어조로 말했다. "우리가 아는 건 관계를 맺은 후 최대한 빨리 약을 먹어야 약효가 가장 좋다는 것뿐이야." 의사는 내 머리 위로 시계를 흘긋 보았다. "약효가 사라지기 직전이기는 하지만 어쨌든 유효한 시기이기는 해." 의사는 청진기를 셔츠 아래로 집어넣어서 등에 대고 눌렀다. 나 보란 듯이 크게 한숨을 내쉬면서 의사가 말했다. "숨을 깊이 들이마시렴." 이 의사는 전생에 브루클린에서 아주 인기 많은 요가 강사였을지도 모르겠다.

진찰을 마친 의사는 내게 그대로 있으라고 말했다. 지난 10분 내내 목에 걸려서 화끈거리던 질문 하나가 있었다. 하지만 의사가 문손잡이를 잡으려고 손을 뻗는 걸 보고서야 간신히 입을 열 수 있었다.

"무슨 일이 있었는지 기억하지 못한다면 강간을 당한 거라고 봐야 하나요?"

의사는 입을 벌렸다. 숨이 턱 막혀버린 것 같았다. "아, 이런." 숨이 막힌 게 아니었는지 내 질문에 답을 내놓았다. "내게는 그 질문에 대답할 수 있는 자격이 없구나." 그리고 소리 없이 방을 빠져나갔다.

몇 분이 더 흐르자 간호사가 들어왔다. 차분하고 냉정한 의사를 만난 뒤여서인지 그 활기찬 모습이 더 도드라져 보였다. 한쪽 팔에는 화려한 색상의 콘돔이 가득 들어 있는 갈색 종이봉투를 곱게 접어서 끼고 있었고, 한 손에는 약병을, 다른 한 손에는 물 한 잔을 들고 있었다.

"지금 여섯 알을 먹어요." 간호사는 병을 흔들어서 내 축축한 손바닥에 알약 여섯 개를 쏟아붓고는 내가 물과 함께 약을 삼키는 모습을 지켜보았다. "그리고 나머지 여섯 알은 지금부터 열두 시간 후에 먹어야 해요." 간호사는 손목시계를 쳐다보았다. "그러니까 새벽 4시에 알람을 맞춰 두세요." 이제 간호사는 나를 보면서 유혹하듯이 종이봉투를 흔들어 보였다. "조심하면서 하면 더 재미있을 수 있어요! 여기에는 어둠 속에서 빛이 나는 것도 있어요!" 나는 종이봉투를 낚아채듯 받아들었다. 그 조심하면 재미있게 해준다는 물건들이 안에서 굴러다니는 소리가 났다. 경박한 형광색이 나를 조롱하는 것 같았다.

대기실로 돌아갔을 때 리엄은 없었다. 혼자서 가버렸을지도 모른다는 생각에 땀이 나기 시작했다. 손에 잡힌 종이봉투는 땀에 젖어 찢어져 버렸다.

"여기 같이 왔던 사람이 있었는데요." 나는 접수대에 있는 여자에게 말했다. "어디로 갔는지 보셨나요?"

"밖으로 나간 것 같은데요." 여자가 답했다. 나는 그 뒤에 선 의사를 흘깃 보았다. 금발이 발톱처럼 목 근처에서 굽어 있었다.

리엄은 도로 경계석 위에 걸터앉아 있었다.

"뭐 하고 있었어?" 새된 목소리가 나왔다. 엄마 같은 목소리였다.

"그 안에 더 있을 수가 없었어. 내가 게이 같다고들 생각하는 것 같아서 말이야." 리엄은 일어서서 엉덩이에 묻은 흙을 털어냈다. "필요한 건 받았어?"

순간 여길 노린다는 그 미친놈들이 준비한 폭탄이 터져버렸으면 정말 좋겠다고 생각했다. 리엄을 내게 붙들어 매어놓을 수 있는 마지막 비극이 될 수 있을 것 같았다. 건물이 불타고 파편이 공중으로 퍼져나가는 와중에 그가 내게 달려와 나를 감싸 안고 자신의 몸으로 막아주는 장면을 떠올렸다. 처음에는 비명조차 들리지 않는다. 모두가 너무나 당황하고 그저 목숨을 부지할 방편을 찾는 데 몰두하기 때문이다. 바로 그게 내가 브래들리에서 배운 가장 놀라운 교훈이라고 할 수 있다. 사람은 안전해진 다음에야 비명을 지른다.

7장

"프랑스 남부에 와 있는 것 같아!" 엄마는 길쭉한 샴페인 잔을 들어 올렸다.

입을 다물고 있으려 했지만 결국 참지 못하고 터트리고 말았다. "그건 프로세코예요." 나는 비웃듯이 말했다.

"그래서?" 엄마는 잔을 식탁 위에 내려놓았다. 잔에 선명하게 새겨진 립스틱 자국은 너무나 진한 분홍색이었다. 잔 가장자리를 완전히 물들여 버린 게 아닌가 싶은 당혹감이 들 정도였다.

"프로세코는 이탈리아산 와인이에요."

"나한테는 샴페인 맛인걸."

루크는 크게 웃었고, 그의 부모님도 즐거운 듯 같이 웃었다. 항상 이런 식이다. 루크는 내가 자초한 엉망진창인 상황에서 나와 엄마를 구해준다.

"게다가 이런 뷰가 있다면 프랑스와 미국의 차이를 알 수가 없게 되죠." 웨딩플래너인 킴벌리가 거들었다. 엄마가 늘 킴이라고 틀리게 부르면 매번 열심히 정정해서 다시 알려주는 사람이었다. 그녀가 한 손을 우아하게 휘두르면서 안내했고 우리는 모두 해리슨 가문의 뒷마당을 쳐다보았다. 전에도 수백만 번은 보았을 그곳이 새삼스럽게 보였다. 라임처럼 초록빛을 띤 잔디가 바다의 수평선과 맞닿아 있었다. 칵테일 몇 잔을 걸치고 보면 마당에서 곧바로 바다에 들어갈 수 있을 것처럼 보인다. 하지만 실제로는 9미터는 내려가야 모래사장이 있다. 그래서 마당 옆으로 계단이 나 있었다. 스물세 개의 계단을 내려가면 대서양의 혀가 날름거리고 있다. 나는 슬개골 높이보다 깊은 물로 뛰어드는 일은 거부했다. 휘돌아가는 물속에 백상아리가 있다고 확신했기 때문이었다. 루크는 코웃음치며 바다 깊은 곳에서 수영하는 걸 즐겼다. 그는 완벽한 영법으로 멀리멀리 갔다가 수온이 뚝 떨어지는 곳에 이르러서야 비로소 뒤로 돌아선다. 황금 사과처럼 보이는 그의 머리가 물 위에서 까닥거리고 멜라닌 주근깨가 가득한 팔이 번쩍 들려 내게 손짓했다. "아니! 아니!" 보는 것만으로도 두렵고 겁이 나서 마음이 산산이 찢겨나가는 것 같았지만, 나는 너그러운 사람이므로 손을 흔들어준다. 눈곱만큼이라도 겁내는 티를 내면 루크는 더 멀리 나가서 더 오래 머무를 것이다. 상어가 그를 잡고 물 아래로 데려간 다음에 수면 위에 마젠타 오일처럼 퍼지는 붉은 막을 만들어내도, 나는 너무 무서워서 루크를 찾기 위해 물에 들어가지 못할 것이다. 내 목숨을 잃는 것도 당연히 두렵지만, 그 못지않게 무자비하게 학살당한 그의 몸을 보는 것도 두렵다. 무릎 아래 다리가 없어지고, 피 묻은 근육과 혈관이 너덜너덜해진 걸 보게 될까 봐 두렵다. 상처 입어 벌어진 몸에서 나는 달큰한 사향 냄새도 싫다. 아직도 생생하게 기억나는 냄새다. 14년이나 지

낯아도 잊어버릴 만하면 내 뇌의 뉴런 세포가 다시 떠올린다.

행여 루크가 목숨을 건지기라도 하면 더 최악이다. 다리 잃은 약혼 자를 저버리면 나는 세상 못된 계집애가 될 것이다. 하지만 인생이 얼마나 잔인할 수 있는지, 그리고 그 누구도 안전하지 않다는 현실을 생생하게 상기시켜주는 존재와 남은 나날을 함께 보내는 것보다 더 나쁜 상황은 없을 것이다. 나는 그렇게는 살 수 없다. 나의 아름다운 루크는 평범하게 잘사는 친구와 가족을 둔 사람이다. 그와 함께 식당 안에 들어가서 테이블로 걸어가면 주변은 살짝 조용해진다. 그의 한 손은 내 등에 살짝 닿아 안정감을 준다. 처음부터 그의 손길은 두려움을 덜어주었다. 완벽한 루크 덕에 내 두려움과 공포는 사라졌다. 루크 같은 사람 주변에서 어떻게 나쁜 일이 생길 수 있겠는가?

약혼한 직후(루크의 아버지가 10년 전에 신기록을 갱신했던 마라톤 대회에 같이 나갔었다. 뉴욕시에서 주최한 백혈병 환우를 위한 기금 마련 마라톤이었다. 그 결승점을 통과할 때 루크가 한쪽 무릎을 꿇고 청혼했었다), 우리는 워싱턴 DC로 여행을 갔었다. 해밀턴 가문의 친구들이 일하고 있는 특별 지구 방문을 위해서였다. 대부분은 몇 년 동안 다양한 결혼식에 참석하며 만났던 사람들이었다. 하지만 처음 보는 사람이 한 명 있었다. 크리스 베일리라는 사람이다. 다들 베일리라고 불렀다. 여위었지만 강단 있는 체격에 덧니가 있으며 축 처진 머리를 정중앙에서 가르마를 타서 정리한 사람이었다. 루크 패거리에게서 쉽게 찾아볼 수 있는 전형적인 백인의 면모가 없는 친구였다. 저녁 식사를 마치고 간 술집에서 그를 만났다. 그는 식사 자리에 초대받지 못했었다.

"베일리, 마실 것 좀 가져다줘라." 루크는 으스대며 대장 놀이를 하는 것처럼 말했지만 어디까지나 농담조였다.

"뭘로?" 베일리가 물었다.

"새끼야, 눈이 삐었냐?" 루크는 마시고 있던 버드라이트 맥주를 손으로 가리켰다. 이슬이 맺혀서 라벨이 쪼글쪼글 구겨져 있었다.

"와." 나는 소리 내어 웃었다. 처음에는 진짜 웃겨서 웃었다. 재밌자고 하는 일이라고 생각했다. "진정해." 나는 에메랄드 반지로 묵직해진 그 손을 루크 어깨에 얹었다. 루크는 두 팔로 내 허리를 감아서 나를 끌어당겼다. "자기를 존나 많이 사랑해." 루크는 내 머리에 입을 묻고 말했다.

"여기 있다, 친구야." 베일리는 루크에게 맥주 한 병을 건넸다. 루크는 험악한 눈으로 맥주를 노려보았다.

"왜 그래?" 내가 물었다.

"내 약혼녀는 뭐 마시라고?" 루크가 따지듯 말했다.

"미안하다, 친구야!" 베일리는 미소를 지었다. 덧니가 아랫입술에 닿아 걸렸다. "제수씨도 드시는 줄 몰랐지." 내게 말했다. "뭘로 가져다드릴까요?"

술이 마시고 싶긴 했어도 굳이 베일리에게 이렇게까지 요구할 필요는 없었다. 루크는 단짝 친구들과 장난스럽게 어울리곤 했다. 그 친구들은 단짝이라는 정의에 딱 들어맞는 사람들이었다. 전직 운동선수들이라 피부는 그을렸고 건강하고 유쾌했다. 하지만 베일리와 나누는 대화에는 한 번도 들어본 적 없는 불평등이 있었다. 베일리에게는 동생 같은 면이 있었다. 필사적으로 어울려 보려고 애를 쓰면서 비위를 맞추느라 그 어떤 학대도 감수하는 사람처럼 보였다. 나도 너무나 잘 알고 있는 모습이었다.

"베일리, 내 정신 나간 약혼남의 무례를 이해해 주세요." 나는 루크에게 애교와 애원을 담은 시선을 보냈다. '제발, 적당히 해.'

하지만 그 이후로도 그 상황은 계속 이어졌다. 루크는 베일리에게 명령조로 소리를 질렀고, 제대로 하지 못하면 죽일 듯이 닦달했다. 루크에게 주정뱅이와 비열한의 기질이 있나 하는 두려움이 점점 커졌다. 대학생인 루크를 머릿속에 그려보았다. 그도 함께 어울리고 싶어서 주변을 어슬렁거리는 애를 괴롭혔을지 모른다. 어쩌면 남학생 사교 클럽에 있는 울퉁불퉁한 소파에서 여학생이 의식을 잃은 기회를 악용했는지도 모른다. 분명한 정신으로 조리 있게 좋다고 말하지 않았다면 강간이라는 건 알고 있었겠지? 아니면 멀쩡한 상태로 얌전하게 도서관으로 가고 있던 신입생을 수풀 속에 숨어 있던 부기맨이 뛰쳐나와서 겁탈하는 것만 강간이라고 생각하고 있나? 맙소사. 나 지금 어떤 사람이랑 결혼하려는 거지?

루크는 베일리에게 우리를 집까지 데려다달라고 요구했다. 베일리도 술을 마셨고 우리는 수많은 택시가 운행 중인 워싱턴 DC의 번화가에 있는데도 불구하고. 베일리는 기꺼이 그렇게 하겠다고 했지만 나는 그 차에 타기를 거부했다. 결국 거리 한복판에서 한바탕 소란을 피우다가 루크에게 꺼지라고 소리치는 사태에 이르게 되었다.

시간이 흐르고 마침내 호텔로 돌아왔을 때, 루크는 지난 몇 시간 동안 고함을 치며 사람을 괴롭히던 모든 흔적을 지우고서는 눈물을 글썽이며 말했다. "나보고 꺼지라고 고함쳐서 내가 얼마나 마음 아팠는지 알아? 난 자기한테 한 번도 그렇게 말한 적 없잖아."

나는 버럭 화를 냈다. "베일리한테 한 건? 그거야말로 나보고 꺼지라고 말한 거야!" 루크는 내가 말도 안 되는 소리를 했다고 생각할 때마다 보이는 표정을 지었다. 고등학교 시절 일은 그만 잊을 때도 되지 않았느냐고 말하는 것 같았다.

그날 밤에 있던 사건은 평소 루크의 행실과는 거리가 있었고, 다음 날 아침에는 루크가 지난밤 자신이 한 행동에 대해서 '구역질이 난다'

고 했다. 하지만 그렇다고 해서 없었던 일로 치부할 수는 없다. 바로 그 주말부터 나는 루크를 완벽하고 무결한 사람으로 보지 않게 되었다. 그와 함께 있는 한 나쁜 일은 절대로 일어나지 않을 거라는 생각도 버렸다. 나는 다시 두렵고 무서워졌다.

랍스터 맥앤치즈 바이트 요리를 입에 쏙 집어넣었다. 세 개째였다. 마침내 출장 요리업체를 정했다. 케네디 가문의 총애를 받았다는 기사를 읽은 뒤 엄마가 추천한 업체였다. 가끔 엄마도 필요한 일을 잘 해낼 때가 있다.

피로연 음식 시식에 부모님을 초대하기 위해서 며칠을 더 기다려야 할 뻔했다. 그렇게 됐다면 낸터킷에서 준비하는 비용과 시간이 너무 많이 들었을 것이다. 여기로 오는 방법은 세 가지가 있다. JFK 공항에서 항공편으로 이동하는 방법은 적어도 500달러 이상의 비용이 든다. 다른 방법은 보스턴까지만 비행기로 이동했다가, JFK 주니어를 태우고 대서양에서 추락한 것과 비슷한 사이즈의 경비행기로 갈아타서 45분을 더 이동하는 것이다. 아니면 하이애니스 항까지 여섯 시간 동안 자동차를 타고 이동한 다음(펜실베이니아에 사는 우리 부모님은 여덟 시간을 이동해야 한다), 페리호나 경비행기를 타고 한 시간을 더 가는 것이다. 기다리고 있으면 엄마가 어떻게든 방법을 찾아서 찾아올 것을 알고 있었다. 하지만 엄마가 금방이라도 부서질 듯한 낡은 BMW를 몰고 하이애니스 항까지 혼자서 운전한 다음 주차장과 배편을 알아본 뒤 가짜 루이비통 가방을 끌고 배에 올라타리는 생각을 하기만 해도 너무 슬퍼서 참을 수가 없었다.

아빠는 올 생각도 하지 않고 있었다. 놀랄 일도 아니었다. 내가 어떻게 사는지 관심을 두지 않는 분이었다. 정확히 말하면 본인의 삶 외에 그 어떤 이의 삶에도 무관심했다. 내가 기억하는 한은 그렇다. 한때는 아빠가 엄마 몰래 바람을 피우는 건 아닐까 의심했었다. 어쩌면 아빠에게는 진짜로 사랑하는 가족이 따로 있는지도 모른다고 생각했었다. 고등학교에 다니던 어느 날, 아빠는 세차하러 간다며 집을 나갔었다. 아빠가 집을 나서고 한 시간쯤 뒤에 나는 엄마에게 편의점에 갔다 오겠다고 소리치고 밖으로 나갔다. 길을 반쯤 갔을 때 지갑을 가지고 오지 않았다는 걸 깨달았다. 나는 텅 빈 공터를 돌아가야 했다. 투박하게 평탄 작업을 한 땅이었다. 울창했던 숲을 완전히 부수고 최신 주택지로 개발하기 위해서 마련한 곳이었는데, 거기서 아빠를 발견했다. 아빠는 차 뒤에 앉아서 끈적거리는 진흙땅을 멍하니 쳐다보고 있었다. 나는 재빨리 뒷걸음쳐서 물러났다. 아빠가 나를 본다면 쏜살같이 차를 몰고 집으로 돌아갈 것 같았다. 뜻밖의 모습을 목격한 바람에 심장이 마구 뛰었다. 어떻게 된 일인가 싶어 머리를 굴렸다. 그러다가 깨달았다. 이해하고 자시고 할 것도 없는 일이었다. 아빠에게 우리는 애증의 대상이었던 것이다. 그뿐이었다. 우리보다 더 사랑하는 다른 가족 같은 건 없었다. 어쩌면 아빠는 아무도 사랑하지 않는지도 모른다.

루크는 인심 좋게도 엄마의 항공 비용을 대겠다고 해주었다. 엄마 혼자 오기 때문에 사실 그리 대단히 어려운 일도 아니었다. 엄마는 금요일에 차를 몰고 뉴욕에 입성했고 게스트 패스를 이용해서 우리 차고에 엄마의 차를 세웠다.

"여기 정말 안전한 거니?" 엄마는 자동차 열쇠를 들고 초조해하며 잠금 버튼을 눌렀다. 차는 새된 소리로 반응했다.

"엄마, 당연하지." 나는 끙 앓는 소리를 냈다. "우리 차도 여기에 세운다고."

엄마는 윤이 나는 입술을 혀로 핥았다. 설득당한 것 같지 않았다.

나는 해리슨 집안의 인내심을 인정하기로 했다. 깊은 인상을 남기려고 바보같이 노력하는 엄마를 참아주는 그들을 인정하지 않을 수가 없었다. 나는 외치고 싶었다. '나는 그렇게 대단한 사람이 아니에요. 그런데 왜 우리 엄마를 참아주는 거예요?'

"조언 감사합니다." 그날 아침 해리슨 씨가 엄마에게 했던 말이다. 엄마는 이자율이 올라가고 있으니 투자 포트폴리오를 예의 주시하는 게 좋겠다고 말했다. 해리슨 씨는 은퇴하기 전 9년 동안 베어 스턴스 투자은행의 은행장이었다. 그런 사람이 엄마에게 나대지 말라고 따끔하게 말하지 않는 사실을 이해할 수 없었다.

"천만에요. 언제든지 또 도와드릴게요." 엄마는 활짝 웃었다. 나는 눈을 부릅뜨고 엄마 뒤에 서 있는 루크를 쳐다보았다. 루크는 두 손바닥을 아래로 내리며 진정하라는 손짓을 했다. 마치 짐이 잔뜩 든 자동차 트렁크를 닫으려는 것처럼 보였다.

메뉴는 다 결정했다. 랍스터 맥앤치즈 바이트와 미니 랍스터 롤, 와사비 플랩 스테이크, 스푼에 올린 참치 타르타르, 그뤼예르 치즈 브루스케타("브루스케타bruschetta의 'ch'는 k와 같은 발음이란다." 엄마는 지식을 뽐내며 말했다. 하지만 그 사실은 내가 대학 2학년 때 로마에서 공부하고 와서 알려줬던 거다), 굴 바, 스시 바, 전채 요리 바도 준비하기로 했다. "우리 남편 쪽 식구들을 위해서 준비해야 해요!" 엄마의 농담이었다. '브루스케타'를 어떻게 발음하는지도 모르는 이탈리아인들이라니. 우리 가족은 정말 최악이다.

메인 코스와 케이크는 일요일에 시식하기로 했다. "한꺼번에 다 먹어보기에는 너무 많잖아요." 킴벌리가 가쁜 숨을 몰아쉬면서 말했다. 그녀의 허벅지는 야외용 접이식 의자를 넘어서 아래로 흘러내리고 있었다. 저 사람, 분명히 이거 다 먹을 수 있을 텐데.

"저 둘이 결혼을 한다니, 믿어지세요?" 엄마가 소녀처럼 손뼉을 치면서 해리슨 부인에게 장황하게 말을 건넸다. 저렇게 잔뜩 꾸민 목소리로 겉치레 말을 건네는 게 정말 싫다. 예비 시어머니는 본래 소탈한 성격이라 지나치게 감상적인 애정 표현은 잘 하지 않는 사람이었다. 하지만 문제는 해리슨 부인이 너무나 예의 발라서 무반응으로 있지 못한다는 데 있었다. 엄마가 감상에 젖어서 수다를 떨기 시작하면 해리슨 부인은 기를 쓰고 장단을 맞추려고 한다. 그 모습을 지켜봐야만 하는 건 정말 고통스러웠고, 결국 엄마에 대한 분노만 더 커졌다.

"정말 신나는 일이죠!" 해리슨 부인이 애쓰고 있었다.

오후 3시였다. 킴벌리는 떠났고, 루크는 크게 기지개를 켜면서 달리기를 하러 나가자고 했다.

다른 사람들은 모두 해리슨 씨의 제안에 따라서 '누워서 쉬고' 있었다. 내가 원하는 것이기도 했다. 뒤캉 다이어트를 쉬고 있으니 운동도 쉬었다. 와인을 실컷 마시다가 억지로 불면의 잠자리에 들 것이다. 줄어든 위장이 허락하는 최대치의 음식을 실컷 먹다가 다시 굶주리는 생활로 돌아가야지.

엄마와 해리슨 집안의 사람들이 누워서 쉬려고 각자의 방으로 물러난 동안 나는 마지못해 루크 옆에서 운동화 끈을 묶었다. "딱 5킬로미터만." 루크가 말했다. "뭔가 해냈다는 느낌이 들 정도는 되어야지."

루크와 나는 집 앞 진입로를 빠져나와 왼편으로 접어들었다. 나는 얕은 경사길 위에서 잠시 휴식을 취할 때부터 벌써 숨이 거칠어졌다. 우리 앞에는 거친 흙길이 기다리고 있었고, 내 두개골 한가운데 얇게 드러난 두피 위로 햇볕이 사정없이 내리쪼이고 있었다. 모자를 쓰고 왔어야 했다.

"행복해?" 루크가 물었다.

"크랩 케이크가 생각만큼 좋지 않아서 짜증 나." 나는 숨을 헐떡이며 말했다.

루크는 걸음도 흐트러지지 않은 채 어깨만 으쓱였다. "꽤 괜찮은 것 같던데."

우리는 계속 달렸다. 하루에 두 번씩 운동하기 전, 그러니까 아침에는 그룹 운동을 하러 갔다가 밤에는 6킬로미터씩 달리는 삶을 살기 전까지는 달려도 달려도 힘이 솟는다고 생각했었는데. 이제는 근육이 하나도 없는 것 같다. 생전 무겁다고 느껴본 적 없던 다리가 무겁게만 느껴졌다. 운동이 과하다는 건 알고 있었다. 갈고닦다 못해 항상 녹초 상태였다. 하지만 체중계 눈금이 달라지고 있었으니 그러면 되었다.

"괜찮아, 자기?" 루크는 8킬로미터쯤 달리고서 물었다. 루크는 앞서 달리면서도 속도를 늦추지 않고 있었다. 왼쪽 아랫배 근육이 꼬이는 것 같아서 좀 천천히 뛰려 했지만 루크는 아랑곳하지 않고 달려나갔다. 나는 뒤처져서 달리면서 반항했다. 우리 두 사람 사이의 간극이 얼마나 더 벌어져야 저 남자는 뭔가 잘못되었다는 걸 깨닫게 될까?

나는 걸음을 멈추고 한쪽 팔을 머리 위로 뻗었다. "경련이야."

루크는 내 앞에서 제자리걸음으로 뛰었다. "멈추면 더 심해져."

"저기요, 나 크로스컨트리도 했었는데요. 그 정도는 나도 알아." 나는 화난 목소리로 톡 쏘았다.

루크는 두 손을 꽉 쥐어서 옆에 대고 있었다. 에너지가 낭비되는 잘못된 달리기 자세였다. "그냥 그렇다고." 루크는 싱긋 웃으면서 내 엉덩이를 톡 쳤다. "힘내. 자기는 생존자잖아."

루크는 나에 대해 이렇게 말하기 가장 좋아한다. 내게 늘 상기시켜 준다. 생존자. 나는 생존자다. 나를 괴롭히는 건 이 말이 단언하는 바다. 그 주제넘은 의미가 성가시다. 생존자는 과거를 딛고 앞으로 나아가야 한다. 하얀 웨딩드레스를 입고 모란 부케를 들고 식장에 입장해야 한다. 바꿀 수 없는 과거에 머물기보다는 과거를 극복해 내야 한다. 하지만 이건 깨끗이 잊어버릴 수 없고 절대로 잊히지 않는 일이라는 걸 염두에 두지 않는 말이다.

"먼저 가." 나는 한쪽 팔을 휘둘러 길가를 가리키면서 힐난하는 듯한 어조로 말했다. "난 돌아갈래."

"자기야." 루크가 실망한 기색을 보이며 말했다.

"루크, 나 컨디션이 안 좋아!" 이제 나는 말아 쥔 두 손으로 얼굴을 가렸다. "그동안 계속 잘 안 먹고 있었단 말이야! 그런데 지금 그 빌어먹을 랍스터 치즈를 3킬로그램이나 몸속에 쑤셔넣었다고."

"그거 알아?" 루크가 제자리에서 달리는 것을 멈추고 나를 쳐다보며 고개를 설레설레 내저었다. 루크는 실망한 부모님처럼 씁쓸하게 웃었다. "자기가 나한테 이러면 안 돼. 난 이런 대접 받을 사람이 아니라고." 루크는 몇 걸음 내게서 멀어져갔다. "이따가 집에서 봐."

루크가 전력 질주를 시작했고 난 그의 발치에 피어나는 연기 기둥을 멍하니 쳐다봤다. 내 장 속에서 랍스터 치즈가 뭉치는 동안 루크는 큰 보폭으로 추진력을 얻어서 내게서 멀어져 갔다. 지금껏 나는 루크가 싫어할 만한 짓은 하지 않았다. 적어도 표면상으로는 그랬다. 매력적으로 꾸미고 그를 꼬시는 것 외에 다른 일을 할 엄두를 낼 수가 없었다. 어리석게도 그때야 깨달았다. 내 남은 평생, 죽음이 우리를 갈라놓기 전까지, 이 그럴듯해 보이는 관계가 티 하나 없이 반짝반짝 빛나도록 유지하는 일은 전적으로 나에게 달렸구나. 루크는 새끼손가락에 묻은 얼룩만큼의 문제라도 보게 되면 내 탓을 할 것이다. 갑자기 현기증이 났다. 급격하게 핑 도는 느낌이 들면서 작열하는 햇빛이 힘차게 소용돌이쳤다. 나는 그대로 흙바닥에 주저앉아 버리고 말았다.

저녁 식사 후, 루크의 사촌인 할지가 버번 위스키를 마시자면서 왔다. "이름이 할지라고?" 루크가 처음으로 그 여자의 이름을 언급했을 때 믿을 수 없어서 앵무새처럼 되풀이해 말했다. 루크는 무슨 그런 질문을 하느냐는 얼굴로 나를 보았다.

루크와 내가 방금 달렸던 흙길을 따라가면 할지의 부모님 집이 있다. 해리슨 부인의 친정에서도 이 섬의 반대편인 스콘셋에 집 여러 채를 두고 있었다. 일요일에 바이크를 타고 한가로이 마을을 돌아다니면 어김없이 진주를 두른 루크의 혈육과 맞부딪치게 된다.

할지는 저장 용기에 마약 브라우니를 담아 가지고 왔다. 스무 살이나 더 어린 식당 종업원들이 줬다고 했다. 그 사람들은 조만간 샌카티 헤드 골프 클럽에 출입금지를 당하리라. 해리슨 가문 사람이면 다 그 클럽 회원이다. 참 이상한 일이다. 세상의 모든 돈을 가지고 자란 해리슨 부인과 같은 사람은 부자인 게 너무 당연해서 과시하거나 자랑할 일이라는 걸 깨닫지 못하고 사는 반면, 해리슨 부인의 조카 같은 부류는 어찌나 자신감이 없는지 얼굴에 드러낸 경멸과 손목에 찬 조잡한 다이아몬드 시계로 부를 자랑하다 기어이 망신을 자초하고야 만다. 할지는 서른아홉밖에 되지 않았는데도 얼굴을 한껏 잡아당겨서 과체중 아가씨가 입은 룰루레몬 요가 팬츠의 엉덩이같이 만들어놓았다. 결혼한 적 없고, 결혼하고 싶은 마음도 없다고 말은 한다. 하지만 술 한 잔이라도 들어가면 마음이 동하는 남자에게 다가가 미쉐린 타이어 캐릭터처럼 울퉁불퉁한 팔로 뻣뻣한 목을 휘감고 매달리느라 정신이 없다. 그러면 상대 남자는 조심스럽게 풀어내곤 한다. 게다가 손가락에 낀 유일한 반지는 결혼반지로 유명한 까르띠에 트리니티 링이다. 성형으로 얼굴을 망치고, 러닝머신 위를 달리기보다 해변에서 햇볕을 쬐는 데 더 시간을 많이 할애하면서 그러고 있는 걸 보면 한심하다. 하지만 문제는 태양의 흑점처럼 잡티가 박힌 가슴이나 땅딸막하고 축 처진 몸매가 아니다. 할지를 보고 사람들은 '별종'이라거나 '괴짜'라고 말한다. 그건 사실 그녀가 고약한 성격을 가졌다는 걸 교양 있게 표현한 것에 지나지 않는다.

그런 할지가 나를 매우 마음에 들어 한다.

할지 같은 여자는 내 전문이다. 할지를 처음 만났을 때 나를 보던 그 표정, 공상과학 소설에나 나올 법한 그 얼굴이 가관이었다.

그때 나는 무모하기 짝이 없게도 그곳에 모인 모든 사람이 오바마의 정책을 지지하지 않을지언정, 최소한 오바마라는 인물이 대단히 지적이고 똑똑하다는 사실에는 이견을 달 수 없을 거라고 말했다. 해리슨 씨와 루크, 개릿은 하던 이야기를 계속 이어나갔고, 아무도 내 말에 큰 관심을 기울이지 않았다. 하지만 할지는 나를 계속 노려보면서 내가 쳐다봐 주기를 기다리고 있었다. 내가 쳐다보자 할지는 앙다문 잇새로 말했다. "이 집에서는 오바마를 그리 좋아하지 않아요." 루크에게 보여줄 생각이 없었던 나의 모습을 할지가 포착한 순간이었다. 나는 재빨리 원래의 모습을 되찾고 감사의 표시처럼 고개를 한번 끄덕여 보였다. 그리고 이후 입을 꼭 다물고 루크, 개릿, 예비 시아버지를 번갈아 보면서 해리슨 가문 남자들이 제기하는 그 모든 주장에 얼마나 열광하고 있는지를 보여주었다. 나중에 술 한잔하러 시내로 나가는 택시에서 할지가 내 옆자리에 앉았다. 그리고 술집에서 할지는 새로운 헤어 스타일리스트를 찾고 있다며 어디서 머리를 했냐고 물었다. 샐리 허쉬버거에서 루빈을 찾으라고 일러주자, 할지의 통통한 입꼬리가 힘겹게 보톡스를 거슬러 위쪽으로 올라가려 애썼다. 얼핏 보면 할지 같은 여자는 나 같은 사람을 괴롭히고 싶어 할 것 같지만, 그렇게 했다가는 자기 자신의 미적 결핍을 인정하는 꼴이 될 수 있다. 그래서 내가 그녀의 의견을 따르는 한 나를 포용하는 게 가장 큰 이득이라는 걸 안다. 내게 질투심이나 위협감을 느낄 필요가 없다는 메시지도 된다. 스스로가 에어로빅을 과하게 하는 20대 여성 못지않게 호감 가는 여성이라는 생각을 하게 되는 것이다.

할지에게는 란드라는 이름의 남동생이 있다. 루크보다 두 살 어리고, 개릿보다는 다섯 살이 어린 그를 부모님은 '우리 아기'라고 부른다. "우리 아기가 대학을 졸업한 건 기적이에요"라는 식으로 말한다. 하지만 기적과는 전혀 상관이 없다. 게티즈버그에 새로 생긴 기숙사 이름이 '해리슨'이니까. 란드는 타히티에서 서퍼 친구들과 함께 거대 파도를 찾아 투어를 하고 있다. 전에 넬이 한 번 만나기도 했는데 진도를 더 나가지 못했다. 술 취한 다섯 살짜리 아이처럼 키스했기 때문이었다. "무슨 혀가 그렇게 뚱뚱한지." 넬은 자신의 혀를 늘어서 마구 흔들어대며 그와의 키스가 얼마나 끔찍했었는지 직접 보여주었다. 나는 작고 소중한 그 정보를 속으로 조용히 음미하면서, 뉴욕에 몇 달 머물 때마다 스물한 살짜리 여배우랑 데이트를 한다는 남동생에 대해 할지가 위선적인 불평을 늘어놓아도 참고 들어준다. 할지는 완벽하게 닮고 닮은 바람둥이 남동생의 존재를 그 어떤 것보다 자랑스럽게 생각하고 있었다. 자신의 주가를 높여주는 일이기 때문이다.

뒷마당에 놓인 테이블에 앉아 있는데 할지가 걸어 들어왔다. 할지는 의자 등받이에 늘어져 있던 내 머리카락을 잡고 손가락으로 빗질하듯 쓰다듬으면서 말했다. "우리 아름다운 신부님이 여기 계시네." 나는 고개를 꺾어서 위를 쳐다보았다. 할지는 독극물로 잔뜩 부풀려 놓은 입술로 내 뺨에 키스했다. 나는 엄마한테 절대로 키스하지 못하게 한다. 그래서 할지나 넬과 다정하게 지내는 모습을 엄마가 보았다면 신경이 많이 쓰였을 것이다. 하지만 다행히도 나와 루크가 엄마를 공항까지 모셔다드리고 온 뒤였다. 내가 매몰차게 중간에 그만둔 달리기를 루크가 마저 하고 돌아오고 나서 집에 돌아가시게 했다. 엄마는 더 있고 싶었겠지. 하지만 더 있다가 할지를 만났다면, 다음번에 엄마는 할지 것과 똑같이 생긴 짝퉁 다이아몬드 홀스슈 목걸이를 쇼핑몰에서 사서 목에 걸고 나오리라. 엄마의 비행기 티켓 비용을 댄 건 나와 루크였고, 일요일에 집으로 돌아가는 데 드는 비용은 300달러였다. 돈줄을 죄는 건 권력이다. 물론 그 권력은 루크가 아니면 불가능했다. 잊지 말아야 한다.

해리슨 씨는 바질 헤이든 위스키 한 병을 들고 밖으로 나와서 테이블 위에 놓인 유리잔과 브라우니 옆에 내려놓았다. 할지가 처음 브라우니를 가져왔을 때 아무도 그 반죽 안에 마리화나가 들어 있다는 걸 내게 말해주지 않았다. 나는 브라우니 세 개를 먹고 빙글빙글 도는 세상을 보다가 침대에 눕혀졌다. 끈적지게 달라붙는 수마와 끊임없이 싸우다가 새벽 2시에 깨어났다. 그리고 내 머리 바로 위에서 대롱거리는 거미 때문에 꽥 비명을 질렀다(물론 진짜로 거미가 있었던 건 아니었다). 그 꿈의 모든 요소가 너무나 섬뜩하고 무서워서 쥐가 나고 말았고 덕분에 종아리가 갈가리 찢기는 것처럼 아팠다. 나는 울부짖으면서 다리를 부여잡았지만 루크는 평생 처음 보는 광경이라는 듯 바라만 보고 있었다. 아침에 해리슨 씨는 커피를 마시면서 나지막하게 나무라는 어투로 말했다. "어젯밤에는 왜 그런 수선을 피웠니?" 그가 나를 짜증스럽게 대했던 때는 그때가 유일했다. 그 이후로 나는 할지의 브라우니는 손도 대지 않았다.

그런데 오늘 밤에는 루크의 곁눈질을 받으면서도 브라우니 용기 안에 한 손을 밀어 넣었다. "하나만 먹을 거야." 나는 작게 속삭였다.

루크는 크게 한숨을 내쉬면서 콧망울을 뾰족하게 세웠다. "좋을 대로 해."

루크는 마약이라면 질색인 사람이다. 대학에 다닐 때 딱 한 번 했었는데 바보가 된 것 같았다고 했다. 2학년 때 전 여자친구와 함께 이 괴상한 환락 속에서 흥청거렸었다고. 나흘 연속 밤마다 알약을 복용했었는데, 바로 그때를 기점으로 루크는 방탕한 생활을 청산해 버렸다. 그날 오후 도착한 개릿은 벌써 두 개째 브라우니를 먹고 있었다(재작년 해리슨가의 크리스마스 파티에서 개릿과 나는 화장실에서 코카인을 흡입했고, 우리 둘 모두 루크에게 그 사실을 비밀로 하기로 했다). 해리슨 씨와 할지는 브라우니를 우물거리며 먹고 있었지만, 해리슨 부인은 보드카만을 고수하고 있었다. 마약에 관한 한 해리슨 부인 역시 루크와 마찬가지 태도를 견지하고 있었다. 다른 사람들이 적당히 즐기는 것은 괜찮지만, 자신이 하는 건 옳지 않다고 생각했다.

"그래서, 신혼여행 일정은 다 정리했어?" 할지가 물었다.

"그래. 드디어." 루크는 앓는 듯한 신을 내면서 짐짓 비난하는 듯한 표정으로 나를 보았다. 결혼식을 위해서 그 단 한 가지 계획을 맡은 게 그렇게도 대단한 일이란 말일까?

"지인들에게 저를 소개해 주셔서 감사해요." 나는 할지에게 말했다.

"어머, 그럼 파리를 경유하기로 했니?" 할지는 브라우니의 마지막 한 입을 꿀꺽 삼키고 큰 소리로 트림을 했다. 할지는 교양 없이 구는 걸 재미있는 농담으로 여긴다. 그렇게 하면 마초처럼 거침없고 자유분방한 사람으로 보인다고 생각한다. 실제로 그런 전략의 상당 부분이 그녀에게는 도움이 되어왔다.

"돌아오는 길에⋯." 루크가 말했다. "아부다비로 날아가서 하룻밤을 보내고, 몰디브로 가서 일주일을 보낸 다음에 다시 아부다비로 돌아갔다가 파리로 가서 사흘 더 머물기로 했어. 정확히 말해서 '돌아오는 길'에 들리는 건 아니지만 아니가 진짜로 간절히 파리에 가기를 원해서 말이야."

"당연히 파리에 가기를 원하겠지!" 할지는 루크를 보고 눈을 치켜떠 보였다. "신혼여행이잖니."

"두바이는 저한테는 라스베이거스랑 같아 보여요." 나는 방어적이지 않아 보이려 애쓰면서 말했다. "저에게는 문화가 필요해서요."

"파리에 가면 해변에서 보내던 휴가가 그리울 거란다." 할지는 의자 뒤로 깊숙이 물러앉아서 손에 머리를 기댔다. "런던으로 가지 않기로 해서 기쁘구나." 할지는 '런던'이라는 단어를 말하는 타이밍에 정확하게 눈을 치켜떠 보였다. "너희가 그곳에서 살게 될지도 모른다니." 할지는 노골적으로 코웃음을 치며 말했다. "행운을 빈다."

나는 아직 아무런 결정도 내리지 않았다는 말을 하려고 했다. 하지만 루크가 고개를 갸웃거리면서 사촌을 쳐다보았다. "할지, 대학 졸업하고 나서 런던에서 살았었잖아."

"그래. 최악이었어!" 할지는 큰 소리로 한탄하듯 말했다. "빌어먹을 중동인들이 사방에 득실거렸다고. 납치당해서 백인 노예로 팔려나가면 어쩌나 싶었다니까." 할지는 손가락 하나를 머리 속으로 찔러 넣었다. 600달러짜리 하이라이트 염색을 한 머리였다. 개릿의 목에서 낮은 웃음소리가 울렸고, 해리슨 부인은 의자를 뒤로 물리고 테이블에서 일어섰다. "맙소사! 보드카는 그만 마셔야겠다."

"내 말이 맞잖아요, 벳시 숙모!" 할지는 해리슨 부인의 뒤통수에 대고 소리쳤다. 마약 브라우니 덕에 내 머리는 따뜻하고 축축한 흙덩어리가 된 것 같았다. 씨앗을 심기에 딱 좋은 그런 흙이 되어버린 내 머리는 "내 말이 맞잖아요, 벳시 숙모!"라는 문장을 계속해서 재생하고 있었다.

"숙모도 내 말에 동의하는 거야. 다만 절대로 입 밖으로 내뱉지 않을 뿐이지." 할지는 교만한 태도로 루크에게 말했지만, 루크는 킬킬거리며 재미있어했다. "절대로 입 밖에 내지 않는다는 말이 나온 김에 말이야." 할지는 의자를 빙그르르 돌려서 나를 정면으로 마주 보았다. 입술에 외로운 브라우니 부스러기 하나가 붙어서 털이 난 점처럼 흔들리고 있었다. "나한테 약속 하나 해줘야겠어, 아니."

나는 입에 브라우니가 한가득 들어 있는 척했다. 그러면 대답할 필요가 없기 때문이었다. 이런 식의 거부는 그녀의 말에 상처를 입는다는 걸 보여주기 위한 애처롭고 무기력한 시도 같은 거였다. 물론 할지는 전혀 알아차리지 못했다.

"네 결혼식 때 예이츠 사람들이랑 같이 앉게 하지 마. 제발."

"이번에는 무슨 짓을 한 거니?" 해리슨 씨가 빈정거렸다. 예이츠가는 해리슨가와 가족끼리 알고 지내는 사이였지만, 할지의 부모님과 훨씬 더 가깝게 지냈다. 비슷한 또래의 아들을 두었다는 공통점 때문이었다. 듣기로는 할지가 술에 취해서 그 집 아들에게 여러 번이나 질척거리면서 희롱했다고 했다.

할지는 한 손을 가슴 위에 대고 입술을 뿌루퉁하게 내밀었다. 귀여워 보인다고 생각하는 포즈였다. "왜 제가 뭔 짓을 했다고 지레짐작하시는 건데요?"

해리슨 씨가 할지를 노려보자 할지는 소리 내 웃었다. "그래요. 제가 뭔 짓을 했어요." 루크와 개릿은 신음했다. 할지는 서둘러 말을 이어갔다. "하지만 다 선의로 한 일이었어요."

"무슨 짓이었는데요?" 나는 의도했던 것보다 훨씬 더 무례한 어투로 말하고 말았다.

할지는 고개를 돌려서 나를 쳐다보았다. 그녀의 두 눈에 도발 같은 것이 어려 있었다. "그 집 아들 제임스 알지?"

나는 고개를 끄덕였다. 한 번 만나본 적이 있었다. 만취 상태였던 그에게 무슨 일을 하느냐고 물었는데 그 멍청이는 무례한 질문이라고 말했었다. 당연히 그가 무슨 일을 하는지가 궁금해서가 아니라 그저 예의를 차린 질문이었는데도. 그런 질문을 던져야 내 일도 물어봐 줄 테고, 그래야 내가 무슨 일을 하는지 자랑할 수 있다.

할지는 턱을 목에 닿도록 끌어 내리고는 목소리를 낮췄다. "그게 말이야, 늘 의심스러웠거든." 할지는 손목을 축 늘어트리고 테이블 주변을 둘러보면서 모두가 자기 말의 취지를 알아듣고 있는지를 확인했다. "그런데 어떤 사람이 최근에 그게 사실이라고 말해줬지 뭐야. 걔 커밍아웃했대." 할지는 어깨를 으쓱여 보였다. "그래서 예이츠 부인한테 꽃과 함께 위로의 말을 보냈어." 할지는 입을 거의 움직이지 않았다. 할지의 입꼬리로 말이 새어 나왔다. "그런데 게이가 아니라고 밝혀졌지 뭐야."

루크는 풋 웃음을 터트리고 두 손으로 얼굴을 훑었다. 손가락을 벌리고 있어서 그의 두 눈은 잘 볼 수 있었다. "이런 사고를 칠 사람이 할지 말고 누가 또 있겠어?" 그의 넋두리 같은 투덜거림은 다른 사람들의 웃음을 유도했다. 하지만 나는 아니었다. 브라우니 때문에 집중할 수가 없었다. 뭔가 신비하고 섬뜩한 것에 대한 경계심이 생겼다. 그리고 소위 말하는 '그레이 레이디'에 매료되고 말았다. 낸터킷에 태양이 질 때면 밀려 들어오는 탁한 안개가 두툼한 담요가 되어서 짙게 깔린다. 그걸 그레이 레이디라고 부르는데, 바로 그 순간 그레이 레이디가 사방에 내려앉고 있었다.

할지는 루크의 한쪽 어깨를 찰싹 때렸다. "어쨌든 그래서 예이츠 부인은 나나 우리 엄마한테 말을 하지 않아. 이게 다야. 난 그저 힘이 되어주려고 했던 것뿐이었다고!"

루크는 크게 웃고 있었다. 모두 다 크게 웃고 있었다. 나도 그렇게 하고 있다고 생각했다. 하지만 내 얼굴은 안개 속에서 멍하게 감각을 잃어가고 있었다. 그냥 안개가 아닌지도 모르겠다. 독가스가 우리를 공격하고 있는데 그걸 알아챈 사람은 내가 유일한 것 같았다. 어느새 내 다리가 움직여서 나는 자리에서 벌떡 일어났다. 그리고 와인 잔을 집어 들었다. 마치 주방에 가서 잔을 채워 오려는 것 마냥. 그렇게 해야 했다. 하지만 그 다음에 나는 해서는 안 될 말을 내뱉고 말았다. "걱정 마요, 할지." 웃음소리가 잦아들고 모두가 고개를 돌려 나를 쳐다보았다. 나는 누가 봐도 중요한 말을 하기 위해 자리에서 일어난 사람이었다. "할지처럼 흐느적거리는 독신들만 싹 다 모아다가 같은 테이블에 앉혀줄 테니까." 나는 평소처럼 문을 소리나지 않게 조심스럽게 닫지 않았다. 마치 벌레 잡는 파리지옥처럼 갑작스럽고 사악하게 탁 닫히도록 놔두었다.

◆◆◆◆◆

루크는 몇 시간을 더 있다가 방에 돌아와서 침대에 누운 나를 보았다. 나는 존 그리샴의 소설을 읽고 있었다. 해리슨가에는 존 그리샴의 문고판 책이 곳곳에 있었다.

"어, 괜찮아?" 루크는 침대를 내려다보며 서성거렸다. 황금색 귀신 같았다.

"응." 나는 지난 20분 동안 같은 페이지를 계속 반복해서 읽고 있었다. 안개는 모두 걷혔다. 지금 나는 상황이 얼마나 안 좋아졌는지 궁금했다. 내가 저지른 일의 파장은 얼마나 될까?

"왜 그랬어?" 루크가 물었다.

나는 어깨를 으쓱였다. 그리고 계속 책을 읽는 척했다. "중동 사람을 비하했잖아. 그렇게 무식한 이야기는 진짜 처음 들어. 자기는 신경 쓰이지 않아?"

루크는 내 손에 들린 책을 잡아챘다. 그가 침대에 앉자 녹슨 스프링이 와작와작 소리를 냈다. "할지는 완전히 미친 사람이야. 그러니까 할지가 무슨 헛소리를 하든지 신경 안 써. 자기도 신경 쓰지 말아야 해."

"자기는 나와 달리 어떤 상황에서도 당황하지 않는 모양이야. 정말 쿨하네." 나는 루크를 노려보았다. "나는 아무래도 신경이 쓰여서."

루크는 끙 신음을 냈다. "아니, 제발 그러지 마. 할지가 실수했지. 그건 그냥⋯⋯." 루크는 잠시 말을 멈추고 생각을 모았다. "그건 그냥 누군가 암에 걸렸다는 소리를 듣고 꽃을 보냈는데 그게 사실이 아니라고 밝혀진 것과 같은 일이었어. 할지가 말했듯이 다 선의였잖아."

나는 입을 딱 벌리고 루크를 빤히 쳐다보았다. "여기서 문제 되는 건 할지가 잘못된 정보를 들었다는 게 아니야. 게이라는 사실이 마치 끔찍한 병을 '진단'이라도 받은 것처럼 생각하는 그 사고방식이 문제야." 나는 진단이라는 단어를 말하면서 검지와 중지로 토끼 귀 같은 따옴표 표시를 만들어 머리 위에서 굽혔다 폈다. "그렇게 생각하니까 꽃이니 위로니 하는 것들이 정당하다고 생각하는 거잖아!"

루크는 가슴팍에 팔짱을 꼈다. "이거야! 내가 말한 게 이거라고. 이렇게 말할 때마다 존나 지겨워."

나는 팔꿈치에 기대 상체를 들어 올렸다. 무릎이 굽어지면서 이불이 쑥 올라가고 하얀색 면포로 된 도개교가 열렸다. "뭐가 그렇게 존나

지겨운데?"

루크는 나에게 손짓을 해 보였다. "이런 거. 이렇게…… 삐지는 거 말이야."

"노골적인 인종차별이랑 동성애 혐오를 지적하고 화를 냈더니 지금 나보고 삐졌다는 거야?"

루크는 두 손을 머리에 대고는 커다란 소음으로부터 자신의 귀를 보호하려는 듯한 동작을 취하면서 두 눈을 질끈 감았다가 다시 떴다. "난 게스트하우스에서 잘게." 루크는 침대에서 베개를 낚아채듯 집어 들고 방을 나갔다.

◆◆◆◆◆

잠이 올 것 같지 않아서 『최후의 배심원』을 계속 읽었다. 책을 다 읽었을 때는 새벽녘이었다. 가닥가닥 늘어진 노란색 블라인드 사이로 햇빛이 스며들었다. 나는 다음으로 『사라진 배심원』을 폈다. 거의 100쪽 정도 읽었을 때 옆방에서 샤워기를 트는 소리가 들렸다. 루크는 해리슨 부인에게 달걀을 한쪽만 익혀달라고 소리치고 있었다. 나 들으라고 그렇게 말하는 거라는 걸 알 수 있었다. 루크는 내게 알려주고 싶은 거다. 우리 사이를 벽 하나가 가로막고 있고, 그는 게스트하우스에서 돌아왔지만 내게 아무런 말도 하지 않고 하루를 시작하기로 했다고. 읽던 페이지의 모퉁이를 접어두었다가 표가 나지 않도록 다시 책을 매만지는 나 자신이 조금 싫어졌다. 샤워기의 물소리가 더 가깝게 들리는 곳에 섰을 때는 나 자신이 그보다 더 싫어졌다. 나는 샤워 커튼을 오른쪽으로 밀어젖히고 한 걸음 안으로 걸어 들어갔다. 루크의 너그러운 손이 내 엉덩이에 닿았다. 발기한 그의 남성 주변에 난 음모는 축축하게 젖어서 거칠어져 있었다.

"미안해." 물방울이 내 입술 위에 모였다. 사과는 어렵다. 하지만 그동안 이보다 더 어려운 일도 해왔었다. 나는 루크의 목덜미에 얼굴을 묻었다. 한여름에 속수무책으로 열기에 노출된 뉴욕의 길거리처럼 찌는 듯이 덥고 습했다.

8장

딘의 파티 이후 2주 동안 외출금지 벌을 받았다. 엄마는 「프렌즈」의 진부한 펀치라인인 "난리 나게 웃긴 일이야"라는 말을 타이밍에 맞춰서 하는 걸 좋아했다. 내가 받은 벌이 바로 그 난리 나게 웃긴 일이었다. 딘의 파티에서 있었던 일 때문에 나는 알아서 외출을 하지 않았기 때문이다.

그래도 점심시간 동안 그 자리에 앉아 있을 수는 있었다. 힐러리와 딘 덕분이었다. 다른 애들은 내가 그달 내내 집에 처박혀 있어야 한다고 말하면 안도하는 모습을 보였다. 격리의 시간 동안 아이들은 결정할 시간을 가질 수 있으니까. '티파니의 실책은 전염되는 것일까?'

하지만 무슨 이유에서인지 힐러리는 나를 보자마자 눈을 반짝거리며 정말로 좋아했다. 아마도 힐러리의 10대 소녀다운 반항심을 내가 부추기고 도와준다고 생각하기 때문인 것 같다. 아니면 나에게 『희박한 공기 속으로』에 관한 보고서를 봐달라고 부탁하자 내가 거의 다시 쓰다시피 고쳐서 A+를 받았기 때문이었는지도 모르겠다. 뭐 상관없다. 내게 원하는 게 뭐든지 나는 기꺼이 줄 생각이다.

올리비아는 딘의 파티에 관해서 알게 되었을 때 전혀 신경 쓰지 않는 것처럼 행동하려고 애를 썼다. 내가 초대받고도 비밀로 한 거나 리엄과 어울렸다는 걸 알고도 모르는 척했다. 올리비아는 리엄과 잘되고 싶은 마음이 있다는 걸 분명히 했었다. "재미있었니?" 올리비아는 쾌활하게 물으며 두 눈을 빠른 속도로 깜빡였다. 가짜 미소의 동력이 그 깜빡거림에서 나오는 것 같았다.

"그런 것 같은데?" 나는 손바닥을 위로 향해 보였다. 최소한 바보 같은 대답으로 진짜 웃게 만들 수는 있었다.

영화나 텔레비전 속에서 등장하는 학교의 인기녀들은 모두 어처구니없는 바비 인형 같은 몸매에 풍만한 가슴을 지니고 있다. 하지만 브래들리를 비롯한 다른 비슷한 학교에는 이 규칙이 통하지 않는다. 올리비아는 할머니만이 "세상에, 정말 사랑스러운 아가씨네" 하고 말할 법한 외모를 가지고 있었다. 그녀의 머리카락은 곱슬기가 심해서 드라이기를 가져다 대면 머리카락이 잔뜩 부푼다. 두 뺨은 술을 마시면 지나치게 홍조를 띠고 코에는 피지가 들어차서 시간이 지날수록 기름이 번들거린다. 그렇지만 리엄이 그녀에게 접근하게 된 건 절대로 저절로 이루어진 일이 아니다. 공들여 연출한 매력이 거둔 쾌거였다.

나중에 넬은 내가 가진 맥주 광고 모델 같은 잠재성을 대놓고 드러내기보다 적당히 조절하는 방법을 가르쳐주었다. 완벽하게 스타일링한 금발이며 고르게 태닝한 피부, 가방 여기저기에 대놓고 붙어 있는 로고처럼 전통적인 미와 신분을 나타내는 지표를 획득하려고 적극적으로 노력하는 것은 굉장히 부끄러운 일이다. 하지만 이걸 깨닫기까지는 몇 년이 걸렸다. 내가 열한 살이 되었을 때부터 엄마가 한 손으로 내 턱을 잡고 '약간의 색감'을 더하는 일을 해주었기 때문이었다. 마운트세인트테레사에서도 화장은 놀림받을 일 없이 신나는 일이었다.

나와 마찬가지로 리엄도 올리비아의 머리카락을 대책 없는 곱슬머리가 아니라 매력적인 부분이라고 생각하게 되었다. 올리비아의 납작한 가슴도 실제로 리엄이 생각했던 것보다 더 풍만하지 않았을까? 나는 그 과정을 개의치 않았다. 지금까지 인생을 살아오면서 원하는 것을 요구하는 일이 어렵다는 것을 알게 되었다. 사람들에게 부담을 주는 일이 무엇보다 두려웠다. 그날 밤에 일어났던 일이나 그 후 몇 주 안에 일어났던 일 때문에 이렇게 생각하게 되었다고 여기고 싶지만, 아무래도 타고난 것 같다. 리엄에게 사후피임약을 같이 구하러 가자고 청했던 일이 지금까지 내가 한 일 중 가장 대담한 행동이었다. 4학년짜리가 스펠링 규칙을 잊지 않으려고 *끄적거리는* 듯한 글씨체로 '친구'라는 단어를 쓰는 걸 보았을 때, 나는 왜 내가 다른 사람들에게 좀처럼 부탁하지 않았었는지 기억해 냈다.

올리비아에게는 나의 칩거 또는 퇴각이 술책이 아니라는 사실을 확인할 시간이 약간 필요했던 모양이었다. 진짜로 그렇게 하고 있다는 걸 확인하고 싶었던 것 같다. 딘의 파티가 있고 거의 3주가 지났을 무렵에 나는 저 멀리 수학관 건물 끝에 있는 올리비아를 보았다. 내가 다가가자 올리비아는 잠시 멈춰 서서 "살이 좀 빠진 것 같네"라고 말했다. 칭찬이라기보다는 비난에 가까웠다. 열네 살 여자아이라도 분명히 알아들을 정도의 비난이었다. 어떻게 된 일이지? 네가 어떻게 이렇게 될 수가 있어?

나는 들뜬 마음에 카랑카랑한 목소리로 말했다. "크로스컨트리 덕분이지!" 하지만 진실은 달랐다. 그날 밤 이후로 내 위가 소화할 수 있는 건 캔털루프 메론 뿐이었다. 크로스컨트리팀에서도 묵묵히 달렸지만, 기록은 나아지기는커녕 오히려 나빠지고 있었다. 라슨 선생님은 목청 높여서 "힘을 내, 티파니!"라고 외쳐주셨지만, 응원과 격려라기보다는 울화가 치밀어 짜증을 내는 것 같은 목소리였다.

힐러리는 내 외출 금지가 풀리는 마지막 토요일에 올리비아 집에서 같이 자자고 초대해 주었다. 엄마는 예상대로 흔쾌히 허락했다. 내가 그동안 집안일도 잘 도와주고 처신도 바르게 했으니 기꺼이 외출 금지를 하루 일찍 풀어주겠다고 말했다. 그것 역시도 '난리 나게 웃긴 일'이었다. 엄마는 힐러리와 올리비아의 부모님에게 집착하고 있었다. 특히 올리비아의 엄마인 애너벨라 캐플런(결혼 전 이름은 애너벨라 코인)에게 매달렸다. 캐플런 부인은 그 유명한 백화점 창립자인 메이시 가문의 후손이었고, 고풍스러운 재규어를 몰았다. 엄마는 갓 싹트기 시작한 나의 우정에 개입하면 안 된다는 걸 잘 알고 있었다. 학교 수업료에 대한 보상은 교육보다도 그런 인맥을 쌓는 데 있다는 것도 알고 있었다. 나 역시 잘 알고 있었다. 리엄이 발레리나를 닮은 올리비아의 어깨를 감싸 안고 있는 모습을 외면해야만 한다는 걸. 미식축구 수비수가 뒤에서 태클을 걸어오는 것처럼 위산이 목구멍으로 차올랐다.

◆◆◆◆◆

그 토요일, 엄마는 오후 5시 정각에 올리비아의 집 입구에 나를 내려놓았다. 집 현관과 입구가 그리 멀리 떨어진 것 같지 않았다. 메이시의 증외손녀가 사는 곳이라는 기대에 못 미쳤다. 하지만 나무와 덩굴 식물이 아주 잘 감춰져서 겉으로만 그렇게 보였다. 막상 뒤쪽 출입문을 열고 안으로 걸어 들어가면 길이 계속해서 이어진다는 사실을 깨닫게 된다. 너른 마당은 수영장과 게스트하우스로 이어진다. 게스트하우스에는 캐플런 가의 가정부 루이자가 살고 있었다.

집 뒷문을 두드렸다. 몇 초 뒤, 힐러리의 베리색으로 염색한 머리가 위아래로 흔들리며 내 쪽으로 다가오는 모습이 보였다. 올리비아의 집에서 그 집 사람은 단 한 번도 마주치지 않았다. 올리비아의 아버지는 걸핏하면 화를 내는 사나운 사람이라 올리비아의 손목에는 씁쓸한 멍 자국이 생기곤 했다. 그리고 그녀의 엄마는 성형수술 후 회복하는 중인 경우가 많았다. 폭력적인 아버지와 허영심 많은 어머니는 매력적이지만 불쌍한 부잣집 딸이라는 올리비아의 인상을 더욱 확고하게 했다. 올리비아를 알고 난 후 아주 오랫동안 나도 그렇게 보이고 싶다고 생각했었다. 그 아이가 내게 했던 행동들이나 나중에 그 아이에게 일어났던 일도 그 욕망을 억누르지 못했다.

힐러리가 문을 활짝 열어주었다. "헤이!" 힐러리와 올리비아는 모든 여자애들에게 '헤이!'라고 불렀다. 내가 그 짜증 나는 습관을 고치는 데는 몇 년이 걸렸다.

내 시선은 힐러리의 배꼽티가 보여주고 있는 납작한 복부에 오래 머물렀다. 남자애들은 뒤에서 힐러리를 '힘머리'라고 불렀다. 남자 못지않게 넓은 어깨와 운동선수 같은 체격 때문이었다. 하지만 나에게는 힐러리의 탄탄한 근육이 매력적으로 다가왔다. 올리비아처럼 마르지는 않았어도 지방이 하나도 없었다. 그런데도 힐러리는 스포츠팀에 들어가지 않았고 그 아이의 엄마는 '스쿼시 코치'의 편지를 날조해서 체육 시간에 빠지도록 해주었다. 힐러리는 필라테스가 유행하기도 전에 이미 필라테스 체형을 갖고 있었다.

조마조마한 심정으로 이곳에 왔다. 올리비아는 나를 초대하지 않았다. 힐러리가 초대해 준 것이다. 지난 2주 동안 올리비아는 본격적으로 리엄과 진도를 빼왔다. 나는 순순히 리엄을 보내주었다. 리엄이나 올리비아와 힐러리냐를 두고 선택할 때 어느 편이 장기적으로 가능성이 있는지 나는 잘 알고 있었다(올리비아와 힐러리에 나까지 끼게 되면 약자는 HOT가 된다는 걸 우리는 알고 있었다).

"가자." 힐러리는 급히 달려서 계단을 한번에 두 개씩 뛰어 올라갔다. 중력을 거슬러 발을 내디딜 때마다 햄스트링 근육이 수축했다. 힐러리는 늘 다른 사람과는 조금씩 다르고 유별나게 행동했다. 힐러리 특유의 능력 중 하나였다.

올리비아는 별채 하나를 독차지해서 쓰고 있었다. 로프트처럼 넓게 트인 공간은 화장실을 기준으로 둘로 나뉘어 있었다. 나머지 반쪽은 여동생의 방이었지만, 멀리 있는 기숙학교에 다니고 있어서 집에 없었다. 힐러리 말로는 올리비아보다 여동생이 더 예쁘고 집에서도 더 사랑받는다고 했다. 올리비아가 거의 먹지 않는 이유도 그 때문이라고 했다.

올리비아는 책상다리로 바닥에 앉아서 느긋하게 침대 기둥에 등을 기대고 있었다. 스웨디시피시 젤리와 스타버스트 캔디 여러 봉지, 보드카 한 병, 뒤집힌 다이어트 콜라 1리터 병이 올리비아 주변을 달달한 전쟁의 사상자처럼 에워싸고 있었다.

"헤이." 올리비아는 스웨디시피시 한 마리를 물고는 손으로 잡아당겨서 뚝 잘라냈다. 그리고 손을 뻗어 보드카 병을 집어 들었다. "마셔."

우리는 보드카를 마시고 다이어트 콜라로 입가심한 뒤, 인상을 쓴 채로 사탕을 입에 물고 빨아 먹었다. 태양이 살금살금 창가에서 멀어졌고, 우리의 동공은 점점 커졌지만 불은 켜지 않았다.

"딘한테 이리 오라고 하자." 올리비아가 말했다. 보드카가 확연하게 줄어든 후였다. 엉망진창이 되고자 한다면 게걸스러운 딘은 분명 고려

할 만한 대상이었다.

나는 배고픔과 당 섭취 덕분에 정신이 멍했다. 올리비아는 나를 보며 이를 드러내고 싱긋 웃었다. 이 사이가 크리스마스에 흔히 볼 수 있는 빨간색으로 물들어 있었다. "네가 여기 있다고 하면 올 거야."

나도 딘을 좋아했다면, 그의 존재와 내 혀에 닿았던 그 정액의 감각을 떠올리기만 해도 속이 뒤틀리고 토할 것 같지 않았다면, 그럴 수만 있었다면 모든 게 완전히 달라졌을 지도 모르겠다.

"그래, 분명 올 거야!" 힐러리는 벌러덩 누워서 크게 웃고는 무릎을 가슴에 모으고서 앞뒤로 몸을 흔들었다. 속옷이 보였다. 이번에는 형광 초록색이었다.

"닥쳐." 나는 보드카를 병째 들이켰다. 식도를 통해 흘러 들어가는 알코올의 느낌에 몸이 부르르 떨렸다. 용암처럼 뜨거웠다.

올리비아는 전화기에 대고 말하고 있었다. "어두워질 때까지 기다렸다가 와. 안 그러면 루이자가 볼 거야."

마운트세인트테레사 친구들과 함께 있었다면 모두 거울 앞에서 왁자지껄 떠들어대고 있었을 것이다. 블러셔를 볼에 열심히 문지르고 눈썹에는 마스카라를 떡칠해서 털이 숭숭 난 거미 다리처럼 만들었을 것이다. 하지만 올리비아는 정수리 위에 아무렇게나 머리를 꼬아 올려서 단단히 고정해 놓았을 뿐이었다. "40온스 맥주가 있대."

"누구누군데?" 나는 리엄의 이름을 듣기를 바라며 답을 기다리고 있었다.

"딘, 리엄, 마일스." 올리비아는 턱을 열심히 움직여서 스타버스트 캔디를 씹었다. "그리고 데이브. 완전 우웩이지."

"빌어먹을 데이브." 힐러리도 동의했다.

나는 화장실에 가야겠다고 말했다. 비틀거리는 걸음으로 복도를 지나서 문을 잠그고 화장실 안으로 들어갔다. 그리고 변기를 막히게 한 것보다 더 수치스러운 일을 했다. 화장을 했다. 거울에 비친 내 뺨은 불그레했다. 나는 얼굴에 물을 끼얹어서 열기를 식히려고 안간힘을 쓰면서 화장이 받을 수 있게 만들려고 했다. 나는 아이라이너나 립글로스 같은 걸 찾아 서랍을 뒤졌다. 말라비틀어진 마스카라가 나왔다. 솔을 튜브 안에 집어넣고 사정없이 흔들어서 마스카라 액을 최대한 묻혀보려 애를 썼다.

남자아이들이 쿵쾅거리며 계단을 올라오는 소리가 들렸다. 나는 거울에 비친 나와 눈을 마주치고 섰다. "괜찮아. 넌 괜찮아." 화장실 불은 켜지 않았다. 내 얼굴 위로 노을 끝자락이 드리우자 내가 보고 싶던 자신감 있던 외모가 모두 사라졌다.

올리비아의 방으로 돌아가자 모두 바닥에 둥그렇게 앉아서 축축하게 젖은 종이봉투에 감싸진 맥주를 마시고 있었다. 리엄과 딘 사이에 빈자리가 나 있었다. 나는 거기에 앉아서 조금씩 리엄 쪽으로 움직였다. 할 수 있는 한 최대한 리엄 쪽에 붙어 앉았다. 딘은 맥주병을 내게 건넸다. 일반 맥주와 40온스 맥주의 차이를 알지 못했던 나는 종이봉투를 아래로 끌어 내려서 라벨을 읽었다. 몰트 비어. 몰트 비어가 뭔지 물어보지도 않은 채 나는 그 술을 들이켰다.

뇌사 상태로 대화를 나눈 지 한 시간이 지나자 모든 말들이 머릿속에서 딩딩 울려대기 시작했다. 올리비아가 밖으로 나가서 마리화나를 한 대씩 피워도 괜찮다고 단언했다.

우리는 계단을 기어가다시피 내려가서 주방을 줄지어 가로질러 밖으로 한 명씩 나갔다. 철저하게 준비된 소방 훈련이라도 하는 것 같았다. 우리는 동그랗게 모여 섰다. 프라이버시를 위해 주방 창문을 가려주는 정원이 옆에 있었다. 나지막하지만 무성한 단풍나무가 가지를

뻗어 우리를 안아주려 하고 있었다. 그때까지도 그게 보조 주방이라는 걸 몰랐다. "가정부가 쓰는 주방이야." 올리비아가 설명했다. 하지만 그 주방은 우리 집의 주방보다 더 컸다. 올리비아의 부모님은 별채 쪽은 거의 사용하지 않는다고 하니 우리는 조용하게만 있으면 들키지 않을 수 있었다.

딘은 담뱃갑에서 종이에 만 마리화나 담배 한 대를 꺼냈다. 라이터로 중간 부분을 달군 뒤, 한쪽 끝을 입에 물고 다른 쪽 끝에는 불을 붙였다.

왼쪽에 있던 올리비아와 힐러리가 나보다 먼저 피웠지만, 둘 다 연기를 들이마셨다가 얼간이처럼 한바탕 기침을 해댔다. 남자애들은 눈을 치켜뜨고서 다 타버리기 전에 어서 달라고 숨죽여 속삭이는 소리로 재촉했다.

나는 8학년의 그날 밤, 리아의 집에서 마리화나를 피운 뒤로는 다시 시도한 적이 없었다. 그때 느꼈던 감각이 무서웠다. 뒤에서 슬그머니 툭 튀어나와 아무런 예고 없이 내 주변을 망토처럼 감싸버릴 그 황홀한 감각이 두려웠다. 몸속 모든 혈관에 피가 몰려서 고동쳐 댔다. 그 감각은 영원히 사라지지 않아서 절대로 다시 정상적인 상태로 돌아가지 못하리라는 확신마저 들었다. 하지만 힐러리와 올리비아보다 나아 보이고 싶은 욕망이 이 모든 두려움보다 더 컸다. 나는 마리화나를 집어 들었다. 끄트머리가 여름 첫날에 밝은 빛을 내는 반딧불이처럼 타오르고 있었다. 나는 연기를 허파까지 끌어당겨 한참 동안 머금어서 리엄에게 강한 인상을 남기고, 천천히 연기를 내뿜어서 연기가 리본처럼 우아하게 그의 얼굴을 휘감도록 만들었다.

"가톨릭 여자를 더 많이 만나봐야겠는데." 리엄은 졸린 눈으로 말했다.

"걔네들은 이를 쓴다면서." 올리비아가 나지막하게 중얼거렸다. 하지만 그 농담이 어떤 반응을 받게 될지를 아주 신경 쓰는 것 같았다. 한바탕 웃음이 터졌다. 올리비아는 손가락을 입에 대고 조용히 하라며 미친 듯이 쉿쉿 소리를 냈다. 잠시 동안 아버지에 대한 두려움이 자존심을 이긴 것이었다. 올바른 처신이었다.

던이 내 등을 탁 치면서 말했다. "걱정 마, 피니. 그때 넌 완전히 정신이 없었잖아."

자신의 반응을 제어할 수 없는 끔찍한 순간이 있다. 고통이 너무나 크게 드러나서 도저히 감출 수가 없게 된다. 나는 일부러 소리를 내서 웃었다. 하지만 그 웃음소리와 내 표정의 극명한 대비는 상황을 더 악화시킬 뿐이었다.

마리화나를 끝까지 다 태우고 나자 리엄은 화장실을 써야겠다면서 집으로 가버렸다. 나는 리엄의 뒤를 따라가야 하는 게 아닌지 생각했다. 방금 나눈 대화가 머릿속에서 계속 울려댔다. 조금 전에 내가 저지른 만용의 결과를 오롯이 느낄 수 있었다. 가슴 속 깊이 오랫동안 연기를 가두는 허세를 부린 대가를 치르고 있던 중이었다. 그런데 올리비아 역시 자리를 비웠다는 걸 알게 되었다. 나도 모르게 빠져나갔던 것이다. 그 사실을 깨닫자마자 심장 박동이 귓가를 울렸다. 나는 다홍색 단풍잎 사이로 주방 창문을 든든히 지키는 납작한 초록색 울타리 너머를 훔쳐보았다. 하지만 주방은 텅 비어 있었다.

"춥다." 그렇게 말을 하고 나니 얼마나 추운지 깨닫게 되었다. 덜컥 겁이 났다. 온몸이 떨려왔다. "들어가자." 움직여야 했다. 고도의 집중력을 발휘해서 한 걸음씩 내딛고, 손으로는 차가운 문고리를 돌렸다. 내 몸이 가디건 입는 아저씨들이나 좋아하는 그 플라스틱 틀니 장난감처럼 느껴졌다. 태엽을 감으면 새빨간 사탕색의 잇몸과 새하얀 이를 딱딱거리면서 테이블 위를 두 발로 가로지르는 그 장난감 말이다.

"좀 놀자." 딘이 말하고 있었다. 딘의 팔이 나를 품으로 끌어당기고 있었다. 그곳에는 딘뿐이었다. 다들 어디로 갔지?

"잠깐." 나는 고개를 아래로 푹 꺾었다. 이마가 딘의 가슴에 닿았다. 그의 입을 피할 수 있다면 뭐든 할 생각이었다. 각도를 보니 내게 다가오고 있는 것이 분명했다.

딘은 손가락 하나를 내 턱과 목 사이의 틈에 비집고 들어와서 내 입을 억지로 벌리려 했다.

"나 정말 추워." 나는 저항했지만 마지못해 항복하고 말았다. 내 혀 위에 딘의 축축한 혀가 느껴지는 순간 침을 꿀꺽 삼켰다. 잠깐이면 된다. 아주 잠깐만 참으면 될 거다. 괜히 일을 키우지 말자.

나는 퉁퉁한 딘의 혀를 억지로 굼뜨게 받아들이다가 내 손바닥에 닿은 그의 가슴을 느꼈다. 여전히 그를 밀어내고 있었던 것이다. 나는 그의 털이 숭숭 난 목덜미 뒤쪽을 고분고분하게 손으로 감싸 안았다.

딘의 손가락이 카키색 바지의 단추 위를 더듬고 있었다. 시작한 지 얼마 되지 않았으니, 지금 그만두자고 하면 딘은 내 말을 듣지 않을 것 같았다. 최대한 침착하고 태연하게 키스에서 벗어났다.

"안으로 들어가자." 나는 숨소리를 섞어서 유혹하는 듯 말하려 애썼다. 하지만 우리 둘 다 집에는 내 약속을 이행할 곳이 없다는 걸 잘 알고 있었다. 내 속셈이 너무 뻔하게 드러나 보인다는 걸 깨달았을 때는 이미 너무 늦었다. 딘에 대해 완전히 오판했던 것이다. 그는 입맛을 다시면서 내 바지 단추를 잡아당겼다. 내 골반은 앞으로 당겨졌고 내 두 발은 땅 위에서 떨어졌다. 나는 뒤로 벌러덩 넘어졌고 무심코 짚은 손목은 무자비한 각도로 꺾였다. 나는 상처 입은 강아지처럼 비명을 내질렀다. 그 소리는 마당 안으로 퍼져나갔다.

"입 다물어!" 딘이 나지막이 힘주어 말했다. 그리고 털썩 무릎을 꿇고 앉더니 손바닥으로 나를 때렸다.

브래들리에 가기 전에도, 내가 남다른 아이라는 증거가 차고 넘쳐 나기 전에도 나는 맞아도 싼 여자애가 아니었다. 내 뺨에 닿은 뜨거운 손이 나를 원래의 나로 되돌렸다. 나는 비명을 질렀다. 목구멍 뒤쪽에서 터져 나오는 태곳적의 소리였다. 지금껏 단 한 번도 들어본 적 없는 소리를 내고 있었다. 오늘날 사회에서는 몸이 모든 걸 지배하는 일이 많지 않다. 하지만 생존의 문제가 걸렸을 때 우리 몸이 무얼 하고 어떤 냄새와 소리를 방출하는지 알게 된다. 그날 밤 나는 땅에 넘어진 채로 딘을 할퀴고 새된 소리를 내질렀다. 겨드랑이에 끈적거리는 땀이 모였다. 생존을 위해 몸이 움직이는 경우를 알게 된 것이다. 그런데 그게 끝이 아니었다.

딘이 내 단추를 풀었다. 내 바지가 엉덩이까지 끌어 내려졌다. 그때 현관 불이 환하게 켜졌다. 올리비아의 아버지가 고함을 치는 소리가 들렸다. 올리비아는 뒷문으로 달아나면서 내게 당장 꺼지라고, 다시는 오지 말라고 소리 질렀다. 나는 딘이 뒤에서 헐떡이는 소리를 들으며 대문이 있는 쪽으로 달렸다. 내 손은 문의 빗장을 사정없이 흔들었다.

"비켜!" 딘은 나를 밀어내고 걸쇠를 풀었다. 문이 활짝 열렸다. 딘은 문을 통과해 나갔다가 멈춰 섰다. 무슨 이유 때문인지 등 뒤로 문을 잡아서 나도 빠져나갈 수 있게 해줬다. 내 앞에 놓인 캄캄한 진입로가 짧아지는 중에 더 많은 발소리가 뒤에서 타닥타닥 들려왔다. 다른 남자애들이 길에 세워 놓은 데이브의 네비게이터를 향해 달리고 있었다.

길가에 도착한 나는 오른쪽으로 발걸음을 돌렸다. 어디로 가야 할지 알 수 없었지만 오른쪽으로 가야 데이브의 차에서 멀어질 수 있겠다고 생각했다. 차의 앞부분과 반대 방향이었다. 나는 올리비아의 집에서 나오는 불빛이 완전히 희미해질 때까지 계속 걸었다. 사방이 어두웠다. 길가에 그대로 주저앉아 버릴 것만 같았다. 차가운 밤공기가 폐에 가득 들어차면서 얼얼한 느낌이 났다. 심장은 미친 듯 날뛰었다. 평생 단 1킬로미터도 뛰어본 적이 없는 사람이 된 것 같았다. 자진해서 학교 방과 후 활동으로 달리기를 하는 사람 같지 않았다.

$$\bullet \blacklozenge \blacklozenge \blacklozenge \bullet$$

나는 메인라인의 중심부 깊숙이 들어와 있었다. 으리으리한 저택들이 길가에서 멀찌감치 떨어진 곳에서 나무 사이로 밝은 빛을 밝힌 채 의기양양한 모습을 보여주고 있었다. 나는 길에서 자동차 소리가 조금이라도 나는 것 같으면 우거진 덤불이 속으로 슬그머니 들어갔다. 그러고는 노란색과 빨간색으로 물들어 시들시들해진 이파리 틈으로 내다보았다. 그리고 데이브의 차가 아니라는 걸 확인한 다음에서야 참았던 숨을 내쉬었다. 아드레날린이 내 몸속에 남은 흥분제 성분을 모두 몰아내버렸어도 나는 여전히 갈지자걸음으로 길을 걸어갔다. 보드카와 다이어트 콜라 기운이 모두 사라지려면 몇 시간은 걸릴 거라는 걸 알 수 있었다. 손목이 평소의 두 배는 되도록 부어오르고 내 심장 박동에 맞춰 욱신거릴 때까지도 몇 시간이 걸릴 거라는 것 역시 알 수 있었다.

나는 머릿속으로 계획을 세웠다. 일단 몽고메리 애비뉴로 간다. 그런 다음에는 아버 로드 쪽으로 직진한다. 그곳에서 우회전해서 아서의 집으로 간다. 그리고 아서 방 창문에 자갈돌을 던진다. 왜 그 있잖은가. 영화에서 좋아하는 여자애 집에 찾아가서 남자애들이 하는 짓거리 말이다. 그러면 아서는 나를 받아주리라. 반드시 받아줄 것이다.

나는 계속해서 새로운 길로 접어들었다. 그때마다 그 길이 큰길로 이어질 것이라고 확신했다. 그러다 이곳을 빠져나갈 순 없겠다고 자포자기할 무렵, 가파른 언덕길 꼭대기에서 한 쌍의 헤드라이트가 등장했다. 나지막하고 날렵한 차체로 보아서 절대로 데이브의 네비게이터는 아니었다.

차는 언덕길을 내려와서 멈추어 섰다. 몽고메리 애비뉴로 가려면 어떻게 해야 할지를 물어보려고 차창으로 뛰어갔는데, 차 안에 있는 엄마 또래의 여자는 겁에 질려 있었다. 경악과 공포로 입을 떡 벌린 여자는 페달을 세게 밟아서 요란한 소리와 함께 차를 출발시켰다. 그 벤츠는 밤공기를 가르며 앞으로 돌진했다. 저녁 식사 시간에 맞춰 바삐 가는 모양이다. 식사 자리에서 여자는 무기력한 친구들에게 글렌 로드에서 부기맨처럼 등장한 소녀 자동차 강도에게서 간신히 벗어났다고 이야기하며 분위기를 띄울 게 분명하다.

영원 같으면서도 동시에 찰나 같던 시간이 흐르고, 새롭게 접어든 길에는 가로등이 길게 줄지어 늘어서 있었다. 400미터 정도 떨어져 있는 커브 길목에 주유소 겸 편의점이 보였다. 나는 조바심에 달리기를 시작했다. 두 손은 양옆으로 느슨하게 늘어트린 채로 달렸다. 라슨 선생님의 가르침을 따른 것이었다. "주먹을 쥐려면 힘이 들어간다." 선생님은 설명하면서 주먹을 꽉 쥐어 보여주었다. "하지만 힘은 최대한 아껴두어야 하잖니."

나는 편의점의 밝은 형광등 아래로 달려가다가 손차양을 만들어 눈을 보호해야 했다. 갑작스레 쏟아지는 예리한 불빛은 마치 구름 뒤에서 불쑥 튀어나온 태양 같아 눈이 부셨다. 나는 어깨로 문을 밀어서 열었다. 안이 얼마나 따뜻한지 알 수 있었다. 또 차분한 공간에 들어서니 내가 얼마나 노골적인 냄새를 풍기고 있는지도 깨달을 수 있었다. 나는 계산대에서 몇 미터 떨어진 곳에서 걸음을 멈추어서 악취가 점원에게 닿지 않도록 했다.

"몽고메리 애비뉴로 가려면 오른쪽으로 한참 더 올라가야 하죠? 그렇죠?" 나는 혀 꼬부라진 소리로 말하고 있었다. 더럭 겁이 났다.

점원은 십자말풀이를 하다가 고개를 들었다. 짜증스러운 얼굴이었다. 하지만 눈을 몇 번 깜박이더니 완전히 다른 표정을 지었다. 마치 표정을 초기화한 것 같았다.

"아가씨." 점원이 한 손을 심장에 대고 말했다. "괜찮아요?"

나는 한 손을 들어 머리를 만졌다. 흙이 묻어 있는 게 느껴졌다. "발이 걸려서 넘어졌을 뿐이에요."

점원은 전화기가 있는 곳으로 손을 뻗었다. "경찰을 부를게요."

"안돼요!" 나는 앞으로 풀쩍 뛰어서 다가갔고, 점원은 뒤로 한 걸음 물러섰다. 하지만 손에는 여전히 수화기를 들고 있었다.

"그러지 마세요!" 나는 소리 질렀다. 그제야 점원 역시 겁을 먹고 있다는 걸 깨달았다.

"제발요." 나는 말했다. 점원의 손가락 하나가 숫자 9를 누르고 있던 참이었다. "경찰은 필요 없어요. 그냥 몽고메리 애비뉴로 어떻게 가는지만 알려주시면 돼요."

점원은 동작을 멈췄지만 두 손으로는 전화기를 꼭 붙잡고 있었다. 손가락 마디가 하얗게 질려 있었다. "여기서 아주 멀어요." 마침내 점원이 말했다.

뒤에서 문이 열리는 소리가 들렸다. 나는 그대로 얼어붙었다. 다른 손님과 부딪쳐서 소란을 피우고 싶지 않았다. "어떻게 가는지만 말해주시면 안 될까요?" 나는 속삭이듯 말했다.

점원은 천천히 전화기를 내려놓고, 미심쩍은 얼굴로 지도를 잡으려 손을 뻗었다.

그때 내 이름을 부르는 소리가 들렸다.

내 뒤에 라슨 선생님이 있었다. 내 어깨 위에 손을 올린 것도 라슨 선생님이었다. 나를 편의점 밖으로 데리고 나가서 조수석에 있던 포장 음식을 치우고 앉게 해준 사람도 라슨 선생님이었다. 다 들통났다는 생각에 그동안 애써 감추고 있던 모든 비밀을 놓아버리고 싶다는 자포자기 심정이 들었다. 그 모든 거짓말. 나 자신을 비롯한 모든 사람에게 했던 그 모든 거짓말을 이제는 털어놓고 싶어졌다. 뺨 위에 맺힌 눈물이 사정없이 흔들렸다. 아주 가늘게 찢어진 상처가 짙은 색으로 변해서 펜으로 그은 자국처럼 보였다. 나는 선생님에게 무슨 일이 있었는지 말하기 시작했다. 한번 시작하자 멈출 수 없었다.

◆◆◆◆◆

라슨 선생님은 담요와 물, 얼굴에 올릴 얼음팩을 가져다주었다. 나를 병원으로 데려가고 싶어 했지만, 내가 그 말에 히스테리를 일으키자 자신의 아파트에 데리고 가는 것으로 합의했다. 이런 상황에 어떻게 대처해야 하는지, 그러니까 나를 안전한 곳으로 데려가서 진정시키고 제정신을 찾을 수 있도록 해야 한다는 것을 라슨 선생님이 정확히 알고 있다는 사실이 당시에는 그다지 놀랍게 느껴지지 않았다. 하지만 지금 생각하면 정말 대단한 일이다. 물론 선생님은 성인이었으니 어떻게 해야 할지 알고 있었겠지만 그런 일은 선생님도 처음 겪었을 것이고, 열네 살만큼은 아니어도 스물네 살 역시 많은 나이가 아니라는 사실을 당시의 나는 깨닫지 못했다. 2년 전만 해도 라슨 선생님은 코넬에 있는 비비 호수에서 남학생 사교 클럽 친구들과 함께 알몸으로 수영을 했고, 어찌나 아름다운지 보는 사람마다 저절로 '홀리 쉿' 하고 감탄한다고 해서 일명 '홀리 쉿'으로 불리던 여자 신입생을 차지한 유일한 사람이기도 했다. 선생님과 나는 겉으로만 보면 나이 차이가 크지 않아 보였다. 내가 화장을 하고 옷을 차려입고 있었다면, 성공적인 첫 데이트를 마치고 함께 그의 집으로 가는 사이가 될 수도 있었다.

내가 도착한 곳은 나버스였다. 올리비아의 집에서부터 11킬로미터 정도 걸었던 것이다. 거의 새벽 1시가 다 된 시각이었다. 라슨 선생님은 마나영크의 술집에 있다가 집으로 오는 길이었다. 친구 대부분이 마나영크에 살고 있어서 브래들리로 출퇴근하는 문제만 아니었다면 선생님도 그곳에서 살았을 것이다. 간식거리를 사려고 잠깐 편의점에 들렀다고 했다. 선생님은 배를 두들기면서 말했다. "요즘 간식을 지나치게 많이 먹고 있어." 나를 웃게 하려는 말이었다. 그래서 나는 웃었다. 예의 바르게.

한 번도 라슨 선생님이 뚱뚱하다고 생각한 적은 없었다. 하지만 선생님의 아파트에 도착해서 주위를 둘러보다가 벽에 걸린 사진을 유심히 들여다보자, 선생님이 어깨 위에 걸쳐준 담요를 잡고 있던 손에 힘이 풀리고 말았다. 리엄이나 딘처럼 늘씬한 근육질의 선생님을 보았기 때문이었다. 체육관에서 공들여 만든 근육질의 어깨도 어깨였지만, 호리호리한 허리는 벤치 프레스를 하지 않았다면 어떤 체형이었을지 짐작하게 해주었다. 라슨 선생님이 크로스컨트리 코치가 되고 내 일에 참견하기 시작하면서 내가 실제로 만난 사람 중에서 가장 잘생긴 남자라는 생각을 머릿속에서 지워버렸다. 그렇지만 아파트에서 본 사진들은 브래들리 등교 첫날 보았던 장면을 떠올리게 했다. 나는 어깨에 걸친 담요를 바싹 끌어당겼다. 스웨터의 앞자락이 너무 파이지 않았나 하는 생각이 갑자기 들었다.

"자, 여기 있다." 라슨 선생님이 문가에 들어서서 눅눅한 피자 한 조각을 접시에 담아 건넸다.

나는 순순히 먹었다. 라슨 선생님에게 입맛이 없으니 아무것도 만들어주지 않아도 된다고 우겼지만, 전자레인지에 돌려서 가운데만 설익고 나머지는 아직 차가운 피자를 한 입 베어 무는 순간 맹렬한 배고픔이 엄습해 왔다. 나는 한 조각을 다 먹어치우고 나서 연이어 세 조각을 더 먹은 후에 마침내 소파에 등을 힘없이 기댔다.

"좀 나아졌니?" 라슨 선생님이 물었다. 나는 멍한 표정으로 고개를 끄덕였다.

"티파니." 선생님은 소파 옆에 놓인 가죽 리클라이너에 앉아서 몸을 앞쪽으로 구부정하게 숙이면서 말을 꺼냈다. "이제 어떻게 할지 이야기를 해야 할 것 같다."

나는 담요에 얼굴을 묻었다. 피자 덕에 다시 울 수 있는 에너지가 생겼다. "제발." 나는 훌쩍이기 시작했다. 제발 부모님께 이야기하지 말아주세요. 학교에도 말하지 말아주세요. 그냥 친구가 되어주세요. 그렇지 않아도 엉망인데 더 나빠지지 않도록 해주세요…….

"이런 말을 너에게 해도 되는지 모르겠지만……." 라슨 선생님은 한숨을 내쉬었다. "그러니까, 딘이 전에도 이런 문제를 일으킨 적이 있었단다."

나는 담요로 얼굴을 쓱 닦고 고개를 들었다. "무슨 말씀이세요?"

"딘이 다른 학생에게 신체적 폭력을 행사한 게 처음이 아니야."

"시도만 했었어요." 나는 선생님의 말을 정정했다.

"아니." 라슨 선생님은 단호하게 말했다. "3주 전에 딘의 집에서 했던 일은 시도가 아니야. 오늘 밤의 일도 시도에 그친 게 아니고."

모든 걸 다 털어놓고 모두 다 겪고 난 후에도, 잿더미가 거름이 된 후에도, 대학에 다니고 뉴욕으로 진출해서 내가 원하는 모든 걸 가지게 된 후에도 이렇게 말해준 사람은 라슨 선생님밖에 없었다. 그 어떤 것도 내가 잘못하지 않았다고 말해준 사람은 선생님이 유일했다. 엄마조차도 눈빛으로 순간적인 거리낌을 드러냈었다. 입으로 해줬다며. 그런 일은 하면 안 되는 거야. 어떻게 그럴 수 있니? 여자라고는 너 하나인 모임에 가서 그렇게 술을 많이 마시고 그런 일이 없으리라 생각했다니 말이 되니?

"부모님은 이렇게 일을 그르친 저를 절대로 용서하시지 않을 거예요." 내가 말했다.

"아니." 라슨 선생님은 장담했다. "용서하실 거다."

나는 몸을 뒤로 젖혀서 머리를 소파에 기대고 두 눈을 감았다. 다리가 욱신거렸다. 메인라인의 거리를 헤맨 덕이었다. 그대로 잘 수 있을 것 같았다. 하지만 라슨 선생님은 침대에서 자라고 했다. 선생님은 소파에서 자도 괜찮다고. 정말로 소파는 자도 될 정도로 좋았다.

선생님이 문을 조심스레 닫아주었다. 나는 이불 아래로 기어 들어갔다. 암적색 이불의 헤진 부분이 살에 닿아 따끔거렸다. 라슨 선생님에게서는 어른의 냄새가 났다. 아빠 같았다. 나 이전에 얼마나 많은 여자가 이 침대에서 잤을지 궁금해졌다. 선생님은 천천히 공을 들여서 움직이면서 그 여자들 몸 위로 올라가 목덜미에 키스해 줬을까? 내가 늘 상상했던 섹스는 그런 것이었다.

◆◆◆◆◆

나는 한밤중에 비명을 지르며 잠에서 깨어났다. 내 비명을 내가 직접 들어본 적은 한 번도 없다. 하지만 아마 아주 끔찍했던 모양이다.

라슨 선생님이 헐레벌떡 방 안으로 들어올 정도로. 선생님은 놀란 얼굴로 숨을 몰아쉬면서 불을 켜고는 나를 내려다보면서 큰 목소리로 제발 깨어나라고 말했다. 그렇게 나는 악몽에서 깨어났다.

"티파니, 다 괜찮다." 라슨 선생님은 내 눈동자에 초점이 생기는 걸 보고는 나를 달랬다. "다 괜찮아."

나는 담요를 턱밑까지 끌어당겨서 해변에서 엄마가 모래 찜질을 해줄 때처럼 머리 외에 모든 걸 덮었다. "죄송해요." 당황한 나는 나지막이 말했다.

"사과할 필요 없어." 라슨 선생님은 말했다. "그냥 나쁜 꿈을 꾸었던 것뿐이야. 그런 꿈이면 깨워줘야 할 거 같아서 왔어."

나는 이불 밖으로 남은 머리를 끄덕여 보였다. "감사합니다."

라슨 선생님은 인상적인 어깨선이 드러날 정도로 꼭 맞는 티셔츠를 입고 있었다. 선생님은 뒤로 돌아서 방을 나가려 했다.

"잠시만요!" 나는 담요를 한층 더 꼭 붙잡았다. 이 방에 혼자 있을 수가 없었다. 가슴 속에서 심장이 위태롭게 딸꾹대고 있었다. 현기증이 일어나기 전 첫 번째 증세였다. 이런 상태가 계속되면 위험했다. 만약 심장이 멈추기라도 한다면 도움을 청할 누군가가 필요했다. "저…… 잠을 잘 수가 없을 것 같아요. 여기 좀 있어주실래요?"

라슨 선생님은 고개만 돌려서 어깨 너머로 침대에 누워 있는 나를 쳐다봤다. 이해할 수 없는 슬픔이 얼굴에 어려 있었다. "그래, 난 바닥에 누워 자도 되니까."

나는 힘이 난 듯한 얼굴로 고개를 끄덕였다. 라슨 선생님은 그대로 거실로 나갔다가 베개와 담요를 가지고 돌아왔다. 선생님은 침대 바로 옆 바닥에 잠자리를 마련하고 불을 끈 다음 바닥에 구부정하게 앉아서 누울 수 있도록 이불을 정리했다.

"잠들려고 노력해 보렴, 티파니." 선생님은 졸린 목소리로 말했다. 하지만 나는 잠들려고 노력하지 않았다. 밤새 깨어서 마음을 달래주는 선생님의 편안한 숨소리에 귀를 기울이고 있었다. 그 숨소리는 다 잘 될 거라고 보장해주는 것만 같았다. 당시에는 모르고 있었지만, 그 이후 나는 평생 잠 못 이루는 밤을 맞이하게 되었다.

◆◆◆◆◆

아침에 라슨 선생님은 냉동 베이글을 전자레인지에 데워 주었다. 베이글에 바를 크림치즈는 없었다. 겉은 딱딱하고 끝에 빵가루가 묻어 있는 스틱 버터뿐이었다.

부은 얼굴은 밤새 가라앉았지만 빨갛고 가느다란 선이 뺨에 아로새겨져 있었다. 하지만 무엇보다 손목이 걱정스러웠다. 라슨 선생님은 편의점에 가서 압박붕대와 칫솔을 사다주겠다고 했다. 그러고 나서 나를 집까지 데리고 가서 부모님께 무슨 일이 있었는지 말하는 걸 도와주겠다고 약속하셨다. 나는 마지못해 그러자고 했다.

선생님이 집을 나서자 나는 선생님의 전화기를 집어 들고 집으로 전화를 걸었다.

"그래, 우리 아가!" 엄마가 말했다.

"엄마."

"아!" 엄마가 말했다. "까먹기 전에 미리 말해두는데, 딘 바턴이 몇 분 전에 전화했었단다."

나는 주방 조리대를 붙들고 겨우 몸을 가누었다. "딘이?"

"중요한 일이라더구나. 음. 잠깐만. 전해달라는 말을 적어놓았어." 엄마가 부스럭거리는 소리가 들려왔다. 엄마에게 빨리 찾으라고 소리치고 싶은 걸 간신히 참았다. "응? 뭐라고?"

"아무 말도 안 했어." 나는 톡 쏘아붙였다. 하지만 곧 엄마가 아빠한테 말을 건넸다는 걸 알 수 있었다.

"그래, 차고 안 냉동고에 있어." 잠시 멈추는 듯하더니 "거기 안에 있어"라고 말하는 소리가 들렸다.

"엄마!" 나는 소리를 꽥 질렀다.

"티파니, 진정하렴." 엄마가 말했다. "아빠야. 어떤 사람인지 너도 잘 알면서."

"딘이 뭐라고 했는데?"

"여기 찾았다. 가능한 한 빨리 전화 달라는구나. 화학 프로젝트 때문이래. 전화번호도 남겼단다. 아주 조바심을 내던데." 엄마는 앙증맞은 웃음소리를 흘렸다. "너를 좋아하는 모양이야."

"전화번호 알려줘." 나는 라슨 선생님의 서랍에서 포스트잇과 펜을 찾아서 번호를 받아 적었다.

"조금 이따 전화할게요." 내가 말했다.

"잠깐만, 티파니. 언제 데리러 갈까?"

"아, 다시 전화한다고!"

나는 전화를 끊고 서둘러 딘의 전화번호를 눌렀다. 라슨 선생님이 편의점에서 돌아오기 전에 무슨 일인지 알아봐야 했다.

벨이 세 번 울리고 딘이 전화를 받았다. "여보세요" 하고 전화를 받는 목소리가 차가웠다.

"피니!" 하지만 나라는 걸 알아차리고는 목소리가 완전히 달라졌다. "지난밤에 어딜 간 거야? 한참 찾았어."

나는 어쩌다 보니 올리비아의 집에서 멀리 떨어지지 않은 곳에 있는 다른 친구의 집에 가게 되었다는 거짓말을 둘러댔다.

"다행이다." 딘은 말했다. "그렇다면 말이야, 지난밤에 있던 일 말인데. 정말, 정말로 미안해." 딘은 멋쩍게 웃었다. "나 진짜 완전 맛이 갔었나 봐."

"너는 나를 때렸어." 나는 말했다. 아주 작은 목소리여서 실제로 내가 그 말을 했는지 확신이 서지 않을 정도였지만 딘이 대답하는 걸 보니 말을 하기는 한 모양이었다.

"피니, 정말 미안해." 딘의 목소리는 잔뜩 움츠러들어 있었다. "그런 짓을 했다니 나는 미친 놈이야. 용서해 줄래? 네 용서를 받지 못하면 나 스스로를 용납할 수 없을 거야."

딘의 목소리에 어린 절박감을 나도 느낄 수 있었다. 이런 일이 없었다면 훨씬 더 수월했을 텐데. 없던 일로 할 수 있다면 좋을 텐데.

나는 침을 꿀꺽 삼켰다. "좋아."

딘의 가쁜 숨소리가 내 귓가를 울렸다. "고마워, 피니. 정말 고마워."

나는 딘의 전화를 끊고 이번엔 엄마에게 전화해서 기차를 타고 가겠다고 말했다.

"그리고 엄마." 나는 물었다. "집에 네오스포린 연고 있어? 나 자는 사이에 올리비아네 개가 얼굴을 긁어놨네." 올리비아 집에는 개가 없었다.

라슨 선생님이 돌아왔을 때 나는 옷을 입고 거짓말할 준비를 마친 상태였다. 나는 선생님에게 기차를 타고 혼자 가겠다고 고집스레 말했다. 선생님은 우리 부모님을 잘 모르시니 나 혼자서 말하는 편이 더 낫다고 우겼다.

"정말 그렇게 생각하니?" 라슨 선생님이 물었다. 내 말을 하나도 믿지 않는다는 걸 분명히 알려주는 목소리였다.

나는 미안한 얼굴로 고개를 끄덕여 보였다. "브린마에서 출발하는

11시 57분 기차가 있어요. 지금 나가면 탈 수 있을 거예요." 나는 선생님의 실망한 얼굴을 외면하고 뒤로 돌아섰다. 내 표정을 감춰야 했다. 때때로 궁금했다. 그 결정이 그 후에 벌어진 모든 일의 시작이 된 게 아닌지 하고 말이다. 아니, 어찌 되었든 일어날 일이 일어났던 걸지도 모른다. 마운트세인트테레사의 수녀님은 늘 말씀하셨다. 신은 우리 모두를 위한 계획을 이미 갖고 있어서, 우리가 태어나기도 전에 그 결과를 다 알고 있다고.

9장

    루크에게 거짓말을 하진 않았다. 낸터킷에서 돌아오고 며칠 뒤에 라슨 선생님에게 이메일을 보내겠다고 다 말했다. 선생님 생각을 내내 멈출 수가 없었다. 어두운 바에서 어깨를 나란히 하고 앉아 있는 우리 둘의 모습을 그려보는 걸 그만둘 수 없었다. '이 일을 끝까지 잘 해낼 자신이 없어요.' 나의 두 번째 추악한 비밀을 털어놓았을 때 걱정과 욕망이 뒤섞일 선생님의 얼굴을 상상했다. 그런 뒤에는 내게 키스할지도 모른다. 처음에는 자제하겠지. 부인이 있고, 부스와 엘스페스가 있으니. 하지만 기억해 낼 것이다. 다른 사람이 아닌 바로 나라는 것을.

    그리고 이 망상의 엔딩 크레딧이 올라가기 시작한다. 라슨 선생님은 나랑 그런 짓을 할 사람이 아니다. 나 역시도 선생님이랑 그러고 싶지 않았다. 나는 곧 결혼한다. 이건 모두 결혼을 앞둔 예비 신부가 겁을 먹고 괜히 한 번씩 상상해 보는 헛짓거리에 불과하다. 그래야 한다.

결혼할 생각을 하니 당연히 겁이 날 수밖에. 엄마한테 어쩌면 내 생각보다 더 결혼할 준비가 안 되어 있는지도 모른다고 넌지시 말했다. 그러자 엄마는 내게 이렇게 일렀다. "루크 같은 남자는 매일 만날 수 있는 게 아니란다." 경고조의 말이었다. "일을 그르치지 말렴, 티프. 루크만큼 좋은 사람은 다시 못 만난다."

라슨 선생님에게 끌리는 이유는 어려운 시절에 함께해 주었기 때문이다. 선생님은 길 잃은 개처럼 형편없는 나를 보고도 여전히 지지해 주었고, 최선을 다해서 나를 도와주었다. 내가 생각도 못했던 나의 미래를 먼저 보여주고 앞으로 나아가라고 격려해 준 사람이었다. 날 믿어준 것이다. 어렸을 때는 예수님이 우리를 위해서 죽었다는 걸 믿는 것만이 믿음이라고 생각했다. 그 믿음을 굳게 지킨다면 죽고 나서 나도 예수님을 만날 수 있으리라고 믿었다. 하지만 이제 내게 믿음은 그런 의미가 아니다. 지금 나에게 믿음이란 스스로도 보지 못하는 걸 누군가 봐주면서 포기하지 않는 것이다. 그래서 결국 자신도 그걸 보게 만들어주는 것이다. 나는 그걸 원했다. 그게 필요했다.

"그게 왜 필요한데?" 루크가 따져 물었다. 라슨 선생님의 이메일 주소를 물어보았기 때문이었다. 미심쩍어할 일은 아니었지만 그렇다고 신나서 해줄 일도 아니었다.

"왜냐니?" 나는 내뱉듯이 말했다. 업무 지시에 대해 의문을 표하는 인턴에게 "이해가 '안' 간다니 그게 무슨 소리지?"라고 하듯이 말했다. "그렇게 마주쳤다는 게 얼마나 대단한 일이야. 게다가 선생님도 다큐멘터리에 출연하신다는데 나랑 같은 시간에 촬영하는지 알고 싶어. 또 무슨 말을 하실지도 궁금하고." 루크의 얼굴이 풀리지 않았다. 그래서 나는 멜로드라마 코드를 택했다. "루크, 다 이야기하고 싶어. 선생님이랑 다 이야기해 보고 싶다고."

루크는 의자 팔걸이를 팔로 쿵 내리치면서 신음했다. "그분은 내 클라이언트야, 아니. 난 일이 복잡해지는 걸 원하지 않아. 특히 그런 식으로는 더."

"자기는 이해 못 해." 나는 크게 한숨을 내쉬었다. 그리고 쓸쓸한 얼굴로 침실로 들어가서 조용히 문을 닫았다. 다음 날, 다시 이메일 주소를 알려달라고 하자 루크는 별다른 대꾸 없이 종이에 주소를 적어주었다.

라슨 선생님의 주소를 수신인 칸에 입력한 나는 내 안에 잠들어 있던 고등학교 졸업파티의 여왕 기질을 불러내서 다정하고 발랄한 이메일을 써서 보냈다. "선생님과 이렇게 우연히 만나다니 정말 믿을 수가 없었어요! 정말 세상 좁네요, 그렇죠? 우리 만나서 밀린 이야기를 좀 하면 어때요? 할 이야기가 많을 것 같아요."

새로고침을 여덟 번 한 후에야 라슨 선생님의 회신이 들어왔다. 나는 이메일을 열어보았다. 두 뺨은 희망으로 달아올랐다.

"커피 한잔 어떠니?" 선생님의 답이었다. "괜찮겠니?" 나는 눈을 크게 치켜떴다. 어찌나 크게 치켜떴는지 몰래 먹은 포도의 열량을 모두 태우고도 남을 것 같았다. 커피? 선생님은 여전히 나를 학생으로 대하고 있군.

"우리에게는 술이 더 괜찮을 것 같은데요." 나는 답장을 보냈다.

"아니는 어릴 적부터 톡 쏘는 맛이 취향이었지." 선생님의 회신이었다. '어릴 적'이라는 말에 발끈했지만 어쨌든 선생님이 동의했으니 되었다.

만나기로 한 날 나는 가죽 소재의 오버사이즈 티셔츠 드레스를 입고 토 오픈 부티 부츠를 맞춰 신으면서 생각했다. 이것이야말로 한여름에 '톡 쏘는 맛이 취향'인 사람이 입을 법한 옷이군.

"기막히게 멋진데." 복도에서 마주친 롤로가 말했다. "이마에 보톡스 맞았어?"

"지금껏 하신 말씀 중에서 가장 친절한 칭찬이시네요." 내가 말하자 롤로는 그녀 특유의 웃음소리를 크게 냈다. 나는 가볍게 농담을 주고 받고 있다고 생각했는데 롤로는 천천히 걸음을 멈추고 몇 발자국 뒤로 물러서더니 한쪽 구석으로 나를 불렀다. "그 리벤지 포르노를 다룬 기사는 정말 훌륭했어. 아주 잘했어."

나는 로비를 정말 열심히 해서 앙심을 품은 전 남자친구에 의해 피해자가 된 여성에 관한 여섯 쪽짜리 특집 기사를 썼다. 특히 개인정보에 관한 법률과 성희롱 관련 법률이 기술의 발전을 미처 따라가지 못해서 이런 피해 여성들을 돕기 위한 실질적인 법이 집행되기 어렵다는 점이 문제라고 지적했다.

"감사합니다." 나는 활짝 웃었다.

"항상 놀란단 말이지. 자기는 정말 뭐든지 할 수 있는 사람이야." 롤로는 계속 말을 이어갔다. "하지만 '거기'에 실리는 편이 더 임팩트가 강할 것 같지. 여기보다는 말이야." 롤로의 눈썹은 위로 올라가다 못해 이마를 넘어설 기세를 보이다가 곧 가라앉았다.

나도 장단을 맞췄다. "기사에는 또 '타임'이란 게 중요하지 않습니까. 오래 깔고 있을 기사는 아니었어요."

"뭐든 오래 깔고 있을 필요는 없지." 롤로가 미소 짓자 샤넬 립스틱 뒤로 줄커피를 마시는 사람의 치아가 드러나 보였다.

나는 롤로와 똑같은 표정을 지어 보였다. "거참 기막히게 좋은 소식이네요."

롤로는 검은색 손톱을 내게 흔들어 보였다. "차오."

그 인사말은 멋진 징조로 느껴졌다.

술집 안에 드리운 디오니소스의 안개 너머로 라슨 선생님의 근사한 등이 신기루처럼 모습을 드러냈다. 나는 주머니에 결혼반지를 숨기고 해피 아워를 즐기려 쏟아져 나온 은행원들과 띠어리의 펜슬 스커트를 입은 여자들을 헤치고 앞으로 나아갔다. 구두 굽이 구호를 외치는 듯 했다. "현실, 현실. 정신 차려. 정신 차려."

나는 선생님의 어깨를 두드렸다. 넥타이를 풀어 놓았는지 아니면 아예 처음부터 매고 있지 않았는지, 셔츠 깃이 목덜미 바로 아래서 작은 V자를 만들며 벌어져 있었다. 거기에 살짝 드러난 피부는 선생님이 청바지를 입은 모습을 처음 보았을 때만큼이나 충격적이었다. 내가 선생님을 얼마나 잘 모르는지를 다시금 상기시켜주었다. "늦어서 죄송해요." 나는 한쪽 입술을 끌어 올려 뉘우치는 미소를 지어 보였다. "일이 안 끝나서요." 입바람으로 흐트러진 머리카락 한 올을 훅 불어 넘겼다. 녹초가 되도록 일했다는 걸 증명하는 몸짓이었다. '정말 바빴지만, 선생님을 만나려고 시간을 어렵게 냈답니다.'

물론 사실이 아니었다. 회사 화장실에서 나갈 채비를 시작한 시각은 정확히 7시 20분이었다. 나는 데오도란트를 뿌리고, 이를 닦고, 양볼 가득 가글액을 머금고 있다가 눈물이 날 때쯤에야 뱉어냈다. 그다음에는 화장이었다. 화장하지 않은 것처럼 보이기 위해서 많은 애를 써야 했다. 그리고 사무실을 나선 건 7시 41분이었다. 원래 계획보다 1분 늦었을 뿐이었다. 내가 세운 계획에 따르면 나는 정확히 8시 7분에 플랫아이언에 있는 바에 도착하면 되었다. "감히 나에게 홀딱 반하지 않은 그 괘씸죄를 알려주기에 완벽한 지각 타이밍"이라고 넬이 말했었다.

라슨 선생님의 입술은 텀블러 잔에 닿을락 말락 머물고 있었다. "운동장 좀 뛰고 와야겠구나." 선생님은 술 한 모금을 마셨다. 잔에 담긴 스카치위스키가 많이 줄어 있는 걸 알 수 있었다. 이미 얼큰하게 술을 마셨다는 의미였다.

라슨 선생님이 대뜸 내게 명령을 내리고, '더 빨리 뛰어.' '속력을 내.' '전력을 다해 열심히 해, 티파니'라고 외치는 모습을 떠올리자 목덜미 털이 곤두섰다. 나는 서둘러 선생님 옆 스툴에 앉았다. 목덜미 털이 곤두선 걸 들켜선 안 된다. 아직은.

나는 머리를 귀 뒤로 넘겼다. "그거 아세요? 저 아직도 일주일에 한 번은 선생님이 가르쳐주신 언덕 운동을 하고 있어요."

라슨 선생님은 피식 콧방귀 같은 웃음을 흘렸다. 눈가에 주름이 잡혀 있어도 선생님의 얼굴에는 소년 같은 면이 있었다. 관자놀이에 난 은발도 퇴색시키지 못하는 소년미였다. "어디서? 이 도시는 너무나 평평한데."

"물론 밀 크릭 언덕에 견줄 만한 곳은 없지만요. 저 트라이베카에 살아요. 그래서 아쉬운 대로 브루클린브리지로 만족하고 있어요." 나는 짐짓 안타까운 듯 한숨을 내쉬었다. 하지만 브루클린브리지 근처의 근사한 침실 하나짜리 집에서 사는 삶이 브린마의 케케묵은 저택에서의 삶보다 훨씬 낫다는 걸 우리 둘 다 잘 알고 있었다.

바텐더가 나를 알아보고는 고갯짓으로 뭘 원하는지 물었다. "보드카 마티니 주세요." 내가 말했다. "스트레이트로." 고급 잡지 편집자에게 어울린다고 생각해서 마시는 술이었다. 사실 나에게 마티니는 특대형 초코 프레첼 한 봉지보다 못하다. 하지만 빨리 취해서 후끈 달아올라 몽롱해져야 할 때 특효약이다. 가끔은 피곤해진 것 같은 느낌이 들어서 곧바로 잘 수 있다고 믿게 만들기도 한다.

"세상에, 정말 근사하구나." 라슨 선생님은 몸을 뒤로 젖혀서 내가 선생님을 위해서 준비한 모든 걸 쳐다봐주었다. 사악한 가죽 드레스부터 의도적으로 선생님에게 보여준 귓가에 걸어둔 검은색 다이아몬드 바까지. 선생님의 눈동자에서 기쁨과 인정이 뒤섞인 감정을 엿볼 수 있었다. 찰나의 순간이었지만, 뜨거운 난로에 손을 댄 것처럼 자신도 어쩌지 못하게 모든 신체 시스템을 장악하고서 터져 나오는 솔직한 반응이었다. "네가 이렇게 될 거라고 늘 생각했다."

울컥해서 마음이 폭발할 것 같았지만 나는 무표정한 얼굴을 고수했다. "술고래요?"

"아니. 이런 모습." 선생님은 양손을 옆으로 쏙 내리면서 나를 가리켰다. "거리에서 사람들이 쳐다보며 어떤 사람일까 궁금해하는 그런 여자 말이다. 무슨 일을 하는지 알고 싶어지는 사람."

술잔이 미끄러져 와서 내 앞에 놓였다. 나는 한 모금을 쭉 들이켰다. 다음 할 말을 제대로 해내기 위해서는 독한 술 한 모금이 꼭 필요했다. "제가 하는 일이라면, 오럴 섹스 요령에 대한 글을 많이 쓰는 거예요."

라슨 선생님은 고개를 돌렸다. "티프, 괜히 그러는구나."

과거에 불리던 이름과 라슨 선생님의 낙담한 목소리. 다시 딘에게 얼굴을 맞은 것 같은 느낌이 들었다. 다시 한번 술을 크게 한 모금 마시고, 보드카로 번들거리는 입술로 만회하려 노력했다. "옛 제자에게 듣기에 심한 말인가요?"

라슨 선생님은 술잔을 양손 사이에 끼운 채 빙글빙글 돌렸다. "그런 식으로 자신을 깎아내리는 말은 정말 듣고 싶지 않구나."

나는 팔꿈치 하나를 바에 올리고 스툴을 회전시켜서 선생님의 얼굴을 정면으로 바라보았다. 이 모든 일을 재미있어하고 있다는 걸 선생님이 알게 해주고 싶었다. "아, 그런 거 아니에요. 저널리스트 본연의 자세를 지키고 있지는 못해도 자기 일에 대한 유머 감각은 발휘할 수 있잖아요. 믿어주세요. 저는 괜찮아요."

라슨 선생님은 고개를 돌려 나를 바라보았다. 나를 이해한다는 그 시선에 북받쳐 오는 감정을 억누르기가 힘들어졌다. "그래, 분명 괜찮아 보인다. 나는 그저 네가 정말로 괜찮은지 알고 싶었어."

마티니 효력은 아직 발휘되지 않고 있었고, 본격적인 이야기를 할 준비도 부족한 상태였다. 원래는 천천히 이야기를 펼쳐나갈 생각이었다. 나와 내 일에 대해서 성적 뉘앙스 가득한 자기 비하적인 농담 몇 마디를 던진다. 그러면 라슨 선생님은 상투적인 자기 비하 연기로 야망을 드러내는 내 술수를 간파하는 동시에 자기 아내에게는 없고 내게는 있는 기지와 지력을 확인한다. 생각해 보니 선생님의 부인과 마찬가지로 루크에게도 그 기지와 지력은 없다. 안타깝지만 몇 방울의 눈물과 함께 인정하지 않을 수 없다. 루크는 이해하지 못한다. 이해하는 사람이 몇 없는 게 현실이다. 나는 라슨 선생님을 날카로운 시선으로 보았다. 라슨 선생님이 그걸 이해해 줄 몇 안 되는 사람 중 한 명이라고 생각했다.

"알았어요. 전 괜찮아요." 나는 소리 내 웃었다. "그 다큐멘터리 촬영 때문이에요. 그것 때문에 제가 정신이 없어요."

라슨 선생님도 나 못지않게 큰 소리로 웃었다. 나는 마음이 놓였다. "무슨 말인지 잘 안다."

"조심스러운 마음이 들면서도 몹시 하고 싶기도 해요."

라슨 선생님은 무슨 말인가 의아한 모양이다. "왜 조심스럽지?"

"이야기를 어떤 관점으로 풀어낼지 모르니까요. 악마의 편집이라는 것도 있잖아요." 나는 목소리를 낮추고 몸을 가까이 숙였다. 다른 사람에게는 비밀로 하면서 라슨 선생님에게만 예외적으로 솔직하게 말하는 모습으로 보였을 것이다. "제 글에도 교묘한 조작이 있거든요. 원하는 걸 원하는 방식으로 드러나게 하는 방법을 정확히 알아요. 자료 조사를 하고 「투데이 쇼」에 나오는 박사님에게 연락하기도 전에 이미 원하는 바를 얻을 수 있는 글을 쓴단 말이에요. 박사님이 하는 말이 내가 원하는 것과 차이가 있다면 질문을 다르게 하면 되거든요. 아니면……." 나는 고개를 기울이고 다른 옵션을 기억해 냈다. "「굿모닝 아메리카」에 출연하는 박사님에게 연락하죠. 그렇게 제가 원하는 답변을 얻어내는 거예요."

"그렇게 되는 거로군." 라슨 선생님의 눈초리가 가늘어졌다. 신중한 그 시선은 내 겉모습에 난 작은 틈 안을 실눈으로 보는 것 같았다. 그 가는 시선은 마치 자동차 앞 유리에 난 실금 같았다. 별 것 아닌 듯한 그 실금 때문에 결국 유리가 깨진다. 나는 헛웃음을 지었다. "그냥 그렇다는 말이에요. 이번 일 하나로 모두 다 좋아지리라고 바라지는 않아요."

라슨 선생님의 어깨가 기울어져서 거의 내 어깨와 닿을 지경이 되었다. 선생님의 숨은 라가불린 위스키로 불타고 있었다. "그래, 그럴 수는 없지. 하지만 걱정할 필요는 없어. 촬영팀은 아무도 들어본 적 없는 이야기에 관심이 있을 거다. 바로 너의 이야기지. 그렇기는 하지만……." 선생님은 몸을 젖혀서 내게 멀어졌다. 위스키 향 가득한 열기도 멀어졌다. 바닷속에서 헤엄치다가 잠깐 한류를 만났던 때 같았다. "장담할 수는 없겠지. 그래도 사람들이 너에 대해서 뭐라고 하든 중요한 건 여기에 있는 진정한 너의 모습이란다." 선생님은 한 손을 들어서 자신의 가슴에 가져다 댔다. 어린이 TV 프로그램에서나 나올 법한 진지하고 진부한 조언이었다. 다른 사람이 그런 소리를 했다면 그냥 무시하고 비웃어 주었을 것이다. 하지만 라슨 선생님의 말씀이었다. 나는 맹신하면서 기억할 것이다. 앞으로 살아가면서 내가 옳은 결정을 내린 건지 의문이 들 때마다 되뇌어 볼 것이다.

나는 냅킨의 젖은 모퉁이를 만지작거렸다. "라슨 선생님, 마음속 제모습도 그리 위로가 되지는 않아요."

라슨 선생님은 정말로 나쁜 소식을 전해 들었다는 듯 크게 한숨을 쉬었다. "맙소사, 티프. 그 말을 들으니 정말 마음이 아프구나."

나는 흉측하게 얼굴을 잔뜩 찡그리고 있는 자신에게 화가 났다. 나는 한 손으로 이마를 짚어서 대참상을 가렸다.

라슨 선생님은 몸을 낮게 숙여서 내 손차양 아래로 고개를 들이밀었다. "티프, 기운 내렴. 네 마음을 심란하게 하려던 건 아니었는데 말이다." 그런 다음, 선생님의 손이 내 등에 적절한 강도의 힘을 가해왔다. 필요 이상으로 살짝 아래쪽에 내려앉은 손길은 내 다리 사이에 감각을 일으켰다. 너무나 간절한 욕구가 일었다. 너무 짜릿해서 감각이 희미해졌을 쯤엔 아쉽기까지 했다.

나는 불안한 미소를 지어 보였다. 노련한 배우는 모두의 사랑을 받는 법. "그렇다고 제가 문제 있는 사람이라는 말은 아니에요."

라슨 선생님은 크게 웃었다. 어느새 선생님의 손은 내 등 위쪽을 격려하는 듯 쓰다듬고 있었다. 아버지의 손길이었다. 나는 서툰 수를 썼다는 사실을 깨닫고 자신을 저주했다. 하지만 중요한 사실 하나를 마음에 새겨두었다. 선생님은 낙담한 나를 좋아한다.

"그래서 어떻게 할 거니?" 라슨 선생님은 손을 거두고 허리를 펴면서 물었다. "9월에 그곳으로 돌아가서 촬영하니?"

이건 실행 계획을 묻는 것이다. 이야기를 풀어낼 기회가 그리 많지 않은 질문이었다.

"네. 선생님은요?"

라슨 선생님은 자리를 고쳐 앉으면서 얼굴을 찡그렸다. 바의 스툴은 선생님 같은 사람이 편안하게 앉기에는 너무 작았다. "똑같지."

바텐더가 다가와서 원하는 게 더 있는지 물었다. 나는 열심히 고개를 끄덕였다. 하지만 라슨 선생님은 됐다고 말했다. 김이 샜지만 티를 내지 않으려 했다. "아내분은 괜찮으시대요?" 나는 신경질적으로 숨을 내쉬었다. "루크는 아니라서요."

"루크가 네가 촬영하는 걸 원치 않니?" 라슨 선생님이 이 문제에 대해서 신경을 쓴다는 걸 알 수 있었다. 기뻤다.

"촬영하면 제가 다시 어두운 과거에 갇힐 거라고 걱정하고 있어요. 결혼을 준비하는 동안이니 더 그런가 봐요."

"음, 그건 다 너를 걱정해서 그런 거야. 그래 보여."

나는 고개를 가로저었다. 위대한 성인 루크의 본모습을 폭로할 기회를 잡았다는 생각에 신이 났다. "사실 제 문제나 히스테리로 신경쓰고 싶지 않아서 그래요. 브래들리 이야기를 입 밖에 내지 않는다면 루크가 제일 좋아할걸요."

라슨 선생님은 유리잔 가장자리를 손가락으로 천천히 어루만졌다. 그날 밤 아파트에서 내 얼굴에 난 상처에 반창고를 반듯하게 펴서 붙여주던 선생님의 손길이 떠올랐다. "그 점에 대해서는⋯." 선생님이 띄운 운은 다시 내 피부에 딱 달라붙어 상처를 감싸주었다. 선생님은 빈 잔을 쳐다보며 말했다. "과거를 정리하고 앞으로 나아간다고 해서 그에 대해 전혀 말하지 않아야 한다는 건 아니지. 과거에 대해 아파하지 않는다는 의미도 아니고. 상처는 늘 아프잖니." 선생님은 쑥스러워하는 듯 보였다. 내가 동의하는지 살피는 눈치였다. 루크가 절대로 보여주지 않을 존중과 경의의 표시였다. 루크라면 당장 연단에 올라서서 잔인한 인생의 한 조각을 잘 소화시켜서 긍정적으로 받아들이는 방법에 대해서 정확히 알려줄 것이다. '다큐멘터리 촬영 같은 게 왜 필요하단 말인가? 다른 사람들이 어떻게 생각하는지는 신경 쓸 일이 아니다.' 말이야 쉽지. 모두에게 사랑받는 사람이나 할 수 있는 일이다.

"주제넘게 훈계할 일은 아니었는데." 라슨 선생님이 말했다. "미안하구나." 선생님이 사과하고 나서야 내가 얼굴을 잔뜩 찡그리고 있었다는 걸 깨달았다.

"아니에요." 나는 눈을 깜빡여서 루크 생각을 치워버렸다. "선생님 말씀이 맞아요. 감사해요. 그렇게 말씀해 주셔서요. 지금까지 그렇게 말해준 사람은 아무도 없었어요."

"분명 루크도 나름대로 최선을 다하고 있을 거다." 라슨 선생님은 한 손을 내밀어 내 손을 잡으려 했다. 놀랍게도 내 사지가 뻣뻣하게 굳어 있어서 선생님은 손을 잡는 데 약간 애를 먹었다. 그래서 마치 빅토리아 시대에 춤을 청하기 위해 남자가 여자를 끌어내는 듯이 허공에서 내 손을 잡게 되었다. "루크는 분명 너를 사랑해." 선생님은 내 손가락에 끼워진 그 증거물을 엄지손가락으로 지그시 눌렀다. 보석이 살짝 돌아가자 선생님은 눈썹을 올리고 나를 보았다.

과감하게 밀어붙일 완벽한 타이밍이었다. "하지만 저는 이해해 주는 사람을 원해요."

라슨 선생님은 조심스럽게 내 손을 바에 내려놓았다. 나는 선생님이 알아차렸는지 궁금했다. 선생님이 건드린 신경세포들이 진동하고 있었다. "그건 두 사람이 같이해야 하는 일이란다, 티프. 너를 이해할 수 있도록 보여줘야 해."

나는 한 손에 머리를 기댔다. 선생님과의 영화 같은 만남 이후에 계속해서 머릿속으로 연습해 온 말을 입 밖으로 꺼냈다. "라슨 선생님,

저를 아니라고 부르기는 정말 싫으신 거죠?"

"나를 앤드루라고 부르고 싶단 말을 이런 식으로 하는 거니?" 선생님의 입술이 싱긋 반원을 그렸다. 강단에 선 선생님을 떠올리면 생각나던 그 미소였다. 이 남자를 유혹하는 건 불가능한 것 같다. 그러자 선생님을 향한 욕구가 더욱 불타올랐다. 갈증처럼 원초적이고 야만적인 욕구였다. "그렇게 부르렴."

앤드루의 셔츠 주머니가 갑자기 밝게 빛났다. 아이언맨의 심장 같았다. 앤드루는 스마트폰을 꺼냈다. 화면에 표시된 '휘트'라는 애칭이 언뜻 보였다. 이름의 마지막 글자가 없는 걸 보니 뭔가 배신감이 들었다. "미안. 이 약속 다음에 저녁 식사를 아내랑 같이하기로 약속을 했었거든. 벌써 시간이 이렇게 되었는지 몰랐네."

빌어먹을. 당연히 이 약속 다음에 아내랑 같이 저녁 먹기로 약속을 했겠지. 무슨 생각을 한 거니, 아니? 플랫아이언 빌딩에 있는 이 삭막하고 매력 없는 와인 바에서 서로에 대한 진실한 사랑을 고백하고 방이라도 잡을 거라고 생각했니? 진짜 넌더리가 난다, 너란 여자.

"선생님에게 하고 싶었던 말이 있었어요. 빨리할게요." 내가 말했다. 전화기를 향해 있던 앤드루의 시선이 내게 돌아왔다. 이 정도면 됐다. "오랫동안 하고 싶었던 말이에요. 정말 죄송해요. 교장실에서 있었던 일이요. 그렇게 실망시킨 걸 사과드리고 싶어요."

"사과할 필요 없다, 티프."

'아니'라는 이름은 영 입에 붙지 않는 모양이었다. 하지만 신경이 쓰이지 않았다. "그래도요. 이 이야기는 한 적이 없었지만……." 나는 고개를 떨구었다. "그날 아침에 선생님 집에서 딘하고 통화를 했었어요. 선생님이 편의점에 가셨을 때요."

앤드루는 잠깐 내 말을 제대로 들었는지 확인하는 듯했다. "하지만 네가 우리 집에 있다는 걸 어떻게 알았지?"

"딘은 몰랐어요." 나는 부모님께 집에 간다고 말하려고 전화를 걸게 되었던 일부터 시작해서 딘이 나와 통화하려고 했다는 걸 알게 된 것까지 상황을 설명했다. "그때 저는 월요일에 등교하면 다 괜찮아질 거라고 생각했었어요." 나는 스스로를 한심해하면서 코웃음을 쳤다. "세상에, 정말 멍청이었죠."

"멍청이는 딘이지." 앤드루는 스마트폰을 바에 내려놓고 나를 가만히 쳐다보았다. "다 딘이 잘못한 거다. 네 잘못이 절대 아니었어."

"게다가 딘이 처벌을 받지 않고 빠져나가게 했잖아요." 나는 넌더리를 내며 숨을 내쉬었다. "그렇게 하지 않으면 인기 있는 아이가 되지 못할까 봐 두려웠거든요. 그런 짓을 했던 저 자신에게 정말 화가 나요." 대학 시절, 어떤 라크로스 선수가 신입생을 이용해 먹었다는 소문이 돈 적이 있었다. 나는 신고하지 않은 신입생에게 격분했었다. '그 자식이 빠져나가게 하지 마!' 카페테리아 샐러드 바에서 그 학생과 나란히 줄을 서게 되었을 때 이렇게 소리치고 싶었다. 하지만 그때 그녀가 샐러드 위에 따로 콜리플라워 꽃 부분을 쌓아 올리는 모습을 보면서(그녀가 받은 샐러드에는 콜리플라워가 하나도 없었다) 레킹 볼이 심장을 쿵 강타하는 것 같은 느낌을 받았다. 어쩌면 그 신입생은 어릴 적부터 콜리플라워를 가장 좋아하지 않았을까? 다른 식구는 모두 질색하는데도 이 학생만을 위해서 엄마가 특별히 요리해 주지는 않았을까? 두 팔을 뻗어 그녀를 뒤에서 꼭 안아주고 비누 냄새가 나는 그녀의 금발에 내 얼굴을 묻고서 말해주고 싶었다. "나도 알아요."

나도 그렇게 하지 못했었으니까. 라슨 선생님은 월요일 아침 일찍 교장실로 불쑥 찾아갔다. 그리고 우리가 같이 계획했던 대로 교장 선생님에게 딘 바턴이 또 다른 문제를 일으켰고, 새로 온 리엄 로스 또한

얽혀 있다고 말했다. 내가 아직 교실에 도착하지도 않았을 때였다. 던 선생님이 복도에 있는 나를 발견하고 당장 교장실로 가라고 말해주었다. 나는 터덜터덜 걸어서 상급생 전용 라운지를 지나 카페테리아를 가로질렀다. 아침을 먹으러 온 학생 몇몇이 하품을 하면서 서 있었다. 식당을 빠져나와 계단을 올라서 행정관으로 향했다. 라슨 선생님은 교장실 한쪽에 서서 내가 앉을 자리를 마련해 놓고 있었다. 나는 선생님을 쳐다보지 않았다. 격려하는 듯한 선생님의 미소가 기대하는 바가 무엇인지 알 것 같았다. 하지만 나는 모든 것을 부인했다. 아니오를 연발하는 동안 시선을 둘 수 있는 곳은 내 스티브 매든 샌들뿐이었다. 신발 밑창 가장자리가 빗물에 젖어 하얗게 띠가 생겼다. 엄마가 깨끗하게 빨아줄 수 있을까?

"그러니까 별다른 사건이 없단 말이지?" 교장 선생님은 숨이 턱에 찬 것 같은 목소리로 말했다. 안도하는 표정을 숨길 생각도 없어 보였다. 카페테리아 증축을 위한 자금은 바턴 집안이 대주고 있었다.

나는 미소를 지으며 별다른 게 없다고 말했다. 얼굴에 난 상처는 컨실러로 간신히 가렸다. 교장 선생님은 그 상처를 알아차렸으면서도 서툴게 못 본 척하고 있었다.

"무슨 일이 있었니?" 복도에서 라슨 선생님이 물었다.

"그냥 묻어두면 안 될까요?" 나는 애원했다. 그리고 걸음을 멈추지 않았다. 선생님이 내 팔을 잡아서 나를 멈춰 세우고 싶어 한다는 걸 알 수 있었다. 하지만 우리 둘 다 선생님이 그렇게 할 수 없다는 걸 알고 있었다. 나는 더 빨리 걸어서 싸구려 코롱처럼 온 복도를 가득 채우는 선생님의 실망감에서 벗어났다.

그로부터 수년이 지난 지금 앤드루는 어깨에 난 주근깨를 보듯 나를 찬찬히 살피고 있다. '이건 언제 생겼지? 위험한 걸까?' 하고. "티프, 너 자신을 조금 더 믿어볼 필요가 있다." 선생님이 말했다. "그때 너는 어떻게든 벗어나려고 애를 썼던 것뿐이야." 은은한 술집 조명 아래서는 선생님의 동그랗고 잘생긴 얼굴의 결점을 단 하나도 찾아낼 수가 없었다. "그리고 이렇게 성공했지. 그것도 정당한 방법으로. 우리가 아는 여느 사람들과는 달리 말이다."

나는 부글거리는 마음으로 말했다. "딘이요." 인정하고 싶지 않지만 생각보다 닮은 구석이 더 많다.

우리는 꿈을 꾸는 듯한 침묵 속에 잠겨 잠시 가만히 앉아 있었다. 불빛이 은은하게 주변에 내려앉으면서 우리의 모든 허점을 메워주었다. 나는 바텐더가 우리 둘에게 다시 관심을 기울이고 있는 걸 곁눈질로 보았다. 그의 시선을 치워버리려 해보았지만 실패했다. 바텐더는 불쑥 물었다. "뭘 좀 더 드릴까요?"

앤드루는 바지 주머니에 손을 넣으며 말했다. "계산서를 주시면 됩니다." 내가 새로 받은 마티니 잔이 희미한 빛을 깜빡이며 나를 조롱하고 있었다.

"언제 점심이나 같이하실래요?" 나는 애를 써봤다. "촬영하는 주말에 동네에서요."

앤드루는 카드를 찾아서 바 건너편으로 건넸다. 그리고 나를 쳐다보고 미소를 지었다. "그러면 좋겠다."

나 역시 미소를 지었다. "잘 마실게요."

"더 있지 못해서 미안하구나." 앤드루는 시계를 찬 손목을 흔들어서 소매를 걷어내고는 눈썹을 올리고 쳐다봤다. "좀 더 있고 싶은데 말이지."

"괜찮아요. 저는 여기 좀 더 있으면서 혼자 마시고 있을게요." 나는 위엄을 잃지 않고 한숨을 내쉬었다. "저 여자는 누구고 무슨 일을 하는지 알고 싶어 하는 시선을 즐기면서요."

라슨 선생님은 크게 소리 내어 웃었다. "내가 조금 지나치게 감상적이었던 것 같기는 하다만. 티프, 장하다 정말. 나는 네가 정말 자랑스러워."

자동차 앞 유리의 실금이 조금 더 깊어지는 순간이었다.

◆◆◆◆◆

침실 문은 굳게 닫혀 있었다. 바닥에 문을 닮은 그림자가 드리워 있었다. 루크는 일찍 잠자리에 들었나 보다. 나는 가죽 드레스를 벗고 에어컨이 나오는 곳에 잠깐 서 있었다.

세수하고 이를 닦았다. 문을 걸어 잠그고 불을 껐다. 옷은 소파에 던져 놓은 채 브래지어와 팬티만 입고 침실로 살금살금 걸어 들어갔다. 만약의 경우를 대비해서 좋은 속옷을 입었었다.

서랍장을 여는데 루크가 뒤척였다.

"왔어?" 루크가 나직하게 말했다.

"응." 나는 브래지어를 벗어서 바닥에 떨어트렸다. 전에 루크는 그렇게만 하고 침대로 오라고 말했었지만 이제 더는 그런 말을 하지 않는다. 나는 사각팬티와 탱크톱으로 후딱 갈아입었다.

나는 이불 밑으로 기어 들어갔다. 침실 안 공기는 얼어붙듯이 차가워져 있었고, 구석에 있는 창문형 에어컨은 공격적으로 으르렁거리고 있었다. 불은 꺼져 있었지만 프리덤 타워의 불빛 덕에 방 안이 다 보였다. 《아메리칸 사이코》에 나올 법한 남자들이 골드만 삭스 본사에서 컴퓨터를 끄면서 욕을 하고 있을 것이다. 루크가 눈을 뜨고 있는 모습이 보였다. 뉴욕에서는 칠흑같이 어두운 방이라는 게 불가능하다. 내가 뉴욕을 사랑하는 이유 중 하나다. 시도 때도 없이 바깥 세계에서 빛이 흘러 들어온다. 나쁜 일이 생기면 나를 도와줄 누군가가 자지 않고 깨어 있다는 걸 분명히 알게 해준다.

"생각하던 대로 잘 만났어?" 루크가 물었다. 웨스트사이드 하이웨이의 달리기 코스처럼 단조로운 목소리였다.

나는 신중하게 표현을 골라서 말했다. "반갑더라."

루크는 몸을 굴려 반듯이 누운 다음에 자신의 의견을 피력했다. "나는 이 일이 어서 마무리되고 모든 게 정상으로 되돌아온다면 정말 기쁠 거야."

루크가 그리워하는 '정상'이 무엇인지 잘 알고 있었다. 그가 침대에 들이기 원하는 아나라는 이름의 여자가 어떤 사람인지도 잘 알고 있다. 바로 치킨 박스에서 놀다 온 아나였다. 치킨 박스는 칼립소의 화려한 시프트드레스를 입고 오들오들 떠는 여자들이 길게 줄을 서는 낸터킷의 유명한 술집이었다. 그곳에는 본명은 리즈면서 '레지'라는 가명을 쓰는 바텐더가 있다. 영화배우 델타 버크 같은 얼굴에 조금 더 마르고 더 어리면서, 카모플라주 패턴의 옷차림을 하고는 살집이 있는 콧구멍 사이에 찔러넣은 피어싱을 자랑스레 보이는 사람이 그런 별명을 쓰면, 얼간이 상류층 자제들은 루이 C.K. 수준의 천재 코미디언이라고 생각한다.

루크 친구의 부인들은 레지 곁에서 불안해하고 불편해했다. 하지만 나는 아니었다. 그래서 우리 모임에서 두고두고 농담거리로 삼았다. 아니한테 술 주문을 맡겨. 그러면 최소한 '라이프 이즈 굿' 칵테일(라즈베리 보드카와 스프라이트, 크렌베리 주스, 레드 불을 섞은 역겨운 조합이다) 한 잔은 덤으로 가져올 거야. 레지가 아니를 엄청 좋아하거든. 루크도 아니를 좋아하잖아! 레지는 나와 다른 여자 사이의 거대한 차이

점을 드러내서 보여주었다. 화려한 진주 귀걸이와 파타고니아 양털을 두른 그들은 예쁘지만 젠체하는 무성욕자였다. 반면 루크의 여자는 거침없이 여자를 탐하는 터프한 레즈비언 앞에서도 전혀 당황하지 않는다. 오히려 시시덕거리며 추파를 던지며 스릴을 즐길 줄 안다.

"우리 이쁜이 오셨네. 아니 레녹스 양." 레지는 나를 볼 때마다 말한다. "다이어트 칵테일은 몇 잔이나 줄까?"

나는 손가락으로 다이어트 스프라이트와 레드 불 라이트가 들어간 '라이프 이즈 굿'을 원하는 여자들의 숫자를 알려준다. 그러면 레지는 알겠다는 표정으로 크게 웃으면서 말한다. "당장 대령합죠."

레지가 술을 제조하는 동안 루크는 코로 나의 축축한 머리를 부비다가 귓가에 대고 말한다. "저 여자는 자기를 자꾸 아니 레녹스라고 부르네? 왜지?"

그러면 나는 고개를 젖히고 목을 내어주면서 말한다. "애니 레녹스는 동성애자거든. 내가 동성애자라면 저 바텐더랑 잘 테니까."

레지가 칵테일을 바에 올려놓을 때쯤이면 루크의 빨간 낸터킷 반바지 안은 잔뜩 성나 있다. 그러면 나는 전략적으로 루크 앞으로 걸어가면서 술을 부스 가문 사람, 그리어 가문 사람, 킨제이 가문 사람에게 전해주었다.

"레몬이 있는 건 다이어트 드링크." 나는 여자들에게 말하지만 새빨간 거짓말이다. 내 얼굴엔 가학적인 미소가 피어난다. 레지는 26사이즈의 흰색 청바지를 입고 손이 많이 가는 타입의 계집애들에게 '다이어트' 이름이 붙은 칼로리 폭탄을 내주는 걸 매우 좋아한다.

몇 모금만 홀짝홀짝 들이마셔도 바깥 공기의 영향을 줄일 수 있다. 낸터킷섬에서는 기온이 섭씨 10도까지 떨어지기도 한다. 해가 지면 무더위가 기승을 부리는 한여름에도 5도까지 떨어진다. 그렇게 몸을 데우고 나면 우리는 택시를 불러 타고 해리슨가의 영지로 돌아간다. 침실은 충분하다. 루크의 남학생 사교 클럽 동문들 모두가 자고 가도 될 정도다. 몇몇은 밤새 마리화나를 피고, 비어 퐁 게임을 하거나 주방에서 주정뱅이가 만들어낼 법한 이상한 음식 조합을 전자레인지에 데워 먹는다. 하지만 나와 루크는 그런 일을 하지 않는다. 우리는 늘 곧바로 침대로 직행한다. 침대 시트가 구겨지기도 전에 내 원피스는 허리춤에 말려 있다. 치킨 박스에 가는 날에는 날씨가 어떻든 상관없이 꼭 원피스를 입기로 오래전부터 약속했다. 집에 돌아왔을 때 접근성을 높이기 위해서였다.

나는 늘 내 위에서 신음하는 루크의 얼굴에 매료된다. 뺨으로 피가 몰려서 핏줄이 비친다. 얼굴에 난 주근깨 사이의 공간을 채우느라 피가 다 몰리는 것처럼 보인다. 이런 밤에 루크는 내게 오르가슴을 선사하려고 노력하지 않는다. 이런 절차로 이뤄지는 관계에서는 오로지 자신만을 위하기로 정한 것 같다. 그래도 나는 늘 절정에 오른다. 그날 밤의 기억 때문이었다. 지금으로부터 2년 정도 전에 레지가 화장실로 따라 들어와서 뒤에서 나를 덮치고 벽으로 밀어붙였다. 내 입술에 닿은 그녀의 입술은 놀랍도록 여리고 조심스러웠다. 내가 키스를 되돌려주자 그녀는 육덕진 허벅지를 내 다리 사이로 밀어 넣었다. 그 다리를 내 중심으로 꾹 눌러서 못 견디게 욱신거리는 감각을 달랬었다.

나는 루크에게 이 이야기를 할지 말지를 두고 한참 고민했었다. 말하는 게 옳은 일이기 때문이거나 독선적이라서가 아니었다. 쉽게 결론을 내리기가 어려웠기 때문이었다. 이 이야기를 들으면 루크는 흥분할까? 아니면 역겨워할까? 루크에게 가장 적절한 방법을 찾아내는 일은 늘 힘들다.

결국 나는 말하지 않기로 했다. 레지가 케이트 업턴처럼 생겼다면 말했을지도 모른다. 레지가 내게 키스했던 시기가 달랐다면 이야기했을지도 모르겠다. 냉장고 구석에서 잊힌 우유팩처럼 엉망이 되기 시작할 때쯤이었다.

어쨌든 나는 루크가 두 눈을 질끈 감고 마무리 울부짖음을 토해내는 순간을 함께한다. 나는 섹스 후에 성기가 내 몸 안에 남아 있는 느낌을 좋아한다. 하지만 루크는 금방 쪼그라든다. 몸을 굴려 등을 대고 누워서 나를 얼마나 사랑하는지 헐떡거리며 말한다.

어쩌면 내가 중산층의 구덩이에서 완벽하게 빠져나오는 일은 절대로 불가능할 수도 있다. 하지만 그렇다고 트로피 와이프가 되지 않으리라는 법은 없다. 조금 다른 종류의 트로피 와이프일 수는 있겠지만.

10장

    교장실에서 빠져나온 후 마음을 가라앉힌 나는 단호해졌다. 선생님에게는 못 할 짓을 하고 실망을 안겨드렸을지 모르지만, 지금은 그에 대해 곱씹고 있을 수만은 없었다. 다음 스텝이 분명해졌기 때문이다. 올리비아를 찾아가서 집에서 소란을 피워서 곤란하게 만든 점에 대해서 사과해야 한다. 올리비아의 총애를 되찾는 데 필요한 일이라면 무슨 일이든 하는 거다. 가능하다는 생각이 들었다. 나를 기쁘게 해주려는 딘의 이해관계에 부합하는 일이기 때문이었다. 올리비아는 딘이 하자는 대로 하리라. 분명 그럴 것이라는 확신이 들었다.

    나는 점심 전까지 올리비아를 찾아다녔다. 올리비아가 가장 좋아하는 화장실 칸에 가서 문 아래를 살펴보기까지 했다. 하지만 운이 따라주지 않았다. 그다음 기회는 점심시간이었다. 이 말은 다른 아이들이 앉기 전에 올리비아에게 다가가야만 한다는 의미다. 쉬운 일이었다.

올리비아는 대개 가장 먼저 자리를 잡고 앉아서 좌중을 압도하는 아이였기 때문이다. 그 아이는 음식을 가지러 줄을 서는 법이 없었기에 그렇게 할 수 있었다. 올리비아는 늘 앉는 자리에서 제일 좋아하는 이상한 의식을 치르고 있었다. 물고기 모양 젤리의 꼬리를 잡아당겨 찢은 다음, 조각 난 젤리를 공처럼 말아서 입에 툭 털어 넣는 것이다. 반달 모양의 멍이 올리비아의 오른쪽 입가에 올라와 있었다. 토할 것 같았다. 올리비아의 아버지가 딸에게 저지른 짓을 생각하고 속이 울렁거린 것이라고 말할 수 있다면 좋겠지만, 그때 나는 열네 살이었고 이기적이었다. 그 멍은 내가 책임져야 할 골칫거리로만 보였다.

"리브." 애칭으로 올리비아의 기분이 좀 누그러트릴 수 있기를 바라면서 입을 열었다.

"어?" 올리비아는 자기를 부르는 사람이 누군지 모르는 사람처럼 되물었다. 나는 올리비아 옆에 앉았다.

"토요일 일은 정말 미안해." 딘이 했던 말이 기억나서 덧붙여 말했다. "술 마시고 나서 마리화나는 아닌데 말이야. 그랬더니 완전히 맛이 갔지 뭐야."

올리비아는 내 쪽으로 돌아앉아서 진짜로 으스스한 미소를 지어 보였다. 아직도 가끔 인간적인 감정과 완전히 분리된 그 냉담한 미소의 기억에 시달리다가 한밤중에 잠에서 깨어난다. "난 괜찮아." 올리비아는 손으로 내 뺨을 가리켰다. 컨실러로 어설프게 가린 상처였다. "우리 닮은꼴이네."

"여기 있었네, 피니." 딘이 옆으로 왔다. 샌드위치와 포테이토칩, 탄산음료로 가득 찬 쟁반을 들고 있었다. 그 쟁반을 내 옆자리에 털썩 내려놓고 말했다. "이게 다 뭔 일이냐고? 난 우리가 얘기를 다 끝낸 줄 알았는데."

나는 무슨 말인지 모르겠다고 말했다.

"방금 빌어먹을 교장실에 갔다 왔다고." 딘은 말하고 나서 자리에 모여 앉은 친구들에게 주말에 벌어진 '사건'에 대해서 경고를 받았고 이번 주에 해버퍼드에서 열리는 중요한 경기에 뛰지 못할 수도 있게 되었다고 큰 소리로 알렸다. 그 말을 들은 모든 아이들은 분개한 듯 헉 소리를 냈다.

"씨발, 말도 안 돼." 페이턴은 씩씩댔고, 리엄은 축구를 하지 않음에도 불구하고 격하게 고개를 끄덕였다.

"뭐." 딘은 웅얼거리듯 말했다. "지금부터 그때까지 아무 일도 없으면 경기에 뛸 수 있기는 해."

그때, 그럼 앞으로 이틀 동안은 강간하지 않으면 되겠다고 말해주지 못한 것을 늘 후회한다. 딘은 주눅 들게 하는 눈초리로 나를 보았다. "우린 괜찮은 줄로 알았는데?"

"내가 그런 거 아니야." 나는 울먹이다시피 말했다.

"오늘 아침에 교장실에 가지 않았다고?" 딘이 따지듯 물었다.

"갔었어. 하지만 내가 찾아간 게 아니야. 라슨 선생님이랑 교장 선생님이 불러서 간 거야. 어쩔 수 없었다고!"

딘은 말똥말똥 했던 눈을 가늘게 뜨고 나를 보았다. "하지만 네가 아무 말도 안 했는데 어떻게 알고 너를 불러?"

"나도 몰라." 나는 설득력 떨어지는 어투로 말했다. "선생님들이 넘겨짚었나 봐."

"뭘 어떻게 넘겨짚는데?" 딘의 어깨가 야비한 웃음으로 들썩거렸다. "선생들이 뭔 빌어먹을 데이비드 코퍼필드 같은 독심술가라도 되는 줄 아냐?" 딘이 팔짱을 끼자 아이들은 일제히 소리 높여 웃었다. 그 가시 돋친 말이 나를 향한 것이 아니었다면 나 역시 기꺼이 아이들과 함께 웃어댔을 것이다. 딘이 데이비드 코퍼필드씩이나 인용해서 말했다는 사실에는 묘하게 재미있는 구석이 있었다. "티파니, 그냥 여기서 꺼져주라. 가서 라슨 선생의 자지나 깨물어 주라고."

나는 테이블 주변을 둘러보았다. 올리비아와 리엄, 페이턴은 히죽거렸다. 힐러리는 그렇게까지 하지는 않았지만 고개를 돌리고 있었다.

나는 뒤돌아서서 새로 만든 카페테리아를 빠져나갔다. 마지막 기둥 아래 명판에 자랑스레 새겨 놓은 글자가 눈에 들어왔다. '바턴가 기증, 1988'

◆◆◆◆◆

그날 오후, 내 사정을 아는 라슨 선생님이 달리기 연습을 살살 시킬 거라고 생각했었다. 하지만 선생님은 그 어느 때보다 모질었다. 1.6킬로미터를 7분 30초 안에 들어오지 못한 사람은 나뿐이었다. 나 때문에 모두 몇 바퀴씩 더 달려야 했다. 선생님이 미웠다. 달리기를 마치고 마지막 스트레칭을 하는 도중에 자리를 박차고 나와버렸다. 달리기 후에 온몸을 가늘게 늘려주지 않으면 거대한 근육이 생긴다는 실없는 미신을 선생님이 퍼뜨렸는데도 말이다. 선생님은 자리로 돌아오라고 소리쳐 불렀지만, 나는 엄마가 일찍 데리러 오기로 했기 때문에 가야 한다고 말했다.

보통은 기차를 타고 집에 갔지만, 그날만큼은 엄마가 데리러 오기로 되어 있었다. 백화점에서 예약 판매하는 상품을 쇼핑하러 같이 가기로 했었다.

전에는 연습을 마치고 탈의실에 딸린 샤워실을 쓴 적이 단 한 번도 없었다. 아무도 그렇게 하지 않았다. 역겨운 곳이었다. 하지만 그날은 예외로 삼을 수밖에 없었다. 몇 시간 동안 땀에 젖은 옷을 입고 떨다가 울 피코트를 입어보는 일은 하고 싶지 않았다. 나는 물줄기 밑에서 재빨리 몸을 씻었다. 방치된 물 냄새가 났다. 예전에 기숙사로 쓰이던 시절부터 수도관에 있던 물이 쏟아지는 것 같았다. 타월을 몸에 두른 채로 내 사물함이 있는 곳까지 발을 옆으로 세워서 끈적거리는 바닥에 최소한 덜 닿도록 걸어갔다. 코너를 돌아서자 힐러리와 올리비아가 시야에 들어왔다. 둘 다 운동은커녕 체육 수업도 하지 않았다. 그래서 이렇게 탈의실에서 볼 일이 없었다.

"너희 여기서 뭐 해?" 내가 물었다.

"헤이!" 힐러리가 말했다. 쉰 듯한 이상한 목소리가 평소보다 더 기운차게 들렸다. 화학 시간에 만났던 이후로 머리를 반묶음으로 올리고 있었다. 삐져 나온 빛바랜 금발 한 가닥은 어찌나 상했는지, 금방이라도 부러질 것처럼 바짝 서 있어서 정수리에 난 철사같이 보였다. "널 찾고 있었어."

"날 찾았다고?" 목소리가 높아졌다.

"그래." 올리비아가 맞장구를 치며 끼어들었다. 실험실처럼 누르스름한 불빛 아래서 올리비아의 코는 조그만 검은색 씨가 박힌 것처럼 보였다. "그게 말이야, 오늘 밤에 너…… 뭐 해?"

'네가 하자는 거'라고 말하고 싶었지만 사실을 말해야 했다. "엄마랑 쇼핑하러 가기로 했어. 하지만 일이 있으면 다른 날 가도 돼."

"아니야." 올리비아는 초조한 얼굴로 힐러리를 흘깃 쳐다보았다. "괜찮아. 우리는 다음에 보자." 올리비아가 걸음을 옮기기 시작하자 나는 공황 상태에 빠져버렸다.

"아니야, 정말 괜찮아." 나는 올리비아를 불렀다. "별일 아니야. 엄마한테 다른 날 가자고 말하면 돼."

"신경 쓰지 마, 티프." 힐러리가 뒤돌아서 말했다. 그 윤곽은 거의 암살자 같았다. 낯선 눈빛에는 자책 같은 감정이 담겨 있는 것 같았다. "다음에 보자고."

둘은 서둘러 사라졌다. 젠장. 너무 대놓고 열의를 드러냈다. 내가 너무 달려들어서 쫓아버린 거다. 나는 성난 얼굴로 옷을 입고 빗으로 젖은 머리카락과 씨름을 벌였다.

체육관 밖으로 나와 경계석에 걸터앉아서 엄마를 기다렸다. 그때 아서가 책가방을 내 발치 옆에 툭 던지고는 앉았다. "어이."

"안녕." 수줍다고 할 만한 목소리가 나왔다. 아서와 이야기하는 건 오랜만이었다.

"너 괜찮아?"

나는 고개를 끄덕였다. 진심이었다. 올리비아와 힐러리와 만나 대화를 한 덕분에 기운을 되찾고 있었다. 아직 기회가 있다.

"정말?" 아서는 눈을 들어 해를 흘깃 바라보았다. 안경 뒤 아서의 두 눈이 가늘어졌다. 안경알에 지저분한 얼룩이 묻어 있었는데 버려진 건물 벽에 그려진 그래피티처럼 의도적인 것처럼 보였다. "무슨 일이 있었는지 들었어."

나는 고개만 돌려서 아서를 쳐다보았다. "뭐라고 들었는데."

"그게, 모두 딘의 집에서 열린 파티에 대해서 이미 알고 있어. 리엄이랑 무슨 일이 있었는지 그리고 페이턴이랑 딘이랑."

"그렇게 줄줄이 읊어주니 고맙다." 나는 실쭉한 얼굴로 웅얼거리듯 말했다.

"그리고 사후피임약 이야기도." 아서가 덧붙여 말했다.

"맙소사." 나는 신음을 내뱉었다.

"모두들 네가 올리비아랑 리엄이 어울리는 걸 시기해서 올리비아의 파티를 망쳐놨다고 생각하고 있어."

"그렇게 생각한다고?" 나는 무릎 사이로 얼굴을 묻었다. 젖은 머리카락이 팔뚝을 뒤덮었다. 마치 뱀처럼.

"사실이야?" 아서가 물었다.

"다들 이 상처가 어떻게 생겼는지는 궁금하지 않대?" 나는 내 뺨을 가리켜 보였다. 상처는 샤워 후에 별다른 조치를 하지 않아서 고스란히 드러나 있었다.

아서는 어깨를 으쓱여 보였다. "넘어졌어?"

"그래." 나는 씩씩거리며 말했다. "그리고 딘이 나를 덮쳤어."

엄마의 빨간색 BMW가 진입로로 들어오는 게 보였다. 근엄한 검정색, 황갈색 세단과 SUV 사이에서 엄마의 차는 단연 눈에 띄었다. 티파니 파넬리의 엄마니까 음탕한 빨간색 차를 모는 것도 당연하다. 티파니의 헤픈 기질은 유전이다.

"나 갈게." 나는 아서에게 말했다.

◆◆◆◆◆

아침이 왔다. 바스락 부서질 것 같이 화창한 날씨였다. 본격적인 가을날이어서 전날 밤에 엄마가 사준 검은색 피코트를 걸쳤다. 바나나리퍼블릭 매장에서 찾아낸 아이였다. 세일하지는 않았지만, 엄마는 내가 입으니까 너무나 세련되어 보이니 사주겠다며 신용카드와 현찰로 두 번에 나눠서 값을 치르고는 아빠에게 말하지 말라고 했다. 엄마가 '아빠'라는 말을 쓰면 정말 징그럽다.

학교로 가는 기차 안에서 반짝거리는 희망이 빵빵하게 부풀어 올라 가슴이 뻐근했다. 힐러리와 올리비아는 아직 나를 버리지 않았다. 사방에 새로운 흥분감이 충만했고 나는 세련되어 보였다.

학교로 걸어 들어가는데 뭔가 다른 것 같았다. 악동감이라고 해야 하나. 복도 가득 흥분감이 고동치고 있었다. 9학년과 10학년 몇 명과 따돌림당하는 상급생 몇 명이 상급생 전용 라운지 입구에 모여서 목을 빼고 뭔가 엄청난 걸 구경하고 있었다. 나도 그곳으로 갔다. 사용을 엄격하게 제한하고 있어서 학부모와 교사들조차도 사용 규칙을 존중하는 곳이었다. 찾는 사람이 있어도 안에 들어가서 직접 찾는 대신 입구에서 이름만 불러야 했다.

그런데 이번에는 내가 다가가자 모여 있던 아이들이 양옆으로 싹 갈라섰다. 영화의 슬로모션처럼 나를 피하고 있었다.

"어머나, 세상에." 앨리슨 캘훈이 말했다. 첫 등교일에 나를 무시했다가 올리비아와 힐러리가 나를 받아들이자 알랑방귀를 뀌어대던 아이였다. 앨리슨은 한 손으로 입을 가리고 기분 나쁘게 낄낄거렸다.

아이들 사이를 지나서 라운지의 경계선 쪽으로 나아갔더니 무슨 일로 모였는지 알 수 있었다. 어제 운동 연습을 하면서 입었던 내 반바지가 라운지 안쪽에 있는 게시판에 압정으로 고정되어 있었고 그 위에는 손글씨로 크게 뭔가가 적혀 있었다.

난잡한 창녀의 냄새를 맡아보시라.
각오 단단히 하시고… 냄새가 고약하니까!

산뜻하고 둥글둥글한 글씨는 색깔이나 모양이 소아암 치료 기금 마련을 위한 제과 판매 홍보에 사용하면 딱 어울릴 것 같았다. 저런 글씨는 여자아이만 쓸 수 있다. 힐러리와 올리비아가 엊그제 라커룸에서 이상하게 친절했던 모습을 떠올리니 어떻게 된 일인지 알 수 있었다.

현실 자각이 제대로 됐다.

왔을 때와 똑같은 기세로 무리를 가르며 자리를 빠져나왔다. 건너편에 바로 화장실이 있었다. 화장실 칸 안에 들어가서 문을 잠그고 앉아 어제 생리를 어떻게 했었는지를 떠올렸다. 생리를 시작했다는 건 사후피임약이 효과를 발휘했다는 뜻이었다. 그래서 너무나 안도했다. 달리기를 하다가 생리혈이 새서 반바지를 벗었을 때 갈색이 도는 붉은빛 얼룩을 볼 수 있었다. 하지만 그때는 그 반바지가 그렇게 더럽고 역겹다고 생각하지 못했다. 땀에 생리혈까지 더해져서 끔찍한 냄새가 나리라고는 상상도 하지 못했다. 힐러리와 올리비아가 갑작스레 상냥하게 다가왔다는 사실에 정신이 팔려서 반바지가 없어졌다는 것도 눈치채지 못하고 그냥 가방을 챙겼던 것이다.

화장실 문이 열리는 소리가 들렸다. 열띤 토론의 끝자락이 들려왔다. "당해도 싸지, 뭐."

"그래도 조금 심하지 않아?"

나는 조용히 변기 위로 올라가서 쪼그려 앉았다.

"딘은 도가 지나쳐." 또 다른 목소리가 말했다. "다 장난이라고 하겠지만 벤처럼 그 애가 자살이라도 해봐."

"벤이 게이인 건 어쩔 수 없는 일이었잖아." 처음 말했던 아이의 목소리였다. "하지만 걔는 어쩔 수 없어서 창녀 짓을 한 게 아니라고."

그 아이의 친구는 큰 소리로 웃었다. 나는 울컥 치밀어 오르는 흐느낌을 힘겹게 삼켰다. 물이 흐르는 소리가 나고 종이 타월이 손에 닿아 바스러지는 소리가 들렸다. 아이들이 나간 뒤 문이 닫혔다.

그때까지 난 평생 단 한 번도 학교 수업을 빼먹은 적이 없었다. 지금도 아파서 결근하겠다고 전화하지 못한다. 가톨릭교를 따르는 착한 여자아이로서 순종을 뼈에 새겼기 때문이었다. 하지만 그날 나는 망

가졌다. 규칙을 따르지 않으면 무슨 일이 벌어질지도 모른다는 두려움 따위는 다 부서져버렸다. 가장 중요한 건 이 창피를 감당하는 일이었다. 너무나 참담한 굴욕이어서 숨쉬기가 힘들 정도였다. 나는 화장실 칸 안에서 가만히 기다리면서 머리카락을 손가락으로 열심히 빗어댔다(《위민스 매거진》의 신체 언어 전문가에 의하면 '자기 위안 행동'을 한 것이다). 마침내 1교시 시작을 알리는 종소리가 가라앉았다. 나는 복도에서 어슬렁거리는 지각생을 마주치지 않게 5분을 더 기다렸다가 변기 위에서 내려왔다. 스파이더맨처럼 소리를 내지 않고 움직여서 문을 열고 화장실 밖으로 나간 다음 빠른 걸음으로 복도를 지나 뒷문을 빠져나갔다. 30번가역으로 가는 기차를 타고 하루 종일 도시를 배회할 생각이었다. 주차장을 반쯤 가로질러 갈 때 누군가 뒤에서 내 이름을 부르는 소리가 들렸다. 아서였다.

◆ ◆ ◆ ◆ ◆

"아마 여기에 라자냐 남은 게 좀 있을 거야." 아서는 야단스레 윙윙거리는 소리를 내는 냉장고 안을 빼꼼 들여다보면서 말했다.

나는 가스레인지 위에 있는 전자시계를 흘깃 쳐다보았다. 10시 15분이다. "난 괜찮아."

아서는 엉덩이로 냉장고 문을 소리 나게 닫았다. 두 손에는 노란 치즈가 덮여 있는 캐서롤 접시가 들려 있었다. 아서는 캐서롤을 크게 한 조각 잘라서 접시 위에 올리고는 전자레인지 안에 넣고 돌렸다.

"음." 아서는 손가락에 묻은 토마토소스를 핥은 다음에 털썩 주저앉아 가방을 뒤적거렸다. "여기." 아서가 내 반바지를 던져주었다.

종이처럼 가벼운 반바지였지만 내 무릎 위에 떨어지자 나는 배를 한 대 맞기라도 한 듯 "윽" 하고 낮게 소리를 내뱉었다.

"이걸 어떻게?" 나는 반바지를 냅킨처럼 무릎 위에서 평평하게 펴면서 물었다.

"뭐 빌어먹을 모나리자도 아니잖아." 아서가 말했다.

"그게 무슨 말이야?"

아서는 가방의 지퍼를 닫고 두 눈을 치켜뜨고 나를 보았다. "루브르에 가본 적 없어?"

"루브르가 뭔데?"

아서는 소리 내어 웃었다. "이런, 맙소사."

전자레인지에서 삑 소리가 났다. 아서는 벌떡 일어나서 음식을 확인했다. 아서가 등을 돌리고 서 있는 틈을 타서 반바지의 역한 냄새를 잠깐 맡아 보았다. 모두가 어떤 냄새를 맡았는지 알고 있어야만 했다.

지독했다. 선명한 악취는 원시적이었다. 그 냄새는 마치 질병처럼 폐를 장악해 버릴 것 같았다. 나는 축축한 메쉬 반바지를 돌돌 말아서 가방 안에 욱여넣고 한 손으로 머리를 받쳤다. 눈물 줄기가 소리 없이 구불구불 얼굴 윤곽을 따라 흘렀다.

아서는 맞은편에 앉아서 내가 울도록 놔둔 채로 김이 모락모락 피어나는 빨간 소스 묻은 고기를 입으로 퍼 넣었다. 음식을 베어 물면서 아서가 말했다. "이걸 다 먹고 나면 네 기분이 훨씬 나아지게 만들어 줄 만한 걸 보여줄게."

아서는 라자냐 한 덩어리를 몇 분 만에 해치워 버린 다음에 접시를 물로 헹구지도 않고 싱크대에 툭 던져 놓았다. 그리고 손을 살짝 흔들어 따라오라는 시늉을 하며 주방 구석에 나 있는 문으로 앞서 걸어갔다. 선반이나 창고로 가는 문이라고 생각했다. 하지만 아서가 문을 열자 차갑고 컴컴한 직사각형 공간이 나왔다. 나중에 알게 된 사실이었지만 아서의 고택에는 문이 차고 넘칠 정도로 많았다. 뒷계단으로 가는 문, 창고로 가는 문, 책과 서류가 산처럼 쌓여 있는 방으로 이어지는 문, 구석이 푹 꺼져 있는 울퉁불퉁한 꽃무늬 소파로 이어지는 문 등. 한때 아서의 외가에는 돈이 좀 있었다. 하지만 과거에 만든 복잡한 법적 제한 때문에 모두 신탁에 묶여서 아무도 그 돈을 쓰지 못하게 되었다. 아서의 아버지인 피너만 씨는 8년 전에 아내와 아서를 두고 집을 나갔다. 그 일로 피너만 부인은 엉망이 되었지만 그렇지 않은 척하느라 애를 쓰고 있었다. "입 하나 덜었지 뭐예요!" 아서의 엄마가 동정을 받는다고 느낄 때마다 즐겨 하는 말이었다. 피너만 부인은 아서가 태어나고 얼마 지나지 않아 브래들리에서 일자리를 구했다. 피너만 씨가 정오가 되기 전에는 절대로 일어나지 않을 것이고, 자기 역할을 다할 생각도 없다는 사실을 알게 되었기 때문이었다. 또 피너만 부인의 입지가 아들의 미래며 경제적 여유를 보장해 줄 수 있다는 사실을 알게 되었기 때문이기도 했다. 메인라인에 사는 모두가 돈을 잔뜩 가진건 아니었다. 하지만 그들의 우선순위는 내가 자란 곳과 달랐다. 그들에게는 교육이나 여행, 문화 활동 같은 것이야말로 없는 살림을 쪼개서 돈을 써야 하는 일이었다. 화려한 차나 커다랗게 박힌 브랜드 로고, 품위 유지 같은 것이 아니라.

지금도 여전히 메인라인에서는 한때 돈이 많았던 집 출신이 졸부 출신보다 훨씬 더 인정받는다. 아서가 딘을 얕보는 이유 중 하나도 거기에 있었다. 아서는 최신 벤츠 S클래스 차량보다 훨씬 더 높은 수익을 낼 자산을 갖고 있었다. 그에게는 지식이 있었다. 소금과 후추를 한꺼번에 건넬 수 있는 신비한 기술이나 스테이크는 미디엄 레어로 요리해야만 한다는 것도 알고 있었다. 타임스퀘어가 이 지구상에서 가장 너절한 곳이란 것도 알고 있었고, 파리에는 20개의 구가 있다는 것도 알고 있었다. 오래지 않아 아서는 집안 연줄과 높은 성적을 이용해서 컬럼비아대학에 입학할 것이다. 외가 대대로 이어 온 전통이었다.

아서는 문손잡이를 잡고 고개를 뒤로 돌려 나를 보았다. "올 거지?"

가까이 다가가니 거무칙칙한 계단이 몇 개 보였다. 이어지는 계단은 어둠이 삼켜버리고 없었다. 어둠은 항상 싫다. 나는 아직도 복도 불을 켜놓고 잠자리에 든다.

아서는 벽을 더듬거려서 전등 스위치를 찾았다. 외로운 알전구 하나가 진동하며 불을 밝혔다. 아서가 첫발을 내딛자 먼지구름이 피어올랐다. 아서는 집에 들어오자마자 신발을 벗어 던졌었다. 아서의 발은 토실토실하고 반질반질해서 아기 발 같았다.

"우리 집 지하실은 이렇지 않은데." 나는 아서 뒤에 바짝 붙어 가면서 말했다. 바닥은 회색 콘크리트였고, 벽의 칠이 다 벗겨져서 폭신한 오렌지색 내장재가 드러나 보였다. 잡동사니 한 무더기가 지하실 한쪽 옆에 자리를 잡고 있었다. 버려진 가구, 긁힌 레코드판이 가득 담긴 상자, 먼지 쌓인 문고판 책들, 곰팡이에 절여진 낡은《뉴요커》잡지…….

"그거 알아?" 아서는 어깨너머로 나를 보면서 싱긋 웃었다. 황달이라도 걸린 듯한 전구 불빛 아래 아서의 여드름은 보라색으로 보였다. "여기 카펫 깔려 있다."

"근데?" 아서는 안쪽 벽에 기대어 쌓여 있는 잡동사니 쪽으로 계속 걸어 들어가기만 할 뿐 내 말에 대꾸하지 않았다. 나는 방 안쪽까지 닿을 만큼 목소리를 내보았다. "카펫이 왜?"

"조잡하잖아." 아서는 잘라 말하고 상자 사이를 헤치며 걸어갔다. 그때 나는 앞으로 평생 바닥이 딱딱한 곳에서만 살리라고 결심했다.

아서가 바닥에 쪼그리고 앉는 바람에 잠깐 내 시야는 그의 부풀려진 기름진 머리카락으로 가득 찼다. "맙소사." 아서의 웃음소리가 들렸다. "이것 좀 봐." 일어선 아서의 손에는 죽은 사슴의 머리가 들려 있었다. 아서는 그걸 제물처럼 번쩍 치켜들었다.

나는 코를 찡그렸다. "제발 진짜가 아니라고 말해줘."

아서는 그 동물의 부드러운 눈을 한동안 뚫어져라 응시했다. 뭔가 결정하려는 사람 같았다. "당연히 진짜지." 아서는 결론을 내렸다. "우리 아빠가 사냥한 거야."

"난 사냥은 아니라고 봐." 나는 신랄한 어조로 말했다.

"하지만 햄버거는 별생각 없이 먹잖아." 아서는 사슴 머리를 열린 상자 안에 털썩 처넣었다. 조각 같은 사슴뿔 하나가 불쑥 튀어나왔다. 갈 곳 잃은 앙상한 콩나무 줄기처럼 보였다. "네가 안 하는 궂은 일은 다른 사람이 하고 있어."

나는 팔짱을 꼈다. 스포츠로서의 사냥은 아니라고 생각한다고 말한 거였다. 하지만 아서와 말다툼을 벌여서 이 작은 견학의 시간을 연장하고 싶지 않았다. 아래층으로 내려오고 단 몇 분밖에 지나지 않았지만 추웠다. 말린 자두라도 되어가는 것 같았다. 몇 시간 동안 축축한 수영복을 입고 있었던 것 같은 피부 상태가 되어 있었다. "뭘 보여주고 싶은데?" 나는 다그쳐 물었다.

아서는 몸을 접듯이 잔뜩 웅크려서 다른 상자 안을 뒤적거렸다. 안에 들어 있는 걸 모조리 발굴해서 살핀 후에 자신이 찾던 게 아니라는 사실이 밝혀지면 옆으로 던져버렸다. "아하!" 아서는 백과사전으로 보이는 것을 들어 올려 보이고는 내게 오라고 손짓했다. 나는 한숨을 내쉬고 쓰레기 더미 사이에 아서가 낸 길을 따라 들어갔다. 아서의 곁에 서자 그의 손에 들린 게 졸업 앨범이란 걸 알 수 있었다.

아서는 표지 안쪽이 보이도록 홱 뒤집은 다음에 분홍빛 손가락 끝으로 거기 적혀 있는 메모를 가리켰다.

아트맨에게

앞으로 난 게이 같은 짓은 안 할 거고 네가 좋은 친구라고도 말하지 않을
거야. 그러니까 꺼져!

바트맨 씀

나는 메모를 세 번이나 읽은 다음에야 이해할 수 있었다. 바트맨은
딘이었다. 성을 가지고 말장난을 한 것이었다. 바턴. "이게 몇 년도에
쓴 거야?"

"1999년." 아서는 손가락 끝에 침을 묻히고 페이지를 넘겼다. "6학
년 때."

"너랑 딘이랑 친구였어?"

"걔는 내 절친이었어." 아서는 심술맞은 얼굴로 낄낄 웃었다. "이거
봐." 아서는 자연스러운 모습을 찍은 사진을 모아놓은 페이지를 펼쳤
다. 아이들이 식탁 주변에 모여서 장난을 치거나, 연말 휴가 전에 모여
익살스러운 표정을 짓거나 브래들리의 마스코트인 거대한 초록색 용
을 흉내 내고 있었다. 몇 년의 시간이 흘러서 흐릿해진 사진은 과거의
나를 진기하고 고루하게 보이도록 만든다. 그래서 우리는 다소 경멸
어린 시선을 던지면서 생각한다. 그때 몰랐던 걸 지금은 다 알고 있다
고. 왼편 아래에 사진 하나가 눈에 들어왔다. 아서와 딘의 얼굴은 겨울
철을 맞아 하얗게 보였다. 미소를 머금은 입술은 트고 갈라져 있어서
뭐라도 발라야 할 것 같다. 아서는 크고 힘이 세 보였다. 비록 지금 내
곁에 서 있는 아서는 건장함과는 전혀 상관이 없지만 말이다. 그리고
딘. 딘은 너무나 작고 연약했다. 불도그 같은 아서의 목덜미에 두른 딘
의 팔은 너무나 가냘프고 허약해서 누군가의 남동생이라고 해도 믿을
판이었다.

"혹 크기 전에 찍은 사진이야. 여름방학 직전에."

아서가 설명했다. "덩치가 커지더니 재수 없는 새끼가 되었지."

"너희 둘이 친구였다니 믿을 수가 없다." 나는 졸업 앨범에 얼굴을 바짝 갖다 대고 눈을 가늘게 떴다. 어쩌면 마운트세인트테레사의 고학년 여자아이들도 리아에게 이와 같은 말을 하고 있을지도 모르겠다. 네가 그 티파니와 친구였다니 믿을 수가 없다. 모두들 믿을 수 없다는 듯 크게 웃을지도 모른다. '이건 칭찬이야, 리아.' 지금 이런 이야기를 하고 있지 않다고 해도 조만간 곧 그렇게 될 것이다.

아서가 졸업 앨범을 탁 소리 나게 덮었다. 하마터면 내 코가 앨범에 물릴 뻔 했다. 나는 깜짝 놀라서 조그맣게 꺅 하고 비명을 질렀다. "그러니 네가 딘 바턴의 분노와 맞닥뜨린 최초의 인간인 척 굴지 마." 아서는 생각에 잠긴 얼굴로 앨범 표지에 새겨진 굵은 황금색 글자를 엄지손가락으로 어루만졌다. "그 새끼는 동성애자 집에 놀러 가서 함께 잤다는 사실을 사람들이 잊게 만들기 위해서라면 무슨 짓이라도 할 거야."

아서는 졸업 앨범을 겨드랑이에 끼웠다. 이제는 여기서 나가겠거니 생각했다. 하지만 구석에 있는 뭔가가 아서의 주의를 끌었다. 아서는 상자를 헤치고 안쪽으로 더 걸어가서 몸을 굽히더니 졸업 앨범을 내려놓고는 새롭게 발견한 뭔가를 집어 들었다. 내게 등을 돌리고 있었기 때문에 처음에는 아서의 손에 뭐가 들려 있는지 보지 못했다. 들뜬 웃음소리만 들렸다. 아서가 돌아서자 길고 유연한 라이플 총대가 나를 겨누고 있었다. 아서는 총을 자기 얼굴 가까이 댔다. 살집 많은 뺨에 총자루를 대고 손가락 하나를 방아쇠 고리에 걸었다.

"아서!" 나는 꽥 비명을 지르고 비틀거리며 뒤로 발을 내디뎠다. 순간 균형을 잃었기에 넘어지지 않으려고 한 손으로 낡은 수영 트로피를 세게 붙잡았다. 하필이면 다친 손목이었다. 딘이 뺨을 때렸을 때 땅을 짚었던 손목이었다. 나는 알아들을 수 없는 고함을 내질렀다.

"이런!" 아서는 몸을 반으로 접고 소리 없이 격렬하게 웃었다. 라이플을 지팡이처럼 짚고 있었다. "진정해." 아서는 무시무시하게 새빨개진 얼굴로 숨넘어갈 듯 웃어대며 말했다. "장전 안 되어 있어."

"하나도 재미없거든." 나는 비틀거리며 일어서서 한쪽 손목을 꽉 쥐었다. 통증을 덜어보려는 시도였다.

아서는 눈물을 훔치고 한숨을 내쉬면서 빵 터진 웃음보의 잔여물을 몰아냈다. 나는 아서를 흘겨보았다. 아서는 짓궂게 두 눈을 치켜떠 보였다. "진짜야." 아서는 총을 홱 뒤집어서 총부리를 잡고 내 쪽으로 내밀었다. "장전 안 되어 있다니깐."

나는 탐탁지 않은 표정으로 손목을 잡은 손을 풀고 총대를 잡았다. 아서가 잡고 있었던 탓에 약간 번들거렸다. 우리 둘은 잠시 함께 총을 잡은 채 서 있었다. 계주 선수 두 명이 배턴을 주고받는 걸 카메라가 포착한 것 같은 장면이 연출되었다. 그러다가 아서가 손을 놓아서 총의 무게가 온전히 내 한 손에 실렸다. 생각했던 것보다 훨씬 더 무거웠다. 총열이 바닥으로 툭 떨어지면서 콘크리트 바닥을 긁었다. 나는 다른 한 손으로 차가운 총의 아랫부분을 받쳐서 총열이 반듯하게 앞을 향하도록 했다. "너희 아빠는 왜 이걸 여기에 내버려둔 거야?"

아서는 강철로 만들어진 총부리를 물끄러미 바라보고 있었다. 안경알은 흔들리는 조명 아래 뿌옇게 얼룩져 있었다. 손가락을 튕기며 "저기요? 계세요?" 하고 요들송이라도 불러야 할 것 같았다. 하지만 곧 아서는 엉덩이를 뒤로 빼고 손목을 축 늘어트렸다. "그거야." 아서의 목소리는 깃털처럼 가벼웠다. "내 안에 잠든 남성을 일깨워 주기 위해서지. 이 바보야." 아서는 마지막 말을 혀짧은 소리로 말하면서 과장되게 입술을 앞으로 내밀었다. 나는 크게 소리 내어 웃었다. 적절한 리액션이 무엇인지 정확히 알 수는 없었지만, 아서가 내게 원하는 게 그런 웃음이라는 생각이 들었다.

◆◆◆◆◆

11월이 다가오고 있었다. 추위가 공격해 오기 시작했다. 마지막 남은 따뜻한 여름의 아성이 무너지고 있었다. 그러나 아서의 집 초인종을 울릴 때 내 스포츠 브라 밑에는 땀방울이 넘실거렸다. 여자 필드하키팀의 보조 코치가 몇 주 동안 라슨 선생님을 대신해서 우리를 지도하고 있었는데, 자신이 무슨 일을 하고 있는지도 모른 채 그저 우리에게 매일 8킬로미터씩 달리라고만 했다. 한 시간 동안 우리를 눈앞에서 치워버릴 수만 있다면 무슨 일이든 좋다고 생각하는 모양이었다. 그러면 그사이에 브래들리의 스포츠팀 담당자에게 추파를 던질 수 있을 테니까. 하지만 그 담당자는 결혼해서 브래들리 저학년에 다니는 두 자녀를 두고 있다. 나는 5킬로미터에서 8킬로미터까지 달리는 코스에서 옆길로 새서 숲속을 가로질러 아서의 집에 가서 마리화나를 피우곤 했다. 베서니 코치는 내가 팀원들과 함께 돌아오지 않았다는 걸 눈치채지 못했거나 아니면 아예 신경도 쓰지 않는 것 같았다. 나는 후자일 가능성이 높다고 생각했다.

아서는 문을 빼꼼 연 틈으로 얼굴을 끼워 넣어서 네모낳게 보였다. 영화 「샤이닝」에 나오는 잭 니콜슨이 여드름이 난 것 같았다.

"오, 너구나." 아서가 말했다.

"그럼 누구겠어?" 지난 몇 주 동안 크로스컨트리 훈련이 끝나면 늘 아서의 집에 들렀다. 수업을 빼먹은 날 이후로 계속 그랬다. 그러다가 학교에 들켰다. 전혀 놀랍지 않았다. 엄마와 아빠는 외출금지령을 내렸다. 역시 전혀 놀랍지 않았다. 부모님이 왜 그랬느냐고 물었다. 대낮에 교정을 떠나야만 하는 '중요한' 일이 무엇인지 알고 싶어 하셨다. 나는 피스 어 피자 식당에서 파는 펜네 알라 보드카가 너무 간절히 생각나서 그랬다고 답했었다. "간절해?" 엄마는 새된 소리로 외쳤다. "뭐니? 임신이라도 했어?" 엄마의 얼굴 한구석이 축 처졌다. 고등학생이 임신하는 게 흔한 일이란 걸 깨달은 것이다. 열네 살짜리 딸을 데리고 임부복을 쇼핑해야 하는 일이 생긴다면 얼마나 창피할지도 생각한 것 같았다.

"엄마!" 나는 발끈 성을 내며 씩씩거렸다. 비록 그럴 주제가 되지 못했지만. 엄마는 그런 사정까지는 짐작도 못 했다.

학교에서는 그날 라운지에서 무슨 일이 벌어졌다고 의심하고 있었다. 브래들리의 뛰어난 도덕 규범을 침해한 무슨 일이 있었다고까지는 짐작하고 있었다. 하지만 아서가 내 반바지를 가져오는 바람에 정확히 무슨 일이 있었는지 학교는 알지 못했고, 그 일에 대해서 내가 직접 찾아가서 말하는 일은 절대로 없었다.

내 주가가 갑작스럽게 하락한 것보다 더 나쁜 일은 라슨 선생님이 아무런 설명도 없이 학교를 떠나버린 것이었다. 학교에서는 그에게 새로운 기회가 생겨서 떠났다고만 설명했다. 나는 아서에게 모두 털어놓았다. 오직 아서만이 라슨 선생님 집에서 밤을 보낸 일을 알고 있었다. 우리가 한방에서 같이 잠을 잤다는 이야기를 듣자 아서의 두 눈은 지저분한 안경알을 뚫고 튀어나올 정도로 커졌다. "미친!" 아서는 헉 숨을 몰아쉬었다. "너 선생님이랑 했어?"

나는 역겹다는 표정을 지어 보였다. 그걸 본 아서가 웃었다. "농담이야. 선생님한테는 여자친구가 있지. 끝내준다는데. 아베크롬비앤피치에서 모델도 했대."

"누가 그래?" 나는 딱딱한 말씨로 을러댔다. 순간 내가 퉁퉁한 땅딸 보가 된 것 같았다. 라슨 선생님이 딱하게 여겼던 뚱뚱하고 보잘것없 는 루저 말이다.

아서는 어깨를 으쓱여 보였다. "다들 그러던데."

외출금지령이 내려졌지만, 부모님은 크로스컨트리 연습이 언제 끝 나는지 제대로 알지 못해서 나는 거의 매일 아서와 손쉽게 어울릴 수 있었다. 처음으로 나는 학교에서 멀리 살아서 기차로 통학해야 한다는 사실에 감사했다. "연습이 한 시간 반 정도 해요. 가끔은 두 시간일 때 도 있고." 나는 엄마에게 말했다. "그날 목표치에 따라 달라져요." 엄마 는 내 말을 그대로 믿었기에 나는 기차역에 있는 세균투성이 공중전 화에서 엄마에게 전화를 걸어서 "6시 37분 기차 타요"라고 말하기만 하면 되었다. 사실 그때면 연습은 끝난 지 오래고, 약물이 선사한 강 렬한 황홀감은 거나한 취기를 띄면서 따뜻하고 걸쭉한 침전물로 변해 있었다. 나는 수화기를 내려놓고 삐걱거리는 6시 37분 기차가 피곤한 회색 연기를 내뿜으면서 멈춰 서는 걸 빤히 쳐다보았다. 내 동작이 굼 뜬 건지, 아니면 다른 모든 게 그냥 천천히 움직이는 건지 구분하기가 힘들었다.

아서의 시선이 내 어깨 너머를 향했다. 뒤에 있는 스쿼시 코트 너머 의 주차장을 보고 있었다. 운동이 끝날 시간에 맞춰 아이들을 데리러 온 보모들이 기다리고 있었다. 낡아빠진 혼다 자동차는 광고 없는 라 디오 채널 음악에 맞춰 진동하고 있었다. "사람들이 와서 초인종을 누 르고 도망가곤 해."

"누가 그러는데?" 나는 구역질을 느끼면서 물었다.

"누구일 것 같아?" 아서는 나를 비난하는 눈으로 보았다. 내가 그 사람들을 이 집으로 데리고 오기라도 한다고 생각하는 것처럼 보였다.

"당장 나 좀 들어가게 해줄래?" 바르르 떨고 있던 땀방울 하나가 스포츠 브라에서 탈출하더니 천천히 꿈틀꿈틀 움직여서 내 팬티 아래로 숨어들었다.

아서가 문을 활짝 열었다. 나는 아서의 팔 아래로 몸을 수그린 다음 안으로 성큼 들어갔다.

아서를 앞세우고 계단을 올라갔다. 세 개의 층계참이 내 몸무게를 견디지 못하겠다는 듯 요란스럽게 삐걱댔다. 아서는 여름 동안 침실이 아닌 다락에서 지내고 있었다. 처음 다락에 나를 데려왔을 때 아서가 설명해 준 바에 의하면 그렇다. "왜?" 나는 불편한 마음으로 팔에 돋은 소름을 쓰다듬으며 골조가 다 드러나 있는 방을 휙 둘러보았다. 벽에 아무런 단열재가 부착되어 있지 않아서 제대로 된 침실로 보기 어려운 허술한 곳이었다. 집다운 구석이 하나도 없었다. 아서는 한 손을 창문 밖으로 쑥 내밀어서 창틀에 기대어 놓은 녹슨 파이프를 툭툭 두드렸다. 검은 분진이 우수수 날렸다. 마치 새까맣게 탄 눈송이 같았다. "프라이버시를 위해서." 아서가 말했다.

아서는 짐을 거의 옮기지 않았다. 심지어 옷도 전에 쓰던 침실에 그대로 놔둔 채였다. 그래서 매일 아침 학교에 가기 전에 드레스 룸처럼 침실을 사용했다. 하지만 제일 중요한 물건 하나는 아서와 함께 옮겨져서 침실용 탁자로 사용되는 교과서 더미의 한가운데를 차지하고 있다. 어릴 적에 아빠와 함께 찍은 사진이었다. 한여름 해변에 선 아들과 아버지는 활짝 웃으면서 흙탕물처럼 보이는 갈색의 바닷물을 쳐다보고 있었다. 누군가 파스텔색 조개껍데기를 사진 가장자리에 더덕더덕 붙여 놓았다. 전에 그 사진을 집어 들고 놀린 적이 있었다. "이건 유치원 미술 시간에 만든 것 같네." 아서는 득달같이 달려들어 사진을 빼앗으면서 말했다. "엄마가 나 주려고 만든 거야. 만지지 마."

아서의 소중한 사진 아래에는 브래들리 중학교 졸업 앨범이 있었다. 졸업 앨범은 우리가 가장 좋아하는 새로운 취미 활동에서 중요한 역할을 하고 있었다. 다름 아닌 HO와 털북숭이 다리 녀석들의 앨범 사진을 훼손하는 것이다. 중학교 시절의 모습을 망쳐버리는 게 재미있었다. 우리는 치아 교정기, 곱슬머리, 비쩍 마른 팔다리를 지닌 못생긴 사진에 사정없이 낙서해댔다.

우리는 마리화나를 피고 나서 이 짓거리를 했다. 다음에는 흐느적거리는 다리로 계단을 비틀거리며 내려가서 낄낄거리며 부엌을 습격했다. 피너만 부인은 5시까지는 교실에서 근무 시간을 채워야 했고 그 후에도 한두 시간 더 서류 작업을 했다. 그때까지 집은 우리 차지였다. 완벽한 일정이어서 부인은 알 도리가 없었다.

스트레스를 받으면 먹지 못하고 마르는 사람들이 있다. 처음 그 모든 일을 겪었을 때는 나도 그런 사람 중 하나라고 생각했었다. 하지만 신물이 나도록 걱정하고 불안했던 미래에 대한 결론이 나자 음식 맛이 그렇게 좋을 수가 없었다. 핫한 신입생의 삶이 물 건너간 지 7주째로 접어들고 있었다.

아서는 몇 년 전에 이런 일을 다 겪었던 터라 열광하면서 공범이 되어주었다. 우리는 감정적 허기를 음식으로 메우기 위해서 온갖 종류의 조합을 생각해 냈다. 누텔라를 전자레인지에 돌리면 딱딱한 초콜릿 쿠키가 된다. 그 이후로 누텔라는 도처에 편재하기 시작했다. 처음에 찬장에 있는 누텔라를 보았을 때 나는 아서에게 물었다. "대체 이건 뭐야?" 아서는 어깨를 으쓱여 보이고 대답했다. "유럽에서 만든 괴이한 거야." 그러던 나는 이제 인상을 쓰면서 누텔라를 바라보게 되었다. 깊은 감명을 받아서였다. 우리는 또 쿠키 반죽을 길게 말아서 베이킹 철판 위에 털썩 올려서 오븐에 밀어 넣어서 통으로 구웠다. 양쪽 끝의 바깥 부분이 황금색을 띠고 속은 익지 않은 달걀처럼 곤죽이 되면 숟가락으로 퍼먹었다. 학기가 시작되면서 엄마가 새로 사주었던 옷은 모두 나를 거역하고 있었다. 카키색 바지의 지퍼는 페이턴의 머리가 박혀서 벌어졌던 내 다리처럼 쫙 벌어졌다. 아무리 열심히 달려도 바지를 여밀 수 없었다.

오늘 부엌으로 우르르 달려 내려갈 때 아서는 미래의 내 시어머니가 빈티지 샤넬 클러치 백을 들듯 팔 아래에 졸업 앨범을 끼고 있었다. 주방에 도착하자 아서는 나초가 먹고 싶다고 크게 소리쳤다. 그러고는 찬장 문을 활짝 열고 교향악단을 연주하는 지휘자처럼 움직이기 시작했다.

"넌 천재야." 나는 입 끝에 힘을 주면서 게걸스럽게 말했다.

"나 초천재라고?" 아서는 어깨너머로 흘깃 돌아보며 건방진 시선을 던졌다. 나는 빵 터져서 웃다가 다리에 힘이 빠져서 아서네 낡은 부엌 바닥 타일 위에 누워버렸다. 우리 엄마가 보았다면 '구닥다리'라고 불렀을 법한 타일이었다. '구닥다리'라는 말을 떠올리자 더 웃음이 터져서 옆구리가 세게 당기는 지경이 되었다.

"티파니, 그만해." 아서가 핀잔을 주었다. "너 시간 별로 없어." 아서는 오븐에 표시된 시각을 손으로 가리켜 보였다. 5시 50분이었다.

아직 배를 양껏 채우지 않았다는 생각에 집중하기 시작했다. 나는 일어나서 냉장고에서 나초 토핑을 꺼내기 시작했다. 윤이 나는 오렌지색 치즈 덩어리와 피처럼 붉은 살사 소스, 묽은 사워크림 한 통.

우리는 아무 말 없이 약에 취해 몽롱해진 상태로 나초를 준비하고 엉성하게 소스를 마무리했다. 우리는 음식을 리놀륨 식탁으로 가져가서 자리를 잡고 앉은 다음 묵묵히 치즈가 가장 많이 묻은 칩을 찾아서 치열하게 경쟁했다. 나초 칩이 단 한 조각도 남지 않게 되자, 아서는 식탁에서 일어나 냉장고로 가서 민트 초콜릿 칩 아이스크림 한 통을 꺼냈다. 그리고 숟가락 두 개를 찾아서 아이스크림에 찔러 넣은 다음에 식탁으로 돌아와서 우리 둘 사이에 아이스크림 통을 탁 하고 내려놓았다.

"난 너무 뚱뚱해." 나는 넋두리처럼 말하면서 커다란 초콜릿 덩어리를 발굴했다.

"뭐 어때." 아서는 숟가락 가득 푼 아이스크림을 싹 발라 먹고 천천히 숟가락만 쏙 잡아 빼내면서 말했다.

"오늘 복도에서 딘을 우연히 만났지 뭐야. 걔가 그러더라. '너 한 덩치하는구나.'" 나는 통 구석에 있는 아이스크림이 좋다. 거기부터 녹기 때문에 아이스크림 통 가장자리를 따라 살살 퍼내면 아주 잘 풀 수 있었다.

"빌어먹을 부자 백인 쓰레기 새끼들이 다 그래." 아서는 숟가락으로 아이스크림을 푹 찌르면서 말했다. "넌 몰라도 한참 몰라."

나는 뒤쪽 어금니를 혀로 핥았다. 이에 코팅된 초콜릿을 녹이기 위해서였다. "내가 뭘 모르는데?"

아서는 미간을 찡그린 채 아이스크림을 쳐다보고 있었다. "아무것도 아니야. 신경 쓰지 마."

"좋아." 나는 잠깐 먹기를 멈추었다. "네가 그렇게 말하니까 난 꼭 들어야겠어."

"진짜야." 아서는 턱을 떨구고 안경알 너머로 나를 찬찬히 쳐다보았다. 그 바람에 이중 턱이 생겼다. "넌 알 필요 없어."

"아서!" 나는 아서를 다그쳤다.

아서는 무거운 한숨을 내쉬었다. 애초에 그 이야기를 꺼냈던 자신을 못마땅해하는 것 같았다. 하지만 진짜로 못마땅한 게 아니라는 걸 나는 안다. 무릇 불가침의 정보를 통제해야만 하는 상황이 되면 그 정보를 누설하고 싶은 마음은 더 간절해지는 법이다. 그러니 친구라면 마땅히 그 짐을 덜어주기 위해서 애를 써야 한다. 그래야 우리 '여자친구'는 비밀을 누설했다는 죄책감에 괴로워하지 않게 된다. 을러대는 통에 더는 어쩔 수 없어서 비밀을 털어놓게 만들어줘야 한다! 내가 여기서 굳이 '여자친구'라고 말한 건 이게 본질적으로 여자의 게임이기 때문이다. 뒤돌아보면 아서가 이런 게임에 능숙했던 것은 바로 그의 성적 취향을 시사하는 것이었다. 하지만 아서 자신이 워낙 과장되게 자신의 성적 취향을 공표했기에 헷갈려서 알 수가 없었다. 아서는 자신에게 부과된 역할을 잘 수행하고 있었다.

"나는 마땅히 알아야 한다고 생각해." 나는 의미심장한 목소리로 말했다. "모두에 대해서."

아서는 두 손을 번쩍 들어 보였다. 전 지구에서 통하는 '그만' 표시였다. 더는 어쩔 수 없게 된 것이다! "알았어." 아서는 마지못해 내 말에 따르기로 했다. 숟가락을 아이스크림에 찔러 넣고 두 손을 펴서 식탁 위에 올려놓았다. 이야기를 어떻게 풀어낼지 고민하는 것 같았다. "벤 헌터라는 애가 있었어."

가을 금요일 댄스파티가 열렸던 밤, 무도회장을 빠져나가 HO와 털북숭이들이 술 마시는 걸 보면서 들었던 이름이었다. 올리비아는 아서가 벤에게 입으로 해주는 걸 봤다면서 역겹다고 말했고, 페이턴은 벤이 자살 시도를 했었다는 이야기를 덧붙였다. 또 결국에는 성공하지 못했다는 결말도 심술 맞게 이야기했다. 나는 앞의 이야기는 전혀 믿지 않았다. 올리비아의 전형적인 거짓말 냄새가 났다. 호기심에 모여든 아이들의 주목을 받기 위한 수작이 분명했다. 그래도 아서에게 내가 뭘 알고 있는지는 말하지 못했다. 뭔지 모르게 꺼림직했다. 내 맘속에 아주 작게, 어쩌면 정말 그런 일이 있었을 수도 있다는 생각이 들었기 때문이었다. 나는 진짜인지 아닌지 알고 싶지 않았다. 아서가 그 스팟에서 무릎을 꿇고 있는 모습을 상상하기도 싫었다. 괴짜 1번이 괴짜 2번의 성기를 빨아주는 장면에 아서가 있다니. 아서는 나를 인도하는 지적인 나침반 같은 아이였다. 정욕에 미쳐버린 발정 난 동물이 아니었다. 나와는 다른 사람이었다.

벤 헌터라는 이름을 들어본 적이 없는 척했다. "그게 누군데?"

"딘 때문에 자살한 애야. 그러니까……." 아서는 안경을 콧등 위로 추어올리면서 왼쪽 안경알에 지문 자국을 하나 더 추가했다. "어쨌든 자살 시도를 하게 했다는 말이야."

나는 아이스크림 통 안에 숟가락을 던져 넣었다. 아이스크림이 녹아서 숟가락이 조금씩 가라앉고 있었다. 마치 초록색 모래가 흐르면서 삼켜버리는 것처럼 보였다. "어떻게? 어떻게 하면 사람이 자살을 시도하게 만들 수가 있어?"

아서의 눈은 흐리멍텅해졌다. "몇 년 동안 괴롭히고 나서 평판을 떨어트리는데……." 아서는 얼굴을 찡그렸다. "역겨운 얘기야. 정말 알고 싶니?"

"그냥 좀 말해줄래?" 내가 내뱉듯 말하자 목 안쪽에서 아이스크림이 꾸룩거렸다.

아서는 한숨을 쉬었다. 미식축구 수비수 같은 아서의 어깨는 등 뒤쪽으로 축 처졌다. "너, 켈시 킹슬리 알아?" 나는 고개를 끄덕였다. 우리는 함께한 역사가 있는 사이였다. "걔가 8학년 때 졸업파티를 열었어. 그 아이 집에 3600평 정도 되는 수영장이랑 테니스 코트 그런 게 전부 있거든. 부지도 넓어. 어쨌든, 딘이랑 페이턴이랑 몇몇 축구 얼간이들이 파티장에 나타났어. 그때는 이미 다들 고학년이고 상급학교에 진학한 상태였으니까 그 자식들이 거기 나타난 건 이상한 일이었어. 하지만 페이턴이 켈시한테 꽂혔던 거야. 걔는 어린애를 좋아해서." 아서는 턱으로 나를 가리켰다. 내가 아주 적절한 예시라고 말하는 것 같았다. "거기서 걔들이 벤한테 같이 숲에 가자고 꼬셨어. 마리화나가 있다고 하면서." 아서는 골프공 크기만큼의 아이스크림을 숟가락으로 푹 떴다. 아이스크림을 먹기 위해서 벌린 입 속에 민트색 끈이 길게 이어져 있는 게 보였다. "벤이 왜 그 말을 믿었는지 모르겠어. 나라면 절대로 믿지 않았을 거야. 페이턴이랑 그 얼간이들을 믿어? 그 자식들은 벤을 꼼짝 못 하게 잡고 셔츠를 홀러덩 벗겼어. 그리고 딘이……." 아서는 입 안에 있던 아이스크림을 꿀꺽 삼킨 다음 찬 음식을 먹은 뒤에 짜르르 오는 두통을 이겨내려 몸서리를 쳤다.

"딘이 어떻게 했는데?"

아서는 관자놀이를 손가락으로 눌렀다. 그리고 깊이 숨을 내쉰 다음에 눈썹을 치켜올리고 나를 보았다. "딘이 벤 가슴에 똥을 쌌어."

의자에 앉아 있던 나는 몸을 뒤로 젖히고 두 손으로 입을 막았다. "정말 역겹다."

아서는 더 많은 아이스크림을 숟가락 위로 올렸다. "그거 봐. 내가 뭐랬어." 아서는 어깨를 으쓱여 보였다. "그러고 나서야 놔줬고, 벤은 도망쳤어. 거의 24시간 동안 사라졌다가 서브어번 스퀘어 옆 드러그스토어 화장실에서 발견된 거야. 벤은 면도칼을 사서……." 아서는 오른손을 뒤집어서 손목을 가르는 흉내를 내면서 진짜 아픈 것처럼 이를 앙다물었다.

"그래도 진짜로 죽지는 않았지?" 어느새 나는 내 손목을 다른 한 손으로 잡고 가상의 상처를 압박하고 있었다.

아서는 고개를 저었다. "일반적으로 사람들은 대동맥에 상처를 낼 정도로 깊이 상처를 내지 못해." 아서는 그런 사실을 알고 있음에 대해 자부심을 느끼는 것 같았다.

"그래서 지금 벤은 어디 있어?"

"무슨 보호시설 같은 데 있어." 아서는 어깨를 으쓱했다. "따지고 보면 반년밖에 안 된 일이야."

"벤이랑 연락해?" 나는 아서의 반응을 살피려 가까이 다가가면서 물었다.

아서는 온 얼굴을 찡그리고 고개를 살살 흔들었다. "좋아하기는 하는데 문제가 있는 애야." 그 말을 하고 나서 아서는 테이블 한가운데로 앨범을 밀어 놓고 아이스크림 통을 치웠다. 내 숟가락은 쓰러져서 보이지 않았다.

"벤을 위해서 딘을 갖고 놀아보자." 아서는 우리가 가장 좋아하는 페이지를 펴면서 제안했다. 우리는 딘에게 원숭이 귀를 그려주고 헤벌쭉 웃고 있는 얼굴 위에 '원숭이들은 보는 대로 따라 하다가 죽는다.'라고 적었다. 원래는 내가 '원숭이는 보는 대로 따라 하다가 배운다.'라고 적었지만, 아서가 '배운다'는 말에 엑스 표시를 하고 '죽는다'로 바꾸어놓았다.

이거 말고도 늘 펼쳐보는 페이지가 있었다. 거기서는 올리비아가 많은 관심을 받고 있었다. 나는 올리비아의 코에 검은색 땡땡이 점을 그려주고 '코팩이 필요해'라고 적어놓았다. 아서가 '가슴 수술도!'라는 말을 덧붙였다.

하지만 아서는 올리비아보다는 페이턴을 더 선호했다. 졸업 앨범은 3년 전 것이어서 우리는 6학년이었고, 페이턴은 8학년이었다. 대단한 일을 해낸 것이다. 하지만 무엇보다 놀라운 건 페이턴은 중학교 시절에 훨씬 더 예뻤다는 점이었다. 우리는 페이턴의 양쪽 관자놀이에 땋은 머리를 덧그려 주었다. 내가 그렸지만 졸업 앨범에서 이 사진을 볼 때마다 눈을 끔뻑거리면서 진짜 여자아이가 아니라는 사실을 상기해야 했다. "내 예쁜 엉덩이에 박아줘." 아서가 적었다. 그리고 얼마 전에 다른 문장을 덧붙였다. "박으면서 목 졸라줘." 버스를 같이 탔을 때 페이턴이 아서 목에 자기 스카프를 두르고 보라색으로 줄이 생길 때까지 졸랐던 적이 있었다고 했다. "한 달 동안이나 빌어먹을 터틀넥만 입고 다녀야 됐어." 아서는 불평스레 말했다. "알잖아. 내가 얼마나 열이 많은지."

아서는 딘의 입 옆으로 말풍선을 그렸다. "딘 바턴 신사는 오늘 무슨 생각을 할까요?" 무슨 생각을 할지 결정하기도 전에 문이 열리고 피너만 부인이 인사하는 소리가 들렸다. 아서는 마리화나 파이프를 낚아채서 주머니에 찔러 넣었다.

"엄마, 저 부엌에 있어요!" 아서가 소리쳤다. "티파니 왔어요."

나는 의자에 앉은 채로 몸을 틀어서 피너만 부인이 부엌으로 들어서는 걸 쳐다보았다. 부인은 목에 둘렀던 가느다란 스카프를 풀고 있었다. "안녕." 부인이 내게 말했다.

"안녕하세요, 피너만 부인." 나는 미소를 지었다. 약에 취해 나른한 걸 들키지 않기를 바랐다.

피너만 부인은 안경을 벗었다. 추운 곳에서 따뜻한 집 안으로 들어오는 통에 김이 서려 있었다. 부인은 셔츠 자락으로 안경을 닦았다. "저녁 먹고 갈래?"

"아니에요. 안 돼요. 하지만 감사합니다."

"너는 언제든 환영이란다." 부인은 안경을 다시 썼다. 유리 세정제로 닦은 유리 너머로 두 눈이 반짝이고 있었다. "언제든 놀러오렴."

＊＊＊＊＊

　라슨 선생님이 사전에 경고했던 일이었다. 『희박한 공기 속으로』 토론 수업이 끝나면 곧바로 2주 동안 문법 수업을 하기로 되어 있었다. 선생님이 계획을 공표하자 아이들의 입에선 과장된 신음이 흘러나왔고, 선생님은 장난스러운 미소를 싱긋 흘렸다. 선생님이 사귀는 여자들에게도 똑같은 미소를 흘리고, 여자의 묵직한 금발 아래로 한 손을 미끄러트려 넣고 고개를 살짝 기울여 부드러운 키스를 건네는 모습을 머릿속에 떠올렸다.

　마운트세인트테레사에서 혹독한 문법 수업을 겪어낸 나에게도 이 소식은 실망스러운 것이었다. 하지만 놀랍게도 그와 동시에 세력권을 다투고자 하는 마음과 아드레날린이 분출되는 걸 느낄 수 있었다. '어디 덤벼들 보시지.' 9월에는 그렇게 생각했다. 동명사 구, 현재분사, 명사 수식어. 이런 것에서는 아마추어들을 납작하게 눌러 버리고도 남았다. 하지만 이젠 라슨 선생님도 없고 나의 경쟁심도 꺾여서 그저 수월하게 공부할 기회를 얻게 되었다는 걸 감사할 뿐이었다.

　라슨 선생님을 대신해서 허스트 선생님이 왔다. 열 살 남자아이 같은 몸매로 갭 키즈 아동복 매장에서 카키색 바지와 파스텔 버튼다운 셔츠를 사서 입는 여자였다. 뒤에서 보면 상급생들을 졸졸 따라다니는 성가신 남동생으로 오인되기 십상이었다. 그리고 이 선생님에게는 브래들리 졸업반인 딸이 하나 있었다. 일찌감치 다트머스대학 입학이 결정되었고, 크고 뾰족한 코에 보라색 쉼표처럼 눈가를 화장하고 다니는 그 여학생은 무해한 책벌레쯤으로 보였다. 하지만 수년 동안 예쁜 여자아이들에게 무시당하고, 별로 매력적이지도 못한 남학생에게도 퇴짜를 맞아온 탓에 고약한 험담꾼이 되어버렸던 모양이었다. 교실 앞에 앙상한 발목을 꼬고 앉아 있던 그 선배의 엄마는 첫날부터 나에 대한 지독한 선입견을 품고 있었다.

허스트 선생님의 본격적인 공격은 누군가 졸업 앨범 회의 때 크리스피 크림 도넛을 가지고 왔던 날 아침부터 시작됐다. 교실에 학생이 아홉 명뿐이었고 도넛은 열한 개였으니 각자 한 개씩 먹어도 충분한 상황이었음에도, 선생님은 도넛을 다 반으로 잘라놓았다. 나는 보스턴 크림과 슈거 파우더 두 종류가 있으니 각각 맛을 보라고 그렇게 했다고 생각해서 두 조각을 가져갔다.

"티파니." 허스트 선생님은 못마땅하다는 듯 혀를 차면서 말했다. "이런. 다른 아이들이 먹을 것도 좀 남기렴."

그런 식의 은근한 모욕 주기는 일부 학생들이 조심스럽게 킥킥 웃게 만드는 건 물론, 나와 얽히는 걸 꺼리게 만드는 효과를 냈다. 하지만 영어 우등반에는 아이비리그 출신 어머니를 둔 아이들로 가득 차 있어서 허스트 선생님이 원하는 수준의 일은 벌어지지 않았다(화학 수업을 듣는 퇴화한 동물 같은 애들이었다면 선생님의 의도는 더 잘 먹혔을 게 분명하다). 그래도 최대한 그 선생님이 원하는 바를 이루어내기는 했다.

아서와의 우정도 허스트 선생님의 괴롭힘을 면하게 해주지는 못했다. 아서가 나하고 친한 데다, 그 반에서 가장 똑똑하고 상석에 앉아 있으면서도 전혀 겸손한 법이 없다는 사실이 복합적으로 작용해서 나보다 더 모욕을 받아도 전혀 이상하지 않은 상황이었다.

어느 날 아침, 동격에 대한 난해한 설명이 이어지자 아서는 우리가 서로 주고받으면서 필담을 나누는 공책에다가 마침 동격을 활용해 적절한 예문을 썼다. 우리는 자유롭게 이야기를 나눌 수 있는 점심시간에도 필담을 나누곤 했다. "허스트 선생님, 새로 온 멍청한 선생······" 나는 터져 나오려는 웃음을 막으려 한 손으로 입을 막았다. 하지만 카랑카랑한 고음 한 자락이 새어 나가고 말았다. 모두가 얼어붙어 버린 가운데 허스트 선생님은 고개를 돌려 스키 폴 같은 한쪽 어깨 너머로 나를 한참 쳐다봤다. 손에 들린 붉은색 마커펜이 총상에서 흐르는 핏자국처럼 흘러내렸다.

"있잖니." 선생님은 마커펜을 든 손을 내 쪽으로 뻗었다. "여기서 네가 좀 도와주면 좋겠구나."

다른 학생이었다면 창피를 당하리라고 직감한 뒤, 응석받이 특권층 자녀답게 팔짱만 끼고 한번 해보라는 식으로 굴며 말을 듣지 않았을 것이다. 또래 앞에서 창피를 당하느니 교장실을 택하는 게 더 나았다. 하지만 나는 여전히 가톨릭 학교 출신 소녀의 두려움에 짓눌려 있어서 선생님이 시키는 일은 꼭 해야 하는 줄로만 알고 있었다. 아서가 곁눈질하는 걸 느끼면서 터덜터덜 교실 앞으로 걸어갔다. 판자 위를 걷는 사형수 꼴이었다.

허스트 선생님은 내 손에 마커펜을 꼭 쥐어주고는 칠판 옆으로 비켜서서 내가 설 수 있는 공간을 마련해 주었다.

"예문을 써보는 게 도움이 되지 않을까?" 선생님은 지나치게 친절하게 말하고 있었다. "받아 적으렴."

나는 마커펜을 들고 칠판 앞에 서서 기다렸다.

"티파니."

나는 들어 올린 팔 아래로 허스트 선생님을 쳐다보면서 문장을 말하기를 기다렸다.

"받아 적으렴." 허스트 선생님이 달콤하게 속삭였다. "티파니."

내 이름을 적으면서 나는 상의가 들어 올려져서 배가 접힌 부분이 드러날까 걱정했다. 마지막 철자인 i의 점을 찍자 허스트 선생님은 말을 이었다. "쉼표."

나는 쉼표를 찍고 다음 지시를 기다렸다.

허스트 선생님은 말했다. "싸구려 쇼핑몰 죽순이. 쉼표."

교실을 가득 채운 헉 하고 숨이 막히는 소리가 허스트 선생님의 말을 듣고 생겨난 건지, 아니면 아서가 증오에 찬 목소리로 "좇까시네!"라고 말해서 나온 건지 알 수가 없었다. 하지만 그다음에 아서가 벌떡 일어나더니 책상을 빙 돌아 나와서 허스트 선생님에게 다가왔다. 선생님은 160센티미터의 키에 136킬로그램의 거구가 돌격해 오는 걸 보면서도 좇같이 멍청한 표정으로 아무렇지도 않은 척 보이려 애를 쓰고 있었다.

"아서 피너만 학생, 지금 당장 자리로 돌아가세요." 허스트 선생님은 아서가 내 앞을 가로막고 우뚝 서자 뒷걸음을 쳤다. 아서는 불청객에게서 주인을 지키려는 충직한 개 같았다.

아서는 손가락으로 허스트 선생님의 얼굴을 가리켰고, 선생님은 순간 숨이 턱 막힌 표정을 지었다. "선생이면 다야? 네까짓 게 뭐라고 이러는 거야?"

"아서." 나는 아서의 팔을 한 손으로 살짝 잡았다. 폴로 셔츠 아래가 뜨근뜨근했다.

"밥!" 허스트 선생님이 갑자기 악을 썼다. 그러더니 미친 사람처럼 일정한 간격을 두고 연거푸 새된 소리를 내질렀다. "바압! 바압! 바압!"

밥 프리드먼은 복도 건너편에 있던 동료 영어 선생님이었다. 벌컥 교실로 들어온 프리드먼 선생님은 어안이 벙벙해 보였다. 엄지와 검지 사이에는 다 베어 먹은 사과 심이 들려 있었다. "무슨 일이세요?" 그는 입 안 가득 사과를 문 채로 헐떡이며 말했다.

"밥." 허스트 선생님은 떨리는 숨결을 내쉬다가 곧 허리를 펴고 매무새를 가다듬었다. 비쩍 마른 남자 선생님의 존재 덕에 배짱이 생긴 모양이었다. "여기 피녀만 학생을 교장실로 좀 데려가 주시겠어요? 저에게 물리적 위협을 가했답니다."

아서는 웃음을 터트렸다. "이 여자 정말 미친년이네."

"이봐, 학생!" 프리드먼 선생님은 들고 있던 사과 심으로 아서에게 삿대질을 하면서 교실 앞으로 성큼성큼 걸어오다가 책가방에 걸려 넘어질 뻔하는 바람에 비틀댔다. 그 과정에서 안경도 벗겨질 뻔했다. 프리드먼 선생님은 안경을 고쳐 쓰고는 아서의 등에 닿을 듯 말 듯 하게 손을 뻗었다. 매년 선생님들이 참여하는 성희롱 세미나에 대한 소문을 잘 알고 있었다. 선생님들은 우리를 함부로 만지지 못했다. "교장실로 당장 가자."

아서는 넌더리가 난다는 듯 투덜거리고 프리드먼 선생님의 차마 닿지 못한 손길을 떨쳐냈다. 그리고 쿵쿵 소리를 내면서 앞장서서 교실 밖으로 나갔다.

"고마워요, 밥." 허스트 선생님은 점잔을 빼면서 격식을 갖춘 인사를 건넸다. 그러고는 셔츠 자락을 잡아당기고 판판한 가슴을 쭉 폈다.

프리드먼 선생님은 목례를 하고 아서를 따라 허둥지둥 걸어 교실 밖으로 나갔다.

몇몇 학생은 맞잡은 두 손으로 입을 가리고 있었다. 샌님 두 명은 터져 나오려는 울음을 간신히 참아내고 있었다.

"소란이 있었네요. 양해를 구해요." 허스트 선생님은 근엄하게 보이려고 노력하고 있었다. 하지만 나는 칠판지우개로 내 이름을 지우는 선생님의 손이 떨리는 것을 보았다. 선생님은 내게 자리로 돌아가라고 말했다. 어쨌든 그 후로 선생님은 날 더 괴롭히지 않았다.

◆◆◆◆◆

그날 내내 학교에서 아서를 볼 수 없었다. 나는 운동 연습을 끝내고 잘 닦여진 오솔길을 따라 아서의 집으로 걸어갔다. 바닥에 떨어진 오래되고 얇은 낙엽이 운동화 아래서 쉽게 바스러졌다.

문을 두드려도 아서는 나오지 않았다. 나는 주먹으로 문을 세게 두드렸다. 그 바람에 창 덧문이 크게 흔들렸지만 아서는 아무리 불러도 답하지 않았다.

◆◆◆◆◆

다음 날에도 아서는 학교에 오지 않았다. 그 주 내내 정학을 당했겠거니 생각했다. 하지만 점심을 먹으러 내가 앉는 자리(이제는 나의 영원한 안식처가 된 옛날의 그 테이블)에 앉았을 때 샤크가 눈물을 글썽이면서 아서가 퇴학을 당했다고 속삭였다.

'퇴학'은 내게 '암'이나 '테러'와 같은 정도의 공포를 안겨다 주는 말이었다. "어떻게 퇴학을 시킬 수 있어? 아서는 아무 짓도 하지 않았는데. 진짜로."

"아마도 계속 벼르고 있었는데 이번 사건이 결정타가 된 것 같아." 샤크는 눈을 깜빡였다. 눈물이 모여 방울을 이루었다. 나는 눈물방울이 뺨이 아니라 얼굴 옆으로 쪼르륵 흘러내리는 모습을 경이롭게 바라보고 있었다. 샤크는 허벅지를 타고 기어오르는 개미를 떨어버리듯이 눈물을 휙 털어냈다. "전에 물고기 사건이 있었잖아."

아무래도 샤크는 일이 어떻게 돌아가고 있는지 잘 알고 있는 모양이다. 내가 C 학점밖에 못 받은 어려운 스페인어를 유창하게 구사하

254

는 것같이 들렸다. 도무지 무슨 이야기인지 알 수가 없었다. "물고기?"

"이런." 샤크는 자세를 고쳐 앉았다. "아서가 너한테 말했을 줄 알았어."

"지금 무슨 말을 하는지 모르겠는데." 조바심에 목소리가 커졌다. 샤크는 손가락을 입에 대고 조용히 하라고 했다.

샤크는 목소리를 한껏 낮추어 말했다. "나도 잘 몰라. 현장에 없었거든. 하지만 작년에 아서가 생물 시간에 물고기를 발로 짓이겼던 걸로 정학을 받았던 일이 있었어."

순간 무슨 일이 벌어졌었던 건지 알 것 같았다. 허스트 선생님한테 그랬듯이 아서가 이를 드러내고 눈을 부라리면서 미끄덩거리는 파란색 물고기의 몸통을 커다란 발로 짓밟는 장면이 떠올랐다. 펄떡거리며 숨을 쉬려고 안간힘을 쓰는 물고기에게는 최대한으로 힘을 가하지 않으면 옆으로 미끄러져 버린다는 사실을 잘 알고 있기에 아주 효과적으로 발길질을 해댔을 것이다. "왜 그랬는데?"

"그 아이들이 문제였어." 샤크는 고개를 절레절레 저었다. 뮤직비디오의 폭력성에 경악한 엄마의 모습 같았다. "딘 말이야. 그 무리들이 아서를 도발했었어." 샤크가 손가락을 관자놀이에 대고 얼굴을 옆으로 쭉 밀었다. 안 그래도 찢어진 눈매가 더 찢어져 보였다. "불쌍한 아서. 이 일로 학생부에 기록이 남으면 컬럼비아대학에 입학하지 못할 거야. 레거시 특례*도 소용없게 되는 거라고."

◆◆◆◆◆

<hr />

•   부모 중 한 명이 해당 대학의 졸업생일 때 주는 입학 특혜

그날 오후 늦게 나는 8킬로미터 달리기를 하던 중에 쥐가 난 척을 하면서 다른 아이들에게 나를 두고 먼저 가라고 손짓했다. 그런 다음에 오던 길을 되돌아서 학교로 갔다. 돌아가는 길은 7분 만에 주파해 냈다.

이번에 나는 초인종을 눌렀다. 초인종을 계속 꾹 눌렀다. 급기야 아서의 발자국 소리가 집 안에 온통 울렸다. 아서는 문을 벌컥 열고 쌀쌀맞은 눈길로 나를 보았다.

"아서!" 나는 꽥 고함을 지르듯 아서의 이름을 불렀다.

"진정 좀 하시지." 아서는 뒤로 돌아서서 계단을 오르기 시작했다. "들어와."

◆◆◆◆◆

우리는 아서의 침대에 나란히 앉았다. 아서는 내게 마리화나 파이프를 건넸다.

"진짜 그렇게 마무리됐어?" 내가 물었다.

아서는 입을 크게 벌려 짙은 연기를 내뿜었다. "진짜 그렇게 마무리됐어."

"진짜 퇴학당해야 하는 건 딘 새끼인데." 나는 작게 투덜였다.

"카페테리아에 그 자식 집안 이름이 왜 붙어 있겠어?" 아서는 침대프레임에 파이프 옆을 톡톡 두드려서 안에 뭉쳐져 있던 내용물을 풀었다. 그리고 다시 내게 건넸다. 나는 고개를 저었다.

"내가 조금만 더 배짱이 있었다면 그 자식이 퇴학당했을 텐데." 내가 말했다.

아서는 신음하면서 침대에서 벌떡 일어섰다. 매트리스가 출렁거리는 바람에 균형을 잡으려 애를 써야 했다. "왜 그래?" 나는 영문을 몰라 하며 물었다.

"그런데 너는 그렇게 안 했잖아." 아서가 말했다. "너는 그렇게 안 했어! 그러니까 자기혐오 짓거리는 그만둬."

"지금 그 일로 나한테 화내는 거야?" 나는 배를 움켜잡았다. 더는 내게 화를 내는 사람을 참아줄 수가 없었다.

"화낼 사람은 바로 너야!" 아서가 고함을 쳤다. "그 자식을 끝장낼 기회가 있었는데 그러지 않았어. 왜냐면……." 아서는 뱃속에서 우러나오는 듯한 웃음소리를 냈다. "네가 자력으로 만회할 수 있으리라 진짜로 믿었으니까." 아서는 자신이 뱉은 말에 더 크게 웃었다. "맙소사다! 맙소사야!" 아서는 지금껏 들어본 농담 중 가장 재미있기라도 한다는 듯 그 말만 계속 반복했다.

나는 내 안에 있는 모든 것이 잔잔하게 가라앉으면서 고요해지는 걸 느꼈다. 착 가라앉은 목소리로 다시 물었다. "뭐가 맙소사인데?"

아서는 딱하다는 듯이 크게 한숨을 내쉬었다. "그렇잖아. 모르겠냐? 안 보여? 넌 처음부터 부당한 대우를 받고 있었어. 그런데도 넌……." 아서는 자신의 머리를 부여잡았다가 놓았다. 머리 다발이 사방으로 뻗쳤다. "넌 좆같이 멍청해서 그걸 몰랐던 거야."

이런 말을 듣느니 딘에게 뺨을 백만 번 맞는 편이 더 나았다. 최소한 딘은 나를 원했지만 갖지 못해서 성질을 냈다. 세상에서 가장 기본적이고 원초적인 분노를 보였을 뿐, 나의 인간적인 면모에 불명예스러운 일은 아니었다. 하지만 아서가 보는 내 모습이 나 스스로 생각하고 있는 모습과 전혀 다르다는 사실은 엄청나게 충격적이었다. 우리는 친구가 아니었다. HO와 털북숭이 다리 남자애들을 경멸한다는 점에서 뭉쳐 다닌 사이일 뿐이었던 거다. 버림받은 나를 아서가 친절하게도 받아준 것이었지, 그 반대는 아니었다. 나는 내가 아는 유일한 방식으로 되받아쳤다.

"그래." 나는 씩씩거리며 말했다. "그래도 최소한 딘은 나를 원했어. 나한테는 기회가 있었다고. 3년이나 흑심을 품고 주변을 존나 어슬렁댔던 너랑은 다르게 말이지."

아서의 얼굴이 일그러졌다. 눈에 띄지 않을 정도로 아주 조금. 나도 울 것 같았다. 아서는 나를 옹호해 주었다. 라슨 선생님을 제외하면 그렇게 해준 유일한 사람이었다. 그때, 그 찰나의 순간은 앞으로 계속 이어질 사건을 미리 막을 기회였다. 하지만 이미 아서의 이목구비는 아무런 문제도 없었다는 것처럼 재정비되어 비열하고 냉담한 시선을 되찾았다. 이제는 되돌릴 수 없을 정도로 늦어버렸다. "지금 무슨 소리를 하는 거야?"

"무슨 소리인지는 네가 더 잘 알 텐데." 나는 어깨에 닿도록 땋은 금발을 뒤로 획 제치면서 말했다. 내 머리카락이며 가슴 등 나를 곤란에 처하게 했던 그 모든 것들이 지금 여기서는 나를 방어할 수 있는 유일한 무기였다. "내 눈은 못 속여." 나는 방 안을 재빨리 둘러보다가 아서의 책상 위에 놓인 졸업 앨범을 발견했다. 나는 침대에서 벌떡 일어나 앨범에서 우리가 가장 좋아하는 곳을 폈다.

"어디 보자." 나는 딘의 사진을 찾아냈다. "'엉덩이에 박아줘. 피가 나도록 세게.'" 딘의 사진에는 낙서가 너무 많이 되어 있어서 아서는 딘의 얼굴을 향한 화살표를 페이지의 아래쪽까지 끌고 내려와서 더 많은 낙서를 적어놓았다. "와! 이건 주옥같네. '내 자지를 잘라줘.'" 나는 고개를 들어 아서를 쳐다보았다. "딘 자지를 박제해서 매일 밤 애착 담요처럼 품고 자려고 했나봐? 이 빌어먹을 게이 새끼야."

아서는 내게 달려들었다. 앙칼지게 앨범을 잡아서 내 손아귀에서 빼냈다. 나는 다시 앨범을 뺏으려고 하다가 균형을 잃고 말았다. 뒤로 비틀거리면서 넘어진 나는 벽에 머리를 부딪혔다. 나는 어린아이처럼 내가 한 실수에 화가 났다. 다친 곳을 부여잡고 울부짖었다.

"좀 곰곰이 생각해 보지 그랬냐?" 아서는 헉헉거리면서 말했다. 우리 둘이 벌인 약간의 실랑이로 인해서 살 속에 깊이 묻혀 있던 아서의 심장에 무리가 간 모양이었다. "내가 너랑 떡을 칠 생각이 없었던 게 내가 게이라서가 아니라 네가 역겨워서라는 생각은 안 해봤지?"

나는 입을 벌려서 자기방어에 나서려 했다. 하지만 아서가 말을 끊어버렸다. "너나 잘라서 갖다 버려. 중요한 일을 한 사람 중에는 그따위 가슴을 가진 사람이 아무도 없어." 아서는 자신의 가슴을 두 손으로 모아 쥐고는 거칠게 흔들어댔다.

달리기 훈련을 계속하고 있었다면 그때 나는 뉴 걸프 로드에 있는 작은 산을 오르고 있었을 것이다. 하지만 그랬어도 아서의 집에 있었던 그때만큼 거칠게 숨을 몰아쉬지는 못했을 것이다. 나는 아서의 침대 협탁 위에 놓여 있던 사진을 세게 움켜쥐었다. 아서와 아빠가 바닷가에서 웃고 있는 바로 그 사진이었다. 그리고 아서에게 잡히기 전에 도망쳤다. 아서가 뒤에서 계단을 내려오는 소리가 들렸다. 하지만 공포 영화에서와는 달리 이 살인자는 뚱뚱하고 굼떴으며 마리화나에 취해 있었다. 나는 책가방을 한쪽 어깨에 멘 채로 문 앞에 도착했지만 아서는 그제서야 2층 계단을 내려오고 있었다. 나는 밖으로 나갔다. 한참을 계속 달렸다. 아서가 한참 뒤에서 무릎을 꿇고 허리를 굽힌 채 분노하고 있다는 걸 알 수 있었다. 나는 8킬로미터 정도를 쉬지 않고 달려서 로즈몬트역으로 향했다. 멀리 떨어진 역이기도 하고 아서가 찾아볼 것 같지 않은 곳이었다. 마침내 걸음을 늦춘 나는 손에 든 사진을 쳐다보았다. 아서가 원했던 행복이 무엇인지 알 수 있었다. 되돌려줄

까도 생각해보았지만 아서의 아버지가 얼마나 빈둥거렸는지 떠올랐다. 어쩌면 이 사진을 가져온 게 아서에게 도움이 될 수도 있다. 덕분에 아서는 지난 일을 잊고 뚱뚱보로 살아가지 않게 될지도 모른다. 나는 길가에 멈추어 서서 사진을 안전하게 보관할 곳을 찾았다. 그리고 액자에 붙어 있는 바보 같은 조개껍데기를 보호하기 위해서 서류철 안에다가 사진을 집어넣었다.

며칠 후 아서가 톰슨고등학교에 입학했다는 소식을 듣게 되었다. 래드너에 있는 공립학교였다. 톰슨고등학교는 2003년도에 졸업생 307명 중 단 두 명의 학생만 아이비리그에 진학시킨 학교였다. 아서는 그 두 명에 끼지 못할 운명이었다.

11장

이메일이 왔다. 스물두 살 무렵, 대학을 막 졸업하고 필사적으로 구직을 하고 있었을 때였다면 넬에게 전화를 걸어서 큰 소리로 읽어주었을 법한 이메일이었다.

친애하는 파넬리 씨에게

저는 에린 베이커라고 합니다. 타이프미디어의 인사부에서 일하고 있습니다. 저희 매거진 《글로우》의 특집 기사를 담당하는 선임 편집자 자리에 공석이 생겼습니다. 관심이 있으시다면 면접을 보러 와주셨으면 합니다. 이번 주에 커피라도 한잔하면서 이야기를 나눌 수 있을까요? 급여는 어디에도 뒤지지 않는 수준입니다.

마음을 담아,

에린 드림

이메일을 닫았다. 회신이 급하지 않았다. 전혀 관심이 없었기 때문이었다. 물론 선임 편집자 자리는 편집장이 되기 위한 여정에서 큰 도움이 될 게 분명하다. 돈도 더 많이 벌 수 있으리라. 하지만 지금은 돈 걱정은 할 필요가 없었다. 얼마의 급여를 제안하든,《위민스 매거진》과 똑같지만 조금 덜 전형적인 잡지를 만드는 곳으로 자리를 옮길 정도의 일은 아니었다. 특히 고양이가 머리 없는 쥐를 주인 앞에 던져 놓은 것처럼 롤로가 그 빌어먹을《뉴욕타임스》를 내 문간에 던져 놓은 지금은 더더욱 그랬다.

《위민스 매거진》재직 기간 동안 남자 성기를 은유하는 '멤버'라는 단어를 너무나 많이 글에 담아야 했지만, 그래도 이 잡지사의 유명세는 나를 보호해 준다. 루크와의 약혼 못지않게 든든한 보호책이다. 사람들에게 잡지사에서 일한다고 말하면 다들 어디냐고 묻는다. 그러면 나는 어김없이 얌전하게 고개를 옆으로 기울이고 최대한 문장의 끝을 높이 올리면서 대답한다. "《위민스 매거진》이라고 아세요?" 내 목소리에 담긴 억양은 이런 의미다. '들어본 적 있죠?' 그건 마치 재수 없는 하버드생들이 "아, 저는 캠브리지에 있는 대학에 다녔어요"라고 말하는 것과 같다. "어디요?" "하버드라고 아세요?" 대체 하버드를 들어본 적 없는 사람이 어디 있단 말인가. 나는 사람들이 즉각적으로 알아보고 인정해 주는 걸 즐겼다. 구차한 설명은 고등학교 때 충분히 했다. 왕족 사이에 낀 소작농 신분을 정당화하기 위해서 얼마나 많은 부연 설명이 필요했나. "난 체스터 스프링스에 살아. 그렇게 멀지 않아. 나는 그렇게 가난하지 않아."

나는 이메일 창을 닫았다. 회신은 나중에 할 생각이었다. "저를 생각해 주신 것은 감사합니다만 저는 현재 위치에 매우 만족하고 있습니다"같은 잘난 척을 해볼 생각이었다.

나는 모스 부호를 치듯 초록색 손톱으로 테이블을 두드리면서 넬이 어디쯤 오고 있을지 생각했다. 몇 분이 지나자 넬의 도착을 알 수 있었다. 식당 입구 근처에 있던 사람들의 고개가 획 돌아가는 게 첫 번째 신호였다. 두 번째 신호는 넬의 정수리다. 세상에서 가장 충격적인 금발이 몸을 이끌어 나를 향해 오고 있었다.

　"미안!" 넬은 의자에 몸을 접어 앉았다. 넬은 키가 너무 커서 막대기처럼 가녀린 다리를 테이블 아래 둘 수가 없다. 그래서 다리를 꼬아서 통로 쪽으로 향하게 한다. 부티 부츠를 신은 발이 다른 발 위에서 달랑거렸다. 구두 굽은 짐승의 발톱처럼 날카롭고 가늘었다. 언제나처럼 오늘 밤도 같은 타령이 이어졌다. "택시를 잡을 수가 없었어."

　"여기는 너희 집에서 한 정거장 떨어진 곳인데." 내가 말했다.

　"지하철은 일하는 사람이나 타야지." 넬은 나를 보며 씩 웃었다.

　"잘났다, 진짜."

　종업원이 오자 넬은 와인을 한 잔 시켰다. 나는 이미 한 잔을 시켜서 반쯤 마셨다. 이걸 마지막 잔으로 삼으려고 노력 중이다. 저녁에는 딱 두 잔만 마실 수 있으니까.

　"너 얼굴이?" 넬은 숨을 들이마셔서 양 볼을 홀쭉하게 만들었다.

　드디어 효과가 있는 모양이다. "아사 직전이야."

　"알지. 너무 힘들겠다." 넬은 메뉴판을 펼쳤다. "뭐 먹을래?"

　"참치 타르타르."

　메뉴를 살피던 넬의 얼굴에 당혹감이 스쳤다. 넬이 들고 있으니까 메뉴판은 손에 쏙 들어가서 작은 기도서 정도의 크기로 보였다. "그게 어디 있어?"

　"애피타이저에 있어."

　넬은 크게 웃었다. "그놈의 결혼. 나는 절대 안 하기로 해서 얼마나 다행인지."

　종업원은 넬의 와인을 가지고 오더니 음식 주문을 하겠느냐고 물었다. 넬은 햄버거를 시켰다. 소시오패스다운 선택이었다. 어차피 다 먹지도 못한다. 각성제를 복용하고 있어서 몇 입 먹고 나면 더 먹고 싶어하지 않았다. 나도 그 약의 효과를 볼 수 있다면 좋겠다. 하지만 넬의 파란 알약을 하나 먹어도, 심지어 코카인에 취해서 눈 깜짝할 사이에 밤이 아침으로 변해 버리는 때에도 내 식욕은 늘 의식의 표면까지 뚫고 나가고야 말았다. 내게 효과가 있는 유일한 방법은 순전하고 엄격한 절제뿐이었다.

　내 주문을 들은 종업원이 말했다. "참고로 말씀드리자면 양이 아주 적습니다." 종업원은 주먹을 쥐어 이 정도 양이라는 것을 보여주었다.

　"곧 결혼할 예정이라서요." 넬은 종업원에게 눈을 깜빡여 보였다.

　종업원은 "아하" 하고 이해했다는 소리를 냈다. 게이 종업원은 자그 맣고 예쁘장했다. 아마도 일이 끝나면 만나서 시간을 보내는 몸 좋은 애인을 두고 있을지도 모른다. 종업원은 내 메뉴판을 가져가면서 말했다. "축하드립니다." 그 말은 치아의 신경이 드러난 곳에 닿은 얼음처럼 저릿하게 아팠다.

　"무슨 일이야?" 넬이 불쑥 말했다. 내 이마가 V자 모양으로 일그러져 있었기 때문이었다. 울기 직전에는 늘 이런 모습이 된다.

　나는 두 손으로 눈을 가렸다. "내가 이걸 정말 원하는지 모르겠어." 결국 말해버렸다. 이렇게 시인하는 건 아주 작은 자갈 하나가 산비탈에 굴러떨어지는 것과 같았다. 너무나 작고 하찮은 일이어서 거대하게 요동치는 눈사태의 근원이 될 리 없어 보인다.

　"좋아." 넬은 냉철한 얼굴로 핏기가 가시도록 입술을 꽉 다물었다. "최근 들어 이러는 거야? 이런 기분이 든 게 얼마나 되었어?"

나는 이 사이로 말을 토해냈다. "오래됐어."

넬은 고개를 끄덕였다. 넬은 와인 잔 옆에 두 손을 얹어 놓고서 붉은 액체를 깊이 응시했다. 흐릿한 레스토랑의 조명 아래서 넬의 눈동자는 푸른빛을 잃어버렸다. 그 빛이 꼭 필요한 여자들이 있다. 밝고 깊은 눈빛이 있어야 예쁘다는 말을 듣기 때문이다. 하지만 넬에게는 반드시 필요한 것도 아니다.

"만약에 말이야." 넬은 콧구멍을 살짝 벌름거리면서 말했다. "결혼을 취소하면 어떨 것 같아? 시간이 흘러가서 루크도 그냥 '예전에 알고 지냈던 누군가'가 된다면?"

"지금 고티에 노래 제목 말하는 거야?" 나는 톡 쏘아붙였다.

넬은 내 쪽으로 고개를 기울였다. 넬의 금발이 어깨에서 흘러내려 지붕에 맺힌 고드름처럼 반짝반짝 대롱거렸다.

나는 한숨을 내쉬며 잠시 생각에 잠겼다.

얼마 전 밤에 있었던 일을 떠올렸다. 그리 오래되지 않은 일이다. 싸움꾼처럼 생긴 남자가 나를 보고 못생긴 창녀라고 했었다. 내가 새치기를 했다고 시비를 거는 거였다.

"좆까!" 나는 그 남자를 한껏 비웃어주었다.

"너한테 까줄까?" 남자의 목에 걸린 체인 목걸이가 조명을 받아 은빛을 흩뿌리고 있었다. 파충류에 어울릴 법한 그의 피부는 군데군데 주름이 잡혀 있었다. 나이에 걸맞지 않은 주름이었다. 나처럼 인공 선탠 전문점의 유혹을 잘 뿌리쳤다면 저 지경까지 가지 않았을 텐데.

나는 가장 소중한 손가락을 들어 올렸다. "필요 없어. 난 임자가 있어서."

그때 그 남자의 얼굴에 떠오른 표정은 반지가 지닌 힘을 알게 해주었다. 용기를 불어넣고 상처 입지 않도록 보호해 주는 마법 같은 힘이 반지에는 있었다.

나는 넬에게 말했다. "그렇게 되면 정말 슬플 것 같아."

"왜 슬플 것 같은데?"

트라이베카의 경비가 잘 되는 건물에서 살면서 택시를 타고 다니고, 유명 이탈리아 레스토랑이 문을 열자마자 가서 밥을 먹고, 루크 해리슨이라는 명문가의 자제와 낸터킷에서 결혼식을 올리기로 한 28세 여성. 수식어가 더 붙지 않아도 잘나가는 여자라는 걸 알 수 있다. 만약 스물여덟 살에 사귀는 사람도 없는 데다 넬처럼 예쁘지도 않고, 전기세를 내려고 이베이에서 흔해빠진 펌프스를 팔고 있다면? 그야말로 할리우드의 슬픈 주인공 감이다.

"그야 루크를 사랑하니까."

이어진 넬의 대꾸는 아무런 악의가 없는 무해한 것이었다. 하지만 나는 넬을 잘 알고 있었다. 최대의 효과를 내기 위해서 엄선한 말이 분명했다. "얼마나 좋겠어."

나는 사과의 의미로 목례를 보냈다.

이어진 침묵에서 윙윙거리는 소리가 나는 것 같았다. 펜실베이니아의 본가 뒤편에 난 고속도로 같았다. 어릴 적부터 익숙하니까 고속도로에서는 아무런 소리도 나지 않는다고 생각했었다. 하지만 처음으로 마운트세인트테레사 친구들을 집으로 불러서 자고 가라고 했던 날에 소음이 난다는 걸 알아차렸다. "이게 무슨 소리야?" 리아가 콧잔등을 찡그리고 나를 힐난하듯 쳐다보며 물었다. 리아는 지금 결혼해서 애도 있다. 머리부터 발끝까지 분홍 솜사탕색으로 옷을 입힌 아기 사진을 페이스북 계정에 올리곤 했다.

넬은 두 손을 마주 잡고 마지막으로 탄원했다. "있잖아, 사람들은 네가 생각하는 것만큼 너에게 관심을 두고 있지 않아." 넬은 소리 내어 웃었다. "이렇게 말하니까 되게 나쁜 말 같은데. 그렇지 않아. 그러니까 내 말은, 뭔가를 보여줘야만 한다는 건 네 생각에 불과할 뿐이라는 거야."

그게 사실이라고 해도 보증금 환급 문제는 남는다. 내 옷장에 샐쭉하게 걸려 있는 캐롤리나 헤레라 드레스를 돌려줘야 한다. 게다가 손가락에 있는 4캐럿 크기의 돌출부 없이 다큐멘터리 촬영을 해야 한다. 내가 과거에 설정된 값어치보다 훨씬 더 가치 있는 사람이라는 사실을 보여주는 증거물이 없어지는 것이다. "그렇지 않아."

넬은 먹빛 눈동자로 나를 물끄러미 보았다. "우리 아니. 그래, 잘 생각해야 해. 큰 실수를 저지르기 전에 정말 열심히 생각해 봐."

"이거 참 어이없네." 나는 시비조로 웃어댔다. "나한테 모든 사람을 조종하고 이용하라고 가르쳐준 사람한테 이런 말을 듣다니."

넬의 입술이 살짝 벌어졌다. 입만 벙긋거릴 뿐 말하지는 않았다. 방금 내가 한 말을 되뇌면서 이해하려고 하는 모양이었다. 다음 순간 넬의 표정은 짜증스러움에서 놀라움으로 바뀌었다. "나는 이게……." 넬은 두 손을 빙빙 돌리며 말했다. 넬이 말하는 '이게' 뭔지 설명하려는 몸짓이었다. 나는 생각할 수 있는 모든 '이게'를 떠올렸다. "네가 원하는 거라고 생각했어. 난 네가 루크를 원한다고 생각했다고. 이 작은 가식이 너를 행복하게 만들어 준다고 생각했어." 흥분한 넬은 한 손으로 자기 얼굴을 툭툭 치고 침을 튀기면서 지껄여댔다. "세상에, 아니. 네가 행복하지 않다면 하지 마!"

"있잖아," 나는 천천히 팔짱을 꼈다. 팔이 겹쳐지면서 장벽이 쌓였다. 가장 중요한 곳에 넬이 접근하지 못하도록 막아야 했다. "너를 여기서 보자고 한 건 내 기분을 좀 나아지게 해볼까 해서였어. 더 나빠지게 하기 위한 게 아니라."

넬은 자세를 바로 하고 치어리더의 활기참을 장착한 목소리로 말했다. "좋아, 아니. 원하는 대로 해주지. 루크는 최고의 남자야. 있는 그대로의 네 모습을 보고 그대로 받아들인 사람이지. 너답지 않은 모습을 기대하지 않는다고. 와, 진짜 너는 그런 남자를 잡아서 얼마나 다행인지 알아야 해." 넬은 도끼눈을 하고 나를 노려보았다.

우리의 귀여운 종업원이 손에 바구니를 들고 재등장했다. "죄송합니다." 종업원은 낮은 목소리로 웅얼거리듯 말했다. "아무래도 지금은 아닌 것 같습니다만, 그래도. 빵 드시겠어요?"

넬은 짜증 나도록 눈부시게 환한 미소를 지었다. "좋지요."

종업원은 넬의 주목을 받고 힘을 얻은 게 분명해 보였다. 뺨에는 혈색이 돌았고 두 눈은 밝게 빛났다. 넬이 요정의 마법 가루를 뿌릴 때마다 사람들이 늘 보이는 반응이었다. 그 종업원은 자신이 우리 둘 사이 공간을 팔로 갈랐을 때 무슨 일이 벌어졌는지 느꼈을까? 그가 테이블 중앙에 빵 바구니를 놓은 순간, 그곳의 공기는 우지끈 금이 가면서 우리 사이의 위험을 알렸다.

◆◆◆◆◆

몇 주가 지났다. 뉴욕은 여름으로부터 조금 더 멀어지고 있었지만, 9월은 아직 열기와의 전투에 건성으로 임하고 있었다. 다큐멘터리 촬영이 시작될 예정이었다. 내가 준비되었든 말든 상관없이 촬영은 진행될 것이다. 나는 웨딩드레스 가봉을 마쳤고 재봉사는 내 허리와 66사이즈 드레스 사이에 생긴 격차에 혀를 내둘렀다. 처음 드레스를 주문할 때 나는 멈칫했었다. 66사이즈가 가능할까? "웨딩드레스는 일반 드레스와 사이즈가 완전히 달라요." 판매원은 자신 있는 어투로 나를 설득했다. "바나나 리퍼블릭 같은 브랜드 옷이라면 44나 심지어 아동용 사이즈로 입으실 거예요. 하지만 웨딩 드레스는 66이나 77을 입으셔야 해요."

"77은 아니에요." 나는 충격받은 얼굴이 바나나 리퍼블릭 매장에서 쇼핑하는 일은 절대 없을 거라는 설명을 대신할 수 있기를 바라면서 말했다.

목요일 저녁, 나는 '고향' 메인라인으로 차를 몰고 가고 있었다. 첫 촬영이 금요일에 있었다. 다큐멘터리팀은 학교 안 촬영을 허락받지 못했다. 나는 왠지 안심되었다. 브래들리는 부정적인 여론을 원하지 않을 것이다. 그런데 내 이야기는 분명 학교에 부정적이다. 그렇다면 학교의 비협조적인 태도는 촬영팀의 관점이 나와 좀 더 일치하게 되는 데 도움을 줄 것이다. 앤드루 말고 촬영에 참여하는 다른 사람이 누구인지 알고 싶었다. 촬영팀에 물어봤지만 말해주지 않았다.

출발하기 전에 옷장을 다 털어 왔다. 진한 색의 왁싱 데님 바지, 띠 어리의 실크 탑, 너무 높지도 낮지도 않은 스웨이드 부츠 등. 액세서리 담당자에게 작고 사랑스러운 목걸이도 빌려왔다. 우아한 로즈골드 체인 가운데에 조그만 다이아몬드 바가 매달려 있었다. 카메라를 잘 받을 게 분명했다. 아주 고상하게 보일 것이다. 그날 오후에 전문가에게 드라이를 맡겨서 풍성하고 트렌디한 웨이브를 쫙쫙 펴버렸다. 심플하면서도 고급스러워 보이고 싶었다.

위켄드 백 안에 차콜색 블라우스를 접어 넣고 있는데 루크가 열쇠로 문을 여는 소리가 들렸다.

"자기, 나 왔어." 루크가 소리쳤다.

"자기야." 나는 인사를 건넸지만, 루크가 들을 수 있을 정도로 크게 말하지는 않았다.

"거기 있어?" 루크의 페라가모 구두 소리가 점점 가까이 다가왔고, 곧 그의 몸이 활짝 열린 문가를 가득 메웠다. 근사한 네이비색 수트에 호화로운 직물로 만든 폭 좁은 바지를 입고 있었다. 그가 문틀 양쪽을 손으로 짚고 앞으로 몸을 기울이자 가슴이 한층 넓어졌다.

"전리품이 굉장한데." 루크는 침대 위에 쌓아놓은 옷가지를 고갯짓으로 가리켰다.

"돈 쓴 건 아니니까 걱정 마."

"아니, 그런 말이 아니었어."

루크는 침대에 두었던 옷가지를 입을 크게 벌린 가방 안으로 옮기는 내 모습을 유심히 보았다.

"기분은 어때?"

"좋아." 나는 말했다. "내가 괜찮아 보이는 것 같아서 기분 좋아."

"자기는 늘 괜찮아 보이지." 루크는 싱긋 웃었다.

농담할 기분은 아니었다. "자기랑 같이 갔어도 좋았을 거야." 나는 한숨을 내쉬었다.

루크는 공감한다는 듯 고개를 끄덕였다. "알아. 나도 그렇게 생각해. 속상하지만 그래도 어떻게 하겠어? 언제 존을 다시 볼지 알 수가 없으니 말이야." 원래 루크는 이번 주말에 나와 함께 갈 준비를 다 해놓았었다. 그런데 인도에서 고아들에게 밥을 주는 것 비슷한 일을 하면서 내가 하는 일을 싸구려처럼 느끼게 만드는 루크의 친구 존이 뉴욕에 온다는 사실을 몇 주 전에 알게 되었다. 이곳에 딱 이틀만 있다가 다시 인도로 돌아가서 1년을 더 있을 예정이라고 했다. 우리 결혼식에도 못 온다. 약혼녀도 함께 왔는데, 엠마라는 이름의 자원봉사자였다. 스물다섯 살이라고 했다. 나는 그 여자의 아름다운 이름과 완벽한 나이를 듣자마자 빈정이 상했다. 나는 2년만 더 지나면 서른이다. 정말 믿을 수 없게도. "스물다섯?" 나는 콧방귀를 뀌면서 루크에게 말했다. "뭐야, 인터넷에서 꼬마 신부를 산 건 아니지?"

"스물다섯이 그렇게 어린 나이는 아니지." 루크는 무심코 대꾸했다가 아니다 싶었는지 한마디 덧붙였다. "그러니까 결혼하기에 이른 나이는 아니라는 말이야."

존이 루크에게 얼마나 중요한 친구인지 잘 알고 있다. 넬과 사이가 냉랭해진 지금도 넬이 지구 건너편에 가서 살다가 뉴욕에 이틀 밤을 보내러 돌아온다고 한다면, 나도 모든 걸 다 때려치우고 넬을 만나러 갈 것이다. 그러니 상관없다. 하지만 루크가 안도하는 모습이 너무 눈에 띄어서 거슬렸다. 나와 같이 촬영 현장에 가지 않아도 되어서 홀가분해진 걸까? 마음이 아파서 아무렇지 않게 넘길 수 없었다. 나는 라슨 선생님한테 메일을 썼다. 쓰면서도 이건 다 루크가 자초한 일이라는 생각을 했다. '메인라인에서 같이 점심 드실래요?'

"그래도 난 자길 사랑해." 루크가 말했다. 그런데 마치 질문처럼 끝을 올려 "그래도 난 자길 사랑해?"라고 묻고 있었다. "자기는 잘할 거야. 진실만 말하라고." 루크는 갑자기 웃음을 터트렸다. "왜 그런 말도 있잖아. 진실이 너를 자유롭게 하리라. 하하. 그 영화를 본 지 꽤 되었네. 짐 캐리는 요즘 뭐 하려나?"

그 말은 영화 「라이어 라이어」에 나오는 대사가 아니라 성경 구절이라는 걸 말해주고 싶었다. 단 한 번이라도 이 일을 제발 진지하게 생각해보라고도 말하고 싶었다. 나는 손가락에 긴 몇 캐럿짜리 오래된 반지 외에는 다른 어떤 보호구도 없이 사자 우리로 들어갈 판이었다. 고작 반지만으로 살아남을 수 있을까? 하지만 대신에 내 입 밖으로 나온 말은 이랬다. "「더 인크레더블 버트 원더스톤」이란 영화를 찍었던데. 정말 재미있는 영화야."

다섯 개의 마름모 장식

에런 감독에게 어떤 호텔을 예약했는지 물었다. 에런은 두 눈썹을 이마 가운데까지 치켜세울 정도로 놀랐다. "본가에서 지내실 거로 생각했는데요."

"집이 멀어요." 나는 말했다. "촬영지 근처 호텔에서 지내는 게 더 편리할 거예요. 래드너 호텔이면 적당할 것 같은데요."

"예산이 되는지 확인해 보겠습니다." 감독은 말했다. 하지만 나는 예산이 되리라는 걸 알고 있었다. 아무도 내게 말해주지 않았지만 내 이야기야말로 모든 걸 논리적으로 연결하는 핵심이었다. 내가 본 사건의 전말이 빠지면 이 일에 대한 새로운 관점을 잡는 게 불가능했다. 또 내 가슴도 호텔 예약에 일조하고 있는 것 같았다. 에런은 자신도 모르게 내 가슴을 훔쳐보고 있었다.

대학 졸업 이후 어릴 적 침실에서 잠을 잔 적이 없다. 대학 때도 아주 드물게 내 방을 썼다. 여름방학마다 인턴을 했다. 1학년 여름방학에는 보스턴에서 지냈고 그다음 해에는 뉴욕에서 보냈다. 명절이나 휴가는 가능하면 넬의 집에서 보내려고 애를 썼다. 넬의 집에서는 정말 쾌적하게 잘 수 있었다.

하지만 부모님 집에서는 완전히 달랐다. 겁에 질려서 유치한 타블로이드판 잡지를 움켜쥐고 밤을 새운다. 방에 텔레비전도 없다. 보건소에서 콘돔을 공짜로 나눠주듯이 대학에서 학생들에게 노트북을 주기 전이었다. 몰려오는 불안에서 벗어나서 딴 데로 생각을 옮길 수 있는 유일한 방법은 제니퍼 애니스톤과 브래드 피트, 안젤리나 졸리의 삼각관계에 대한 글을 읽는 것이었다. 그 집과 그 방은 어두운 과거의 구덩이에 묻어두었던 혐오감과 역겨움을 되살려 냈다. 암울하고 절망적인 기억에 맞설 수 있는 유일한 호적수는 얄팍한 오락물이었다. 그 두 가지는 다행스럽게도 상호 배타적이었다.

나이가 들고 돈을 벌게 되면서 비로소 방법을 찾았다. 호텔에서 지내면 되는 일이었다. 내게 그 정도 여유는 있었다. 핑계는 간단했다. 집에 갈 때 루크를 데려가면 부모님은 우리를 한 방에서 재우지 않으신다는 걸 구실로 삼으면 된다. 약혼한 지금도 엄마는 점잔을 빼면서 말한다. "아직 결혼도 하지 않았는데 우리 집에서 너희 둘이 한 침대를 쓴다는 게 마음이 편치 않구나." 내가 큰 소리로 웃자 엄마는 두 눈을 가늘게 뜨고 나를 보았다.

나는 촬영 직전이 되어서야 루크가 못 온다고 부모님께 말했다. 그리고 집에서 지내라는 엄마의 힘없는 요구에 침착한 어조로 대응했다. 촬영팀이 이미 래드너 호텔의 디럭스 게스트룸에 숙박을 하도록 조치해 놓은 데다 브래들리에서 5분 거리에 있는 그곳에서 지내는 편이 더 편리할 것이라고 설명했다.

"10분은 더 걸릴걸." 엄마는 날카롭게 지적했다.

"40분 걸리는 것보다 낫잖아." 나는 딱딱한 목소리로 말했다. 하지만 곧 미안한 마음이 들었다. "토요일에 같이 외식하러 가요. 루크가 대접해 드리라고 하던데. 이번에 찾아뵙지 못해서 죄송하다면서."

"정말 자상하기도 하지." 엄마는 아낌없는 칭찬을 쏟아냈다. "그럼 장소는 네가 정하렴." 그러고 나서 엄마는 덧붙여 말했다. "나는 양밍이 좋기는 하다만."

◆ ◆ ◆ ◆ ◆

목요일 저녁, 나는 루크의 지프에 말라비틀어져 가는 내 몸을 밀어

넣었다(아, 루크는 늘 우리의 지프라고 고쳐 말하게 한다). 뉴욕 번호판과 나의 뉴욕 면허증이 자랑스러웠다. 운전대를 돌릴 때마다 가로등 불빛이 내 손에 끼워진 왕방울만한 보석을 비추었다. 폭발하는 듯 퍼져 나가는 찬란한 진초록빛에 눈이 멀 지경이었다. 거기까지 어떻게 가더라? 「섹스 앤 더 시티」의 캐리 브래드쇼는 뉴욕에서 "필라델피아는 몇 걸음 걸어 나가서 택시 타고, 메트로라이너 고속 철도 탔다가, 다시 택시 한 번 타면 끝"이라고 간단하게 말한 적이 있었지. 아니, 그보다는 훨씬 더 먼 것 같다. 뉴욕에서 펜실베이니아로 가는 것은 마치 다른 차원의 세상으로 가는 것 같다. 내가 딱하게 여기는 다른 사람의 삶으로 들어가는 것 같았다. 그 사람은 무슨 일이 닥칠지도 모른 채, 아무런 준비도 하지 않고 순진무구하게 있었다. 그건 참 안된 일일 뿐만 아니라 위험한 일이었다.

◆◆◆◆◆

"먼저 이름과 나이를 말씀하시고 당시 몇 살이었는지를 이야기해 주시면 됩니다. 그……" 에런은 잠시 뜸을 들이면서 적당한 말을 찾았다. "그 사고는 일이 벌어진 날로 지칭하는 게 좋을 것 같습니다. 2001년 11월 12일에 몇 살이셨죠?"

"파우더를 더 발라야 할까요?" 나는 초조해졌다. "코가 잘 번들거려서요."

메이크업 아티스트가 다가와서 무대화장급으로 발라놓은 파운데이션을 세심히 살폈다. "괜찮아요. 지금 좋아요."

나는 검은색 스툴에 앉아 있었다. 뒤쪽 벽면도 검은색이었다. 금요일은 스튜디오 촬영을 하는 날이었다. 펜실베이니아의 미디어에 있는 스타벅스 위층에 자리 잡은 휑뎅그렁한 스튜디오였다. 미국의 당뇨병 환자들이 바가지 가격으로 즐기는 탄내 나는 연료 냄새가 천지에 진동하고 있었다. 오늘은 여기서 내 이야기를 하고, 학생들이 광란의 밤을 보낸 여파로 잠에 취해 있는 토요일 아침에는 브래들리 주변에서 몇 장면을 더 찍을 예정이었다. 에런은 내게 '흥미를 끌 만한 장소'를 꼽아달라고 했다. 평범했던 삶이 남들과 동떨어진 남다른 삶으로 변화하게 되었던 변곡점이 된 곳을 찾아달라는 의미일 것이다.

"저와 단둘이서 대화를 나누고 있는 척해 주세요." 에런이 말했다. 그는 편집이나 분할 촬영 없이 한 번에 촬영하기를 원하고 있었다. 그래서 나는 처음부터 끝까지 쉬지 않고 이야기를 해나가야만 했다. "이야기의 정서적 연속성이 중요하거든요. 눈물을 글썽여도 괜찮습니다. 그냥 계속 이야기하세요. 이야기가 곁가지로 빠지게 되거나 하면 제가 중간중간에 개입해서 다시 본론으로 돌아가도록 도와드릴 수도 있어요. 하지만 우리가 원하는 건 그냥 쭉 이야기를 해주시는 겁니다."

눈물을 글썽일 일은 없겠지만 토할 수는 있다고 말해주고 싶었다. 오랫동안 끈적거리는 맑은 담즙을 변기나 손, 차 밖에 게워내며 대응해 왔었다("정상적인 일이니 걱정하지 않으셔도 됩니다." 심리 상담사가 부모님께 한 말이다). 나는 심호흡을 했다. 가슴을 들썩일 때마다 실크 블라우스의 단추가 팽팽하게 당겨졌다.

"그러면 말씀드렸던 대로 기본적인 이야기부터 시작해 볼까요." 에런은 귀에 낀 이어폰을 누르고 나직하게 말했다. "세트장 좀 조용히 시켜줄래?" 그러고선 나를 보았다. "30초 동안 사운드 체크를 좀 하겠습니다. 아무 말도 하지 말고 있어주세요."

대략 열두 명쯤 되는 촬영팀 모두가 일제히 입을 닫았고 에런은 시계를 보면서 시간을 쟀다. 그때 처음으로 에런이 결혼반지를 끼고 있다는 걸 눈치챘다. 금반지였다. 지나치게 두꺼웠다. 아내 가슴이 납작해서 그렇게 내 가슴에서 눈을 떼지 못했던 걸까?

"됐지?" 에런이 물었다. 음향 담당 중 한 명이 고개를 끄덕였다.

"좋아." 에런은 손뼉을 치고 프레임에서 빠져나갔다. "좋습니다, 아니. 우리가 '테이크'라고 말하면 세 가지를 먼저 말해주세요. 이름, 나이. 아! 그리고 중요한 건요, 이 영상이 방영될 때 나이로 말씀해 주셔야 해요. 8개월 후입니다."

"잡지에서도 그렇게 해요." 나는 신경질적으로 떠듬거리며 말했다. "잡지가 매대에 나가는 시점의 나이를 써요."

"바로 그겁니다!" 에런이 말했다. "그러고 나서 2001년 11월 12일에 몇 살이었는지 덧붙이는 것도 잊지 마세요." 에런은 내게 엄지를 세워 보였다.

8개월 후면 스물아홉이다. 믿을 수 없는 나이였다. 하지만 그때가 즐거워지는 사실 하나를 발견했다. "8개월 후면 제 이름도 달라지는데요." 나는 말했다. "그 이름으로 해야 할까요?"

"그럼요. 그래야죠." 에런이 말했다. "좋은 지적이었어요. 제대로 하지 않으면 촬영을 처음부터 다시 해야 하는데 말이죠." 에런은 내게서 물러서면서 다시 한번 엄지를 올려 보였다. "잘하실 거예요. 정말 아름답고 멋지십니다."

빌어먹을 모닝 토크쇼 촬영이라도 나온 것 같았다.

에런은 촬영팀 중 한 명에게 고갯짓을 해 보였다. 스튜디오가 엄숙해지자 그 팀원이 말했다. "테이크 원." 그가 슬레이트를 탁 소리 나게 치자 에런은 입 모양으로 "시작"이라고 말했다.

"안녕하세요. 제 이름은 아니 해리슨입니다. 스물아홉 살이고요. 그리고 2001년 11월 12일에는 열네 살이었어요."

"컷!" 에런이 소리쳤다. 한껏 낮춘 목소리로 그가 말했다. "'안녕하세요'라는 말은 하실 필요 없어요. 그냥 '저는 아니 해리슨입니다.'라고만 하세요."

"아, 알았어요." 나는 눈을 치켜떠 보였다. "정말 바보 같았겠어요. 죄송해요."

"사과하실 필요 없어요!" 에런은 지나치게 관대하게 말했다. "잘하고 계세요." 촬영팀 중 한 명이 눈을 높이 치켜뜨는 게 보였다. 심한 곱슬머리 타래가 좁고 긴 얼굴을 휘감고 있었고, 광대뼈는 어른이 된 후에야 뚜렷한 윤곽을 가지게 된 것 같았다. 올리비아도 저런 모습이었겠지.

이번에는 시키는 대로 했는데도 '컷' 소리를 들어야 했다. "아니 해리슨입니다. 스물아홉 살이고요. 2001년 11월 12일에는 열네 살이었습니다."

컷. 에런은 온 힘을 다해서 잘했다고 칭찬해 주었다. 아까 그 여자는 또 눈을 치켜뜨고 있다.

"이름을 말하는 부분만 몇 번 더 찍어볼게요. 괜찮죠?"

나는 고개를 끄덕였다. 촬영장이 조용해지자 에런은 내게 손짓으로 시작을 알렸다.

"저는 아니 해리슨입니다."

에런은 손가락으로 다섯을 세고 나서 다시 한 번 하라고 손짓했다.

"저는 아니 해리슨입니다."

"컷."

"기분 괜찮죠?" 에런이 물었다. 나는 고개를 끄덕였다. "좋아요. 좋아."

에런은 매우 흥분하고 있었다. "이제는 그냥 이야기하시면 됩니다.

저희에게 무슨 일이 있었는지 이야기해 주시면 돼요. 아니, 그냥 저에게 무슨 일이 있었는지 이야기해 주세요. 카메라를 쳐다보지 않으셔도 됩니다. 그저 저를 친구라고 생각하시고, 그간 살아온 이야기를 한다고 생각하세요."

"네, 알았어요." 에린에게 미소를 지어 보이려고 있는 힘을 다해서 노력해야 했다.

촬영장이 조용해졌다. 슬레이트가 단두대처럼 철컥 내려쳤다. 이제 남은 건 이야기를 하는 일뿐이었다.

12장

    스웨디시피시 젤리가 아니었다면 나는 그곳에 없었을 것이다. 자줏빛으로 벌떡거리는 사건 현장의 중심에 있지 않았을 것이다. 브래들리에 오기 전에는 스웨디시피시 젤리를 좋아하지도 않았다. 하지만 올리비아가 먹는 몇 안 되는 것 중 하나였다. 올리비아는 삐쩍 마른 사람이었다. 이성적으로는 올리비아가 마른 것이 스웨디시피시 젤리를 많이 먹어서가 아니라 오로지 그것만 먹어서라는 걸 알고 있었다. 하지만 그런 건 중요하지 않았다. 입 안을 톡 쏘는 그 맛과 식감에 대한 욕구 때문에 하루에 두 번 어떨 때는 세 번씩 학교 매점으로 달려갔다. 아무도 말릴 수가 없었다. 전에 어울리던 친구들의 자리가 계산대에서 아주 가깝다는 사실도, 바지가 너무 끼어서 커다란 빨래집게로 단추를 대신하고 있다는 사실도 날 말리지 못했다(빨래집게를 쓰면 바지 허리를 1~2인치 늘릴 수 있었다).

나는 카페테리아의 음식 진열대를 가로질러 걸었다. 조리 식품 코너와 오늘의 더운 음식, 샐러드 바, 탄산 음료대를 차례로 지나서(테디가 얼음 기계가 늘 고장 나 있다며 욕지거리를 내뱉고 있었다) 계산대로 이어진 줄을 서야 했다. 잡화점에서처럼 캔디와 초콜릿, 껌은 계산대에서 집어서 살 수 있었다. 그때 딘과 마주쳐서 어색해지고 말았다. 우리 둘 다 짧은 줄에 서려고 걸음을 내딛다가 맞부딪쳤다. 나는 순순히 옆으로 물러났다. 딘과 아이들 자리에서 가까운 줄이었다. 어떻게든 피하고 싶은 장소이기도 했다. 나는 딘이 발을 질질 끌면서 앞으로 걸어 나가는 모습을 지켜보았다. 기다리는 게 지루해 죽겠다는 듯한 발걸음이었다. 사람을 뒤에서 보면 무언가 특별한 것이 있다. 뒤에서 사람들이 걷는 모습을 보면 어딘지 모르게 친근하게 느껴진다. 아마도 그건 앞모습과 달리 뒷모습은 경계하고 있지 않기 때문인 것 같다. 축 늘어진 어깨와 구부정한 등 근육은 그 사람의 가장 정직한 모습일지도 모른다.

교정의 안뜰은 왼편에서 떠오른 태양을 중천으로 밀어 올리고 있었다. 덩굴 같은 곱슬머리가 딘의 목덜미에 송송 난 잔털을 휘감고 있었다. 이상하다고 생각했다. 어떻게 저기만 저렇게 얇고 가는 금발일까? 딘의 몸에 난 다른 털은 다 굵고 억세고 진한데. 그때 딘이 옆으로 몸을 던졌다.

'왜 저렇게 뛰어오르는 거지?' 처음 든 생각이었다. 무슨 영문인지 몰라 어리둥절해하는데 카페테리아 신관 쪽에서 짙은 연기가 차올랐다. 더 이상 나를 환영하지 않는 그 곳에서 제명당했던 건 그나마 다행스러운 일이었다.

나는 바닥에 주저앉았다. 아픈 손목이 욱신거렸다. 누군가 달려가면서 내 손가락을 밟는 바람에 큰 소리로 울부짖었다. 물리적인 감각으로 내가 비명을 지르고 있다는 걸 알 수 있었다. 목의 울퉁불퉁한 가장자리가 느껴졌다. 하지만 아무 소리도 들리지 않았다. 그때 누군가 나의 힘없는 손목을 잡고 일으켜 세워주었다. 다시 가슴 속에서 비명이 터져 나오려는 압박감을 느꼈지만, 폐 가득 연기가 들어차는 바람에 소리는 차단되었다. 심한 기침이 나서 괴로웠다. 다시는 숨을 제대로 쉴 수 없을 것 같은 느낌이 들었다.

내 손목을 잡은 건 다름 아닌 테디였다. 나는 테디를 따라서 반대편으로 갔다. 카페테리아 본관으로 이어지는 문이 있었다. 11시 51분에 시작되는 1부 점심을 위한 조리 식품이 진열되어 있었다. 손바닥에 뜨끈하고 끈적한 것이 느껴졌다. 피라고 생각하고 내려다봤지만 스웨디시피시 젤리 봉지였다. 손에 꼭 쥐고 있었던 것이다.

카페테리아는 검은 연기로 가득 찼다. 평소 사용하는 입구를 통해서는 밖으로 나갈 수 없었다. 테디와 나는 그대로 뒤로 발맞추어 돌아섰다. 장기자랑에 나가기 위해 춤 연습을 하는 사람들 같았다. 우리는 뒤쪽에 있는 계단을 비틀거리며 올랐다. 계단의 끝에는 브레너 볼킨룸이 있었다. 입학시험을 치를 때 딱 한 번 가본 바로 그곳.

그때를 되짚어 봐도 아무런 소리도 들리지 않는다. 실제로는 참을 수 없게 높은 고음의 화재 경보가 공기를 가르고 비명과 신음이 가득했을 것이다. 나중에 들어서 알게 되었는데, 힐러리는 애써 꾸며냈던 허스키한 목소리를 버리고 어린 소녀처럼 훌쩍이면서 엄마를 애타게 불렀다고 했다. 바닥에 넘어진 힐러리는 온몸을 떨었다. 탈색해서 푸석해진 옅은 색의 머리카락에는 깨진 유리 조각이 붙어 다이아몬드처럼 반짝였다. 스티브 매든 샌들을 신은 왼쪽 발은 힐러리의 몸에서 떨어져 나가 있었다.

올리비아는 바로 그 옆에서 아무도 부르지 않았다. 죽었으니까.

테디가 문을 활짝 열었다. 중요한 사람들이 앉던 오크 목제 테이블이 보였다. 교장 선생님이 플래티넘 등급으로 학교에 기부한 학부모를 초대해서 스테이크 저녁을 대접하던 곳이었다. 그 아래에 다른 아이들이 있었다. 샤크와 페이턴, 리엄 그리고 학교 연극에서 항상 주연을 맡아 과장된 연기를 하던 졸업반 학생 앤슬리 체이스가 있었다. 학년과 사회적 지위 상관없이 뒤죽박죽으로 섞여 있었다. 우리를 하나로 묶어주는 건 이 끔찍한 사건 하나뿐이었다.

처음으로 기억나는 소리는 앤슬리의 가쁜 숨소리와 더듬거리며 말하는 소리였다. "오 하느님 맙소사. 오 하느님 맙소사." 그가 우리가 있는 방으로 들어왔던 때였다. 우리가 들어오고 30초도 채 지나지 않을 때였다. 허리춤에 찬 총이 대롱거리는 모습이 정확히 우리 눈높이에서 포착되었다. 당시에는 알지 못했지만 그건 인트라텍의 TEC-9 반자동 권총이었다. 기관단총의 축소판처럼 보였다. 우리는 떨리는 손으로 입을 막은 채 앤슬리가 입 좀 다물길 빌었다. 그에게 들킬 게 뻔했다. 몸을 숨기기 좋은 장소는 아니었다.

"까꿍!" 우아한 의자 다리 사이로 그가 얼굴을 들이밀었다. 조그맣고 창백한 얼굴에는 갓난아기의 것처럼 보이는 부드러운 솜털처럼 생긴 검은색 곱슬머리가 곁들여져 있었다.

앤슬리가 정신줄을 놓고 도망치기 시작했다. 엉엉 소리내어 울면서 기어가 그에게서 멀어졌다. 앤슬리는 의자를 넘어트리고 테이블 아래서 빠져나가 일어섰다. 벤의 얼굴이 사라졌다. 우리가 볼 수 있었던 건 그의 무릎 아래 다리 부분이 전부였다. 그는 반바지를 입고 있었다. 11월에 입은 반바지 아래 드러난 종아리는 하얗고 충격적일 정도로 보드랍게 보였다. 우리 중 한 명이 앤슬리의 뒤를 쫓아 나가서 구해주려고 했다고 말하고 싶다. 수시 전형으로 하버드 입학이 정해져 있었으니 죽어서는 안 되는 학생이었다. 하지만 늘 내가 할 수 있는 말은 이것뿐이다. "우리 모두 쇼크 상태였어요! 모든 일이 너무나 순식간에 벌어졌어요!"

총소리보다 더 충격적이었던 소리는 앤슬리의 몸이 바닥에 부딪히는 소리였다. "젠장, 빌어먹을." 리엄이 나지막이 중얼거렸다. 그는 바로 옆에서 내 손을 꼭 붙잡고 있었다. 그리고 마치 나를 사랑하는 것처럼 강렬하게 쳐다보고 있었다. 원목 바닥에는 커다란 동양풍 카펫이 깔려 있었다. 하지만 앤슬리의 머리가 땅에 닿아서 깨지는 소리로 미루어 볼 때 그 카펫은 보이는 것처럼 두툼하지도 않고 푹신하지도 않은 모양이었다.

샤크가 나를 와락 움켜잡아서 끌어당겼다. 커다란 가슴이 로맨스 소설 표지에서처럼 들썩거리는 걸 느낄 수 있었다. 의자 다리 사이로 다시 그의 얼굴이 보였다.

"안녕." 그가 미소지었다. 그 미소는 우리가 살아가면서 기쁨을 느낄 때 짓는 표정과 아무런 상관이 없는 것이었다. 혹독하게 추운 겨울 끝에 찾아온 찬란한 봄날이나 새신랑이 신부를 처음 본 순간, 또는 겹겹의 하얀 천을 보며 신부가 한껏 들떠 있을 때 볼 수 있는 그런 미소가 아니었다. 그는 총으로 우리를 겨누고 팔을 오른쪽에서 왼쪽으로 한 번씩 휘저었다. 총구는 우리를 한 명씩 겨누었고, 우리 사이에서는 낮은 신음이 번져갔다. 내 차례가 되었을 때 나는 바닥을 응시하며 떨지 않으려 노력했다. 가장 무서워하는 사람으로 보이고 싶지 않았다. 무서워하면 할수록 그의 관심을 받게 되리라 생각했기 때문이었다.

"벤." 샤크가 속삭이듯 말했다. "제발 이러지 마." 샤크의 손가락이 내 살을 파고드는 게 느껴졌다. 내 어깨에 닿은 샤크의 겨드랑이는 땀으로 축축했다. 나는 벤이라는 이름을 기억해 냈다.

"엿 처먹어." 딱히 누굴 겨냥한 말은 아니었다. 그렇게 한참 우리를 압박하던 그의 표정이 갑자기 누그러졌다. 마치 촛불이 촛농에 잠겨버리는 것 같았다. "이야, 신난다. 페이턴이잖아."

"벤." 페이턴이 몸을 어찌나 심하게 떨었는지 바닥이 울려서 진동할 정도였다. "야, 굳이 이렇게……." 페이턴은 다음 말을 잇지 못했다. 마지막 남긴 유언이 겨우 그런 거였다니. 페이턴의 아름다운 얼굴 정면이 공격받았다. 페이턴의 치아 하나가 내 바로 앞에 떨어졌다. 치클릿 껌이랑 똑같은 모양이었다.

이번 충격은 낮고 가까웠다. 총소리에 놀란 리엄은 나와 샤크 뒤로 내뺐다. 페이턴으로부터는 최대한 멀어지면서도 테이블의 보호를 받을 수 있는 선까지만 물러난 것이다. 반대쪽 끝에는 테디가 있었다. 테디는 의자 다리를 엄마 다리처럼 붙들고 있었다. 토요일 밤에 외출하려는 엄마 다리를 붙잡고 매달리며 우는 아이 같았다. 나는 귀가 두개골 쪽으로 완전히 접혀버린 것처럼 느껴졌다. 손가락 하나를 한쪽 귀에 대보니 축축했다. 피 한 방울이 카펫에 떨어졌다. 붉은 기운이 충격파인 양 섬유 조직을 따라 번져나갔다. 그게 내가 흘린 유일한 피였다.

벤은 조금 오랫동안 웅크리고 앉아서 자신이 저지른 일의 여파를 감상했다. 페이턴은 의자에 걸려 있었다. 똑바른 자세로 걸린 바람에 두 팔을 허수아비처럼 쭉 벌리고 있었다. 얼굴에서 코 아랫부분은 남아 있지 않았다. 한 줄기의 수증기가 주변에서 피어오르는 모양이 매섭게 추운 밤에 한바탕 웃었을 때 같았다.

리엄은 내 등에 얼굴을 파묻고 축축한 키스를 하느라 바로 옆에서 벌어지는 기적적인 일을 보지 못했다. 하지만 우리는 믿을 수 없는 장면을 목격했다. 벤은 허리를 펴고 서서는 그 보드랍고 하얀 종아리를 움직여서 우리에게서 점점 멀어졌고, 이윽고 왼쪽으로 방향을 바꿔서 뒤편 계단을 향해 가기 시작했다. 계단은 어문학관이 있는 지층으로 이어져 있었다. 그 위로는 브래들리가 기숙학교 시절에 사용하다가 현재는 정학당한 학생들만 지내는 기숙사가 나왔다.

참고 있었는지도 의식하지 못하고 있던 숨을 마침내 토해냈다. 크로스컨트리 경기의 결승선에 도달했을 때처럼 숨이 찼다. "누구야?" 나는 샤크의 가슴에 대고 크게 숨을 내쉬며 말했다. "누구였어?" 누구인지 알고 있었음에도 나는 또다시 물었다.

"앤슬리는 괜찮아?" 리엄이 훌쩍거리며 말했다. 한심할 만큼 낯선 고음의 목소리였다. 갑작스러운 권력의 이양으로 멋진 전학생의 허세는 간데없이 사라져버렸다. 지금 그가 할 수 있는 최선은 뒤를 돌아봐서 자신의 질문에 대한 답을 찾는 것뿐이었다. 나도 뒤를 돌아보았다. 앤슬리의 머리가 보석함처럼 열려 있었다.

"젠장. 이건 딱 콜럼바인 고등학교 꼴이네." 테디는 테이블 반대편에서 중얼거렸다. 콜럼바인 고등학교에서 총기 난사 사건이 벌어졌을 때 우리는 모두 중학생이었다. 브래들리는 그때 어땠는지 모르지만 마운트세인트테레사에서는 도서관에 덜렁 놓여진 낡은 텔레비전 주위에 모여 서서 중계방송을 보고 있었다. 그러다가 데니스 수녀님이 텔레비전 코드를 뽑아버리고 우리 모두에게 당장 교실로 돌아가지 않으면 벌점을 주겠다고 협박했다.

연기가 카페테리아에서 스르르 기어 나와 우리가 있는 쪽으로 들어왔다. 당장 그곳에서 벗어나야 한다는 걸 알고 있었지만 밖으로 나가면 그의 뒤를 따라가게 될뿐이었다.

"휴대폰 있는 사람 없어?" 당시에는 10대 청소년이 휴대폰을 갖는 경우가 드물었지만, 그 안에 있는 아이들 모두에게는 휴대폰이 있었다. 하지만 소용없었다. 도망치기 전에 책가방을 챙길 틈이 없었기 때문이었다.

"어떻게 하지?" 나는 샤크를 쳐다보았다. 샤크라면 답을 알 수 있을 거라고 확신했다. 하지만 샤크는 아무 말도 하지 않았다. 결국, 내가 말했다. "여기서 나가야만 해."

그 누구도 테이블 밑에서 나가고 싶어 하지 않았다. 하지만 인간의 머리카락과 폴리에스테르 책가방, 플라스틱 쟁반, 레이온 소재의 아베크롬비앤피치 옷들과 같은 인공 소재의 물건이 타면서 악취가 뒤섞인 연기가 퍼지고 있었다. 나는 의자를 오른쪽으로 밀어냈다. 반대편에 있던 테디도 나와 똑같이 했다. 우리 네 명은 앞다투어 기어 나가 일어섰다. 한쪽 구석에 엄청난 양의 뷔페 테이블이 있었다. 우리는 그곳에 모였다. 테이블이 허리 아래를 가려줘서 약간의 방어막처럼 느껴졌다.

언쟁이 벌어졌다. 리엄은 그대로 있으면서 경찰이 오기를 기다리자고 했다. 분명 경찰이 출동해서 오고 있을 것이었다. 테디는 이곳을 떠나고 싶어 했다. 불길이 너무 빨리 번지고 있었다. 벽에 나 있는 커다란 유리창은 벽면 위쪽 높은 곳에 있어서 햇빛을 테이블 위로 쏘아대고 있었다. 그 테이블 아래서 페이턴과 앤슬리가 기다리고 있었다. 그 창문이 약간의 타협안이 될 수 있을 것 같았다. 테디가 의자 위에 올라서서 우리의 탈출구가 될지도 모를 창문을 열어보기로 했다. 창문의 위치를 찾으려 애를 쓰다가 앤슬리의 어깨에 부딪친 테디는 툴툴거리면서 창문을 밀었다. 하지만 창은 열리지 않았다. 테디는 그 안에 남은 사람 중 가장 힘이 센 사람이었다.

"우린 여기서 빠져나가야만 해!" 테디가 고집스레 주장했다.

"그 자식이 저 밖에서 우리를 기다리고 있을지도 모른다고!" 리엄이 말했다. "콜럼바인 고등학교에서도 딱 그랬었어!" 리엄은 뷔페 테이블을 손으로 내리쳤다. "게이 새끼! 빌어먹을 게이 새끼!"

"입 닥쳐!" 내가 소리쳤다. 귓속에서 지글대는 화재 경보음을 이기려면 소리칠 수밖에 없었다. "네가 그따위로 지껄이니까 쟤가 저러는 거잖아!" 리엄이 나를 보았다. 그런데 나를 무서워하는 것처럼 보였다. 그게 얼마나 중요한지 당시에는 이해하지 못했다.

"쟤랑 같이 있으면 우리를 해치지 않을 거야." 테디가 샤크를 가리키며 말했다.

리엄은 사악하게 웃었다. "그 자식은 너도 해치지 않겠지! 그래서 나가려는 거잖아."

"아니야." 테디는 고개를 가로저었다. "벤하고 나는 절대 친구가 아니야. 그래도 걔가 베스는 좋아했어." 샤크의 진짜 이름을 들어본 게 너무나 오랜만이어서 처음에는 테니가 누굴 이야기하는지 알아듣지 못했다.

"벤을 못 본 지 오래됐어." 샤크는 훌쩍이며 말하고 팔뚝으로 코를 쓱 닦았다. "게다가 쟤는…… 쟤는 벤이 아니야."

의자가 넘어졌다. 그 요란한 소리에 놀란 우리 네 명은 초조하고 불안한 심정을 온 몸으로 드러내면서 한데 모였다. 모인 우리를 흩어놓은 건 신음 소리였다.

"맙소사." 샤크가 말했다. "페이턴."

힘겨운 페이턴의 숨소리는 축축하게 젖어 있었다. 샤크와 나는 뷔페 테이블 주변을 살금살금 돌아서 페이턴의 옆에 쭈그리고 앉았다. 어찌어찌 테이블 아래서 몸을 반쯤 끌어낸 페이턴은 허공을 할퀴고 있었다. 비틀어진 채로 굳어진 손가락은 석고 반죽에 넣고 굳힌 것 같았다. 뭔가 말하려 했지만 입술이 있어야 할 자리에서는 피만 꾸르륵 솟아날 뿐이었다.

"수건 같은 걸 가져와!" 샤크가 날카롭게 소리 지르며 테디와 리엄을 보았다. 둘은 구석에 걸린 사진처럼 꼼짝도 하지 않고 있었다.

잠시 후 두 사람이 움직이기 시작했다. 은 식기가 쨍그랑거리는 소리가 들리고 뷔페 테이블을 덮치는 두 사람의 모습이 보였다. 곧 둘은 발랄한 초록색으로 '학교법인 브래들리'라는 글씨가 선명하게 새겨진 리넨 천을 찾아 우리에게 던졌다.

샤크와 나는 그 천을 집어 들고 피폐해진 페이턴의 아름다운 얼굴 옆을 꾹 눌렀다. 끈적거리는 근육 세포와 피 때문에 턱이 있던 자리에 천이 달라붙었다. 천은 마치 마술이라도 부린 것처럼 순식간에 빨갛게 물들었다. 차마 눈을 뜨고 볼 수 없을 정도로 처참한 모습이었다. 이목구비와 피부가 갈기갈기 찢어진 얼굴이었다. 하지만 정관사 'the'를 계속 반복해서 말하면 결국에는 의식하지 않게 되는 것처럼, 반복은 평범한 것을 이질적으로 변하게 하는 힘이 있다. 이런 걸 의미 포화 현상이라고 하나? 페이턴의 경우에는 그 정반대였다. 그의 얼굴을 오래 보고 있으면 덜 기괴하게 보였다. 아예 한 번도 보지 않고 상상으로 얼마나 지독한 상태일지 생각하는 것보다 훨씬 덜했다.

페이턴은 용케 신음을 냈다. 나는 미친 듯이 신호를 계속 보내는 그의 손을 잡아서 바닥에 내려놓고 손가락을 지긋이 쥐어서 펴주었다.

"괜찮아." 샤크가 말했다. "다음 주에 너 중요한 경기에 나가잖아." 샤크는 큰 소리로 울기 시작했다. "다음 주에 그 경기에서 네가 이길 거야."

모두 알고 있었다. 브래들리가 경기에서 이길 가망이 없다는 걸. 페이턴은 흐느끼면서 내 손을 꽉 마주 잡았다.

얼마나 오랫동안 거기에 앉아 있었는지 모르겠다. 페이턴에게 계속 말을 걸었다. 널 끔찍하게 사랑하는 부모님은 네가 무사히 집으로 돌아오기만을 바라고 계셔. 계속 버티자. 잘하고 있다. 너는 정말 강한 사람이다. 우리는 그렇게 말했다. 하지만 내 손에 잡힌 그의 손은 차갑게 식고 있었고, 힘들게 쉬던 숨도 서서히 멈춰가고 있었다.

그러는 사이 카페테리아의 불길은 미친 듯이 날뛰며 계단을 타고 올라왔다. 급기야 그 절정을 분명하게 느낄 수 있을 정도가 되었다. 금방이라도 복도를 따라 불타올라 우리를 브레너 볼킨 룸에 가두고선 절대로 밖으로 나가지 못하게 할 기세였다.

"씨발, 경찰은 다 어디 있는 거야?" 리엄이 큰 소리로 투덜거렸다. 경찰의 사이렌 소리를 듣고 모두 안도의 눈물을 흘렸던 게 거의 10분 전의 일이었다.

"가야만 해." 테디가 말했다. 그는 페이턴을 쳐다보다가 곧 고개를 돌리고 잔뜩 부은 눈을 손바닥 끝으로 사정없이 문질렀다. "얘들아, 안 된 일이지만 우린 가야 해."

"하지만 아직 숨을 쉬고 있어." 나는 페이턴을 내려다보았다. 페이턴이 피를 토하기 시작했다. 나는 조심조심 그의 머리를 내 무릎 안쪽으로 옮겨서 낮추었다. 내 가랑이 부분이 다 젖어서 끈적거렸다. 순간 소름 끼칠 듯이 무섭고 무모한 기억 한 자락이 떠올랐다. 그의 머리가 내 다리 사이에 있던 장면이다. 한밤중에 깊은 잠을 자다가 전깃불이 달칵 소리 내어 켜져서 놀라 깬 것 같은 기분이 들었다. 적어도 그때의 페이턴은 눈을 뜨고 있었다. 수정같이 맑고 심지어 무해하게 친절해 보이기까지 하던 그 눈빛은 그가 뭔가 좋은 일을 하고 있다고 생각하게 만들었다.

"티파니, 지금 가지 않으면 우린 여기서 죽을 거야!" 테디가 말했다.

샤크가 애원하며 빌었다. "페이턴을 데리고 갈 수 있을까?"

테디는 해보려고 했다. 우리 모두 그를 도왔다. 심지어 리엄까지도. 하지만 페이턴은 시멘트 블록만큼 무거웠고 더는 어쩔 수 없는 상태였다.

실내는 뜨겁고 역겨웠다. 테디가 마지막으로 한 번 더 나가자고 애원했다.

터프한 10대 청소년 네 명은 유치원생들이 건널목을 건널 때처럼 앞사람과 뒷사람의 손을 잡고 일렬로 서서 조심조심 복도로 나갔다. 그 전에 리엄은 뷔페 테이블을 뒤졌다. 우리를 보호할 뭔가가 있을까 해서였다. 그렇게 찾아낸 최선의 방책은 우리 각자에게 스테이크 칼을 하나씩 쥐여주는 것이었다.

"우리 엄마가 강간범하고는 칼로 싸우지 말라고 했는데." 내가 말했다. 과도한 열기로 머리가 띵해져서 그런 말을 리엄에게 하는 일이 병적인 쾌감을 주리라는 생각은 하지 못했다. "오히려 내가 제압당해서 찔릴 수 있다고."

"벤은 강간범이 아니야." 샤크가 낮은 목소리로 말했다.

"그래, 너무했다. '사이코 게이 살인자'라고 정확히 말했어야 했는데 말이지?" 리엄이 말했다.

우리는 최고급 리넨 냅킨도 챙겨왔다. 페이턴의 얼굴을 덮어주고 남은 냅킨으로는 우리의 입과 코를 가려 노상강도 같은 꼴을 했다.

나는 떠나기 전에 마지막으로 페이턴을 쳐다봤다. 그의 가슴이 한 숨과 함께 크게 들썩이면서 작별을 고했다. 마지막 애원인지도 몰랐다. '나 아직 살아 있어.' 멀쩡히 살아 있는 사람을 혼자 두고 가자니 극심한 고통이 느껴졌다. 임신처럼 너무나 엄청난 사건이라 내 인생을 송두리째 바꾸고 앞으로 일어날 모든 것에 영향을 미칠 일이었다.

복도를 따라서 왼쪽으로 가다가 계단에 도착하는 길이 가장 빠르다. 우리는 문을 열고 밖으로 뛰어나갔다. 얌전하게 늘어선 줄은 흐트러지고 정신없이 팔과 다리가 얽히면서 서로를 꼭 부둥켜안아 한 덩어리가 되고 말았다. 그 누구도 안전을 장담하지 못했다. 그 누구도 맨 앞줄에 서고 싶어 하지 않았다.

하지만 너무나도 다행스럽게도 계단은 텅 비어 있었다. 우리는 기꺼운 마음으로 얼굴을 가리고 있던 천을 떼어냈다.

"어떻게 할까?" 샤크가 물었다. "위? 아니면 아래?"

"위로 가자." 테디가 말했다. "위로 올라갔을 리가 없어." 낡은 기숙사에는 또 다른 계단이 있었다. 그 계단을 돌아서 내려가면 수학관이 나오는데, 수학관에는 밖으로 통하는 문이 있었다.

"좋은 생각이야." 리엄이 말하자 테디는 미소를 지었다. 그 미소는 총알이 날아와 그의 쇄골에 박히는 동안에도 유지되었다. 테디의 뒤쪽 벽으로 현대미술을 배우면서 알게 된 잭슨 폴록의 그림처럼 피가 흩뿌려졌다.

총알이 위쪽에서 날아왔다는 걸 알 수 있었다. 그래서 계단 아래쪽으로 뛰었다. 계단이 꺾어지는 곳에서 발을 미끄러트리며 가다가 샤크와 리엄과 부딪쳤다. 총알이 계단 손잡이를 맞췄다. 금속과 금속이 부딪쳐서 내는 날카로운 굉음은 처음 들어보았다.

1층 문은 어문학관으로 나 있었다. 샤크가 문손잡이를 돌리고 문을 활짝 여는 데 걸린 그 잠깐이 내 평생 가장 길게 느껴진 순간이었다. 그 몇 초면 벤이 우리를 따라잡을 수 있었다. 문은 낡아서 천천히 움직였다. 서둘러 빠져나간 뒤에도 문은 열려 있었다. 벤은 걸음을 늦추고 문을 열 수고를 할 필요 없이 그저 문을 빠져나가 우리 뒤를 쫓아오면 되었다. 마른 체형에 몸이 잰 걸 보니 크로스컨트리 선수를 해도 잘했을 것 같았다.

리엄은 오른쪽으로 도망쳐서 텅 빈 교실에 몸을 숨기는 실수를 했다. 자신의 안위를 지키려는 의도였겠지만(자기만 살겠다고 도망친 것에 대해서 비난할 생각은 없다) 의도와 상관없이 숭고한 행보가 되었다. 덕분에 나는 살았다.

"왜 리엄을 따라가지 않았나요?" 이야기가 여기에 이를 때면 늘 이런 질문을 받았다.

"그거야……." 그러면 나는 방해를 받아서 짜증 나는 얼굴로, 잘 모르니까 그런 소리를 하는데 숨소리가 들릴 정도로 벤이 바짝 따라왔었다고 말해준다. 우리의 숨소리와 완전히 달랐던 벤의 격하고 가쁜 숨소리는 마치 먹이를 쫓기에 최적화된 폐를 갖도록 진화된 짐승의 것 같았다. "바로 우리 뒤까지 바짝 따라왔었어요. 아마 우리를 보고 따라왔던 것 같았어요. 막 계단을 돌아가는데 일이 벌어졌어요."

"리엄에게요?" 에런이 물었다.

"리엄에게요."

"그다음에는 무슨 일이 벌어졌는지에 대한 이야기로 돌아가죠."

샤크와 나는 어문학관으로 급하게 달려갔다. 쿵쿵 소리를 내면서 계단을 올라갔는데 마지막 계단을 딛고 올라서 보니 카페테리아로 가는 문이 굳게 닫혀 있는 것이 보였다. 해럴드 선생님이 늘 경고했던 '화재 위험'을 조성하고 있었다. 단순히 화재 위험을 가중시킬 뿐만 아니라 카페테리아의 본관에 불을 가두고 안으로 더 깊이 밀어 넣어서 브레너 볼킨 룸으로 불길이 진격하게 만들고 있었다. 조금 전까지 우리가 있던 곳이었다. 페이턴과 앤슬리는 아직 남아 있었다. 문을 지나서 갈 길은 명확했다. 일단 신관을 지났다. 천장에 달린 스프링클러가 물을 퍼부어 불을 소강시키는 중이었다. 그리고 그곳에는 안뜰로 나가는 문이 있었다. 샤크와 나는 걸음을 늦추지 않고 벌컥 문 안으로 뛰어들었다.

하지만 털북숭이 다리들과 HO가 늘 앉는 바로 그 자리에서 둘 다

걸음을 멈추고 말았다. 물이 발목까지 차오르고 있었지만 계속 퍼부어지고 있어서 머리카락이 얼굴 옆에 달라붙었다. 심장을 토해낼 것 같다는 생각을 하는데 아서가 보였다.

아서는 건물과 사체의 잔해 속에서 출구를 막은 채 서 있었다. 떨어지는 물줄기가 아서의 얼굴에 울퉁불퉁한 무늬를 만들어냈다. 아서는 아빠의 사냥총이 줄타기 곡예사가 균형을 잡기 위해서 사용하는 막대기인 양 가로로 들고 있었다. 그 옆에는 던이 뒤집힌 금전등록기에 기대어 쓰러져 있었다. 폭발 현장과 가장 가깝게 있던 그의 오른팔은 하얀색 근육과 몸속 깊은 곳에서 터져 나와 거의 타르처럼 보이는 피가 뒤엉겨 대리석 같은 무늬가 생겼다.

"여기 있었구나." 아서가 내게 말했다. 무엇보다 끔찍하게 무서운 미소를 짓고 있었다.

샤크가 말을 꺼냈다. "아서……." 그리고 울기 시작했다.

아서는 못마땅한 얼굴로 샤크를 보았다. "꺼져, 베스." 아서는 라이플총으로 샤크를 가리켰다가 뒤쪽으로 휘둘러 보였다. 안뜰로 가는 쪽이었다. 샤크는 자유였다.

샤크는 움직이지 않았다. 아서는 몸을 숙여서 샤크 특유의 눈을 마주 보았다. "진심으로 하는 말이야, 베스. 난 네가 좋아."

샤크는 내게 고개를 돌리고 흐느끼면서 말했다. "미안해." 그리고 나서 발끝으로 살살 걸어서 아서를 지나더니 급하게 뛰기 시작했다. 아서가 샤크를 쳐다보며 소리 질렀다. "티파니한테 사과하지 마!" 나는 샤크가 발아래 마른 잔디를 느끼는 모습을 지켜보았다. 샤크는 왼쪽으로 방향을 틀어서 중학교 주차장 쪽으로 마지막 전력 질주를 했다. 그다음 샤크의 모습은 더 보이지 않았지만 살았다는 사실을 실감하고 미친 듯이 비명을 지르는 소리는 들을 수 있었다.

"이리 와." 아서가 나를 불렀다. 까닥거리며 나를 부르는 총이 마녀의 기다란 손가락처럼 보였다.

"왜?" 나는 울고 있는 내 모습이 부끄러웠다. 이 모든 일이 다 끝나면 용감하지 못했던 내가 너무 싫을 것 같았다.

아서는 천장을 겨누고서 라이플 총을 발사했다. 딘과 내 비명이 화재 경보와 합쳐졌다. 여전히 시끄럽게 울리고 있던 경보음은 아무런 조치도 받지 못해서인지 몹시 화가 나 있었다. "이리 오라고!" 아서는 호통치듯 말했다.

나는 시키는 대로 했다.

아서는 라이플총을 내게 겨누었다. 나는 싹싹 빌었다. 아서 아빠의 사진을 가져간 일은 정말 미안하다고 말했다. 돌려주겠다고 했다. 내 사물함에 있다고 했다(사실은 아니었다). 같이 가자고 했다. 아서의 것이니 가져가는 게 맞다고도 했다. 아서가 하려는 일을 늦추기 위해서라면 무슨 일이라도 해야 했다.

아서는 눈을 부릅뜨고 나를 노려보았다. 젖은 머리카락이 눈을 가렸지만 아서는 머리카락을 치울 생각이 없어 보였다. "받아." 아서가 말했다. 처음에 나는 "받아"라는 말이 앞으로 일어나는 일이 무슨 일이든 달게 받으라는 의미라고 생각했다. 책임감을 가지고 의연하게 굴라는 뜻으로. 하지만 곧 아서가 내게 총을 겨누는 대신 건네주려고 한다는 사실을 깨달았다.

"너도 이렇게 해보고 싶었잖아?" 아서는 딘이 있는 쪽을 보았다. 두려움이 유인원을 닮은 딘의 이목구비를 보기 흉하게 일그러트려서 전혀 다른 사람처럼 보이게 했다. 전에 한 번도 만나본 적 없는 낯선 사람처럼 보였다. 나를 해친 사람이 아닌 것 같았다. "이 좆같은 새끼의 자지를 날려버리고 싶지 않아?" 나는 아서에게 가까이 다가갔다. 입가에 하얀 거품이 굳어 있는 게 보였다.

나는 미끼를 물어버리는 실수를 저질렀다. 팔을 뻗어서 총을 집으려고 했던 것이다. "아니." 아서는 냉큼 총을 뒤로 물렸다. "마음이 바뀌었어."

그러고는 제자리에서 뒤로 빙그르르 돌아 딘의 다리 사이를 총으로 쐈다. 딘은 인간의 것이 아닌 소리를 냈다. 피와 물이 딘의 얼굴 앞에서 솟구쳐 올랐다. 디즈니월드에 있는 분수 같았다.

그때 스테이크 칼이 아서의 어깨뼈 아래로 미끄러져 들어갔다. 하지만 얇은 상처가 옆으로 길게 난 정도였다. 편지 봉투를 칼로 쓱 자른 것 같았다. 찔러 넣을 때와 마찬가지로 잡아 빼는 것도 전혀 힘들일 필요가 없었다. 아서는 내게 돌아서서 입술을 둥글게 모았다. "어?"라고 말하는 소리가 났다. 나는 뒤로 체중을 실어서 몸을 젖혔다. 공을 던질 때 그렇게 하라고 아빠한테 배웠다. 살면서 남자에게 배운 것 중에서 유일하게 잘 써먹은 것이었다. 그러고 나서 아서의 옆 목에 칼을 세게 찔러 넣었다. 아서는 비틀거리며 옆으로 넘어지면서 가슴에 찬 가래를 뱉어내려는 듯이 컥컥 소리를 냈다. 나는 아서를 따라 움직이면서 다시 칼을 잡아 뺐다. 그리고 다시 한 번 찔렀다. 흉골을 맞춘 모양이었다. 가슴에 칼날을 쑥 꽂는데 으스러지는 소리가 들렸다. 이번에는 칼을 뽑아낼 수가 없었다. 하지만 괜찮았다. 굳이 뽑지 않아도 되었다. 아서는 양치질할 때처럼 목 울리는 소리를 내면서 "난 단지 도와주려고 한 건데"라는 식의 말을 하려고 했다. 하지만 선홍빛 피가 입술 밖으로 넘쳐 흐르는 게 더 빨랐다.

여기까지가 이야기의 끝이다. 늘 여기까지만 이야기한다. 그래서 에런에게도 여기까지만 이야기했다.

하지만 한 가지가 더 있다. 지금껏 아무에게도, 쓰러지는 아서를 보면서 무슨 생각을 했는지 털어놓지 않았다. '이제는 아이들이 나를 용서해 주겠지.' 아서는 무너져 내리듯 무릎을 꿇고 주저앉았다. 상반신의 무게가 아서를 앞으로 꼬꾸라지게 할 찰나에 아서의 생존본능이 발휘되었다. 깜박거리던 뇌의 회로에 순간 전기가 흐르면서 가슴이 땅에 닿으면 칼날이 더 깊숙이 박히리라는 생각이 든 모양이었다. 아서는 뒤로 몸을 젖혔다. 하지만 허벅지 근육이 팽팽하게 땅겨지면서 방해하는 바람에 결국 아서는 사방에 물을 튀기며 옆으로 쓰러졌다. 길게 뻗은 한쪽 팔은 머리 아래 놓였고, 살짝 구부려진 다리가 옆으로 포개졌다. 허벅지 운동을 할 때마다 늘 아서를 생각했다. 아서의 마지막 모습은 허벅지 바깥쪽 승마살 근육을 팽팽하게 하는 운동 자세와 똑같았다. "10초만 더 버티세요!" 강사는 활기찬 음성으로 지시한다. 나는 다리를 올린다. 근육은 내 의지와 상관없이 비명을 내지른다. 그만 포기하고 싶은 생각이 간절해진다. "할 수 있어요, 할 수 있습니다! 10초만 더요!"

13장

"기가 막히네요." 에런은 손뼉을 치면서 정적을 깼다. 촬영팀은 기지개를 켜고 어슬렁거리기 시작했다. 자기들끼리 "뭐 좀 마실래?"라고 말하는 소리를 들으면서 나는 마른세수를 했다.

에런은 두 손을 맞잡고 내게 왔다. "솔직하게 모든 걸 이야기해 줘서 정말 감사합니다."

나는 온 얼굴에 덕지덕지 붙은 이야기의 흔적을 서둘러 지워냈다. "네." 나는 웅얼거리듯 답했다.

"한잔하셔야 하지 않을까요?" 에런은 몸을 낮추고 내 팔을 잡았다. 상냥하고 친절했다. 하지만 그가 날 잡았을 때 내 몸이 굳어지는 걸 느낀 모양이었다. 에런은 후딱 물러났다.

에런을 보면 대학생 시절에 사귀었던 교통사고 전문 악덕 변호사가 떠올랐다. 이모 록 음악에 맞춰서 브레이크댄스를 추던 그 새끼는 페이턴의 목 힘줄과 푸른 눈동자가 천천히 감긴 것에 대해서 물었다. 생기가 천천히 사라졌어? 본인도 자신의 죽음을 지각하는 것 같았어? 순순히 받아들였니? 그때는 그것도 사랑이라고 생각했었다. 내 인생에 벌어진 끔찍하고 유혈이 낭자한 일에 대해 흥미와 관심을 가져주는 것이라 생각했다. 하지만 일은 전혀 다른 방향으로 전개되었다.

에런은 헛기침으로 목소리를 골랐다. "그럼, 혼자서라도 꼭 한잔하세요!" 에런은 어색하게 웃었다. "하지만 아침 7시 약속은 잊지 마세요. 내일 호텔로 찾아갈게요." 헤어 스타일링과 메이크업 때문이었다. 단장을 다 마치면 브러시며 뷰러 등을 챙겨서 '현장 촬영'을 위해 브래들리로 차를 타고 가야 했다.

"알겠습니다." 나는 일어서서 손으로 옷을 털어내면서 매무새를 가다듬었다. 문에 거의 다 왔을 때쯤 에런이 나를 잡아 세웠다.

"어, 근데, 오후 내내 물어볼까 말까 망설였는데요."

나는 매서운 눈으로 노려보아서 물어볼 엄두를 내지 못하게 하려 했다.

하지만 에런은 몸을 앞으로 기울여 다가오더니 전혀 생각지도 못한 뭔가를 말했다. 익숙한 산성 액체의 맛이 혀에 느껴지게 만드는 말이었다. 말을 마친 에런은 두 손을 번쩍 들어 보이면서(쏘지 마세요! 하는 몸짓이었다) 말했다. "물론 괜찮다고 허락해 주셔야만 할 겁니다."

나는 한동안 아무 말도 하지 않고 에런이 당혹하게 놔두었다. "이게 뭐죠? 속임수 같은 건가요?" 나는 가슴 앞에 팔짱을 꼈다. "돈이 되는 걸 찍으시겠다는 건가요?"

에런은 화들짝 놀란 얼굴을 했다. 상처 입은 것처럼 보이기까지 했다. "아니, 무슨 그런 말을. 절대로 아니에요." 에런은 목소리를 잔뜩 낮추고 말했다. "저는 아니 편입니다. 그렇잖아요? 우리 모두가……." 에런은 스튜디오 안을 손으로 가리켰다. "아니 편이에요. 물론 왜 그렇지 않다고 생각하시는지 이해합니다. 그런 일을 겪으셨으니 당연하겠죠. 어휴, 저였어도 모든 사람을 못 미더워하고 의심할 겁니다." '어휴'라는 감탄사가 따스하게 들렸다. 할아버지가 내뱉을 법한 표현이었다. "하지만 저를 믿어주셨으면 좋겠습니다. 속임수 같은 건 없습니다. 아니를 속이는 일은 없을 겁니다." 에런은 뒤로 몇 걸음 물러서서 허리를 살짝 숙였다. "그냥 좀 생각해 보실래요? 우리에게는 주말이 있으니까요."

나는 입을 앙다물고 그의 결혼반지를 다시 찬찬히 살펴보았다.

음흉한 인간이 아니라 친절한 인간으로 재분류하기로 했다. 그리고 이 촬영이 리얼리티 프로그램이었던가 곰곰이 되짚어 보았다. 만약 그렇다면 그것 말고 또 내가 뭘 잘못 생각하고 있을지도 생각해 보았다.

◆◆◆◆◆

나는 스튜디오 문을 열고 시원한 9월 한복판으로 발을 내디뎠다. 여름이 끝나서 정말 기뻤다. 여름은 싫다. 늘 싫었다. 가을과 연관된 내 기억을 떠올리면 이건 이상한 일이다. 하지만 날이 선 대기의 기운을 처음 포착했을 때나 나뭇잎이 붉어진 것을 발견했을 때, 나는 기쁨에 전율한다. 가을이라는 계절은 새로운 나를 보여줄 영원한 기회다.

나는 촬영팀 몇 명에게 손을 흔들어 작별 인사를 건넸다. 검은색의 구닥다리 승합차 뒤에 카메라를 비롯한 촬영 장비를 힘들여 싣고 있었다. 순간 그 모습을 사진에 담아서 넬에게 전송하며 '강간범이 제일 좋아할 것 같은 승합차 아니야?' 하고 문자를 보낼까 생각했다. 하지만 지난번 저녁 자리에서 나를 사나운 눈으로 쳐다봐서 결국 내가 눈길을 돌렸던 일이 떠올랐다. 실망과 혐오가 뒤섞인 감정이 그 완벽한 얼굴을 일그러뜨려 놓았다. 나는 사진도 문자도 보내지 않기로 했다. 지프의 GPS 시스템에 래드너 호텔을 입력했다. 고등학교에 다닐 때는 이쪽 길을 사용할 일이 많지 않았고, 그 이후로는 '집'에 있던 적이 거의 없어서 예전에 자주 다녔던 길도 지금은 데자뷔 같다. '전에 와본 적이 있는 것 같은데 언제였지?' 이런 혼돈이 나에게는 커다란 자긍심이었다. 여기가 더 이상 집이 아니라는 의미였기 때문이었다. 내 집은 뉴욕이다. 이곳이 나를 버린 게 아니다. 내가 버렸다.

나는 후진하여 천천히 주차장을 빠져나왔다. 나는 운전에 자신이 없어서 차를 자주 몰지 않는다. 할머니처럼 운전대를 꽉 잡고 몬로 스트리트로 조심조심 나섰다. 가방 안에 둔 스마트폰이 윙윙 울어댔지만 차를 갓길에 세우고서야 확인했다. 몇 년 전에 롤로가 직원 모두에게 오프라 윈프리와 제휴하면서 운전 중에는 문자를 보내지 않는다는 서약서에 서명하게 했었다. 스마트폰을 집어 들지 않았던 건 서약 때문이 아니라 이름 아래 같이 묶여 있던 문구 때문이었다. "운전하면서 문자를 하면 치명적인 자동차 사고의 위험이 2000퍼센트 증가한다." "그럴 리가요!" 나는 우리 회사 팩트 체크팀의 마틴에게 따져 물었다. 마틴은 아주 엄격한 성격이어서 내가 쓴 "이 립글로스는 살아가는 데 꼭 '필요합니다'"라는 기사 한 줄을 두고 격론을 벌인 적도 있었다.

"다른 식으로 써야 하지 않을까요?" 마틴이 고집스레 말했다. "음식이나 물이 아니니 엄밀히 말하면 살아가는 데 꼭 '필요한' 물건이라고 볼 수는 없으니까요."

"지금 장난해요? 웃자고 쓴 글이잖아요."

"적어도 '필요한'이라는 말에 쓴 작은따옴표라도 없애세요."

하지만 2000퍼센트라는 문구의 정확성을 물어봤을 때는 엄숙하고 근엄한 얼굴로 고개를 끄덕이기만 했다. "맞는 말이에요."

뭔가 깨지는 소리가 났다. 급회전을 하고 만 것이다. 나는 한 손으로 목덜미를 쓸어보며 다친 곳이 있는지 재빨리 확인했다. 격렬한 심장 박동 소리가 들렸다. 오른편에 있던 건설 노동자들이 느릿느릿 움직이면서 양산형 주택용 건축 자재를 짜 맞추고 있는 것뿐이란 사실을 깨달았다. 전철을 기다리거나 길을 건너다가 문득문득 환상통을 느낄 때가 있다. 머리나 어깨에 거짓 통증이 느껴지면 나는 손을 댔다가 떼어내서 피가 묻어나지 않았는지 살펴보곤 한다. 총을 맞은 당사자는 자신이 총을 맞았다는 사실을 가장 늦게 알게 된다.

오른편에 주유소가 보였다. 나는 운전대를 돌렸다. 주차장 안으로 차를 몰고 들어가자 GPS의 여자가 당황하기 시작했다. "이어서 좌회전하세요. 좌회전하세요." 이제 그녀는 나를 호되게 야단치고 있었다. 한참 이 버튼 저 버튼을 눌러대자 겨우 여자는 입을 다물었다.

나는 가방에 손을 뻗어 스마트폰을 꺼내들었다. 루크에게 온 문자는 없었다. 이메일을 열어보았다. 라슨 선생님, 그러니까 앤드루가 일요일 점심 일정을 묻는 메일을 보냈다. "오늘 생각보다 힘들었어요." 나는 답신을 썼다. "혹시 잠깐 만날 수 있을까요?" 나는 잠시 멈칫하면서 너무 매달리는 게 아닌가 생각했지만 그래도 마무리를 했다. "피스 어 피자에서 한 조각 하실래요?" 앤드루를 위해서라면 탄수화물쯤은 먹을 수 있었다.

피스 어 피자 레스토랑은 고등학교 시절 학교 구성원들의 집합소였다. 교장 선생님도 그곳을 너무나 좋아해서 늘 이달의 우수 고객으로 뽑혔다. 탄산수 기계 옆에 소심하게 양 엄지를 척 올린 교장 선생님의 사진이 게시되곤 했다. 한번은 딘이 교장 선생님 얼굴에 '내 오랜 사랑 피자'라고 낙서를 했었다. 물론 그 일로 딘이 벌을 받거나 하지는 않았다. 모두가 딘이 한 일이라는 걸 알고 있었어도 괜찮았다.

나는 전송 버튼을 터치하고 5분을 기다렸다. 그렇게 금방 답장이 오리라고 생각하지 않았지만 그래도 기다렸다. 그리고 호텔로 돌아가기로 했다. 호텔에 도착할 즈음에는 앤드루의 답장을 받을 수 있을지도 모른다.

래드너 호텔은 메인라인의 중심지에 위치한 아름다운 부티크 호텔로 결혼식의 명당이라고 광고하고 있었다. 하지만 실상은 무질서하게 개발한 주차장과 멀지 않은 곳에 난 고속도로의 소음이 있는 진부한 메리어트 호텔에 지나지 않았다.

앞서 숙박했던 사람이 흡연자였던 모양인데 분별력도 없었던 것 같다. 우리 잡지사의 뷰티 디렉터가 「투데이 쇼」에 나가서 간접 흡연에 대해 개탄한 적이 있었다. 보기 흉한 소파 원단에 냄새가 배서 피부에 가장 큰 해를 입힌다는 그런 종류의 성토였다. 평소라면 당장 아래층 프런트에 전화를 걸어서 방을 옮겨달라고 까다롭게 굴었을 것이다. 하지만 방에서 나는 퀴퀴한 냄새에는 뭔가 알 수 없는 진정 효과가 있는 것 같았다. 나는 한 여자아이를 떠올렸다. 나처럼 보통의 범주에서 벗어나는 아웃라이어인 그 여자아이는, 창가에 놓인 꽃무늬 팔걸이 의자에 몸을 웅크리고 앉아서 두 눈을 가늘게 뜨고 담배 한 모금을 깊이 빤다. 그러면 담배 끝은 시뻘겋게 타오른다. 장례식에 참석하러 돌아온 것이다. 부모님과 사이가 좋지 않아서 집 대신에 이곳에 묵고 있다. 이 가상의 인물에게 기분 좋은 동지애 같은 게 느껴지자 덜 외롭다는 생각이 들었다. 사실 금요일 저녁 6시에 TBS 채널에서 영화 「스물다섯 살의 키스」의 마지막 부분을 보고 있는 나와 그녀의 처지는 다를 게 전혀 없었다. 나는 따뜻한 보드카를 가득 채운 머그잔을 두 손으로 꼭 붙잡고 있었다. 미니바에서 M&M 초콜릿이 예전에 등 아래에 나비 문신을 하겠다는 힐러리와 같이 갔던 필라델피아의 어느 동네에서 만난 창녀처럼 유혹의 손짓을 보내고 있었다. 나는 그 유혹을 뿌리치려 애를 썼다.

앤드루에게 메일을 보내고 한 시간이 지났다. 받은 편지함에는 그루폰에서 온 이메일이 하나 있었다. 지방 흡입술, 케라틴, 스웨덴 마사지, 부분 피부 재생, 데이트 알선에 관한 정보를 알려준다는 내용이었다. 삭스 백화점에서 보낸 것도 있었다. 뱀 가죽으로 된 지미 추 부티부츠를 나에게만 1195달러에 판매하겠다는 메일이었다. 내가 그 정도로 돈이 많지는 않았다.

나는 내일 아침 모닝콜 기록을 살펴봤다. 헤어와 메이크업 담당자들이 오기 전에 달리기를 할 시간이 있는지 계산해 봤다. 잠을 잘 수 있을 거라 기대하지는 않았지만 특히 이곳에서는 더 잠들지 못하겠다는 생각이 들었다. 순간 뇌리를 스치는 아이디어가 떠올랐다. 나는 머그잔을 내려놓았다. 그리고 협탁을 뒤지기 시작했다. 아하! 바로 이거다. 전화번호부. 고색창연한 노란 책을 손에 넣은 것이다.

'라슨, 라슨, 라슨.' 나는 L 부분을 넘기다가 'lar'로 시작하는 이름이 적힌 데서 선짓덩이처럼 붉은 손톱으로 이름을 하나하나 짚어갔다.

세 명의 라슨이 있었다. 하지만 하버포드의 그레이 레인에 사는 사람은 한 명뿐이었다. 앤드루는 달리기를 하다가 우리 식구들이 이곳에 산다고 알려준 적이 있었다. '식구'라는 말은 다정한 앤드루와 정말 잘 어울렸다. 여하튼 그래서 나는 앤드루의 집이 어딘지 알고 있었다.

나는 전화기를 가만히 쳐다보고 있었다. 이 번호로 전화를 건다면, 앤드루가 아닌 다른 사람이 받을 경우 전화를 끊으면 된다. 휘트니가 같이 있을 수도 있다. 앤드루의 부모님은 분명 같이 있을 것이다. 하지만 만약 전화를 건 상대의 정보가 텔레비전 화면에 뜨는 최신 시스템이 있다면 어떻게 하지? 내가 전화를 걸었을 때 온 가족이 모여서 PBS 방송을 보고 있다면? 갑자기 텔레비전 화면에 래드너 호텔에서 전화가 왔다고 뜬다면? 그런데 앤드루의 엄마가 먼저 전화를 받는다면? 아무 말 없이 전화를 뚝 끊은 게 나란 걸 앤드루는 눈치챌 것이다. 앤드루의 부모님에 대해서는 아는 바가 전혀 없지만, 전직 교육자 부부의 모습을 상상할 수는 있다. 부드러운 은발에 손에 레드와인 잔을 든 두 사람은 정중하고 낮은 음성으로 오바마 정부와 궤를 같이하는 관점으로 에너지 위기에 대해서 토론하리라. 이런 지식인들이야말로 정서적 지능이 높은 앤드루 라슨과 같은 사람을 키워낼 수 있다. 그래서 내가 광적인 소녀 팬처럼 절박하게 앤드루에게 끌리게 된 것이다.

보드카 덕분인지 기억이 나기 시작했다. 중학교 때 친구네 집에서 자려고 속임수를 썼던 적이 있었다. 별표와 67을 누르고 전화번호를 누르면 발신자를 확인할 수 없었다. 나는 먼저 내 스마트폰으로 시험해 보기로 했다. 호텔 전화기에 별표, 그리고 67을 누른 다음 지역 번호 917로 시작되는 내 전화번호를 눌렀다. 나는 내 지역 번호를 숭배했다. 나는 더 이상 필라델피아 아가씨가 아니라 뉴요커였다.

스마트폰 화면에 '발신자 표시 제한 번호'라고 떴다. 나는 픗 웃음을 터트렸다. 정말로 되다니 믿을 수가 없었다.

나는 머그컵을 들어 한 모금을 꿀꺽 마시고 나서 용기를 그러모았다. 부모님이 받아도 전화를 끊을 필요가 없다. 이건 완벽하게 무해한 연락이다. 촬영팀에서 일요일 촬영 준비 시간을 바꿔서 점심을 먹지 못하게 되었지만 나는 이곳에 있는 동안 어떻게든 앤드루를 보고 싶을 뿐이다. 아직 거짓말은 하지 않았다. 촬영 시간은 정말로 바뀔 수도 있었다. 에런이 내게 청했던 일에 내가 동의한다면 말이다.

나는 별표와 번호 67을 눌렀다. 잠시 아무 소리도 나지 않다가 전화벨이 아주 조그맣게 울리는 소리가 들렸다. 여기서 몇 킬로미터 떨어진 라슨 가문의 본가에서는 전화벨이 크게 울리고 있겠지.

"라슨입니다." 듣는 사람의 두개골을 반으로 갈라놓을 만큼 카랑카랑한 목소리였다.

"여보세요." 나는 벌떡 일어서서 서성이기 시작했다. 하지만 유선전화에는 코드가 달린 사실을 깜빡 잊고 있었다. 짧은 선 때문에 나를 따라오지 못한 전화기는 바닥에 내동댕이쳐졌고, 수화기도 함께 홱 떨어져버렸다. "젠장!" 나는 목소리를 한껏 낮춰 한마디를 내뱉고 바닥에 엎드려 수화기를 집어들었다.

"여보세요?" 바닥에서 들리는 목소리가 묻고 있었다. "누구세요?"

"여보세요." 나는 다시 말했다. "죄송합니다. 라슨 씨 계신가요?"

"접니다만."

"죄송한데요, 앤드루 라슨 씨 말인데요."

"접니다. 그러시는 댁은 누구시죠?"

전화를 끊고 싶었다. 그러면 일은 간단해질 것이다. 하지만 몸에 새겨진 착한 아이의 기억이 몸을 장악해서, 나는 손마디가 하얗게 되도록 수화기를 꽉 붙잡고 있었다. "저는 아니 파넬리라고 하는데요. 아드님께 연락드릴 일이 있어서 이렇게 전화 드렸습니다." 그리고 사회 통념에 비추어 부적절한 것처럼 보이지 않기 위해서 한마디를 덧붙였다. "저는 선생님 제자였습니다."

아버지 라슨 씨는 거친 숨을 몇 번 내뿜고 나서 말했다. "이런, 그렇군요. 나는 또 장난 전화인가 했네요." 연결된 전화 너머로 웃음소리가 터져 나왔다. "잠시만 기다리세요."

수화기를 내려놓는 소리가 들렸다. 몇 명의 목소리가 둔탁하게 들렸다. 고통스러운 침묵의 순간이 지나고 아들, 앤드루 라슨이 말했다.

"티파니?"

나는 기껏 준비했던 모든 가식과 변명을 잊어버리고 그저 사실대로 말해버렸다. 오늘 정말 힘들었는데 혼자 있어서 외롭다고.

◆◆◆◆◆

앤드루는 이번 주말에는 휘트니와 같이 오지 않았다고 했다. 그 말을 들었을 때 숨을 쉴 수가 없었다. 내가 제안했듯 피스 어 피자에서 만나는 대신 술 한잔하자고 말해줄지도 모른다는 희망을 품어 보았다. 하지만 들려오는 말은 다음과 같았다. "피스 어 피자에서 보자. 몇 년 만에 가는 건지 모르겠네. 40분 정도 걸리겠지?"

수화기를 내려놓는 딸깍 소리가 나를 비난하는 것 같았다. 피자라. 태양이 아직도 나를 조롱하는 이런 이른 시간에 먹는 피자라. 사회 통념상 부적절할 것이 하나도 없는 일이었다. 안도감과 실망감이 싸우기 시작했다. 두 가지 감정의 기개 있는 투지가 느껴졌다.

아까 호텔 방에 들어오자마자 촬영용 화장을 지워버렸다. 형광등이 보여주는 면면과 눈가와 입가 주름에 낀 파우더와 파운데이션을 외면한 채 열심히 지웠다. 스물여덟 살이지만 올리브빛의 피부색 덕분에 종종 대학을 갓 졸업한 나이로 오해받기도 한다. 하지만 그런 일이 얼마나 오랫동안 이어질지 모르는 일이다. 빠르게 자라나는 암세포처럼 노화가 한 사람을 잠식해 가는 모습을 많이 보았다. 이 세상 그 어떤 노화 방지제도 노화를 막아내기에는 역부족이다.

나는 다시 메이크업 작업에 돌입했다. 메이크업 베이스, 컨실러, 블러셔, 마스카라, 틴트가 필요했다. 루크는 늘 내 화장품 가방의 무게에 놀라워했다. "진짜 이걸 모두 다 쓰는 거야?" 한번은 이렇게 묻기까지

했었다. 그건 경의를 표시한 것이었다. 왜냐하면 진짜로 그 모든 걸 사용하니까.

루크의 지프에 올라탔을 때 시각은 6시 50분이었다. 14분. 브린마로 가는 단 3킬로미터 거리를 차로 가는 데 걸리는 시간이다. 무시무시한 수준의 서행을 해야 했다. 그렇지 않으면 적당히 늦게 도착할 수가 없었다. 지금까지 지나치게 과거의 행운에 기대서 자기 운을 과시해 온 게 아닐까 진심으로 걱정이 되었다. 이제는 우주가 개입해야만 하는 때가 되어, 우주가 그 손가락을 까닥여 못된 눈이 달린 사치스러운 SUV가 내 차선으로 쳐들어오게 만들어 내가 중앙 분리대와 SUV의 매끈한 차체 사이에 꼼짝없이 끼게 만들지도 모를 일이다. 자동차 핸들은 내 가슴뼈를 으깨서 조각내고, 그 조각 하나는 내 심장이나 폐에 구멍을 낼지도 모른다. 그 카페테리아에서 살아났던 건 앞으로 근사한 일이 많이 일어날 것이기 때문이라는 생각을 한 게 얼마나 큰 오판이었는지를 알게 될지도 모를 일이다. 다섯 친구가 겪었던 일이 다 마무리된 게 아니라면 어떻게 할까. 이 말을 가끔 되뇌곤 한다. 슬럼프의 무기력에 빠졌을 때, 앤슬리의 움푹 패인 머리 형상이 머릿속을 떠나지 않을 때, 하루가 끝나서 밤이 되는 일이 영영 벌어지지 않을 것처럼 길고 또 길게 느껴질 때, 그럴 때마다 그런 생각을 한다.

◆◆◆◆◆

앤드루가 어떤 종류의 차를 모는지 모르니 들어가기 전에 빽빽한 주차장에서 그의 차를 찾아낼 수도 없었다. 빈속에 마신 술 한 잔에 약간 몽롱해지면서 용기가 나는 것도 같았지만 강한 불안감도 여전했다. 식당 안은 10대 악동들로 가득 차 있었다. 여윈 다리는 너무 길고 가만히 둘 수 없어 테이블 아래 구겨 넣지 못하는지 넬의 다리처럼 통로 쪽으로 쭉 뻗어 나와 있었다. 마치 킥보드가 쭉 엎어져 있는 것처럼 보였다. 앤드루는 보이지 않았다. 나는 뒷걸음질 쳐서 구석으로 간 다음 그를 기다렸다.

기다리는 동안 팔을 어떻게 처리해야 좋을지 모르겠다. 일단 팔짱을 끼고 한 손으로는 다른쪽 팔꿈치를 잡을까? 그때 문이 열리고 산뜻한 공기가 앤드루를 안으로 안내했다. 잘 만든 니트 스웨터와 근사한 청바지를 입고 있었다. 바니스 백화점의 엄청나게 마른 스타일리스트가 픽한 청바지가 분명했다.

나는 살짝 손을 흔들어 보였다. 앤드루가 내게 다가왔다.

앤드루가 휘파람 소리를 냈다. "여기 꽉 찼네." 나도 같은 생각이었다. 다른 곳으로 가자고 말해줄지도 모른다는 희망을 또다시 품어 보았다. 하지만 앤드루가 말했다. "어서 줄을 서야 할 것 같은데."

고등학교 시절에는 그래도 새로운 피자를 이질적인 결합으로 만들어 낸 하이콘셉트의 창작물이라고 생각했었다. 맥앤치즈 피자, 베이컨 치즈버거 피자, 펜네 알라 보드카 피자는 기상천외해서 먹어보고 싶었다. 하지만 지금은 그저 탄수화물 위에 탄수화물을 얹은 음식일 뿐이다. 예전에 내가 뚱보였던 이유가 있다.

이 이야기를 했더니 앤드루는 크게 웃으며 말했다. "넌 뚱보였던 적이 없어." 그리고 자신의 탄탄한 배를 두들겼다. "반면 이 몸은 좀 그랬지." 맞는 말이었다. 그때는 유쾌한 대학생의 둥글둥글한 모습이었다. 앤드루가 우리 선생님이었을 때 겨우 스물네 살이었다는 게 지금도 믿어지지 않는다. 스물네 살 남자의 침실에서 그날 밤 악몽에서 깨어난 후에 같이 있어달라고 애원했었던 거다. 그러마고 대답하기 전에 앤드루의 얼굴에 얼마나 큰 슬픔이 어려 있었는지 모른다. 오랫동안 나는 그게 나를 안쓰럽게 생각해서였다고 생각했다. 하지만 지금은 어쩌면 다른 감정이 아니었을까 생각해 본다. 어쩌면 우리 둘 사이의 간극을 애석하게 생각했던 게 아닐까? 우리의 나이 차가 다섯 살만 덜했으면 좋았을 거라 안타까워했던 건 아닐까?

유리 칸막이 너머에서 토핑이 산처럼 올라간 피자가 빛나고 있었다. 토핑만 해도 내가 한 끼 식사로 먹는 것보다 양이 많았다. 내 위는 입구를 크게 꿀렁꿀렁 벌렸다.

나는 마르게리타 한 조각을 주문했다. 나름 안전한 선택이라는 판단에서였다. 정직한 음식이라면 내 식욕도 폭발하지는 않을 것이기 때문이었다. 앤드루는 지중해 샐러드 피자 한 조각을 주문했다.

빈 테이블은 없었고 의자가 빈 곳만 있었다. 지금이 앤드루와 함께할 시간의 전부라면, 때 아닌 발기에 대비해서 무릎에 냅킨을 덮어놓고 킬킬거리는 말라깽이들 옆에서 낭비할 생각은 없었다. 나는 고갯짓으로 문 쪽을 가리켰다. "밖에 나가 앉을까요?" 앞에 벤치가 두 개 있었다. 하지만 거기도 사람이 있었다. 그래서 앤드루와 나는 건물 옆으로 돌아서 도로 경계석 위에 앉았다. 종이 접시는 허벅지 위에서 조심스럽게 균형을 잡았고, 자갈은 청바지를 뚫고 살갗을 쿡쿡 찔렀다.

나는 피자를 한 입 베어 물었다. "맙소사." 신음이 절로 나왔다.

"뉴욕보다는 못하지." 앤드루가 말했다.

"최고예요." 나는 손가락을 추어올렸다. "웨딩 다이어트 중이에요."

앤드루는 고개를 끄덕였다. "휘트니도 그것 때문에 미칠 것 같아했는데." 앤드루의 피자에서 굴러떨어진 통통한 아티초크가 땅에 부딪히며 질척거리는 소리를 냈다. 앤슬리의 머리가 생각나서 종이 접시를 무릎 위에 내려놓아야만 했다. 토마토소스는 피와 같은 농도다. 케첩을 보면서도 같은 생각을 하는 일이 많다. 페이턴에 대한 생각이 떠오르면 대개 그렇다. 하루 종일 페이턴의 짓이겨져서 망가진 얼굴이 보일 때가 있다. 그러면 빨간색 음식은 위험하다. 고기 역시 마찬가지다. 오로지 그 생각만 난다. 나는 냅킨을 입에 대고 더는 먹을 수 없는 피자 한 입을 억지로 삼켰다.

"그래, 오늘 쉽지 않았지?"

앤드루는 가까이 앉아 있었지만 무심하게 허벅지가 스칠 정도로 가깝지는 않았다. 면도하지 않았고, 목덜미는 여름 햇볕에 그을린 황금빛을 고스란히 간직하고 있었다. 그를 쳐다보니 가슴이 아파 왔다.

"그때 이야기를 해야 하는 것 때문은 아니었어요." 내가 말했다. "그런 건 신경 안 써요. 제가 신경 쓰는 건 사람들이 제 말을 믿어줄 지예요." 나는 등 뒤로 손을 짚고 상체를 젖혔다. 뉴욕시의 길모퉁이에서는 절대로 하지 않을 일이었다. "촬영을 마치고 거기 있는 촬영팀을 둘러보면서 생각했죠. '이 사람들은 정말로 내 말을 믿을까?' 어떻게 해야 사람들이 내 말을 믿을지 모르겠어요." 나는 길을 오가는 차를 쳐다봤다. "난 뭐든 할 거예요." 나는 크게 숨을 들이마셨다. 길게 빨아올린 담뱃불처럼 오래된 절박함이 벌겋게 달아올랐다. 그 절박함 때문에 나는 해내고 싶지 않았던 일을 해냈다. 자신을 적극적으로 관리 감독해 왔다. 그렇지 않으면, 내가 든 칼이 미끄러져 루크를 깊게 베는 일이 벌어질 수도 있었다. 그러면 지금껏 공들여 쌓아온 내 삶은 무너진다. 하지만 앤드루 곁에 서서 그의 어깨 끝에 내 머리가 닿을락 말락 하는 걸 보면서 이렇게 건장한 사람이니 감정을 자제하는 게 어려운 일일 거라는 생각을 했다. 어쩌면 앤드루라면 타탄 씨족 사회에서 추방당하는 일을 감수할 가치가 있지 않을까.

"넌 이미 하고 있어." 앤드루가 말했다. "바로 지금. 네 입장을 분명히 밝히고 있잖아. 이후에도 여전히 사람들이 믿지 않는다고 해도 넌

할 수 있는 최선을 다한 거야."

나는 다소곳이 고개를 끄덕였다. 하지만 진짜 설득된 건 아니었다. "제일 미치겠는 게 뭔지 아세요?"

앤드루는 피자를 한 입 베어 물었다. 번들거리는 기름 한 줄기가 천천히 손목으로 흘러내렸다. 앤드루는 스웨터 소매 속으로 기름이 들어가기 전에 입으로 기름을 막으며 이로 살을 물었다. 나는 손목에 난 잇자국이 희미해지는 걸 쳐다보았다.

"딘의 열성 지지자 모임이 있어요. '딘사모'라고." 나는 말했다. "딘보다 더 혐오스러워요. 특히 여자들이요. 믿기지 않으시겠지만 '아직도' 저한테 쓰레기 같은 편지를 보낸다고요." 나는 중서부 지역 교회에 다니는 이중 삼중으로 겹친 턱이 있고 무릎에 털도 나 있을 노부인의 근엄한 목소리를 흉내 냈다. "네가 저지른 짓은 주님께서 아신다. 저세상에서 주님께 속죄하게 될 거다." 나는 피자의 크러스트 부분을 찢어 냈다. "근친교배 예수 따위가 뭐라고." 내가 내뱉은 말에 내가 흠칫 놀랐다. 후회했다. 루크라면 이런 말을 재미있어하면서 웃어넘기겠지만 앤드루가 내게 원하는 건 이런 게 아닐 것이다. 다치고 상한 자. 앤드루에게 통하는 건 그런 모습이다. "죄송해요. 그냥, 딘이 제게 무슨 짓을 했었는지 안다면 그런 소리는 못 할 거란 말을 하고 싶어서……."

앤드루는 탄산 음료를 한 모금 마셨다. "그럼 다 말하면 어때?"

"그건……." 나는 한숨을 쉬었다. "그건 엄마가 말하지 않길 바라세요. 루크 역시 반대고요. 당연히 루크는 무슨 일이 있었는지 알고 있어요. 하지만 루크 부모님이 그날 밤 일을 알게 되는 건 원치 않아요. 창피한 일이니까요." 나는 붉은색이 하나도 없는 크러스트 부분만 조금씩 뜯어 먹었다. "꼭 엄마와 루크 때문만은 아니에요. 이 일을 기록으로 남기는 게 꺼려지기도 해요. 특히 리엄에 관한 부분은요. 모두의 마음속에 영원히 열다섯 살로 남아 있는 사람을 상대로 제기하기에 너무나 심각한 혐의잖아요." 나는 길거리에서 시시덕거리고 있는 한 무리의 10대 아이들을 쳐다보았다. 손에는 스타벅스 컵이 들려 있었다. 저 나이 때 내게 커피는 휘발유 맛이 나는 음료였는데, 지금은 점심 끼니다. "교실로 도망치다가 가슴에 총을 맞은 열다섯 살 소년이라니. 뭔가 만화 같잖아요. 저조차도 그런 생각이 드는걸요. 모르겠어요. 그의 부모한테 못 할 짓이 아닐까요? 그렇지도 않아도 힘든 시간을 보내셨을 텐데요."

앤드루는 한숨을 내쉬었다. "그건 어려운 질문이구나, 티프."

나는 두 손으로 정강이를 잡았다. "선생님 같으면 어떻게 하시겠어요?"

"나라면?" 앤드루는 무릎에 떨어진 부스러기를 털어내고 두 무릎이 나를 향하도록 자세를 고쳐 앉았다. "죽은 사람에 대한 험담이 안 되게 진실을 밝힐 방법이 있을 거다. 그리고 하나 분명한 건, 나라면 딘이 진짜로 어떤 사람인지 그 정체를 밝힐 기회를 그냥 놓치지는 않을 거야." 앤드루의 무릎 끝이 내 허벅지를 스쳤다. 무심코. 앤드루는 서둘러 무릎을 당겨 앉았다. "그리고 세상 누구보다 그 일을 행할 자격이 있는 사람은 바로 너란다."

나는 눈가에 눈물이 차오르는 걸 감출 생각 없이 앤드루에게 고개를 돌렸다. 눈물을 보게 할 셈이었다. 어려운 일도 아니었다. 이미 내 가슴은 행주가 되어 쥐어짜이고 있었다. "고맙습니다."

앤드루는 나를 보고 미소 지었다. 이에 루꼴라가 끼어 있었다. 앤드루가 더 좋아졌다.

나는 시도해 보기로 했다. "오늘 밤에 브래들리에 가보는 거 어때요? 어떤지 좀 보게요." 당연하게도 나는 이런 상황을 머릿속에 그려

본 적이 있었다. 다만 미처 생각하지 못했던 건 실제로 내가 이 말을 입 밖으로 꺼내는 장면이었다. 하지만 하늘이 어둠과의 일전에서 패배했는데 앤드루의 피자는 크러스트 부분만 남아 있다. 아직은 그를 보낼 수 없었다. 앤드루는 그러자고 답했다. 혹시 내가 물어봐 주기를 기다렸던가? 내 심장 박동은 온몸으로 퍼져나갔다.

◆◆◆◆◆

앤드루가 자기 차로 가자고 했다. 그의 차는 BMW였지만 딱 적당하게 낡아서 소유주가 금전적인 면에는 무관심하다는 것을 보여주고 있었다. 내게서는 절대로 뿜어나오지 않을 기운이었다. 뒷좌석에는 골프채가 있었고, 운전석 옆 센터 콘솔에는 빈 스타벅스 컵이 있었다. 앤드루는 손을 내밀고 말했다. "그것 좀 줄래?" 앤드루에게 컵을 건네주는데 컵 옆쪽에 '휘트니'라고 적혀 있는 게 보였다. 라테와 무지방 우유 칸에도 표시가 되어 있었다. 공갈빵처럼 과대평가된 앤드루의 아내가 어떤 사람인지 바로 보여주고 있었다. 스타벅스의 무지방 우유가 든 커피를 마시는 여자였다.

앤드루는 근처 쓰레기통에 커피 컵을 휙 던지고는 운전석에 올라탔다. 자동차의 시동을 켜자 라디오에서 90년대 히트송 플레이리스트가 흘러나왔다. 서드 아이 블라인드의 으스스한 보컬이 들렸다. 나도 바로 이 길에서 이런 노래를 들으면서 차를 수없이 많이 운전했다. 예전이었다면 앤드루의 차에 내가 나란히 앉아 있는 상황이 걱정되었을 것이다. 지금도 그렇긴 하다. 이유만 다를 뿐.

브래들리까지 가는 길은 멀지 않았다. 랭커스터 애비뉴에서 좌회전후 노스로버츠 로드에서 다시 한번 좌회전한 다음 몽고메리에서 우회전을 하면 된다. 브래들리 아이들은 운전면허를 따기 전까지는 이곳 피스 어 피자까지 걸어 다녔다. 나도 아서와 함께 쭉 걸어서 다녔다.

　왼쪽으로 펼쳐진 텅 빈 축구장은 고집스레 여름의 푸르름을 붙잡고 있었다. 앤드루의 커다란 손이 방향지시등을 툭 쳐서 켰다. 우리는 늘어선 차량이 움직이기를 참을성 있게 기다렸다가 속도를 올려서 축구장 관람석을 따라 달렸다. 아서의 집으로 가던 길 입구를 지나쳤다. 피너만 부인은 이사를 가지 않고 명문 브래들리스쿨 친구들의 죽음을 신나서 모의했던 아이의 엄마로 지내고 있었다. 언론에서는 '어떻게 여기서 그런 일이 벌어질 수 있었는가?'라며 한탄했다. 의례적인 표현이 아니라 진짜로 의문을 품고 있었다. 학교 총기 난사 사건은 중서부 지역의 중산층 동네 이야기였다. 이런 사건은 아이비리그 출신 부모님의 덕을 볼 일도 없는 아이들이 크리스마스 선물로 총을 받는 그런 곳에서나 벌어질 법했다. 차가 도로 경계석 옆에 털털거리며 섰다. 앤드루는 고개를 돌려 나를 보았다. "살짝 들어가 볼까?"

　나는 차창 밖으로 학교의 검은색 눈동자를 쳐다봤다. 브래들리에 오면 목구멍으로 뜨거운 토사물이 올라오곤 했었다. 지금쯤이면 그 느낌이 와야 했다. 이 장소에 대한 일종의 파블로프 반응 같은 것이었다. 하지만 앤드루가 안전망처럼 그런 두려움이 밀려오지 못하게 막아주고 있었다. 한때 루크도 이런 느낌을 주었다는 것이 어렴풋이 기억났다. 처음 만났을 때 그는 내 안에 남아 있는 희망과 따스함을 상기해주어서 잠도 잘 잘 수 있었다. 앤드루가 내게 손을 뻗었다. 나는 안절부절못하기 시작했다. "미안." 앤드루는 미소를 지어 보였다. 그의 손가락은 내 안전벨트의 잠금장치에 닿아 있었다. "가끔 이게 꼼짝을 안 하거든."

　"어, 아니에요. 그냥 좀 놀랐을 뿐이에요." 나는 더듬거리며 말했다.

찰칵 소리가 들리더니 가슴을 누르던 압박감이 덜어졌다.

◆◆◆◆◆

체육 센터는 잠겨 있지 않았다. "화이팅, 브래들리." 나는 나지막하게 말했다. 앤드루도 동조하는 말을 낮게 읊조리며 문을 열었다. 브래들리는 그 사건 이후 보안 조치를 더 강화했어야 했지만, 학교 당국은 무장한 보안 요원을 고용하고 금속 탐지기를 설치하라는 주 정부와 언론의 압력에 굴하지 않고 강경한 태도를 견지했다. 일회성 사건에 불과한 일 때문에 프라이버시를 침해하고 걸핏하면 총질하려 드는 청원 경찰이 임의로 몸수색을 해서 학생들을 공포에 떨게 해야 할 이유가 없다는 것이 학교의 입장이었다. 학부모 역시 학교의 입장을 지지했다. 다수의 학부모가 브래들리 동문이었기 때문에 그 누구도 유명작가 제롬 데이비드 샐린저의 첫 번째 아내가 입학했던 이 교육기관에 도심 빈민가 공립학교와 같은 보안 기준을 적용하는 걸 원하지 않았다.

우리는 계단을 따라 내려가서 농구 코트에 들어섰다. "그런 신발은 이곳에서 허용되지 않을 텐데." 앤드루가 투박한 실버 굽이 달린 내 스웨이드 플랫슈즈를 고갯짓으로 가리키고는 코트를 둘러싼 카펫으로 향했다.

나는 앤드루의 말을 무시하고 광택 나는 메이플 원목 바닥 안으로 걸음을 내디뎠다. 또각거리는 소리가 났다. 앤드루는 걸음을 멈추었다. 나는 구두 굽으로 바닥에 흐릿한 하얀 선을 그리면서 귀청을 찢는 듯한 끼익끼익 소리를 냈다. 앤드루도 카펫에서 내려와 신고 있던 로퍼의 굽으로 바닥을 문질러서 나와 맞먹는 자국을 만들어냈다.

◆ ◆ ◆ ◆ ◆

체육관을 나오니 과학관이 이어졌다. 황동 액자에 걸린 원소 주기 율표가 나를 미소짓게 했다. "하돈 선생님 아세요?" 화학 우등반 선생님이었다. 콧수염을 자기도 모르게 씰룩거리던 그 선생님은 당혹스러운 이름과 괴팍한 성격 덕에 성도착자라는 소문이 나서 하드온* 선생님이라는 별칭으로 불렸었다.

"하드온 선생님?" 앤드루가 싱긋 웃었다. 그가 미소 짓자 열네 살은 더 어리게 보였다.

나는 걸음을 멈췄다. "그 별명을 알고 계셨어요?"

"티프, 모든 교직원이 그렇게 불렀는걸. 문자 그대로 그런 이름이잖아." 앤드루는 턱 끝을 내 쪽으로 내밀었다. 인정을 청하는 몸짓이었다. "아주 자연스러운 논리적 비약이지."

내 웃음소리가 텅 빈 복도를 따라 텀블링을 하다가 본관으로 이어지는 일곱 계단에 내리꽂혔다. 그 계단을 내려가면 오른쪽에 카페테리아가 있고, 왼쪽에 어문학관이 있었다. 샤크와 가로질렀던 그 공간을 스치며 날아다니던 탄환 소리를 떠올렸다. 리엄을 잃은 후였다. 그 즉시 나는 시간을 되돌릴 수 있다면 좋겠다고 생각했었다.

컴퓨터실이 오른쪽에 나타났다. 전에는 제 기능을 못 하는 교실이었지만 지금은 미래적인 외관의 받침대 위에 아이패드가 올려져 있었다. 불이 꺼진 교실 유리창에는 안을 들여다보는 우리 둘의 모습이 담겼다.

앤드루는 창유리에 주먹을 댔다. "나에 대해서는 뭐라고들 했을지

---

* Hard-on. 남성의 성기가 발기한 것을 뜻한다.

짐작도 못 하겠다."

"선생님에 대한 뒷말은 없었어요. 모두 선생님을 좋아했죠. 선생님이 떠나셨을 때 모두가 속상해했었어요."

앤드루가 고개를 떨구는 모습이 유리창에 맺혔다. "바턴가에서 비열하게 나오는 바람에 그렇게 됐어." 앤드루는 창 속의 나와 눈을 마주쳤다. "뭐 어차피 그 해가 마지막이기는 했어. 교단은 늘 잠깐 머물 곳이라고 생각하고 있었거든. 나이가 조금 들 때까지만 하려고 했었지. 졸업은 했지만 제대로 일을 시작할 준비가 되어 있지 않았어. 그래도……." 앤드루는 입을 좌우로 움직이며 잠시 생각하다가 말했다. "그런 사건이 있었으니 조금 더 있었을 수도 있었겠지. 적어도 1년은 더 너희를 도왔을 거다."

생각도 못 했다. 그가 내 곁에 더 있었을 수 있었다니. 분노로 가슴이 조여왔다. 딘이 내게 앗아간 한 가지가 더 있었다. 그게 바로 라슨 선생님이었다.

복도를 따라 걷다가 상급생 전용 라운지 입구에 도착했다. 나는 안으로 들어섰다. 그 특유의 생소함 때문에 여전히 위협적인 공간이었다. 졸업반일 때도 여기서 시간을 보낸 적이 거의 없었다. 성인도 함부로 사용할 수 없는 배타적인 곳이었다. 학교에서 소외된 아이들이 자유 시간을 즐길 수 있는 그런 장소는 더더욱 아니었다. 그렇다고 브래들리에서 내내 친구 한 명 없이 지낸 건 아니었다. 샤크가 있었다. 우리는 정말 친하게 지냈었다. 하지만 대학에 진학한 이후로는 연락이 끊겼다. 그건 지금도 후회된다. 그리고 크로스컨트리팀 친구들도 몇 명 있었다. 나는 매년 크로스컨트리팀에 들었다. 달리기가 좋았으니까. 루크에게 깊은 인상을 심어주려고 고문에 가깝도록 뛰기 전까지는 정말 좋아하는 일이었다. 내 발로 쌓은 마일리지에서 위안을 얻을 수 있어서 자기 회의감이 사라졌었다.

앤드루는 열린 문가에 머물러 있었다. 키가 커서 천장에 있는 아치형 구조물을 손으로 짚고 있었다. 그 상태로 앞으로 몸을 기울이니 넓은 가슴이 더 넓게 펴졌다. 그가 몸으로 문을 가로막는 모양새가 되었다. 예전 일이 떠올랐다. 본격적으로 사춘기에 접어들면서 가슴이 커지자 나만큼 성숙한 또래 남자애를 간절히 바랐었다. 그래서 7학년 아이들의 파티 장소인 축축한 지하실을 훑어보면서 어떤 남자애가 나를 압도할 만큼 우람한 근육을 자랑하는지 살폈다. 여드름투성이에 귀에 거슬리게 꽥꽥거리는 목소리여도 상관없었다. 그저 나를 해칠 수 있을 정도로 덩치가 크면 좋았다. 시간이 지나면서 그게 내 취향이라는 걸 알게 됐다. 나를 해칠 수 있는 사람이지만 절대로 해치지 않을 그런 남자를 원했다. 그 점에 있어서 루크는 불합격이다. 앤드루는 합격이다.

"아서 생각을 한 적 있어요?" 내가 물었다.

앤드루는 손을 바지 주머니에 밀어 넣었다. 엄지손가락은 뺀 채였다. 《위민스 매거진》의 보디 랭귀지 전문가한테 듣기로 주머니에 손을 넣는 건 부끄러워한다는 의미다. 다만 엄지손가락을 드러내고 있는 경우는 예외였다. 그 경우는 자신감의 표시다. "그럼. 사실은 많이 했다."

나는 고개를 끄덕였다. "저도 그래요."

앤드루가 걸음을 떼어 라운지 안으로 걸어 들어왔다. 우리 둘 사이의 거리가 가까워졌다. 조난한 비행기처럼 내 안의 온갖 경보가 시끄러운 소리를 냈다. 앤드루가 선을 넘고자 한다면, 얼마든지 가능하다. 이 장소는 그나마 남아 있던 나의 결의 따위를 모두 마모시켜 고운 가루로 만들어버렸다. 날빛은 모두 스러지고 땅거미만 남았다. 주변을 모두 의기소침하게 만드는 백색의 방에서 우리 둘은 흑백영화 속 인물이 될 수도 있었다. "아서를 떠올리면서 무슨 생각을 했니?"

나는 눈으로 앤드루의 흉곽을 훑으면서 답을 생각했다. "정말 똑똑한 애였다고 생각해요. 박식하고 영민했죠. 아서는 저는 엄두도 내지 못할 방식으로 사람들을 파악하고 있었어요. 사람들의 마음을 읽었죠. 저도 그렇게 할 수 있다면 좋겠어요."

앤드루는 몇 걸음을 더 옮겨 가까이 다가왔다. 바로 내 앞에 우뚝 선 그는 높은 창의 선반에 팔꿈치를 댔다. 윗입술이 아주 살짝 말려 올라가 있었다. "넌 사람들의 마음을 읽지 못한다고 생각하니?"

"노력은 하죠." 나는 미소지었다. 이거 혹시 꼬시는 건가?

"넌 세상 물정에 밝잖아, 티프." 앤드루는 내 배를 손으로 가리켰다. "그 점에 대해서는 의심하지 마라."

나는 앤드루의 손가락을 내려다보았다. 내 몸에서 몇 센티미터밖에 안 떨어진 곳에 있었다. "그거 아세요?" 내가 물었다.

앤드루는 내가 말을 이어가기를 기다리고 있었다.

"재미있는 아이였어요." 나는 창밖을 내다보았다. 창에 갇힌 안뜰이 보였다. "아서는 재미있는 친구였어요." 루크에게 이 이야기를 한 적이 있었다. 그때 루크는 흠칫 놀라 했다.

앤드루는 눈을 찡긋하면서 아서를 추억했다. "작정하면 아주 재미있는 친구였지."

"하지만 죄책감은 들지 않아요." 나는 나직하게 말했다. "이러면 안 되는 걸까요? 내가 그 아이한테 했던 일로 죄책감을 느끼거나 하지 않아요. 아무런 느낌도 없어요." 나는 한 손을 왼편에서 오른편으로 쓱 미끄러트리면서 평평하다는 표시를 했다. 모든 게 얼마나 담담한지 보여주고 싶었다. "그 아이를 죽이는 모습을 떠올려도 아무런 감정이 안 들어요." 나는 크게 숨을 들이마셨다가 내뿜었다. 뜨거운 음식을 식히려고 호호 부는 것 같은 소리가 났다. "제 절친 말로는 제가 아직도 충격 상태에 있어서 그렇대요. 트라우마를 겪지 않기 위해서 모든 감정을 차단했다는 거죠." 나는 고개를 절레절레 저었다. "정말 그런 거라면 좋겠어요. 하지만 그렇지 않은 것 같아요."

앤드루는 손가락 끝을 눈썹에 대고서 내가 무슨 말을 더 하기를 기다렸다. 하지만 아무 말도 하지 않자 그가 물었다. "그럼 뭐라고 생각하니?"

"어쩌면 그건……." 나는 앞니로 입술을 꽉 깨물었다. "냉혈한이어서인 것 같아요." 나는 다음 말을 서둘러 쏟아냈다. "이기적이어서 저에게 이로운 감정만 느끼는 거죠."

"티프." 앤드루가 말했다. "넌 이기적이지 않아. 넌 내가 아는 사람 중에서 가장 용감해. 그 나이에 그 모든 걸 겪어냈잖니. 그냥 겪은 정도가 아니라 이겨내고 살아남아서 이렇게 잘 살고 있지. 이건 보기 드물게 놀라운 일이야."

이제 나는 눈물을 안으로 삼키고 있었다. 내가 앞으로 할 말에 앤드루가 겁먹고 도망갈까 봐 두려웠다. "그렇지 않아요. 친구는 칼로 찔러 죽이기는 하지만, 전혀 맞지 않는 남자와 결혼한다는 사실은 인정하지 못하는걸요."

앤드루의 안색이 어두워졌다. "정말이니?"

답하기 전에 생각해 보았다. 지금이라도 내뱉은 말을 무르고 그 모든 의구심을 합리화시킬 수 있었다. 나 자신에게 늘 했던 것처럼 하면 된다. 하지만 나는 고개를 끄덕였다.

"그렇다면 뭘 망설이지? 그냥 다 박차고 나오면 어때?" 앤드루의 걱정하는 목소리는 나를 더욱 불편하게 만들었다. 지금까지는 함께할 사람에 대해 약간의 의구심을 갖는 게 일반적이라고 생각했었다.

나는 어깨를 으쓱여 보였다. "뻔하잖아요? 전 무서워요."

"뭐가?"

나는 앤드루의 어깨 너머에 시선을 고정하고 설명할 방법을 찾아보았다. "루크와 함께 있으면…… 참담할 정도로 외로울 때가 있어요. 루크 탓은 아니에요." 나는 손가락 하나로 눈을 훔쳤다. "그이는 나쁜 사람이 아니에요. 그냥 이해하지 못할 뿐이에요. 그럴 때면 생각해요. '누군들 이해할까? 이런 거지 같은 인생을 어떻게?' 제가 같이 지내기 쉬운 사람은 아니잖아요. 어쩌면 이게 제가 바랄 수 있는 최선일지도 몰라요. 다른 좋은 점도 정말 많거든요. 루크랑 함께하는 건 나름 보험 같은 일이에요."

앤드루가 얼굴을 찡그렸다. "보험?"

"제 머릿속에 담아둔 생각인데요." 나는 손가락을 관자놀이에 대고 톡톡 쳤다. "아니 해리슨으로 살면 아무도 날 해치지 못할 거다. 티파니 파넬리는 짓밟힐 수 있는 여자지만 아니 해리슨은 그렇지 않다."

앤드루는 상체를 숙여서 시선을 내 눈높이에 맞추었다. "내가 기억하는 한 그 누구도 티파니 파넬리를 짓밟지 않았는데."

나는 엄지와 검지로 '이만큼'을 표시해 보였다. "하지만 그 아이들이 했었는걸요. 이만큼요."

앤드루는 한숨을 크게 내쉬었다. 그가 입은 근사한 스웨터가 내 얼굴에 스치듯 닿았다. 그의 손가락이 내 머리 뒤쪽에 감겼다. 그동안 우리가 서로에게 닿았던 적은 아주 드물었다. 그때나 지금이나 나는 그의 체취와 살갗을 알지 못한다는 데 생각이 미치자 가슴이 미어졌다. 설명할 수 없는 슬픔이 차올랐다. 루크, 휘트니, 예쁜 이름을 가진 그의 아이들, 그리고 우리를 떨어트려 놓은 그 모든 사람에 대한 비애감은 커지고 또 커져서 모두를 집어삼킨 다음 무너져 내렸다.

앤드루가 쓰던 교실은 변함이 없었다. 세 개의 기다란 테이블을 붙여서 괄호처럼 만든 것이나 그 괄호가 열린 부분인 교실 맨 앞에 교사자리가 있는 것도 여전했다. 하지만 낡은 리놀륨 테이블과 낡고 짝이 맞지 않는 의자 대신 날렵하게 생긴 철제 테이블과 스툴이 놓여 있다. 레스토레이션 하드웨어의 고급스러운 가구로 꾸며놓아서 내가 사는 아파트와 얼추 비슷한 인상을 보여주고 있었다. 내가 세심하게 큐레이팅해서 연출한 그 스타일을 해리슨 부인은 '절충적인 스타일'이라고 설명했다. 믹스매치의 다른 말이었다. 나는 테이블 상판에 일그러진 채로 비친 내 모습을 찬찬히 살펴보았다. 턱은 길고 뾰족했으며 한쪽 눈은 이쪽에, 다른 한 눈은 저쪽에 있었다. 학교에서 여드름이 난걸 발견하면 늘 멀리서 내 모습을 비춰보며 그 심각함의 정도를 측정하곤 했다. 교실 창문이나 카페테리아의 조리 식품과 나를 갈라놓은 유리판 같은 곳에 비춰보았다. 무슨 일이 벌어질지 모르는 교실에서는 정신을 집중할 수가 없었다.

앤드루는 자신이 쓰던 낡은 책상에서 서성이면서 후임자가 놓은 작은 장식품을 찬찬히 살펴보았다.

"프리드먼 선생님은 지금도 여기 계신단다." 앤드루가 말했다.

"정말요?" 나는 그가 아서를 교실에서 데리고 나가던 날을 또렷이 기억하고 있었다. 허스트 선생님이 겁먹지 않은 척하려 노력했던 것도 기억했다. "그 선생님은 늘 약간 어수룩했어요."

"아니, 사실⋯⋯." 앤드루는 뒤로 돌아서 책상에 몸을 기대고 섰다. 그리고 발목을 겹쳤다. 우리를 가르쳤을 때와 똑같은 포즈였다. "밥은 아주 똑똑하고 영리한 사람이야. 너무 영리하고 똑똑해서 가르치는 일은 할 수가 없었던 거지. 그래서 학생들과도 소통하지 못했고." 앤드루는 한 손으로 이마를 짚었다. "다른 사람과는 수준이 달랐거든."

나는 고개를 끄덕였다. 이제 밖은 땅거미가 진 것보다 더 어두워져 있었다. 하지만 어문학관은 대로변에 자리 잡고 있어서 가로등과 브린마대학의 예술대학 건물 빛이 들어와서 환했다.

"그래서 모두가 앤드루 수업을 좋아했었거든요." 내가 말했다. "우리와 같은 수준이었잖아요. 거의 또래처럼 느껴질 정도로."

앤드루가 크게 웃었다. "이거 칭찬 아닌 것 같은데."

나 역시 크게 웃었다. "칭찬이에요." 나는 유령의 집에 걸린 거울에 비친 듯한 내 모습을 다시 내려다보았다. "아주 젊은 선생님이 있어서 얼마나 좋았는데요. 몇 년만 지나도 젊음은 모두 사라지잖아요."

"내가 뭐 그리 도움이 되었는지 모르겠다." 앤드루가 말했다. "그렇게 잔혹한 일은 본 적이 없었어. 뭐, 어쩌면 내가 고등학교에 다닐 때도 있었는데 내가 모르고 지낸 건지도 모르지만." 앤드루는 잠시 생각에 잠겼다. "아마 눈치챘을 것 같다. 브래들리에 오자마자 험악한 구석이 있다는 걸 금방 알아차렸으니까. 그러니……." 앤드루는 나를 가리키는 몸짓을 했다. "너는 애초에 승산이 없었단다."

그 말은 마음에 들지 않았다. 승산 없는 일은 없다. 이길 가능성은 언제나 존재한다. 다만 나는 내 손으로 그 가능성을 뭉개버렸지. "여기에서 저는 그리 약지 못하게 굴었죠." 내가 말했다. "하지만 긍정적으로 보자면, 그 덕에 자립하는 법을 배웠어요." 나는 테이블의 금속판을 주먹으로 쓸었다. "아서가 많이 가르쳐줬어요. 믿기 힘들겠지만요."

"다른 좋은 방법으로 가르침을 받았으면 좋았을 거다." 앤드루가 말했다.

나는 슬픈 미소를 지었다. "그럴 수 있었다면 좋았겠죠. 저는 기꺼이 배웠을 거예요. 하지만 주어진 상황에서는 최선을 다한 거예요."

앤드루는 턱을 고개에 파묻었다. 《호밀밭의 파수꾼》에서 홀든 콜필드의 변화에 대한 두려움과 자연사 박물관 사이의 연관성을 찾기 위해서 생각을 모으는 것처럼 보였다. "네가 솔직하게 말해주니까⋯⋯." 앤드루는 헛기침으로 목소리를 골랐다. "나도 너에게 솔직하게 말하고 싶구나."

그의 뒤쪽 공간은 완벽한 조명을 받은 듯이 환했다. 그 밝은 역광 덕에 얼굴이 표정도 없이 윤곽만 보이는 상태였다. 심장이 터질 듯 뛰었다. 앤드루가 드디어 중요한 걸 인정하려는 것 같았다. 우리의 관계, 우리의 독특한 화학 반응 같은 것들이 내 머릿속에만 있었던 게 아닌 모양이었다. "뭘요?"

"그날 저녁 자리 말이다. 그게 세상이 좁아서 생긴 일이 아니었어." 앤드류는 콧구멍을 키우고 크게 숨을 들이마셨다. "루크가 네 약혼자라는 걸 알고 있었다. 그래서 너를 보려고 저녁 약속을 잡았던 거야."

온도계의 빨간 줄이 올라가듯 희망이 쑤욱 커져갔다. "그걸 어떻게 아셨어요?"

"말해준 사람이 누구였는지도 기억이 안 나네. 아마 내가 여기서 교편을 잡았던 적이 있다는 걸 아는 직장 동료 중 한 명이었을 거야. 나한테 루크가 브래들리 출신이랑 약혼했다고 말해줬어. 루크한테 네 이름을 들은 적도 있었고. 아니라고 말했었지. 하지만 나는 브래들리 출신이면서 아니라는 이름을 가진 사람은 기억나지 않더구나. 그래서 페이스북에서 찾아봤단다." 앤드루는 타자 치는 시늉을 하다가 두 손으로 얼굴을 감쌌다. 귀여운 소녀 같은 몸짓이었다. 그러더니 크게 소리 내어 웃었다. "세상에, 정말 부끄러운 짓을 했다. 여하튼 나는 페이스북에서 루크를 찾았어. 그리고 사진 속에서 너를 봤지. 정말 너라는 걸 믿을 수가 없었어."

이제 하늘은 변화무쌍한 움직임을 멈추었다. 고요해진 교실에는 밤을 위해 모아놓은 어두운 그림자가 가득 들어찼다. 하지만 순간 뭔가가 가로등 빛을 갈랐다. 잠깐 앤드루의 등 뒤를 비추던 빛이 사라졌다가 나타났다. 그 틈에 앤드루의 얼굴을 온전히 볼 수가 있었다. 겁먹은 표정이었다.

우리는 창밖을 보았다. 작은 은색 총탄같이 생긴 자동차 한 대가 본관 입구 앞에 주차하고 있었다. 차 문이 열리자 '경비'라는 단어가 반으로 쪼개졌다. 남자가 차에서 내리더니 직무를 수행하는 사람다운 걸음걸이로 성큼성큼 학교를 향했다.

심장이 쿵 떨어졌다가 다시 튀어 오르는 것 같았다. 이러고 나면 곧 온 세상이 빙글빙글 돌기 시작한다. 난 이 상태를 공황발작이라고 부르기를 거부한다. 공황발작은 신경질적인 비행기 승객이나 힙스터 노이로제 환자에게나 해당되는 이야기다. 그런 사람의 마음을 괴롭히는 것의 정체가 무엇이든 나에 비할 바가 아니다. 나는 무슨 일이 벌어질지 정확히 알고 있어서 두려움에 사로잡혀 있다. 그 카페테리아에서 벗어났을 때부터 쭉 기다리고 있었던 나쁜 일이 벌어질 때가 된 모양이다. 드디어 내 차례가 온 것이다. "우리 때문에 온 걸까요?"

앤드루는 고개를 가로저었다. "모르지."

"저 사람은 여기서 뭘 하죠?"

다시 앤드루가 말했다. "모르지."

보안 요원은 건물 안으로 사라졌다. 문이 닫히고 "누구세요"라는 외침이 들려왔다. 앤드루는 한 손가락을 입술에 대고는 내게 가까이 오라는 신호를 보냈다. 교사 책상의 의자를 밀어버리고 있었다. 믿을 수 없었지만, 우리 둘은 책상 아래로 기어 들어갔다. 앤드루는 몸을 수

그리고 그 거대한 팔다리를 접어서 내가 들어갈 공간을 만들었다.

무릎을 맞대고 둘이 쪼그려 앉자, 앤드루는 의자를 우리 뒤쪽으로 잡아당겨서 말 그대로 의자와 책상 사이에 끼어 있는 상태가 되도록 했다. 그러고 나서 앤드루는 나를 보며 싱긋 웃었다.

더는 내 심장 박동이 느껴지지 않았다. 공황발작과 나의 현기증 증상을 가르는 또 다른 특징이다. 용감히 맞서며 고동치는 심장은 없고 오로지 항복의 백기만 구슬피 펄럭인다. 몇 분 후 나는 뭔가의 존재감을 확실히 느꼈다. 우리가 본 게 보안 요원의 차가 정말 맞을까? 몇 년 동안 《위민스 매거진》에서는 많은 기사를 통해 경찰, 배관공, 심지어 우체부로 위장해서 차나 집 또는 여성에게 직접 접근하려는 약탈자에 대해서 경고해 왔다. 그들이 원하는 건 언제나 우리 여자들이다. 강간하고 고문하고 죽이고 싶어 한다. 내 시야는 점차 좁아져서 작은 바늘구멍만 해졌다. 구식 텔레비전을 끄면 모니터가 완전히 까맣게 되기 직전에 조그만 하얀 점이 남는데, 딱 그 같은 상황이었다. 나는 숨을 쉬지 않고 있었다. 확실했다. 심장 박동도 멈췄다. 지금은 마지막 의식이 분명하다. 뇌의 신경 세포가 남아 있는 잉걸불을 태우고 나면 나는 어둠 속으로 쑥 떨어질 것이다.

한 줄기 빛이 교실 앞을 휩쓸고 지났다. 누군가 헛기침을 하고 목을 가다듬은 다음에 말했다. "여기 누구 있나요?"

높낮이 없이 낮은 음성이었다. 벤이 '까꿍!'이라고 말했던 것과 같은 어조였다. 진짜 단조로웠다. 그래서 무슨 말을 한다 해도 어울릴 것 같았다. '안녕.' '아니요.' '물론.' 라슨 선생님은 손으로 입을 막았다. 선생님의 눈가 잔주름이 더 많아지는 걸로 보아 웃음을 참고 있는 것이 분명해 보였다. 엉덩이가 떨리기 시작했다. 왜 하필이면 엉덩이지? 아마도 서 있지 않아서인 것 같다. 그렇지 않았다면 다리가 떨렸을 거다.

하지만 지금 내 몸을 지탱하고 있는 건 엉덩이였다.

불빛이 사라졌다. 물러나는 발소리도 들렸다. 하지만 나는 알았다. 그는 여전히 그곳에 있었다. 느낄 수 있었다. 과장된 발소리로 나간 척 했다가 슬금슬금 되돌아와서 바보 두 명이 안전하다고 생각하고 기어 나오기를 기다리고 있다. 모방범죄다. 학교는 그런 걸 걱정할 필요가 없는 척하려 했지만, 걱정해야만 할 일이었다. 늘 걱정해야 한다. 라슨 선생님이 속삭였다. "간 것 같은데." 나는 고개를 가로저었다. 그리고 눈을 크게 뜨고서 필사적으로 선생님을 보았다.

"왜?" 라슨 선생님이 다시 속삭이며 의자를 밀어냈다.

나는 그의 굵은 팔목을 꽉 잡고 고개를 세차게 저으면서 가지 말라고 애원했다.

"티파니." 라슨 선생님은 시선을 내려 내 손을 보았다. 소스라치게 놀란 표정이었다. 우린 이제 끝났다는 것도 알 수 있었다. "손이 얼음같이 차."

"그래도 여기 있어요." 나는 입 모양으로 말했다.

"티파니!" 라슨 선생님이 나를 흔들어 떼어버리고는 바닥을 기어서 밖으로 나갔다. 내가 미친 듯이 되돌아오라는 보내는 신호는 무시했다. 라슨 선생님은 의자를 짚고 벌떡 일어섰다. 나는 책상 아래 더 깊은 쪽으로 물러났다. 그리고 맹렬한 총성이 들린 라슨 선생님의 질척해진 머리를 마주할 준비를 했다. 하지만 들리는 소리는 "갔어"라는 말소리뿐이었다.

라슨 선생님은 무릎을 꿇고 앉아서 책상 아래를 응시했다. 우리에 갇힌 야생 고양이 같은 나를 쳐다보고 있었다. 그의 미간에 주름이 졌다. 회한에 찬 얼굴이었다. 그는 나를 위해 울 준비가 되어 있었다. "보안 요원은 갔어. 우린 괜찮아. 그 사람은 우리한테 아무 짓도 할 수 없어.” 내가 움직이지 않자 라슨 선생님은 고개를 떨구고 한숨을 내쉬었다. 자책과 연민이 가득한 목소리가 들려왔다. “티프, 정말 미안하다. 정말이지……. 생각을 못 했어. 이 책상이며…… 정말 미안하다.” 선생님은 한 손을 내밀고 간곡함을 담은 눈으로 자신의 말을 믿어달라고 애원하고 있었다.

앤드루와 함께하는 내내 나는 상처받은 피해자의 가면을 쓰고 있었다. 그가 내게 원하는 모습이라고 생각했기 때문이었다. 하지만 지금 젤리처럼 후들거리는 내 팔은 정말로 아무 일도 할 수 없었다. 팔을 뻗어 보았지만 아무런 소용이 없었다. 앤드루가 내 팔꿈치를 잡아야만 했다. 그나마 유일하게 단단한 부분이 거기였기 때문이었다. 나를 일으키려면 어쩔 수 없었다. 내 하반신도 전혀 도움이 되지 못하고 있었다. 앤드루는 나를 떠받쳐 일으켜 자신의 가슴에 기대게 했다. 우리는 서로 꼭 붙어서 한참을 서 있었다. 내 다리에 힘이 돌아온 뒤에도 한참을 더 그렇게 있었다. 하지만 아무것도 하지 않고 그렇게 있는 것이야말로 가장 위험한 일이었다. 마침내 앤드루의 손이 내 잘록한 등허리에 힘을 가했다. 우리는 키스했다. 앞서 느꼈던 모든 공포를 이길 만큼 크나큰 안도가 느껴졌다.

14장

    내 기억 속 병원은 초록색이다. 초록색 바닥, 초록색 벽 그리고 경찰관의 눈 아래 움푹 팬 괴저도 모두 초록이었다. 심지어 변기 바닥에 토해낸 액체도 칙칙한 연초록색이었다. 나는 물을 내리면서 엄마가 늘 깨끗한 속옷을 입으라고 잔소리했던 것을 생각했다. "티파니, 혹시 자동차 사고라도 당하면 어떻게 되겠니?" 그때 벗었던 속옷이 깨끗하지 않았던 건 아니었다. 하지만 낡았고 가랑이 부분에 구멍도 나 있어서 꼬불거리는 음모 몇 가닥이 밖으로 튀어나왔었다. 제모 살롱에서 정기적으로 제모하기 시작한 건 그로부터 몇 년이 지나서다. "전부 밀까요?" "전부 해주세요."

    나는 추레한 속옷을 카고 팬츠 속에 쑤셔 박은 다음에 깨끗한 증거 수집 봉지에 바지를 넣어서 여자 경찰관에게 건넸다. 펜사콜 경관보다 더 남자처럼 생겼다. 증거 수집 봉지에는 이미 내 제이크루 가디건과 빅토리아 시크릿 탱크톱이 들어 있었다. 두 개 모두 채 마르지 않은 피로 물들어 있었다. 어디선가 맡아본 것 같은, 향수를 불러일으키는 냄새가 났다. 어디서 맡아봤더라? 청소용품에서 나는 냄새 같다. 아니면 멜번의 YMCA에서 맡았던 냄새 같다. 내가 처음으로 수영을 배웠던 곳이었다.

그 비닐봉지를 받는 사람이 누구든, 명을 달리한 10대 청소년 여러 명의 DNA가 묻은 옷가지와 함께 카고 팬츠 속에 처넣은 속옷을 발견할 것이다. 뭔가를 숨기기엔 썩 좋은 방법이 아니었다. 하지만 이 사람 저 사람이 봉지 안에 든 내 속옷을 보도록 전시한다고 생각하면 자포자기하는 심정에 빠질 것 같았다. 나에 대한 뭔가를 전시당해서 창피를 당하는 건 이제 진절머리가 났다.

나는 얇은 환자복으로 몸을 감싼 채 까치발로 병실을 가로질러서 침대에 걸터앉았다. 그리고 앞으로 팔짱을 껴서 가슴을 누르려고 했다. 브래지어를 하지 않으니 가슴이 너무 거대하게 느껴져 어찌해야 할지 알 수 없었다. 엄마는 침대 옆에 놓인 의자에 앉아 있었다. 내 가까이 다가오거나 만지지 말라고 내가 냉정하게 말해 놓았기 때문이었다. 엄마는 훌쩍거리고 있었다. 정말 짜증스러웠다.

"고마워요." 남자 같은 여자 경찰관이 내게 말했다. 전혀 고맙지 않은 목소리였다.

나는 무릎을 꿇고 앉았다. 제모한 지 몇 주가 지나서 내 발목에는 검은색 가시가 송송 돋아나 있었다. 그런 걸 남들이 보게 하고 싶지 않았다. 의사 선생님 역시 여자였는데(금남의 장소였다. 아빠조차도 복도에 있었다) 검사를 좀 하겠다고 말했다. 나는 다친 데가 없다고 했다. 하지만 레빗 선생님은 사람이 충격을 많이 받으면 자신이 다쳤는지 아닌지 잘 모를 수 있다고 말하면서 그런 경우가 아니라는 것만 확인하겠다고 했다. "선생님이 그렇게 해도 괜찮겠니?" 나는 다섯 살짜리 아이에게 파상풍 예방 주사를 맞히겠다고 하듯이 말하지 말라고 소리지르고 싶었다. 나는 사람 가슴팍에 칼을 꽂은 사람이었다.

"죄송합니다." 남자 같은 여자 경찰관이 레빗 선생님의 앞을 가로막아 섰다. "하지만 제가 먼저 지문 채취를 해야 합니다. 검사를 하는 과정에서 증거가 인멸될 수 있습니다."

레빗 선생님은 뒤로 물러섰다. "네, 그러시죠."

남자 같은 여자 경찰관이 지문 채취 장비를 가지고 내게 다가왔다. 그리고 나는 나를 검사하고자 하는 사람이 예쁜 의사 선생님 한 명뿐이었을 때 얼마나 좋은 대우를 받았었는지를 깨닫게 되었다. 그때까지 나는 울지 않고 있었다. 「로 앤 오더」에서 피해자가 큰 충격을 받아 쇼크 상태에 빠지면 눈물조차 나지 않는다고 했던 걸 떠올렸다. 하지만 그렇게 이유를 찾았어도 기분은 조금도 나아지지 않았다. 울어야만 했다. 저녁 식사 메뉴나 고민할 게 아니었다. 하지만 이런 일을 겪고 난 날이니 엄마는 내가 먹고 싶은 건 뭐든지 사줄 것 같았다. 어디 식당으로 가지? 여러 가지 가능성에 대해서 생각하는데 입에 침이 고였다.

남자 같은 여자 경찰관은 손톱 아래 피부를 면봉으로 닦았다. 그때까지는 괜찮았다. 하지만 내가 입고 있던 환자복을 벗기려고 하자 눈물이 걷잡을 수 없이 계속 쏟아지기 시작했다. 나는 남자 같은 여자 경찰관의 소시지 같은 손목을 붙잡았다. "하지 마요!" 그 말이 계속 반복되고 있었다. 처음에는 남자 같은 여자 경찰관이 내게 말하고 있다고 생각했다. 하지만 곧 말하는 사람이 나란 걸 알 수 있었다. 나는 그 여자 경찰관을 물리치려고 몸부림을 치고 있었다. 경찰관이 딘이라고 생각하고 발길질을 하고 몸부림을 치고 입으로 물어뜯었다. 환자복이 벌어져서 나의 거대한 가슴이 사방으로 쏟아졌다. 이제 엄마까지 나를 말리려 합세했다. 엄마가 내 벗은 몸을 보고 있다는 걸 깨달은 순간 나는 옆으로 몸을 굴려서 다시 한 번 속을 게워냈다. 토사물 일부가 남자 같은 여자 경찰관의 남자 바지 같은 바지에 튀었다. 그걸 보고 하마터면 웃을 뻔했다.

◆◆◆◆◆

다시 정신을 차렸을 때, 과거로 돌아갔다고 생각했다. 내가 병원에 있는 건 리아의 집에서 피웠던 마리화나 부작용 때문이라는 생각이 들었다. '나 때문에 화난 사람이 정말 많겠지.'

나는 손으로 몸을 더듬더듬 만져보고 눈을 떴다. 누군가 환자복을 다시 여며준 다음 두툼한 하얀색 담요를 잘 덮어주었다는 걸 깨닫고 안도했다.

병실 안은 텅 비어 고요했다. 어스름이 창에 그늘을 만들고 있었다. 저녁 식사 시간이었다. 나는 버투치스 레스토랑에 가고 싶다고 말하기로 마음먹었다. 그곳의 포카치아와 치즈 빵이야말로 지금 같은 기분에 딱 어울리는 먹거리였다.

나는 팔꿈치에 힘을 주어 상체를 들어 올렸다. 삼두근이 떨렸다. 그동안 당연히 여겼던 삼두근이 일상적인 움직임에 얼마나 많은 기여를 해왔는지 새삼 느꼈다. 입술에 얇은 막이 덮여 있었는데 혀로 뗄 수가 없었다. 아주 잘 붙여져 있어서 주먹으로 문질러 떼어내야만 했다.

갑자기 병실 문이 활짝 열리고 엄마가 걸어 들어왔다. "오!" 엄마는 놀라서 한 걸음 뒤로 물러섰다. 엄마 손에는 커피 컵과 만든 지 오래된 페이스트리가 들려 있었다. 당시는 커피를 마시지 않았던 때였는데도 그 둘 다 먹고 싶었다. 배가 너무나 고팠다. "일어났구나."

"몇 시야?" 거친 목소리였다. 목이 아픈 사람 같았다. 확인해 보려고 일부러 침을 삼켜봤지만 목은 아프지 않았다.

엄마는 모조 다이아몬드가 박힌 롤렉스 시계를 흔들어서 소매 밖으로 빼냈다. "6시 30분이야."

"버투치스로 밥 먹으러 가자." 내가 말했다.

"우리 딸." 엄마는 침대 가장자리에 걸터앉아 몸을 구부렸다. 하지만 곧 내 경고를 기억해 내고 민첩하게 몸을 곧추세웠다. "아침 6시 30분이야."

나는 다시 창밖을 내다보았다. 다시 보니 창밖의 빛이 이지러지는 중이 아니라 피어나는 중이라는 걸 알 수 있었다. "아침이라고?" 나는 다시 한 번 물었다. 머리가 띵해지는 느낌이 들기 시작했다. 다시 눈물이 날 것만 같았다. 너무 화가 나서 아무것도 이해할 수 없었다. "왜 여기서 자게 놔뒀어?" 나는 따져 물었다.

"레빗 선생님이 약을 주셨잖아, 기억하지?" 엄마가 말했다. "진정하는 데 도움이 되라고."

나는 눈을 찡그리고 기억을 뒤져보았다. 하지만 아무것도 떠오르지 않았다. "기억나지 않아." 나는 흐느끼며 두 손으로 얼굴을 감쌌다. 뭔가를 애석해하면서 소리 없이 울었지만 뭐가 애석한지 알지 못했다.

"진정하렴, 티파니." 엄마가 속삭였다. 엄마를 보지 않았지만, 손을 뻗었다가 내 주의를 기억하고 손을 거뒀을 게 분명했다. 엄마의 한숨 소리가 멀어져갔다. "의사 선생님을 불러올게."

엄마의 발소리가 희미해졌다. 그때 벤의 종아리가 떠올랐다. 너무나도 하애서 역겹게 느껴졌던 그 종아리가 연기 속으로 사라지는 모습이 기억났다.

엄마가 돌아왔다. 하지만 같이 온 의사는 레빗 선생님이 아니었다.

이번 의사는 수술복 대신 물 빠진 청바지를 입고 있었는데, 밑단을 걷어 올려서 가느다란 발목과 하얀 신상 스니커즈가 보이도록 연출하고 있었다. 윤이 나는 은발을 단발로 자른 스타일이었다. 자기 집 정원에서 헐렁한 밀짚모자를 쓰고서 토마토를 가꾸다가 일을 마친 후에는 포치에 앉아서 한 잔의 레모네이드로 기특한 자신에게 상을 주는, 그런 여자처럼 보였다.

"티파니." 의사가 말했다. "나는 퍼킨스 박사야. 하지만 애니타라고 불러주면 좋겠다." 나직하고 안정적인 목소리였다.

나는 두 손으로 뺨을 훔쳐서 얼굴에 낀 기름기와 눈물을 지웠다. "네."

"뭘 좀 가져다줄까?" 애니타가 물었다.

나는 코를 훌쩍거리며 말했다. "양치하고 세수도 하고 싶어요."

애니타는 진지한 얼굴로 고개를 끄덕였다. 나에게 아주 중요한 일이라고 생각하는 것 같았다. "조금만 기다려. 그렇게 할 수 있도록 해줄게."

애니타는 5분을 꽉 채워서 나갔다가 다시 돌아왔다. 손에는 여행용 칫솔과 과일향이 나는 아동용 치약, 도브 비누가 들려져 있었다. 애니타는 내가 침대에서 일어날 수 있도록 도와주었다. 애니타가 만지는 건 괜찮았다. 히스테리를 부려서 내가 위로해야만 하는 상황을 벌이지 않을 사람 같았기 때문이었다.

수돗물을 틀었다. 화장실을 쓰는 동안 애니타와 엄마가 이야기하는 걸 듣고 싶지 않았다. 나는 소변을 보고 얼굴을 벅벅 문질러 닦았다. 양치질을 하고 달콤한 맛이 나는 치약을 세면대에 뱉었다. 하지만 끈적거리는 실처럼 늘어난 치약은 좀처럼 입술에서 떨어지지 않으려 해서 손가락으로 잘라내야만 했다.

내가 다시 모습을 드러내자, 애니타는 배가 고픈지 물었다. 배가 고팠다. 아주 맹렬하게. 나는 엄마에게 커피랑 페이스트리는 어떻게 했느냐고 물었다. 엄마는 아빠가 다 먹었다고 말했다. 나는 침대로 다시 기어 올라가면서 엄마를 노려보았다.

"우리 딸, 먹고 싶은 거 말하면 뭐든지 가져다줄게. 여기 매점에 베이글이랑 오렌지 주스, 과일, 달걀, 시리얼이 있어."

"베이글." 내가 말했다. "크림치즈랑 같이. 그리고 오렌지 주스도."

"크림치즈가 있는지 모르겠네." 엄마가 말했다 "아마 버터는 있을 거야."

"베이글이 있으면 크림치즈도 있지." 나는 퉁명스럽게 말했다.

이렇게 버릇없이 굴면 보통 엄마는 은혜도 모르는 계집애를 봤느냐면서 화를 냈다. 하지만 애니타 앞이라 차마 그렇게 하지 못하는 모양이다. 엄마는 그저 억지 미소를 크게 지어 보이고는 뒤로 돌아서 밖으로 나갔다. 뒤통수가 움푹 패인 게 보였다. 딱딱한 병원 의자에서 잠을 잔 후유증이 분명했다.

"여기 좀 앉아도 될까?" 애니타는 침대 옆 의자를 손으로 가리켜 보였다.

나는 상관없다는 듯이 어깨를 으쓱여 보였다. "그럼요."

애니타는 의자 위에 다리를 모두 올리고 앉으려고 했지만 그러기에 의자는 너무 작고 불편했다. 결국 애니타는 일반적인 착석법에 만족해야 했다. 다리를 느슨하게 꼬고 두 손으로 무릎을 잡은 자세였다. 손톱에는 밝은 보라색 매니큐어가 칠해져 있었다.

"지난 스물네 시간 동안 상당히 많은 일을 겪었지." 애니타가 말했다. 정확한 말은 아니었다. 스물네 시간 전에 나는 막 침대에서 일어났었다. 스물네 시간 전에 나는 학교에 가기 싫어하는 반항적인 10대 소녀였을 뿐이었다. 끈적끈적한 뇌의 안이 어떻게 생겼는지, 특이한 여드름 피부와 입술이 없으면 얼굴이 어떻게 되는지 알게 된 건 열여덟 시간 전이었다.

나는 부정확한 시간 계산에도 불구하고 고개를 끄덕여 주었다. 애니타가 말했다. "그 일에 대해서 내게 이야기하고 싶니?"

나는 애니타가 내 옆에 나란히 앉아 있는 게 마음에 들었다. 맞은편에 앉아서 해부를 기다리는 약품 처리된 시체처럼 빤히 쳐다보지 않아서 좋았다.

몇 년 후에 그게 사람들의 마음을 열게 하기 위한 심리 트릭이라는 걸 알게 되었다. 나는《위민스 매거진》에 '내 남자'(내가 정말 혐오하는 표현이다)와 대화하는 게 어렵다면 이 방법을 써먹으라고 쓴 적이 있었다. 동거에 관한 이야기를 꺼내야 한다면 마주 보는 것보다 나란히 앉아서 이야기하라. 그러면 남자는 더 열린 마음을 갖게 된다.

"아서는 죽었나요?" 내가 물었다.

"아서는 죽었어." 애니타는 지극히 사무적인 어투로 답했다.

답은 이미 알고 있었다. 하지만 아서를 만나 본 적도 없는 사람에게 그 말을 듣는 건 충격이었다. 몇 시간 전까지만 해도 아서라는 아이의 존재를 알지도 못했던 사람이다.

"또 누가 죽었어요?" 나는 용기를 내서 물었다.

"앤슬리, 올리비아, 시어도어, 리엄 그리고 페이턴." 테디의 진짜 이름이 시어도어였다는 건 전혀 몰랐던 사실이다. "아, 그리고 벤." 애니타가 덧붙였다.

나는 애니타가 이름들을 더 기억해 내기를 기다렸지만 더는 없었다.

"딘은요?"

"딘은 살았어." 애니타가 말했다. 나는 입을 떡 벌린 채로 애니타를 빤히 쳐다보았다. 딘이 죽었다고 확신하고 자리를 떴었다. "하지만 중상을 입어서 다시는 걷지 못할 거야."

나는 담요를 입까지 끌어당겼다. "다시 걷지 못한다고요?"

"총알이 사타구니에 박혀서 척추의 추골을 끊어냈어. 현재 가능한 최고의 치료를 받고 있다고 그러네." 애니타가 덧붙여 말했다. "운 좋게 산 거지."

나는 목구멍을 뚫고 터져 나오려는 딸꾹질을 꿀꺽 삼켰다. 그 바람에 가슴이 뻐근하게 아파졌다. "벤은 어떻게 죽었어요?"

"자살했어." 애니타가 말했다. "둘이서 처음부터 그럴 계획을 세웠던 모양이야. 그러니 네가 했던 일에 대해서 죄책감 가질 필요 없어." 나는 죄책감이 들지 않는다는 말을 애니타에게 하기가 두려웠다. 하지만 정말 아무런 감정도 느껴지지 않았다.

엄마가 문가에 모습을 드러냈다. 한 손에는 통통한 베이글이, 다른 한 손에는 오렌지 주스 팩이 들려져 있었다. "크림치즈가 있더라!"

엄마는 베이글을 먹을 수 있게 잘랐다. 하지만 크림치즈를 충분히 바르지 않았다. 배가 고팠던 나는 뭐라 말하지 않았다. 그렇게 배가 고프다니 이상한 일이었다. 점심시간에 배가 고픈 것과는 달랐다. 아침을 먹고 몇 시간밖에 지나지 않은 역사 시간에 배가 꼬르륵거리면서 요동치는 것과는 확연히 다른 느낌이었다. 마치 온몸에 배고픔이 퍼진 것 같았다. 배만의 문제가 아니었다. 사실 배는 아무렇지도 않았다. 오히려 팔다리가 힘없이 흐느적거렸다. 이 상태를 인지한 턱은 가능한 한 빨리 음식을 씹으려고 애를 쓰는 것이다.

나는 오렌지 주스를 벌컥벌컥 마셨다. 주스를 들이켤수록 더 갈증이 나는 것 같았다. 나는 마지막 한 모금까지 다 마시려고 주스 팩을 구겼다.

엄마는 더 필요한 게 있는지 물었다. 없었다. 음식과 오렌지 주스 덕에 기운을 회복한 나는 지난 열여덟 시간 동안의 실태를 파악할 힘을 얻었다. 그 엄혹한 현실은 병실을 장악하고 있었다. 눈에 보이지는 않았지만, 아까부터 병실 안을 가득 채우고 사라질 줄 몰랐다. 그것은 내가 어디로 가든지 달라붙어서 모든 걸 고통 속에 잠기게 했다.

"괜찮으시면⋯⋯." 애니타는 앞으로 몸을 기울여 두 손으로 무릎을 지그시 누르면서 엄마에게 궁색한 눈길을 슬쩍 던졌다. "티파니하고 단둘이 이야기할 수 있을까요?"

엄마는 날개뼈가 맞붙도록 가슴을 쭉 펴고 똑바로 섰다. "그건 티파니가 뭘 원하는지에 달린 것 같은데요."

엄마는 내가 원하는 바를 정확히 알고 있었다. 하지만 애니타의 도움을 받았으면 좋겠다는 마음이 너무 커서 요청을 받아들이지 않을 수 없었다. 나는 엄마의 기분이 상하지 않도록 부드러운 음성으로 말했다. "괜찮아, 엄마."

내가 뭐라고 말하기를 기대하고 있었던 건지, 엄마는 매우 놀란 얼굴을 했다. 다 먹은 오렌지 주스 팩과 무릎에서 떨어진 냅킨을 주섬주섬 챙긴 엄마는 새침하게 말했다. "그럼 됐다. 난 바로 앞 복도에 있을게. 엄마가 필요할 수도 있으니까."

"나가시면서 문을 좀 닫아주실 수 있을까요?" 애니타는 엄마의 등 뒤에 대고 말했다. 엄마는 문 버팀쇠를 붙잡고 몇 분 동안 고통스럽게 씨름하며 어쩔 줄 몰라했다. 엄마에게 미안한 마음이 들었다. 마침내 엄마는 문을 닫았지만, 문이 천천히 닫히는 바람에 내가 보지 못할 거라고 생각한 엄마의 행동을 보게 되었다. 엄마는 천장을 올려다보며 두 팔로 그 마른 몸을 최대한 휘감고는 앞뒤로 몸을 흔들었다. 앙다문 입으로 소리 없는 흐느낌이 흘러나오고 있었다. 아빠에게 소리치고 싶었다. 제발 엄마 좀 안아주라고.

"엄마가 있으면 힘들어하는 것 같아서." 애니타가 말했다.

나는 아무 말도 하지 않았다. 엄마를 보호해야 할 것 같았다.

"티파니." 애니타가 말했다. "그동안 정말 많은 일이 있었지. 열네 살이 감당하기 어려운 일을 겪었잖아. 그래도 아서와 벤에 관해서 몇 가지 물어볼게."

"어제 펜서콜 경찰관에게 모두 말했는데요." 나는 거부 의사를 밝혔다. 딘이 죽었다고 확신하고 카페테리아에서 빠져나온 뒤로 나는 베스가 선택한 길과 똑같은 경로로 질주했었다. 다만 비명은 지르지 않았다. 벤이 어디 있는지도 몰랐고, 굳이 주의를 끌고 싶은 마음도 없었다. 그즈음에 벤은 이미 총구를 입에 집어넣고 있었겠다. 하지만 당시나는 그런 상황을 알지 못했다. 밖으로 나가니 경찰특공대가 있었다. 몸을 낮게 웅크린 채 길게 줄지어 있던 그들은 가까이 다가가는 내 몸에 총구를 겨누고 있어서 나를 쏘려고 한다고 생각했었다. 그래서 뒤로 돌아서 학교 안으로 다시 들어가려고 했다. 다행히 대원 한 명이 쫓아와서 나를 붙잡고는 모여 있는 사람들 사이를 지나게 해주었다. 놀란 토끼 눈의 행인들과 더불어 개를 산책시킬 때 입는 민망한 추리닝의 엄마들이 있었다. 특히 엄마들은 히스테리 상태에 빠져서 자기 아이 이름을 내게 소리쳐 부르며 괜찮은지 알려달라고 애원을 했다. "내가 죽인 것 같아요!" 내가 말했다. 의료진이 내 얼굴에 산소마스크를 끼우려고 하는데 경찰관이 끼어들어서 자세하게 이야기 해달라고 요청했다. 나는 벤과 아서가 그랬다고 말해주었다. "아서 피너만이요!" 나는 거듭되는 질문에 악을 쓰며 말해야 했다. '벤 누구?' '아서 누구?' 벤의 성은 기억나지 않았다.

"그랬지." 애니타가 말했다. "경찰에서 네가 이야기해 준 걸 정말 고맑게 생각하고 있단다. 하지만 난 어제 무슨 일이 있었는지 물어보려고 여기 온 게 아니야. 아서와 벤의 상태를 정확히 알아보려고 해. 그래서 왜 그 아이들이 그런 짓을 했는지 이해해 보려고."

갑자기 애니타라는 사람의 정체가 걱정되기 시작했다. "경찰이세요? 정신과 선생님이신 줄 알았는데요."

"난 법심리학자야." 애니타가 말했다. "종종 필라델피아 경찰이랑 같이 일을 하곤 하지."

경찰보다 더 겁나는 사람인 것 같았다. "그러니까 경찰이에요, 경찰이 아니에요?"

애니타는 미소를 지었다. 눈가에 주름 세 가닥이 선명하게 잡혔다. "난 경찰이 아니야. 하지만 아주 솔직히 말하면 네가 내게 해준 말을 전부 경찰과 공유할 거야." 애니타는 작은 의자에서 자세를 고쳐 앉으며 허리를 구부렸다가 폈다. "네가 이미 중요한 정보는 다 알려줬다는 건 알아. 하지만 아서에 대해서 이야기를 좀 나눠보면 어떨까 싶어. 아서와 너의 관계 말이야. 둘이서 친구였다고 알고 있는데."

애니타는 눈동자를 빠르게 이리저리 굴리면서 나를 살펴보았다. 마치 신문을 읽고 있는 것 같았다. 내가 아무 말도 하지 않자 애니타는 다시 시도했다. "아서랑 친구였지?"

나는 힘없이 두 손을 침대 위에 떨어트렸다. "아서는 저한테 크게 화가 나 있었어요."

"뭐, 친구라면 가끔 싸워줘야지."

"우린 친구였어요." 나는 마지못해 말했다.

"그래, 무슨 일로 너에게 화를 냈었니?"

나는 병원 담요의 풀린 실오라기 하나를 만지작거렸다. 딘의 집에 갔던 그날 밤 이야기를 하지 않고는 제대로 말할 수 없었다. 그렇지만 모든 이야기를 다 털어놓을 수도 없었다. 절대로. "사진을 훔쳤고…….
아서가 아빠랑 찍은 사진이요."

"왜 그랬는데?"

나는 발등을 쭉 펴고 발가락을 모았다. 짜증스러움이 쭉 뻗어 나가
게 하고 싶었다. 엄마가 친구에 관해서 너무나 많은 질문을 했을 때랑
똑같았다. 엄마가 캐물으면 캐물을수록 나는 엄마가 그토록 간절하게
알고자 하는 모든 정보를 더 꼭꼭 숨기고 싶었다. "아서가 나한테 정말
못된 말을 했었거든요. 그래서 복수해 주려고 그랬어요."

"뭐라고 했는데?"

나는 풀려 나온 실오라기를 더 세게 잡아당겼다. 같이 딸려온 실이
한데 뭉쳐졌다. 아서가 내게 했던 지독한 말을 애니타에게 말해줄 수
없었다. 그러려면 딘에 대한 이야기를 해야 했다. 리엄과 페이턴의 이
야기도 해야 했다. 그날 밤 무슨 일이 있었는지 엄마가 알게 된다면 나
를 죽이려 할 것이다. "제가 딘이랑 올리비아 같은 친구들이랑 어울리
기 시작해서 화를 냈어요."

애니타는 고개를 한 번 갸웃했다. 알아들었다는 몸짓인 것 같았다.
"그래서 너한테 배신감을 느꼈다?"

나는 어깨를 으쓱여 보였다. "그런 것 같아요. 딘을 좋아하지 않았거
든요."

"왜?"

"딘이 되게 못되게 굴었거든요. 딘은 벤한테도 그랬어요." 그때 이
곤혹스러운 상황에서 무사히 빠져나갈 방법이 떠올랐다. 확실한 담보
물을 제공해서 내 말을 듣게 해야 한다. 그렇지 않으면 파고, 파고 또
파다가 10월의 그날 밤으로 거슬러 올라갈 수 있다. 나는 부드럽고 상
냥하게 말했다. "딘이랑 페이턴이 벤에게 무슨 짓을 했는지 아세요?"

호기심이 애니타의 검은 눈동자에서 부글부글 끓어올랐다. 나는 아낌없이 모든 것을 알려주었다.

◆◆◆◆◆

애니타는 내가 제공한 정보에 매우 흡족해하는 것 같았다. '용감하고 솔직하게' 말해준 것에 대해서 고맙다고 말하면서 원한다면 이제는 집에 가도 좋다고 했다.

"딘도 이 병원에 있나요?" 내가 물었다.

애니타는 자기 물건을 챙기다가 내 질문을 듣고 동작을 멈췄다. "그럴걸. 만나고 싶니?"

"아뇨." 나는 말했다. 그러다가 다시 말했다. "어쩌면요. 아, 모르겠어요. 안 좋은 생각인가요?"

"충고를 원하니?" 애니타가 말했다. "나라면 집으로 가서 가족과 함께 있겠다."

"오늘 학교에 가야 하나요?"

애니타는 기묘한 시선으로 나를 응시했다. 의미심장한 눈빛이었지만, 나는 나중이 되어서야 왜 그랬는지 깨달을 수 있었다. "학교는 한동안 폐쇄될 거야. 이번 학기를 어떻게 마무리할 계획인지는 잘 모르겠구나."

애니타의 새 스니커즈에는 마찰력이 없는지 병실을 걸어나가는 동안 반짝거리는 병원 바닥 위에서 끽끽 소리를 냈다. 애니타가 가고 나자 엄마가 돌아왔다. 이번에는 아빠도 함께였다. 아빠는 여기서 정신 나간 여자 두 명과 함께 있지 않아도 된다면 어디라도 좋겠다는 표정이었다.

병원을 떠나서 서둘러 각자 맡은 일을 하는 사람들을 보자 놀랍게 도 서글퍼졌다. 드라이클리닝한 정장을 입은 남자들이 보였고, 아이들을 공립학교에 데려가려고 차를 몰다가 몽고메리와 모리스 애비뉴에서 신호등을 놓치자 지각하게 생겼다며 험악한 말을 내뱉는 여자들도 보였다. 내가 없어도 세상은 계속 돌아가고 지루하고 따분한 일상도 이어진다는 사실을 알게 되었다. 일상을 멈추게 할 만큼 특별한 사람은 아무도 없다.

아빠가 운전했다. 엄마의 손이 지나치게 떨렸기 때문이었다. "보라고!" 엄마는 벌벌 떨리는 앙상한 두 손을 앞으로 쭉 내밀어서 증명해 보였다.

나는 차 안으로 기어 들어갔다. 얇은 환자복 아래로 느껴지는 가죽 시트는 차갑고 단단했다. 그 환자복은 내가 대학에 갈 때까지 옷장 안에 있었다. 숙취에 시달리며 집에서 어슬렁거릴 때 애용했다. 닐이 그걸 계속 가지고 있는 게 얼마나 소름 끼치는 일인지 딱 꼬집어 말해줬을 때야 버릴 수 있었다.

우리는 브린마대학병원 주차장을 한 바퀴 돌다가 간신히 출구를 찾아냈다. 아빠는 이쪽으로 와본 적이 거의 없어서 집에 가는 내내 엄마의 잔소리를 들었다. "아니, 밥. 왼쪽으로 가야지, 왼쪽!" "맙소사, 디나. 진정해." 아름다운 도심에서 벗어나자 볼거리가 달라졌다. 아기자기한 부티크 상점과 고급 승용차 판매장은 사라지고 맥도날드와 한 줄로 늘어선 가게로 이루어진 쇼핑몰이 등장했다. 그 순간 공황상태와 비슷한 것이 정교한 내 감정의 미로 속으로 돌진해 들어왔다. 브래들리가 다시 개교하지 않으면 어떻게 하지? 그렇게 되면 메인라인과 나를 이어줄 끈이 없어진다. 내게는 브래들리가 필요했다. 너무 많은 일이 일어나서 마운트세인트테레사로는 다시 돌아갈 수 없었다. 모든 게 중간인 삶으로 돌아가는 건 불가능했다.

"나 브래들리로 돌아갈 수 있지?" 이 질문은 엄마의 어깨에 무겁게 내려앉은 것 같았다. 그런 다음에 내 바로 앞으로 떨어져 훨씬 더 아래로 가라앉다 못해 땅으로 꺼져버리고 있었다.

"몰라." 엄마가 말하는 동시에 아빠가 말했다. "물론 아니지."

낮은 어조로 쉿 하고 아빠를 제지하는 엄마의 옆얼굴은 험악했다. "밥, 그러지 마." 엄마는 정말 쉿 소리를 잘 낸다. 그 재능은 내게로 고스란히 이어졌다. "약속했잖아."

나는 자세를 바로잡고 반듯이 앉았다. 이마가 유리창에 닿았던 부분을 따라 마름모꼴 자국이 남았다. 병원의 도브 비누는 내 번들거리는 T존에 맞지 않았다. "잠깐만. 아빠, 뭘 약속했는데?"

아무도 답하지 않고 똑바로 앞만 계속 바라보는 모양새를 보니 더욱 불안해졌다.

"저기요?" 나는 목소리를 키웠다. "뭘 약속했길래?"

"티파니." 엄마가 손가락으로 콧등 양옆을 눌렀다. 닥쳐오는 두통을 덜어보기 위한 몸짓이었다. "학교가 어떤 결정을 내릴지는 우리도 몰라. 아빠가 약속한 건 학교에서 연락이 오는 걸 기다렸다가 결정하자는 거였어."

"그 결정을 할 때 나한테도 발언권이 있기는 해?" 솔직히 그때 내 말투는 정말 버릇없고 건방졌었다. 아빠는 차를 왼편으로 틀고는 브레이크 페달이 바닥에 닿도록 꾹 밟았다. 엄마의 몸이 앞으로 획 쏠리는 바람에 안전벨트가 당겨졌다. 엄마 입에서 남자 같은 투덜거림이 쏟아졌다.

아빠는 몸을 뒤로 돌리고 내게 삿대질을 하며 고함을 쳤다. 아빠 얼굴에는 붉으락푸르락 핏대가 드러나고 있었다. "아니, 발언권 같은 거 없다. 없어!"

엄마는 숨이 턱 막힌 듯한 목소리를 냈다. "밥."

나는 슬그머니 자동차 구석으로 도망쳤다. "알았어요." 나는 속삭였다. "그만해요. 알았으니까." 눈 밑 피부를 하도 문질러서 살이 벗겨져 있었다. 눈물이 흐르기 시작하자 누군가 얼굴에 소독용 알코올을 퍼부은 것 같은 느낌이 들었다. 아빠는 자신이 삿대질하고 있다는 걸 깨닫고 천천히 손을 내려서 다리 사이에 끼웠다.

"티파니!" 엄마는 앉은 채로 몸을 돌려서 내 무릎을 잡았다. "맙소사, 너 얼굴이 하얗다. 우리 딸, 괜찮니? 아빠가 무섭게 하려던 게 아니었어. 아빠는 지금 화가 난 것뿐이야." 나는 늘 우리 엄마가 예쁘다고 생각했다. 하지만 고통과 절망은 엄마를 몰라볼 정도로 추하게 만들었다. 엄마는 흐느끼면서 몇 번인가 말을 하려 시도했다. 나를 위로할 말을 찾고 있는 것 같았다. 마침내 엄마는 말했다. "우리 모두 그저 화가 난 것뿐이야!" 우리는 한동안 그곳에 앉아서 엄마가 울음을 그치기를 기다렸다. 다른 차들이 우레와 같은 소리를 내면서 지나칠 때마다 자동차는 요람처럼 흔들거렸다.

◆◆◆◆◆

집에 와서 다시 격리를 당하게 됐다. 엄마는 나를 방에서 쉬게 하고 싶어 했다. 엄마는 내가 신경쇠약 증상을 또 보일 경우를 대비해서 애니타 선생님에게 약을 받아왔다. 그리고 내가 원하는 건 뭐든지 준다고 했다. 음식, 화장지, 잡지 그리고 손톱 손질을 할 경우엔 매니큐어

까지 다 가져다주겠다는 말이었다. 하지만 나에게는 텔레비전이 필요
했다. 세상이 지금 여기에 여전히 존재한다는 사실을 일깨워 줄 것이
필요했다. 과장된 일일 드라마와 토크쇼로 보통의 멍청한 세상이 존재
한다는 걸 확인하고 싶었다. 잡지도 그런 일을 할 수 있다. 멍청한 세
상으로 이동시켜 주는 것이다. 하지만 마지막 페이지의 성격 진단 테
스트를 하고 나면 '네, 당신은 통제광이라 남자들이 질려서 도망가겠
네요'라는 결과를 받게 되면서 마법이 풀린다. 나는 시답지 않은 일로
시간을 보내는 네모 상자 안으로 가는 영구 여권이 필요했다.

아빠는 집에 오자마자 침실로 직행했다. 20분 후 나타난 아빠는 면
도하고 카고 팬츠와 보기 싫은 노란색 버튼다운 셔츠를 입고 있었다.
드물게 아빠가 나를 학교에 데리러 오는 날이 있었는데 그때마다 그
옷을 입고 올까 봐 걱정하곤 했었다.

"뭐 하게?" 엄마가 물었다.

"사무실에 가려고, 디나." 아빠는 냉장고를 열어서 사과 한 알을 집
었다. 아빠의 이가 껍질을 벗겨내는 모습이 아서의 등에 꽂힌 칼이 움
직이던 모습 같았다. 나는 시선을 돌렸다. "아니면 뭘 하겠어?"

"오늘은 우리 가족끼리 같이 있어야지." 엄마가 말했다. 조금 지나
치다 싶게 밝은 목소리였다. 갑자기 우리 집이 메인라인의 저명한 가
문이었다면 좋았겠다는 생각이 들었다. 형제자매가 있고 집 가까운 데
사는 삼촌, 고모, 이모가 있는 그런 집. 위대한 가풍을 자랑하는 여러
세대가 모여 활기차게 북적거리는 그런 집이었다면 좋았을 것이다.

"그럴 수 있으면 좋겠지만." 아빠는 사과를 이로 물고서 복도 벽장
에 걸려 있던 코트를 꺼내 입었다. "일찍 오도록 노력할게." 아빠는 집
을 나서기 전에 내게 기운차리라고 말했다. 고마워요, 아빠.

아빠가 현관문을 소리 나게 닫자, 부실한 우리 집은 기둥부터 흔들

거렸다. 엄마는 흔들림이 멈출 때까지 기다렸다가 말했다. "알았어, 네가 소파에 누워 있고 싶으면 그렇게 해. 하지만 뉴스는 보지 않는 편이 좋겠다."

뉴스. 생각도 못했다. 엄마가 말하기 전까지는 뉴스 채널로 돌릴 생각조차 하지 않고 있었다. 하지만 이제 내가 보고 싶은 건 뉴스뿐이다. 나는 엄마 눈을 똑바로 바라보며 설명을 요구한다는 표정으로 말했다. "왜 안 되는데?"

"뉴스를 보면 심란해질 거야." 엄마가 말했다. "온통 그……." 엄마는 말을 멈추고 입술을 꽉 깨물었다. "그런 건 볼 필요가 없어."

"뭔데요?" 나는 다그쳤다.

"제발, 티파니." 엄마는 애원조로 말했다. "그냥 엄마의 뜻을 존중해 주렴."

전혀 그럴 생각이 없었지만 일단 알겠다고 대답했다. 그리고 위층으로 올라가서 샤워하고 깨끗한 옷으로 갈아입었다. 그런 다음 아래층으로 내려와서 뉴스를 볼 요량이었다. 하지만 엄마가 냉장고를 뒤적이고 있었다. 주방 벽 한가운데에는 창이 커다랗게 나 있어서 테이블에 앉아도 거실에 있는 텔레비전을 볼 수 있었다. 엄마의 바람을 가볍게 여기느니 어찌하니 하는 잔소리를 듣고 싶지 않아서 일단 MTV를 틀었다.

몇 분 후, 엄마가 주방에서 조용히 걸어 다니면서 집에 먹을 게 없다고 중얼거리는 소리가 들려왔다. "티파니." 엄마가 말했다. "가게에 금방 갔다 올 거야. 뭐 먹고 싶은 거 있니?"

"토마토 스프." 내가 말했다. "그리고 치즈 크래커."

"음료수는? 탄산 음료?"

달리기를 시작하면서 그런 종류의 음료수를 끊었다는 걸 엄마도 알고 있다. 라슨 선생님은 물 이외의 마실 것은 다 탈수 증세를 일으킨다고 말했다. 나는 눈을 치켜드면서 거의 들리지 않을 만큼의 목소리로 말했다. "아니요."

엄마는 소파 앞으로 다가와서 나를 내려다보았다. 관에 누운 시체를 보는 사람 같았다. 엄마는 담요를 찾아서 공중에 대고 탈탈 턴 다음 내 위에 살포시 덮어주었다. 나를 완벽하게 가두어버린 것이다. "너를 혼자 두고 나가야 하는 게 걸리네."

"난 괜찮아." 나는 작은 한숨을 폭 내쉬었다.

"엄마 나갔다고 뉴스 보지 마." 엄마가 애원했다.

"안 볼게."

"볼 거잖아." 엄마가 말했다.

"그럴 걸 알면서 보지 말라는 말은 왜 하는 건데?"

엄마는 한숨을 쉬고 내 건너편에 있는 작은 소파에 앉았다. 소파 쿠션은 엄마의 몸무게를 감당하기 위해 크게 숨을 내쉬었다. 엄마는 리모컨을 집어 들고 말했다. "정 봐야겠으면 차라리 엄마랑 같이 봐." 처음으로 담배를 배우는 자녀에게 할 법한 말이었다. "네가 궁금한 게 있을 수 있으니까." 엄마가 덧붙였다.

엄마는 MTV에서 NBC로 채널을 바꾸었다. 이 시간이면 「투데이 쇼」에서 최신 진공청소기의 성능을 시험하고 있어야 했지만 아니나 다를까, 방송 코너 하나를 통틀어서 '또 다른 학교 내 총기 난사'에 할애하고 있었다. 맷 라우어 앵커는 학교 본관 앞에 있는 인도에 서 있었다. 카페테리아에서 난 화재로 본관은 새까맣게 타버렸다.

"메인라인은 우리 나라에서 가장 부유한 지역으로 손꼽히는 곳입니다." 맷이 말하고 있었다. "오늘 아침 이곳에서 또 총기 난사 사건이 일어났습니다. 이런 일이 여기서 벌어졌다는 사실을 믿을 수 없다는 의견을 몇 번이나 들었는데요. 실제 상황입니다." 화면은 맷에게서 멀어지며 학교 전경을 비추었다. "현장에서 일곱 명이 숨지고 아홉 명이 다쳤습니다. 숨진 학생 중 두 명이 용의자였으며 한 명은 직접적인 총격이 아닌 카페테리아 폭발로 인해 사망했습니다. 용의자들은 배낭에 담은 수제 파이프 폭탄을 카페테리아에 설치한 것으로 드러났습니다. 학교 당국은 가장 인기 있는 학생들이 늘 모이던 자리 근처에서 단 하나의 폭탄이 터졌다고 밝혔지만, 현지 경찰은 최소한 다섯 개가 있었던 것으로 추정하고 있습니다. 부상자는 모두 인근 병원으로 옮겨져 치료를 받고 있으며 생명의 위협은 없는 상태라고 합니다. 일부는 팔다리를 잃게 될 것이라고 경찰은 밝혔습니다."

숨이 턱 막혔다. "팔다리를 잃는다고?"

눈물 고인 엄마의 눈은 더 커 보였다. "이래서 보지 말란 거였어."

"누군데? 누구한테 그런 일이 생긴 건데?"

엄마는 떨리는 손으로 이마를 짚었다. "엄마가 잘 모르는 이름이어서 잊어버렸어. 하지만 한 명은 기억하고 있어. 네 친구 힐러리."

나는 담요를 발로 걷어찼다. 담요가 다리에 휘말렸다. 빌어먹을 담요를 갈기갈기 찢어버리고 싶었다. 방금 마신 오렌지 주스가 뱃속에서 부글부글 끓고 있는 것 같았다. "무슨 일이 있었는데?"

"나도 잘 몰라." 엄마는 훌쩍거리며 말했다. "하지만 발이 문제라는 것 같아."

나는 악취 나는 녹색 담즙을 사방에 뿜어내기 전에 화장실에 가려고 했지만, 그냥 내뿜고 말았다. 엄마는 괜찮다고 말해주었다. 얼룩 제거제로 지울 수 있으니 문제없다고 했다. 중요한 건 내가 푹 쉬는 것이었다. 엄마는 애니타가 준 알약을 먹여줬다. 그리고 나는 푹 쉬었다.

몇 번 정신을 차릴 때마다 엄마가 전화하는 소리를 들었다. 엄마는 말했다. "말씀만이라도 감사해요. 그런데 지금은 쉬는 중이라서요."

그 후에 나는 검은 오물 속에 빠졌다. 농도가 짙어서 헤치고 빠져나 가려면 물리적인 힘을 가해야만 했다. 나는 몇 번이고 벗어나려고 시 도했다가 포기하고 다시 침전되었다. 탁한 시야에 조그만 구멍이 뚫리 기 시작한 건 한밤중이 되어서였다. 입을 뗄 수 있게 되었을 때 나는 엄마에게 아까 누구랑 통화했었느냐고 물었다.

"몇 명 있었는데." 엄마가 말했다. "예전 영어 선생님도 네가 어떻게 하고 있는지 전화하셨었어."

"라슨 선생님?"

"응, 그래. 그리고 다른 엄마가 전화했더라. 그 연락망인가 뭔가를 돌리는 거였어."

학교는 무기한 수업 중단이라고 했다. 엄마는 내가 졸업반이 아니 어서 다행이라고 말했다. "생각해 보렴. 이런 난리 통에 대학 입학 원 서를 제출하려면 어떻겠니?" 엄마는 혀를 차며 동정심을 드러냈다.

"라슨 선생님은 연락처 남겼어?"

"아니." 엄마가 말했다. "하지만 나중에 다시 전화하겠다고 하셨어."

그날 저녁 내내 전화벨은 다시 울리지 않았다. 나는 첫날 밤을 소파 에서 보냈다. 텔레비전 앞에 멍한 얼굴로 앉아 네 아이의 엄마인 베벌 리 씨가 온갖 방법을 동원해 보았지만 복근강화 운동 프로그램 DVD 만이 유일하게 몸매를 되찾게 해주었다고 열변을 토하는 걸 듣고 있 었다. 불도 계속 켜놓고 있었다. 우리 집은 2층 복도가 완전히 개방되 어 있어서 침실 네 곳 중 어디서 나오든 난간 너머로 날 볼 수 있었다.

나는 파스텔색 아크릴 숄을 뒤집어쓴 덩어리였다. 아빠는 쿵쿵 발소리를 내면서 문 아래로 비치는 불빛 때문에 잠을 못 자겠다고 화를 냈다. 참다 못한 나도 머릿속에 소름 끼치는 장면이 계속 반복 재생되는 대신 그런 사소한 고문을 받았으면 좋겠다고 말했다. 아빠는 다시 방 밖으로 나오지 않았다.

태양이 떠오를 무렵 깜빡 잠이 들었다. 다시 정신을 차려보니 텔레비전은 꺼져 있었고, 리모컨은 어디로 갔는지 찾을 수가 없었다.

"아빠가 가져갔어." 내가 여기저기를 두드리며 돌아다니자 엄마가 주방에서 큰 소리로 말했다. "아빠가 잡지를 잔뜩 사다준 다음에 일하러 가시겠대."

원래 엄마는 내가 읽는 잡지를 감시했다. 하지만 이번에는 아빠에게 잡지 목록을 주고 모두 사오라고 했다. 심지어 '그의 허벅지에 불을 붙이는 방법'을 가르쳐 주겠노라고 장담하는 잡지까지 포함되어 있었다. 그건 평화를 위해 바치는 작은 제물 같은 것이었다. 텔레비전을 금지하는 대신 제공된 제물. 나는 그 잡지들을 고이 간직했다. 지금도 어린 시절에 썼던 침대 아래 상자에 잘 모셔두고 있다. 그 잡지를 보면서 도시로(어떤 도시든 상관없다) 나가서 하이힐을 신고 기막히게 멋진 삶을 살고 싶다는 생각을 하게 되었다. 잡지 속 세상은 모든 것이 기막히게 멋졌으니까.

◆◆◆◆◆

오후에 느긋한 시간을 보내고 있었다. 엄마는 작은 소파에서 낮잠을 잤고 나는 긴 소파에 몸을 뻗고 누워서 스모키 눈 화장법을 보고 있었다. 그때 초인종이 울렸다.

엄마는 벌떡 일어나서 나를 나무라는 눈으로 쳐다봤다. 내가 시끄럽게 해서 잠이 깼다고 생각한 모양이었다. 그렇게 둘이 서로 말없이 바라보고 있는데 초인종이 다시 울렸다.

엄마는 손으로 머리를 빗어넘기고 머리의 짙은 뿌리 부분을 부풀렸다. 그리고 손가락으로 눈 밑을 톡톡 두드려서 마스카라가 번진 부분을 닦아냈다. "아, 진짜." 엄마는 일어서면서 발을 흔들었다. 그렇게 잠을 털어내려는 모양이었지만 소용이 없었다. 현관으로 가는 내내 엄마는 비틀비틀 걸었다.

엄마의 낮은 음성이 들렸다. 엄마는 말하고 있었다. "네, 물론이죠." 거실로 돌아온 엄마 옆에는 가죽 소파 같은 갈색 정장을 입고 인상을 쓴 두 남자가 있었다.

"티파니." 엄마는 손님맞이용 목소리로 말하고 있었다. "여기 형사님은……." 엄마는 손가락으로 관자놀이를 눌렀다. "죄송해요. 제가 이름을 벌써 까먹었네요." 엄마의 목소리는 상냥한 테너 톤을 잃었고, 얼굴은 금방이라도 울음을 터트릴 것 같은 표정을 짓고 있었다. "자꾸 이러네요."

"당연히 그러실 수 있죠." 좀 더 젊어 보이고 날씬한 남자가 말했다. "나는 딕슨 형사라고 해." 그는 옆에 선 파트너를 고갯짓으로 가리켰다. "여기는 벤치노 형사님이시고." 벤치노 형사는 내 친척 상당수가 일 년 내내 뽐내는 피부색을 지녔다. 여름에 일광욕을 하지 않으면 우리 피부는 병약해 보이는 녹색으로 보였다.

엄마가 나를 불렀다. "티파니, 좀 일어나 볼래?"

나는 스모키 눈 화장법 페이지 모퉁이를 접고 엄마 말대로 했다. "누가 죽었나요?"

딕슨 형사의 백금발 눈썹이 한데 모였다. 빽빽한 눈썹 털이 마구잡이로 곤두서 있었는데 자세히 보지 않으면 눈썹이 아예 없다고 착각할 수도 있었다. "아무도 안 죽었어."

"아." 나는 내 손톱을 찬찬히 살펴보았다. 스모키 화장법 전에 읽은 잡지 기사에서 손톱에 하얀 부분이 있으면 철분이 부족하다는 의미라고 했었다. 철분은 머리를 풍성하고 윤기 나게 한다. 그러니 철분이 부족하면 안 된다. 손톱이 하얗게 되어서도 안 된다. "부모님이 뉴스를 보지 못하게 하셔서 지금 무슨 일이 벌어지고 있는지 몰라서요." 나는 '믿어지세요?'라는 의미의 시선을 형사들에게 던졌다.

"잘하셨습니다." 딕슨 형사가 말했다. 엄마는 의기양양한 미소를 슬쩍 지어 보였다. 잡지를 던져버리고 싶게 만드는 그런 미소였다.

"앉아서 이야기할 만한 곳이 있을까요?" 딕슨 형사가 물었다.

"별문제가 있는 건 아니죠?" 엄마가 한 손을 입에 가져다 대고 당황해했다. "죄송해요. 그러니까 제 말은, 무슨 일이 또 생겼나요?"

"다른 일은 없습니다. 파넬리 부인." 벤치노 형사가 목을 가다듬으며 헛기침을 했다. 목 아래 늘어진 녹색 피부가 흔들렸다 "그저 티파니에게 몇 가지 물어볼 게 있어서 그렇습니다."

"병원에서 경찰에게 다 이야기했는데요." 내가 말했다. "그 정신과 의사에게요."

"심리학자분이지." 딕슨 형사가 고쳐 말해주었다. "우리도 알고 있단다. 우린 그저 몇 가지를 분명하게 하고 싶어. 그래서 네가 도와주었으면 하는데." 뾰족뾰족 솟아오른 눈썹이 아치 모양을 그리며 애원하고 있었다. 내 도움이 필요한 사람이 참 많기도 하다.

나는 엄마를 쳐다봤다. 엄마는 고개를 끄덕였다. "좋아요."

엄마는 형사들에게 뭘 좀 먹겠느냐고 물었다. 커피나 차 아니면 간식이라도? 딕슨 형사는 커피를 부탁했지만, 벤치노 형사는 고개를 가로저었다. "아닙니다. 감사합니다, 파넬리 부인."

"디나라고 부르세요." 엄마가 말했다. 그러나 벤치노 형사는 엄마에게 미소를 짓지 않았다. 대부분의 남자와는 달랐다.

우리 셋은 식탁에 앉았다. 엄마는 커피콩을 커피 그라인더에 쏟아부었다. 커피콩이 갈리는 소리 때문에 모두 목청을 높여야 했다.

"그래, 티파니." 딕슨 형사가 말을 시작했다. "너랑 아서 사이에 대해서는 알고 있어. 너희 둘이 싸웠다고. 그…… 사건이 일어났던 즈음에."

나는 머리를 위아래로 빠르게 까닥거려 보였다. '넵, 넵, 넵.' "아서는 제게 화가 나 있었어요. 제가 아서 방에서 사진을 가지고 나왔거든요. 지금도 가지고 있어요. 원하시면……."

딕슨 형사는 한 손을 들어 올렸다. "사실 오늘은 아서에 대해서 이야기하려고 온 게 아니야."

나는 아연한 얼굴로 눈을 끔뻑거렸다. "그럼 무슨 이야기를 하려고 오신 건데요?"

"딘 이야기." 딕슨 형사는 그 이름이 내게 미치는 영향을 주의하여 살폈다. "너랑 딘이랑은 친구였니?"

주방 원목 바닥에 있는 내 맨발바닥 자국을 더듬어 보았다. 예전에는 양말을 신고 이 바닥을 미끄러지듯 다니면서 두 팔을 활짝 벌리고 서핑을 하는 시늉을 했었다. 그러던 어느 날 8센티미터 정도의 나무 조각이 양말 천을 뚫고 발 가운데 움푹 팬 곳에 쏙 들어박혔다. 그걸로 그 놀이는 끝이 났다. "꼭 그런 건 아니에요."

"그래도 친구였잖니." 벤치노 형사가 끼어들었다. 처음 내게 말을 건 것이었다. 가까이서 보니 코가 삐뚤어져서 왼쪽으로 휘어 있었다. 누군가 밀어서 옆으로 치우쳐진 것 같았다. "예전에는?"

"그렇다고 볼 수도 있겠네요." 나는 수긍했다.

딕슨 형사가 벤치노 형사를 흘깃 쳐다봤다. "최근에 딘 때문에 속상한 일이 있었니?"

나는 엄마 쪽을 언뜻 보았다. 엄마는 커피 그라인더의 윙윙 소리를 뚫고서 내 대답을 들으려고 안간힘을 쓰고 있었다. "약간 그랬던 것 같아요."

"왜 그랬는지 말해줄 수 있을까?"

나는 손을 찬찬히 살펴봤다. 나의 건강한 손톱도 유심히 보았다. 올리비아는 철분 부족에 대해서는 걱정할 필요가 없겠다. 갑자기 그 아이를 마지막으로 보았던 화학 시간이 떠올랐다. 그때 올리비아는 책상 위에 엎어져서 초록색 매니큐어를 바른 손으로 미친 듯이 필기하고 있었다. 힐러리도 같은 색 매니큐어를 하고 있었다. 힐러리가 올리비아를 꾀어서 그 매니큐어를 바른 게 분명했다. 올리비아는 실험적인 화장을 하는 타입이 아니었기 때문이었다. 그게 아니라면 축구팀을 응원하는 걸 보여주려고 한 것일 수 있었다. 나는 멍한 상태에서 생각했다. 샐리 한센의 초록색 매니큐어를 바른 채로 죽으면 네일은 고스란히 보존될까? 겉치장을 상하게 할 일상적인 일들, 예를 들면 머리를 감지도 않을 거고 어디 부딪힐 일도 없으니까 그대로 있을까? 죽어도 뼈와 치아는 썩지 않고 남는 것처럼? 그럼 올리비아도 초록색 손톱을 영원히 남길까? 딕슨 형사가 질문을 재차 반복했다.

"티파니." 엄마가 나를 불렀다. 딸깍 소리와 함께 커피 그라인더의 모터가 멈췄다. 이어진 정적 속에서 엄마의 말이 큰 목소리로 터져 나와서 의도치 않게 강조됐다. "형사님 질문에 답하렴. 어서."

따뜻한 욕조에 넣은 목욕용 장난감의 크기가 네 배정도로 불어나는 것처럼 나도 눈물로 퉁퉁 불어 있었다. 이제는 그날 밤에 벌어진 일을 감출 수 없게 되었다. 어째서 감출 수 있을 거라고 생각했을까? 나는 주먹으로 눈을 마구 비볐다. "그럴 이유가 많았어요." 나는 한숨을 내쉬었다.

"엄마가 여기 계시지 않으면 이야기하기가 조금 더 편할까?" 딕슨 형사가 친절하게 물었다.

"죄송한데요." 엄마는 커피 잔을 딕슨 형사의 팔꿈치 바로 옆에 내려놓았다. "무슨 이야기를 더 편하게 한다는 거죠? 도대체 이게 다 무슨 일이에요?"

❖❖❖❖❖

아드모어 경찰서의 유리창이 잉크 물이 든 불투명한 네모처럼 보일 때쯤 변호사가 도착했다. 누런 복도 불빛 아래서 변호사는 자신을 댄이라고 소개했다. 딕슨 형사는 변호사가 필요 없을 거라고 주장했고 그 친절한 태도에 엄마는 거의 그 말을 믿을 뻔했다. 하지만 회사에 있는 아빠와 통화를 하고 난 후에 마음을 바꾸었다. 변호사를 추천해 준 사람은 아빠의 직장 동료였는데, 여름방학 때 그분의 딸이 음주운전으로 체포되었을 때 도움을 받았다고 했다. 엄마나 나는 변호사에게서 깊은 인상을 받지 못했다. 초라한 행색이었다. 양복을 입었지만, 발목 근처에서 바짓단이 뭉쳐 있는 게 꼭 불도그의 두툼한 목처럼 보였다.

댄은("능력 있는 변호사 이름이 댄일 리가 없어." 엄마는 다문 입 사이로 나지막이 말했다) 가장 먼저 내게서 모든 이야기를 듣고 싶어 했다. 그 후에 형사들이 우리가 있는 냉랭한 취조실에 합류했다. 진짜로 실내 온도를 낮춰 놓은 것이었다. 최대한 불편하게 만들어서 더 빨리 자백하게 만들어야 형사들이 저녁 식사 시간에 맞춰 집에 갈 수 있다.

"아무리 작은 일이라도 중요하지 않은 건 없어." 댄은 드레스 셔츠의 소매를 걷어 올렸다. 남성복 전문 매장에서 2+1 세일한 제품처럼 보이는 로열 블루 색상의 흉물스러운 셔츠였다. 코트는 벗어서 의자 등받이에 걸쳐놓았다. 코트의 왼쪽 어깨가 미끄러져 내려간 바람에 오른쪽 어깨가 온 힘을 다해서 등받이에 달라붙어 있었지만 그는 눈치채지 못했다. "학기 시작부터 있었던 모든 일을 다 말해주겠니? 이번 일과 관계가 있다고 생각되는 사람이면 모두 다. 모든 걸 다 알아야 한단다."

내가 생각해 봐도 참 믿기 힘들 정도로 처음에는 일이 잘 풀려서 딘이나 올리비아의 호감을 사서 인기를 얻게 되었다가 정말로 급속도로 내 운은 엉망이 되었다. 나는 딘의 집에 갔던 날 밤에 있었던 일을 줄줄이 자세하게 털어놓았다. 페이턴과의 일이 어떻게 된 건지를 설명할 때는 얼굴이 벌겋게 달아올랐다. "오럴 섹스를 해줬다고?" 댄이 물었다. 가차 없는 형광등 아래 내 얼굴은 햇볕에 탄 것처럼 보였을 것이다. "네." 나는 웅얼거리며 답했다. 그리고 그날 밤 의식을 되찾던 시점에 따라 먼저 페이턴 이야기를 하고 이어서 다른 아이의 이야기를 했다. 그 사건 이후에 있었던 일도 털어놓았다. 올리비아의 집에 갔던 날 밤에 얼굴에 난 상처도 개 때문이 아니라고 말했다. 나는 이 모든 일에 라슨 선생님이 얽히지 않도록 하려고 조심했다. 하지만 댄은 아무리 작은 일이라도 중요하지 않은 게 없다고 했다.

"라슨 선생님은……." 댄은 헛기침을 했다. 나만큼이나 당혹스러운 얼굴이었다. "선생님 아파트에서 그날 밤엔?"

나는 잠깐 댄을 빤히 쳐다보다가 잠시 후에 무슨 말인지 이해했다. "아니요." 나는 말했다. "라슨 선생님은 절대로 그런…… 그런 짓을 할 분이 아니에요." 나는 넌더리를 내면서 몸을 떨었다.

"하지만 라슨 선생님은 이 강간 건들에 대해서 아셨지? 그렇다면 이 이야기를 입증해 주실 수 있겠지?"

처음이었다. 누군가 내게 그때 일을 복수로 일컫는 건. 강간 건(들). 나는 다른 일들도 모두 강간에 해당하는지 몰랐다. "네."

댄은 작은 공책에 메모를 하다가 펜을 가만히 멈추었다. "이제, 아서 이야기를 해보자."

우울증이 있었니? 약을 했니? ("아니요." 나는 말했다. "그러니까, 약은 안 했어도 마리화나는 했어요." "마리화나도 마약이야, 티파니.") 돌이켜 보면 어떤 식으로든 아서가 자기 계획에 대해서 미리 경고하는 말을 나름 한 적이 있었니?

나는 어깨를 으쓱여 보였다. "걔한테 총이 있는 건 알고 있었어요. 카페테리아에 가지고 온 그 총이요."

댄은 한동안 눈도 깜빡이지 않고 놀란 얼굴을 했다. 나는 하마터면 그의 얼굴 앞에다 손을 흔들어 보이면서 '저기요요요요' 하고 요들송을 부를 뻔했다. 마치 광고에서처럼. "그건 어떻게 알았지?"

"저한테 보여줬어요. 걔네 집 지하실에서요. 아빠 총이라면서요." 댄은 여전히 눈을 깜빡이지 않고 있었다. "장전되어 있지는 않았고요." 나는 강조했다.

"그건 어떻게 알지?" 댄이 물었다.

"아서가 내게 총을 겨누었어요. 장난으로요."

"너한테 총을 겨눴다고?"

"내가 잡아보게도 해줬어요." 나는 대들 듯 말했다. "총이 장전되어 있다는 말도 안 하고서 총을 잡아보게 할 정도로 아서는 멍청하지 않거든요. 혹시라도 내가……." 나는 말을 멈추었다. 댄이 고개를 가슴에 닿을 정도로 푹 떨구었다. 비행기를 타고 가다가 잠에 빠져든 사람 같았다. "뭐죠?"

댄의 가슴팍에 묻혀서 목소리가 둔탁하게 들렸다. "네가 총을 만졌다고?"

"한 2초 정도요." 나는 재빨리 말했다. 내가 망쳐놓은 게 무엇인지 모르지만 만회해야 할 것 같았다. "그런 다음에 돌려줬어요." 댄은 여전히 나를 쳐다보지 않았다. "왜요? 그게 안 좋은 일인가요?"

댄은 두 손으로 얼굴을 감싸고는 고개를 숙였다. "안 좋을 수 있어."

"왜요?"

"총에서 네 지문이라도 나온다면, 그렇게 되면 매우, 매우 안 좋은 일이 될 수 있어."

머리 위 조명이 마구 흔들리면서 치지직 소리를 냈다. 습한 여름밤에 벌레가 태워지는 듯한 소리였다. 댄이 무슨 말을 하는지 깨달았다. 엄마도 이걸 알고 있었을까? 아빠도? "내가 이 사건에 연루되어 있다고 생각하시는 거예요?"

"티파니." 댄은 놀란 듯 높은 목소리로 말했다. "그럼 대체 지금 여기서 뭘 하고 있다고 생각하고 있었니?"

◆◆◆◆◆

댄과 나는 이야기를 마쳤다. 딕슨 형사의 말을 빌리자면 '작전 회의'를 마친 것이다. 댄은 미식축구 코치고, 나는 온 동네의 기대를 한 몸에 받는 쿼터백이라도 된 것 같았다. 허락을 받고 화장실을 갔다 오는 길에 엄마와 아빠를 봤다. 엄마와 아빠는 취조실 복도에 있는 긴 의자에 앉아 있었다. 아빠는 두 손으로 머리를 꽉 움켜잡고 있었다. 마치 지금이 자신의 진짜 삶이란 걸 믿을 수 없다고 생각하는 것 같았다. 잠이 들었다 깨면 완전히 다른 곳에서 일어날 수 있다고 여기는 것 같았다. 엄마는 다리를 꼬고 앉아서 경박해 보이는 하이힐을 스타킹 신은 발에 반쯤 걸친 채 까딱거리고 있었다. 엄마한테 여기서 신을 구두가 아니라고 말했다. 하지만 엄마는 기어코 신고 왔다. 나한테도 화장을 해주려고 했다. ("가기 전에 마스카라 좀 하고 가면 어때?") 나는 주방 불을 끄고 밖으로 나가 차 안에서 엄마를 기다렸다. 혼자 남은 엄마는 어둠 속에서 두 눈만 깜빡거리고 있었다.

우리가 다가가자 아빠는 자리에서 일어나 댄과 악수했다.

엄마에게 내가 말했다. "경찰이 내가 이 일에 연루되었다고 생각하는 거 엄마도 알았어?"

"티파니, 당연히 그렇게 생각하지 않을 거야." 엄마가 말했다. 새된 목소리는 설득력 없게 들렸다. "그냥 기본적인 일들을 모두 다루려고 하는 걸 거야."

"댄 변호사님 말로는 총에서 내 지문이 나왔다는데."

"그럴 수도 있다는 이야기였습니다." 댄의 어깨가 급히 움찔했다. 엄마는 새된 소리를 질렀다. "뭐라고요?"

"디나!" 아빠는 냅다 소리를 질렀다. "목소리 낮춰."

엄마는 아빠에게 삿대질했다. 아크릴 네일을 한 손가락이 바르르 떨렸다. "나한테 이래라저래라 하지 마, 바비." 엄마는 손을 거둬들이고 주먹을 쥐어 입을 틀어막았다. "이게 다 당신 때문이야." 엄마는 울먹이면서 두 눈을 질끈 감았다. 눈물이 꾸불꾸불 흘러내려 엄마의 두꺼운 파운데이션 위에 길을 만들며 흘러내렸다. "내가 말했지! 티파니한테 그 옷이 필요하다고. 그래야 아이들이 티파니를 따돌리지 않는다고. 그런데 봐. 그 아이들이 그런 짓을 했잖아!"

"내가 옷 살 돈을 주지 않았으니 다 내 탓이라고?" 아빠의 입이 크게 벌어지며 새까만 어금니가 보였다. 아빠는 치과의사를 혐오했다.

"제발 진정하세요!" 댄은 소곤거리는 소리를 크게 냈다. "여기서 이렇게 소란을 피우시면 안 됩니다."

"정말 믿을 수가 없군." 아빠는 나지막이 투덜거렸다. 엄마는 헤어스프레이로 뻣뻣해진 머리카락을 뒤로 쓸어 넘기면서 다시 평정을 되찾았다.

"지문이 나왔는지 아닌지는 아직 알지 못합니다." 댄이 말했다. "하지만 티파니가 해준 이야기에 의하면 아서가 보여줬던 총이 아마도……." 댄은 두 손을 번쩍 들어 보였다. 마치 교통경찰이 차를 세우는 것 같이 보였다. "범죄에 사용되었던 것 같습니다. 그런데 아서가 그 총을 티파니가 잡아보도록 했다는 겁니다."

엄마가 나를 보는 시선이 느껴졌다. 부모님이 안쓰럽다는 생각을 하게 되는 때가 있다. 부모가 아는 자녀의 모습과 진짜 모습이 다르다는 게 드러나는 순간이다. 부모가 자녀에게 속았기 때문이다. 그날 밤 딘의 집에서 벌어진 일을 털어놓기 전에, 댄에게 부모님에게 이야기를 모두 전달했지 물었다. "네가 원하지 않는다면 안 할게." 댄이 말했다. "이건 고객의 기밀 정보니까. 하지만 티파니, 이런 일은 결국 다 드러나게 되어 있단다. 그러니 부모님께 네가 먼저 말해주는 편이 더 나을 거다."

나는 고개를 가로저었다. "이 이야기는 부모님께 할 수 있을 것 같지 않아요."

댄이 말했다. "내가 해줄 수 있어. 네가 원한다면."

얼룩덜룩한 리놀륨 바닥에 구두 굽이 딸깍딸깍 부딪히는 소리가 났다. 딕슨 형사의 도착을 알리는 것이었다. 모두는 그가 입을 열기를 기다렸다. "어떻게, 잘들 지내셨나요?" 그는 흘깃 자신의 손목을 보았다.

시계를 차고 있지는 않았다. "그럼 시작해 볼까요?"

몇 시인지 알 수 없었지만 모두가 착석하고 나자 뱃속에서 더 이상 참지 못하겠다는 신음이 흘러나왔다. 댄의 곁에 내가 앉고, 딕슨 형사가 건너편에 앉고, 벤치노 형사가 구석에 구겨져 앉았다.

앞에 놓인 테이블은 아서의 안경처럼 얼룩이 묻어 더러웠다. 테이블 위에는 나를 위한 물 한 잔과 녹음 장치가 있었다. 딕슨 형사가 버튼을 누르고 말했다. "2001년 11월 14일."

"정확히는 11월 15일이야." 벤치노 형사가 손목에 찬 시계 앞판을 톡톡 두드렸다. "12시 6분이거든."

딕슨 형사는 말을 정정하고 덧붙여서 다시 녹음했다. "딕슨 형사, 벤치노 형사, 티파니 파넬리, 그리고 변호사 대니얼 로젠버그." 댄의 이름을 정확히 알게 되자 훨씬 더 믿음이 갔다.

평소와 다르게 나는 격식을 갖춘 어투로 다시 내 이야기를 했다. 저속하고 천박한 내용을 하나도 빼먹지 않고 낱낱이 상세히 털어놓았다. 털북숭이 중년 남자들이 가득한 방에서 세상에서 가장 치욕스러운 성적인 비밀을 털어놓는다는 건 정말 지옥 같았다.

댄과 달리 딕슨 형사와 벤치노 형사는 내 말을 가로막고 질문을 하거나 하지는 않아서 조금씩 건너뛰고 말해도 괜찮겠다는 생각이 들었다. 하지만 그렇게 하려고 할 때마다 댄이 살짝 나를 찔렀다. "그날 밤 편의점에서 우연히 라슨 선생님을 마주쳤잖아. 기억나지?"

이야기를 마치자 딕슨 형사는 의자에 앉은 채로 기지개를 켜면서 커다랗게 하품을 했다. 그리고 그 자세에서 두 다리를 쩍 벌리고 두 팔은 머리 뒤로 넘겨서 쭉 뻗더니 그 상태로 나를 한참 동안 쳐다보았다. "그래서." 마침내 그가 말했다. "네 이야기에 의하면 딘과 리엄, 페이턴이 그날 밤 딘의 집에서 너에게 범죄를 저질렀다는 거지? 그리고 딘은 올리비아의 집에 갔던 날 밤에 다시 그랬고?"

나는 먼저 댄을 쳐다봤다. 그리고 댄이 고개를 끄덕이는 걸 보고 나서 대답했다. "네." 내가 말했다.

"티파니, 나는 이해가 안 되는구나." 벽에 웅크리고 기대어 있던 벤치노 형사의 가슴팍은 자그만 올챙이 배 위에서 동그랗게 말려 있었다. 그의 온몸은 따가워 보이는 검은색 털로 뒤덮여 있었다. "내가 이해하지 못하는 부분은 딘이 너를 성폭행했다면서……." 그는 갑자기 귀에 거슬리는 웃음소리를 냈다. "아서에게서 왜 딘을 구해주려고 했냐는 거다."

"나 자신을 구하려고 했던 거예요."

"하지만 아서는 네 친구였잖아." 벤치노 형사는 무시하듯이, 그리고 내가 잊어버린 사실을 알려주는 것처럼 생색을 내며 말했다. "그러니 너를 해치지 않았을 거야."

"제 친구였었죠." 나는 테이블을 빤히 내려다봤다. 열심히 노려보자 눈이 흐려졌다. "하지만 전 걔가 무서웠어요. 저한테 화가 많이 나 있었거든요. 제가 그 아이의 아빠 사진을 가져갔다고요……. 그 일로 아서가 얼마나 화를 냈는지 이해 못 하시는 것 같은데요. 말씀드렸잖아요. 저를 집에서 쫓아냈었다니까요."

"잠깐 이야기를 뒤로 돌려 보자." 딕슨 형사가 어깨너머로 벤치노 형사에게 경고의 시선을 보냈다. "딘과 아서의 관계에 대해서 아는 대로 좀 말해주렴."

나는 아서의 방에 있던 졸업 앨범을 떠올렸다. 그 미소, 정직한 얼굴들. 미래가 어떻게 될지 상상도 못 하는 모습이었다. "중학교 때는 친구 사이였어요." 내가 말했다. "아서가 그렇게 말해줬어요."

"그러다가 언제 친구가 아니게 되었지?" 딕슨 형사가 물었다.

"아서 말로는 딘이 인기가 많아졌을 때였대요." 나는 어깨를 으쓱였다. 흔히 들을 수 있는 뻔한 스토리다.

"아서가 딘을 해치고 싶다는 이야기를 한 적이 있니?"

"아니요." 내가 말했다. "딱히 그렇지도 않았어요."

벤치노 형사가 불쑥 끼어들었다. "'딱히'라니. 그게 무슨 뜻이지, 티파니?"

"안 했다고 하면 돼요? 그런 말 하지 않았어요"

"단 한 번도 없니?" 딕슨 형사가 은근히 재촉했다. "되짚어 보렴."

"뭐, 욕은 했어요. 하지만 그렇다고 '아빠 총을 학교로 가져가서 불알을 쏴버릴 거야'라고 아서가 말한 적은 없어요." 말을 하다가 '불알'이라는 부분에서 피식 웃음이 나오려고 했다. 나는 딸꾹질을 하다가 입을 꾹 다물고 참았다. 그러나 결국에는 고통스러운 웃음을 발작적으로 터트리고 말았다. 장례식장의 침통한 고요함이 걸쭉한 트림으로 깨졌을 때 들불처럼 번지는 그런 고통스러운 웃음이었다.

"제 의뢰인이 피곤한 것 같습니다." 댄이 말했다. "이제 집에 가서 휴식할 수 있도록 해주시죠. 잊지 마세요, 열네 살 소녀입니다."

"올리비아 캐플런도 마찬가지였죠." 벤치노 형사가 말했다. 올리비아의 이름을 들으니 웃음을 수습할 수 있었다. 나는 꺼끌꺼끌 소름이 돋은 팔을 문질렀다. "힐러리는 어떤가요?"

"절단 수술을 받았지." 벤치노가 말했다. 그밖에 다른 말은 없었다.

나는 떨리는 손으로 물잔을 들어 한 모금을 마셨다. 취조실 안은 훨씬 더 추워졌다. 물을 삼키자 액체는 미끄러지듯 허파까지 갔다. 나는 움찔했다. "괜찮아지겠죠? 브래들리로 돌아오죠?" 나는 딕슨을 쳐다봤다. 병원을 나설 때부터 생각했던 질문이 있었다. 어쩌면 그가 답해줄 수 있을지도 모른다. "그러니까 브래들리가 폐쇄되거나 하는 일은 없겠죠?"

"그랬으면 좋겠니?" 벤치노 형사가 딕슨 뒤에서 물었다.

벤치노 형사에게 어떻게 이해시켜야 할지 모르겠다. 그런 일이 벌어지는 걸 절대로 원하지 않는다는 걸 말이다. 메인라인에서 몇 킬로미터 떨어져 지내는 삶으로 되돌아갈 수는 없다. 그 몇 킬로미터는 예일대학과 웨스트체스터대학의 차이만큼 커다란 차이를 만든다. 어른이 되어서 뉴욕으로 이사하고 나만의 작은 양산형 주택을 세운 다음 과식한 진드기처럼 볼록 부푼 배를 손으로 쓰다듬으면 뱃속에서 아기가 발차기를 한다. 나는 손을 테이블 위에 내려놓았다. "전 모든 게 평소처럼 돌아갔으면 좋겠어요."

"아." 벤치노는 집게손가락을 세워서 이해했다는 표시를 했다. "이제는 그래도 좋겠구나. 그렇지? 너를 그토록 괴롭히던 사람들을 모두 없앴으니까." 청산가리 미소가 그의 얼굴에 스멀스멀 번져갔다. 비꼬는 듯 과장된 몸짓이었다. 퀴즈쇼 진행자가 승자만이 번쩍거리는 신형 자동차를 가져갈 수 있다고 소개할 때 나오는 그런 몸짓이었다. "여러분, 집으로 데리고 가세요! 바로 여기 우리 곁에 있습니다! 세상에서 가장 운 좋은 소녀! 럭키스트 걸 얼라이브!"

댄은 벤치노를 도끼눈으로 노려보았다. "선을 넘으시는 것 같습니다, 형사님."

벤치노 형사는 팔짱을 꼈다. "미안합니다." 그는 내뱉듯이 말했다. "티파니 파넬리 양의 마음이 상할까 염려하는 것보다 해야 할 중대한 일이 있어서."

댄은 벤치노에게 콧방귀를 날리고 고개를 돌려 딕슨에게 말을 걸었다. "필요하신 건 다 들으셨죠?" 댄은 내 등을 다독였다. "이제 의뢰인의 권익을 보호하기 위해 집에 가서 휴식을 취해야 할 것 같은데요."

휴식. 쉬운 것 같지만 절대로 쉽지 않은 일이 되리라. 이제 다시는.

◆◆◆◆◆

복도로 나오자 댄은 잠깐 나와 단둘이만 있겠다고 했다. 그리고 내일 아침에 우리 집에 와서 부모님과 내가 나눌 수 없는 '대화'를 나눠 보겠다고 했다. 다음 날 아침은 금요일이었다. 나는 월요일까지 기다리고 싶었다. 그러면 나에 대한 정나미가 뚝 떨어져 있을 엄마와 아빠와 함께 주말 내내 집에 갇혀 지내지 않아도 되니까. 하지만 댄은 월요일까지 기다리면 이야기가 샐 가능성이 있다고 말했다. 필라델피아 경찰이 이야기를 전하는 건 원치 않았다. "피할 수 없는 일을 미루지 말자." 댄은 한 손을 내 어깨 위에 올려놓았다. 나는 바닥을 빤히 쳐다봤다. 댄의 구두는 고무처럼 보이는 질 나쁜 인조 가죽으로 만들어져 있었다.

"아까 아주 잘했다." 댄이 말했다. "벤치노는 사람을 괴롭히는 스타일이더라. 널 열받게 하려고 한 것뿐이야. 그런데 넌 말려들지 않았어. 그건 잘한 일이란다."

"하지만 내가 아서랑 일을 꾸몄다고 생각하나 봐요." 내가 말했다. "어떻게 그런 생각을 할 수가 있죠?"

"그렇지 않아." 댄이 말했다. "어머니가 말씀하신 대로 그저 기초조사를 꼼꼼하게 하는 것뿐이야."

"여기 다시 와야 해요?"

"그래야 할 수도 있어." 댄은 격려의 미소를 지어 보였다. 듣고 싶지 않은 진실을 들려주며 용기를 내라고 응원해야 할 때 사람들이 보여주는 그런 미소였다.

◆◆◆◆◆

엄마는 애니타가 준 알약 하나를 먹게 했다. 잠자는 데 도움이 된다고 했다. 나는 아껴두었다가 나중에 먹으려 했다. 엄마 아빠가 잠자리에 들고 나면 텔레비전을 음소거한 다음에 뉴스 채널이란 채널은 다 돌려서 자막을 확인해 보고 싶었다. 하지만 엄마는 자기가 보는 앞에서 먹으라고 고집했다. 수면제가 아니라 무슨 비타민제라도 되는 것처럼 성화였다. 나중에 알고 보니 헤로인처럼 중독성이 있는 약이었다.

15분도 안 되어서 이상한 꿈과 함께 잠이 시작되었다. 벌떡 일어나서 참 이상한 꿈이었다고 생각하게 되는 그런 꿈이었다. 꿈속의 나에게는 산딸기 같은 게 달려 있었다. 과육이 알차게 익어서 보석처럼 보이는 아름다운 산딸기가 정수리에서 자라나고 있었다. 나는 머리카락으로 감춰보려 애를 썼지만, 거울을 볼 때마다 보글보글 거품 같은 형태가 불거졌다. 산딸기는 얼마 지나지 않아 더 많이 생겨났다. 헤어라인을 따라 하나가 났고, 귓가에도 하나가 더 났다. 모두 제거할 셈이었지만 그러면 매우 아플 것 같았다. 보통 이쯤에서 화들짝 잠에서 깨야 했지만 애니타의 약은 그런 행동을 둔화시켜서, 나는 딱 한 번 경련을 일으키고는 다시 기이하고 무서운 토끼굴 안으로 깊이 들어갔다.

이번에 나는 한 무리의 사람들 속에 있었다. 같은 반 친구들이었다. 하지만 누가 누구인지 알아볼 수는 없었다. 우리는 부둣가에 서 있었다. 온통 흐릿한 갈색과 노란색이었다. 아주 옛날이었다. 20세기로 막 접어들 무렵의 뉴욕 같았다. 시작은 속삭이는 소리였다. "아서가 살아 있대." 말소리는 조금씩 커져서 흥분된 속삭임이 되어 내게 닿았다. "아서가 살아 있다고?" 나는 딱히 누구를 특정하지 않은 채로 따져 물었다.

사람들이 밀기 시작했다. 모여 있던 사람 모두는 이리저리 움직이며 아서를 찾으려 했다. 나는 팔꿈치로 사람들을 밀면서 그곳에서 벗어나려 했다. 하지만 나는 어마어마한 무리의 사람들 사이에 끼어 있었다. 여기를 빠져나가기만 하면 아서를 찾을 수 있을 것 같았다. 이렇게 해서는 아서를 찾을 수 없을 게 분명했다.

그런데 다음 순간 나는 빠져나와 있었다. 아서가 내 앞에 있었다. 소리 내서 웃고 있었다. 듣기 좋은 웃음소리였다. 「프렌즈」를 보다가 챈들러가 웃기는 말을 했을 때 아서가 보여준 웃음이었다. 챈들러는 아서가 제일 좋아하는 캐릭터였다.

"너 살아 있었어?" 나는 숨이 막혀서 더 말을 이어갈 수가 없었다. 아서는 계속 웃었다.

"야!" 나는 주먹으로 아서의 가슴을 쳤다. "살아 있었어? 그러면서 어떻게 나한테 말도 안 해줬어?" 나는 더 세게 주먹질을 했다. 제정신이 아닌 것처럼 신나게 웃는 걸 멈추게 하고 싶었다. 하나도 재미없거든. "어떻게 나한테 말도 안 해줬냐고?"

"화내지 마." 아서가 내 주먹을 잡고 미소 지으며 말했다. "나 여기 있잖아. 그러니까 화내지 마."

잠에서 막 깨어났을 때는 불길한 기분이 들었다. 그리고 잠시 후에는 갈피를 잡을 수 없이 혼란스러웠다. 지금 막 일어났는데 어떻게 뭔가가 잘못될 수 있겠어? 아주 잠깐 현기증이 났다. 마치 토요일 아침 같다. 학교 갈 준비를 해야 한다고 생각했다가 '참, 주말이지.' 하고 깨닫는 것이다. 주말의 마법이 잠시 사라지는 것이다. 사실 생각해보면 모든 게 다 그렇다.

불 위에 올린 음식이 끓는 소리가 들렸고, 텔레비전 위에 놓인 시계는 오후 12시 49분을 알리고 있었다. 댄은 오늘 아침에 온다고 했었다. 왔었나? 내가 땀을 흘리면서 온몸을 비틀고 자고 있던 이곳에서 얼마 떨어지지 않은 데서 엄마와 아빠에게 그 꺼림칙한 이야기를 세세히 해주었을까?

담요가 내 상반신에 칭칭 감긴 채로 뭉쳐져 있어서 다리와 발이 다 드러나 있었다. 나는 옆으로 굴렀다. 움직이지 않고 있어서 뜨근뜨근해진 몸에서 나는 따뜻하고 거북살스러운 악취가 차올랐다. "엄마?" 나는 소리쳐 엄마를 불렀다. 엄마의 반응이 걱정스러웠다. 엄마의 반응을 보면 얼마나 화가 났는지 알 수 있을 것이다.

엄마의 맨발이 부엌 바닥을 서성이는 소리가 나다가 아무 소리도 나지 않았다. 카펫 깔린 거실을 걷고 있다는 뜻이었다. "일어났구나!" 엄마는 손뼉을 쳤다. "그 약이 정말 곯아떨어지게 하나 보다. 그렇지?"

엄마는 말해도 모를 텐데. "댄이 왔었어요?"

"전화했더라. 그런데 내가 오후에 오는 편이 더 낫겠다고 말했어. 네가 아직 자고 있길래."

나는 침을 꿀꺽 삼켰다. 혀가 입천장에 붙어서 떨어질 줄 몰랐다. 잠깐이었겠지만 한참이나 그러고 있는 것 같았다. 겁이 더럭 나서 다시 한번 침을 꿀꺽 삼켜서 혀를 떼어보려 했다. "아빠는 어디 있어?"

"응, 아빠는 사무실에 가셨어." 엄마가 말했다. "뭔가 일이 났다는구나. 이번 주말에 일을 해야 할 것 같대."

"아빠가?" 내가 아는 한 아빠는 주말에 일하러 간 적이 단 한 번도 없었다. 단연코.

엄마는 내 안도감을 그리움으로 헛짚었다. "그래도 일찍 들어오실 거야."

"댄은 몇 시에 온대?"

"곧." 엄마가 말했다. "넌 샤워를 좀 해야 하지 않겠니?" 엄마는 코를 손으로 쥐고 손부채질을 해대며 놀리듯 말했다. "좀 고약한 냄새가 나는구나."

'올리비아 같은 냄새가 나겠네요'라고 말할 뻔했다. '썩어가는 냄새.' 하마터면 이 말까지 할 뻔했다.

◆◆◆◆◆

나는 지금껏 샤워를 빨리해 본 적이 없었다. "거기서 뭘 하는 거니?" 학교 가는 아침이면 아빠는 문을 두드리며 묻곤 했다. 나도 거기서 뭘 '하는지' 알지 못했다. 아마도 다른 사람들이랑 같은 일을 하고 있는데 다만 시간이 더 걸리는 것뿐이라고 생각했다.

화요일 이후로 샤워를 두 번 했는데 그 두 번의 샤워를 다 합쳐도 내 평소 샤워 시간보다 더 짧았다. 나는 계속 무슨 소리가 나나 귀를 기울였고, 샤워 커튼을 젖혀서 밖을 확인했다. 성난 입김을 내뿜는 아서의 유령이 서 있을 거라는 생각이 들었기 때문이었다.

나는 등에 묻은 비누 거품을 모두 씻어내기도 전에 물을 잠그고 엄마를 큰 소리로 불렀다. "엄마!" 지레 겁을 먹고 무서워질 때 최고의 명약은 신경질 난 엄마의 대꾸였다. "얘, 소리 지르지 마!"

나는 이번에도 엄마를 불렀다. 역시나 엄청나게 우렁찬 소리로. 그런데 아무런 대꾸가 없었다. 나는 수건을 몸에 두르고 욕실 바닥에 물을 뚝뚝 떨어트리면서 문을 열고 나가서 소리 질렀다. "엄마아아아!"

"그만해라. 엄마 전화 중이잖니." 엄마의 목소리가 모든 걸 말해주고 있었다.

나는 살금살금 방으로 들어갔다. 축축한 발로 밟은 카펫의 색이 짙어졌다. 나는 수화기를 집어 들어서 귀에 댔다. 내 방에 전화기를 놔달라고 사정사정한 끝에 얻은 것이었다. 나는 드라마 「마이 소 콜드 라이프」에 나오는 라얀처럼 수화기 부분을 분홍색의 반짝이 스티커 범벅으로 만들어놓았다.

댄이 말하는 중이었다. "그런 조짐이 있었을까요? 학교에서 사이가 나빴던가 하는?"

"아니요." 엄마는 콧소리로 말했다. "최근에 올리비아 집에서 자고 오기도 했는걸요."

"그날 밤에 딘이 폭행했던 것 같습니다." 댄이 말했다. "그래서 그날 밤 티파니가 앤드루 라슨 씨의 집에서 잠을 잤었던 겁니다."

"크로스컨트리 코치 선생님이요?" 엄마는 놀라 소리를 지른 다음 흐느끼기 시작했다. 댄과 나는 엄마가 코 푸는 소리를 듣고 있었다. "이젠 정말 어떻게 돼먹은 애인지 모르겠네요. 세상에 이런 애가 있는지." 나는 수건 접은 부분을 붙잡은 손에 힘을 주었다. '이런 애'라고 했다. "어떻게 이럴 수 있죠?"

"10대 때는 현명하지 못한 결정을 내리기도 하니까요. 너무 나무라지 말아주세요."

"아니에요." 엄마는 따지듯 말했다. "저도 고등학생이었던 적이 있답니다. 아무리 애들이라고 티파니 같은 몸매에 남자애들만 있는 파티에 가서 술을 퍼마시고 무슨 짓을 하는지도 모르고 그러지 않아요. 티파니도 알 거예요. 우리 집안의 가풍이 무엇인지 안단 말이에요."

"그렇다고 해도." 댄이 대꾸했다. "아이들은 실수하기 마련입니다. 티파니도 그저 실수했을 뿐인데 상상할 수 있는 최악의 방식으로 벌충하게 된 것뿐입니다."

"그러면 경찰도 이걸 모두 알고 있단 말인가요?" 엄마는 이제 제정신이 아닌 수준으로 화를 내고 있었다. 틀림없이 가풍 있는 우리 집안에 이런 일이 벌어진 건 치욕적이라고 생각하는 모양이다. 터무니없이 웃긴 일이다.

"어젯밤에 티파니가 이야기해 줬습니다."

"그래서 경찰에서는 어떻게 생각하고 있어요? 티파니가 이 사건, 그러니까 이 대학살을 다른 왕따들이랑 모의해서 복수했다고 생각하고 있나요?" 엄마는 외마디 감탄사를 내뱉었다. "나참!" 세상 이렇게 말도 안 되는 일도 없다는 어투였다.

"가능한 가설 중 하나라고 생각합니다." 댄이 말했다. 이 말이 엄마의 얼굴에 어떤 영향을 미쳤을지가 선했다. 딘은 이 이야기가 터무니없다고 생각하지 않는 것이다. "문제는 그 가설을 증명할 증거가 단 하나도 없다는 겁니다."

"그 총은요? 티파니가 만졌다는 총이요."

"경찰 측에서 전해 들은 바가 전혀 없습니다." 댄이 말했다. "그러니 아무것도 나오지 않기를 바라보죠."

"하지만 만약 뭔가 나오면요?"

"그렇게 된다고 해도 티파니에게 혐의를 둘 만큼의 증거가 되기는 힘듭니다. 게다가 아서가 그렇게 총을 자랑하고 다녔다면 다른 아이의 지문도 묻어 있을 것으로 보는 게 이치에 맞습니다. 그렇게 되면 티파니의 이야기를 입증할 수 있을 될 거라고 확신합니다."

엄마는 전화기에 대고 크게 숨을 내쉬었다. "네, 전화 주셔서 감사합니다." 엄마가 말했다. "이 말도 안 되는 억측이 어서 사그라들기를 바랄 뿐이네요."

"그렇게 될 거라 생각합니다." 댄이 말했다. "경찰은 그저 꼼꼼히 살피고 마무리 지으려는 겁니다."

엄마는 다시 한번 댄에게 감사를 표하고 인사를 했다. 나는 수화기를 꼭 붙잡고 마지막 남은 사람이 나인지 확인했다. 수화기를 귀에서 떼자 물방울이 펑 터지는 소리가 났다. 나는 수건으로 물기를 닦고 딸각 소리가 최대한 나지 않게 조심스럽게 수화기를 내려놓았다.

"티파니이이이!" 듣기 싫을 정도로 큰 목소리였다. 내 이름을 외치는 엄마의 목소리가 온 집안을 감쌌다. 나는 대꾸하지 않고 내 방 카펫 위에 물방울을 똑똑 떨어트려 웅덩이를 만들고 있었다. 카펫은 엄마가 고르라고 해서 내가 터키석 색으로 고른 것이었다. 이렇게 젖으면 흰 곰팡이가 필 것이다. 엄마는 늘 젖은 수건을 바닥에 놔두는 걸 나무라며 잔소리를 했다. 이제 엄마가 나를 미워할 이유가 하나 더 추가된 것 같다.

◆◆◆◆◆

엄마는 자기가 나를 그렇게 키운 적이 없다고 말했다. 나는 울었다. 하지만 엄마의 굳게 다문 입은 열리지 않았다. 그 후에 우리는 침묵의 소용돌이 속에서 지냈다. 학교 수업이 재개된다는 소식은 여전히 없었다. 나는 소파에 앉아서 멍하니 텔레비전을 보면서 지냈다. 먹거나 샤워하거나 화장실 갈 때만 몸을 일으켰다. 완전히 무시당하고 있었다. 뉴스를 끄라고 말하는 사람이 아무도 없었다.

일주일이 지나자 브래들리 총기 난사 사건은 최고의 뉴스거리가 되지 못했다. 뉴스에서 언급된다고 해도 진전된 내용의 보도 없이 눈물어린 학부모 인터뷰와 카페테리아에서 폭발이 일어났을 때 가까이 있었던 학생 인터뷰만 보여줬다. 하지만 그 학생들은 사건 당시 멀찌감치 떨어져 있었다. 그러니까 목숨을 부지해서 카메라 앞에서 멀쩡히 선 채로 잘 붙어 있는 팔다리를 신나게 휘두를 수 있는 거다. 이따금 뉴스 리포터가 다른 사람이 연루되었을 가능성을 경찰이 조사하고 있다고 언급했지만, 특정 이름이나 세부적인 사항을 말하지는 않았다.

그런데 월요일 오후에 딕슨 형사가 전화로 엄마에게 당장 변호사를 대동해서 경찰서로 와야 한다고 말했다. 나는 케이티 커릭에게 화가 났다. 그 뉴스 캐스터는 앞으로 닥칠 일에 대비하도록 진전된 사항에 대한 사전 정보를 전혀 주지 않았다.

댄과는 경찰서에서 만났다. 전에 입었던 것과 똑같은 후줄근한 정장을 입고 있었다. 엄마와 내가 이야기를 주고받을 정도로 사이가 괜찮았다면, 나는 엄마에게 돈도 잘 버는 변호사면서 왜 저렇게 형편없이 옷을 입느냐고 물어봤을 것이다. 내가 변호사에 대해 아는 지식이라곤 영화 「후크」에 나오는 로빈 윌리엄스의 모습 정도였다. 과로에 시달리지만 돈은 잘 버는 변호사. 물론 아이들과 보낼 시간은 하나도 없고.

아빠가 경찰서로 오는 중이었지만 댄과 나는 딕슨 형사와 벤치노 형사의 안내에 따라 취조실로 향했다. 이번에는 벤치노 형사가 두툼한 파일을 들고서 예의 그 다 알고 있다는 듯한 음흉한 미소를 뽐내고 있었다.

"티파니." 둘씩 서로 마주 앉고 나자 딕슨 형사가 입을 열었다. "어떻게 지냈니?"

"잘 지냈을걸요."

"거참 다행이네." 벤치노가 내 말을 잘라먹었다. 하지만 모두가 그 말을 무시했다.

"지난 며칠 동안 중압감이 상당했을 줄로 안다." 딕슨이 말했다. 그의 어조나 보디 랭귀지, 이상한 눈썹 등 모든 것이 우호적이었다. "그래서 지난번에 이야기하다가 깜빡 놓쳤던 중요한 정보를 제보할 기회를 주고 싶구나." 딕슨은 손가락을 머리에 가져다 대며 중요한 정보가 연기처럼 머릿속에서 휙 사라지는 시늉을 했다.

나는 댄을 쳐다봤다. 조명이 약한 이 방은 우리 둘의 저항력이 얼마나 취약한지를 강조하고 있었다. 저 누런 마닐라지 서류철 안에 든 게 무엇이든 벤치노가 설정한 안건에 부합하는 것 같았다. "형사님들, 괜히 떠보지 마시죠." 댄이 말했다. "티파니는 계속 솔직했습니다. 형사님들도 그에 상응하는 대우를 해주셔야죠."

나는 인상을 쓰고 무릎을 노려보았다. 미친 듯이 머릿속을 뒤지면서 내가 정말 그렇게 솔직했었는지 생각해 봤다. 자신이 없었다.

딕슨은 아랫입술을 내밀고 고개를 끄덕였다. 댄의 말을 인정하는 것처럼 보였다. 하지만 그러려면 확신을 달라는 투로 말했다. "티파니가 대답하게 하죠." 세 명은 일제히 기대에 찬 눈으로 나를 바라보았다.

"잘 모르겠어요." 내가 말했다. "중요하다고 생각한 건 모두 다 말씀드렸어요."

"정말 그랬다고 확신하니?" 벤치노가 물었다. 그는 갈색 봉투를 내 쪽으로 들이밀며 흔들어댔다. 그 안에 무엇이 들었는지 내가 알 것이라고 확신하고 있는 것 같았다.

"네. 솔직히 제가 뭔가 빠트린 게 있다고 해도 일부러 그런 건 아니라고 생각해요."

댄은 내 손을 살짝 두드리며 안심시켜주려고 했다. "그냥 지금 뭘 하시려는 건지 말씀해 주시죠?"

벤치노는 찰싹 소리가 나도록 파일을 세게 내려놓았다. 그 바람에 맨 앞장이 확 열렸다. 한 무더기의 컬러 복사물이 기억을 되살려주었다. 딕슨은 다분히 의도적으로 브래들리 졸업 앨범의 복사본을 테이블 위에 천천히 늘어놓아서 댄과 내가 보도록 했다.

벤치노는 우둘두툴하고 누런 손톱으로 테이블에 놓인 사진을 하나 하나 짚으면서 아서와 내가 쓴 글을 읽었다. "내 자지를 싹둑 잘라줘. 그걸로 내 목을 졸라줘. HO의 명복을 빈다." 마지막 문장만 내가 쓴 것이었다. 라슨 선생님이 "농부 테드의 명복을 빕니다"라는 묘비명이 적힌 무덤 그림 위에 할로윈 시를 지어 오라는 숙제를 내준 적이 있었다. 당시에는 너무 애들 숙제라고 생각했지만 내 머릿속에 각인되어 버렸다. 그래서 올리비아의 사진에 그 묘비명을 적었고, 아서는 그 글을 읽으면서 음흉하게 낄낄거렸다.

"이건 네 필체지, 그렇지?" 딕슨이 물었다.

댄은 날카로운 시선으로 나를 보았다. "대답하지 말아라, 티파니."

"답을 꼭 들어야 하는 건 아닙니다." 벤치노가 말하고 딕슨에게 고갯짓했다. 그의 손에 또 다른 파일이 있었다.

쪽지였다. 아서와 내가 늘 주고받았던 것이었다. 수업 시간이 아니어서 얼마든지 큰 소리로 말해도 괜찮을 때도 우리는 쪽지를 썼다. 별거 아닌 이야기도 있었다. 교장 선생님이 레밍을 똑 닮았다는 이야기나 엘리사 와이트가 난잡하게 놀아먹는다고 적었다.

나는 토끼풀 같은 초록색 잉크로 졸업 앨범 페이지마다 흔적을 남겨 놓았다. 지금 생각하면 터무니없이 웃기는 생각이었지만, 당시 나는 브래들리에 대한 나의 충심을 선언하기 위해서 그렇게 했다. 그 초록색 펜이 아니어도 나라는 걸 쉽게 알 수 있었다. 나는 가톨릭 중학교에서 문학에서 표현된 성적인 함축을 설명할 줄 모르는 수녀님들에게 가르침을 받았다. 그래서 매년 문학 수업은 미뤄지고 문법과 필기체 수업만 했었다. 나의 완벽한 글씨체는 졸업 앨범에서 비스듬히 기울어 있었고, 글자의 획마다 내 DNA가 적나라하게, 그리고 반복적으로 등장하고 있었다.

오늘 힐러리 머리 봤어?

진짜 역겹더라. 샤워 좀 하지 계집애. 걔 거기에선 분명히 고약한 냄새가 날 거야. 중학교 때 걔가 남자애였다는 소문이 있어. 아니라도 최소한 자웅동체는 맞을걸. 딘이 걔랑 잤다는 게 믿어지지 않는 부분.

딘이랑 힐러리가? 언제? 난 걔가 처녀인 줄로만 알았는데.

야, 왜 이래. 다 아는 일인데. 딘은 아무 데서나 한다고(기분 나쁘게 듣지 마). 미스 아메리카 출신이랑 결혼해 놓고는 TGI 프라이데이의 뚱뚱한 종업원이랑 몰래 놀아나는 그런 놈이 될 거야. 세상이 나아지려면 저런 새끼는 없어져야 해. 동의하면 손 들고 화장실 간다고 말해.

지금 막 화장실에서 무슨 일이 있었는지 알아? 넌 정말 믿지 못할 거야.

빨리 말해. 3분 후면 종이 울린다고.

페이지 패트릭이 임신 테스트기를 썼어.

쪽지는 또 있었다. 다른 날에 쓴 것이었다. 맨 위에 날짜가 적혀 있었다. 내가 시작했기 때문이었다. 나는 종이의 상단 오른쪽 구석에 꼭 날짜를 썼다. 서둘러 휘갈겨 쓴 시시한 쪽지에도 배운 대로 한 것이다.

2001년 10월 29일
오늘 딘이랑 복도에서 마주쳤어. 나보고 덩치라고 부르더라. 진지하게 전학을 고려해 봐야겠어.
(진짜로 전학을 고려하지는 않았다. 그렇게 말하면 아서가 브래들리가 마운트세인트테레사보다 우월한 이유를 상기시켜 주는 게 좋아서 한 말이었다. 아서는 기꺼이 내가 원하는 말을 해주었다. "오, 그 극성 엄마 훈련 캠프가 그리운 거야?")

　　　너 이 이야기를 일주일에 한 번씩은 하는구나. 너 전학 안 갈
　　　거잖아. 우리 둘 다 잘 알고 있지. 내가 너를 위해서 걔네 싹
　　　다 죽여줄게. 그럼 어떨 것 같아?

좋지. 어떻게 하면 되는데?

　　　나한테 아빠 총이 있잖아.

그러다가 잡히면 어떡하게?

　　　난 안 잡혀. 죽여주게 똑똑하니까.

　어떻게 해야 이 상황을 형사들에게 이해시킬 수 있을지 알 수 없었다. 이건 그냥 우리가 이야기하는 방식이었다. 우리는 어렸고 잔인한

걸 좋아했다. 한번은 축구팀 2군인 1학년 선수가 원정경기를 하러 가는 버스 안에서 오렌지 한쪽을 먹다가 질식한 적이 있었다. 도움을 주거나 놀라는 대신 딘과 페이턴을 비롯한 모두가 얼굴에 피가 쏠리고 눈이 튀어나오는 걸 보면서 소리 내 웃고 있었다(결국 매니저가 사태를 파악하고 하임리히 응급처치를 했다). 그 뒤 몇 주일간 남자아이들은 그 일을 우스갯거리로 삼아서 우리한테 몇 번이고 들려주었다. 우리가 목에 핏대를 세워가며 웃고 있을 때, 오렌지에 질식사당할 뻔했던 불쌍한 아이는 자기 식탁만 빤히 내려다보면서 울지 않으려 애를 쓰고 있었다.

"학교에서 썼던 공책을 찾아보면 이게 네 필체라는 것과 네가 초록색 펜을 사용했다는 걸 알아낼 수 있으리라고 확신한다." 벤치노 형사는 만족스러운 얼굴로 살찐 배를 두드렸다. 마치 거나하게 잘 먹은 사람 같이 보였다.

"그렇게 하려면 티파니에 대한 수색영장을 받아오셔야 할 텐데요. 수색영장을 받으셨다면 이미 사용하셔야 했고요." 댄은 의자에서 몸을 뒤로 젖히고 벤치노를 보면서 능글맞게 웃었다.

"이건 그냥 장난이었어요." 나는 작은 목소리로 말했다.

"티파니!" 댄이 경고조로 말했다.

"사실 티파니에게 어떻게 된 건지 직접 듣고 싶군요. 영장은 곧 가져올 겁니다."

댄은 눈을 가늘게 뜨고 나를 보면서 어떻게 해야 할지 생각했다. 마침내 그가 고개를 끄덕이고 한숨을 내쉬었다. "말씀드리렴."

"장난이었어요." 나는 다시 말했다. "아서도 장난으로 말한다고 생각했고요."

"너도 그랬고?" 벤치노 형사가 물었다.

"물론이죠." 내가 말했다. "이런 일은 단 한 번도 생각해 본 적 없어요. 죽었다 깨어나도 못할 일이라고요."

"내가 고등학교를 졸업한 지가 한참 되었지만……." 벤치노는 서성거리기 시작했다. "그래도 학생이 그런 장난은 하지 않는다는 것쯤은 알아요, 아가씨."

"둘이서 이 일을…… 말로 모의한 적이 있니?" 딕슨 형사가 물었다.

"아니요." 나는 말했다. "그러니까, 그런 적 없었던 것 같아요."

"'같아요'라니 무슨 말이지?" 벤치노 형사가 따져 물었다. "했다는 거야, 아니라는 거야?"

"그냥…… 딱히 주의 깊게 생각하지 않았어요." 내가 말했다. "그러니까 아서가 장난으로 그런 말을 했을 수도 있어요. 어쩌면 저도 했을 수도 있구요. 하지만 마음에 새겨두거나 하지 않았어요. 진지하게 생각하지 않았으니까요."

"그래도 아서한테 공격용으로 쓸 수 있는 총이 있다는 사실을 알고 있었잖니." 딕슨이 말했다. 나는 고개를 끄덕였다. "어떻게 알았지?"

나는 댄을 흘깃 보았다. 댄은 계속하라는 눈빛을 보냈다. "아서가 보여줬어요."

딕슨과 벤치노는 서로를 쳐다봤다. 둘 다 너무 놀라서 더 이상 나에게 화를 내지 않을 것처럼 보일 정도였다. "그게 언제였지?" 딕슨이 물었다. 나는 학교 끝나고 아서의 집 지하실에 갔던 일을 이야기했다. 사슴 머리. 졸업 앨범. 그리고 아서가 내게 총을 겨누었고 그 바람에 내가 넘어져서 다친 손목을 짚었던 것까지 다 이야기했다.

벤치노 형사는 구석에서 서서 고개를 절레절레 흔들었다. 얼굴에 그림자가 져서 멍든 것처럼 보였다. 벤치노는 작은 목소리로 투덜거렸다. "거참 골 때리는 불량배들이네."

"아서가 혹시 장난으로······." 딕슨은 엄지와 검지로 큰따옴표를 만들어 그 단어를 강조했다. "누군가를 다치게 한다는 말을 했니?"

"아니요. 저는 아서가 저를 해치려고 한다고 생각했어요."

"그래." 벤치노는 더러운 손톱으로 턱을 톡톡 치면서 말했다. "거참 재미있게 되었구나. 딘은 완전히 반대로 이야기하던데."

나는 입을 벌려서 말하려 했지만 댄이 가로막았다. "딘이 뭐라고 말했나요?"

"아서가 총을 티파니에게 내어주었다고 하더군요. 티파니에게 기회가 왔다고 했답니다. 그······ 실례되는 말을 좀 하겠습니다. 애들 말투니까. 그러니까, 좆같은 새끼의 자지를 날려버릴 기회라고 했답니다." 벤치노는 눈 아래를 긁으면서 얼굴을 찡그렸다. "딘의 말로는 티파니가 총을 잡으려고 손을 뻗었다더군요."

"안 그랬다고는 안 했잖아요!" 나는 폭발하고 말았다. "총을 잡아서 아서를 쏘려고 했던 거였어요. 딘이 아니라."

댄은 경고의 눈빛을 보냈다. "티파니······." 그와 동시에 딕슨이 주먹으로 테이블을 내리쳤다. 그 바람에 졸업 앨범 복사물이 허공으로 날아올라 부유하다가 그림처럼 잠시 멈추더니 허공을 가르며 지그재그로 떨어졌다. 그 와중에 딕슨이 소리쳤다. "거짓말!" 딕슨의 얼굴은 심장마비라도 온 듯이 벌겋게 달아올라 있었다. 금발을 타고난 사람만이 가질 수 있는 안색이었다. "너는 처음 만났을 때부터 지금껏 거짓말만 해왔잖아." 그 역시 내내 거짓말을 하고 있었던 모양이다. 그 친절한 가면을 쓰고 나를 속여온 것이다.

취조가 끝날 때 즈음에 나는 아무도 사실대로 말하는 사람이 없다고 생각하게 되었다. 그래서 나 역시 거짓말을 하기 시작했다.

뉴스에서 사고가 있고 열흘이 지난 시점에서 희생자의 첫 장례식이 열린다고 알려줬다. 리엄의 장례식이었다. 몇 시간 후에 이메일 한 통이 브래들리의 '가족'들에게 전해졌다. 사건이 벌어진 후 학교는 우리를 그렇게 부르기 시작했다. '브래들리 가족'. 심지어 천덕꾸러기인 내게도 이메일이 왔다. 엄마 역시 이메일을 받았다. 엄마는 검은 드레스를 쇼핑하러 가야 하지 않겠냐고 물었다. 나는 엄마에게 미친 거 아니냐고 말하는 대신 너털웃음을 웃었다. "난 안 가."

"아니, 넌 가야 해." 엄마의 앙다문 입술은 잔디만큼 얇았다.

"안 간다고." 나는 다시 한번 말했다. 이번에는 조금 더 험악한 어조였다. 나는 소파에 앉아 있었다. 머리카락과 보풀투성이인 스타킹을 신은 발은 커피 테이블 위에 올리고 있었다. 취조를 당하고 돌아온 지 사흘이 지났지만 나는 샤워도 하지 않고 브래지어도 입지 않고 그렇게 있었다. 이 매춘부는 고약한 냄새까지 풍기고 있었다.

"티파니!" 엄마가 소리를 질렀다. 엄마는 크게 숨을 들이마시고 두 손으로 얼굴을 감쌌다. 그리고 이성적인 목소리로 말했다. "우린 널 이렇게 키우지 않았단다. 예의를 지켜야지."

"나는 나를 강간한 놈의 장례식에 가지 않을 거예요."

엄마는 숨을 헉 몰아쉬었다. "그렇게 말하지 마."

"그럼 어떻게 말할까?" 나는 크게 웃었다.

"티파니, 그 아이는 죽었잖니. 처참한 죽음이었어. 살았을 적에 실수했다지만 어렸잖아." 엄마는 엄지와 검지로 코를 잡고 콧물을 들이마셨다. "그런 일을 당해도 싸다고 해서는 안 돼."

엄마의 목소리는 높아졌고 마지막 부분에서는 훌쩍이기까지 했다.

"엄마는 리엄을 만나본 적도 없잖아." 나는 리모컨을 들어서 텔레비전을 껐다. 내가 할 수 있는 가장 큰 시위였다. 털이 숭숭 난 내 다리를 가리고 있던 덮개를 발로 걷어차고 엄마를 쏘아봤다. 그리고 엄마를 지나쳐서 계단을 올라 내 방으로 갔다. 이틀 만에 처음으로 발을 들여놓은 것이었다.

"장례식에 가. 안 가면 브래들리 등록금 안 내준다!" 엄마가 내 등에 대고 소리쳤다.

◆◆◆◆◆

리엄의 장례식이 열리는 날 아침에 전화벨이 울렸다. 나는 냉큼 수화기를 잡아챘다. "여보세요?"

"티파니!" 내 이름을 부르는 목소리는 무척 놀란 것 같았다.

나는 손가락에 전화선을 휘감고 빙글빙글 돌렸다. "라슨 선생님?"

"계속 전화했었다." 선생님은 다급한 목소리로 말했다. "어떻게 지내니? 괜찮니?"

딸깍 소리가 들리더니 엄마가 말했다. "여보세요?"

"엄마." 나는 날카로운 어조로 말했다. "제가 받았어요."

우리 셋은 잠시 침묵했다. "누구시죠?" 엄마가 물었다.

남자가 헛기침하는 소리가 선명하게 들려왔다. "앤드루 라슨이라고 합니다, 파넬리 부인."

"티파니." 엄마가 화난 어조로 낮게 말했다. "당장 전화 끊어."

나는 손가락으로 전화선을 더욱 세게 감았다. "왜요?"

"말했잖니, 당장 전화……"

"됐습니다." 라슨 선생님이 말했다. "티파니가 괜찮은지 궁금해서 전화했던 것뿐입니다. 잘 있어라, 티파니."

"라슨 선생님!" 나는 새된 소리를 내질렀다. 하지만 엄마만 있었다. 신호음 위로 엄마의 성난 목소리가 들려왔다. "전화하지 말라고 했잖아요! 티파니는 겨우 열네 살이라고요!"

나는 더한 고함으로 되받아쳤다. "아무 일도 없었다고! 아무 일도 없었다고 했잖아!"

◆◆◆◆◆

진짜 역겨운 일은 따로 있었다. 리엄의 장례식에 가는 게 무섭고 걱정됐고, 그곳에 억지로 가게 하는 엄마에게 미친 듯이 화가 났지만, 그럼에도 불구하고 나는 예쁘게 보이고 싶었다는 것이었다.

나는 한 시간을 들여서 치장을 했다. 속눈썹을 말아 올리는 데 각각 40초의 시간을 썼다. 그 덕에 속눈썹은 화들짝 놀란 모양으로 뻣뻣하게 치켜 올라갔다. 아빠는 일하러 가야 했다(가끔은 아빠가 텅 빈 사무실에 앉아서 꺼진 컴퓨터를 보며 인상을 쓰고 있는 게 아닌가 의심했다). 그래서 엄마와 나 둘이서 아무 말 없이 밝은 체리색의 BMW를 타고 갔다. 엄마가 액셀을 밟고 있을 때만 난방이 작동해서 빨간불에 차가 정지할 때마다 우리는 추위로 덜덜 떨어야 했다.

"이건 알아둬라." 엄마는 브레이크를 풀면서 말했다. 기분 좋은 따뜻한 공기가 피어올랐다. "리엄이 한 짓을 용서한다는 게 아니야. 당연히 용납 못 할 일이야. 하지만 이 일에서 네가 책임져야 하는 부분도 있다는 거야."

"그만 좀 해." 나는 애원조로 말했다.

"그러니까 엄마 말은, 네가 술을 마셨으니 어느 부분은 자초했다는······."

"나도 알아!" 우리는 고속도로에 진입했다. 그 후 차는 따뜻하고 조용했다.

마운트세인트테레사에서 다녔던 교회는 아름다웠다. 종교를 좋아하는 사람이라면 마음에 들법한 곳이었다. 하지만 리엄의 '추도식'은 교회에서 열리지 않았다(장례식은 없었다. 모두 추도식을 했다). 리엄은 퀘이커 교도여서 우리는 '모임집'이라고 불리는 곳으로 가고 있었다.

나는 너무나 헷갈리고 궁금해져서 엄마를 향한 짜증을 잠시 누르고 물어보았다. "퀘이커 교도들은 자기들끼리 모여서 살면서 현대 의학이나 그런 걸 믿지 않는 거 아니었어?"

엄마는 엉겁결에 미소를 지었다. "그건 아미쉬 교도야."

모임집은 웨더보드로 지어진 단층 판잣집이었다. 빛바래고 칙칙한 하얀색 집 앞에는 떡갈나무 가지가 퍼덕이고 있었고, 붉은색과 오렌지색 잎사귀가 나뭇결이 살아있는 벽 여기저기에 매달려 있었다.

45분이나 일찍 왔는데도 진흙탕 잔디에는 번쩍거리는 검은색 세단이 긴 줄을 이루고 있었다. 엄마는 어쩔 수 없이 언덕 꼭대기에 주차해야 했다. 언덕길을 내려오면서 엄마는 내 팔을 잡으려고 했다. 하지만 나는 엄마를 떼어내고 앞으로 뛰쳐나갔다. 뒤에서 들려오는 엄마의 불규칙적인 하이힐 리듬은 소리가 나를 흡족하게 했다.

하지만 입구에 가까이 다다르자 한 무리의 사람들과 텔레비전 카메라가 보였다. 학교 친구들이 삼삼오오 서로 부둥켜안고 위로하고 있었다. 주눅 들기에 충분한 광경이었다. 걸음이 느려진 덕분에 엄마에게 따라잡히고 말았다.

"난리 났네." 엄마는 나직이 속삭이듯 말했다. 시크한 검은 바지 정장을 입고 왕사탕만 한 진주를 목에 두른 여자와 마주친 엄마는 시선을 의식한 듯 목에 건 커다란 십자가 목걸이를 꽉 움켜쥐었다. 모조 다이아몬드는 늦은 아침의 태양이 작열하고 있는데도 둔탁한 빛을 냈다.

"자, 가자." 엄마는 앞으로 나갔다. 하지만 엄마의 하이힐 굽이 잔디밭에 빠졌다. 새치 몇 가닥이 엄마의 분홍색 립글로스를 바른 입술에 들러붙었다. 엄마는 머리카락을 뱉어냈다. "빌어먹을." 엄마는 투덜거리며 진흙탕 속에서 구두를 빼내려 애쓰고 있었다.

사람들 근처에 다가가자 몇몇 학교 친구들이 멈칫하며 젖은 눈을 크게 뜨고 나를 보았다. 심지어 몇 명은 뒷걸음질을 쳤다. 나를 가장 화나게 한 것은 그런 행동이 심술에서 나온 게 아니라 불안에서 나온 신경질적인 반응이라는 점이었다.

처음에 모임집 안은 반도 채 차지 않았다. 곧 입추의 여지 없이 사람들이 들어차고 그 외 더 많은 것들이 진행되겠지만, 적어도 지금 볼거리는 밖에 있는 카메라 앞에서 연출되고 있었다. 엄마와 나는 서둘러 안으로 들어가서 뒤편에 자리를 잡고 앉았다. 자리에 앉자마자 엄마는 몸을 숙여서 보통 앞 좌석 아래 있는 기도용 무릎 받침대를 찾았다. 하지만 보이지 않자 엄마는 앞으로 몸을 내밀고 앉아서 재빨리 성호를 긋고 두 손을 펴서 모으고는 두 눈을 질끈 감았다. 플라스틱처럼 보이는 엄마의 속눈썹이 뺨 위에서 으스러졌다.

가족 네 명이 왼쪽에서 안으로 들어오려고 했다. 2학년 라일리네 가족이었다. 엄마가 자리를 가로막고 있어서 나는 엄마를 쿡 찔러서 눈을 뜨게 했다.

"아!" 엄마는 다시 엉덩이를 좌석 안쪽으로 밀어 넣고 무릎을 옆으로 비스듬히 돌려서 가족이 지나갈 공간을 만들었다.

그 가족은 자리를 잡았다. 라일리가 내 옆에 앉았다. 나는 숙연한 표정으로 눈인사를 했다. 라일리는 학교 운영위원이었다. 월요일 조회

때마다 단상 위에서 주말 동안 세차 봉사 활동으로 얼마나 많은 기금을 조성했는지를 이야기했다. 이목구비 중에서 입이 차지하는 비중이 압도적으로 커서 활짝 웃으면 눈이 잔뜩 움츠러들었다. 마치 눈이 입술을 피해서 숨는 것 같았다.

라일리는 눈인사를 되돌려주었다. 커다란 입의 양 끝이 얼굴 옆면을 쿡 찔렀다. 그러고는 바로 라일리가 아빠 쪽으로 몸을 기울이더니 귓가에 뭔가 중얼거렸다. 그러자 도미노처럼 연쇄작용이 일어났다. 아빠는 엄마에게 몸을 기울였고, 엄마는 둘째 딸에게 비스듬하게 몸을 기울였다. 둘째 딸은 칭얼거리며 물었다. "왜?" 엄마가 뭔가를 더 말했다. 훈계였는지 꾀는 말이었는지 알 수 없지만 어쨌든 라일리네 가족은 움직이기 시작했다. 둘째 딸은 일어서서 눈을 치켜뜨고는 무릎을 살짝 굽힌 채로 발을 질질 끌면서 신도 좌석에서 벗어났다. 나머지 가족이 그 뒤를 따랐다.

이런 일은 그 후로도 몇 번 더 일어났다. 학교 친구들은 뒷자리에 앉은 유다를 알아보면 쌩하고 지나쳤고, 혹 무심코 앉았다가도 나를 알아보고 나서는 자리에서 일어나 다른 곳으로 갔다. 신도 좌석은 빠르게 채워졌다. 붐비는 영화관처럼 가족과 친구들은 자리에 앉기 위해 흩어졌다. 나는 안으로 들어오는 모든 사람을 유심히 쳐다봤다. 힐러리나 딘이 올까 봐 걱정되었기 때문이었다. 지금 병원에 있으며 한참을 더 입원할 거라는 사실을 알면서도 계속 그 둘을 찾았다.

"이거 봐, 내가 오지 말자고 했지?" 나는 그것 보라는 투로 엄마에게 속삭였다. 엄마는 아무것도 모른다.

엄마는 대꾸하지 않았다. 나는 엄마를 살폈다. 두 개의 분홍색 동그라미가 엄마의 뺨 표면에 떠오르려 하고 있었다.

마침내 나이 지긋한 착한 분들이 다가왔다. 자리를 맡아놓은 건지 물었다. "어서 앉으세요." 엄마는 사근사근하게 답했다. 마치 그 사람들을 위해서 비워두었던 자리라도 되는 양.

잠시 후 조문객들은 어쩔 수 없이 건물 밖에서 에어컨 환풍구에 귀를 대고 안에서 들려오는 소리를 듣고 있어야 했다. 장담하는데 장례식에 온 학생들의 절반은 리엄과 몇 마디 말도 나눠보지 못했을 것이다. 리엄이 브래들리에 온 게 9월이었기 때문이다. 묘한 기분이 들었다. 하지만 모종의 유대감도 느껴졌다. 리엄이 저지른 일이 잘못이란 건 알고 있었다. 대학 1학년, 신입생 필수 과목이었던 성폭행 세미나에서 리엄에 대한 용서 비슷한 걸 느꼈다. 세미나의 첫 순서인 지역 경찰관의 프레젠테이션 후에 한 여학생이 손을 들었다. "그럼 술 마시고 있었으면 강간인가요?"

"그렇다면 나는 몇백 번은 강간당했겠다." 사회를 보던 예쁘장한 2학년이 대답했다. 장내에 킥킥거리는 소리가 번지자 뿌듯한 얼굴로 이어 말했다. "너무 술을 많이 마셔서 동의할 수 없을 정도일 때가 강간이지."

"하지만 좋다고 말한 뒤에 의식을 잃으면요?" 여학생이 계속 물었다.

2학년 선배는 경찰관을 쳐다봤다. 늘 까다로운 지점이었다. "경험법칙으로 판단해야죠. 그리고 남자들에게 이 이야기도 꼭 하는데요. 의식을 잃은 사람은 보면 알잖아요. 과음해서 정신이 없는 사람은 보면 알 수 있어요. 상대의 답보다 어떤 상태인지 보고 판단하면 되는 거예요."

내가 내심 궁금했던 걸 여학생이 이어서 물었다. "하지만 상대 남자도 의식을 잃었다면요?"

"그건 쉽지 않네요." 경찰관이 솔직하게 말했다. 그리고 우리에게 격려의 미소를 보냈다. "그냥 주어진 상황에서 최선의 판단을 내리도록 하세요. 잘해보세요." 체육 시간에 달리기 기록을 재면서 하는 말처럼 들렸다.

지금도 가끔 그때 들었던 말을 생각한다. 리엄이 그렇게 나쁜 놈이 었을까. 어쩌면 리엄은 자신이 나쁜 짓을 하고 있다는 걸 몰랐을 수도 있다. 모든 사람에게 화를 낼 수 없는, 그런 때가 온 것 같았다.

나는 퀘이커교 예배에 참석해 본 적이 한 번도 없었다. 엄마도 마찬 가지여서 우리는 인터넷에서 검색을 해봤다. 그 결과 퀘이커교에는 공 식적인 예배가 없다는 걸 알게 되었다. 그저 말하고 싶은 게 있는 사람 이 일어서서 이야기하는 것뿐이었다.

그래서 많은 사람이 일어서서 리엄에 대한 듣기 좋은 말을 했다. 그 동안 리엄의 부모님과 리엄과 똑 닮은 파란 눈동자를 지닌 남동생은 구석에서 서로를 부여잡고 서 있었다. 이따금 리엄의 아버지인 로스 박사가 낮고 느릿하게 소리 내어 울었다. 그 소리는 점점 고조되어서 모임집 벽에 이르고 환풍구와 수도관을 통해서 밖으로 흘러나가 밖에 서 있던 사람들을 흠칫 놀라서 뒷걸음치게 했다. 금속이 소리를 마이 크처럼 키웠다. 카다시안 가족이 텔레비전을 통해서 세간에 두루 알려 지기 훨씬 이전에 나는 보형물을 과하게 주입한 사람이 어떻게 우는 지 알게 되었다. 인기 많고 부유한 성형외과 의사라도 얼굴이 번들번 들한 가정주부들과 크게 다르지 않다는 게 드러나는 순간이었다. 처음 남편을 만났을 때처럼 보이기 위해 스스로 신체를 훼손해 놓고는, 이 제 와서 뭐라도 하겠다며 성형외과에 줄을 서는 그런 주부들 말이다.

로스 박사는 사람들이 일어서서 리엄에 대해 이야기하자 더욱 자제 하지 못했다. 모두들 리엄이 대단히 특별하고 유머 넘치며 잘생겼고, 또 머리가 좋았다고 말했다. 머리가 좋다는 말. 성적이 좋지 않은 자녀 를 두고 부모가 늘 사용하는 표현이다. 사실 성적이 좋지 않은 건 공부

를 하지 않았거나 머리가 나빠서다. 그 순간 나는 결심했다. 우물쭈물
하면서 어떤 이유로 성적이 좋지 않은지 알아보는 일은 절대로 하지
않을 거다. 난 열심히 공부하겠다. 여기서 벗어나기 위해서라면 무엇
이든 한다.

◆◆◆◆◆

추도식이 끝난 후 우리는 한 줄로 서서 모임집 밖으로 나갔다. 울고
있는 한 떼의 여자아이들이 서너 겹으로 뭉쳐 있었다. 무심한 태양이
그 아이들의 금발에 빛을 비춰주었다.

묘지는 모임집의 왼편 바로 옆에 있었다. 우리는 모두 하관식에 초
대되었다. 엄마와 나는 모임집의 입구 가까운 곳에 앉아 있었기 때문
에 떠밀려서 리엄의 무덤을 둘러싸고 형성된 무리의 중심에 서게 되
었다. 사람들이 모여드는 가운데 어깨 쪽에서 누군가가 느껴졌다. 샤
크의 끈적거리는 손이 내 손에 닿는 게 느껴졌다. 나는 기꺼이 손을 꼭
마주 잡았다.

리엄의 아버지는 은색의 꽃병같이 생긴 항아리를 들고 있었다. 처
음에 나는 리엄의 자리를 표시하기 위한 꽃을 담은 항아리라고 생각
했다가, 나중에서야 리엄이 그 항아리 안에 있다는 걸 깨달았다. 장례
식장에 가본 적이 많지는 않았지만 내가 아는 모든 장례식에서 죽은
사람은 관에 들어 있었다.

3주 전만 해도 리엄은 서브마린 샌드위치에 양파가 있는 게 너무
싫다는 말을 했었다. 도무지 받아들일 수가 없었다. 얼마 전까지 양파
에 대해서 불평하고 있었던 사람이 소각로에서 재가 되어버렸다는 사
실을.

건너편에 빙 둘러 서 있는 사람들 속에서 라슨 선생님이 보였다. 나는 엄마를 슬쩍 보고는 나를 보지 않고 있는 걸 확인한 다음 선생님 쪽으로 손을 살짝 흔들었다. 선생님도 손을 살짝 흔들어 주었다. 옆에는 금발의 여자가 있었다. 떠올릴 때마다 얼굴 없이 아름답기만 했던 존재였다. 물론 지금은 그녀의 이름을 알고 있다. 휘트니다.

검은색 드레스 슈즈가 축축 젖은 잔디밭을 가득 채우자 로스 박사는 항아리를 로스 부인에게 건넸다. 흔히들 생각하는 성형외과 의사 부인의 모습이 있을 것이다. 하지만 로스 부인은 전형적인 엄마의 모습이었다. 통통한 몸매를 가리기 위해 큰 사이즈의 상의를 입고 있었다. 리엄이 그날 밤 딘의 집에서 했던 일에 대해서 안다면 부인은 어떻게 할까? 사후피임약을 얻기 위해서 나를 가족계획협회에 데려다주었다는 걸 안다면? 어렵지 않게 상상할 수 있었다. 크게 한숨을 내쉬면서 말했을 것이다. "오, 리엄." 딱 우리 엄마가 내게 실망했던 모습과 똑같을 게 분명했다.

로스 부인은 카랑카랑한 목소리로 말했다. "여기에 우리와 함께했던 리엄의 시간을 표시하게 되겠지만 여러분은 여기서만 리엄을 생각해야 한다고 여기지 말아줬으면 좋겠어요." 로스 부인은 항아리를 품에 꼭 끌어안았다. "리엄을 언제나 생각해 주세요." 부인의 입이 일그러졌다. "어디서나 생각해 주세요." 로스 박사가 한쪽 팔로 엉엉 울고 있는 리엄의 남동생을 세게 끌어당겨 안았다.

로스 부인은 한 발 뒤로 물러섰고 로스 박사는 우아한 손짓으로 눈물을 훔친 다음에 목멘 소리로 말했다. "리엄의 아버지일 수 있어서 영광이었습니다." 박사는 항아리를 부인에게서 건네받았다. 맏아들을 잔디밭에 뿌리면서 다시 한번 그의 얼굴은 인간의 것이 아니게 되었다.

라디오 주파수를 음악 방송 채널로 바꾸어도 엄마는 전혀 신경 쓰지 않았다. 이제 엄마는 성가시게 하는 원기 왕성한 딸이라도 곁에 있어주는 것만으로도 감사하고 있었다.

주차장을 빠져나오는 데 시간이 좀 걸렸다. 미넬라로 가서 뭘 좀 먹자고 말하는 아이들의 소리가 들렸다. 나는 미넬라에게 애도의 마음을 갖기로 했다. 다시는 테이블 두 개를 차지하고 앉아서 떠들썩하게 노는 무리에 끼지 못할 것을 애도했다. 그렇게 야단법석을 떨고 있으면 눈을 부라리면서도 내심 고등학교 학생들이 치즈 토스트를 먹으러 오는 핫한 장소라는 것을 기쁘게 생각하는 식당 주인이 있는 그 미넬라에 나는 이제 가지 못할 테니까.

마침내 차가 도로 위를 달리기 시작하자 구불구불한 편도 차선은 말이 뛰노는 초록빛 시골로 변해갔다. 집이 드문드문 보였다. 우리는 메인라인의 심장부에서 조금 떨어져 있었다. 근사한 아우디와 가정부의 혼다 시빅이 나란히 주차된 저택의 진입로가 보이지 않는 곳이었다. 회색 안개가 내려앉아서 창문 밖 풍경을 흐리게 만들었다. 엄마는 백미러를 쳐다보면서 말했다. "저 차가 엄청 바짝 붙네."

나는 눈을 깜박거려서 초점을 맞추고 사이드 미러를 쳐다봤다. 운전을 하지 않을 때여서 차가 바짝 붙어오는 건지 정상적인 간격을 두고 따라오는 건지에 대한 개념이 제대로 없었다. 하지만 누구 차인지는 알아볼 수 있었다. 검은색 지프 체로키. 페이턴의 친구이자 축구 선수인 제이미 셰리던의 차였다.

"조금 가까이 있네." 나는 엄마 말에 동의했다.

엄마는 두 어깨를 움츠리며 방어적인 태도를 취했다. "난 제한 속도로 달리고 있는데 말이지."

나는 차가운 유리창에 한쪽 뺨을 갖다 대고 사이드 미러 너머를 다시 보았다. "친구들한테 멋지게 보이고 싶어서 빨리 달리고 있나 봐."

"멍청이." 엄마가 못마땅한 듯 중얼거렸다. "학교에 그 모든 난리가 났으니 더 이상은 10대 아이들 시체로 가득한 자동차가 절대 필요하지 않을 텐데."

엄마는 계속 제한 속도까지 속도를 내면서 힐긋거렸다. "티파니, 저 아이들 엄청나게 바짝 붙어서 온다." 엄마는 다시 한번 더 뒤쪽을 확인했다. "아는 아이들이니? 네가 신호를 보내거나 할 수 있을까?"

"엄마, 신호를 어떻게 보내." 나는 차문 쪽으로 몸을 바짝 붙였다. "진짜, 그게 뭐야."

"이거 너무 위험한데." 운전대를 잡은 엄마의 손마디가 하얗게 질렸다. "갓길에 세워야겠다. 그런데 속도를 늦추다가 혹시…… 어머!"

엄마와 나 모두 몸이 앞으로 쏠려 나갔다. 제이미의 차가 뒤에서 우리 차를 받았기 때문이었다. 엄마 손 아래의 운전대가 미친 듯이 돌았다. 차는 도로 옆 진흙밭이 된 벌판을 향했다. 엄마가 운전대를 다시 제대로 잡고 브레이크를 급하게 밟았을 때는 이미 길에서 1미터 가량 벗어나 있었다. 자동차 타이어는 가축 분뇨에 반쯤 빠져 있었다.

"망할 놈들!" 엄마는 숨을 헐떡이며 말했다. 떨리는 손을 가슴에 대고 고개를 돌린 엄마가 나를 보았다. "괜찮니?"

괜찮지 않다고 대답할 수 없었다. 그 전에 엄마가 좌석 중앙에 있는 콘솔을 손바닥으로 세게 내리쳤기 때문이었다. "재수 없는 놈들!"

◆◆◆◆

전학을 생각해 보라는 말이 있었다. 하지만 다른 곳에서 완전히 새로 시작하면서 새로운 서열 순위를 알아봐야 한다는 생각만 해도 그대로 드러누워서 길게 낮잠을 자고 싶어졌다. 비록 브래들리에서 비웃음과 비방을 당하고 있지만 그래도 내 자리가 어디인지는 아는 데서 오는 편안함이 있었다. 나는 수업을 듣고 샤크와 함께 점심을 먹은 다음에 집에서 공부하면서 그곳에서 탈출하려는 시도에 집중했다. 한때 엄마가 홈스쿨링을 언급한 적도 있었지만, 곧 그 제안을 철회했다. 엄마의 갱년기 시기가 도래하기 때문에 집이 복작복작하면 힘들다고 말했다("엄마." 나는 나지막이 투덜거렸다). 또 나에게 그 누구도 할 수 없는 방식으로 엄마의 발작 버튼을 눌러 화나게 하는 능력이 있는 것도 철회의 이유라고 했다. 나는 남 말하신다고 대꾸할까 했지만 그만두었다. 그것 역시 발작 버튼을 누르는 일이었기 때문이었다.

학교 측에서는 엄마가 나의 복귀를 전하자 꺼리는 모습을 보였다. "놀랐습니다." 교장 선생님은 말했다. "티파니가 돌아오고 싶어 한다니요. 티파니를 위해 옳은 결정인지 모르겠네요." 교장 선생님은 잠시 말을 멈추었다가 다시 입을 열었다. "학교를 위해서도 옳은 결정인지도 모르겠고요."

범죄 증거가 충분하지 않아서 기소를 당하지는 않았지만, 그것으로는 여론 재판을 피할 수는 없었다. 쪽지, 졸업 앨범에 한 낙서, 살인자가 가지고 있던 총에 묻은 내 지문이 있었다. 내가 믿었던 애니타는 내가 죽은 친구들에게 전혀 아무런 감정도 보이지 않으며 '문제적 또래'가 제거되고 난 뒤 학교로 돌아가게 되어 기뻐하는 것처럼 보인다는 의견을 냈다.

가장 강력하게 나의 유죄를 주장한 사람은 딘이었다. 그 아이는 아서가 내게 총을 건넸고 '우리가 계획했던 대로' 자기를 죽이라고 말했다고 우겨댔다. 물론 아서는 그런 말을 한 적이 없었다. 하지만 그 누구도 딘을 의심하지 않았다. 식스팩의 인기 많은 축구 스타로 행복한 삶을 시작하려던 시점에서 촉망받는 미래를 빼앗겨 버린 하반신 마비 환자의 말이었으니까. 언론은 냄새를 맡으러 주변을 돌아다녔고, 이 비극에 연루된 모두가 법의 심판을 받지 않은 것이 얼마나 무시무시한 일이냐면서 몇 주 동안 한탄했다. 도금된 십자가 목걸이를 가슴골에 숨겨 놓은 포동포동한 체격의 가정주부들이 전국에서 몰려와서 잡화점에서 산 싸구려 꽃을 딘의 집 앞마당 잔디밭에 내려놓고 돌아가서는 문법에도 맞지 않는 협박 편지를 내게 보냈다. 저세상에서 당신이 저지른 일의 관한 심판을 받을 겁니다.

딘은 교장 선생님을 힐난하면서 나를 학교에 다시 받아주면 현재 씨름하고 있는 법적 분쟁보다 훨씬 더 큰 소송을 벌이겠다고 난리를 쳤다. 이미 학부모 일부가 학교를 고소한 상태였다. 페이턴의 부모가 선두에 서서 소송전을 이끌고 있었다. 카페테리아 본관에 설치된 스프링클러가 작동하지 않았다. 만약 제대로 작동했더라면 불이 브레너 볼킨 룸까지 번지는 걸 막을 수 있었을 것이다. 검시관은 페이턴의 사인을 총상이 아니라 연기로 인한 질식이라고 결론 내렸다. 적절한 치료와 성형수술을 받을 수 있었다면 페이턴은 비교적 정상적인 삶을 살수도 있었지만, 불길이 교실을 휩쓸던 때 피부가 벗겨져 버린 얼굴로 모든 연기를 빨아들였던 것이다. 그것도 의식이 온전한 채로. 뜨거운 스프에 담긴 빵 한 덩어리처럼. 페이턴을 혼자 남겨두고 떠났던 나 자신을 미워하지 않을 수 없다.

딘은 스위스에 있는 기숙사 학교로 보내졌다. 그 학교에서 몇 킬로미터 떨어지지 않은 곳에는 척추 손상에 대한 혁신적인 치료 실험을 전문으로 하는 병원이 있었다. 치료 목표는 딘이 다시 걷게 되는 것이었다. 하지만 그런 일은 일어나지 않았다. 하지만 딘은 자신에게 닥친 일의 좋은 면을 찾아냈다. 『나는 법 배우기』라는 책을 썼는데 세계적인 베스트셀러가 된 것이다. 강연 요청이 줄을 이었다. 어느새 딘은 존경받는 유명한 동기부여 강사가 되어 있었다. 가끔 딘의 홈페이지에 가본다. 홈페이지에 걸린 사진 속에서 딘은 휠체어에 앉은 채로 상체를 숙여서 병원 침대에 누운 밝은 금발의 어린아이를 안아주고 있다. 딘의 얼굴에 떠오른 역겨운 무대용 표정은 아서가 진짜로 내게 총을 건네주었다면 내가 무슨 일을 할 수 있었을지 떠올리게 한다.

힐러리 역시 브래들리로 돌아오지 않았다. 힐러리의 부모님은 아버지의 본가가 있는 일리노이로 힐러리를 보냈다. 힐러리에게 편지를 한 번 보냈다. 하지만 편지는 열어보지도 않은 채로 반송되어 왔다.

애니타의 말대로 내 인생을 비참하게 만들었던 모든 사람이 사라진 상태에서 학교의 봄 학기가 시작된 것은 정말로 믿을 수 없는 일이었다. 카페테리아의 재건축에는 1년이 더 필요해서 그동안 우리는 교실 책상에 앉아서 점심을 먹었다. 수많은 피자가 학교로 배달되었는데 그 점에 대해서 불평하는 이는 아무도 없었다.

브래들리가 다시 문을 열고 처음 한 달 동안은 매일 아침 학교 가기 전에 헛구역질을 했다. 하지만 나는 외로움을 견디는 걸 단련해야 할 필요가 있었다. 그렇게 외로움은 내 친구가 되었다. 늘 나와 함께하는 신실한 벗이었다. 나는 외로움에 기댈 수 있었다. 믿을 건 오로지 외로움뿐이었다.

나는 리엄의 추모식에서 다짐했던 것처럼 열심히 공부했다. 10학년 때 수학여행으로 뉴욕의 관광명소를 방문했다. 엠파이어 스테이트 빌딩과 자유의 여신상처럼 어른이 되어서는 경멸해 마지않을 장소들이었다. 버스에서 내리다가 주름 하나 없이 빳빳한 검은색 상의와 앞코가 뾰족한 마녀 구두 차림의 여자와 부딪쳤다. 엄청나게 큰 휴대폰을 귀에 대고 황금빛의 프라다 로고가 새겨진 검은색 가방을 손목에 걸고 있었다. 명품 왕좌에 앉은 셀린느과 끌로에, 고야드를 숭배하려면 아직 멀었지만 그래도 프라다는 알아볼 수 있었다.

"죄송합니다." 나는 한 걸음 뒤로 물러서면서 말했다.

여자는 사무적으로 내게 고갯짓을 했다. 하지만 핸드폰에 대고 말하는 걸 멈추지 않았다. "금요일까지는 샘플이 나와야 하는데요." 포장도로 위에서 하이힐이 또각거리는 소리가 멀어질 때 나는 생각했다. 저런 여자는 절대로 상처 입는 일이 없겠다. 혼자 점심을 먹게 될지 걱정하는 것보다 훨씬 더 중요한 일을 걱정하겠다. 샘플이 금요일까지 그곳에 준비될 수 있을지가 걱정인 것이다. 그 외에 그 여자의 삶을 중요하고 바쁘게 만드는 다른 것들도 생각해 보았다. 칵테일 파티, PT 운동, 빳빳한 이집트산 면 이불을 사기 위한 쇼핑. 그 후로 콘크리트와 마천루가 있는 곳으로 가고 싶어 안달하게 되었다. 성공이 확실한 보호막이 될 수 있다는 걸 목격했기 때문이었다. 성공의 잣대는 핸드폰 너머의 아랫것을 윽박지르는 지위와 도시를 공포에 떨게 하는 값비싼 펌프스 구두였다. 또 이런 누추한 곳이 아니라 더 중요한 곳에 가야 할 사람이라면서 사람들이 길을 터주게 만드는 아우라였다. 그 성공으로 가는 길 어디쯤에서는 남자 역시 성공의 잣대다.

난 그런 성공을 이루고야 말겠다고 결심했다. 그렇게 되면 아무도 내게 상처를 주고 아프게 하지 못할 것이다.

15장

예전에는 아서를 약오르게 하려고 초인종을 계속 누르곤 했었다. 딩-동-딩-동-딩-동 하고 요란한 벨소리 뒤로 아서가 투덜거리는 소리가 들리면 집 어디에서 나오고 있는지 알아차릴 수 있었다. "맙소사, 티프." 부지런히 달려와 문을 연 아서는 가쁘게 숨을 몰아쉬곤 했었다.

오늘은 문을 두드렸다. 계속 반복되는 그 집 초인종 소리를 견딜 수 없을 것 같았다.

카메라는 내 뒤에 있었다. 화면에 브래지어 밖으로 삐져나온 내 군살이 적나라하게 보일 것 같다. 하루에 700칼로리도 안 되게 먹는데 아직도 이런 살집 덩어리가 브라 갑옷 아래로 돌출된다니. 이게 말이 되나?

피너만 부인이 문을 열었다. 살아온 세월과 외로움의 집중 공격을 받은 모양이었다. 너는 저쪽을 맡아라, 나는 이쪽을 맡겠다며 집중포

화라도 퍼부은 것 같았다. 흰머리는 한 번도 정돈한 적이 없는 것 같았고, 두툼하게 덧대어진 피부가 양쪽 입가를 축 처지게 잡아당기고 있었다. 피너만 부인은 늘 작고 볼품없는 모습이었다(아서의 크고 억센 체격은 아버지 쪽에서 받은 것이었다). 이런 일을 겪고 나면 누구라도 부인만큼이나 약해지고 무방비해질 것이다. 당연한 일이라 하겠지만 그래도 잔인한 일이다. 젤리처럼 흐물거리는 근육, 법적으로 인정받은 시각장애, 두통과 축농증에 시달리는 삶…….

대학 1학년 봄 학기 어느 날이었다. 마침내 사태가 충분히 수습되어서 그 사건을 기점으로 삶이 어떻게 달라졌는지 분명히 알게 되었을 즈음, 나는 피너만 부인에게 편지 한 통을 받았다. 종이 위에 적힌 부인의 글씨는 금방이라도 쓰러질 듯 불안해 보였다. 마치 웅덩이가 잔뜩 있는 길을 빠르게 달리는 차를 타고 편지를 쓴 것 같았다. 부인은 내가 그런 일을 하게 된 것을 안타깝게 생각한다는 걸 알아줬으면 좋겠다고 했다. 자기 자식의 마음이 얼마나 분노와 미움으로 끓고 있었는지 몰랐다며 계속해서 자책했다. 엄마는 답장하지 못하게 했지만 그래도 나는 편지를 썼다("감사합니다. 저는 아서가 했던 일에 대해서 나쁘게 생각하지 않아요. 미워하지도 않고요. 가끔은 그리운걸요."). 나는 반으로 접은 종이를 어느 날 오후에 아서의 집 현관문 아래에 밀어 넣었다. 집 앞에 부인의 차가 없는 걸 확인한 후였다. 아직은 얼굴을 맞대고 둘이서 대화를 나누는 걸 감당할 자신이 없었기 때문이었다. 부인 역시 마찬가지일 거라는 생각도 들었다.

대학을 졸업하고 나서 피너만 부인에게 카드가 왔고 묘한 관계가 이어졌다. 부인은 내가 약혼했다는 소식을 전해 들었을 때나 《위민스 매거진》에서 마음에 드는 기사를 읽었을 때 연락해 왔다. 한번은 「페이스북 때문에 우울하신가요?」라는 기사가 적힌 페이지를 찢어서 《뉴욕타임스》의 「페이스북의 우울증 효과」라는 기사와 함께 보낸 적이 있다. 부인은 각 기사의 날짜에 동그라미 표시를 했다. 내 기사는 2011년 5월 자였고, 타임스에 실렸던 기사는 2012년 2월 7일 자였다. "타임스를 제치고 특종을 냈구나." 부인은 편지에 적었다. "티파니, 브라보!" 오래된 친구 사이에 주고받을 법한 응원의 편지였다. 하지만 그건 착각이었다. 피너만 부인과 나는 친구가 아니었다. 서로 얼굴을 마주하는 건 총기 난사 사건 이후 이번이 처음이었다.

나는 수줍게 미소지었다. "안녕하세요, 피너만 부인."

피너만 부인의 얼굴은 젖은 종이 타월처럼 구겨졌다. 나는 조심스레 한 걸음 앞으로 내디뎠다. 부인은 미친 듯이 나를 향해 손을 내저으며 포옹을 사양했다. "난 괜찮아." 부인은 고집스레 말했다. "괜찮아."

◆ ◆ ◆ ◆ ◆

거실 커피 테이블에는 사진첩과 낡은 신문이 산더미처럼 쌓여 있었다. 커피 머그잔을 내려놓은 곳이 하필이면 누렇게 된 《필라델피아 인콰이어러》 일간지 위였다. 덕분에 헤드라인이 달라졌다. '경찰은 총기 소지자들의 단독 범행이라고 생각' 피너만 부인이 잔을 집어들자 그 뒤에 '안 해'라는 글자가 다시 모습을 드러냈다. 이 정도면 숙명인가 싶다.

"마실 건 뭘로 가져다 드릴까요?" 피너만 부인이 물었다. 부인은 녹차밖에 마시지 않는다는 걸 나는 알고 있었다. 마리화나에 취해서 누텔라를 찾아 헤매다가 부인이 차를 두는 곳을 우연히 발견했었다.

"맞아." 아서는 놀라워하는 나를 보고 말했었다. 녹차는 나 같은 사람에게는 무척 이국적이었다. 우리 엄마는 폴저스 인스턴트 커피를 마셨다. "우리 엄마는 커피 반대주의자거든."

"차가 좋겠어요." 나는 부인에게 말했다. 사실 나는 차를 아주 싫어한다.

"정말?" 피너만 부인의 큼직한 안경이 코끝으로 미끄러져 내려왔다. 부인은 집게손가락으로 흘러내린 안경을 밀어 올렸다. 아서도 그랬었다. "커피가 있는데."

"그럼 커피가 낫겠네요." 나는 살짝 웃었다. 피너만 부인 역시 설핏 웃어주어서 마음이 놓였다.

"그럼 여기 신사분들은?" 피너만 부인은 촬영진에게 말을 건넸다.

"캐슬린, 부탁드려요." 에런이 말했다. "전에 말씀드렸던 것처럼 저희가 여기 없는 척해 주세요."

순간 나는 피너만 부인이 다시 변명을 할 거라 생각했다. 나는 숨을 멈추고 만약의 상황에 대비했다. 하지만 부인은 양손을 들어 올리면서 모두를 놀라게 했다. "나도 그러고 싶은데." 부인은 쓸쓸하게 웃었다.

피너만 부인이 주방으로 사라지자 슬레이트를 치는 소리가 들려왔다. "우유랑 설탕은?" 부인이 소리 질렀다.

"우유만요!" 나도 소리 질러 답했다.

"여기 다시 오니까 어때요?" 에런이 물었다.

나는 주변을 둘러보았다. 빛바랜 백합 문장 무늬의 벽지와 구석에 세워져 있는 거대한 하프가 보였다. 피너만 부인이 전에 연주했었던 것이지만 지금은 다 벗겨지고 갈라져서 린스에 푹 담가야 하는 갈라진 머리카락처럼 보였다.

"묘하네요." 말을 하고 나서 곧바로 앞서 에런이 일러주었던 게 생각났다. 모든 답변은 완벽한 문장 구조를 갖춰서 해야 했다. 그래야 에런의 목소리를 편집해서 잘라내도 내 말만으로 무슨 뜻인지 알 수 있기 때문이었다. "여기 다시 오니까 아주 이상한 기분이 들어요."

"자, 받아요." 피너만 부인이 조심스러운 걸음으로 거실로 왔다. 네게 건넨 머그잔은 기형적인 모양이었다. 손으로 만든 게 분명해 보였다. 잔 밑에 새겨진 글씨가 보였다. 엄마에게. 사랑을 담아서. 아서가. 95.2.14. 손잡이가 없어서 몇 초마다 한 번씩 손을 바꿔서 들어야 했다. 계속 한 손으로 들고 있기에는 너무 뜨거웠다. 나는 델 정도로 뜨거운 액체를 한 모금 홀짝 마셨다. "감사합니다."

피너만 부인은 못 박힌 듯 소파 뒤에 서 있었다. 우리 둘은 에런을 멀뚱히 쳐다보면서 지시가 내려오기를 기다렸다.

에런은 내 곁에 빈자리를 손으로 가리켰다. "캐슬린, 아니 옆에 앉아 보세요."

피너만 부인은 고개를 끄덕이면서 나지막이 중얼거렸다. "네, 네." 부인은 커피 테이블을 돌아서 소파의 맨 끝에 자리를 잡고 앉았다. 부인의 무릎은 주방에서 멀리 떨어져 있는 현관문 쪽을 향하고 있었다. 나는 주방 쪽에 가깝게 앉아 있었다.

"두 분이 조금만 더 붙어 앉으시면 촬영에 도움이 될 것 같습니다만." 에런이 엄지와 검지로 '조금만'이라는 부분을 강조하면서 자신의 의도를 분명히 했다.

나는 피너만 부인에게 '조금만 더 붙어' 앉으면서 얼굴을 쳐다볼 엄두를 내지 못했다. 부인 역시 나와 마찬가지로 몹시 당황스럽지만 예의를 차리는 미소를 짓고 있으리라 상상했다.

"훨씬 더 낫네요." 에런이 말했다.

촬영팀은 우리가 뭔가 이야기하기를 기다리고 있었지만, 들리는 거라곤 주방에서 식기세척기가 돌아가는 소리가 전부였다.

"사진첩이라도 훑어볼까요?" 에런이 제안했다. "아서에 대해 이야기하면서?"

"좋아요. 보고 싶어요." 나는 애를 써보았다.

아서와 내가 프로그래밍한 로봇처럼 부인은 어색하게 앞으로 몸을 구부리고는 하얀색 사진첩을 하나 집어 들고 살포시 내려앉은 먼지 뭉치를 쓱 닦아냈다. 먼지 뭉치는 부인의 새끼손가락 가장자리에 걸렸다가 비닐로 코팅된 표지에 다시 들러붙었다.

부인의 무릎에 올려진 앨범이 버걱거리면서 열렸다. 피너만 부인은 세 살쯤 되어 보이는 아서를 내려다보며 눈을 깜빡거렸다. 아서는 아이스크림콘의 과자 부분만 들고서 울고 있는 중이었다. "여긴 애벌론이란다." 피너만 부인이 나지막한 목소리로 읊조리듯 말했다. "갈매기가 덤벼들어서……." 부인은 한 손으로 허공을 휙 갈라 보였다. "아이스크림을 치는 바람에 콘만 남았던 거야."

나는 미소 지었다. "우린 여기 집에서 아이스크림 한 통을 끝장내버리곤 했어요."

"아서는 그러고도 남지." 피너만 부인은 앨범을 힘주어 넘기면서 말했다. "하지만 너도 그랬다니. 덩치도 조그만 아이가." 뭔가 위협적인 목소리였다. 어찌 대해야 할지 알 수 없어서 못 알아들은 척했다.

"오, 이 사진." 부인이 턱을 가슴에 붙이고 그리운 한숨을 내쉬었다. 사진 속 아서는 누런 래브라도를 껴안고 버터 같은 털에 얼굴을 묻고 있었다. 피너만 부인은 개의 주둥이 부분을 톡톡 치면서 말했다. "캐시란다." 미소가 입술 가득 번졌다. "아서가 정말 좋아했어. 매일 밤 침대에 들여서 같이 잤지."

우리 뒤에 있던 카메라가 움직였다. 긴 렌즈가 사진으로 바짝 다가왔다.

나는 앨범을 더 펼쳐서 잡고 있으려 했다. 빛이 눈부시게 반사되어 시야를 가렸기 때문이었다. 하지만 피너만 부인이 앨범을 가슴에 부둥켜안고 가죽 책등에 턱을 올려놓았다. 눈물 한 방울이 도르륵 흘러내려 부인의 턱 가장자리에 맺혔다. "이 개가 죽었을 때 아서는 울었어. 흐느껴 울었지. 그러니 우리 아서는 사람들이 말하는 그런 아이가 아니야. 아서에게도 감정이 있었어."

사람들은 아서를 사이코패스라고 결론지었다. 인간적인 감정을 가질 수 없어서 다른 사람을 관찰하고 슬픔, 후회, 연민 등을 흉내 내기만 하는 사람이라고.

아서와 벤 사이의 역학관계가 어땠는지 밝히기까지는 많은 시간과 노력이 필요했다. 그들의 동기를 이해할 수 있다면 지역사회에 사건이 종결되었다고 알리는 동시에 다른 학교에서 비슷한 사건이 재발하는 것도 막을 수 있었다. 전국적으로 명성을 떨치는 심리학자들이 나서서 벤과 아서의 일기, 학업 성적, 주변 이웃이나 친구와의 인터뷰를 면밀하게 조사했고, 한 명도 빠짐없이 같은 결론을 내렸다. 이 일은 아서가 꾸민 일이었다는 것이다.

나는 동정심을 보여주기 위해 얼굴을 정돈했다. 나를 위해 아서가 너무나도 많이 했었던 일이었다. "제가 아서를 어떻게 기억하는지 아세요?"

피너만 부인은 커피 테이블 위에 놓인 갑 티슈에서 한 장을 톡 뽑았다. 코를 푸는 부인의 얼굴은 적갈색이 되었다. 부인은 화장지를 반으로 접어서 코를 싹 닦았다. "어떻게 기억하니?"

"제가 학교에 처음 와서 아는 사람 하나 없을 때 친절하게 대해주었던 친구예요. 모두가 저를 공격할 때 유일하게 나서서 편을 들어주었던 친구였고요."

"그래, 우리 아서는 그런 아이야." 아서의 이름을 말하는 부인의 입술이 파르르 떨렸다. "그 아이는 괴물이 아니야."

"알아요." 나는 말했다. 하지만 거짓말이 아니라는 자신은 없었다.

나는 사람들이 아서에 대해서 하는 말을 믿는다. 하지만 애니타 퍼킨스 박사가 경찰에 제출한 보고서에서 사이코패스도 일말의 진짜 감정을 보일 수 있다고 했다. 진정한 연민이 가능한 것이다. 나는 아서가 내게 그런 감정을 지녔다고 믿고 싶다. 사이코패스 테스트 결과로 보면 아서는 통상적인 기준을 넘어섰다고 했지만.

아서가 내게 했던 많은 일, 여동생을 보호하려는 오빠와 같은 행동들, 심지어 칼날이 바닥과 수평을 이루며 가슴을 관통하던 순간에 다급하게 지껄였던 "도우려던 것뿐인데"라는 말은 모두 친절함을 모방한 것이거나 소름 돋도록 신중하게 계산된 속임수였다고 했다. 퍼킨스 박사는 사이코패스들이 희생자의 아킬레스건을 파악해서 자신의 목적에 부합하게 이용해서 원하는 것을 얻는다고 썼다. 내 스승이 된 최고의 사기꾼은 넬이 아니라 바로 아서였다.

벤은 자살 충동이 강한 우울증 환자였지만 아서와 같은 방식으로 폭력적 성향이 있었던 건 아니었다. 하지만 아서의 아이디어를 반대했던 것도 아니었다. 벤과 아서는 중학교 시절 내내 멍청한 학교 친구들과 선생님을 없애버리는 폭력적인 판타지를 주고받았다. 벤은 늘 장난으로 한 일이었지만 아서는 그 판타지를 현실로 이룰 수 있게 해줄 사건이 벌어지기를 기다리고 있었다.

켈시 킹슬리의 졸업파티가 도화선이었다. 딘과 페이턴이 숲에서 벤에게 했던 굴욕적인 일 때문에 벤은 처음으로 자살 시도를 했었다. 아서는 손목을 그어서 입원한 벤을 보고는 처음으로 '콜럼바인 스타일의 브래들리 습격'에 대한 아이디어를 끄집어내 일기에 썼다. 벤이 입원한 지 2주가 지났을 때였다. 아서는 간호사가 교대하기를 기다렸다가 간신히 둘만의 대화를 몇 마디 나눌 수 있었다고 자세하게 적어놓았다. ("도대체 사람을 뭘로 보는 거냐? 우리가 애새끼로 보이냐?") 아서의 아버지에게는 총이 있었다. 그게 군수산업의 시작이었다. 아서는 가짜 신분증을 구해서 열여덟 살인 척했다. 나이보다 훨씬 더 들어 보였기에 얼마든지 가능했다. 인터넷에서는 파이프 폭탄 제조법을 찾았다. 둘은 똑똑해서 이런 일을 잘 해낼 수 있었다. 아서는 본능적으로 벤이 무너져서 되돌릴 수 없는 극한의 지경까지 몰렸다는 걸 감지하고 있었다. 모든 게 딱 맞아떨어졌다. 벤은 잃을 게 없었다. 죽고 싶은 사람이었기 때문이었다. 그리고 이왕 죽을 거라면 자신에게 못된 짓을 했던 아이들이 죗값을 치르게 하면 더 좋겠다고 생각했다.

언론은 아서와 벤이 괴롭힘을 당하다가 사건을 일으켰다는 서사로 보도를 마무리했다. 별나고 뚱뚱하고 게이라는 이유에서다. 하지만 경찰은 다르게 생각했다. 괴롭힘은 명분에 불과했다는 게 진실이다. 아서가 게이라는 건 많은 사람이 인정하는 바였지만 벤은 아니었다. 올리비아가 아서가 벤에게 입으로 해주는 걸 봤다는 건 거짓말이었다. 극단적인 데다 어리석은 10대 시절의 가십은 아이러니하면서도 비극적인 방식으로 불장난을 한층 더 키웠다. 그 소문을 들은 벤은 엄청 화를 내면서 속상해했고, 아서는 기회를 놓치지 않았다. "나는 벤에게 올리비아를 처치해 주겠다고 약속했다." 아서의 일기에 적혀 있었다. 별일 아닌 듯이 적었지만 처음으로 공격 대상을 언급한 것이었다. 그러나 사실 아서에게 공격 대상을 정하는 건 중요한 일이 아니었다. 총기 난사는 아서를 괴롭힌 아이들에 대한 앙갚음이나 복수뿐 아니라 아서가 지닌 경멸과 멸시를 보여주는 일이기도 했다. 아서는 자신보다 지적으로 열등한 사람들을 노렸다. 아서가 보기에는 모두가 그 대상이었다. 군이 명단을 만든 건 벤을 넘어오게 하려는 의도였다. 아서의 원래 계획은 사제 폭탄으로 카페테리아 전체를 날려버리는 것이었다. 샤크와 테디, 그리고 아서가 좋아하는 방식으로 구운 소고기와 햄 사이에 치즈를 켜켜이 쌓아서 샌드위치를 만들어주시던 상냥한 식당 아주머니까지, 모두가 아서에게는 사냥감에 지나지 않았다. 아서는 브래들리 3층에 있는 텅 빈 기숙사에 숨어서 폭탄이 터지길 기다렸다. 폭발 후에 아래층으로 내려가서 살육을 즐긴 뒤 생을 마감할 생각을 하고 있었다. 경찰의 발포는 정해진 수순이었다. 하지만 사이코패스에게 있어서 최악은 통제권을 내어주는 일이었다. 죽어야 한다면 꼭 자신의 손으로 죽어야 했다. 아서가 총을 난사하기 시작한 건 사제 폭탄이 하나만 터져서 '최소한'의 피해만 입혔다는 걸 파악한 후였다.

공공 열람이 가능한 퍼킨스 박사의 보고서에 나와 관련된 부분이 쓰여 있었다. 나는 무심코 읽다가 뒤늦게 깨닫고 되돌아가서 처음 몇 단락을 되풀이해 읽었다. 사진 속 자신을 못 알아보는 것처럼. 저 뒤편에 화가 나서 얼굴을 찡그리고 있는 여자아이는 누구지? 저렇게 하면 이중 턱으로 보이는 걸 모르나? 세상이 나를 어떻게 보는지를 직접 느껴보는 메타 인지의 순간이다. 그 화가 난 여자아이는 바로 나 자신이기 때문이다.

퍼킨스 박사는 아서와 벤의 '파트너십'을 쌍방 현상으로 분류했다. 범죄학자들이 만들어낸 이 신조어는 살인자들이 서로에게 살인의 충동을 불어넣어 주는 현상을 설명했다. 사이코패스 아서와 우울증 환자 벤 사이에서 주도권은 분명 사이코패스가 쥐고 있었겠지만, 폭력적인 자극을 갈망하는 사이코패스에게 욱하는 성질의 파트너가 생기면 매우 유용한 도움을 받게 된다. 화를 돋워서 살육을 저지르게 하는 것이다. 아서와 벤은 반년 동안 계획을 세웠다. 그 기간 내내 벤은 심리 재활 센터에 갇힌 채 의사와 간호사에게 자해 행동을 더는 하지 않을 거라는 확신을 주기 위해 쇼를 하고 있었다. 그러는 사이 아서는 새로운 치어리더를 찾아냈다. 폭력의 공동을 메워줄 고통과 분노를 가진 사람이었다. 이 새로운 들러리 덕분에 아서의 폭력성은 심화되다가 급기야 임계점을 넘어서 폭발하고 만 것이다. 애니타는 내 이름을 언급하지는 않았지만 나 외에는 해당하는 사람이 없었다. 이따금 만약 아서의 방에서 마지막으로 만났을 때 화가 나게 하지 않았다면 어땠을까 생각한다. 나에게 자신의 계획을 털어놓으려고 했을까? 나한테도 합류하라고 청했을까?

"이 사진도 해변에서 찍은 거란다." 피너만 부인은 비닐에 주름진 부분을 쓸어내며 말했다. 피너만 씨가 있어서 깜짝 놀랐다. 산책로에 놓인 벤치의 등받이에 팔꿈치를 걸친 채 앉아 있는 모습이다. 햇볕에 그을린 가슴에는 고불거리는 검은색 털이 바짝 서 있었다. 그의 옆에 선 아서는 뭔가를 외치면서 하늘을 손으로 가리키고 있었고, 피너만 부인은 옆에서 아서의 다리를 여린 팔로 단단히 잡아서 떨어지지 않게 막고 있었다.

"피너만 씨는 어떻게 지내세요?" 나는 예의 바르게 물었다. 그가 아들과 가장 친밀했던 순간을 간직한 사진은 갖고 있었지만 정작 만난 적은 없었다. 물론 그는 일이 벌어졌던 당시 메인라인에 모습을 드러냈지만 장례식을 마친 직후 슬쩍 사라져버렸다. 장례식. 그렇다. 살인자도 묻혀야 했다. 피너만 부인은 랍비들을 수소문하느라 수많은 전화를 하는 굴욕을 당했다. 아서를 위한 장례식을 치러주겠다고 나설 사람을 필사적으로 찾았다. 벤의 가족은 어떻게 했는지 모른다. 아는 사람은 아무도 없었다.

"오, 그게," 피너만 부인이 말했다. "크레이그는 재혼했단다." 부인은 차갑게 식은 차를 한 모금 홀짝 마셨다.

"몰랐어요." 내가 말했다. "죄송해요."

"어머, 그래." 피너만 부인의 윗입술에 차가 조금 묻어 있었다. 하지만 부인은 닦아낼 생각조차 하지 않았다.

"참, 그거 아세요?" 내가 말했다. "저에게도 아서와 피너만 씨가 찍은 사진이 있어요."

갑자기 거실에 빛이 쏟아져 들어왔다. 태양이 구름을 밀어내고 얼굴을 내밀었다. 피너만 부인의 동공이 잔뜩 오므라들었다. 부인의 눈동자가 푸른색이었다는 걸 잊고 있었다. "뭐라고?"

나는 흘깃 에런을 쳐다보는 모험을 감행했다. 그는 마이크 위치를 지시하느라 바빠서 내가 일으킨 일을 전혀 감지하지 못하고 있었다.

나는 머그잔을 두 손으로 잡았다. 이제는 미지근해져 있었다. "저한테 있는 건…… 그러니까 아서가 자기 방에 두었던 사진이었거든요."

피너만 부인은 알고 싶어 했다. "조개껍데기가 박힌 그 사진?"

"아서와 아빠가 함께 있는 그 사진이요." 나는 고개를 끄덕였다. "맞아요."

피너만 부인의 얼굴에서 부드러움이 모조리 사라져 버렸다. 얼굴의 주름조차도 피부가 접힌 게 아니라 유리판에 금이 간 것처럼 보일 지경이었다. "어떻게 네가 그걸 갖고 있지? 사방을 다 찾아봤었는데."

거짓말을 해야만 한다는 걸 알고 있었다. 하지만 누군가 내 머릿속을 지우개로 싹 지워버린 것만 같았다. 부인을 속상하게 하지 않을 대답이 하나도 생각나지 않았다. "다툼이 있었어요." 나는 솔직히 말했다. "그래서 제가 그걸 빼앗았어요. 못된 짓을 저지른 거죠. 아서의 기분을 상하게 하려고 그렇게 했어요." 나는 차갑게 식은 커피잔을 빤히 쳐다보았다. "그런데 다시 돌려줄 기회를 영영 놓쳤어요."

"돌려줬으면 좋겠구나." 부인이 말했다.

"물론이죠." 나는 말했다. "정말⋯⋯." 말을 멈춰야 했다. 피너만 부인이 비명을 내지르고 있었다.

"아! 아!" 부인은 머그잔을 테이블 위로 던졌다. 노르스름한 차를 신문이 빨아들였다. "아악!" 피너만 부인은 관자놀이를 할퀴면서 두 눈을 질끈 감았다.

"캐슬린!" "피너만 부인!" 에런과 내가 동시에 소리 질렀다.

"내 약을 좀." 부인이 신음했다. "싱크대 옆에 있어요."

우리는 주방으로 달려갔다. 에런이 싱크대에 먼저 도착했다. 주방 세제와 수세미를 한쪽으로 치우면서 외쳤다. "안 보이는데요!"

"화장실에!" 목이 졸린 듯한 목소리로 부인이 답했다.

나는 화장실이 어디인지 알고 있었다. 이번에는 에런을 제쳤다. 세면대 선반에 조그만 주황색 약병이 있었다. 복용법이 병을 빙 둘러 붙여져 있었다. "통증이 감지되면 한 알을 복용하세요."

"피너만 부인, 여기요." 나는 병을 흔들어서 손으로 알약 하나를 받아냈다. 촬영팀 중 한 명이 들고 있던 자신의 물병을 내밀었다. 부인은 알약을 혀에 올려놓고 물을 마셨다.

"편두통이에요." 부인은 작게 속삭였다. 부인은 손톱이 하얗게 되도록 손으로 머리 양옆을 꼭 누르고 몸을 앞뒤로 흔들면서 눈물을 흘리기 시작했다. "내가 왜 할 수 있을 거라고 생각했을까요." 부인은 머리를 더욱 꼭 잡았다. "애초에 동의하는 게 아니었어요. 이건 너무 심하네요. 너무 심해요."

◆◆◆◆◆

"호텔로 태워다드릴까요?" 에런은 피너만 부인의 집 앞 진입로에서 제안했다.

나는 길 쪽을 가리키며 말했다. "차를 가지고 왔어요. 감사해요."

에런은 눈을 가늘게 뜨고 집 쪽을 쳐다봤다. 저녁 어스름이 내린 경계의 시간에 보니 집은 비스듬하게 기울어져 있었다. 한때 아름답고 환한 집이었다. 하지만 그건 아서가 살기 훨씬 전의 일이다. 브래들리 여학생들이 50년 전에 보았을 집의 모습을 상상해 보려 했다. 일류 교육을 받기 위해서 전국에서 몰려든 여학생들이었을 것이다. 하지만 그후 결혼과 출산을 겪고 남편과 아이를 최우선으로 생각하게 되면서 그 모든 배움을 써먹은 적은 한 번도 없을 것이다. "아니를 깎아내리려는 의도는 아니에요." 에런이 말했다. "하지만 그 누구보다 더 힘든 사람은 부인이었던 모양이에요." 바람이 나뭇가지에서 잎사귀 하나를 낚아채는 모습이 멍하니 눈에 들어왔다. "맞아요. 저도 늘 그렇게 말했어요. 다른 사람들은 그래도 고귀한 죽음을 맞이하기라도 했어요."

"고귀하다." 에런은 되풀이해서 말했다. 그러고는 무슨 말인지 이해했는지 고개를 끄덕였다. "사람들은 착한 희생자를 좋아하죠."

"저는 절대로 누리지 못할 특권이에요." 나는 나 자신의 처지가 애처로워 얼굴을 찡그렸다. "자기연민에 빠진 사람이나 할 소리처럼 들리겠지만 그 고귀한 죽음을 편취당한 느낌이에요." 에런에게 한 말이 아니다. 그에게는 솔직하게 말할 수 없었다. 이건 어젯밤에 앤드루에게는 털어놓았던 이야기다. 우리는 그가 어릴 적에 사용했던 침대에 걸터앉아 있었다. 그의 부모님은 해변 별장에 가 있었다. 앤드루의 부모님은 금요일 밤에 늦게 출발하는 걸 좋아했다. 교통 체증이 덜하기 때문이었다. 호텔로 돌아가기 전에 집에 들러서 술 한잔 같이 하면 안될까요? 앤드루의 차에 헐레벌떡 올라타면서 내가 제안했었다. 체육관의 계단이 여전히 폐의 성능을 최대한으로 끌어내고 있었다. 앤드루는 고개를 돌려 뭐라고 대답했다. 이맛살을 잔뜩 찌푸리고 있었다.

"뭐라고요?" 나는 되물었다.

앤드루는 내게 손을 뻗었다. "머리카락에 뭐가 묻었다고." 앤드루는 손가락으로 머리카락 한 줌을 집더니 잡아당겼다. 두피의 다양한 부위가 당겨지자 생각이 흐려지고 양심의 가책이 지워지는 것 같았다. "나무 조각인 모양이야. 책상 아래서 묻은 것 같네."

앤드루의 주방에서 보드카를 마신 다음에 집을 구경하다가 마지막으로 앤드루의 예전 침실을 보았다. 루크의 이야기가 다시 나왔다. 나는 다시 한번 루크가 내게 무슨 일을 해주었는지 설명했고, 루크가 내가 썩 괜찮은 사람이라는 증거라고 말했다. "루크 해리슨은 흉악무도한 여자 살인범하고 결혼하지 않을 사람이거든요." 내가 말했다. "루크는 나를 바로잡아 주는 사람이에요." 나는 손을 내려다보았다. 나를 지켜주는 갑옷이 빛나고 있었다. "제가 바로잡아져서 똑바로 살았으면 좋겠어요."

앤드루는 내 옆에 앉아 있었다. 그의 허벅지에 닿은 내 허벅지가 따뜻했다. 전철을 탔는데 사람으로 꽉 차서 오른쪽으로 움직여도 왼쪽으로 움직여도 다리를 빼낼 수가 없었던 때가 있었다. 이 강제된 신체 접촉에 대해 뉴요커들은 분통을 터트린다. 하지만 나는 은밀히 만끽했다. 사람들 몸에서 피어나는 열기가 어찌나 마음을 달래주는지, 낯선 사람의 어깨에 기대서 잠잘 수도 있을 것 같았다. "루크를 사랑하기는 하니?" 앤드루가 물었다. 나는 밀려오는 노곤함을 이기기 위해 눈을 깜빡거리면서 어떻게 답해야 할지를 생각했다.

분노, 증오, 좌절, 슬픔은 내게 천같이 물리적인 느낌으로 다가온다. 이건 실크, 저건 벨벳, 이건 순면. 하지만 사랑하는 루크의 촉감이 무엇인지는 말할 수가 없었다. 나는 한 손을 앤드루의 손안에 밀어 넣었다. 앤드루는 내 약혼반지를 돌려보고 있었다. "너무 피곤해서 대답 못 하겠어요."

앤드루는 내가 침대에 반듯하게 눕도록 이끌었다. 눈물 몇 방울이 머리 안으로 들어갔다. 숨을 쉬기 위해서 요란한 소리를 내면서 코를 풀었지만 실패했다. 신경이 예민해지고 열이 올랐다. 체온계를 가져다 대면 등교할 수 없을 정도로 열이 날 것 같았다. 내 살이 펄펄 끓어오르고 땀에 젖어 끈적거리는 걸 느낀 앤드루는 잠시 내 곁을 떠나서 불을 끄고 힘들게 창문을 열었다. 창문 밖에서 규칙적으로 반복되는 리듬이 들려왔다. 잠시 후 차가운 기운이 느껴졌고 내 몸은 기분 좋게 부르르 떨었다. "차가운 공기가 도움이 될 거다." 앤드루가 장담했다. 나는 다시 한번 그에게 키스하고 싶었다. 하지만 앤드루는 커다란 팔로 나를 감싸 안았다. 신발을 신은 채로 몰려오는 잠에 빠져들었다. 자주 경험할 수 없는 잠이 유성우처럼 휘황찬란한 빛을 내며 폭발했다.

◆◆◆◆◆

양밍은 새해 전야나 생일 같은 특별한 날이면 찾는 저녁 식사 장소다. 엄마는 고등학교 졸업식 날 나와 샤크를 데리고 갔었다. 아빠는 가지 않았다. 여자끼리만 있는 것이 더 즐거울 거라고 말하면서.

앤드루의 BMW는 주차장에서 두 대의 SUV 사이에 끼어 있었다. 이곳에 오면 늘 느끼는 기분이 있다. 요즘 들어 점점 더 느끼기 힘들어지는 기분이다. 문을 열고 식당 안으로 들어서자 잘 차려입은 중년의 부모가 보였고, 소금과 지방에 절여진 맛좋은 공기의 냄새가 났다. 앞으로 벌어질 일이 너무 기대되어 견딜 수가 없었다.

피너만 부인의 집을 떠난 후 나는 엄마에게 전화를 걸어서 미안하지만 외식을 할 기운이 없다고 말했다.

"그래, 오늘 아주 힘들었지. 당연히 그렇겠지." 엄마가 말했다. 지난 24시간 동안 루크가 내게 한 것보다 더 많은 말이었다. 내가 루크에게 들은 말은, 일이 어떻게 되고 있는지 묻는 한 줄짜리 문자 메시지가 전부였다. "잘하고 있어." 나는 회신을 보냈다. 그의 침묵은 나를 대담하게 했다.

"안녕하세요." 매니저의 눈이 즐거운 듯 반짝거렸다. 나같은 사람을 보니 좋은 모양이다. "예약하셨나요?"

그런데 그에게 답을 할 기회를 놓쳤다. 놀란 듯 높은 목소리로 내 이름을 부르는 소리가 들렸기 때문이었다. 나는 고개를 돌려서 엄마와 린디 이모를 보았다. 둘 다 검은색 바지 정장을 차려입고 목에 둘러맨 스카프의 매무새를 분주히 다듬고 있었다. 물을 홀짝이며 마실 때마다 팔찌가 반짝거렸다. 근사한 저녁을 먹을 때마다 엄마가 입는 유니폼이었다.

엄마와 나는 서로 멀뚱히 쳐다봤다. 그사이 나는 엄마에게 할 거짓말을 지어내고 있었다. 다행히도 엄마가 서 있는 곳 뒤에 바가 있어서, 다행스럽게도 저쪽 구석에서 나를 기다리고 있는 앤드루를 볼 수 없었다. 나는 루크에게 문자를 한 후 앤드루에게 문자를 보내서 엄마와 한 예약을 '이용'해서 앤드루에게 저녁을 먹자고 제안했다. 문자 메시지를 보내고 곧 세 개의 작은 점이 몇 번 나타났다가 사라지더니 마침내 앤드루의 답장이 왔었다. "몇 시?"

◆ ◆ ◆ ◆ ◆

"여기도 음식 포장이 되는지는 몰랐네." 자리에 앉자 엄마가 말했다.

엄마는 메뉴판을 획획 넘겨보고 있었다. "이제라도 알았으니 다행이야."

나는 무릎에 놓은 냅킨의 주름을 폈다. "왜? 배달은 안 할 텐데."

"너무 멀잖니." 린디 이모가 불평했다. 이모는 아크릴 네일을 한 손톱으로 텅 빈 잔을 톡톡 두드리다가 우리 옆 테이블을 치우고 있는 종업원에게 꾸짖듯 말했다. "물 안 주나?" 린디 이모는 엄마의 여동생이었다. 자라면서 엄마보다 더 날씬하고 예뻐졌다. 엄마는 그 점에 대해 고깝게 생각했다. 하지만 이제는 엄마가 우위에 섰다. 린디 이모의 딸은 경찰이랑 결혼하고 엄마의 딸은 월스트리트 남자랑 결혼하기 때문이었다.

"린." 엄마가 말했다. "한번 믿어봐. 운전하고 온 보람이 있을 거야." 엄마는 이곳의 단골이라도 되는 양 말하고 있었다.

엄마는 내가 약속을 취소한 후에도 식당 예약을 취소하지 않기로 마음먹었다. 루크가 신용카드를 주면서 이걸로 저녁 식사를 계산하라고 한 사실과 무관하지 않을 것이다. 나는 잠시 여기저기를 뒤적이다가 음식을 포장해서 호텔에서 먹으려고 왔다고 말했다.

아빠는 같이 올 마음이 없었다는 말을 들은 나는 나지막이 중얼걸렸다. "아빠답네." 엄마는 한숨을 내쉬고 그만하자고 말했다.

린디 이모가 갑자기 크게 웃었다. "매콤한 송아지 고기 라비올리?" 이모는 인상을 썼다. "무슨 중국 음식 같네."

엄마는 딱하다는 얼굴로 이모를 봤다. "퓨전이잖아, 린." 엄마의 어깨 너머로 앤드루가 서서 내게 눈짓하는 게 보였다. 그는 식당 가장자리로 돌아가서 계산대와 화장실이 있는 쪽으로 갔다.

"저는 레몬글라스 새우로 할게요. 주문해 주시겠어요?" 나는 냅킨을 그러모아서 테이블 위에 내려놓았다. "화장실 좀 갔다 오려고요."

엄마는 뒤로 물러서서 테이블 옆으로 길을 내주었다. "애피타이저는 뭘로 할 거니?"

"샐러드로 골라 주세요." 나는 돌아보며 말했다.

먼저 화장실로 갔다. 심지어 착각한 척하면서 남자 화장실 문을 활짝 열어보기까지 했다. 콧수염 난 아버지 또래 남자가 손의 물기를 닦고 있다가 여긴 남자 화장실이라고 외쳤다. 나는 앤드루의 이름을 크게 부른 다음에 자리를 떴다. 남자가 남자 화장실이라는 말을 되풀이했다. 이번에는 성난 어조였다.

엄마와 린디 이모가 내 쪽으로 등을 돌리고 앉아 있었기 때문에 나는 서둘러 앞문으로 갔다. 바깥 공기는 내가 숨을 쉬고 있는지 확신할 수 없을 정도로 아무런 냄새도 나지 않았다. 눈동자가 어둠에 익숙해지자 앤드루가 보였다. 낡은 자동차 트렁크에 기대어 서 있었다. 내내 나를 기다린 것 같았다.

나는 두 팔을 벌려 사과했다. "엄마에게 기습 공격을 당했어요." 앤드루는 트렁크 옆을 벗어나서 레스토랑 옆으로 왔다. 비계 아래여서 가로등 빛이 닿지 않았다. 앤드루는 마녀처럼 손가락을 꿈틀꿈틀 흔들어 보였다. "엄마의 직감이지. 네가 나쁜 일을 꾸미고 있는 걸 알고 계셨던 거야."

나는 고개를 가로저은 후 크게 웃어서 그가 틀렸다는 걸 알렸다. 앤드루가 우리 둘이 있는 게 '나쁜 일'이라고 말하는 게 마음에 들지 않았다. "아니에요. 엄마는 그냥 양밍에서 공짜 저녁을 먹고 싶었던 거예요." 나는 레스토랑의 벽돌 벽에 등을 기대고 섰다. 앤드루가 내게 다가왔다.

앤드루는 두 손으로 내 얼굴을 감쌌다. 나는 눈을 감았다. 바로 그 자리에서 선 채로 잠이 들 뻔했다. 그의 두 엄지손가락이 내 뺨을 어루

만졌다. 냄새가 없는 산들바람이 얼굴에 흘러내린 머리카락을 지분거렸다. 나는 그의 손 위에 내 손을 겹쳤다. "다른 데서 잠깐만 기다려 주세요." 나는 말했다. "저녁 먹고 어디서든 봐요."

"티프." 앤드루가 한숨을 내쉬었다. "아무래도 이게 최선일지도 모르겠구나."

나는 앤드루를 잡은 손에 힘을 주면서 목소리를 밝게 내려고 노력했다. "그러지 마세요."

앤드루는 한숨을 내쉬고 내 손 아래 놓여 있던 자신의 손을 빼냈다. 그리고 내 어깨를 다정히 잡았다. 오빠 같았다. 나는 마음이 조금씩 무너지기 시작하는 걸 느꼈다. "어젯밤에 우린 되돌릴 수 없는 일을 저지를 수도 있었어." 그가 말했다. "하지만 그러지 않았지. 후회할 일을 하기 전에 지금 떠나는 게 좋을 것 같다."

나는 고개를 가로저으면서 목소리 톤을 세심하게 조절했다. "우리가 함께하는 일이라면 무엇이든 후회하지 않을 거예요."

앤드루는 나를 꼭 껴안아 주고 말했다. "나는 후회할 것 같은데." 앤드루가 내게 설득당한 것 같다는 생각이 들었다.

그때 레스토랑 문이 열리면서 날카로운 웃음소리가 흘러나왔다. 나는 안에 있는 모든 사람에게 입 닥치라고 소리를 지르고 싶었다. 나 말고 다른 모든 사람이 즐겁게 지내고 있을 때 평정심을 잃지 않는 게 이렇게 힘든 적은 없었다. "우린 아무것도 하지 않아도 돼요." 매달리는 것 같은 목소리를 내는 게 너무 싫었지만 어쩔 수 없었다. "그저 다른 곳에 가기만 해요. 가서 술 한잔하고 이야기나 해요."

앤드루의 심장이 내 귓가에서 쿵쾅쿵쾅 뛰었다. 그에게서 데이트 냄새가 났다. 향수와 긴장의 냄새였다. 그의 슬픈 한숨이 내 정수리에 닿았다. "티파니, 난 너랑 이야기만 할 수 없을 거야."

그 바람막이 창이 통째로 와르르 부수어졌다. 이게 마지막이라면 내가 아는 건 세게 치는 법뿐이었다. 나는 팔꿈치를 앤드루의 가슴팍에 내리꽂고 그를 밀어버렸다. 뜻하지 않은 일격을 당하고 숨이 막혀서인지, 그저 깜짝 놀라서인지 그는 말을 제대로 못하다 비틀거리면서 내게서 떨어졌다. "당연히 그러실 수 없으시겠죠." 나는 손을 휘저어 그를 쫓아냈다. "난 친구가 필요했던 거였어요. 그런데 다른 남자들처럼 브래들리의 걸레랑 붙어먹고 싶었던 거였군요."

이제 가로등 불빛에 비친 앤드루의 얼굴은 잔뜩 일그러져 있었다. 상처받은 표정이었다. 곧 나 자신이 싫어졌다.

"티파니." 그가 입을 열었다. "맙소사. 그게 아니란 걸 알잖니. 난 네가 행복했으면 좋겠어. 내가 네게 바라는 건 그게 다야. 하지만 이건……." 앤드루는 우리 둘 사이를 손으로 가리켰다. "이건 네가 행복해지는 일이 아니야."

"네, 훨씬 낫네요!" 나는 심술궂게 웃어댔다. "내가 어떻게 하면 행복해질 수 있는지를 다른 사람에게 듣다니. 정말 내게 필요한 일이네요." 이러지 말자. 이렇게 말하지 말자. 하지만 멈출 수가 없었다. "내가 알아서 해요. 아셨어요?" 나는 살짝 앤드루 쪽으로 다가갔다. 키스할 수 있을 만큼 가까워졌다. "뭐가 최선인지는 내가 안다고요."

앤드루는 다정하게 고개를 끄덕였다. "너라면 그럴 수 있을 거다." 앤드루는 내 얼굴에 남은 눈물 한 방울을 쓱 닦아주었다. 그의 손길은 나를 더 서럽게 만들었다. 이 손길을 느끼는 건 이번이 마지막일까? "그러니 꼭 그렇게 하렴."

나는 내 얼굴에 닿은 그의 손을 잡았다. 눈물 콧물이 다 그에게 묻었다. "그렇게 못해요. 못할 걸 알아요."

레스토랑 문이 삐걱 소리를 내면서 열렸다. 앤드루와 나는 서로에게서 떨어졌다. 맛있는 음식으로 배를 채운 행복한 한 쌍의 연인이 계단을 총총 내려왔다. 길가에 내려선 남자는 내려오자마자 여자의 어깨에 팔을 둘러 꼭 껴안았다. 여자는 내 곁을 지나면서 게슴츠레한 내 눈을 보지 않은 척했다. 하지만 그녀의 얼굴에 떠오른 표정으로 무슨 생각을 하는지 알 수 있었다. 아마도 사랑싸움을 하는 중이라고 생각하는 것 같았다. 그리고 오늘 밤 자기에게는 해당 사항이 없는 일이라는 걸 다행으로 여기는 것 같았다. 아, 우리가 연인이었다면 죽어도 좋을 텐데. 앤드루가 너무 많이 일한다고, 내가 바니스 백화점에서 시간을 너무 많이 보낸다고 실랑이를 벌이고 있는 거라면 얼마나 좋을까. 지금 여기서 우리가 진짜로 마주한 일만 아니라면 뭐든……

우리는 그 연인이 차로 가기를 기다렸다. 차 문이 열렸다가 닫히는 소리가 두 번 들렸다. 남자가 여자를 위해서 문을 열어준 다음에 차에 탄 것이었다. 나는 그 두 사람이 너무 싫었다.

앤드루가 말했다. "티파니, 네 마음을 상하게 할 생각은 없었다. 이런 네 모습은 정말 보고 싶지 않구나." 앤드루는 두 팔을 허공으로 뻗으며 자신에게 화를 냈다. "일이 이 지경이 된 건 모두 내 탓이다. 애초에 그런 짓을 하는 게 아니었어. 정말 미안하다."

나도 미안하다고 말해주고 싶었다. 나 역시 이런 일을 벌일 생각은 없었다고 말하고 싶었다. 하지만 그 말은 입 밖으로 나오지 않았다. 그저 거짓말과 변명만 쏟아져 나왔다. "루크를 오해하게 이야기했던 것 같은데요." 앤드루는 손을 내 쪽으로 내밀어서 구구절절한 설명을 하지 못하게 하려 했다. 하지만 나는 계속 말을 이어나갔다. "나 같은 사람은 행복하기가 쉽지 않아요. 지금은 그나마 행복에 가장 가까운 상태예요. 사실 상당히……"

"내 말은 그런 뜻이 아니라……"

"그렇다면 멋대로……." 나는 울면서 딸꾹질을 하기 시작했다. 당황스러웠다. "나를 불쌍하게 여기거나 하지 마세요." 다시 한번 딸꾹질이 터졌다.

"그렇지 않아." 앤드루가 말했다. "한 번도 그런 적 없어. 넌 정말 놀라운 사람이야. 넌 페이턴을 돌봐줬어. 페이턴의 손을 잡아줬지. 너한테 그런 짓을 저지른 녀석인데 말이야. 그런데 넌 자신이 얼마나 근사하고 멋진 사람인지 모르고 있어. 너의 그런 근사하고 멋진 모습을 봐줄 수 있는 사람이 너와 함께여야 해." 나는 셔츠 깃을 세우고 눈물이 그친 척을 했다. 하지만 아니었다. 소리 없는 흐느낌을 방어용 가면 속에서 퍼붓고 있을 뿐이었다. 앤드루의 근사한 드레스 슈즈가 내 쪽으로 한 걸음 다가오는 소리가 났다. 하지만 나는 고개를 가로저으며 더 가까이 오지 말라는 경고의 말을 웅얼거렸다.

앤드루는 내가 셔츠를 엉망으로 만드는 동안 멀찍이 떨어져서 기다리고 있었다. 이 셔츠는 다시는 패션 아이템 구실을 할 수 없게 되었다. 잃어버린 것처럼 해야겠다. 이 새로운 거짓말을 생각해 내면서 간신히 진정할 수 있게 되었다. 속울음까지 모두 그치고, 헛기침을 해서 목청을 가다듬은 다음 간신히 침착하게 말을 할 수 있게 된 유일한 이유가 거짓말을 생각하기 위함이었다니. "엄마가 제가 어디 갔는지 궁금해하실 것 같네요."

앤드루는 도로에 서서 고개를 끄덕였다. 내내 그렇게 나를 지켜보면서 혼자만의 시간을 갖게 해주었던 것 같았다. "그래."

그나마 다행스럽게도 유쾌한 목소리로 인사를 건네고 뒤로 돌아서 계단을 오를 수 있었다. 앤드루는 다시 내 뒤에서 서서 안전하게 안으로 들어가는지 지켜보고 있었다. 그는 내게 과분한 남자였다.

"왔구나!" 엄마가 말했다. 나는 두 개의 테이블 사이를 비집고 들어가서 앉았다. "너를 위해서 여기 샐러드 중에서 가장 평범한 거로 시켰다." 엄마는 곱슬곱슬한 국수 가락을 오렌지 소스에 적신 다음에 입으로 베어 물었다. "네가 그 미친 다이어트를 하는 걸 알고 있잖니."

"고마워요." 나는 다시 냅킨을 무릎 위에 펴놓았다.

린디 이모가 먼저 내 얼굴이 이상한 걸 눈치챘다. "너 괜찮니, 티프?"

"사실 안 괜찮아요." 나는 곱슬곱슬한 국수 가락을 아무런 소스도 찍지 않은 채 입에 밀어 넣고 우물우물 씹었다. "오후 내내 내가 죽인 아이의 엄마와 함께 있었으니까요. 제가 조금 우울한 이유로 충분할 것 같은데요."

"티파니 파넬리." 엄마가 놀란 숨을 헉 들이켰다. "린디 이모한테 그런 식으로 말하면 못써."

"알았어요." 나는 국수 가락 하나를 더 집어 들어 입에 넣었다. 그릇째 입에 털어넣고 싶었다. 맹렬해지는 허기를 채우기 위해서라면 뭐든 먹고 싶었다. "그럼 엄마한테만 그런 식으로 말할게요."

"우리가 여기 온 건 근사한 저녁 식사를 하기 위해서야." 엄마가 나지막이 말했다. "그 시간을 망치기로 작정한 거라면 그냥 자리를 떠도 좋다."

"제가 자리를 뜨게 되면, 루크의 카드도 같이 자리를 뜨게 될 거예요." 나는 요란하게 음식을 씹으면서 억지웃음을 지어 보였다.

엄마는 이런 장면을 린디 이모에게 들켜서 거의 공황 상태 직전에 이르렀으면서도 용케 침착한 허식을 잘 입고 있었다. 내 사촌이라면

421

이런 식으로 엄마를 창피하게 하는 일은 하지 않을 게 분명했다. 법을 집행하는 사람과 결혼하는 아이였다. 엄마는 린디 이모에게 고개를 돌렸다. 엄마의 뼈 마디마디가 당장 저 버릇없는 딸을 혼내주라고 소리치고 있을 텐데도 엄마는 빌어먹을 디즈니 공주처럼 퍽이나 다정한 목소리로 말했다. "잠시 티파니랑 둘이 이야기 좀 하게 해줄래?"

린디 이모는 재미있는 구경을 놓치게 되어 안타까운 것처럼 보였지만 의자 뒤에 걸어 놓았던 손가방을 집어 들었다. "그렇지 않아도 화장실에 가야 했어."

엄마는 레스토랑 안을 행진하는 악단처럼 요란한 린디 이모의 발소리와 찰랑대는 보석 소리가 들리지 않을 때까지 기다렸다. 그리고 눈을 가리지도 않은 머리카락을 뒤로 넘겼다. 한바탕 잔소리를 하기 위한 사전 준비였다. "티파니, 지금 네가 스트레스를 심하게 받는 건 알아." 엄마는 내게 손을 내밀었다. 하지만 나는 홱 뿌리쳤다. 엄마는 조금 전까지 내 손이 있던 곳을 물끄러미 쳐다봤다. "그래도 기운을 좀 내야지. 까딱 잘못하면 루크까지 질려서 도망가겠다." 엄마는 엄지와 검지 사이를 1밀리미터 정도 벌려 보이며 내게 여지가 거의 남아 있지 않다는 걸 표시하고 있었다.

무슨 이야기를 해야 먹힐지를 엄마가 알고 있다는 게 감명 깊었다. 너무나 감명 깊어서 수상쩍기까지 했다. "엄마가 뭘 알아?"

엄마는 몸을 뒤로 젖혀서 의자에 기대고 팔짱을 꼈다. "전화 왔었어. 루크가 걱정하더라. 너한테는 말하지 말라고 했지만……." 엄마가 목을 앞으로 수그리자 보라색의 실핏줄이 불거져 나왔다. "오늘 이 꼴을 보니까 아무래도 네가 알아야 할 것 같다는 생각이 드는구나."

전화가 문제가 아니라는 생각이 들었다. 앤드루가 더는 내 사람이 아니며 아무도 내 곁에 없다는 생각이 들기 시작하자 코르셋이 바짝 조여졌다. 나는 자세를 고쳐 앉으며 걱정스러운 내색을 드러내지 않으려 노력했다. "루크가 정확히 뭐라고 했는데?"

"네가 네가 아니래, 티파니. 걸핏하면 싸우려 들고 적개심에 가득 차 있대."

나는 이렇게 말도 안 되는 소리는 처음 듣는다는 표정으로 크게 웃었다. "나는 이 다큐 촬영을 하고 싶어 했는데 루크는 안 했으면 좋겠다고 하더라. 또 나보고 런던으로 가서 살자고도 했어. 《뉴욕타임스》에서 일할 기회를 포기하라는데." 나는 엄마의 노려보는 눈길을 받으며 목소리를 낮췄다. "그런데 이제는 내 주장을 펼친 것뿐인데 적개심이 어쩌고 한다고?"

엄마는 내 목소리에 맞춰서 나지막하게 말했다. "적개심이 있느냐 없느냐는 중요하지 않아. 그렇지 않니? 그보다는 루크가 사랑에 빠진 사람처럼 구느냐 아니냐의 문제지." 엄마는 물 한 모금을 마셨다. 내가 밖에서 라슨 선생님과 난리를 치고 있는 동안 종업원이 가져다 놓은 물이었다. "이 결혼이 무사히 성사되길 바란다면 예전의 너처럼 구는 게 좋을 거다."

우리는 각자의 코너로 물러가 숨을 고르고 있었다. 험악한 침묵이 활기 넘치고 즐거운 주변 때문에 한층 더 과장되게 느껴졌다. 그때 린디 이모가 화장실에서 나와 돌아오는 모습이 눈에 들어왔다. 전에 이모랑 엄마와 함께 사촌이 결혼식을 올릴 조잡하고 조그만 결혼식 공장 같은 곳에 갔었다. 그곳 매니저는 DJ가 틀어주는 클럽 음악에 맞춰 조명이 네온 핑크에서 초록, 파랑으로 변하는 '연회장'의 조명에 대해서 자랑했다. 그런 다음에는 피로연 메뉴 자랑을 했다. 바닷가재와 스테이크가 나오는 코스 요리가 족히 100달러는 될 것이라고 말했다. 사촌은 이모의 외동딸이었다. 그러니 이모는 아낌없이 결혼식 비용을

댈 생각이라고 했다. 정말 웃겼다. 그 정도 비용으로 우리 결혼식 출장 뷔페 비용이 나온다면 나는 좋아서 펄쩍펄쩍 뛸 것이다. 그 장면을 떠올리니 다시 목이 말라왔다. 전문가가 말했던, 기본적인 생물학적 욕구를 충족시키지 못했다는 걸 암시하는 그런 목마름이었다. 린디 이모는 머뭇거리며 가도 되는지 묻는 시선을 내게 보냈다. 나는 고개를 끄덕여 돌아오시라고 신호를 했다. 그리고 물컵을 비웠다. 얼음이 이에 부딪혔다. 언제나처럼 나는 그 차가운 감각에 움찔했다.

◆◆◆◆◆

계산서에 사인했다. 엄마는 내가 먹지 않은 음식을 포장해 가라고 말했다. "아빠를 위해서 엄마가 가져가세요." 나는 관대하게 제안했다. 엄마한테 정면으로 맞섰다가 백기를 들고 만 것이다. "호텔에는 음식을 가져다 놓을 데가 없어요."

주차장으로 나와서 린디 이모와 엄마는 루크에게 저녁 잘 먹었다는 말을 전해달라고 했고, 나는 그렇게 하겠다고 했다.

"언제 맨해튼으로 돌아가니?" 엄마가 물었다. 정보에 밝은 사람이라는 걸 뽐내고 싶을 때 엄마는 늘 뉴욕 대신에 맨해튼이라고 말한다.

"내일 오후나 되어야 할 것 같아요." 내가 말했다. "촬영을 한 번 더 해야 해요."

"그럼." 린디 이모가 말했다. "좀 쉬렴, 얘야. 숙면보다 더 좋은 화장은 없단다."

내 얼굴의 미소가 칼처럼 내 머리를 싹둑 잘라내는 것 같았다. 나는 엄마에게 고갯짓으로 작별 인사를 하면서, 내 머리 윗부분이 도토리 깍지처럼 깔끔하게 떨어져 나가 역겨운 글루텐 프리 저녁을 먹으려는 상상을 했다. 나는 엄마와 린디 이모가 엄마의 시금털털한 BMW에 올라탈 때까지 기다렸다. 부모님이 차 리스를 갱신하고 새로운 모델로 교체한 게 7년 전이었다. 나는 덜 호화스럽고 유지 관리비가 덜 드는 차를 권했지만, 엄마는 소리 내어 웃었다. "난 혼다 시빅 같은 차는 몰지 않아, 티파니." 엄마에게 성공은 《뉴욕타임스》에서 일하는 게 아니라, 루크 해리슨 같은 남자와 결혼하는 것이었다. 얼마든지 여유 넘치는 모습으로 보일 수 있도록 모든 걸 제공해 주는 남자만 있으면 되는 것이었다.

나는 한 시간 전에 자리를 떴던 장소에 그대로 서 있는 오래된 BMW를 슬쩍 훔쳐보았다. 물론 엄마와 이모가 요란한 소리를 내면서 주차장을 빠져나간 걸 확인한 다음이었다.

나는 차량의 뉴욕 번호판을 알아보지 못한 척 무심하게 차 옆을 지나쳐 걸었다. 안에서 후다닥 움직이는 소리가 들리고 미등이 빨갛게 빛을 내는 게 보였다. 내가 지프차의 문을 열 즈음에 앤드루는 가고 없었다.

✦✦✦✦✦

5년 전, 브린마대학은 스팟을 길가에서 가려주던 나무를 싹 밀어버렸다. 십여 년 묵은 10대 청소년의 DNA로 뒤덮인 맥주 캔은 재활용 센터로 보내졌다. 부지는 피크닉 테이블과 그네가 있는 산뜻한 공원으로 탈바꿈했다. 공원 중앙에는 분수가 점잔을 빼며 물을 내뿜고 있었다. 일요일 아침, 나는 오늘 만날 사람이 낸 가늘고 긴 자국을 따라서 잔디밭 끝까지 갔다. 뒤에서 카메라가 지켜보고 있었다.

그가 고개를 들어서 나를 봤다. 이제 그는 모든 사람을 그렇게 볼 수밖에 없었다. "피니."

나는 아랫입술을 이로 악물었다. 그 이름, 그 이름이 내게 상기시키는 모든 것들을 이 장소가 억눌러 주길 바랐다. "나를 여기로 불러내다니 믿을 수가 없다, 딘."

에런은 내게 벤치에 앉으라고 열심히 권했다. 딘과 내가 같은 높이로 있으면 촬영하기가 훨씬 나을 것이다. 그 차이를 없애고 평등하게 하는 걸 둘 중 한 명만이 할 수 있다. 처음에 나는 망설였다. 하지만 딘이 땅만 물끄러미 쳐다보는 걸 눈치채고 그러겠다고 했다. 굴욕감에 그의 볼이 벌겋게 달아올라 있었다.

마침내 우리 각자는 표시된 곳에 자리를 잡았다. 촬영팀은 총살형을 집행하는 병사들처럼 우리를 향해 서 있었다. 하지만 우리 둘 다 어떻게 시작해야 할지 몰랐다. 이 촬영을 원한 건 딘이었다. 그가 에런에게 부탁해서 만날 의향이 있는지 물어왔다. 에런이 촬영 첫날 스튜디오를 빠져나가는 내게 접근했던 것도 다 이 일 때문이었다.

"뭘 원한대요?" 내가 에런에게 물었다.

"사과하고 싶대요. 이번 기회에 사람들의 오해를 바로잡아요." 에런은 굉장히 좋은 일이 아니냐는 얼굴을 하고 나를 보았다.

그날 밤 이야기는 하지 않기로 루크와 약속했다. 그러니 그날 밤 이야기라면 하고 싶지 않다고 말했어야 했다. 하지만 딘이 내게 했던 짓을 자진해서 인정하면 마침내 오명을 벗을 기회가 될 것 같았다. 순간 내가 그동안 얼마나 아무렇지도 않은 척 자신에게 거짓말을 해왔었는지를 깨닫게 되었다. 나는 그날 밤을 이야기하고 싶었다.

딘에게 맞춰서 자리를 잡은 나는 기대에 찬 표정으로 눈썹을 치켜올려 보았다. 내가 먼저 말할 생각은 없었다. 딘은 추억팔이를 시도했다. 딘이 여전히 멍청하다는 걸 여실히 보여주는 일이었다. "기억나니?

여기서 우리가 얼마나 즐겁게 지냈었는지?" 딘은 주변을 빙 둘러보았다. 그의 얼굴에 어린 갈망과 동경은 의도와 달리 내게는 모욕으로 느껴졌다.

"여기서 네가 나를 집에 초대했던 기억은 난다. 쇼핑백처럼 너희들이 나를 주고받았던 것도 기억이 나고." 태양이 구름에서 벗어나 반짝빛났다. 나는 눈을 찡그리면서 딘을 보았다. "모두 어제 일처럼 생생하게 기억나."

딘의 손가락은 전기의자에 앉은 사람처럼 비틀렸다가 무릎을 단단히 부여잡았다. "일이 그렇게 되어버린 걸 정말 유감으로 생각해."

"일이 그렇게 되어버려?" 여기까지 와서 겨우 이런 말을 듣고 있는 건가? 진짜로 책임져야 할 일을 언급하지 않고 회피하는 정치인처럼 두루뭉술한 사과를 들으려고? 나는 두 눈을 가늘게 떴다. 눈가의 잔주름이 백만 개쯤 생겼겠지만 아무래도 상관없었다. "차라리 이건 어때? '술에 취해 정신이 나간 열네 살짜리 여자애를 이용해먹어서 미안하다.' '올리비아네 집에서 또 그 짓을 하려고 너를 후려갈겨서 미안하다'라거나……"

"지금 이 장면 촬영은 멈춰주세요." 딘은 휠체어를 카메라 쪽으로 휙 돌리며 말했다. 어찌나 날렵하고 민첩한지 놀라서 순간 입을 다물었다.

카메라 기사는 에런 쪽으로 묻는 듯한 시선을 던졌다. "지금 이 장면 촬영은 멈춰요." 딘이 다시 반복해서 말하면서 카메라맨 쪽으로 천천히 휠체어를 굴려서 다가갔다. 카메라맨은 여전히 에런의 지시를 기다리고 있었다. 하지만 에런은 하얗게 질린 얼굴로 멍하니 서 있기만 했다. 순간 분명해졌다. 내가 방금 딘에게 이야기한 모든 게 에런을 충격에 빠지도록 한 것이었다. 딘이 그날 밤 이야기의 세세한 부분을 얼버무렸었거나 아예 이런 이야기를 처음 듣는 것 같았다. '사과하고 싶대요. 오해를 바로잡아요.' 이 말은 딘이 내게 얼마나 많은 사과를 해야 하는지 전혀 모르고 한 소리였다는 걸 깨달았다. "에런?" 카메라맨이 물었다. 에런은 정신이 돌아온 모양이었다. 헛기침으로 목소리를 고르더니 말했다. "네이슨, 촬영 중지."

나는 딘의 뒷통수에 대고 말했다. 신랄한 웃음과 함께. "도대체 왜 이런 걸 하자고 한 거야, 딘? 실제로 있었던 일에 대해 아무 말도 하지 않을 거라면 말이야." 나는 자리에서 일어섰다. 아주 간단한 일이었지만 강력한 무기가 되었다.

딘은 휠체어를 조정해서 뒤로 돌았다. 적어도 내 걱정거리는 육체적인 것은 아니다. 평생 앉아 있어야만 하는 공간적 제약은 없다. 딘이 더 딱해 보이는 게 묘하게도 이해가 되었다. 다른 사람들처럼 20대가 끝나며 세월의 공격을 받지 않은 게 전혀 좋은 일이 아니었다. 딘의 머리는 여전히 풍성했고, 상반신은 유연하고 명확한 윤곽을 자랑하고 있었다. 주름이라고 여겨지는 선 하나가 이마에 있기는 했지만, 봉투를 살짝 접어놓은 것 같았다. 그게 다였다. 세월의 무게에 짓눌려 시들어 있었다면, 평생 땅에 반쯤 처박힌 채 지내는 게 그리 대단한 구경거리는 되지 못했을 것이다.

물론 딘은 섹시한 금발 미녀와 결혼했다. 아침 식사 때부터 하이힐을 신고 두툼한 입술을 자랑하는 여자이다. 그런 요란한 치장은 사실 나도 좋아한다. 어렸을 적부터 엄마가 뼛속까지 새긴 미의 기준을 바꾸는 게 쉽지 않다. 나는 「투데이 쇼」 영상 클립에서 그녀가 말하는 걸 들었다. 남부 출신에 종교적 신심이 넘치는 사람이었다. 어쩌면 혼전 성관계의 존재를 믿지 않는 것 같았다. 아니, 출산 이외의 다른 목적으로 하는 섹스는 없다고 생각하는 것 같았다. 딘에게는 잘된 일이었다.

딘은 《위민스 매거진》 커버에서 장담하는 욕정을 불러일으키는 기술 같은 데 전혀 관심이 없을 게 분명했다. 아서가 그 부분은 분명하게 정리해 놓았기 때문이었다.

딘은 어깨 너머로 촬영팀을 흘깃 보면서 다시 한번 확인했다. "이건 촬영되지 않는 거죠?"

에런은 약간 짜증스러운 어조로 말했다. "카메라가 그쪽을 향하고 있는 걸로 보여요?"

그러자 딘이 말했다. "티파니와 둘만 이야기를 하게 좀 비켜주시겠어요?"

에런은 나를 쳐다보았다. 나는 고개를 끄덕이고 입술 모양으로 답했다. "좋아요."

카메라맨은 하늘을 손으로 가리켜 보였다. 다시 구름이 몰려오고 있었다. "비가 오기 전에 촬영을 마쳐야 하는데요."

에런은 고갯짓으로 뒤로 물러날 것을 지시했다. "할 수 있을 거야."

촬영팀은 에런의 뒤를 따라 느리게 걸어나갔다. 에런은 긴 다리로 성큼성큼 걸어서 우리와의 거리를 넓혀나갔다. 딘은 촬영팀이 큰길가에 모이기를 기다렸다가 내게 고개를 돌렸다. 턱에 힘줄이 불끈불끈 잡히는가 했는데 곧 잠잠해졌다.

"좀 앉을까?"

"사양할게. 난 서 있는 게 더 좋아."

딘은 휠체어에 앉은 몸을 흔들었다. "좋아!" 갑자기 그의 입가가 말려 올라갔다. "곧 결혼한다며?"

옆으로 늘어뜨린 내 손은 딱 그의 눈높이에 있었다. 잠시 잊고 있었다. 나의 에메랄드 자부심을. 그 마법과 같은 능력을. 나는 손가락을 쫙 편 다음에 눈을 내리깔고 반지를 쳐다봤다. 사람들이 결혼반지를 알아보고 물어볼 때마다 여자들이 하는 딱 그 몸짓이었다. 그럴 때면 어찌나 신이 나고 흥분되는지 새로 반지를 받은 것 같은 기분이 든다. 물론 내가 어떻게 생각하느냐에 따라 죽은 벌레를 매달고 있는 것 같기도 하고. "3주 있으면 해."

"축하해."

나는 두 손을 바지 뒷주머니에 꽂아 넣었다. "그냥 본론으로 들어가 줄래, 딘?"

"티프, 솔직히 나는……."

"이제는 '아니'라고들 불러."

아랫입술을 쭉 내민 딘은 머릿속으로 그 이름을 되풀이해 보는 것 같았다. "그거 혹시 *끄트머리*의……."

"티파니의 *끄트머리* 글자야."

딘은 정말 그런지 곰곰이 생각했다. "예쁜 이름이네." 그의 결론이었다.

나는 잠자코 있었다. 그의 하찮은 의견 따위 전혀 중요하지 않다는 걸 보여주기 위해서였다. 하늘이 우르르 진동하더니 빗방울 하나가 똑 딘의 콧잔등에 떨어지며 어서 빨리 이야기하라고 애원했다. "먼저 너한테 사과하고 싶어." 딘이 말했다. "오랫동안 이렇게 하고 싶었어." 딘은 강렬한 눈빛으로 나를 마주 보고 있었다. 어찌나 강렬한 눈빛이었는지 언론 코치가 사과할 때는 이렇게 하라고 가르쳐준 게 아닌가 싶을 정도였다. "네가 너에게 한 처사는……." 숨을 내쉬는 딘의 도톰한 입술이 파르르 떨고 있었다. "아주 큰 잘못이었어. 정말 미안해."

나는 두 눈을 감았다. 떠올리고 싶지 않은 기억의 아픔을 꿀꺽 삼킬 힘이 충분히 생길 때까지 그렇게 눈을 꼭 감고 있었다. 마음을 추스르고 다시 눈을 떴다. "하지만 넌 카메라 앞에서는 이 이야기를 하고 싶지 않아 하는구나."

"카메라에 대고 이야기하려고." 딘이 말했다. "너에 대한 부당한 비난을 퍼부었던 것에 대해서 사과할게. 네가 아서와 벤과 한패여서 총을 잡았다고 말한 것 말이야." 나는 입을 열었다. 하지만 딘이 한 손을 들어서 저지했다. 그의 손가락에서 미소 짓고 있는 은색 테두리가 보였다. "티프-아니. 그러니까 내 말은 말이야. 네가 믿든 안 믿든 그때는 정말로 네가 연루되어 있다고 생각했다는 거야. 내게 어떻게 보였을지를 상상해 봐. 네가 달려왔어. 너와 아서가 친구라는 걸 알고 있었고, 네가 내게 화를 내고 있다는 것도 알고 있었어. 그런데 아서가 네게 총을 건네면서 나를 끝장내라고 말했고 너는 손을 뻗었잖아."

"하지만 나는 겁먹은 채 떨고 있었어. 제발 살려달라고 목숨을 구걸하고 있었고. 그것도 봤을 거 아니야."

"알아. 하지만 그때는 모든 게 뒤죽박죽으로 헷갈렸어." 딘이 말했다. "나는 피를 철철 흘리고 있었고 겁에 질려 있기도 했어. 내가 아는 건 아서가 네게 총을 건넸고 네가 그 총을 잡으려고 했다는 거였어. 그때 경찰들이 내게 와서 네가 분명히 그렇게 했다고 말했어. 나는 그냥…… 혼란스러웠어. 그리고 화가 나 있었지. 아서와 벤은 죽었고 너는 살아 있었으니까. 그래서 내 모든 분노를 너에게 쏟아냈어."

사실 변호사 댄이 내게 경고했던 일이었다. 진짜 악당은 죽었지만, 사람들에게는 여전히 비난의 대상이 필요했다. 나는 표적으로 삼기에 딱 좋은 먹잇감이었다.

나는 딘에게 사실을 되짚어 주었다. "하지만 나는 벤을 한 번도 만난 적도 없어."

"알아." 딘이 말했다. "그냥 그랬던 거야. 회복하는 시간을 갖고 생각해 보니 네가 엮였을 리가 없더라."

"그렇게 생각했는데도 왜 나서서 그 이야기를 해주지 않았어? 내가 아직도 협박 편지를 받는 거 알고 있어? 네 팬들이 보내." 마지막 말을 할 때는 분노로 목소리가 파르르 떨렸다.

"화가 났어." 딘이 말했다. "그거 말고는 달리 할 게 없었거든. 화가 났고 분했어. 네가 괜찮아 보여서."

나는 소리 내어 웃었다. 모든 사람이 내가 괜찮다고 확신하고 있었다. 누굴 탓할까. 지상 최대의 '괜찮아요' 쇼를 제대로 해낸 나 자신을 탓할 수밖에 없을 것 같았다. "그럴 리가. 그렇지 않아."

딘은 나를 위아래로 훑어보았다. 음흉한 시선이 아니었다. 그저 내 모습을 관찰하는 것이었다. 편안하게 걸쳐 입은 값비싼 옷과 150달러로 끄트머리까지 잘 다듬은 머리까지. "상당히 괜찮아 보이는데."

딘의 다리는 무릎에서 V자 모양으로 힘없이 풀썩 놓여 있었다. 아침마다 침대에서 나와서 그런 모양으로 다리를 세워놓는 걸까? 빗방울이 또 떨어졌다. 이번에는 조금 더 둥글납작하게 퍼져서 내 이마 위에 안착했다. "그럼 뭐하러 이렇게 둘이서만 이야기하겠다고 했어? 에런은 네가 오해를 바로잡고 싶어 한다던데."

"맞아." 딘이 말했다. "나는 이 모든 걸 카메라에 대고 말하려고. 내가 어떻게 하다가 혼동했는지는 물론이고 또 너무나 화가 나서 상황을 바로잡지 못했던 것까지 전부. 나는 사과할 거고, 너는 나를 용서하게 될 거야."

나는 부글부글 화가 치밀어 올랐다. "뭐?"

"맞아." 딘이 말했다. "너는 누명을 벗기 원했잖아. 내가 너를 위해 그렇게 해줄게."

"그래서 너는 뭘 얻는데?"

"아니." 딘은 손가락을 모았다. "난 이 불운을 잘 이용해서 큰돈을 벌었어."

그의 뒤쪽으로 그리 멀지 않은 곳에 검은색 메르세데스 벤츠가 서 있었고, 세련된 정장을 입은 운전기사가 딘을 다음 스케줄 장소로 모시기 위해서 대기하고 있었다. "넌 정말 창조적인 영감을 주는 사람이구나, 딘."

"에이, 별말씀을." 딘은 껄껄 웃었다. "불운을 최대한 이용한 게 비난받을 일인가?"

태양이 다시 얼굴을 내밀었다. 이해심 같은 걸 찾아내서 밝고 강한 빛을 내뿜었다.

"아닌 것 같네." 나는 말했다.

"사실 우연한 발견 같은 거야." 딘은 몸을 앞으로 기울였다. 이야기를 내게 들려주게 되어 신이 나는 것 같았다. "지금 나는 신간 작업을 하고 있어. 용서를 구할 때 얻는 힘에 관한 책이야. 그런데 여기서 이 프로젝트를 하게 된 거지."

몸이 굳어졌다. "마치 운명처럼 말이지."

딘은 아무짝에도 쓸모없는 가랑이에 얼굴을 파묻고 웃었다. "아니, 역시 넌 똑똑해. 넌 늘 그랬지. 네 남편도 그걸 알고 있기를 바란다." 딘은 한숨을 내쉬었다. "우리 아내는 빌어먹게도 멍청해."

"남편 아니고 약혼자야." 나는 딘의 말을 고쳐주었다.

딘은 어깨를 으쓱였다. 그게 뭐 대수냐는 뜻이었다. "그래. 약혼자." 딘은 다시 뒤쪽을 쳐다보면서 나 말고는 듣는 사람이 없는지 확인한 후에 말했다. "나는…… 팬들에게…… 강렬한 인상을 줄 거야." 나를 위해 살짝 미소 지어 보였다 "우리 둘이 화해하는 모습을 보여주는 거지. 그렇게 되면 사람들은 내가 여기까지 오는 데 왜 그렇게 오랜 시간이 걸렸는지를 이해하겠지. 처음에 내가 왜 혼동했는지도 이해해 줄 거야. 처음부터 네게 오명을 씌우려고 했던 건 아니었다. 그저 트라우마를 안고 있었을 뿐이었다. 그렇지만 이제는 그 사실을 인정할 만큼 성숙한 남자가 되었다. 그렇지만…… 그 외에 다른 일들은 곤란해. 그 일은 변명의 여지가 없잖아, 그렇지?" 딘은 잠시 말을 멈추었다. 그다음 말을 내게 할지 말지를 생각하는 것 같았다. "아내가 임신 중이야. 알고 있었니?"

나는 무감한 얼굴로 가만히 그를 쳐다보고만 있었다.

"생물학적으로 내 아이야." 딘은 고개를 들어서 나를 보았다. 변덕스러운 하늘을 우러러봐야 해서 눈을 찡그리고 떠야 했다. "요즘은 참 엄청난 일들을 해낸단 말이야." 그의 목소리는 경탄하는 테너처럼 올라가 있었다. "비침습 수술, 연구실, 배양 접시만 있으면…… 짜잔! 나는 정상적인 가정을 꾸린 남자가 되는 거지. 지역사회에서 원하는 모습을 딱 갖추는 거야. 그러면 그들은 내가 쓰는 돈을 부담하지. 그러니까 나는 기꺼이 의무를 다하는 거야. 비록 애들은……." 딘은 얼굴을 찌푸렸다. 이전에 내가 수없이 지었던 것과 같은 표정이었다. 질색한다는 의미다. 잠시 큰길 쪽을 내다보는 딘은 한 번도 원하지 않았던 아이가 있는 삶이 어떨지를 생각하는 것처럼 보였다. 자신의 아이에게 절대로 축구를 가르쳐줄 수 없는 아빠로 살아가는 것에 대해 생각하는지도 몰랐다. 딘은 헛기침을 하고 다시 나를 보았다. "하지만 그 다른 일은 말이야. 그 일에 대해서는 사람들이 봐주지 않을 거야."

"안 봐주겠지." 나도 동의했다. "아주 더럽고 비열한 짓이니까."

"그 일은 너한테만 사과할게." 딘은 고개를 한쪽으로 꺾었다. 그리고 내 표정을 살피고 나서 덧붙여 말했다. "사과할게. 그 일은 정말 미안해."

나는 딘을 내려다보았다. "그래도 네가 대답해 줬으면 하는 게 좀 있는데."

딘은 다시 이를 악물고 턱에 힘을 주었다.

"너희들 미리 계획했었니? 그날 밤 너희 집에서?"

딘은 뻔뻔하게도 기분이 상했다는 표정을 지었다. "우리가 악마는 아니었잖아. 아니. 아니야. 그냥……" 딘은 다시 텅 빈 도로 쪽을 쳐다보면서 어떻게 말할지를 생각했다. "경쟁을 벌이기는 했었어. 누가 새로 온 여학생을 차지할지. 하지만 너를 데리고 내 방에 갔을 때, 리엄이랑 그런 일이 있었는지 정말 몰랐어. 다음 날에서야 무슨 일이 있었는지 알았어."

나는 한 걸음 딘에게 다가갔다. 너무 충격을 받아서 그의 나머지 비밀도 모두 터트리고 싶어졌다. "리엄이 한 짓을 몰랐다고?"

딘은 움찔하며 몸을 움츠렸다. "들어봐. 페이턴에 대해서는 알았어. 하지만 난…… 몰랐어. 그게 나쁜 일인지. 몰랐다고." 딘은 어깨를 으쓱여 보였다. "난 그게 섹스가 아니라고 생각했거든. 나랑 페이턴이 저질렀던 일이 나쁜 짓일 수도 있다는 걸 전혀 몰랐어." 내게서 시선을 돌린 딘은 재빨리 덧붙여 말했다. "하지만 지금은 알아."

태양이 다시 눈부신 빛을 터트려 우리를 비추었다. 음울한 구름 뒤로 가려지기 전에 빠르게 빛이 휘몰아쳤다. "지금은 뭘 아는데?"

딘은 미간을 잔뜩 찡그렸다. 눈썹이 거의 맞붙었다. 선생님이 한 어려운 질문에 답을 찾으려는 학생 같았다. "그게 잘못이란 걸 안다고."

"아니." 나는 딘에게 삿대질을 해댔다. "말을 똑바로 해. 그게 뭔지. 내가 네 감성팔이에 동조하기를 원한다면 사실대로 말해주는 정도는 해줘야 하지 않겠어? 네가 내게 무슨 짓을 했었는지 전부 말해."

딘은 한숨을 쉬면서 내 요구를 받아들일지 말지를 생각했다. 잠시 후 딘은 자백했다. "내가 너한테 한 짓은…… 강간이었어. 이제 됐지?"

그 한마디는 내 속을 갈가리 찢어버렸다. 암처럼. 테러처럼. 비행기 추락 사고처럼. 내가 아서의 손아귀에서 벗어나서 목숨을 건졌기 때문에 결국에는 겪게 될 거라고 생각하며 두려워하던 그 모든 일이 벌어진 것 같았다. 하지만 이렇게 쉽게 마무리할 수는 없었다. 나는 고개를 가로저었다. "아니. 그런 식의 거리두기 언어로는 안 돼. '강간이었어'라는 말에 어떤 속임수가 있는지 나도 알아. 네가 내게 했던 모든 일을 다 말해. 네가 저지른 일 모두 다 말해."

딘은 땅바닥을 열심히 쳐다보고 있었다. 잔뜩 구겨져 있던 눈썹이 느슨하게 풀렸다. 내면의 싸움이 끝났는지 표정이 부드러워졌다. "우리가 너를 강간했어."

나는 손으로 입술을 쓱 닦았다. 쇠 맛이 났다. 맛있었다. 루크가 청혼했을 때보다 더 달콤한 순간이었다. "그리고 그날 밤 올리비아네 집에서도……."

딘은 내 말을 끊고 체념한 듯 고개를 끄덕였다. "알아. 내가 너를 때렸지. 변명의 여지가 없어. 네게 했던 그 모든 일이 다 그래. 그때는 네가 거짓말도 하고 어장 관리를 한다고 생각했어. 그래서 짜증이 났어. 화가 나서 정신이 나간 거지. 올리비아의 아버지가 그 자리를 끝장내준 건 지금도 감사하게 생각해. 그렇지 않았다면 무슨 일을 벌였을지 나도 잘……." 딘은 말을 멈추었다. 두둑 떨어지는 빗방울 때문에 대기 중에 있던 촬영팀이 일어섰기 때문이었다.

"저기요?" 에런이 소리쳤다. "이 촬영을 할 생각이면 지금 당장 해야 해요."

◆◆◆◆◆

촬영을 마치자 하늘에서 비가 쏟아졌다. 난 타협한 걸까? 그렇게 생각하지 않는다. 수년 동안 나만 알고 있었던 게 있었기 때문이다. 딘을 살짝 봐준 이유도 거기에 있었다. 만약 아서가 나한테 와서 그 계획에 끼워주겠다고 했다면 뭐라고 대답했을까? 하지만 아서가 진짜로 내게 총을 건네주었다면 무슨 일이 벌어졌을지는 그리 궁금하지 않다. 내 손에 총이 쥐어졌다면 곧바로 저 빌어먹을 좆같은 새끼의 자지를 쏴버렸을 것이다. 아서는 그다음이었다.

16장

　내 열쇠고리에는 열쇠 두 개와 2009년 이후로 가지 않는 뉴욕 스포츠 클럽 출입증이 달려 있다. 문에 열쇠를 꽂아서 한 번에 문을 열 확률이 딱 반이라는 이야기다. 그런데도 내가 기억하는 한 맞는 열쇠를 한 번에 꽂아본 적이 없다.

　루크는 이런 나를 귀엽다고 생각한다. 내가 집에 왔다는 걸 알리는 경고음이라고 말했다. "그럼 나는 포르노 보던 창을 닫을 수 있지." 루크는 장난스레 말했다. 루크가 보는 포르노 동영상을 본 적이 있었다. 거대한 가짜 유방을 가진 여자가 "좋아, 좋아, 바로 거기야"라고 소리치다가 근육질의 멍청이가 여자 위에 올라타서 엉덩이를 흔들어대고 있었다. 딱 세금 정리하는 일만큼 재미있어 보였다. 루크는 내가 포르노를 좋아하지 않는다고 생각한다. 하지만 나는 그가 보는 포르노를 좋아하지 않을 뿐이다. 거기서 나는 고통스러워하는 사람을 봐야 한다. 고통은 좋은 거다. 고통은 가짜로 날조할 수 없다.

나는 발로 문을 걸어차서 열었다. "안녕."

"안녕." 루크는 소파에 앉아서 인사를 건넸다. 얼굴에 미소를 띠고서 짐을 들고 버둥거리는 나를 쳐다보고 있었다. "보고 싶었어."

나는 문을 등으로 밀어서 닫고 가방을 바닥에 떨어트렸다. 루크는 두 팔을 벌렸다. "좀 안아줄래?"

"좀 도와줄래?"라는 말이 퉁명스럽게 혀끝에서 맴돌았다. 그 말을 내뱉지 않기로 마음먹기까지는 힘이 좀 들었다.

나는 루크에게 걸어가서 몸을 웅크리고 그의 무릎 위에 앉았다. "아." 루크가 말했다. "자기, 괜찮지?"

나는 얼굴을 루크의 목덜미에 묻었다. 샤워를 해야 할 것 같은 냄새가 났다. 하지만 나는 루크가 조금 더러운 게 좋았다. 타고난 체향이 근사한 사람들이 있다. 루크도 그중 한 명이다. 당연한 일이다. 루크니까. "피곤해." 내가 말했다.

"뭘 해줄까?" 루크가 물었다. "어떻게 도와줄까?"

"배고파." 내가 말했다. "하지만 뭘 먹고 싶지는 않아."

"자기야, 자기는 지금도 근사해."

"아니야." 내가 말했다. "하나도 안 근사해."

"자기야." 루크는 손가락으로 내 턱을 받치고 억지로 들어 올렸다. 나는 고개를 젖힌 채 루크를 바라보게 되었다. "자기는 지금껏 내가 본 여자 중에서 최고로 아름다워. 자기는 세상에서 가장 아름다운 신부가 될 거야. 치즈버거 하나 더 먹는다고 그게 달라지지 않아. 치즈버거 백만 개로도 달라지지 않아."

지금이다. 그에게 부탁할 수 있는 시간이다. 아니에게 홀딱 빠져 얼이 나간 순간을 포착한 것이다. 요즘 들어 자주 없는 기회였다. 하지만 내가 뭘 하기도 전에 루크의 표정은 심각해졌다. "그래서 말이야." 그가 말했다. "자기한테 이야기할 게 있어."

롤러코스터가 정상에서 조금씩 서서히 움직이다가 갑자기 아래로 떨어져 땅바닥으로 내리꽂히는 순간 같았다. 힘이 작용하는 방향이 바뀌면서 몸속의 모든 장기가 뒤죽박죽되고 아랫배는 욱신거린다. 마치 심장이 뚝 떨어져 내린 것 같다. 엄마 말이 맞았던 걸까?

"런던에서 제안이 왔어." 루크가 말했다.

나는 그가 한 말을 속으로 되뇌었다. 자유낙하한 콩팥과 폐, 심장을 스치고 지나간 감정이 무엇인지 가늠해 보면서 머릿속을 정리하려 애를 썼다. 실망감인가? 안도감? 그도 아니라면 체념? "아." 나는 말했다. "아." 나는 또 말했다. 호기심 같은 감정이 느껴지는 것 같았다. "언제?"

"크리스마스 연휴에 이주했으면 한대. 그러면 새해를 그곳에서 시작할 수 있으니까."

나는 상반신을 루크에게서 떼어내서 간격을 확보했다. 내 몸무게가 한쪽으로 쏠리면서 루크가 인상을 썼다. 루크는 나를 안은 채로 자세를 바꿨다. 다시 편안한 자세를 찾으려는 것이었다. "벌써 그렇게 하겠다고 답을 줬어?"

"아니야." 루크가 말했다. "당연히 안 했지. 자기한테 먼저 말해야 한다고 했어."

"언제까지 대답해야 하는데?"

루크는 인상을 쓰면서 일정을 가늠했다. "일주일 안에는 말해야 될 것 같아."

나를 받치고 있는 루크의 다리 인대가 팽팽해지는 게 느껴졌다. 무너져 내린 나를 버티기 위해서였다. 갑자기 깨달았다. 침착함만 유지

한다면 내가 활용할 수 있는 수단이 있었다. 루크가 원하는 걸 줄지 말지 내가 결정할 수 있었다. 하지만 그건 나를 슬프게 하는 결정을 받아들여야 한다는 의미다. 그렇다고 다른 옵션을 택할 수도 없다. 다른 옵션은 나를 두렵게 한다. 나는 두려움에 떠는 게 너무나 싫다. "롤로한테 말해봐야겠는데." 나는 롤로를 사무실에서 만나는 장면을 상상했다. 내가 엄청나게 커다란 실수를 저지르고 있다고 생각하겠지만, 절대로 겉으로 드러내지 않으며 침착하기 그지없는 얼굴로 있을 것이다. "어쩌면 영국에 있는 일자리를 알선해 줄지도 모르니까."

루크는 놀라워하면서 미소를 지었다. "분명 그렇게 해줄 거야." 그러고는 너그러운 표정으로 덧붙여 말했다. "자기를 좋아하잖아."

나는 고개를 끄덕였다. 사근사근하게 동의하는, 기분 좋은 버전의 아니가 되었다. 나는 루크의 셔츠 단추 하나를 만지작거리면서 말했다. "사실 나도 자기한테 해야 할 말이 있어."

루크의 황금빛 눈썹이 씰룩 올라갔다.

"영화 제작사에서 우리 결혼식을 촬영하고 싶대." 나는 루크가 중간에 끼어들어서 반대하기 전에 다음 말을 서둘러 이어나갔다. "내 이야기가 정말 감동적이라지 뭐야. 그리고 전문 촬영가가 웨딩 촬영을 해주는 거니까 근사하잖아. 공짜로." 미국의 주류 계급인 앵글로색슨계 백인 신교도들도 어쩌다 받는 공짜는 좋아한다.

딘이 연결로를 따라 휠체어를 몰고 가서 자기 차에 올라탄 후에 에런이 내게 다가왔다. 나는 아주 용감해졌다. 두려울 게 없었다. 에런이 칭찬을 쏟아내자 나는 살금살금 도망갔다. "이제 아니는 비극적인 영웅으로 떠오를 거예요." 에런이 말했다. "영화의 마지막을 아니의 결혼식으로 마무리하면 아주 효과적일 것 같은데. 해피 엔딩으로 끝내는 게 어때요? 아니에게는 그런 결말이 어울려요."

나는 반대하지 않았다. 그런 결말을 맺는 건 쉬운 일이다.

그런데 생각해 보니 루크가 동업자들에게 런던에서 일하는 문제를 나와 상의하겠다고 말하고 있던 바로 그 시간에, 나는 결혼식 촬영 아이디어를 루크와 의논해야만 한다고 에런에게 말하고 있었다. 우리 둘 다 상대방이 도와줘야만 가능한 일이었다. 회사에서 멋지고 세련된 아파트를 제공해 주겠다고 했을 때, 루크는 활기차게 회의실을 빠져나오면서 무슨 생각을 했을까? 모노폴리 게임에서 출발 칸을 지날 때마다 200달러를 받는 것처럼 평생을 그렇게 살아온 사람이라면 나를 산통이나 깨는 여자로 생각하고도 남는다.

나와 에런의 회의는 사뭇 다르게 끝이 났다. 나는 아무런 반응도 보이지 않다가 지프 차에 올라타서 혼자가 되었을 때야 속내를 드러냈다. 우리의 지프 차였다. 나는 우울한 얼굴로 그 사실을 되새겨 보았다. 그런 다음에 운전대를 이가 덜덜 떨릴 정도로 힘을 주어 잡았고, 콘솔 박스에 엎드려서 체념 어린 통곡을 쏟아냈다. 가죽에서 희미하게 스컹크 냄새가 났다. 오래전에 루크의 친구가 맥주를 엎질렀지만 닦지 않았던 모양이었다.

루크는 목을 파고들며 자라는 머리카락을 긁었다. "공짜로?"

유연함이 느껴지는 목소리였다. 아주 잠깐 '구매자의 후회'가 생기기 시작했다. 그냥 거절하라고 하면 안 되나? 그냥 크게 싸우고 눈물 바람으로 "난 못해"라고 말하면 안 되나? 진심으로 그렇게 말하면 안 되는 건가? 나는 그런 가능성을 지우기 위해서 목소리를 키워서 말했다. "응, 공짜로. 그리고 촬영을 아주 완벽히 잘해줄 거야. 전문가들이잖아."

루크는 텔레비전 위에 아무것도 없는 하얀색 벽을 응시하면서 생각에 잠겼다. 브루클린 벼룩시장에 가서 벽에 걸어둘 '별난' 장식물을 찾아볼 생각이다. "그래도 다큐멘터리에 우리 결혼식이 들어가는 건 싫어."

"마지막 몇 분밖에 안 될 거야." 나는 거짓말할 준비를 하고 기다렸다. "마지막 편집본을 보고 결정해도 돼."

루크는 고개를 두리번거렸다. "그 사람들을 믿어?"

나는 고개를 끄덕였다. 적어도 그건 진심이었다. 에런을 경멸하는 걸 그만두자 에런은 놀라운 능력을 보여주었다. "믿어. 정말로 믿어."

루크는 고개를 뒤로 젖혔다. 그의 두개골을 모두 떠안은 갈색 소파 가죽이 자글자글 일그러졌다. 루크의 부모님이 사준 소파였다. 넬과 공유했던 다이어트 콜라와 피자 기름 얼룩이 진 방석 겸 요를 쓰다가 이 버터처럼 부드러운 가죽 소파를 사용하게 되었다. 엄마는 처음 우리 집에 와서 프렌치 젤 네일을 한 손으로 크림 같은 가죽을 쓰다듬었다. 때로 너무 많이, 너무 빨리 변한 것 같다는 생각을 한다. 중간 단계가 있어야 했다. 그 중간을 건너뛴 건 불공평한 일인 것 같다. 나중에 그 대가를 치르게 될 것 같다는 생각이 든다.

"루크." 지프를 몰고 웨스트사이드 하이웨이로 접어들면서부터 참아왔던 눈물이 터져 나왔다. 갑작스레 갈피를 잡을 수 없을 정도로 극심한 공포감이 들었다. 지금 내가 향하는 곳이 더는 집이 아니라는 생각 때문이었다. 거리가 웨스트빌리지에서 트라이베카로 바뀌면서 그 느낌은 더 강해졌다. "이번 주말은 여러 가지 면에서 너무 좋았어. 난 정말이지, 처음으로 모든 사람이 내 편이 되어준 것 같았어. 딘이 내 편이 되어주었어. 딘을 만났거든. 내 생각에는 촬영팀에서⋯⋯."

"딘을 만났다고?" 루크의 고개가 번쩍 들렸다. 나는 소파를 응시했다. 루크의 두개골이 눌러서 생긴 자국이 고스란히 남아 있었다. "딘이랑 있던 일은 이야기하지 않는 줄로 알았는데." 루크는 엄지손가락을 입으로 가져가서 질겅질겅 씹으면서 화를 냈다. "이럴 줄 알았어. 그 제작자들이 우리 자기를 속여먹으려는 거야." 루크는 셔츠에 묻은 침을 쓱 닦고는 꼭 쥔 주먹으로 허벅지를 내리쳤다. "내가 같이 갔어야 했는데."

격렬한 전기 자극 같은 따끔따끔한 느낌이 등줄기를 따라 흘렀다. 내가 살면서 딘 바턴을 변호할 필요가 있다는 생각을 하게 될 일이 있을 줄은 상상도 못 했다. "딘을 만난 건 내가 원했기 때문이었어." 나는 톡 쏘아붙였다. "그리고 진정해. 우린 강간에 대해서는 이야기하지 않았으니까." '강간'이라는 단어에 루크는 딱 멈췄다. 단 한 번도 내 입밖에 내본 적이 없는 단어였다. 그 누구에게도 한 적이 없었다.

"딘이 말을 바꿨어." 나는 서둘러 말을 꺼냈다. 루크에 대해서 늘 의심했던 일이 사실이었음이 드러난 순간 생긴 불편한 침묵을 메워야 했다. 그는 강간이라고 생각하지 않았던 것이다. 섹스를 좋아하는 아이들이 같이 놀다가 술을 너무 많이 마셔서 벌어진 불행한 사건쯤으로 본 것이다. "더는 내가 그 일에 연루되어 있다고 생각하지 않는다더라." 피너만 부인에게 되돌려주기로 약속한 사진을 기억해 낸 나는 일어서서 구석에 있는 책장으로 걸어갔다. 맨 아래 선반 앞에 쭈그리고 앉아서 브래들리와 관련 있는 모든 걸 모아놓은 폴더를 찾았다. 신문 기사 스크랩, 장례식 초대장 그리고 아서와 아서 아빠의 사진이 있었다. 칙칙한 저지 해안가에서 활짝 웃고 있는 둘의 추억을 파스텔색 조개껍데기가 둘러싸고 있었다.

"딘이 그렇게 말했어?" 루크가 뒤에서 말했다.

나는 폴더를 흔들어서 사진의 위치를 찾으려 했다. "딘이 내게 그렇게 말했어. 지금껏 잘못 이야기한 것에 대해서도 사과했어. 카메라에 대고."

루크는 커피 테이블 너머로 흘깃 시선을 던져 내가 뭘 하는지 보려 했다. "뭐 찾아?"

"그 사진." 내가 말했다. "아서와 아서 아빠의 사진. 피너만 부인에게 되돌려주겠다고 약속했거든." 나는 폴더 속에 들어 있는 모든 걸 바닥에 쏟아냈다. "여기 없네." 나는 다시 한번 손으로 헤집어 보았다. "어디에 처박힌 거야?"

"다른 데다 옮겨놓고 잊어버렸나 보네." 루크가 갑자기 협조적으로 나왔다. "찾아보면 나올 거야."

"아니. 절대로 다른 데로 옮겨놓은 적 없어." 나는 원목 바닥에 다리를 쭉 펴서 꼬고 앉았다.

"저기." 루크가 소파에서 일어섰다. 종이에서 스티커가 떼어질 때 나는 쩍 소리가 났다. 루크의 손이 내 등에 닿는가 싶더니 그도 내 옆자리에 털썩 앉아서 폴더의 내용물을 모았다. "좀 있으면 나타날 거야. 그런 물건은 안 찾으면 어디선가 나타나잖아."

나는 루크가 나의 비극을 깔끔하게 정리하는 걸 지켜보았다. 그의 얼굴에 어린 배려와 자상함에 힘입어 나는 다시 한번 시도해 보기로 했다. "에런은 결혼식장에 카메라를 갖다대는 게 얼마나 주제넘은 짓이 될 수 있는지 잘 알고 있어. 그래서 최대한 웨딩 촬영 기사처럼 찍을 거야."

루크는 폴더를 꽉 닫아서 밀봉했다. "난 그냥 촬영팀이 우리 결혼식에 있는 게 싫어."

나는 고개를 가로저으면서 손가락 두 개를 쫙 펼쳐 보였다. "두 명이면 된대."

"두 명?"

"나도 똑같이 말했다니까." 이봐, 루크. 이제 우린 의견이 같다니까.

"약속했어. 딱 두 명이래. 그 사람들은 일반적인 웨딩 촬영기사랑 똑같이 보일 거야." 나는 모두가 촬영 동의서에 서명해야만 한다는 부분은 쏙 뺐다. 루크의 동의가 필요했다.

루크는 무릎에 증거물 뭉치를 반듯하게 올려놓았다. "이 일이 자기를 행복하게 하는 거지?"

다시 눈물이 필요했다. 하지만 내 눈이 반짝이게 하는 정도로만 흘려야 했다. 뺨에 눈물 자국이 남으면 그건 오버다. "이 일이 성사되면 나는 정말 행복할 거야." 나는 목멘 소리로 말했다.

루크는 머리가 가슴에 닿을 정도로 고개를 푹 떨구고 한숨을 내쉬었다. "그렇다면 해야지."

나는 냉큼 루크의 목에 팔을 감았다. "나 지금 치즈버거 먹고 싶어."

이거야말로 귀엽고 기발한 아니에게 딱 맞는 말이다. 루크는 크게 웃었다.

◆◆◆◆◆

"말도 안 되는 소리 하지 마." 헤어 살롱으로 들어가면서 넬이 말했다. "벌써 뭘 먹었다니."

난 농담으로 생각하기로 하고 넬 앞에서 살짝 돌아 보였다. 하지만 넬은 커피 테이블 위에 쌓여 있는 책 더미에서 구겨진 잡지 하나를 집어 들고 표지에서 웃고 있는 배우 블레이크 라이블리를 노려보았다. 나는 기분 상한 얼굴로 접수하고 있는 넬 옆에 앉았다. 프런트 데스크 뒤에 앉은 앳된 모델이 커피를 마시겠느냐고 내게 물었다. "라테요." 내가 말했다.

그녀가 물었다. "무지방이요?"

"일반 우유로 주세요."

"그래도 그건 음식으로 칠 수 없어." 넬은 투덜거렸다.

내 담당 헤어스타일리스트가 우리 앞에 나섰다. "어머 맙소사." 루빈은 「나홀로 집에」의 맥컬리 컬킨처럼 두 손으로 자기 얼굴을 꾹 눌렀다. "광대가 생겼네요."

"부추기지 마세요." 넬은 잡지의 한 페이지를 펄럭 넘겼다. 어찌나 힘을 줘서 넘겼는지 절반이 뜯겨져 나갔다. 넬과 나는 잡지가 찢어졌다는 이야기는 하지 않을 것이다. 전혀.

"이런, 제발 좀." 루빈은 손을 휘휘 저어서 넬을 쫓아냈다. "아니 결혼식이잖아. 범고래가 식장에 걸어 들어가게 할 수는 없지." 그는 내게 손을 내밀었다. "가자, 섹시한 아가씨."

루빈은 크게 부풀린 브리지트 바르도 스타일을 해야 한다고 말했다. 얼굴이 너무 홀쭉해졌기 때문이었다. "돼지한테는 못한다고." 루빈은 내 머리에 약을 바르고 가닥가닥 꼬았다. "그랬다가는 더 커 보이게 되니까."

루빈은 내가 47킬로그램보다 덜 나가기 전에는 브리지트 바르도 스타일을 제안한 적이 단 한 번도 없었다.

엄마는 내가 군이 뉴욕에서 머리하는 이유를 모르겠다고 말했었다. 낸터킷에 도착하는 즉시 높은 습도가 머리를 다 풀어버리기 때문이었다. 나는 루빈에게 그 말을 했더니 흥 하고 코웃음을 쳤다. "자기 엄마는 아무것도 모르셔."

루크는 이번 주 초에 낸터킷으로 떠났다. 하지만 나는 《위민스 매거진》에서 그와 같은 자유를 누릴 수 없었다. 신혼여행을 위한 2주의 휴가에 더해서 금요일 하루를 더 휴가로 신청하자 편집팀장이 머뭇거렸다. 하지만 롤로가 끼어들어서 그렇게 할 수 있도록 해주었다. 롤로는 우리의 신혼여행 코스 선택도 인정해 주었다. 몰디브에서 8일을 지내고 파리에서 3일을 지내는 일정이었다. 런던에 대해서는 아직 이야기하지 않았다. 루크는 이미 파트너에게 답을 주었고, 그것으로 결정된 것이다.

"기막히게 좋네." 롤로가 말했다. "그런데 몰디브 제도가 가라앉고 있다는 거 알고 있어? 그러니까 막 뛰어다녀. 너무 늦기 전에 다 보고 와야지."

루빈은 대머리를 선탠했고 우아한 코끝에 안경을 걸쳐 쓰고 있다. 그 안경은 절대로 추어올리는 법이 없었다. 아서가 늘 안경을 올렸던 것과는 달랐다. 그저 귀갑테 위로 눈을 가늘게 뜨고서 내 머리를 둥근 브러쉬에 감은 다음 머리 아랫부분을 비틀고 꼬았다. 그러면 머리 끝은 크리스마스 선물을 발랄하게 묶고 있는 리본처럼 고리 모양으로 말렸다.

넬은 흘깃 손목에 찬 시계를 보았다. 20분 전에 넬은 내 라테를 들고 서성거리다가 설핏 사과하는 듯한 미소를 지으면서 내게 주었다. 아마도 내가 끝까지 관철할 것이니, 계속 나에게 벌을 줘봐야 소용이 없다는 걸 알아차린 모양이었다. "11시가 거의 다 됐어." 넬이 말했다. 우리 비행기는 JFK 공항에서 2시에 출발한다. 짐을 가지러 내 아파트를 들렀다 가야만 했다.

루빈은 내 머리에 작품을 연출해 놓고 검은색 가운을 획 벗겨냈다. 그리고 내 정수리에 요란하게 키스했다. "사진 찍어야겠다." 루빈이 말했다. "자기는 세상에서 가장 섹시하고 예쁜 신부가 될 거야." 루빈은 한 손을 자신의 심장 위에 올렸다. 나는 거울에 비친 루빈이 눈물을 훔치는 걸 보았다. "흑!" 루빈은 울음을 터트렸다. "정말 최고로 섹시하고 예쁠 거야."

　넬과 나는 정신없이 우리 아파트로 뛰어들어 가서 시미 댄스를 추듯 코트와 우산에 묻은 빗물을 떨어냈다. 도심으로 들어오는 길에 비가 내리기 시작해서 이제 택시를 잡는 일이 어려워질 것이다.

　"아, 진짜." 넬이 말했다. "우리 진짜 가야 돼."

　나는 냉장고를 열고 2주가 지나면 상할 음식을 찾아내서 버렸다.

　"알아." 내가 말했다. "그래도 이걸 버려야 해. 냄새나는 아파트로 돌아올 수는 없어. 그러면 미쳐버릴 거야."

　"쓰레기장이 어디야?" 넬이 내 손에 들린 쓰레기봉투를 뺏어 들면서 말했다. "내가 처리할게. 넌 정리나 해."

　넬의 등 뒤로 문이 닫혔다. 이제 혼자다. 나는 무릎을 꿇고 앉아서 싱크대 아래 수납장에 둔 청소 용품을 뒤적이다 쓰레기봉투가 든 상자를 찾아서 살짝 벌렸다. 그때 일렬로 세워놓은 병이 움직이더니 뭔가가 떨어졌다. 빙그르르 돌면서 바닥에서 소리를 내던 그 물건은 해면의 포말처럼 초록색의 흐릿한 형체를 띄며 빙글빙글 돌다가, 동력이 다 떨어진 듯 바지직거리는 소리를 내면서 납작하게 엎드린 다음 침묵했다. 나는 그것을 손가락으로 집어 들고 한참을 들여다보았다. 얼마를 그렇게 있었을까? 넬이 돌아왔을 때 나는 젖은 개처럼 떨며 바닥에 주저앉아 있었다.

✦ ✦ ✦ ✦ ✦

　"아니에 관한 이야기는 동생이 2011년 11월 6일에 보낸 이메일을 통해 처음 들었습니다." 개릿의 손에 들린 축사 용지가 펄럭였다. 글자를 판독하기 위해서 자기 얼굴에 바짝 들이대고 있었다.

"추수감사절에 여자친구를 데리고 갈 거야." 개릿이 말했다. "여자친구 이름은 아니야. 발음을 잘해야 해. 애니가 아니고 아니니까. 엉터리로 부르지 마. 죽여버릴 거야."

유쾌한 웃음이 울려 퍼졌다. 참나, 해리슨 형제들은 못 말려.

개릿은 종이에서 시선을 떼고 고개를 들었다. "운명의 상대를 만난 커플은 딱 보면 알죠. 둘이 함께하면서 따로 있었을 때보다 더 나은 사람이 되거든요."

동의를 표하는 웅성거리는 소리가 일었다.

"아니는 여태껏 제가 만난 사람 중에서 가장 사랑스럽고 상냥한 여자입니다. 하지만 살짝 별난 구석이 있다고 할 수도 있죠." 이번에는 한층 소란스러운 웃음이 터졌다. 놀라면 안 되는 일이었지만 사실 나는 내심 매우 놀랐다. 그건 루크를 위해서 내가 꼼꼼하게 공들여 만들어낸 성격 아닌가? 귀엽고 사랑스러운 별종? 가끔 날을 세우는 어깃장을 놓았던 건 루크가 방심하지 않도록 하기 위한 특별 보너스 같은 것이었는데? "그런데 제 동생 녀석이 아니의 그런 점을 사랑합니다. 우리 모두 아니의 그런 모습을 사랑하죠."

나는 넬을 보았다. 넬은 소리 없이 입 모양만으로 이야기하며 눈을 치켜떴다. "여태껏 만난 여자 중에서 가장 사랑스럽고 상냥해?" 나는 예비 시아주버님에게 다시 시선을 주면서 아무도 눈치채지 못했기를 바랐다.

"그리고 제 동생." 개릿은 소리 내어 웃었다. 사람들도 같이 웃었다. 좋은 말을 하려고 시동을 걸고 있다는 걸 다들 알고 있었다. "사실 제 동생을 참아줄 수 있는 사람이 그리 많지 않아요. 술집에서 끝까지 남았으면서도 아침에 가장 먼저 서프보드를 타는 녀석이니까요. 바닷가에 나가잖아요. 그럼 녀석은 이미 한 시간 동안 서핑을 하고 있어요. 그러고도 늦게 나온 나보다 한 시간 더 타려고 해요. 너 이 자식, 새벽 3시에 위스키를 들이켜게 했으면서 어떻게 그러냐? 난 못한다." 개릿은 마치 두통이 온 것처럼 이마를 손으로 덮었다. "그런 걸 참아주다니 정말 복 받을 거예요. 애니. 이런, 미안해요. 아니." 하객들의 웃음소리가 최고 볼륨에 달했다. 나는 헤라클레스급의 노력을 기울여서 웃음 대열에 합류했다.

개릿은 느긋하게 장내가 잠잠해지기를 기다렸다. 다시 말을 이어가는 그의 얼굴의 절반이 미소에 잠겨 있었다. 순조롭게 잘 진행되고 있다. "하지만 바로 그래서 루크와 아니가 훌륭한 커플인 겁니다. 그들은 서로를 '참아주는' 게 아니에요. 사랑하죠. 조건 없이. 정말 인간적이지 않은 에너지가 드는 일인데 말이죠."

루크의 손이 내 손을 찾았다. 내 손은 갈고리 모양으로 구부러져서 뼈까지 마비된 듯 고정되어 있었다. 루크가 내 손을 끌어당겨 자신의 무릎 위에 놓자 내 온몸은 삐걱거리며 잘 작동하지 않게 되었다. 나는 다른 손으로 집 주방에서 찾아낸 물건을 돌리고 있었다. 뉴욕을 떠난 이후 계속 가까이 두고서 어떻게 처리해야 할지 생각했었다. 넬은 비행 내내 물어보면서 귀찮게 했다. "맙소사, 왜 그래?" "내가 원래 비행기 타는 거 싫어하는 거 알잖아." 나는 창문만 쳐다보면서 말했다.

"제 동생에게는 아니 같은 사람이 필요했습니다. 그에게 인생에서 정말 중요한 게 뭔지 보여줄 사람 말이죠. 가족, 아이, 안정감." 개릿은 나를 쳐다보면서 미소지었다. "그게 바로 아니입니다."

나는 어깨에 뺨을 대고 문질러서 거짓 가려움을 해소했다.

"그리고 마찬가지로 아니에게도 제 동생 같은 사람이 필요했습니다. 그녀의 바위가 되어줄 사람이요. 그녀가 폭주하기 시작할 때 진정

시켜 줄 사람 말입니다." 그는 이어지는 말을 매우 강하게, 거의 적의
가 느껴질 정도로 강조하면서 루크에게 아는 체하는 윙크를 날렸다.
"통제 불능 상태로 선을 넘을 때 말이죠."'폭주하기 시작할 때'라니.
순간 유체이탈 같은 경험을 하게 되었다. 상황이 어떻게 돌아가고 있
는지 명확하게 꿰뚫어 볼 수 있게 된 것이다. 루크는 친구나 가족과 맥
주 한잔하는 자리에서 나를 놀림감으로 삼았구나. 나의 극단적인 두려
움과 우여곡절 많은 공포증을 웃음거리로 만들며 비웃었던 모양이다.
"정말 황당한 여자라니까"라는 말을 들을 만하다는 걸 깨닫자 내 안의
모든 것이 아파왔다. 그 무자비하고 부당한 비웃음과 놀림을 고스란히
당하는 일은 나를 아프게 했다.

  "이 두 사람이 인생을 어떻게 꾸려나가는지 지켜볼 생각을 하니 너
무 신나네요." 개릿이 말했다. 그의 목소리에 담긴 기쁨은 삐거덕거리
면서 나의 갑작스러운 결정과 맞부딪쳤다. 나는 무시무시한 최종 결정
을 내리고야 말았다. "물론 근사한 런던의 아파트에 놀러 가서 자고 갈
생각도 신나지만요." 모두가 웃었다. "그리고, 아니, 새로운 꼬마 해리
슨이 등장하면 말이죠, 적어도 루크가 새벽 3시마다 목이 말라서 깼다
는 걸 기억해두고요." 더 큰 웃음이 일었다. 목에 증오와 분노가 차올
랐다. 나는 쓴 물을 삼키며 감정을 추스른 다음 개릿과 다른 모든 사람
에게 호응하며 잔을 들었다. "혼자보다 나은 함께함을 위하여."

  "혼자보다 나은 함께함을 위하여." 내 목소리도 건배사 합창에 보태
졌다. 유리잔이 부딪치면서 우아한 종소리를 냈다. '그렇지 않아! 아니
야! 아니라고!' 나는 샴페인을 모두 마셨다. 그 위에 응고해 있던 분노
까지도 모두 들이켰다.

  루크는 내게 몸을 기울여 키스했다. "자기 덕분에 나는 행복해." 나
는 온 힘을 다해서 미소를 유지했다.

누군가 루크의 어깨를 두드렸다. 루크가 고개를 돌려서 신혼여행에 관해 이야기하기 시작했다. 나는 한 손을 그의 무릎 위에 올렸다. 재미있다. 이런 식으로 그를 만지는 건 이번이 마지막이 될 것이다. 나는 말했다. "화장실 좀 써야겠어요."

나는 군중을 헤치고 나가면서 활기차게 사교적인 인사말을 쏟아내야 했다. "안녕하세요." "응, 안녕," "잘 지내지?" "오늘 멋지다!" "이렇게 보니 정말 좋다!" '정말 좋다.' 언제부터 내가 이렇게 낯간지러운 말을 했었지?

웨딩 코디네이터가 토퍼스 레스토랑 뒤편에 있는 한 칸짜리 화장실을 손으로 가리켰다. 이 레스토랑에서는 어제 리허설 디너 비용으로 3만 달러나 받아갔다. "원래 직원 전용 시설입니다만." 코디네이터가 말했다. "오늘 밤에는 신랑과 신부님이 단둘이서만 있고 싶으실 때 얼마든지 사용하셔도 좋습니다." 이 말과 함께 윙크도 받았다. 나는 진저리를 치면서 그 여자를 물끄러미 바라봤다.

나는 등 뒤로 문을 닫았다. 천장에 달린 조명은 없었다. 그 대신 세면대 선반 위에 놓인 하얀색 도자기 스탠드가 부드러운 황금빛을 뿌려놓고 있었다. 몽환적인 분위기 덕분에 마치 옛날 영화 속에라도 들어간 것 같았다. 교회 신도석 자리라도 내리는 양 변기 뚜껑을 조심조심 소리 나지 않게 내린 다음 그 위에 앉았다. 33사이즈의 밀리 드레스 자락이 나 이전에 여기에 앉았던 모든 신부의 DNA를 쓸어버리고 있었다. 다시는 이 옷을 입을 만큼 마른 몸매를 가지지 못할 것이다.

보테가 베네타 클러치를 열자 키스를 하는 듯 쪽 소리가 났다. 나는 안을 뒤져서 초록색 조개껍데기를 찾아냈다. 손가락으로 잡은 조개껍데기의 골이 패어 있고 색은 바래 있었다.

잠시 후 문을 두드리는 소리가 났다. 나는 한숨을 내쉬고 일어섰다.

'벌써 쇼타임인가?' 삐거덕대는 문을 살짝 열어서 넬의 눈과 코, 입술만이 보이게 했다. 밖의 조명과 완전히 딴판이었다.

넬은 미소를 지었다. 입가 양쪽이 비좁은 틈에서 사라져버렸다. "뭐 하니?"

난 아무 말도 하지 않았다. 넬은 손을 뻗어서 엄지손가락으로 내 검은 눈물을 훔쳐주었다.

"진짜 뭐 하니?" 넬이 말했다. "개릿이 여태 만나 본 여자 중에서 최고로 사랑스럽다고? 여기서 널 만나본 사람이 있기는 해?"

나는 웃었다. 가슴에 쌓인 가래를 다 처리하게 만드는, 그런 고약한 울다가 웃는 상태에 이른 것이었다.

"어떻게 하고 싶어?" 넬이 물었다.

넬은 참을성 있게 내가 하는 이야기를 다 들었다. 그러고 나서 나지막이 휘파람을 불었다. "이야, 굉장히 볼만한 구경거리가 되겠는걸!"

◆◆◆◆◆

낸터킷은 차가운 공기가 뜨거운 공기 아래 갇혀서 일어나는 기온 역전 현상으로 고통받는 지역이다. 덕분에 섬에는 상시 그레이 레이디가 감돈다. 이 안개는 섬을 망토처럼 싸고 있어서 구름 한 점 없는 맑은 날에도 물러날 줄을 모른다.

물론 페리호를 타고 쏜살같이 안개를 뚫고 질주하면 맑은 날이라는 걸 알 수 있다. 앞을 내다보면 컴퓨터 모니터의 화면 보호기처럼 쨍하게 선명한 색상의 파란 하늘이 땅 위에 걸려 있다. 그러다가 어깨 너머로 흘깃 시선을 돌리면 흔들거리는 엷은 안개의 벽이 뒤에 펼쳐진 게 보인다. 그때 넬이 옆으로 다가와서 차가운 맥주 한 병을 손에 쥐여주었다.

"렌터카 업체는 부두에서 걸어갈 수 있는 곳에 있는 것 같아." 넬이 말했다.

맥주를 콸콸 들이붓듯 마셨다. "그래." 나는 손등으로 입을 쓱 닦았다. "바로 저기야."

"비행기 안 타도 괜찮겠어?"

"지금 상태로는 비행기를 못 견딜 것 같아." 내가 말했다.

넬은 배의 난간에 등을 기대고 섰다. "그럼 언제 물어볼 거야?"

나는 손차양을 만들고 넬을 찬찬히 살펴보았다. "뭘?"

"이사 말이야. 다시 지내는 동안 필요하잖아." 넬이 미소를 지었다. 회색빛 안개 속에서 넬의 치아는 너무나 하얗게 빛났다. 눈에 보이지 않을 지경이었다. "2007년처럼 지내자. 단 이번에 쥐는 없어."

나는 한쪽 어깨를 넬에게 기대어 따스한 온기를 느꼈다. "내가 얼마나 고마워하고 있는지 모를 거야."

넬은 화장실 입구에서 서서 내가 부탁했던 일을 모두 처리해 주었다. 몇 분 후에 루크가 프라다 로퍼의 앞코로 문을 살살 밀면서 안으로 들어왔다. "아니? 괜찮아? 킴벌리가 어디 있는지 모르겠어. 슬라이드 쇼의 음악도 잘 안……."

루크의 얼굴이 급격히 어두워지면서 완전히 다른 표정을 지었다. 내가 엄지와 검지 끝으로 집고 있는 조개껍데기를 보았기 때문이었다. 나는 루크가 문을 채 닫기도 전에 물었다. "아서와 아서 아빠의 사진을 어떻게 했어?"

루크는 등 뒤로 문을 닫았다. 아주 천천히. 앞으로 벌어질 일을 지연시킬 수 있다면 무슨 짓이라도 할 생각인 것 같았다. "그렇지 않아도 마음 상한 자기를 속상하게 만들고 싶지 않아서 그랬어."

455

"루크, 당장 말하지 않으면⋯⋯."

"알았어." 루크는 두 손을 내 쪽으로 내밀었다. "그럴게."

"존이 뉴욕에 와 있던 그 주말에 코카인을 샀었어. 나야 물론 바보 짓 하지 말라고 했는데. 내가 평소에 어떤지 자기는 잘 알잖아." 루크는 내게 의미심장한 눈빛을 보냈다. 자신은 마약에 대한 강경한 태도를 가졌으니 어떤 일을 저질렀어도 면죄부를 받을 수 있지 않겠냐는 의미 같았다.

"존의 약혼녀도 자꾸 하자고 하는 거야. 다 같이 집에 왔는데 존이 약을 올려놓을 사진이 필요하다고 해서. 거울이나 사진 액자 같은 거에 놓고 한다고 하는데, 이번에 처음 알았지."

"그래서 아서와 아서 아빠 사진을 줬다고?"

"그렇다고 우리 사진을 줄 순 없잖아!" 루크는 마치 선택지가 딱 두 개밖에 없었던 것처럼 말하고 있었다. 짜증 나게 사진 잘 받는 친구들의 사진이 집에 한 백만 장쯤 널려 있지 않은 것처럼 말하고 있었다.

"그리고 무슨 일이 있었는데?"

"누군가 사진 액자를 넘어트렸어." 루크는 허공에서 손을 휘둘러 보이며 그 어처구니없는 짓거리를 흉내내 보였다. "액자가 다 깨졌길래 내가 버렸어."

나는 루크의 얼굴에서 일말의 후회라도 찾아볼 수 있기를 바랐다. "사진까지?"

"그 빌어먹을 액자 없이 사진만 있는 걸 보면 자기가 무슨 일이 있었던 건지 알게 될 것 같았어. 자기는⋯⋯ 그런 거에 민감하니까. 아주 미친 듯이 화를 내잖아." 루크는 두 손을 가슴에 모았다. 나에게서 자신을 보호할 필요가 있다고 생각한 모양이다. "그렇게 하는 편이 더 좋다고 생각했어. 자기한테도 좋은 일이라고. 과거를 떨치고 앞으로 나가야지. 그런 거에 집착할 이유가 어디 있어?" 그는 몸을 부르르 떨면서 말했다. "아니, 그건 정말 섬뜩한 일이야."

나는 무릎 위에서 두 손을 동그랗게 모아서 상처 입은 새끼 새를 잡듯 조심스럽게 조개껍데기를 감쌌다. "이젠 자기를 믿을 수가 없어."

루크는 내 앞에서 무릎을 꿇었다. 청혼했던 그때와 똑같았다. 내 생애 가장 행복한 날이라고 확신했던 그때와 정말 똑같았다. 나는 뒤로 물러났다. 루크가 내 뺨에 새겨진 마스카라 자국을 닦으려고 했기 때문이었다. "미안해, 아니." 이런 말을 하는데도 용케 루크는 자신을 피해자처럼 만들었다. 거룩하신 루크님께서 여태 나를 참아왔고, 나의 폭주와 별난 구석이며 병적인 신경증까지 모두 견뎠는데도 이런 대접을 받는다는 것이었다. "그래도 부탁인데, 이 일로 오늘 밤을 망치지는 말자."

밖에서 루크의 친구 중 한 명이 다른 친구를 보고서 선비 새끼냐며 소리지르고 있었다. 나는 조개껍데기를 꽉 붙잡았다. 어찌나 힘을 세게 주었는지 갑각에 금이 가는 소리가 났다. "이 일로 오늘 밤을 망치는 게 아니야." 나는 루크의 손이 내 눈물을 닦아내도록 내버려 두었다. 내게 닿는 그의 마지막 손길이 될 것이기 때문이었다. 그런 다음에 진짜 오늘 밤을 망친 주범이 무엇인지 루크에게 이야기했다.

17장

난리도 아니었다. 해리슨 사람들, 우리 부모님, 넬, 루크. 모두 각자의 이해관계에 따라 각자의 최선을 위해 종횡으로 뜻을 모았다. 결국 넬이 택시를 불러서 해리슨가의 영지로 나를 데리고 갔다가, 짐을 챙겨서 다른 식구들이 도착하기 전에 떠나는 것으로 정리됐다. 우리는 호텔 방을 잡았다. 다음 날 일어나자마자 떠나기로 했다. 해리슨 부인은 분노와 연민이 한데 섞인 묘한 표정을 짓고서 나와 함께 일을 어떻게 정리할 것인지 의논했다. 부인이 매우 사무적인 어투로 일을 처리해 준 덕에 마무리를 잘할 수 있었다.

엄마는 내게 눈길 한번 주지 않았다.

이제부터는 추수감사절과 크리스마스는 본가에서 지낼 것이다. 매년 엄마가 벽에 기대어 괴어 놓는 똑같은 인조 나무에 풍선껌 색의 전구만 덜렁 걸어놓게 될 것이다. 마실 거라고는 시큼한 옐로우 테일 쉬라즈 와인 한 병이 전부일 것이다. 난 그런 일을 감당할 마음의 준비를 마쳤다. 정말이다.

◆◆◆◆◆

해리슨 저택으로 차를 타고 갔던 일은 기억나지 않는다. 짐을 쌌던 일이나 부두 근처 3성급 호텔에 체크인했던 것도 생각나지 않는다. 넬의 알약이 그 모든 걸 싹 다 지워버렸다.

킹사이즈 객실의 문을 밀고 안으로 들어섰을 때는 자정이 훌쩍 지난 시각이었다. 뱃가죽이 들러붙을 정도로 배가 고팠던 나는 전화기를 찾았다. 그리고 기운 없는 손으로 룸서비스를 호출했다. "안녕하세요." 자동 응답기가 조롱하는 듯 했다. "룸서비스 가능 시각은 오전 8시에서 오후 11시까지입니다. 무료 조식이 제공되는 시각은……."

"끝났대." 나는 수화기를 놓으려 했다. 하지만 엉뚱한 곳에 내려놓는 바람에 수화기는 죽은 사람처럼 단단하게 굳어 있는 바닥에 떨어졌다. "너무 배고파." 나는 울부짖었다.

"알았어, 이 별종 아가씨야." 넬은 바퀴 달린 사람처럼 움직였다. 민첩하면서 우아하고 결단력 있었다. 프런트 데스크로 전화를 걸어서 위엄있게 구운 치즈와 치킨 텐더, 아이스크림 샌드위치를 주문했다. 나는 그걸 다 먹었다. 졸면서도 프렌치프라이를 씹고 있었던 것 같다. 밤이 되었고, 물밀 듯이 밀려오는 잠에 빠졌다가 머리를 쑥 내밀고 공기를 들이마시려 하면 넬의 알약이 나를 다시 잠 속으로 잠기게 해주었다. 그런 일이 반복되었다. 하지만, 그래도 잠은 잤다. 나는 잠을 잤다.

◆◆◆◆◆

다큐멘터리에서의 내 스토리 라인도 엉망이 되어 버렸다. '타고난 팔자로 살면서 평생 후회'할 결정(우리 엄마의 표현이다)을 하고 한 달 정도 지난 후에 에런과 카메라맨을 만났다. 록펠러 센터에서 동쪽으로 몇 블록 떨어진 곳에 있는 조그만 녹음실에서였다.

새 직장도 얻었다. 이제 나는 《글로우 매거진》의 특집 기사를 책임지는 선임 편집자다. 거창한 직함은 얻었지만 《위민스 매거진》과 같은 영향력이 있는 매체는 아니다. 당연히 《뉴욕타임스》만큼의 명망이 있는 것도 아니다. 롤로는 《뉴욕타임스》 이직 건이 결정된 거나 다름없다는 점을 상기해 주면서 지금 그 자리를 포기하다니 믿을 수가 없다고 했다.

"연봉을 3만 달러 더 준다고 했거든요." 나는 반지가 없는 밋밋한 약지를 보여주면서 말했다. "전 돈이 필요해서요. 많은 사람에게 많은 돈을 빚졌거든요. 어서 일하고 싶어요."

"자기를 놓치는 건 정말 싫지만." 롤로는 마침내 결론을 내렸다. "이해해." 책상을 정리하는 날 롤로는 언젠가 다시 자기 잡지의 발행인에 내 이름을 올리겠다고 말해주었다. 내가 눈물을 글썽이자 롤로가 말했다. "일하는 여성이 직장에서 하는 최악의 행동이 우는 거라고 기사 썼던 거 기억하지?" 롤로는 내게 윙크를 던지고 급히 복도를 따라 갔다. 디지털 디렉터에게 아직도 커버 기사 제목을 안 보냈느냐고 호통을 치려는 것이었다.

나는 손가락에서 근사한 묵직함이 느껴지지 않는 일상이 아주 별로일 거라고 생각했다. 인생의 성취 목록 모두에 체크 표시를 해두었으니 썩 물러나라고 말해주는 반지의 힘이 없을 테니까. 솔직히 그 에메랄드의 사악한 반짝임을 그리워하는 마음이 조금도 없다고 하면 거짓말이다. 하지만 생각했던 것만큼 신경 쓰이지 않는 게 사실이다. 이제 누군가 저녁 식사 데이트를 청해 온다면, 개릿을 비롯한 많은 사람이 생각한 루크의 사랑처럼 나를 사랑해 주기를 바란다. 나의 상처와 별난 부분을 두려워하지 않기 바란다. 가시를 곤두세우고 있는 모습 뒤에 숨은 나의 사랑스러움을 봐주었으면 한다. 과거를 떨치고 앞으로 나간다는 것이 과거에 관해서 이야기하지 않고 울지 않는다는 걸 의미하는 게 절대 아니라는 걸 이해해 주었으면 한다.

◆◆◆◆◆

"뭘 해야 하는지 기억하죠?" 에런이 물었다.

"이름이랑 방송이 나갈 때의 나이를 말하고 사건이 났던 당시의 나이를 말해주면 돼요." 나는 지난번에 카메라 앞에서 아니 해리슨이라고 자기소개를 했었다. 이 다큐가 방영될 때쯤에는 법적으로 내 이름이 그렇게 되어 있을 거라고 안심했기 때문이었다. 잘못된 부분을 바로잡기 위해 하는 두 번째 촬영이기 때문에, 처음 카메라에 내 이야기를 박제했던 날에 입었던 것과 똑같은 옷을 입고 있었다. 모든 게 잘 연결되도록 편집될 것이기 때문에 한번에 촬영한 것처럼 보일 것이다. 지각 표층을 이루는 판이 서로 충돌해서 지진이 일어나듯 나의 과거와 현재가 충돌해서 길게 갈라진 틈을 만들어냈고, 그로 인해서 인생을 리폼하게 되었다는 언급은 하지 않았다. 《위민스 매거진》에서 옷을 빌려 입을 수도 없어서 옷을 사느라 돈도 많이 들었다는 이야기를 할 수도 없었다.

에런이 뭉툭한 엄지를 척 세워 보이고 어시스턴트에게 고갯짓을 했다. 이제는 그게 어떤 의미인지 알 수 있었다. 다정한 격려였다. 지나친 아첨이 아니었다.

원래라면 신혼여행지인 해변에서 축배를 들고 있었을 무렵에 에런에게서 전화 한 통을 받았다. 그걸로 모든 게 달라졌다.

"아니 생각이 맞았어요." 에런이 말했다.

나는 커피를 사려고 긴 줄을 서 있었던 참이었지만 에런의 말에 옆으로 빠졌다. 남들이 듣는 일 없이 조용히 통화하기 위해서 뒷골목으로 들어갔다.

"촬영본을 살펴봤거든요. 그날 둘 다 모두 마이크를 꽂고 있었잖아요. 아니와 딘이 어떻게 말했는지 다 녹음되어 있었어요."

나는 스마트폰을 귀에 바짝 갖다 대고 승리의 긴 숨을 내쉬었다. 딘이 '강간'이라는 말을 써서 잘못을 시인하는 걸 들은 건 정신과적인 치료 측면에서 내게 좋은 일이었다. 하지만 내가 딘에게 그 말을 내뱉게 한 이유는 그것뿐이 아니었다. 「투데이 쇼」에 나갈 영상 클립을 촬영해 봐서 안다. 마이크를 차고 있으면 카메라에 온갖 소리가 녹음된다. 진행자의 분홍색 드레스가 바보같다는 험담부터 카메라 앞에 서기 전에 긴장해서 소변 보는 소리까지. 딘도 이 정도는 알고 있어야 했다. 현재 셀럽으로 활약하고 있는 걸 생각하면 말이다. 사실 난 딘이 솔직히 인정하는 말을 해주었다고 해서 그걸로 뭘 어떻게 할 생각을 하진 않았다. 그저 루크의 뜻을 거스르고 그날 밤 이야기를 해야겠다는 생각이 들 경우를 대비하고 싶었을 뿐이었다. 하지만 이제 해리슨 가문과 나는 상관이 없어졌고 그러므로 그 이름에 먹칠할 걱정을 할 필요도 없어졌다. 난 결심했다. "그럼 그 대화를 이용할 수 있는 거죠? 내 이야기를 뒷받침할 근거로?"

"감독으로서 이런 일이 신나지 않는다면 거짓말일 거예요. 이건 정말 특종감이니까." 에런이 말했다. "하지만 아니의 친구로서 보자면……" 그 말에 내 입술은 파르르 떨렸다. "이건 더 기가 막힌 특종이죠. 아니의 진실을 세상에 알려야 하잖아요. 아니는 그럴 자격이 있고……." 에런은 한숨으로 잠시 말을 잘랐다 "그런데 역풍을 맞을 수도 있어요. 마음의 준비를 단단히 해야 할 거예요. 크게 발끈하는 사람들이 있을 거예요."

커피숍의 뒷문이 활짝 열리더니 종업원이 쓰레기봉투를 대형 쓰레기통에 던져 넣었다. 나는 그가 주방 안으로 들어가기를 기다렸다. "당연히 그러겠죠." 나는 더없이 씩씩한 목소리로 말했다. "사람들이 진짜 지독하게 굴었거든요."

"그런 의미로 한 말은……." 에런은 말을 멈추었다. 내가 빈정대면서 한 말이란 걸 알아차린 것이다. "정말 그랬죠." 에런이 말했다. 또 그 목소리다. 이해심을 가득 담고 나 때문에 분개하고 있는 "정말 그랬죠."였다.

슬레이트가 탁 소리로 모든 사람을 조용히 시켰다. 내가 말할 차례였다. 에런은 내게 고갯짓을 해보였다. '시작하세요.' 나는 반듯하게 앉아서 입을 열었다. "저는 티파니 파넬리입니다. 스물아홉 살이고요. 2001년 11월 12일에는 열네 살이었습니다."

에런이 말했다. "다시 한번 갈게요. 이번에는 이름만 말해보실게요."

슬레이트가 마지막으로 달칵 소리를 냈다.

"저는 티파니 파넬리입니다."

럭키스트 걸 얼라이브

초판 1쇄 인쇄 2022년 7월 12일
초판 1쇄 발행 2022년 7월 19일

지은이 제시카 놀
옮긴이 김지현
펴낸이 김선식

경영총괄 김은영
책임편집 채윤지 **디자인** 이은혜 **책임마케터** 배한진
콘텐츠사업2팀장 김보람 **콘텐츠사업2팀** 이은혜, 박하빈, 이상화, 채윤지
편집관리팀 조세현, 백설희 **저작권팀** 한승빈, 김재원, 이슬
마케팅본부장 권장규 **마케팅3팀** 배한진
미디어홍보본부장 정명찬 **홍보팀** 안지혜, 김민정, 오수미, 송현석
뉴미디어팀 허지호, 박지수, 임유나, 송희진, 홍수경 **디자인파트** 김은지, 이소영
재무관리팀 하미선, 윤이경, 김재경, 오지영, 안혜선
인사총무팀 김혜진, 황호준
제작관리팀 박상민, 최완규, 이지우, 김소영, 김진경, 양지환
물류관리팀 김형기, 김선진, 한유현, 민주홍, 전태환, 전태연, 양문현

펴낸곳 다산북스 **출판등록** 2005년 12월 23일 제313-2005-00277호
주소 경기도 파주시 회동길 490
대표전화 02-704-1724 **팩스** 02-703-2219 **이메일** dasanbooks@dasanbooks.com
홈페이지 www.dasanbooks.com **블로그** blog.naver.com/dasan_books
종이 한솔피앤에스 **인쇄** 민언프린텍 **코팅·후가공** 평창피앤지 **제본** 국일문화사
ISBN 979-11-306-9236-4 (03840)